NſB

HEINZ G. KONSALIK

Liebe am Don

Roman

NEUE SCHWEIZER BIBLIOTHEK

Lizenzausgabe für die Neue Schweizer Bibliothek

Printed in Switzerland
by Buchdruckerei Carl Meyer & Söhne, Jona b. Rapperswil SG
14

Gewidmet
MICHAIL SCHOLOCHOW,

dem großen sowjetischen Schriftsteller und Epiker der Kosaken,
den ich bewundere wie ein Kind einen König.

(Auch wenn er diese Widmung zurückweisen wird.)

1. Kapitel

Der Blitz schlug ein, als niemand in der Kirche war.
Vater Ifan Matwejewitsch Lukin hatte draußen im Garten gearbeitet und die Bohnen angehäufelt, als der Regen begann, ein völlig unplanmäßiger Regen in dieser Jahreszeit, in der alles grünte und blühte und der schwere Duft des Wermutkrautes sich vermischte mit dem süßen Hauch der Kirschblüten, ein Odem, der über die Steppe schwebte und mit der Strömung des Flusses nach Süden getragen wurde. Plötzlich war das helle Blau des Himmels dunkelgrau geworden, aus dem Norden pfiff ein Wind heran, trieb dicke Wolken über den Don und ließ es regnen, als bräche der Himmel ein. Ifan hatte sich schimpfend in den Schutz eines alten Schuppens gestellt, stützte sich auf den Schaufelstiel und starrte mißmutig in die dicken prasselnden Tropfen. Da geschah es.
Ein Zucken in den Wolken, ein heller zischender Strahl, darauf ein Krachen, daß sich das Trommelfell bog, Vater Ifan bekam weiche Knie und bekreuzigte sich, es roch sogar nach Schwefel, als sei der Satan selbst unter die Menschen gefahren ... dann schlossen sich die Wolken, der Donner grollte dumpf, und vorbei war alles. Selbst der Regen versiegte, der Wind trieb die graue geballte Masse weg über den Fluß, das Blau des Himmels schälte sich wieder aus treibenden Wolkenfetzen, der herbe Duft der getränkten Erde schwebte über den Gärten. Nur ein Blitz war es gewesen, ein völlig widersinniger Blitz, aber er hatte in Perjekopsskaja eingeschlagen: in die alte hölzerne, rosa und gelb gestrichene Kirche.
Ifan Matwejewitsch sah es sofort, denn in dem Dach klaffte plötzlich ein Loch.
«Welch ein Unglück!» schrie er und warf die Schaufel weg. «Warum in die Kirche? Gibt es nicht genug Häuser von ungläubigen Genossen? Immer trifft es die Falschen!»

Er rannte durch den Garten, raffte das lange schwarze Popengewand und ließ seinen weißen Bart im Wind wehen. In der Kirche roch es noch stärker nach Brand und Schwefel als draußen, doch beim ersten Blick bemerkte Ifan nichts, was zerstört war. Das gezackte Loch in der Decke wies den Weg, den der Blitz genommen hatte, auf dem Steinboden waren drei Platten zersplittert, und schon wollte Ifan aufatmen und dem heiligen Wladimir ein Loblied singen, als er erstarrte und weite, vom Schrecken aufgerissene Augen bekam.

Der Blitz war durch die Ikonostase gefahren, durch die Wand mit den bunten Heiligenbildern, und hatte die goldgrundige Ikone des Wladimir in zwei Teile zerrissen.

Ifan Matwejewitsch setzte sich auf die Stufen vor der Ikonostase, verbarg beide Hände unter seinem Bart und seufzte tief.

Der heilige Wladimir war der Schutzpatron von Perjekopsskaja. Man muß dieses Perjekopsskaja kennen, um zu verstehen, was das bedeutete. Ein elendes Nest ist es an den seichten Ufern des Don, ein Bauernflecken mit Holzhäusern, Blockhütten, einem Steinhaus für den Dorfsowjet, einem langgestreckten Bau, der als Fest- und Versammlungssaal dient, einer großen Banja, einer Kollektivscheune und einem riesigen Stall für die Schweinezucht der Kolchose «Triumph der Revolution». Eine breite Straße führt durch das Dorf, immer am Ufer des Don entlang, vorüber an den Gärten mit den geflochtenen Zäunen oder den Palisaden aus Knüppelholz. Es ist ein friedliches Dorf, auch wenn seine Bewohner berühmt waren für ihre kriegerische Wildheit. Die Kosaken von Perjekopsskaja, das waren Kerle gewesen, die in allen Kriegen immer an der Spitze ritten, verwachsen mit ihren schnellen, halbhohen, struppigen Pferden. Wenn sie die Lanzen fällten oder die breiten Kosakensäbel schwangen und mit heulendem Geschrei ihre Attacken ritten, fiel den Gegnern das Herz in die Hosen. Sonst aber waren sie fleißige Bauern, galten als wankelmütige Kommunisten und wurden in Woronesch, wo die Distriktregierung saß, seit jeher kritisch beobachtet.

Es gab so vieles, was die Don-Kosaken von andern Russen unterschied. Sie hingen am alten, an der Tradition, obwohl die rote Fahne über dem Steinhaus des Dorfältesten wehte. Seitdem vor Jahrhunderten die Tataren den Don und die Wolga hinaufgezogen waren bis vor Woronesch, spukte etwas von einem unbeugsamen Freiheitsdrang im Blut der Kosaken. Sie verprügelten sowjetische Kommissare, wenn ihnen deren Ansichten nicht paßten, ehrten trotz intensiver Propaganda aus Moskau ihre Popen und besuchten die alten Kirchen, als habe es nie einen Kulturkampf und eine Entmachtung der Religion gegeben. Sie leisteten sich weiterhin ihre Dorfheiligen, ließen sich in der Osternacht segnen und zogen um Mitternacht singend in die Kirche, brennende Kerzen in der Hand und das Osterbrot in der Tasche, das Vater Ifan an die Armen verteilen sollte.

So sah es in Perjekopsskaja aus, diesem an den Fluß hingeduckten Dorf mit den weit heruntergezogenen Dächern aus Stroh. Und nun hatte der Blitz eingeschlagen und das Bild des heiligen Wladimir mittendurch gerissen.

Der heilige Wladimir von Perjekopsskaja war ein Wunderbild. 1914 hatte es begonnen, als die Kosaken im fernen Norden gegen die Deutschen ihre Attacken ritten. Die Weiber waren allein im Dorf, sie vermißten die Männer, gackerten wie die Hühner und hatten vor Sehnsucht schlaflose Nächte. Da hinein platzte eines Tages Iwan Iwanowitsch Schilow. Er war Kosak, verwundet am linken Arm, hatte Heimaturlaub und ließ sich von den Weibern bestaunen. Einen Orden trug er sogar auf der Brust, aber das war es nicht, was die Frauen so wild machte. Schilow war kerngesund bis auf seinen Arm, und – verdammt noch mal – er war ein Bild von einem Mann. Großgewachsen, mit schwarzen Locken, einem Bärtchen auf der Oberlippe und harten Muskeln.

Ifan Matwejewitsch, damals ein junger Priester, sah es mit verdunkelten Augen: die Weiber kamen um den Verstand. Fast Schlange standen sie vor dem Haus Schilows, schlichen nachts durch dessen Garten, ließen die Türen ihrer Häuser offen oder trugen Decken in die Büsche am Don.

«Er ist wie ein Stier!» seufzte Ifan. «Woher nimmt er das bloß?»

Vor Ostern geschah dann das Wunder des heiligen Wladimir. Schilow kam zur Beichte, um den Ostersegen reinen Herzens empfangen zu können, und erzählte Vater Ifan alles.

Ifan Matwejewitsch wurde es schwarz vor Augen, als er die Namen hörte, die Schilow herunterrasselte. Da fehlte kaum ein Frauchen, selbst die Jungfrauen waren nicht verschont worden. Sogar Proskowja, die Frau des Dorfältesten, war dabei, und sie zählte immerhin schon zweiundsechzig Jahre.

«Ist das alles?» fragte Ifan mühsam.

«Ich glaube, es sind alle», antwortete Schilow demütig. Trotz seiner Potenz war er ein einfältiges Gemüt. In seinem Schädel lag mehr Luft als Hirn. «Habe ich einen Namen vergessen, Väterchen ... was macht es? Ich habe die Kontrolle verloren ...»

Ifan Matwejewitsch starrte auf Schilows gesenkten Nakken. Dann sprach er mit dunkler Stimme: «Knie vor dem Bild des heiligen Wladimir und bete ...»

Schilow tat es, und da geschah das Wunder.

Der Heilige sprach plötzlich zu ihm. Hohl, himmelsfern, entrückt, aber deutlich.

«Dreh dich um, Schilow», sagte er.

Schilow gehorchte. Was dann passierte, erzählten Schilow und Vater Ifan mit heiligem Schauer.

Der heilige Wladimir stieg aus der Ikone – Schilow sah es nicht, denn er drehte ihm ja den Rücken zu –, und gab dem Sünder einen so mächtigen Tritt, daß Schilow wie aus einem Rohr geschossen durch die Kirche sauste, mit dem Kopf gegen die erste Betbank stieß und die Besinnung verlor.

«O Gott!» sagte indessen Vater Ifan und hielt sich den rechten Fuß fest. «Hat der ein hartes Gesäß!»

In der Sakristei zog er den Stiefel aus, konstatierte einen

Bluterguß in der großen Zehe und hatte in den nächsten Tagen große Mühe, sich nicht durch Hinken zu verraten. Perjekopsskaja aber erstarrte in Ehrfurcht vor der Ikone. Schilow erzählte es jedem, wie der Heilige ihn bestraft hatte, und zwei Tage später fuhr er weg, in den Süden, nach Rostow, wo seine Schwester wohnte. Von Stund an galt der heilige Wladimir als Bestrafer der Ehebrecher. Immer, wenn eine Frau vor ihm kniete und betete, bekam deren Ehemann blanke Augen und stiftete heimlich eine dicke Kerze vor dem Wunderbild. Auch Vater Ifan, nun schon sechsundfünfzig Jahre als Priester in Perjekopsskaja, lebte gut von der Furcht der Nesträuber. Sie brachten ihm heimlich Speck und Eier, Schinken und eingelegte kandierte Beeren, gesalzenen Fisch und dicke Sahne.
«Sprich mit dem heiligen Wladimir», hieß es dann immer. «Es war nur eine Verirrung bei mir. Bete für uns, Väterchen.»
Das war nun vorbei. Der Blitz hatte das Bild zerfetzt. Der heilige Wladimir hatte Perjekopsskaja verlassen.
Ifan Matwejewitsch tat etwas, was sonst nur noch zu Ostern und bei Katastrophen üblich war: er läutete die Glocke.
Er ließ sie bimmeln, als brenne die Steppe, so weit das Auge reicht, oder Don trete über die Ufer und ersäufe das Dorf. Eine halbe Stunde später war die kleine, bunt bemalte Holzkirche voller Menschen. Von den Feldern und aus den Gärten waren sie herangelaufen, sogar die Fischer hatten die Kähne ans Ufer gerudert und standen nun, nach Fisch stinkend, vor der geschändeten Ikonostase.
Vater Ifan bekam rotumränderte Kaninchenaugen. Er sah auf Dimitri Grigorjewitsch Kolzow herab und freute sich, daß auch dieser in der Kirche war. Man muß wissen: Kolzow war der Bürgermeister des Dorfes, Mitglied des Bezirkskomitees, Altbolschewist und Vorsitzender der Kolchose «Triumph der Revolution».
«Was ist das, he?» schrie Kolzow, als Ifan hinter der Ikonenwand hervortrat. «Läutet die Glocken wie ein Irrer! Was soll's?»
«Wir sind vernichtet», sagte Ifan dumpf.

«Die Kirche ist längst am Ende!» schrie Kolzow zurück.
Er war ein schwerer Mann mit grauen Haaren, die wie ein Kranz um seinen dicken Schädel lagen. Er trug das knielange Hemd der russischen Muschiks, um den Bauch mit einem breiten Lederriemen gerafft.
«Ist das ein Grund, die Glocke zu schlagen?»
«Der heilige Wladimir ist vernichtet . . .»
Ifan trat zur Seite. Über die Leute von Perjekopsskaja senkte sich erschrockenes Schweigen. Auch Kolzow, der Dorfsowjet, starrte auf das zerrissene Bild. Ihm wurde heiß unter dem Kragen, und er fuhr sich mit beiden Händen um den Hals.
«Welcher Hund war das?» schrie einer aus der Menge. «Unser Wunderbild!»
«Es war der Himmel!» sagte Ifan feierlich. «Ein Blitz, Brüder. Ein einziger Blitz nur im ganzen Land . . . und er traf uns!»
«Ich habe ihn gesehen und gehört», rief eine alte Frau. «Er zuckte aus dem blauen Himmel.»
Ifan widersprach nicht. Es ist das Recht der Wunder, sich in der Phantasie zu verstärken.
«Das Gnadenbild ist zerstört.» Ifan Matwejewitsch hob beide Arme gegen das Loch in der Kirchendecke. «Der Herr sei mit uns allen.»
«Und was bedeutet das?» fragte Kolzow. Seine Kehle war wie zugeschnürt. Der Bolschewismus ist von den Menschen gemacht, dachte er, aber das hier war ein Fingerzeig Gottes. Selbst ein Blinder kann nicht daran vorbeisehen.
«Es wird ein Unglück geben», sagte Vater Ifan dröhnend. «Noch in diesem Jahr wird über Perjekopsskaja Feuer regnen . . .»
Die Männer und Frauen des kleinen Dorfes am Don senkten die Köpfe.
Ein Unglück?
Gab es einen neuen Krieg?
Kamen die Deutschen wieder?
«Wir werden aufpassen!» sagte Kolzow in die qualvolle Stille hinein. «Wir werden auf der Hut sein, Genossen . . .»

Jelena Antonowna stand neben dem Leiter der Zollabfertigung hinter dem langen blanken Tisch und blickte auf die runde Uhr in der weiträumigen Flughafenhalle.
Am Horizont, glitzernd gegen den blauen Frühlingshimmel wie ein Raubvogel mit silbernem Gefieder, senkte sich eine Turboprop-Maschine auf das Rollfeld. Die Fahrwerke waren ausgeschwenkt, drei Omnibusse fuhren dem Flugzeug über eine Betonstraße entgegen. Aus den Lautsprechern schallte die Stimme der Sprecherin im Kontrollraum.
«Flug 23, Prag-Moskau, landet in wenigen Minuten.»
«Das ist sie», sagte der Leiter der Zollabfertigung. «Die TU 104. Soll ich ihn schon im Omnibus ausrufen lassen?»
«Nein. In der Halle. Ich will ihn mir aus der Ferne ansehen.» Jelena Antonowna knöpfte die Jacke ihres hellblauen Sommerkostüms zu. Sie war ein hübsches Mädchen, mit langen Beinen und einem schlanken Körperchen, großen dunkelbraunen Kulleraugen und einem Kirschenmund. Die schwarzen Haare waren kurz geschnitten, so kurz, daß der Wind hindurchfegen konnte, ohne sie zu zerzausen. Das Kostüm, das Jelena trug, war ein Modell aus Budapest. Ein Glücksfall, den sie im Kaufhaus «GUM» erstand, ehe die Sendung aus Ungarn in der Bevölkerung überhaupt bekannt wurde. Als dann die Modenschau stattfand, war Jelena schon Besitzerin dieser modischen Neuheit. Es hagelte zwar über diese «Schiebung» Beschwerden bei der Kaufhausleitung, aber merkwürdigerweise hörte man nie wieder etwas darüber. Jelena Antonowna Dobronina besaß einen geheimnisvollen, mächtigen Gönner ... man wird noch manches darüber zu sagen haben.
So, wie sie jetzt hinter dem Zolltisch stand und auf die landende Maschine aus Prag blickte, bot sie den Anblick frühlingsfrischer Jugend. Elegant, modern, mit einer Note Keckheit und einem Schuß Sex. Ein Weibchen, bei dem die Männer feuchte Lippen bekommen.
Die «TU 104» rollte aus, schwenkte auf die Piste, die Gangway wurde herangefahren, die breite Tür klappte zur Seite, zwei Stewardessen traten heraus und bildeten Spalier für die Fluggäste. Unten, am Ende der Treppe, warteten die

Omnibusse. Hell leuchtete vom Dach des riesigen Flughafengebäudes die kyrillische Schrift mit dem Namen: Scheremetjewo.
Der Prunkflughafen von Moskau. Hineingepflügt in ein unermeßliches Waldgebiet, dreißig Kilometer von der Hauptstadt entfernt, gigantisch in seinen Ausmaßen wie das Reich, das die Fluggäste jetzt betraten.
Rußland . . . das größte Land der Erde.
Eberhard Bodmar war einer der ersten, die das Flugzeug verließen. Er nickte den Stewardessen freundlich zu und stieg die steile Treppe der Gangway hinab zu den Bussen. Auf halber Höhe blieb er stehen und überblickte Scheremetjewo.
Der klotzige Kontrollturm, die riesigen Krakenarme der Radarstationen, das langgestreckte, in der Sonne blendende Hauptgebäude und ringsherum das Waldmassiv, dunkelgrün, ein wogendes Laubmeer, das am Horizont den Himmel auffraß . . . erster Eindruck einer anderen Welt, in der es keine Enge gibt, in der die Weite das Herz ergreift.
Eberhard Bodmar war zum erstenmal in Rußland. Aber er kannte dieses Land . . . aus Erzählungen und Berichten, Bildern und Filmen und aus den vergilbten Briefen seines Vaters, an den er nur noch eine verschwommene Erinnerung hatte. Acht Jahre war er alt gewesen, als ein nüchterner Brief der Mutter und ihm mitteilte, daß der Leutnant Holger Bodmar bei einem Stoßtruppunternehmen gefallen sei. In Stalingrad. Mitten in der Stadt. In einer Straße, die zum Roten Platz führte. «Er hat nicht lange gelitten, er war sofort tot», schrieb der Bataillonskommandeur. «Wir haben unseren Kameraden Bodmar mit allen Ehren begraben . . .»
Seine Witwe glaubte es und setzte «in stolzer Trauer» die Nachricht vom Heldentod ihres Mannes in die Zeitung. Erst Jahre später erfuhr sie, daß von einem Begräbnis in allen Ehren wohl keine Rede gewesen sein konnte. Als Leutnant Bodmar fiel, war die eingeschlossene, verhungernde, verfaulende, verratene 6. Armee bereits in der Auflösung begriffen. Täglich starben Tausende an Hun-

ger, Verwundungen, Wundfieber, Typhus und Schwäche und wurden, steifgefroren wie bizarre Eiszapfen, in die Trichter geworfen, in zerschossene Keller geschoben oder einfach zwischen den Trümmerbergen der Stadt liegengelassen.

Aber die Briefe aus Rußland waren geblieben. Eberhard Bodmar hatte sie oft gelesen. Aus ihnen hatte er sich das Bild dieses Landes gemacht, das seinen Vater verschlungen hatte.

«Rußland ist von einer schrecklichen Schönheit», hatte im Jahre 1942 der Leutnant Holger Bodmar geschrieben. «Man kann verstehen, daß nur hier und nirgendwo anders ein Iwan der Schreckliche, ein Peter der Große, eine Katharina und ein Rasputin leben konnten. Nur hier war es möglich, daß man für den Bau einer Straße durch die Taiga 200 000 Menschen opferte ... nur hier kann man verstehen, daß der einzelne Mensch elend und winzig ist und nicht mehr wert als ein Staubkorn ...»

Nun also war er, der Sohn, in Rußland!

«Bittä ... gähen Sie weitärr ...», hörte er hinter sich eine Stimme und merkte, daß er den ganzen Verkehr störte. Er zuckte zusammen, preßte die Finger um den Griff seines kleinen Handkoffers und lief schnell die letzten Stufen der Gangway hinab.

Welch ein Gefühl, dachte er. Verdammt, ein Journalist sollte solche Gefühle nicht haben! Ein Journalist soll nüchtern denken, klar, kompromißlos, wahr, frei von Emotionen und leidenschaftslos. Er soll die Wirklichkeit sehen und darüber berichten.

Aber kann man das in Rußland? Kann das ein Eberhard Bodmar?

Er blieb vor dem Omnibus stehen und ließ erst die anderen Fluggäste einsteigen. Noch einmal blickte er in die Runde. Über das Flugfeld, zu den startenden und landenden Maschinen, über das Gewirr von Tankwagen, Kleinbussen, Werkstattautos und Menschentrauben, zu den in der Maisonne gleißenden Gebäuden und dem riesigen Turm, dem Herz von Scheremetjewo.

Ich glaube, ich habe mir zuviel vorgenommen, dachte er. In Deutschland, in der Redaktionsstube, sieht das alles ganz anders aus. Da purzeln die Pläne aus dem Hirn, da fährt der Finger auf der Karte einfach die Strecken ab, als wolle man hinaus zum Fußballstadion. Da sagt man kaltschnäuzig: «Na was denn! So ein Trip nach Stalingrad, auf den Spuren der deutschen Armeen, was ist das schon? Wir sind eine andere Generation, nüchtern, sachlich. Uns steht nicht gleich das Wasser in den Augen, wenn wir Namen nennen wie Minsk, Charkow, Terek, Großer Don-Bogen, Krim, Ladogasee, Ilmensee, Pripjetsümpfe, Orscha, Rshew, Stalingrad. Das waren unsere Väter ... jetzt sehen wir die Welt. Die Jugend, die Söhne der «Helden». Und wenn ich jetzt die Schlachtfelder von damals abfahren darf, so will ich die Augen verdammt offenhalten. Für unsere Väter war dieses Rußland das größte, einschneidendste, unvergeßlichste Erlebnis ihres Lebens, erkauft mit zehn Millionen Toten und dreißig Millionen Verwundeten. *Wir* sehen dieses Land anders! *Wir* werden den Krieg nicht wieder aufwärmen wie ein Brötchen.»
Und nun stehst du auf russischem Boden, Eberhard Bodmar, und denkst an deinen gefallenen Vater.
Junge, du fängst an, ein schlechter Journalist zu werden.
Er stieg in den Bus, ließ sich über das Rollfeld fahren, betrat die große Abfertigungshalle, zeigte dem Polizeibeamten an der Sperre seinen Flug- und Passierschein und durfte weiter in die Halle.
Zolltische, wie überall auf den Flughäfen. Kofferreihen, wartende Menschen, Zollbeamte, die Gepäck durchsuchen, Protestierende, Ängstliche, die das zum erstenmal erleben, Abgebrühte, die mokant lächeln. Ein Inder, der nur Hindi spricht und dessen Erklärungen keiner versteht; eine Französin, die rot wird, als der Beamte eine Handvoll hauchdünner Höschen hochhält, in zarten Pastellfarben, mit Spitzchen rundherum; ein typischer Engländer, der sich seine Pfeife stopft, während ein Zöllner drei Flaschen Whisky auf den Tisch baut und in einem knackenden Englisch sagt: «Erlaubt nur eine Flasche!»

«Ich hasse Wasser», entgegnet der Brite ungerührt. «Mit Whisky putze ich mir die Zähne. Er gehört zu meinen zollfreien Toiletteartikeln.»
An einem Nebentisch drei Russen, zurückgekehrt aus Westdeutschland. Ihre Koffer werden ausgeleert und peinlich untersucht. Genossen, man kennt die Tricks der Imperialisten! Es wäre nicht der erste Koffer mit doppeltem Boden.
Eberhard Bodmar sah sich gerade um, in welcher Reihe er sich anstellen sollte, als es direkt über ihm in dem von der Decke hängenden Lautsprecher knackte. Eine helle Mädchenstimme.
«Härr Bodmar aus Köln wird gebätten, zum Zollbüro zu kommen. Achtung! Härr Bodmar aus Köln wird gebätten . . .»
Bodmar blickte nach oben zu dem Lautsprecher, sah dann seine Koffer auf dem Fließband herangleiten, und zögerte. Was tun? Koffer dem Zoll vorzeigen oder gehorchen?
Er entschloß sich, zum Zollbüro zu gehen. Daß man seinen Namen in der Halle von Scheremetjewo ausrief, verwunderte ihn nicht. Er hatte so etwas erwartet. «Diese Reise, Jungs, wird nicht glatt gehen», hatte er in Köln zu seinen Redaktionskollegen gesagt, als er sich verabschiedete. «Was die mir in Moskau alles im voraus erlaubt haben . . . da ist ein Dreh dabei. Noch nie hat ein westdeutscher Journalist die Erlaubnis bekommen, allein mit der Kamera kreuz und quer durch Rußland zu fahren. Wohin er will. Und ausgerechnet ich darf es.»
«Tauwetter, mein Lieber», behaupteten die Kollegen, aber Bodmar behielt das kritische Gefühl.
Nun war es soweit . . . sein Name tönte aus den Lautsprechern. Kein anderer Name sonst.
Bodmar nickte zu der noch immer ausrufenden Stimme hinauf, blickte sich suchend um und entdeckte am Ende der langen Tischreihe den Glaskasten des Zollbüros. Ein Mann in blauer Uniform stand davor. Neben ihm lehnte ein hübsches Mädchen in einem hellblauen Kostüm an der Wand.

«Das ist er», sagte Jelena, als sie Bodmar aus der Schlange der wartenden Menschen ausschwenken sah. «Auf dem Foto sieht er ganz anders aus.»
«Ein schöner Mensch.» Der Leiter der Zollstelle öffnete hinter sich die Tür. «Groß und blond. Man sollte Ihr Herz hier in den Panzerschrank schließen, Jelena Antonowna ...»
«Dummheit!» Jelenas weiches, fröhliches Gesicht wurde kantig und böse. «Es gibt auch große blonde Russen ... ich habe keinen Deutschen nötig, Awdeij Iwanowitsch. Einen Deutschen – nie!»
Sie warf den Kopf in den Nacken und ging Eberhard Bodmar drei Schritte entgegen, als sich dieser suchend umblickte. Trotz ihres modischen Kostüms wirkte es so, als marschiere sie nach einer unhörbaren Musik auf ihn zu. Ihre Bewegungen waren etwas eckig und unfraulich.
«Ich begrüße Sie in der Union der Sozialistischen Sowjetrepubliken, Gospodin Bodmar», sagte sie, als sie vor ihm stand. Zwei Köpfe kleiner als er war sie, und sie mußte den Kopf in den Nacken legen, um ihn anzuschauen.
«Es lebe das Paradies der Arbeiter und Bauern», entgegnete Bodmar.
Das war eine Antwort, die Jelena sehr verwirrte. Sie betrachtete das Gesicht des Deutschen, denn Spott läßt sich nicht verbergen, am wenigsten in den Augen. Aber diese Augen hier waren blau wie ein See unter einem Sommerhimmel, klar und leuchtend. Das verwirrte sie noch mehr, und sie senkte brüsk den Kopf.
«Kommen Sie mit, bitte», sagte sie in einem fast reinen Deutsch. «Ich bin von ‚Intourist' beauftragt, Sie zu betreuen. Bevor wir alle Formalitäten erledigen, wäre noch einiges zu besprechen. Bitte ...»
Sie betraten das Zimmer des Zolleiters, und Awdeij Iwanowitsch verließ den Raum. Er legte dabei grüßend die Hand an die Mütze. Bodmar nickte ihm freundlich zu.
«Nette Menschen alle», sagte er zu Jelena.
«Dachten Sie, Sie kommen in ein Land von Neandertalern?»
«Es geht schon los.» Bodmar setzte sich auf die Kante des Schreibtischs und warf seinen Handkoffer auf die Platte.

«Wir sind junge Menschen, Natascha . . .»
«Ich heiße Jelena Antonowna Dobronina . . .»
«Welch ein Klang! Wenn das Tschaikowskij gehört hätte . . . er hätte ein Lied daraus gemacht. Jelena Antonowna . . .»
«Lassen Sie das!» Sie drehte ihm den Rücken zu und ging zum Fenster, das hinausführte auf den Vorplatz des Gebäudes. Ein Aufmarsch der Taxi vollzog sich gerade. Die Fluggäste von vier Maschinen drängten nach Moskau. «Merken Sie sich eines, Gospodin Bodmar: Ihre westliche Art, mit Frauen zu reden, ist hier unerwünscht! Sie haben Ihre Aufgabe, deretwegen Sie nach Rußland gekommen sind . . . ich habe meine Aufgabe: den Auftrag, Ihnen Informationen zu geben, noch bevor Sie endgültig unsere Republik betreten. Sie wissen, daß man mit Ihnen eine großzügige Ausnahme gemacht hat.»
«Ja. Hat man Sie geschickt, damit ich mich dafür bedanke? Eine blendende Idee.»
«Ihre Reise ist bestens organisiert.»
«Genau das wollte ich *nicht*. Ich habe die Zusage, mich völlig frei in ganz Rußland zu bewegen.»
«Wir halten unser Versprechen.» Jelena Antonowna drehte sich langsam um. «Sie können hinfahren, wohin Sie wollen . . . ich werde Sie begleiten.»
«Sie?»
«Ja. Stört Sie das?»
«Aber nein! Ich möchte dem Väterchen vom Presseamt ein Küßchen auf seinen Bart drücken.»
Jelena zog das Kinn an. Ihr schöner Kopf mit dem kurzen schwarzen Haar und den Kulleraugen glühte vor Empörung. Welch ein Affe, dachte sie. Überheblich und dumm. Dreist und widerlich. Gibt es in Deutschland keine anderen Journalisten?
«Wir werden es schwer miteinander haben», sagte sie eisig und steckte die Hände in die Täschchen ihres Kostüms. «Kommen Sie mit zur Zollabfertigung und zur Paßkontrolle. Ich kann es ja nicht ändern.»
Eberhard Bodmar nahm seinen Koffer vom Tisch und rutschte auf den Boden. «Würden Sie es ändern?» fragte er.

«Ja. Mit der nächsten Maschine schickte ich Sie zurück in den dekadenten Westen.»

Als sie hinübergingen zu einem Tisch, wo das Gepäck Bodmars abgesondert wartete, fiel sein Blick auf ein Transparent, das über dem Ausgang gespannt war:

MOSKAU BEGRÜSST SIE

Bodmar blieb stehen, tippte Jelena auf die Schulter und zeigte auf die Schrift. Da kniff sie die Lippen zusammen, blitzte ihn aus ihren dunklen Augen an und marschierte schweigend vor ihm her zur Zollkontrolle.

Der Glockenrock wippte um ihre schlanken Beinchen, er war kurz und lustig; schön war sie, die Jelena Antonowna, und Bodmar hatte das Gefühl, daß Rußland begann, äußerst interessant zu werden.

Vor dem Flughafengebäude wartete die lange Reihe der Taxi. Limousinen, an den Seiten mit einem Schachbrettmuster bemalt. Wie ein Aufmarsch von Harlekinen sah es aus, fröhlich, ein Hauch von Selbstverspottung. Zwischen breiten Betoninseln warteten die Pendelbusse ... Scheremetjewo—Moskwa ... Flughafen-Roter Platz.

An den Taxi standen vorwiegend die westlichen Reisenden Schlange; vor den Bussen drängten sich alle Völkerschaften dieses riesigen Reiches. Kirgisen und Ewenken, Weißrussen mit blonden Haaren und kleine, krummbeinige Tataren. Schöne, schlanke Grusinier mit Lippenbärtchen wie elegante Südfranzosen und gelbhäutige, wie zerknittert wirkende Mongolen. Schwere, bärenhafte Sibirier, selbst in der Frühlingssonne noch mit dicken Pelzmützen und der gesteppten Wattejacke, der Fofaika, und wieselschnelle Kosaken, die sich auf dem Boden nicht recht wohl fühlten und sich nach ihren kleinen Pferdchen sehnten. Bestickte runde Filzkäppchen aus Ulan Bator, verblichene Kopftücher aus der Ukraine, Schirmmützen und Karakulfeze ... ein Gewirr von Farben und Formen war's, und Eberhard Bodmar beobachtete es mit dem Auge des Journalisten, der alles, was er sieht, gleich geistig in Worte umsetzt.

«Nehmen wir auch ein Schachbrett?» fragte er. Jelena Antonowna zog die Augenbrauen hoch. In ihrem kurzgeschnittenen Haar wirbelte der Wind ein paar Strähnen hoch. Auch Bodmars Haar wehte über seine Augen, als stäke sein Kopf als Testfigur in einem Windkanal.
«Wieso Schachbrett?» fragte sie.
«Ein Taxi, Gosposha Jelena.»
«Nein.» Ihre dunklen Augen schienen jetzt fast schwarz zu sein. «Gehen wir . . .»
«Bis Moskau?» rief Bodmar mit gespieltem Entsetzen. «Dreißig Kilometer? Ich hatte nicht die Absicht, Rußland zu erwandern . . .»
Jelena Antonowna verzog das Gesicht, als habe sie an einer Zitrone gelutscht, und ließ Bodmar einfach stehen. Mit schnellen Schritten ging sie hinüber zu dem großen Parkplatz, der halb leer war, denn ein eigenes Auto ist auch heute noch ein Privileg der Moskauer Oberschicht. Daß ein Bauarbeiter oder ein Bäckergeselle mit eigenem Wagen zur Arbeitsstelle fährt, ist ein so phantastischer Traum, daß ihn niemand zu träumen wagt, es sei denn, er nähme es auf sich, als ein Idiot bezeichnet zu werden.
Bodmar lief Jelena nach und sah, wie sie vor einem schwarzen Moskwitsch-Wagen stehenblieb, ihn aufschloß, aus dem Handschuhfach etwas herausnahm und sich dann umdrehte.
«Das Presseamt des Informationsministeriums stellt Ihnen einen Wagen zur Verfügung», sagte sie, als Bodmar erstaunt das massive Auto umkreist hatte. «So war es doch ausgemacht?»
«Man hatte so etwas angedeutet. Ich wollte mit meinem eigenen Wagen kommen, aber es hieß, das sei nicht notwendig.»
«Sie haben alle Papiere bei sich? Internationalen Führerschein?»
«Natürlich. Sogar eine Lebensversicherung über 50 000 Mark. Ich weiß nur nicht, wer sie nach meinem Ableben bekommen soll.»
«Ihre Frau.»

«Fehlanzeige, Jelena. Ich bin unbeweibt.»
«Ihre Eltern.»
«Meine Mutter starb vor zwei Jahren . . .»
«Oh, Verzeihung . . .»
«Mein Vater fiel 1942 in Stalingrad . . .»
Jelena Antonowna ließ den Autoschlüssel, der an einem Chromkettchen hing, um den Zeigefinger wirbeln. «Und nun will der Sohn nach Stalingrad . . .», sagte sie hart.
«Ja. Ich will auf den Spuren meines Vaters durch dieses Land ziehen. Aber das weiß man doch im Informationsministerium. Die Kollegen vom Moskauer Presseamt fanden die Idee großartig . . . so sagte es wenigstens der Presseattaché in der sowjetischen Botschaft in Rolandseck.»
«Und was wollen Sie schreiben?»
«Was ich sehe und . . . empfinde.» Zögernd hängte Bodmar das letzte Wort an den Satz, ein Wort, das er eigentlich während seiner Reise streichen wollte. Empfindungen . . . sie hemmen die Objektivität. Aber jetzt, auf russischem Boden, merkte er, daß es sinnlos war, Gefühlen nicht zu gehorchen und vor Empfindungen wegzulaufen. Dieses Land, diese Menschen, dieser Himmel, unter dem sich soviel Schicksal vollzogen hatte, waren nur zu entdecken, wenn das Herz mitsprach. Rußland mit dem Verstand zu begreifen, ist eine Utopie . . . wer seine Seele zu Hause läßt, wird in Rußland immer ein Fremder bleiben. Bodmar hatte es nie für möglich gehalten und mitleidig über alle gelächelt, die dieses Gefühl beschrieben; aber bei seinem ersten Schritt auf russischem Boden — auf den Stufen der Gangway bereits — fühlte er, wie sein Herz schwer wurde von dem Erlebnis, in diesem Land zu sein.
«Bitte, Ihre Schlüssel, die Autopapiere, der Sonderausweis des Innenministeriums . . . der Wagen gehört Ihnen.» Jelena Antonowna hielt ein Bündel Papiere Bodmar unter die Nase. «Sie wohnen im Hotel ‚Ukraina' am Dorogomilowskaja-Kai.»
«Sieh an. Ich kenne das Hotel von Bildern. Ein Palast, ein Wolkenkratzer im Stil einer verzuckerten Hochzeitstorte.»
«Dreißig Meter hoch, 1026 Zimmer für 1500 Gäste. Über

Stil und Schönheit kann man sich streiten. Ich finde Ihre westlichen Wolkenkratzer scheußlich. Aufeinandergetürmte Steine, weiter nichts. Fassaden voller Seelenlosigkeit. Fenster wie hundert erblindete Augen. *Unsere* Bauten erfreuen das Herz. Wir sind stolz auf sie.»
Jelena öffnete die Wagentür und setzte sich. Sie strich den Rock über ihren Schenkeln glatt und starrte mißmutig über den halbleeren Parkplatz. Die Kolonne der Taxi brummte über die Ausfallstraße nach Moskau. Dazwischen die Busse mit dem bunten Völkergemisch. Ein Ameisenzug in das Herz der Welt, wie der Russe Moskau nennt.
«Fahren wir?» fragte Jelena böse. Bodmar nickte, schwang sich hinter das Steuer und schloß seine Tür. Er steckte den Schlüssel in das Zündschloß und wandte sich dann zur Seite.
«Ich nehme an, sowjetische Autos reagieren wie andere Autos. Wenn ich den Schlüssel drehe, brummt der Motor auf, nicht wahr?»
Jelena beugte sich vor, als sei sie kurzsichtig. Bodmar bemerkte unter der Bluse ihre kleinen spitzen Brüste.
«Ich werde die Zentrale bitten, mich abzulösen», fauchte sie. «Ich kann mit einem Menschen wie Sie unmöglich wochenlang zusammensein. Oder wollen Sie, daß ich Sie eines Tages umbringe?»
«Das Ende meiner Reise habe ich mir eigentlich anders vorgestellt. Den Anfang allerdings auch ...»
Jelena fuhr auf dem Sitz herum. Ihre schönen, vollen Lippen zitterten.
«Was gefällt Ihnen nicht? Die Sowjetunion empfängt Sie wie einen Ehrengast ... und Sie benehmen sich wie ein Revanchist!»
«Genau das ist es, was mir mißfällt, Jelena Antonowna ... diese Katalogisierung des Menschen. Kommunist — Revanchist ... Arbeiter — Kapitalist. Das ist zu einfach, Gosposha.»
Bodmar ließ den Motor an, löste die Handbremse und gab vorsichtig Gas, nachdem er sich überzeugt hatte, wo der erste Gang lag. Der schwarze Wagen rollte an, er lief leise, ein wenig hart in den Federn, aber war leicht zu lenken,

trotz des Fehlens der Servohilfe. Ein massives Auto mit dem dicken Blech eines Traktors. Bodmar, ein Autonarr, der aus Leidenschaft für das Fahren auch Autos testete und vielbeachtete Berichte darüber schrieb, fühlte sich wohl in dem Moskwitsch-Wagen. «Ich habe nur ehrlich ausgesprochen, was ich bisher gesehen habe. Ich nehme an, auch bei Ihnen ist Wahrheit oberstes Gebot.»
«Fahren Sie den Taxi nach.» Jelena wandte sich ab. Innerlich bebte sie vor Zorn. Aber es war ein Zorn gegen sich selbst. Ich könnte ihm stundenlang zuhören, dachte sie und verfluchte gleichzeitig diese Gedanken. Es ist eine ganz andere Sprache, die er spricht, unbefangen, unbekümmert, frisch wie der Wind des Meeres, ungebrochen wie ein Wolkenzug. Wirklich, es wird das beste sein, den Genossen Dawidow zu bitten, mich abzulösen. Wohin soll das führen, wenn ich beginne, ihm mit dem Herzen zuzuhören ...
Sie fuhren über eine breite Waldstraße nach Moskau. Dörfer lagen rechts und links der Chaussee, flache Häuser, umgeben von Gärten, in denen die Obstbäume blühten. Ab und zu ein alter Ziehbrunnen, dessen Hebelmast steil in den blauen Frühlingshimmel stach. In der Ferne die grüne Wand der Wälder.
Bodmar fuhr schnell, überholte die Autobusse und die karierten Taxi und sah, wie einige Chauffeure an den Mützen rissen und die Fäuste schüttelten.
«Darf man hier nicht überholen?» fragte er. «Wenn ich etwas falsch mache, müssen Sie mir das sagen, Jelena.»
«Fahren Sie weiter!»
Die Flughafenstraße mündete in eine Art Autobahn. Hier wurde der Verkehr dichter, fast westeuropäisch. Autoschlangen schoben sich nach Moskau hinein. Bodmar fädelte sich ein und fuhr etwas langsamer, als er von weitem ein gewaltiges Denkmal sah: ein Monument aus Reliefs, klobigen Steinen und heldenhaften Figuren.
«Was ist denn das?» fragte er.
«Das Mahnmal zur Erinnerung an den Überfall der Deutschen.» Jelena tat es gut, so etwas zu sagen. «Bis hierher

kamen sie 1941 ... dann besiegte sie unsere Rote Armee!» Bodmar fuhr rechts 'ran und hielt auf einem Parkstreifen. Stumm blickte er hinüber zu dem Ehrenmal. Dann sah er die Autobahn hinunter – in der Ferne begannen die Vorstädte Moskaus, ahnte man das Häusermeer der 7,5-Millionen-Stadt.
«Verdammt nah», sagte er.
«Aber wir haben gesiegt!»
«Wenn man bedenkt, daß hier unsere Väter lagen ... überrascht vom eisigen Sturm eines plötzlichen Winters, ohne Mäntel, ohne Handschuhe, ohne warme Wäsche, ohne Fellstiefel, daß sie hier erfroren und krepierten, Moskau vor Augen ...»
«Das macht Sie mächtig stolz, was?»
«Nein, das macht mich traurig, Jelena. So etwas darf sich nie mehr wiederholen.» Plötzlich sprach Bodmar russisch, und Jelena fuhr herum, als habe man sie ins Gesäß gestochen.
«Sie können Russisch?» schrie sie und ballte die Fäuste.
«Ja. Ich habe zwei Jahre einen Kursus besucht.»
«Und mich lassen Sie die ganze Zeit deutsch sprechen?»
«Ich dachte, es macht Ihnen Spaß, Jelena ...»
«Oh, ich hasse Sie! Ich hasse Sie!»
Sie trommelte mit den Fäusten auf Bodmars Brust und war außer sich vor Wut. Ihr Kopf glühte, als habe sie ein offenes Feuer angeschürt. Bodmar ließ sie trommeln, aber dann packte er doch ihre Fäuste und drückte sie auf die Polster.
«Warum benehmen Sie sich so, Jelena?» fragte er leise. «Was habe ich Ihnen getan?»
«Sie sind arrogant, überheblich, widerlich ...»
«Das alles stimmt ja nicht.» Er schüttelte den Kopf, aber hielt weiter ihre zuckenden Fäuste fest. «Ich bin ein verdammter Narr, Jelena. Ich bin in Ihr Land gekommen, um mit den Augen der neuen Generation das ‚deutsche Schicksal Osten' zu betrachten. Die Hurra-Stimmung unserer Väter hasse ich. Und dann sehe ich ein Ehrenmal wie dieses hier, und plötzlich bin ich mittendurchgerissen. Wie

würden wohl Ihre Leute reagieren, wenn sie in Deutschland auf einem Friedhof Gräber russischer Soldaten fänden, die in deutscher Gefangenschaft gestorben sind.»
«Sie würden strammstehen und sie mit allen militärischen Ehren grüßen. Oder sie würden sich bekreuzigen ... auch das ist möglich.»
«Und was soll ich in Rußland tun, Jelena?»
«Weiterfahren!» Sie riß die Fäuste aus seinen Händen und preßte sie in den Schoß. Sieh ihn nicht an, befahl sie sich. Sieh ihn nicht an! Seine Augen sind groß und traurig. In die Arme müßte man ihn nehmen und trösten. «Auch Ihr Vater hat unser Land überfallen ... und mein Vater starb in deutscher Gefangenschaft ... an einer Blutvergiftung ... in Homberg-Hochheide ... Oh, ich habe den Namen behalten, ich habe ihn auswendig gelernt, ich habe ihn so lange vor mich hin geschrien, bis er in mein Gehirn gebrannt war. Kohlen holte mein Vater aus dem Berg ... jeden Tag zehn Stunden lang in 450 Meter Tiefe ... bei Kohlsuppe und Schlägen ... Seine Hände platzten auf, an den Fingern bildeten sich Hornstreifen, sie wurden klobig und dick ... und dann übersäten Furunkel seinen Körper, der Eiter drang ins Blut, und er starb. Wissen Sie, was Väterchen war?»
«Sagen Sie es, Jelena.»
«Pianist. Nikolai Jefimowitsch Dobronin. Er gab Konzerte in New York und Paris, in Berlin und Tokio, in der ganzen Welt. Und mußte in einem Bergwerk sterben ...»
«Wir wollen uns die Grauen des Krieges nicht gegenseitig aufrechnen, Jelena», sagte Bodmar leise. «Wozu das alles? Die Welt unserer Väter bestand aus Blut und Feuer ... verdammt, wir sollten alle daraus lernen.»
Er griff nach ihrem Kopf und drehte ihn zu sich herum. Da sah er, daß sie weinte. Lautlos rannen aus ihren großen braunen Augen die Tränen über das Gesicht.
«Jelena ...», sagte er heiser. Eine Welle von Zärtlichkeit überflutete ihn. Er umfaßte ihre Schultern und zog sie an sich heran. Sie lag in seinen Armen ohne Gegenwehr, nur ihre Augen bekamen einen wilden Glanz.

«Tun Sie es nicht . . .», sagte sie wie erstickend. «Bitte . . . lassen Sie das . . .»
Dann schloß sie die Augen, und als er die zuckenden, tränenfeuchten Lippen küßte, warf sie die Arme um seinen Nacken und klammerte sich an ihn. Ebenso plötzlich aber riß sie sich mit einem Ruck von ihm los, stieß ihn mit beiden Händen fort und holte dann weit aus. Klatschend schlug ihre Rechte in Bodmars Gesicht.
«Fahren Sie weiter!» schrie sie, und ihr Gesicht war so verzerrt, daß kaum noch eine Ähnlichkeit mit der bisherigen Jelena Antonowna vorhanden war. Ein wahres Teufelchen war sie jetzt, eine wilde Katze mit gespreizten Krallen. «Unterlassen Sie das!» schrie sie weiter. «Ich zerkratze Ihnen die arrogante Visage, wenn Sie das noch einmal wagen! Anzeigen werde ich Sie!»
Ihr Atem fuhr Bodmar heiß ins Gesicht, er sah, wie sie mit den Beinen auf den Wagenboden trampelte. Die Kostümjacke war aufgesprungen, unter der blaßblauen Bluse bebten die spitzen Brüste.
«Fahren Sie endlich weiter!» schrie sie erneut. «Wenn ich Sie in Moskau abgeliefert habe, will ich Sie nicht mehr sehen . . .»
Verwirrt ließ Bodmar den Motor wieder an.
Sie hat mich eben wiedergeküßt, dachte er. Sie hat die Lippen geöffnet, ich spürte ihre kleine Zunge, die Weichheit ihres Mundes streichelte mich, und ihre Hände glitten über meinen Nacken.
Jelena Antonowna . . . wer soll das verstehen?
«Zuerst zur Deutschen Botschaft», sagte er heiser.
«Bitte.»
Bodmar griff in seine Jackentasche und holte eine Schachtel Zigaretten heraus. Jelena nahm die Packung, betrachtete sie kurz und warf sie dann aus dem Fenster.
«Ich wünschte, ich könnte das auch mit Ihnen tun», sagte sie dumpf. «Wir sind viel zu feig . . . viel zu feig . . .»

Der Presseattaché der Deutschen Botschaft war sofort im Bild, als Eberhard Bodmar sich bei ihm melden ließ.

Die Reise des Journalisten aus Köln hatte die Diplomaten in dem alten Palais an der Großen Grusinischen Straße Nummer 17 seit Tagen rege beschäftigt. In der Botschaft verstand man nicht, wieso es einem westdeutschen Schreiber gestattet wurde, sich so völlig frei in Rußland bewegen zu können. Bisher hatten die Sowjets es so gehalten, daß für Besuchs- und Besichtigungsreisen ein detailliertes Programm zur Verfügung gestellt wurde, von dem niemand abweichen durfte. Touristengruppen wurden von Fremdenführern des «Intourist», des sowjetischen staatlichen Reisebüros, zu den Sehenswürdigkeiten gebracht, durch Moskau gefahren oder auf den Routen — bei Rundreisen etwa — begleitet. Fotografiert werden durfte alles, was nicht militärisch war ... aber was war in Rußland nicht militärisch? Die Dolmetscher erklärten es: die Kremlmauer, der Rote Platz, das Bolschoi-Theater, die Lomonossow-Universität, das Lenin-Mausoleum, die Basilius-Kathedrale, die Kirchen im Kreml, die Stadien, die Parks, das Spasski-Tor, das Kaufhaus «GUM» ... aber schon die Fotos von den alten, schönen, bemalten Holzhäusern in den Vorstädten von Moskau erzeugten bei den Fremdenführern Kummerfalten.
«Sie werden in Kürze abgerissen», sagten sie wegwerfend. «Es lohnt sich nicht, das zu fotografieren.» Es war, als schämten sie sich, daß um Moskau herum noch Holzhäuser standen, daß ein Funke der uralten Kultur noch zu spüren war, ein Hauch Zarentum, ein Nebel der herrlichen wilden Vergangenheit. Eine Art von Minderwertigkeitskomplex brach dann aus, eine Angst, nicht fortschrittlich genug zu sein. Holzhäuser, mit bemalten Balken und geschnitzten Fenstern, gedeckt mit wind- und sonnenzerfressenen Schindeln oder fahlgrauem uraltem Stroh, eine Schande war's, daß die Leute aus dem Westen so etwas sehen mußten.
Und nun kam ein deutscher Journalist in das Land und durfte sich frei bewegen, alles schreiben und alles fotografieren. Wen wundert es, daß in der Deutschen Botschaft die Diplomaten zu Rätselratern wurden.

«Irgend etwas stimmt da nicht», sagte der Presseattaché zu Eberhard Bodmar und goß ein hohes Glas mit grusinischem Kognak ein. «Wir haben versucht, ganz vorsichtig natürlich, die Beweggründe zu erfahren, warum man bei Ihnen diese Ausnahme macht. Schließlich sind in Stalingrad und in der nachfolgenden Gefangenschaft 234 000 Deutsche ums Leben gekommen ... wenn jeder Sohn nun den Spuren seines Vaters nachreisen wollte ...» Der Attaché lächelte mokant und prostete Bodmar zu. «Das wäre eine neue Völkerwanderung. Bisher reagierten die Sowjets immer sauer, wenn die Rede auf den Krieg kam. Für sie sind und bleiben wir die Provokateure. Und nun erscheinen Sie, lieber Bodmar, ein — verzeihen Sie meine Ehrlichkeit — nicht gerade allgemein bekannter Journalist, und bekommen eine Freiheit, die man noch nicht einmal befreundeten Reportern zugesteht.»
«Ich war selbst erstaunt.» Bodmar nippte an dem herrlichen, dunkelgoldenen Kognak aus dem Kaukasus. «Aber es ist nun mal so.»
«Die Männer im Kreml tun nichts ohne Absicht und genaue Planung. Wir fragen uns nur: *Was* steckt dahinter? Was hat man mit Ihnen vor? Warum gerade Sie? Unsere Recherchen liefen sich tot ...»
«Vielleicht werde ich eines Tages die Antwort erfahren.»
«Ganz sicher sogar. Der Herr Botschafter ist der Ansicht, daß Ihre Reise eine Art Testfall ist. Ein Versuchsballon, der leicht platzen kann ... und dann haben wir die Scherereien.» Der Presseattaché stand auf, holte von seinem Schreibtisch eine Karte und breitete sie vor Bodmar auf dem Couchtisch aus. «Sie wollen von hier nach Stalingrad?»
«Ja.» Bodmar beugte sich über die Karte und fuhr mit dem Zeigefinger seine Strecke ab. «Von Moskau nach Woronesch. Dann auf den Wegen des deutschen Aufmarsches bis zum Don-Bogen und dann kreuz und quer durch den Kessel von Stalingrad ... von Kalatsch bis zur Wolga, von den Traktorenwerken bis nach Beketowka, wo 36 000 deutsche Soldaten an Hunger und Frost gestorben sein sollen. Und ich will — zu Fuß — die Todesstraße vom Flugplatz Pitom-

nik nach Stalingrad Mitte zurücklegen, diese mit steif gefrorenen Leichen gepflasterte Straße, über die mein Vater in seinem letzten Brief schrieb: ‚Zum letztenmal bin ich von Pitomnik zurückgekehrt in die Stadt. Wir sollten Verwundete hinbringen, aber auf der Höllenstraße starben sie unter unseren Händen. Wir haben sie am Straßenrand liegenlassen wie die Zehntausende vor ihnen. Aufeinandergeschichtet, Prellsteine aus Leibern, Leitplanken, die die Richtung weisen: Dort hinten ist die Hölle!'» Bodmar senkte den Kopf und starrte auf den dunkelroten Afghanteppich, der das Zimmer ausfüllte. «Der Brief wurde nicht beschlagnahmt. Ein Freund meines Vaters brachte ihn mit ... sechs Jahre hatte er ihn durch die Gefangenschaft geschleppt, versteckt im rechten Stiefel. Die Schrift war vom Schweiß fast zerfressen.»

«Genau das ist es, worauf die Russen allergisch reagieren.» Der Attaché beugte sich wieder über die Karte. «Wann wollen Sie losfahren?»

«So schnell wie möglich.»

«Wo wohnen Sie in Moskau?»

«Im ‚Ukraina'. Ich werde hingebracht. Mein erster Weg vom Flughafen war zu Ihnen.»

«Hingebracht?» Der Attaché hob ruckartig den Kopf. «Sie sind nicht allein?»

«Nein. Ein entzückendes Mädchen von ‚Intourist' wartet vor dem Haus im Wagen. Eine Kratzbürste, sage ich Ihnen, bei der man jeden Stachel liebkosen möchte.»

«Dachte ich's mir doch. Eine Frau. Lieber Bodmar, ein guter Rat unter Kollegen: Das gefährlichste in Rußland sind die Frauen! Hüten Sie sich vor ihnen. Die Liebe einer Dolmetscherin von ‚Intourist' ist eingeplant, steht auf der Betreuungsliste — vergessen Sie das nie! Auch wenn sie bei Ihnen im Bett liegt und noch so zärtlich ist ... am nächsten Morgen schickt sie ihren Bericht zum Distriktsleiter. Wer ist das Mädchen im Wagen?»

«Sie nennt sich Jelena Antonowna Dobronina.»

Der Presseattaché holte vom Schreibtisch einen Notizblock und notierte sich den Namen.

«Sie holte Sie am Flughafen ab?»
«Ja. Sie übergab mir das zur Verfügung gestellte Auto, alle Papiere, die Schlüssel, ein Schreiben des Innenministeriums für Kontrollen auf den Landstraßen und in den Städten, wechselte in Scheremetjewo meine D-Mark in Rubel um, regelte die Formalitäten mit dem Zoll und den Fragebogen am Einreiseschalter, alles in allem — sie betreute mich wie eine Henne ihre Küken.»
«Oder wie eine Schlange das Kaninchen, ehe sie es auffrißt. Mein Lieber — Vorsicht, sage ich! Liebeleien sind hier halsbrecherisch.»
«Nicht bei Jelena. Eine Ohrfeige habe ich schon. Genau unter dem Mahnmal des deutschen Angriffs auf Moskau.»
«Sehr sinnig.» Der Attaché lächelte süßsauer. Für ihn war die Situation, in die Bodmar die Deutsche Botschaft und vor allem die Pressestelle gebracht hatte, alles andere als humorvoll. Er lebte seit drei Jahren in Moskau und kannte mittlerweile alle Eigenheiten seiner Kollegen im Kreml. Der «Fall Bodmar» war deshalb völlig widersinnig. Das große Kopfzerbrechen würde anhalten bis zur Rückkehr Bodmars nach Köln an seinen Redaktionstisch. «Ich wünsche Ihnen viel Glück. Und noch eines, lieber Kollege: Wir können nichts für Sie tun, wenn sie verbotene Objekte fotografieren und dafür in irgendeine Zelle gesteckt werden. Wir können auch nichts für Sie tun, wenn man Sie dann wegen Spionage anklagt und verurteilt. Sie kennen die Grenzen, die man Ihnen trotz aller Freizügigkeit setzt. Überschreiten Sie sie, sind Sie verloren. Sie sind nicht der Typ, der zehn Jahre Zwangsarbeitslager in Bleibergwerken aushält oder bei vierzig Grad Kälte Straßen baut. Das halten Sie sich immer vor Augen, wenn Sie die Kamera ans Auge heben ... oder wenn Sie in den Armen irgendeiner Jelena besonders glücklich sind. Die Liebe der russischen Frauen ist wie ein heißer Steppenwind ...»
Bodmar verließ die Deutsche Botschaft nach knapp einer Stunde. Er traf Jelena Antonowna im Wagen sitzend an. Sie rauchte eine Papyrossa und las in einem Buch. Die Zeit schien ihr nicht lang geworden zu sein. Warten ist

in Rußland eine Tugend. Noch nie spielte dort die Zeit eine große Rolle. Die Weite des Landes macht eine Uhr zur Spielerei. Man ist gewohnt, in Generationen zu denken.

«Da bin ich wieder!» rief er fröhlich und riß die Tür auf. Jelena klappte das Buch zu. Ihr bisher gelöstes Gesicht wurde wieder hart. «Haben Sie mich vermißt?»

Jelena Antonowna antwortete nicht. Sie warf das Buch mit einem Schwung auf den Rücksitz und wischte mit einer sehr müden Bewegung über das kurzgeschnittene schwarze Haar. Es war eine Geste der Resignation: Es lohnt sich nicht, darauf zu antworten.

«Ich habe Sie sehr vermißt, Jelena», sagte Bodmar. «Ich hätte es nicht für möglich gehalten . . . aber die Stunde da drinnen zwischen all dem Marmor und Stuck, den Teppichen und Maßanzügen, der gedämpften, diplomatischen Höflichkeit und dem ewigen Mißtrauen war für mich eine verlorene Zeit. Können Sie das verstehen?»

Jelena schwieg. Ihre Backenknochen aber stachen stärker durch die Haut.

«Ich will mir nicht wieder eine Ohrfeige einhandeln, aber ich muß Ihnen sagen, daß Sie mir direkt fehlten. Ihre Nähe macht mich glücklich.» Bodmar ließ den Motor aufschnurren und blickte in die Runde. Der Verkehr auf der Straße war nicht stark; es war einfach, sich auf die Mitte der Straße zu schieben. Die zwei Milizsoldaten, die vor der Deutschen Botschaft hin und her pendelten, blickten interessiert in den schwarzen Moskwitsch-Wagen. Ein Deutscher und ein russisches Vögelchen . . . der Teufel hole die Weiber, die sich so verkaufen!

«Fahren Sie endlich!» sagte Jelena gequält. «Wir fallen ja schon auf. Wozu so viele Worte? Ich höre Ihnen doch nicht zu. Sie sind wie das Quäken eines Sumpffrosches.»

Stumm fuhren sie durch die Stadt, nur die Angaben Jelenas unterbrachen die Stille zwischen ihnen. «Rechts . . .» sagte sie. Oder: «Links. Um den Platz herum.» Oder: «Immer geradeaus. Bleiben Sie auf der Uferstraße . . .»

Moskau. Der Fluß. Die Backsteinmauer des Kreml mit ihren Türmen und Toren. Die goldenen Kuppeln der Kirchen, auf denen sich die Sonne spiegelte. In den Himmel ragend die spitzen weißen Hochhäuser im Zuckerbäckerstil — das neue Antlitz der Riesenstadt. Die weißen Schiffe auf der Moskwa. Breite Boulevards, mit Bäumen eingefaßt, wie in Paris.

Moskau. Die «weiße Stadt». Acht Jahrhunderte bauten an ihr. Ein riesiger Schwamm, der die Völker in sich aufsog. Metropole eines Landes, das ein Sechstel dieser Erde umfaßt. Vom sibirischen Meer mit ewigem Eis bis zu den mongolischen Steppen, von der Schwarzen Erde der Ukraine bis zu den Kohlenhalden von Chabarowsk, von den Bohrtürmen der Ölfelder von Baku bis zu den endlosen, im Sommer singenden, im Winter von Frost krachenden Wäldern der Taiga, durch deren meterhohen Schnee die Hundeschlitten gleiten und das Geheul der Wölfe mit dem Eissturm fliegt.

Moskau — das «Herz der Welt», wie die Russen sagen.

Bodmar fuhr den Wagen in die Garage des Hotels «Ukraina». Ein Gepäckträger und ein Boy rannten heran, nahmen die Koffer aus dem Wagen und schoben sie in einen der Aufzüge. Der Garagenwärter begrüßte Bodmar wie einen alten Bekannten. Jelena kannte er mit Namen und zwinkerte ihr zu, was ihr sehr unangenehm war. Man sah es an ihren geschürzten Lippen.

«Sie haben Zimmer 689», sagte Jelena, als sie die Hotelhalle betraten, die groß wie ein Bahnhof war und von einem ungeheuren Luxus. An der riesigen Theke des Empfangs drängten sich Gäste aus allen Ländern. Der Engländer vom Flughafen, der mit den Zollbeamten über seinen Whisky diskutierte, saß schon in einem der tiefen Sessel in der Halle, las die neueste Ausgabe der TIMES und trank aus einer der durch den Zoll geretteten Flaschen.

«Ich habe gehört, daß man seinen Paß abgeben muß», sagte Bodmar und griff in die Rocktasche. Seine Koffer wurden auf einem kleinen Wagen vorbeigefahren und entschwebten nach oben in einem der breiten Lastenaufzüge.

«Sie nicht.» Jelena sprach mit einem der Angestellten hinter der Theke. Ein Boy, ein kleiner Bursche mit einem schwarzen Krauskopf, baute sich vor Bodmar auf und stand stramm.

«Folgen Sie mir bitte, Gospodin.»

«Und Sie?» fragte Bodmar. «Sehe ich Sie wieder, Jelena?»

«Ich hoffe nicht.»

«Dann ist das jetzt ein Abschied für immer?»

«Ja.»

«Darf ich Ihnen noch etwas sagen?»

«Wenn es unbedingt nötig ist.»

«Es ist nötig: Sie wären die schönste Frau Moskaus, wenn Sie ein wenig Rot auf Ihre Lippen legten und sich die Augenbrauen zupfen ließen.»

«Ich hasse die dekadente Puppenschönheit des Westens.»

«Wie Sie meinen, Jelena.» Er streckte ihr die Hand hin. «Leben Sie wohl. Schade – ich wäre so gern mit Ihnen durch Rußland gefahren. Aber anscheinend bin ich nicht Ihr Typ.»

«Sie sind ein Deutscher!» sagte Jelena Antonowna hart. «Was Sie auch denken und fragen ... suchen Sie darin eine Antwort.»

Bodmar zögerte. Er wollte noch vieles sagen, erklären, richtigstellen. Alle Mißverständnisse in der Politik entstehen nur, weil man nicht gründlich miteinander spricht. Hier, zwischen uns beiden, fängt es schon an ... wie soll man da auf Verständnis bei den Großen hoffen?

Aber dann wandte er sich doch ab, folgte dem kleinen krausköpfigen Boy zum Fahrstuhl und stieg in die blitzende Kabine. Noch einmal hob er die Hand und winkte Jelena zu. Sie stand unbeweglich inmitten der vielen hin und her rennenden Menschen, mit hängenden Armen und traurigen Augen.

«Jelena ...», wollte Bodmar rufen. «Was wir machen, ist doch Blödsinn. Wir gehen *aus*einander und fühlen, daß wir *zu*einander müßten! Jelena, warte doch ...» Aber es war schon zu spät ... die Tür schnurrte zu, der Lift schwebte lautlos und schnell in das 23. Stockwerk.

Jelena Antonowna starrte dem Schatten des Aufzugs

nach, der sich hinter der Glaswand abzeichnete und dann verschwand. Ihr Gesicht war erfüllt von einer spröden Zärtlichkeit, vom Widerschein eines Kampfes, der wild in ihrem Innern tobte und ihr Herz in eine brennende Kugel verwandelte.
«Ich könnte dich erschlagen», dachte sie und ballte die Fäuste, drückte sie an ihre Hüften und preßte die Lippen zusammen. «Den Schädel könnte ich dir zertrümmern, du blonder Satan! Ich weiß nicht mehr, wer ich bin ... und das ist deine Schuld. Hätte ich dich doch nie gesehen, du deutscher Hund!»
Sie drehte sich so schnell um, daß sie gegen einen Inder stieß, der hinter ihr vorbeiging und sich höflich entschuldigte, obgleich er der Angerempelte war. Dann lief sie zu der Ladenstraße im Hintergrund der Hotelhalle und betrachtete mit schiefem Kopf die Auslagen eines Kiosks mit kosmetischen Artikeln. Die Verkäuferin beugte sich vor.
«Was darf ich Ihnen zeigen, Genossin?»
«Einen Lippenstift ...», sagte Jelena mit fester Stimme. «Ein zartes Rot, Genossin ... nicht so aufdringlich wie die westlichen Weiber. Dezent, verstehen Sie?»
«Selbstverständlich. Wir haben die besten Lippenstifte aus Paris. Wenn Sie unsere Auswahl durchsehen möchten Genossin ...»
«Ja.» Jelenas Blick glitt über die lange Reihe der Probestifte. Rot vom Cyclamen bis zum hellsten Rosa, vom blassen Hauch bis zum kräftigen Orange. Sie blickte in den Spiegel, den ihr die Verkäuferin hinrückte, und betrachtete ihr Gesicht mit kalter weiblicher Kritik.
Die Augenbrauen. Dunkel, fast schwarz, aber zu dick.
«Gibt es einen Apparat, mit dem man die Brauen zupfen kann?» fragte sie.
«Auch das, Genossin.»
«Ich nehme ihn ... und diesen Lippenstift.» Sie tippte auf ein Rosa, zart wie eine Apfelblüte, bezahlte einen verrückt hohen Preis für so viel westliche Dekadenz und verließ dann schnell die Hotelhalle.
Es war, als flüchte sie von dem Ort einer Niederlage.

2. Kapitel

Auch in Rußland geschehen Morde.
Sogar in internationalen Luxushotels wie dem «Ukraina». Man sollte es nicht für möglich halten, aber irgend jemand war in der Nacht in das Zimmer 688 geraten und hatte dem Inhaber des breiten Bettes, dem Diplomingenieur Russlan Dementijewitsch Gorlowka, den Schädel eingeschlagen. Es war ein unästhetischer Mord, das Bett war voller Blut, der dicke Teppich aus Astrachan war beschmutzt, und der Tote lag nackt in einer Blutlache, hatte sein Gehirn bis an die schweren Plüschvorhänge gespritzt und sah so entsetzlich aus, daß der Polizeiinspektor laut verkündete: «Hier muß ein Vieh am Werk gewesen sein!»
Das Zimmermädchen entdeckte den Mord, als es das Frühstück bringen wollte. Russlan Dementijewitsch hatte bei der Etagenhüterin am Abend vorher sein Morgenmahl für acht Uhr bestellt. Ein Beweis, daß er da also noch lebte und mit einem frühen Appetit rechnete. Nadja Fillipowna, ein Mädchen aus Kiew, das an diesem Morgen den Kaffeedienst auf der Etage versah, klopfte an die Tür von Zimmer 688, hörte keine Antwort und betrat zunächst den Vorraum, einen Salon.
«Genosse, Ihr Kaffee!» rief sie, und da Russlan Dementijewitsch anscheinend einen tiefen Schlaf hatte, der Kaffee aber nicht kalt werden sollte, betrat Nadja den Schlafraum. Hinterher erinnerte sie sich nur noch daran, daß sie gellend geschrien hatte. Dann fiel sie ohnmächtig um, bevor die Etagenhüterin Ustenjka ins Zimmer stürzte und über die liegende Nadja stolperte.
In dem riesigen Palastbau des Hotels merkte kaum jemand, was im 23. Stockwerk geschehen war. Nur die Bewohner der Appartements 680 bis 695 wurden abgesondert, durften ihre Zimmer nicht verlassen und erhielten durch höfliche Pagen den Bescheid, sie sollten sich für ein Verhör durch die Polizei bereithalten. Auch bei Eberhard Bodmar erschien ein Zimmerkellner und weckte ihn aus tiefem Schlaf.

«Polizei?» Bodmar setzte sich im Bett auf und blickte auf die Uhr, einen Reisewecker. Knapp halb neun. «Was ist denn los? Was will man denn von mir?»
«Das wird Ihnen der Genosse Inspektor sagen.» Der Kellner verbeugte sich höflich, machte eine Bewegung wie «Ich kann es nicht ändern, Gospodin», und entfernte sich.
Im Zimmer 688 fand um diese Zeit bereits eine kleine Versammlung statt. Der Mord an Russlan Dementijewitsch wurde eine politische Affäre. Schon die erste flüchtige Untersuchung durch die Polizei hatte den Verdacht ergeben, daß hier mehr vorlag, als ein Mann, dem man das Gehirn aus dem Schädel geschlagen hatte.
Russlan Gorlowka war Experte für das Raketenwesen gewesen. Er war von einer Studienreise durch Amerika zurückgekommen, hatte dort auch die Abschußbasen der Amerikaner besucht, war bei dem Start einer Apollo-Rakete zugegen gewesen und hatte viele freundschaftliche Gespräche geführt. Die Mikrofilme, die er dabei anfertigte, verbarg er in einem fast sicheren Versteck ... er klebte sie an seinen Unterleib, an die Rückseite seiner Hoden. Das war zwar ein auf die Dauer unangenehmes Gefühl, aber für das Vaterland ist es zu ertragen. So brachte der gescheite Gorlowka seine Filme sicher durch alle Kontrollen, denn niemand kam auf den Gedanken, ihm zwischen die Beine zu fassen. Er hätte dagegen auch laut protestiert.
Mit demselben Flugzeug wie Bodmar, von Prag kommend, wo er mit dem Leiter der westeuropäischen Zentrale für Meinungsfragen konferiert hatte – ein netter Name für ein Nest voller Agenten –, war er in Scheremetjewo gelandet. Allerdings war er nicht vorschriftsmäßig sofort zum Staatssicherheitsdienst gefahren, um seine Filme abzuliefern, sondern hatte sich erst im Hotel von seiner Reise und dem strapaziösen Abschied von einem Prager Weibchen erholen wollen. Das war sein tödlicher Fehler.
Alles das wußte man noch nicht, als der Flur auf dem 23. Stockwerk abgesperrt wurde. Man stellte nur eines fest: Alle Koffer waren durchwühlt, die Schlösser aufge-

brochen, Kleidung und Wäsche lagen verstreut mit Papieren und Akten auf dem Boden des Ankleidezimmers hinter dem Schlafraum.
Major Boris Grigorjewitsch Tumow von der Abteilung II des KGB, der Spionagezentrale Rußlands, trat auf den Plan. Er war ein drahtiges Männchen mit gekrümmten Kosakenbeinen, vierundvierzig Jahre alt, verheiratet, drei Kinder und Träger dreier Tapferkeitsmedaillen, die er sich vor Königsberg, Danzig und Berlin erworben hatte. Wenn er betrunken war, brüstete er sich damit, nach der Eroberung der Reichskanzlei gegen den Schreibtisch Hitlers uriniert zu haben, während noch die SS-Wachen durch das Gebäude schossen. Wenn Tumow dieses Erlebnis wiedergab, war ein trister Abend immer gerettet.
Man glaube nun nicht, Tumow sei ein harmloser Idiot. Im Gegenteil, er war ein scharfer Hund, dem man einmal ein brennendes Strohbüschel an den Schwanz gebunden haben mußte. Wo er auftauchte, als Verhörender vor allem, zog sich der Satan weinend zurück und bekam Komplexe. Tumow ging der Ruf voraus, in jedem Verhör Sieger zu sein. Über seine Methoden schwiegen alle, die mit ihm zusammenarbeiten mußten. Der pure Selbsterhaltungstrieb machte sie stumm und blind. So kam es, daß die Unterabteilung V der Hauptabteilung II im KGB die höchste Erfolgsquote hatte und der Name Tumow gleichbedeutend war mit Geständnis.
Boris Grigorjewitsch betrachtete die Leiche des kopfgespaltenen Gorlowka eine Weile stumm und ohne Bewegung. Währenddessen sagte der Polizeiinspektor seinen Bericht auf und erwähnte auch seinen Verdacht.
«Natürlich ist das ein Agentenmord», sagte Tumow plötzlich in den Wortschwall des Polizisten hinein. Er riß eine Decke vom Tisch, der in einer Ecke stand, und warf sie über den nackten, blutbespritzten Russlan Dementijewitsch. «Ein ganz dämlicher Mord, völlig unkompliziert. Gorlowka kommt mit wichtigen Papieren aus den USA, geht auf sein Zimmer, legt sich ins Bett, dieses Rindvieh, und bekommt von dem Kerl, der ihn die ganze Zeit beschattet hat, den

Schädel gespalten. So einfach ist das, wenn man Grütze im Kopf hat. Schimmelige Grütze, Genossen!» Major Tumow blickte mit einem deutlichen Ekel auf die durchwühlten Koffer. Diese Panne war peinlich. Es würde interne Untersuchungen geben, Vorwürfe und Selbstanklagen, Beschimpfungen und Strafversetzungen in die Weite Sibiriens, nach Kasachstan oder an den Amur. Vor allem aber verlangte man den Täter oder eine Spur von ihm ... General Rowenkinow besaß da eigene Ansichten. «Im ‚Ukraina' wurde er ermordet?» würde er sagen. «Mitten unter Tausenden von Menschen? Und keiner hat etwas gesehen, gehört oder gerochen? Major Tumow, erzählen Sie mir so etwas nicht! Soll ich dem Ministerium melden, daß meine Offiziere verblödet sind? Ich bekomme von Ihnen den Täter vorgeführt, oder unsere Freundschaft zerbricht wie das Schädelchen des Genossen Gorlowka.»
Tumow seufzte tief und setzte sich neben das blutdurchtränkte Bett auf einen Stuhl. Die kleine Truppe von Polizisten, Zimmermädchen, der Etagenhüterin und dem Subdirektor des Hotels schwieg ergriffen.
«Niemand hat etwas gehört?» fragte Tumow lau.
«Nein!» antwortete wie im griechischen Chor die Gruppe.
«Kein Verdacht?»
«Nein.»
«Wer wohnt alles auf dem Flur?»
«Sieben Genossen, drei Engländer, ein Tscheche, ein Jugoslawe, ein Inder, ein Schwede und ein Deutscher.» Die Etagenhüterin rasselte die Belegung ihres Flures herunter wie einen Kindervers. Major Tumow hob mit einem Ruck den Kopf. In seine Augen kam Glanz.
«Ein Deutscher?» fragte er mit sichtlichem Wohlbehagen.
«Ja. Ein Journalist.»
«Auch das noch!» Er sprang auf und machte ein paar schnelle Schritte durch das Schlafzimmer. «Her mit ihm, Genosse Inspektor. Die Nebel lichten sich. Ein Deutscher – das ist verdächtig. Wo wohnt er?»
«Nebenan auf 689.»
«Und da stehen wir herum und rätseln? Wo bleibt unsere

Logik, Genossen?» Er vollführte mit der flachen Hand einen Schlag durch die Luft, und es sah aus, als sause ein Fallbeil herunter. «Ich möchte wetten, daß dieser Deutsche nicht beweisen kann, wo er zur Zeit des Mordes an unserem lieben Russlan Dementijewitsch gewesen ist.» Tumows kleine Bärenaugen blickten von einem zum anderen. «Oder kann jemand bestätigen, daß der Kerl in dieser Nacht sein Zimmer nicht verlassen hat?»
«Ich, Genosse Major.» Die Etagenhüterin rang die Hände unter der Schürze. «Ich sitze ja an meinem Tisch im Gang und übersehe alles. Er hat sich nicht gerührt. Die Tür blieb zu.»
«Sie sitzen immer da?» bellte Tumow. Sein Kopf fuhr vor wie bei einem zuschlagenden Raubvogel. «*Immer*, Genossin?»
«Ohne Unterbrechung, Genosse Major.»
«Und Sie pinkeln in die Hose, was?»
Die Etagenhüterin Ustenjka wurde rot wie ein Truthahn und starrte die anderen giftig an. «Natürlich nicht!» schrie sie mit überschnappender Stimme. «Ich bin eine saubere Frau. Der Teufel hole euch alle. Dreimal war ich auf der Toilette.»
«Dreimal. Sie trinken zuviel, Genossin.» Major Tumow wiegte den Kopf. «Dreimal also. Wie lange dauert das?»
«Ich hocke mich nicht mit der Uhr hin», fauchte die Ustenjka.
«Aber es ist genug Zeit, daß ein Mann von einem Zimmer zum anderen Zimmer laufen kann. Hin beim ersten Pinkeln, zurück beim zweiten Pinkeln unserer Genossin.»
«Ganz klar», sagte der Polizeiinspektor. «Das reicht.»
«Und wie das reicht!» rief Tumow erfreut. «Das ist ein Zeitplan, für den es nie und nimmer eine Ausrede gibt.» Er schob den Tisch von der Wand, angelte sich einen Stuhl heran und setzte sich. Auf den Tisch legte er beide Hände, gefaltet, als sei er ein sehr gläubiger Mensch. «Und jetzt den Deutschen», sagte er.
Tumow behandelte Eberhard Bodmar zunächst wie ein rohes, dünnschaliges Ei. Entgegen kam er ihm bis zur Tür,

als einer der Polizisten ihn ins Zimmer führte, und dann bot er ihm einen Stuhl an, allerdings direkt neben dem zugedeckten Toten.
Aha, dachten die anderen. So macht er das. Ein schlaues Füchslein, dieser Genosse Major. Setzt ihn neben den armen Gorlowka, läßt ihn das Blut sehen, das auf dem Bettlaken häßlich braunrot schimmert, und wartet darauf, daß er zu zittern beginnt. Der Polizeiinspektor grinste, als sich Bodmar, mehr interessiert an diesem seltsamen Schauspiel als betroffen über seine Situation, auf dem Stuhl niederließ und genau das tat, was Tumow bezweckte. Er warf einen Blick auf die blutige Wäsche und den langgestreckten vermummten Körper.
«Ein armer, unschuldiger Mensch, dieser Gorlowka», sagte Tumow mit halber Stimme, was sehr nach Ergriffenheit klang. «Ein aufrechter Mann, der sein Vaterland liebte. Nun liegt er da, steif und mit gespaltenem Schädelchen, aus dem das Hirn gequollen ist. Ein häßlicher Anblick, Gospodin ...» Tumow blickte auf die Etagenliste, die ihm die Etagenhüterin Ustenjka unter die Nase hielt. «... Gospodin Bodmar.»
Bodmar nickte mehrmals. Er hatte Tumow nicht unterbrochen. Menschen, die gern sprechen, soll man reden lassen; man macht sie dadurch sanfter. Jetzt aber, da Tumow Luft holen mußte, lehnte er sich zurück. Bisher war die Unterhaltung in einem holprigen Deutsch erfolgt. Nun antwortete Bodmar auf russisch, was allgemeines Verwundern erzeugte. Der Polizeiinspektor schnaufte hörbar durch die Nase, der Subdirektor des Hotels raschelte mit den Händen, die Ustenjka, ein braves Weib ohne Fehl und Tadel, ließ vor Erstaunen die Etagenliste fallen.
Bodmar sagte: «Ich danke Ihnen, Genossen, daß Sie mich in einen solchen Fall einweihen. Mord, nehme ich an. Aber ich bin in die Sowjetunion gekommen, um über andere Dinge zu schreiben. Morde gibt es auch bei uns genug ... selbst Männer mit aufgeschlagenem Schädel.»
Boris Grigorjewitsch Tumow zerfloß in Freundlichkeit. «Sie beherrschen unsere Sprache, Gospodin Bodmar?» fragte

er. Der Unterton in seiner Stimme warnte. Bodmar erkannte ihn und bereitete sich auf einen heißen Morgen vor. Sie glauben doch wohl nicht etwa, ich hätte den Mann dort auf dem Bett umgebracht, dachte er. So dumm kann doch niemand denken.

«Beherrschen möchte ich nicht sagen.» Bodmar schlug die Beine übereinander, was bei Tumow eine steile Falte zwischen den Augen erzeugte. Verhörte haben sich anständig zu benehmen, dazu gehört auch eine vernünftige Sitzhaltung. Gerade, aufgerichtet, den Kopf hoch, die Hände auf den Knien. Das Übereinanderschlagen der Beine dagegen ist eine Provokation. Tumow zwang sich, in Anbetracht der politischen Lage der vorliegenden Situation nicht gleich die Zündschnur an das Dynamit zu legen.

«Ich habe einen Kursus in Russisch mitgemacht», fuhr Bodmar fort. «Eine verflucht schwere Sprache.»

«Deutsch ist schwerer», antwortete Tumow hart.

«Da bin ich Ihrer Meinung. Selbst in Deutschland können die wenigsten Deutschen Deutsch. Da gibt es zum Beispiel gewisse moderne Literaten, die eine Sprache schreiben, die man nur als ‚Beobachtungen aus der Säuglingswindel' bezeichnen kann . . .»

«Schluß jetzt mit der Konversation!» Tumow schob beide Hände in das lederne Koppel seiner Uniform. «Kommen wir zur Sache.»

«Ich bitte sehr darum.» Bodmar blickte kurz auf seine Armbanduhr. In einer halben Stunde sollte die Reise in die Vergangenheit beginnen. Zunächst nach Tula, auf der breiten Rollbahn, dann weiter nach Orel und Kursk, wo er schon mitten in den früheren Aufmarschgebieten der deutschen Armee sein würde. Hier war jeder Meter Boden mit Blut getränkt. Hier waren die großen Panzerschlachten geschlagen worden; hier gab es einmal die berühmten «Brückenköpfe» über die Oka und den Seim, eine Handvoll Männer, die sich als Vortrupp auf der anderen Seite der Flüsse in die Erde krallten und mit ihren Körpern so lange einen Wall bildeten, bis die anderen übergesetzt hatten und die neue Frontlinie gebildet werden konnte.

Damals nannte man das Heldentum, dekorierte die Hälse der Kommandanten mit Ritterkreuzen, die Brüste der Landser mit EKs, und die Toten begrub man mit Sprüchen wie: «Du starbst, aber Deutschland wird leben!» Oder: «Deutschland wird dich nie vergessen!» Auch den Verwundeten sagte man das, den Krüppeln, Amputierten, Blindgeschossenen, Hirnverletzten und Verblödeten. Die Dankbarkeit des Vaterlandes spürten sie dann Jahre später, wenn die Rentenbescheide ins Haus flatterten und der Verlust eines Armes, eines Beines oder eines Auges bewertet wurde wie der Riß in einer alten Hose.
Betrug das alles. Heuchelei. Gemeinster Hohn. Verrat an den jungen Menschen, die man damals in die Weite Rußlands trieb und die marschierten und marschierten, vom Finnischen Meerbusen bis zum Schwarzen Meer, von Leningrad bis zum Kaukasus, eine Herde Hammel für die aus der Tiefe der Taiga heranstürmenden hungrigen Wölfe.
Gen Osten woll'n wir reiten ... seit Jahrhunderten spukt das in den deutschen Hirnen. Und sie sind geritten, die Deutschen, immer und immer wieder. Wie die Mücken, die zum Licht flattern und dort verbrennen, aber ständig wiederkommen, nie etwas lernen, über die Leichen ihrer Vorgänger wegsteigen und auch in der Flamme umkommen. Die Geschichte war für sie kein Lehrbuch, der Weg in den Osten saß in ihnen wie eine erbliche Krankheit. Und so stürmten sie mit Hurra in die riesigen Wälder und Sümpfe, über die Steppen und Tundren — und kamen als Wracks zurück, ausgelaugt, entnervt, entknocht von diesem Land, in dem eine Armee sich verlaufen kann wie eine Ameise in der Wüste.
«Wo waren Sie am frühen Morgen?» fragte Tumow.
Bodmar schreckte aus seinen Gedanken hoch. Die harte Wirklichkeit überfiel ihn jetzt doppelt stark: Natürlich, ich bin ja ein Deutscher, dachte er. Wieder ist ein Deutscher in diesem Land germanischer Kolonisationssehnsucht gelandet, und es ist eigentlich ganz natürlich, daß er neben einem erschlagenen Russen sitzt. Das ist der angestammte Platz der Deutschen.

«Im Bett», antwortete Bodmar. «Ich war müde. Am Vormittag landete ich in Scheremetjewo, am Nachmittag habe ich den Kreml besichtigt, was jeder anständige Moskau-Besucher tut, am Abend habe ich sehr gut gegessen, zuerst eine Soljanka-Fleischsuppe, dann Zander in Teig, schließlich einen Sharanja Baraschik (das ist ein herrlicher Lammbraten mit Zwiebeln, Kümmel, Pfeffer, Dill, roten Rüben, Tomaten und saurer Sahne), zum Schluß – ich esse für mein Leben gern, Genossen – einen gedünsteten Apfel in Rotwein. Getrunken habe ich ein Fläschchen Weißwein, Gurdschaani – Grusinischer Nr. 3. Sie müssen einsehen, Genossen, daß man nach solch einer Völlerei müde ist.»
«Unsere Küche ist berühmt», sagte der Subdirektor erfreut, aber überflüssig. Tumow bedachte den Vorlauten mit einem bösen Blick.
«Haben Sie Zeugen?»
«Daß ich gegessen habe? Die Rechnung natürlich . . .»
«Daß Sie geschlafen haben!»
«Nein.» Bodmar begann das Verhör irgendwie Spaß zu machen. Es war so völlig sinnlos, und das reizte ihn. «Ich habe zwar in meinem Zimmer ein breites Bett, aber ich ahnte nicht, daß das eine Aufforderung ist, sich für die Nacht einen Zeugen einzuladen . . .»
Tumow verzog das Gesicht, als habe er an Salmiak gerochen. «Lassen Sie diese Scherze, Gospodin Bodmar. Hier ist ein Mann umgebracht worden», sagte er laut. «Ein Bürger unseres Landes. Sie haben das Zimmer neben ihm.»
«Das haben Nachbarzimmer so an sich.» Bodmar schlang die Arme um sein angezogenes Knie. Die Lässigkeit dieser Haltung beleidigte Tumow wie der Gestank eines zu fortgeschrittenen Käses. «Wer sind Sie überhaupt?»
«Major Boris Grigorjewitsch Tumow vom KGB.» Tumow wartete, aber Bodmar zeigte keinerlei Wirkung. Bei einem Russen erzeugt das KGB ein Zittern bis zu den Schließmuskeln; KGB, hervorgegangen aus der berüchtigten GPU, der gnadenlosen Geheimpolizei Sowjetrußlands mit ihren schalldichten Verhörkellern in der Lubjanka, ist ein Wort, das die Herzen brechen läßt wie morsche Stämme.

«Ach. Vom KGB ...», sagte Bodmar nur. «Man hört so vieles von ihm.»
«Gelogenes ...», bellte Tumow zurück.
«Wer kann das beurteilen, Major?» Bodmar suchte in seinen Taschen nach Zigaretten, fand eine zerknitterte Pakkung, holte sich eine Zigarette heraus und hielt dann die Schachtel Tumow hin. «Sie auch?»
Boris Grigorjewitsch überlegte, ob er das Rauchen verbieten sollte. Ein Mensch, der verhört wird, der noch nicht einmal seine Unschuld bewiesen hat, darf nicht rauchen. Er ignorierte die hingehaltene Packung, schielte zu den Umstehenden und sah, daß sie die Szene mit gespannter Aufmerksamkeit betrachteten. Was macht er wohl, der Genosse Major, sprach aus ihren Augen. Schlägt er dem Deutschen die Zigarette aus der Hand? Brüllt er ihn an? Nimmt er ihn mit in die Lubjanka? Man wird's gleich erleben, Genossen. Paßt gut auf ...
Tumow flüchtete in den Weg nach vorn ... er griff in seinen Uniformrock, holte ein Feuerzeug heraus und zündete Bodmars Zigarette an.
Die Umstehenden blickten sich an. Ein raffinierter Hund, der Tumow! Er lullt den Verdächtigen ein. Er wiegt ihn wie eine Mutter ihr Kind. So löst er ihm die Zunge. Brüder, laßt euch von Tumow nie Feuer geben!
«Warum sitze ich eigentlich hier?» fragte Bodmar. «Ich habe geschlafen ... und wenn ich schlafe, höre, sehe und rieche ich nichts. Oder können *Sie* das, Major?»
«Sie waren mit Gorlowka im selben Flugzeug?» Tumow begann das Spielchen zu lang zu werden.
«Wer ist Gorlowka?»
«Der Tote.»
«Ach ja, Sie erwähnten den Namen schon.» Bodmar schielte auf die zugedeckte Leiche. «Wie kann ich das wissen? Es waren – glaube ich – neunzig Passagiere in der Maschine. Man kann sich nicht jedes Gesicht merken, und vorgestellt hat sich mir auch keiner. Nur mein Sitznachbar. Der heißt Valentin Prokowjewitsch Tischnin und ist Arzt. Er reiste von einem Kongreß in Prag zurück nach Moskau.»

«Und Gorlowka?» Tumow zog mit einem Ruck die Decke weg. Der nackte Tote lag blutbesudelt im kalten Licht der Scheinwerfer, die der Polizeiinspektor zur Spurensuche aufgebaut hatte. Der Schädel Gorlowkas sah aus wie eine gespaltene Melone. Bodmar schaute schnell hin und wandte sich dann ab. Er hatte keinen Sinn für Leichen. Außerdem betrat in diesem Augenblick ein imposanter Mann das Zimmer. Zwei Meter lang, dürr wie eine Fahnenstange, auf dem kleinen runden Kopf einen Hut. Es war ein dunkelgrüner, durch viele Moskauer Winterstürme und Sommergluten mißhandelter Sepplhut mit einem riesigen Gamsbart. Bodmar wischte sich über die Augen, als habe er eine Halluzination.

«Aha! Der Doktor! Jetzt werden wir gleich klarer sehen!» Tumow winkte dem dürren Riesen zu und zeigte theatralisch auf den nackten Gorlowka. «Todeszeit. Todesursache. Allgemeiner Eindruck. Sonstige Verletzungen. Alles. Der Tote ist nicht angerührt worden. Ich muß Ihnen sagen, Piotr Iwanowitsch: Hier liegt ein wichtiger Mann! Ein sehr wichtiger!»

Dr. Lipow vom gerichtsmedizinischen Institut der Universität war nicht sonderlich beeindruckt von dem gespaltenen Gorlowka. Er schob seinen Sepplhut in den Nacken wie ein oberbayerischer Holzknecht, der das Wort «Brotzeit» durch den Wald röhren hört, rückte einen Scheinwerfer nahe an den Kopf des Toten und beugte sich vor.

«Todesursache gespaltener Schädel», sagte er. Er besaß eine tiefe, wie aus einem Keller kommende Stimme, und es war ja auch bei ihm ein weiter Weg bis zum Hals. «Der Genosse war gleich tot. Ich habe noch keinen Menschen gesehen, der solch einen Hieb überlebt hat. Mit zwei Kopfhälften hört im allgemeinen das tägliche Leben auf.»

Bodmar sog genußvoll an seiner Zigarette. Der Mann hat Humor, dachte er. Niemand würde diese Szene glauben, wenn ich sie später schreiben würde. Sie ist so phantastisch, so sagenhaft, so ... so irr, daß man den Atem anhalten sollte, um keinen Schnaufer zu verpassen.

Dr. Lipow öffnete seinen Handkoffer, entnahm ihm eine

Gummischürze und ein Paar Handschuhe, streifte sie über und ließ sich die Schürze auf dem Rücken von der Ustenjka zubinden. Tumow winkte mit beiden Händen. Das Zimmer leerte sich. Die Zimmermädchen, der Subdirektor, zwei Kellner und drei Polizisten verließen den Raum. Sie blieben nebenan im Salon. Durch die angelehnte Tür hörte man ihr halblautes Diskutieren wie einen weit entfernten Litaneigesang büßender Klosterbrüder.

Was Dr. Lipow untersuchte, sah Bodmar nicht. Er hörte nur Instrumente klappern, zwei Polizisten wurden aufgefordert, den Toten umzudrehen, das breite Bett knarrte, als hüpfte der arme Gorlowka noch fröhlich darin herum ... Geräusche, die sich mit dem Geruch geronnenen Blutes vermischten und Bodmar vor Ekel den Gaumen ätzten.

Tumow sah zu wie ein Geier, der auf sein Aas wartet.

«Todeszeit etwa vier Uhr morgens», sagte Dr. Lipow. Er trat in das Blickfeld Bodmars, die Handschuhe voller Blutklümpchen, auf dem winzigen Kopf in zwei Meter Höhe schief den Sepplhut. «Keine anderen Verletzungen, Genosse Major. Nur das offene Schädelchen. Auch gewehrt hat er sich nicht — er wurde im Schlaf erschlagen. Die Tatwaffe kann ein Beil sein, aber ein kleines. Das wäre im Augenblick alles.»

«Es genügt.» Tumow wandte sich wieder an Bodmar, der sich die zweite Zigarette ansteckte, diesmal mit seinem eigenen Feuerzeug. «Sie lagen um vier Uhr im Bett, Gospodin?»

«Ohne einen Zeugen — das stimmt.»

«Genosse Gorlowka kam mit demselben Flugzeug wie Sie von Prag. Er führte wichtige Papiere mit sich ... und diese Papiere sind aus den Koffern verschwunden.»

«Das ist in der Tat peinlich», sagte Bodmar. Er war jetzt auf der Hut. Die Logik Tumows steuerte auf ein ganz bestimmtes Ziel zu, und Bodmar ahnte, daß er es war.

«Es sind Papiere, die für Westdeutschland sehr wichtig sind ...»

«Ich nehme an, auch für England, Frankreich, Amerika, Norwegen, Schweden und sogar Liechtenstein.»

«Sie wohnen neben dem Ermordeten und haben für die fragliche Zeit kein Alibi.»
«Das werden in diesem Hotel mindestens 600 Gäste nicht haben. Was wollen Sie überhaupt? Durchsuchen Sie doch mein Zimmer, ob Sie diese dämlichen Papiere finden.»
«Das tun wir bereits.»
«Ich protestiere!»
«Wogegen? Sie haben es mir erlaubt.»
«Aber jetzt erst. Nicht vorher!»
«Wer wird so feine Unterschiede machen?» Tumow lächelte breit. «Auch die anderen Gäste auf diesem Flur werden verhört. Sie dürfen ihre Zimmer ebenfalls nicht verlassen. Aber Sie wohnten Gorlowka am nächsten, und deshalb sind Sie der erste. Sie haben also nichts zu sagen?»
«Doch!» Bodmar warf seine Zigarette auf den Boden und zertrat sie. Es war ihm jetzt gleichgültig, ob das helle Parkett einen Flecken bekam. «Ich bin Journalist. Ich habe eine Reise vor, die in genau sieben Minuten beginnen soll. Ich habe von Ihrem Innenministerium große Vollmachten erhalten. Es wäre nützlich, wenn Sie das zur Kenntnis nähmen!» Er hielt Tumow das Schreiben aus dem Kreml hin, und der Major las die Bescheinigung mit einem unguten Herzklopfen.
Boris Grigorjewitsch, das ist ein Tritt in deinen eigenen Hintern, dachte er. Und die Lage wird immer komplizierter. Es ist ganz unmöglich, bei einem solchen Mord nicht einen Verdächtigen zu präsentieren, so etwas gibt es nicht bei General Rowenkinow. Auch wenn die Verdächtigen sich später als halbe Heilige entpuppten ... man mußte etwas vorführen! Die alte Weisheit der russischen Polizei galt noch immer: Erst mal verhaften, ein großes Netz über alles werfen ... irgendeiner blieb schon in den Maschen hängen.
Tumow gab das Schreiben zurück und drehte Bodmar den Rücken zu. Am Bett werkelte Dr. Lipow noch immer an der Leiche. Ein Fotograf, den der Polizeiinspektor mitgebracht hatte, fotografierte Gorlowkas Kopf. Die Stimme Lipows war das einzige, was den Raum mit Lärm füllte.

«Den Kopf von allen Seiten», sagte er. «Und dann hier . . .»
«Das auch?» stotterte der Fotograf. Dr. Lipow hatte mit einer Pinzette das Geschlechtsteil Gorlowkas gefaßt und hielt es hoch.
«Was stört Sie daran?» brummte Lipow.
«Solche Fotos sind ungewöhnlich, Genosse.»
«Aber notwendig. Russlan Dementijewitsch hatte sich etwas unter die Hoden geklebt. Sehen Sie her, Genossen! Da sind noch Spuren eines Klebestreifens. Gorlowka hatte noch keine Gelegenheit, das mit Fleckenwasser abzuwaschen. Zum Teufel, so etwas muß im Bild festgehalten werden!»
Tumow ärgerte sich. Jetzt lief der schöne Fall auseinander wie ein zu dünn gekochter Pudding. Nicht nur Papiere waren gestohlen worden, auch Mikrofilme. Er beugte sich über den Unterleib Boris Dementijewitschs, Dr. Lipow zog die Pinzette etwas höher, und Tumow nickte schwer.
«Das ist ein böser Tag», sagte er ahnungsvoll. «Genossen, hier wurde ein Schaden angerichtet, den wir noch gar nicht überblicken können . . .»

Der böse Tag des Majors Tumow nahm seinen Fortgang beim Erscheinen Jelena Antonownas. Zuerst ertönte im Salon ein lauter Wortwechsel, dann wurde die Tür zum Schlafzimmer aufgerissen, und Jelena stürzte herein.
Dr. Lipow ließ seine Pinzette aufklappen, und Tumow riß die Tischdecke wieder über den nackten Gorlowka.
«Sie, Jelena?» rief Tumow entsetzt. «Was machen Sie denn hier, mein Täubchen? Gehen Sie sofort hinaus . . . das ist kein Anblick für Ihre Augen! Hier wurde ein Mensch erschlagen . . .»
«Und was macht Gospodin Bodmar in diesem Zimmer?»
«Wir verhören ihn gerade.»
Jelena Antonowna stampfte mit den Füßen auf, und es waren schöne Füßchen in weißen, modernen Lederschuhen mit roten Schnallen. Ein ganz entzückendes Kleidchen trug sie, kurz bis übers runde Knie, glockig und duftig wie ein Frühlingsmorgen unter Kirschblüten. Auf den Lip-

pen leuchtete ein zartes Rot, und die Augenbrauen waren schmal und geschwungen. Dazu die brennenden Augen und das kurzgeschnittene Haar ... ein herzerweiternder Anblick war sie.
«Gehen Sie ins Nebenzimmer ...», sagte sie zu Bodmar, als kommandiere sie ein ganzes Bataillon.
«Mit Vergnügen. Wenn das KGB es erlaubt ...»
«Entfernen Sie sich!» Tumow wirkte mürrisch, wie gegen das Schienbein getreten und ohne Möglichkeit, den Tritt zurückzugeben.
Bodmar nickte Jelena zu. Man sah ihm die Freude an, daß sie gekommen war. Gestern hatte er geglaubt, sie nie mehr zu sehen, und das war wie ein schwerer Druck auf seinem Herzen gewesen. So vieles war unausgesprochen geblieben, es gab so viele Probleme und Irrtümer, die zwischen ihnen lagen. Mit Mißverständnissen auseinanderzugehen ist nicht gut, und so war Bodmar ein wenig traurig gewesen, als er mit dem Fahrstuhl nach oben schwebte und als letztes Bild Jelena in sich aufnahm, wie sie ihm mit geballten Fäusten nachblickte. Ein Bild der Unversöhnlichkeit.
Und nun war sie doch wiedergekommen. Mit rotgeschminkten Lippen und gezupften Augenbrauen. Mit einem kurzen Kleidchen. Wie eine weiße Flocke im Sonnenlicht.
«Ich danke Ihnen ...», sagte Bodmar leise, als er an ihr vorbei das Zimmer verließ.
Jelena Antonowna rührte sich nicht. Ihr Kopf blieb abgewandt, aber sie verstand ihn sehr gut. Was hat mich nur dazu getrieben, meinen Auftrag nicht an die Zentrale zurückzugeben? dachte sie. Welcher verfluchte Teufel ritt mich da? Aber wer kann gegen sein Gefühl an, wer kann das schon? Den ganzen Tag bin ich herumgelaufen wie ein weggejagter Hund.
Bei Gott, es war gestern ein schlimmer Tag für Jelena Antonowna gewesen. Seufzend hatte sie in die trübe Brühe gestarrt, die man ihr in einem Café vorsetzte, und zwei junge Burschen, die mit ihr anbändeln wollten, hatte sie angefaucht wie eine auf den Schwanz getretene Katze.

«Putzt euch die tropfenden Nasen!» hatte sie gezischt. «Was sitzt ihr überhaupt hier herum? So wie ihr ausseht, gehört ihr in einen Schweinekoben ...»
Am Nachmittag trieb es sie zum Hotel «Ukraina» zurück. Sie wartete in einem Taxi, zahlte allein zehn Rubel fürs Stehen und beschwichtigte den Fahrer, der mehrmals fragte, ob er nicht zur Nervenklinik fahren sollte. «Warten und schweigen Sie, Genosse!» herrschte Jelena ihn an. «Oder haben Sie Angst um Ihre Rubel?»
Gegen drei Uhr nachmittags verließ Bodmar das Hotel. Der Portier winkte vom Parkplatz ein anderes Taxi heran, und Jelena tippte ihrem Fahrer auf die Schulter.
«Hinterher!»
«Aha!» Der Fahrer ließ seinen Motor aufheulen. «Etwas Politisches? Ein Ausländer? Sieht man gleich, Genossin. Ihre Anzüge haben einen so schrecklichen kapitalistischen Schnitt ... sie wirken darin jünger und männlicher. Immer müssen sie betrügen, die Imperialisten.» Er grinste dabei wie einer, der während des Lachens gelähmt wurde, und löste die Bremse.
«Fahren Sie!» schrie Jelena wütend. «Für jedes dumme Wort ziehe ich Ihnen eine Kopeke ab ...»
Den ganzen Nachmittag über schlich sie hinter Bodmar her ... kreuz und quer durch den Kreml. Vom Glockenturm Iwan Weliki bis zur großen Glocke «Zar Kolokol». Von der Kanone «Zar Puschka» bis zu den goldenen Zwiebeltürmen der Blagowestschenski-Kathedrale. Von der Kirche Mariä Himmelfahrt, der Krönungskirche der Zaren, bis zur Archangelski-Kathedrale, der Grabkammer der Zaren. Es war eine schwere Arbeit gewesen, immer in seiner Nähe zu bleiben, ohne daß er sie entdeckte, ihn nie aus den Augen zu verlieren und sich bei den Führungen durch die Gebäude immer abseits, hinter Säulen, in Ecken oder hinter Möbeln zu verstecken. Dem Fremdenführer Luka Petrowitsch Artjuchow fiel das auf, er zerrte sie hinter einem silberbeschlagenen Schrank hervor, während sein Kollege die Besucher weiterführte in den nächsten Saal. Aber Jelena Antonowna zückte einen kleinen Ausweis,

hielt ihn stumm Luka Petrowitsch unter die dicke Nase, und siehe da ... er salutierte wie vor einem Offizier, legte die Finger auf den Mund und trollte sich schnell zu den anderen.

Man muß daraus folgern, daß Jelena Antonowna etwas Besonderes war. Im Augenblick aber war sie nichts als ein herumschleichendes, kleines, hübsches, in der Tiefe mit Liebesseufzern aufgefülltes Weibchen, das einen Mann verfolgte wie ein Jäger einen Zobel.

So verlief der Nachmittag mit größter Anstrengung, denn Jelena begleitete aus der Ferne Bodmar auch zurück zum Hotel «Ukraina». Einen Auftrag dazu hatte ihr niemand gegeben. Um acht Uhr abends, als Bodmar begann, sich durch die Speisekarte des Hotelrestaurants zu essen, meldete sich Jelena bei ihrer Dienststelle und traf dort nur noch den Hauptmann Iswolski an.

Das scheint verwunderlich, denn das «Intourist» ist eine Reiseorganisation, besetzt mit braven Zivilisten, die höflich und hilfsbereit sind, alles wissen, alles besorgen, alles möglich machen und alles sehen. Es ist ein Reisebüro der Superlative. Drehscheibe von einem Sechstel der Welt. Ein Mammutunternehmen mit Niederlassungen in allen Ländern der Erde. Das immer lächelnde Gesicht Moskaus. Ein Labyrinth aus Freundlichkeit. Eine Visitenkarte des roten Bären: Ich fresse nicht ... man darf mich streicheln.

Jelena Antonowna war nur bedingt für das «Intourist» ein Firmenmitglied. Ihre wahre Dienststelle war das Haus an der Ecke Lubin-Allee und Kujbischewa. Das Auge und Ohr Sowjetrußlands. Das «Komitet gossudarstwennoi besopassnosti». Das Ministerium für Staatssicherheit. Kurz «KGB» genannt.

Das gleiche Gebäude, in dem auf Zimmer 41 der Major Tumow seinen Schreibtisch stehen hatte.

«Sie kommen spät, Jelena Antonowna», sagte Hauptmann Iswolski müde und sah auf die Uhr. Ein Tag in diesem Steinkasten, während draußen der Frühling glänzte, war doppelt so lang. «Was haben Sie zu melden?»

«Nichts, Genosse.» Jelena atmete erregt durch die Nase. Die Müdigkeit zerrte an ihren Lidern, sie hatte große Lust, sich auf den Schreibtisch zu legen, einfach zwischen die Papiere, und zu schlafen. «Morgen früh um halb neun fahren wir wie verabredet ab. Wir werden zwischen Tula und Orel zu Mittag essen. Bodmar ist ein schneller Fahrer.»
«Verhindern Sie, daß er die Geschwindigkeitsbegrenzungen übertritt. Er soll völlig unbelästigt im Land herumfahren. Er soll immer das Gefühl völliger Freiheit haben.» Hauptmann Iswolski holte aus seinem Schreibtisch eine kleine Flasche Wodka — nur fünfzig Gramm, Genossen! — und goß Jelena ein Gläschen ein. Sie trank einen kleinen Schluck, aber auch er half nicht, ihr tobendes Inneres zu beruhigen.
«Welchen Eindruck macht dieser Bodmar?» fragte Iswolski und kippte seinen Wodka mit einem Seufzer hinunter.
«Wie soll man das beschreiben?» Jelena hob die schönen Schultern. «Gar keinen. Ein Alltagsmensch. Farblos wie eine Rübe.»
Warum lüge ich, dachte sie gleichzeitig. Jelena Antonowna, tritt vor und sage, was du sagen wolltest: Nein, ich begleite ihn nicht. Ich will ihn nicht wiedersehen. Nie mehr! Er ist ein Ekel, ein Miststück, ein widerlicher Revanchist, ein eitler Pfau, ein geiler Teufel. Es fielen ihr nicht genug Worte ein, ihn gründlich zu beschimpfen ... aber sie sprach auch nicht eines aus. Ihre Lippen preßten sich zusammen wie eine Schleuse.
«Brauchen Sie noch etwas?» fragte Iswolski und goß sich den zweiten Feierabendwodka ein. Im Dienst war das streng verboten ... aber jetzt befand er sich außerhalb des Reglements. Es war acht Uhr abends.
«Wie soll ich mich verhalten, wenn Bodmar den Zeitplan überschreitet?»
«Meldung an uns. Das andere regeln wir von hier aus.»
«Und wenn er militärische Objekte fotografiert?»
«Das müssen Sie verhindern. Dazu fahren Sie ja mit.»
«Weiß man, ob eine Brücke wichtig ist oder nicht?»
«Brücken sind immer wichtig. Rufen Sie den Distriktvor-

sitzenden an, wenn so etwas vorkommen sollte. Wir werden dann von hier aus entscheiden.» Iswolski schloß die Flasche zurück in seinen Schreibtisch. «Es ist ein schöner Auftrag, Jelena Antonowna.»
«Ein anstrengender, Genosse.»
«Was ist nicht anstrengend?» Iswolski schob seine Uniformmütze auf den Kopf. «Sie haben Glück, Sie fahren durch das Land ... ich muß hier sitzen und mich mit dämlichen Literaten herumschlagen. Grüßen Sie mir die Kirschgärten am Don, Jelena.»
Das war gestern Abend gewesen. Ein Abend voller Feigheit, voller Verkriechen wie ein geprügelter Hund. Ein Abend, an dem Jelena Antonowna sich in ihrer kleinen Wohnung auf der Rusakowskaja-Straße vor den Spiegel setzte, Lippenstift und Augenbrauenzupfer, Wimperntusche und Lidschattenpuder vor sich aufbaute und begann, ihr Gesicht westlich zu verwandeln.
«Wie ein Clown sehe ich aus», sagte sie in den Spiegel hinein und zwang sich, das neue Geschöpf, das ihr da entgegenblickte, zu verachten. «Wie Popow im Zirkus. Man sollte dich bespucken, du Maske!»
Aber sie tat es nicht. Sie wischte die Schminke nicht ab ... am Morgen erneuerte sie die «Maske» sogar. Und sie fand sich schöner als zuvor, als die Morgensonne über ihr verwandeltes Gesicht glitt.
Nun stand sie vor Major Tumow, links neben sich einen nackten Toten, und sprühte vor Zorn. Tumow schwamm in Rätseln und hörte sich geduldig an, was Jelena Antonowna ihm an den Kopf warf.
«Idiotisch ist das!» schrie sie hell. «Verhören! Mordverdacht! Nur weil er ein Deutscher ist, he? So schön zur Hand war er, nicht wahr? Haben Sie immer noch nichts gelernt, Major Tumow? Spukt in Ihrem Kopf noch immer die GPU? Haben Sie noch nicht gemerkt, daß der harte Kurs an den Abgrund führte? Lesen Sie keine Instruktionen?»
O ja, sie war ein Teufelchen an diesem Morgen. Sie tobte und hämmerte mit Worten auf Tumow ein, bis dieser klein-

laut die Arme hob und fast schamhaft sagte: «Es fehlen Papiere und Mikrofilme . . .»
«Dann suchen Sie sie, aber nicht bei Bodmar!» Jelena baute sich vor Tumow auf. Sie war zwei Köpfe kleiner, aber ihm war es, als drücke die Ausstrahlung ihrer Wut ihn an die Wand. «Sie werden Schwierigkeiten bekommen, Boris Grigorjewitsch, wenn ich den Vorfall an Marschall Schemkow melde.»
Das war es. Das war der Schlag, der alle Hirne lähmte. Das war die große Säule, in deren Schatten Jelena Antonowna unbehindert blühen konnte. Marschall Schemkow. Jelena nannte ihn Onkelchen. Er war der Bruder ihrer Mutter, und er hatte sie großgezogen, als Nikolai Jefimowitsch Dobronin, der große Pianist und Jelenas Vater, in deutscher Gefangenschaft starb.
«Nehmen Sie Ihren Bodmar mit», sagte Tumow schwach. «Machen Sie mit ihm, was Sie wollen. Ich habe ihn nie gesehen . . .»
Eberhard Bodmar war schon wieder in seinem Zimmer, als diese Unterredung beendet war. Er hatte bei dem Etagenkellner zweimal Frühstück bestellt. «Mit Krimsekt. Staunen Sie nicht, Brüderchen . . . auch am Morgen schmeckt er. Es muß etwas gefeiert werden.»
So kam es, daß Jelena das Zimmer 689 betrat und mit einem Glas Champagner begrüßt wurde. Sie warf die Tür mit Schwung zu und blieb stehen.
«Sie wissen wohl gar nicht, wie ernst Ihre Lage war?» sagte sie. «Sie kennen Tumow nicht.»
«Deshalb dieses Glas, Jelena. Ich trinke auf den Tag, der so erlebnisreich begonnen hat. Ich trinke auf Jelena Antonowna, die aussieht wie eine Rose aus Kasan. Ich trinke auf das Glück, Sie wiederzusehen. Ich trinke auf unsere schöne, herrliche, unvergleichliche Welt.» Er hielt ihr das andere Glas hin, und Jelena nahm es. Ihre Finger waren kalt vor Erregung.
«Stoßen Sie an, Jelena . . .»
Sie nickte wortlos, die Gläser klangen aneinander. Mit einem Zug trank Bodmar sein Glas leer, hob es dann hoch

und warf es über seine Schulter gegen die Wand. Mit hellem Ton, wie ein Aufschrei, zerschellte es dort.
«Man kann Sie wirklich nicht allein lassen», sagte Jelena und stellte ihr Glas auf einen Seitentisch.
«Ich hatte keinen Zeugen, daß ich wirklich im Bett lag.» Bodmar hob beide Arme. «Es war ein grober Fehler von Ihnen, Jelena, nicht bei mir geschlafen zu haben . . .»
«Geht es schon wieder los?» Sie gab dem Stuhl, der vor ihr stand, einen Tritt, er kippte um und krachte Bodmar gegen das Schienbein. Mit schmerzverzerrtem Gesicht humpelte er zu einem Sessel und ließ sich hineinfallen.
«Guten Morgen, mein Täubchen . . .», sagte er danach.
Jelena verließ das Zimmer, aber das Sektglas nahm sie mit. Auf dem Flur herrschte ein wüstes Durcheinander . . . Tumow ließ die anderen Gäste vorführen und verhörte sie. Auch der Engländer mit seinen Whiskyflaschen stand im Bademantel vor seiner Zimmertür und brüllte nach seinem englischen Botschafter. Kellner, Boys und Polizisten hatten vollauf zu tun, alle zu beruhigen. Ein Zinksarg wurde aus dem Lastenfahrstuhl geschoben; die letzte Fahrt Gorlowkas begann.
Jelena fuhr mit dem Lift zur obersten Etage. Dort konnte man auf eine Plattform treten und das ganze Moskau überblicken. Ein Bild, das Auge und Herz nie vergaßen. Ein Blick über das Schicksal dieser Welt.
Hier war Jelena um diese frühe Stunde noch allein. Nur der Wind war da, dieser Moskauer Wind, der von den Wäldern der Taiga erzählt, von dem Felsenmeer des Urals, von den schweigenden Weiten der Tundra. Er pfiff um die Zuckerbäckerfassade, röhrte in den Türmchen, jaulte um die Balkone und sang wie ein Kosak auf der meterhohen Fläche des roten Sterns, der die höchste Spitze des Mittelturms schmückte. Er zerrte an den kurzen Haaren Jelenas, als sie sich an die Brüstung lehnte, das Glas hinaus in die Luft hielt und es dann fallen ließ. Irgendwo in der Tiefe zerschellte es zu glitzerndem Pulver.
«Ich liebe ihn . . .», sagte Jelena Antonowna. «Ich kann es nicht ändern . . . ich liebe ihn . . .»

Man sollte es nicht verschweigen: Der Mörder des armen Gorlowka wurde nie entdeckt. Die Verhöre Tumows verliefen im Nichts wie Spucke im Wüstensand. Lediglich die Etagenhüterin Ustenjka wurde verhaftet, weil sie dreimal auf der Toilette gewesen war und die Aufsicht des Flurs für einige Minuten versäumt hatte. Sie kam nie wieder ins «Ukraina» zurück. Bekannte erzählten später, man habe sie gesehen, unten am neuen Hafen der Moskwa. Sie schob Karren mit Mehlsäcken in ein Magazin.
Drei Tage danach flog der Engländer zurück nach Prag und von dort nach London. Seine Whiskyflaschen waren leergetrunken, er hatte mit dem zuständigen Beamten über die Ausfuhr von bemaltem Holzspielzeug verhandelt, alle waren zufrieden gewesen und hatten die Freundschaft gelobt, trotz mancher Gegensätze.
Mr. Phlebs, so hieß der Engländer, wurde nicht weiter belästigt. Es wäre auch nichts dabei herausgekommen, denn er hatte Gorlowkas alten Trick angewandt und die Mikrofilme ebenfalls an die Innenseite seiner Hoden geklebt. Auch er hätte scharf protestiert und von Verletzung der Menschenwürde gesprochen, wenn man ihm zwischen die Beine gefaßt hätte.
Das Stubenmädchen Marussja aber fand, als sie das Appartement des Engländers gründlich säuberte, zwischen Matratze und Sprungrahmen des Bettes ein kleines scharfes Beil. Hergestellt in Sheffield. Made in England. Das Blut des guten Russlan Dementijewitsch klebte noch daran. Auch ein bißchen Hirnmasse. Als man das feststellte, war Mr. Phlebs schon auf dem Flug von Prag nach London.

3. Kapitel

Wenn es Frühling wird an Steppe und Don, dann weht ein schwerer süßer Duft über Gärten und Strom. Wie Honig gleitet der Geruch der aufbrechenden Pappelknospen über das frische Gras der Steppe, aus den Gärten dringt der Atem der Kirschbäume und des Wermutkrauts; Hasen, vom frostigen Winter und der Schneeschmelze zerzaust, hoppeln durch das wuchernde Unkraut, und die Zieselmäuse pfeifen aus ihren Steppenlöchern wie die Kosaken, wenn sie ein schönes Mädchen sehen. Und der Wind ist da, der herrliche Frühlingswind, der die letzten Reste des Winters wegfegt, in den Strohdächern raschelt, um die Häuser rumort und an den Birken und Pappeln reißt. Schnell wird es jetzt warm, ohne langes Zögern fällt die Hitze ein. Die Steppe, monatelang wie ein glatter Tisch aus Schnee und Eis, belebt sich mit den Herden und den wieselschnellen Reitern, die sie auf die Weiden treiben; am Don-Ufer werden die Kähne repariert und mit Farbe überstrichen, und dann sieht man sie über die schillernde Wasserfläche gleiten, bunte Punkte auf einem hellblauen Teppich, die Netze werden ausgeworfen, gleiten über den sandigen Flußboden und schaufeln die Fische in ihre Maschen.

Das ganze Land atmet auf. Überall leuchtet das junge Grün, die Lerchen steigen in den wolkenlosen Himmel, aus dem aufgebrochenen Boden weht der Urgeruch der Fruchtbarkeit, vollgetupft mit weißen und bunten Kopftüchern sind Felder und Gärten.

Auf der Kolchose «Triumph der Revolution» werden die Schweineherden herausgetrieben und rattern die riesigen automatischen Pflüge aus den Schuppen. Lastwagenkolonnen der Sowchose «2. Februar» bringen die Bauern zu den neu angelegten Gemüseplantagen, von denen hier jeder meint, das sei wieder eine jener Wahnsinnsideen der Verwaltung in Woronesch.

Es hat lange gedauert, bis man dieses Land am Don unter die strenge Gesetzmäßigkeit einer Planwirtschaft bekam. Genau betrachtet, ist es nie gelungen. Wie kann man einem Kosaken, der seit Generationen über seine Steppe reitet, befehlen, er solle jetzt Getreide, morgen Mais, übermorgen Gemüse und dann sogar Kartoffeln anbauen? Seit Jahrhunderten war die Steppe ein Paradies der Reiter und der Don die große Tränke der Pferdeherden. Seit Jahrhunderten lebte man aus den eigenen kleinen Gärten hinter den niedrigen, aber stabilen Holzhäusern. Es war ein karges Leben, aber ein herrliches, freies Dasein, unbeschwert wie der Bussard in der Luft.

Das wurde anders, als die Roten an die Macht kamen, als sie enteigneten, die Felder zu Großbetrieben, den Kolchosen, zusammenschlossen und der Kulake wie auch der mit dem Wind jagende Kosak nichts mehr zu bestimmen hatte auf seinem Land, sondern arbeiten mußte, wie der Natschalnik der Kolchose es befahl.

Jahrelang war das Don-Gebiet ein Sorgenkind der Machthaber im Kreml. Jahrzehntelang wurden die roten Kommissare weggejagt oder umgebracht, war der Dienst als sowjetischer Beamter in diesen Distrikten gefährlicher, als Missionar in Neu-Guinea zu sein. Aber dann spielte sich doch alles so ein, wie man es in Moskau geplant hatte. Die Feuerköpfe starben dahin, die übrigbleibenden Alten wurden zu müde, die neue Generation hatte einen anderen Begriff vom Leben und begnügte sich nicht mehr mit einem Topf voll Kascha.

Aber Kosaken blieben sie allesamt. Das steckte im Blut, das war nicht zu ändern. Die Wildheit ihrer Ahnen lebte weiter — man merkte es, wenn sie auf den Pferden saßen, wie festgewachsen mit dem vor Eifer zitternden Tier, wenn sie über die Steppe galoppierten und ihr jauchzendes Schreien über den Don flog.

An einem dieser wunderschönen Frühlingsmorgen ritt Njuscha Dimitrowna Kolzowa langsam den Fluß entlang. Eine seichte Uferstelle war's, versandet und mit Schilf bewachsen, und das Pferd tapste durch das Wasser, blieb ab und zu stehen und trank mit tiefen, schlürfenden Zügen. Dann richtete sich Njuscha im Sattel auf und blickte über Fluß und Steppe, blähte die zarten Nasenflügel und atmete den Honigduft aus den Gärten ein. Sie trug eine alte, verblichene blaue Männerhose mit einem breiten Ledergürtel, eine safrangelbe Bluse und einen rotgold gemusterten mongolischen Schal um den schlanken Hals. Gott allein wußte, wie dieser Schal an den Don gekommen war. Der Kaufmann Alewki, ein gerissener Bursche, von dem

man flüsterte, er brenne irgendwo in den Steppenhügeln unter der Erde, damit man den Gestank nicht roch, heimlich Schnaps aus Getreide und Kartoffeln, hatte eines Tages diesen Schal an einem Nagel hängen. Njuscha kaufte ihn für drei Rubel – ein sündhaftes Geld –, und Alewki verdiente dabei bestimmt zwei Rubel und drei Kopeken, dieser Gauner. «Das Tuch lag bei einer Sendung Röcke», versicherte er. «Bestimmt ein Musterstück, zum Ansehen, zum Auswählen. Ich überlasse es dir, Njuscha, zu einem Vorzugspreis. Wer anders kann es tragen als du, mein weißes Schwälbchen ...»
Alewki hatte damit ausgesprochen, was alle im Dorf und in der weiteren Umgebung dachten: Njuscha Dimitrowna war ein hübsches Mädchen, so wohlgefällig anzuschauen, daß zwei Jahre lang die Burschen das Haus der Kolzows belagerten, sich benahmen wie balzende Auerhähne, Reiterspiele auf den Wiesen aufführten, ihre Stärke demonstrierten, miteinander rangen und rauften, Lieder vor dem Fenster Njuschas sangen und Blumengirlanden flochten. Den Kolzows wurde es zuviel, als drei Kosaken sich so schlugen, daß man sie ins Hospital von Kalatsch bringen mußte, wo sie vier Wochen wie die Mumien eingewickelt lagen und sich noch im Bett gegenseitig verfluchten.
«Schluß!» sagte Dimitri Grigorjewitsch Kolzow, der Vater. «Entweder du heiratest einen von ihnen – am liebsten ist mir der Granja Nikolajewitsch Warwarink – oder du sagst ihnen allen, daß du als Jungfrau beerdigt werden willst. Vierundzwanzig bist du schon ... soll ich auf Enkel warten, bis ich achtzig bin? Überleg es dir, Njuscha! Ab morgen werde ich alle Kerle von meinem Grund und Boden treiben wie tollwütige Füchse.»
Das tat er auch, mit einer langen Peitsche, die man sonst braucht, um die Herden vor sich herzutreiben. Im Dorf aber wurde es bald bekannt: Njuscha wird nur einen heiraten, den Granja. Der Alte hat's befohlen. Von da an war Ruhe um das Kolzow-Haus ... nur Granja Nikolajewitsch stellte sich regelmäßig ein, zu jeder freien Stunde, die er von der Sowchose «2. Februar» entfliehen konnte.

Er leitete dort als Vorarbeiter den Zentralstall der Milchkühe und die Bullenstation. Lächelnd saß er dann herum, glotzte Njuscha an, wenn sie am Herd bei den Kolzows stand und kochte oder die Stube fegte, Netze flickte oder Beeren einzuckerte, trank klares Wasser mit einem Schuß Honig und sprach sehr wenig. Seine Bewunderung für Njuscha war grenzenlos; es war ihm oft unfaßbar, daß gerade er von dem alten Kolzow als Schwiegersohn ins Auge gefaßt worden war.
Njuscha kümmerte sich wenig um ihn. Sie verrichtete ihre Arbeit, und wenn sie Lust hatte, sattelte sie ihr Pferdchen und trabte hinunter zum Fluß. Hier war sie oft stundenlang allein, saß am Ufer, lag im hohen Gras und träumte. Wer kannte schon ihre geheime Sehnsucht? Wer wußte, daß sie sich wegsehnte aus dem Dorf, aus der Gleichförmigkeit dieses Steppenlebens? Schuld daran waren die illustrierten Zeitschriften, die im «Kultursaal» des Dorfes, in der Stolowaja, auslagen und die jeder durchlesen konnte. Da waren Bilder von riesigen Städten, von Theatern und Balletten, von weißen Schiffen auf dem Meer, von goldenem Sand, in dem man unter bunten Sonnenschirmen lag, von Mädchen, die mit flatternden Haaren auf Skiern hinter Motorbooten über das Wasser glitten. O Gott im Himmel, war die Welt schön – jenseits der Steppe, dort, wo der Don endete, dort hinten, wo Himmel und Land zusammenstießen und sich die Erde krümmte.
So lag sie also manchmal am Ufer des Don, ließ den Wind über ihren schlanken Körper gleiten, band die langen blonden Haare mit einer aus Gras geflochtenen Schnur im Nakken zusammen und träumte.
Granja Nikolajewitsch Warwarink hockte dann irgendwo in ihrer Nähe im Schilf, betrachtete sie mit hungrigen Blicken und seufzte tief wie ein alter Blasebalg.
An diesem Morgen nun hatte Granja Nikolajewitsch frei. Er hatte die ganze Nacht durchgearbeitet, sieben Kühe hatten gekalbt, und es war eine schwere Arbeit gewesen. Selbst die Kühe degenerierten ... früher kamen die Kälber fast von allein, jetzt mußte man im Schweiße seines Angesichts

Hebamme spielen. Als er vor dem Haus der Kolzows eintraf, sah er Njuscha gerade zum Fluß hinunterreiten. Er folgte ihr sofort, sparte sich den Besuch bei dem alten Kolzow und das freundliche «Ein schöner Tag ist das, Väterchen!», und nahm sich vor, heute aufs Ganze zu gehen. Was ist das für eine Sache, dachte er. Überall ist Frühling. Alles vermehrt sich. Die Kühe kalben, die Schafe werfen ihre Lämmer, die Gäule legen die Fohlen ab, die Vögel bauen ihre Nester . . . nur Njuscha und ich kommen nicht zurecht. Das muß man ändern.

Njuscha Dimitrowna drehte sich im Sattel, als hinter ihr das typische Trappeln eines galoppierenden Pferdes aufklang. Granja erschien auf dem Uferhügel, winkte ihr zu und war in wenigen Minuten neben ihr im nassen Ufersand. Die Pferde begrüßten sich erfreut, rieben die Köpfe aneinander und beleckten sich.

Sogar die, dachte Granja düster. Und dabei ist mein Gäulchen ein Wallach. Ich aber bin ein vollwertiger Mann.

«Ein schöner Tag», sagte Warwarink und klopfte auf seinen Sattel. Hände sind immer im Weg, wenn man Großes vorhat.

«Ja.» Njuscha wandte sich wieder ab. Im Schritt ritt sie das Ufer entlang. «Was machst du um diese Zeit hier?»

«Ich habe frei, Njuscha. Die ganze Nacht durchgearbeitet, eine Schufterei war das. Ich sah dich wegreiten und dachte mir: Du könntest sie eigentlich begleiten am Fluß, statt dich ins Bett zu legen und faul zu schlafen. Eine gute Idee, was?»

Njuscha schwieg. Sie beugte sich aus dem Sattel, rupfte einige große Schilfgräser ab und schwang sie durch die Luft wie eine Peitsche. Granja Nikolajewitsch strebte aus ihrer Nähe. Er knirschte laut mit den Zähnen.

«Wir sollten einmal miteinander reden, Njuscha», sagte er. «Uns klarwerden, was wird. Es ist Frühling, und das ist die beste Zeit, einen Hausstand zu gründen. Im Dorf wartet man auf unsere Hochzeit. Neulich hielt mich der reiche Burungaski an und fragte: ‚Na, wann kann man denn euer Bettchen durch die Straße tragen und mit Blumen bestreuen, hähähä?' Ich habe ihm die Mütze über die Augen gezogen und bin weitergegangen. Aber immer kann ich das nicht tun.»

«Ich will noch nicht», sagte Njuscha und lenkte ihr Pferd so weit in den seichten Don, bis die Beine des Gäulchens umspült wurden. «Ich liebe dich nicht.»

Granja verzog das Gesicht wie nach einem Hieb in den Magen. «Du hast das nie so deutlich gesagt, Njuscha. Bin ich ein Scheusal? Habe ich eine rote Knollennase? Einen schiefen Hals? Krumme Hundebeine? Schiele ich wie ein Bock? Stinke ich wie ein Dachs?»

«Nein, Granja Nikolajewitsch.» Njuscha blickte über den Don. Am gegenüberliegenden Ufer schnitten vier Frauen das hohe Gras von der Böschung und verbrannten es. Die Rauchsäule stieg ein Stück kerzengerade hoch, dann machte sie einen Knick nach links, der Wind packte und zerfaserte sie. Lustig sah es aus. «Du bist ein netter Mensch. Hol dir ein Mädchen, jede wird sich freuen ... nur mich laß in Ruhe.»

«Sie werden mich auslachen. Dimitri Grigorjewitsch hat überall erzählt, daß seine Tochter, wenn sie schon heiratet, nur mich heiraten wird, und Mütterchen Evtimia hat mich gesegnet und ‚mein Söhnchen' genannt.»

«Dann heirate meine Mutter!» Njuscha lachte und warf den Kopf mit den langen blonden Haaren zurück. Es war, als schütte man goldenes Getreide über ihre Schultern. «Ich will dich nicht! Ich will nicht heiraten ... nie ...»

Mit den Füßen, die in geflochtenen Sandalen steckten, hieb sie ihrem Pferd in die Weichen. Es machte einen Satz nach vorn, erschrocken oder auch beleidigt, dann galoppierte es davon wie besessen, den Kopf nach vorn gestreckt, frei von allem Zügelzug. Die Beine hämmerten durch den Ufersand. Wasser spritzte bis über den Sattel hinauf und durchnäßte Njuschas alte blaue Hose.

Granja Nikolajewitsch starrte ihr nach, als sei sie der sagenhafte sibirische Geisterreiter. Mit beiden Händen fuhr er sich durch die schwarzen, klein gekräuselten Haare und riß an ihnen.

«So ein Weib!» fluchte er dabei. «Den Satan hat sie im Leib. Aber vielleicht will sie anders behandelt werden? Auch die Kühe sind störrisch und werden festgehalten, damit der Bulle sie bespringen kann. Fehlt dir *das*, mein Wölfchen? Du sollst es haben. Wenn es um die Muskeln geht, widersteht mir keiner.»

Er trat seinem Gaul ebenfalls in die Seiten, beugte sich über den Hals mit der struppigen Mähne, klatschte mit der flachen Hand gegen die bebende Brust des Pferdes und schrie ihm zu.

«Heiha! Heiha! Lauf, du Adlerchen! Zeig es ihr ... wirf die Beinchen ... du bist schneller, mein Söhnchen.»

Wenn ein Kosak reitet, verstummt die Natur. Dann schämt sich der Wind, und die Wolken bleiben stehen. Dann gibt es nur noch Pferd und Reiter, und das Herz jauchzt bei ihrem Anblick.

Granja ritt wie der Teufel, er schwebte über seinem Sattel, nur die Stiefel staken wie festgeschmiedet in den Bügeln. Mit dem Gesicht lag er auf der Mähne des Gaules und schrie ihm mit kreischenden Tönen ins Ohr.

Aber auch Njuscha konnte reiten, daß die Erde bebte und die Fetzen des von den Hufen losgerissenen Bodens hoch in den Himmel spritzten, über ihren Kopf hinaus, der wie Granjas Schädel auf der Mähne des Pferdes lag.

Sie jagte vom Wasser weg auf den Sandboden, übersprang ausgewaschene Gräben und Tümpel, und sie saß auf dem keuchenden Gaul wie vor Jahrhunderten der Kosak, der den Don hinauf von Dorf zu Dorf geritten war und durch die Straßen schrie: «Die Tataren kommen! Die Tataren!»

Was nützt das schönste Reiten, wenn der andere ein besseres Pferd besitzt? Granja war schneller, der Zwischenraum wurde immer kleiner, bald jagten die beiden Pferde Kopf an Kopf dahin, und Granja lachte laut, beugte sich aus dem Sattel hinüber zu Njuscha, riß sie aus den Bügeln zu sich heran und umklammerte sie.

Njuscha schlug um sich, sie schrie Granja ins Gesicht, hieb mit den Fäusten auf ihn ein, während ihr Pferdchen weiterrannte und in der Steppe verschwand.

Granja verlor den Halt. Er mußte sich blitzschnell entscheiden, entweder Njuscha festzuhalten oder selbst im Sattel zu bleiben. Er wählte Njuschas weichen, warmen Körper und ließ sich auf den Boden fallen. Umschlungen rollten sie durch den Sand zum Fluß und blieben erst liegen, als das Wasser ihren Fall bremste.

Noch immer lachte Granja. Er bleckte die Zähne, schöne weiße Zähne, stark wie bei einem Wolf, und stieß ein tiefes Grunzen aus. Njuscha lag unter ihm im seichten Wasser, die Bluse klebte an ihr, und er sah ihre schönen runden, festen Brüste, nicht versteckt in einem Halter, sondern frei und provozierend in ihrer Vollendung. Unter seinen Händen spürte er ihr nacktes Fleisch, und da begann er zu reißen und zu tasten, riß Streifen aus ihrer Bluse, zerrte an ihrer Hose und beschwerte ihren zuckenden Leib mit seinem ganzen Körper.

«Du Hund!» schrie sie. «Du Drecksgeburt! Du Auswurf! Laß mich los! Den Schädel werden dir die anderen zertrümmern, wenn ich's erzähle. Geh weg, du Ratte!»

Aber Granja Nikolajewitsch hörte nicht auf sie. Er war wie in einem Rausch, er tat Dinge, die er sonst nie getan, vor denen er sich geschämt hätte. Aber jetzt überkam es ihn wie ein Wahnsinn, er keuchte und röchelte, umklammerte Njuschas entblößte Brüste, küßte die zitternden weißen Hügel und bemühte sich gleichzeitig, sie völlig auszuziehen und auch sich selbst die Hose bis zu den Schuhen abzustreifen.

Das gelang nicht mehr. Ein stechender Schmerz warf ihn zurück, verdunkelte die helle Sonne, löste den Fluß in Sterne auf und färbte die Erde violett. Dann spürte er, wie Flammen aus seinem Unterleib über das Herz hinaus bis in sein Hirn schlugen, er heulte wie ein angeschossener Wolf und wälzte sich im nassen Sand.

«Oh!» brüllte er. «O Gott! O Gott! Oh . . .»

Njuscha setzte sich auf. Ungerührt betrachtete sie Granja. Dann schöpfte sie mit beiden Händen Wasser aus dem Don und schüttete es wieder und wieder über ihre Brüste. Schließlich suchte sie die Fetzen der Bluse zusammen und

band sie um ihre Blöße. Ihr Herz hämmerte wild, der aufgerissene Mund war nicht weit genug, dem aus der Brust stoßenden Atem Platz zu geben.
Ich zerspringe, dachte sie. Ich zerspringe.
Granja wälzte sich noch immer im nassen Sand und stöhnte fürchterlich. Njuschas Tritt in seinen Unterleib war mörderisch gewesen. Kein Schmerz auf dieser Welt ist größer. Kein Schrei zerreißt den Himmel mehr als diese schreckliche Verzweiflung. Jetzt, nach einigen Minuten völliger innerer Zerrissenheit, blieb ein heißdumpfer Druck zurück, das Gefühl, unten abgestorben zu sein und zu verfaulen. Granja wälzte sich auf den Rücken, starrte in den blauen Frühlingshimmel und betete stumm: Laß das vorübergehen, mein Gott. Laß mich nicht wahnsinnig werden in diesem Schmerz . . .
Fast eine halbe Stunde lag Granja im Ufersand des Don, ehe er fähig war, wieder klar zu denken und sich langsam zu bewegen. Njuscha hockte neben ihm, überglitzert von Wassertropfen, eine gefährliche, gnadenlose Nixe. Granja zog sich mühsam hoch, bis er saß. In seinen aufgerissenen Augen flackerte noch der Schmerz. Er drückte beide Hände auf sein Geschlecht und klapperte schauerlich mit den Zähnen.
«Das werde ich dir nie vergessen», sagte er mit rostiger Stimme. «Das zahle ich dir zurück, du Satan!»
Njuscha blickte über den Fluß. Ihre Lippen war geschürzt. Nicht einen Funken Angst hatte sie vor Granja, der neben ihr vor Rache brannte.
«Man nimmt mich nicht mit Gewalt», sagte sie langsam. «Ich suche mir meinen Mann selbst aus . . . und er wird es freiwillig bekommen, alles, mehr als du denken kannst.»
«Und auf wen wartest du, he?» schrie Granja. «Wer ist das, der auf dir liegen darf, na? Muß es ein Prinz sein? Bist du zu fein für einen Kosaken, was?» Er riß einen Klumpen nassen Sandes aus dem Boden und warf ihn Njuscha in den Schoß. «Paß auf, daß dir nicht Spinnweben davorwachsen! Daß man nicht erst mit einem Besen kehren muß, um zwischen die Schenkel zu kommen . . .»

«Ein Schwein bleibt ein Schwein», sagte Njuscha. «Auch wenn man es wie ein Kamel anstreicht.» Sie sprang auf, gab Granja zum Abschied noch eine saftige Ohrfeige und schwang sich auf ihr Pferdchen, das zurückgekehrt war. Nach einer Minute war sie hinter den Hügeln verschwunden. Das letzte, was Warwarink sah, waren ihre wehenden blonden Haare.

Granja Nikolajewitsch kroch zu seinem Gaul, zog sich stöhnend in den Sattel, klammerte sich an der Mähne fest und trottete zurück nach Perjekopsskaja.

Mit ihm zog die Rache in das friedliche Dorf.

Granja Nikolajewitsch Warwarink hatte sich geschworen, jeden zu töten, dem Njuscha ihre Gunst schenkte.

Um zehn Uhr war Eberhard Bodmar abfahrbereit.

Zwei Boys hatten die Koffer in den dunklen, schweren Moskwitsch-Wagen geladen. Ein Garagenmonteur hatte das Auto aufgetankt, die Rechnung des Hotels «Ukraina» war bezahlt, zwei kleine Koffer Jelena Antonownas, mit denen sie gekommen war, standen noch in der Halle, der Subdirektor hatte viel Erfolg, gute Fahrt und schönes Wetter gewünscht . . . die Freiheit lag vor Eberhard Bodmar.

Das weite Land.

Das grandiose Erlebnis Rußland.

Die Fahrt in die Vergangenheit seines Vaters.

Jelena Antonowna verfiel in eine sprudelnde Unruhe. Sie hatte darauf verzichtet, das Onkelchen Marschall anzurufen. Tumow, der oben noch immer die Gäste verhörte und trotz der Frühlingswärme kalte Füße bekam, war auch ohne den Schatten des Marschalls ein angeschlagener Mann. Um sich selbst zu trösten, brüllte er die Ustenjka an, bezichtigte die Zimmermädchen mit ihren altmodischen Spitzenhäubchen der Faulheit und nannte sie Huren, die nur munter würden, wenn eine Männerhand unter den Rock krieche. Daß Tumow nicht beliebter wurde, war klar.

«Ich möchte noch einmal bei der Deutschen Botschaft vorbei», sagte Bodmar, als Jelenas Köfferchen auf den Rücksitz gelegt wurden.

«Sie haben volle Handlungsfreiheit, Gospodin.»
«Volle?» Bodmar blickte Jelena mit geneigtem Kopf an. Sie wurde rot, was ihr gut stand und zu der Farbe ihres Lippenstifts paßte.
«Was die Fahrt betrifft», antwortete sie streng.
«Natürlich, Sie Katze.»
Jelena preßte die Lippen zusammen und senkte die Lider. Sie waren hellblau gepudert, und Bodmar drehte sich schnell ab, um die Bemerkung, die ihm auf der Zunge lag, herunterzuschlucken.
Vor der Deutschen Botschaft in der Großen Grusinischen Straße blieb Jelena wieder im Auto sitzen und wartete. «Es dauert diesesmal nicht so lange», sagte Bodmar. «Ich hole nur etwas ab.»
«Wir haben Zeit.» Sie holte aus der Umhängetasche die Morgenausgabe der «Prawda» und begann zu lesen. Aber über den Zeitungsrand beobachtete sie, wie Bodmar in die Botschaft ging. Er hat den federnden Schritt eines Tennisspielers, dachte sie. Ich werde ihn fragen, ob er Tennis spielt. Ich habe so viel zu fragen ... aber die Fahrt ist ja lang genug. Vier Wochen immer in seiner Nähe, unter seinen Augen, umhüllt von seiner Stimme. Ich werde es nicht aushalten können. Es ist zuviel verlangt von mir. Es wird der Tag kommen, wo ich mich vor seine Füße rolle wie eine Katze.
Es verging wirklich nicht viel Zeit, und Bodmar kam aus dem alten Palais zurück. Zwei Botschaftsangestellte trugen zwei Säcke aus Zeltstoff hinter ihm her, klappten den Kofferraum auf und verstauten das neue Gepäck. Dann gaben sie Bodmar die Hand, nickten Jelena freundlich zu und gingen zurück in die Botschaft.
Bodmar schloß den Kofferraum ab. Er dachte daran, was der Presse-Attaché ihm noch schnell berichtet hatte. «Wir wissen jetzt, was die Sowjets mit Ihnen vorhaben: gar nichts. Wir wollten das erst nicht glauben, aber es ist so. Sie sind der erste Glückliche, der in ein Tauwetter hineinkommt. Das verdanken Sie dem Chinesen, der dem Russen im Nacken sitzt. Nutzen Sie Ihre Chance, Bodmar ... schrei-

ben Sie über dieses Land wie über einen Freund. Es wird sich auswirken auf lange Sicht ...»

«Was haben Sie noch eingeladen?» fragte Jelena, als Bodmar wieder neben ihr saß und die Zündung drehte. «Zwei Packsäcke?»

«Ja. Eine komplette Zeltausrüstung.»

«Wozu denn das?» Ihre Augen verengten sich.

«Wissen wir, wohin uns mein Wissensdrang verschlägt?»

«Sie kommen in ein kultiviertes Land!» zischte Jelena und zerknüllte die «Prawda». «Vergessen Sie das nicht! Überall gibt es saubere Gasthäuser, im kleinsten Dorf. Fangen Sie nicht schon wieder an, mein Vaterland zu beleidigen!»

«Mein Gott, wie empfindlich ihr seid. Sagen Sie mal, Jelena ... besteht Sowjetrußland nur aus Komplexen? Ein Zelt ist doch nichts Ehrenrühriges. Camping — das ist im Westen die große Mode. Da liegt der Millionär mit seinem Schlafsack Wand an Wand mit dem Hilfsarbeiter. In der Badehose sind sie alle gleich. Auch das ist eine Art von Sozialismus.»

«Snobismus ist das, weiter nichts. Fahren Sie endlich!» Sie stemmte sich im Sitz zurück und schob eine Sonnenbrille auf die schöne schmale, gepuderte Nase. «Sie glauben doch wohl nicht, daß ich mit Ihnen in *ein* Zelt krieche?»

«In der Nacht soll der Steppenboden kalt sein.»

«Ich werde auf den Autositzen schlafen.»

«Warum schon jetzt darüber streiten. Noch sind wir nicht einmal aus Moskau heraus.» Bodmar holte aus dem Handschuhfach die große Autokarte, die Jelena mit den Wagenpapieren übergeben hatte. Die Rollbahn nach Tula und Orel war dick eingezeichnet. «So lasset uns also wandern, mit einem Lied auf den Lippen. Grüß Gott, grüß Gott, Frau Müllerin ...»

Jelena Antonowna wandte sich brüsk ab. Ihre Backenmuskeln zuckten. Ich könnte ihn erwürgen, dachte sie. Zerreißen wie ein gebratenes Huhn. Und ihn küssen ...

Sie schauderte vor ihren kannibalischen Gefühlen und sprach lange Zeit kein Wort mehr.

Drei Stunden fuhren sie bereits, als der Wagen zu hüpfen begann wie ein lahmer Eintänzer und dann plötzlich keinen Laut mehr von sich gab. Bodmar ließ ihn mit letztem Schwung am Straßenrand ausrollen, bremste zu spät und rutschte in den Graben.
Sie hatten kleine Städte und typische russische Dörfer, weite Ebenen und schmale Flußläufe durchfahren, hatten die Oka überquert und befanden sich jetzt zwischen den Dörfern Myschenski und Malachowo in der Nähe des Flüßchens Waschana, einem Straßenabschnitt voll melancholischer Einsamkeit, dunkler rauschender Wälder und verfilzten Brachlandes.
«Sieh an!» sagte Bodmar und stieg aus. Jelena folgte ihm und gab dem Vorderreifen heimlich einen Tritt. «Ich dachte, so etwas gibt es unter Genossen nicht. Aber dieser hier streikt.» Er tätschelte die heiße Kühlerhaube und schüttelte dabei den Kopf. «Na, na, na, mein kleiner Konterrevolutionär . . .»
«Im Westen bleibt nie ein Auto stehen, was?» fauchte Jelena Antonowna. «Da gibt es keine Werkstätten, da fahren die Autos, bis sie auseinanderfallen?»
«Keine Aufregung, Genossin. Ich werde in seine Eingeweide schauen. Vielleicht ist Genosse Motor unpäßlich? Eine kleine Verdauungsstörung?»
Bodmar klappte die Haube hoch und versank mit dem Oberkörper im Motorraum. Nach wenigen Minuten tauchte er wieder auf, die Finger voller Öl und Schmiere.
«Die Zündspule ist hin.» Er ging zum Straßenrand, schabte die Hände über das Gras und säuberte sie vom gröbsten Schmutz. «Durchgeschmort. Schnuppern Sie mal, Jelena, dann riechen Sie es.» Er lehnte sich an den Wagen, ließ die Haube zurückfallen und steckte sich eine Zigarette an. «Wo ist die nächste Werkstatt?»
Jelena griff in den Wagen, holte die Autokarte und suchte. «In Tula.»
«Prost ihr Leute vom Bau!»
«In Malachowo gibt es bestimmt einen Mechaniker, aber der hat keine Zündspulen.»

«Kaum anzunehmen.» Bodmar musterte Jelena Antonowna mit abschätzenden Blicken, wie ein Pferdehändler, der gleich dem Gaul ins Maul greift und die Zähne prüft. «Sie sind ein nettes Mädchen, haben eine gute Figur ... los, halten Sie einen Wagen an. Daumen hoch und gewinkt: ‚Intourist'-Mädchen mit Anhang nach Tula! Die Zündung ist hin, Genossen.»
«Stellen Sie sich hin und winken! Sie sind der Fahrer.»
«Und Sie sollen mich betreuen wie ein Mütterchen, Jelena. Läßt man ein Kind allein auf die Straße und winken? Ich bin ein hilfloser Mensch im fremden Land.» Bodmar lächelte impertinent. «Los, Mütterchen ... auf die Straße gestellt, Brust 'raus, Röckchen hoch ... die Männer werden bremsen, daß sie Saltos schlagen.»
Jelena Antonowna zögerte. Ihre Augen waren dunkel vor Wut, aber sie stellte sich auf die Straße und wartete. Bodmar kam nach ein paar Minuten zu ihr. Sie tat, als höre, sähe und röche sie ihn nicht.
«Es ist tatsächlich die Zündung», sagte er leise. «Warum streiten wir uns immer? Jelena — ich liebe Sie ...»
Er drehte sie zu sich um, umfaßte sie und küßte sie, und diesmal gab sie ihm keine Ohrfeige, hing in seinen Armen, willenlos, von der Süße des Augenblicks betäubt.
Sie erwachten, weil vor ihnen Bremsen knirschten und Reifen über die Straße radierten.
Ein schwerer «Wolga» rutschte an ihnen vorbei, und in ihm saß ein Mann mit einer riesigen Glatze, über die der Angstschweiß tropfte.
Es war Anton Antonowitsch Talinkow, Direktor einer Sockenwirkerei in Tula.
Mit ihm begann der erste Tag ein Verhängnis zu werden.

4. Kapitel

Anton Antonowitsch Talinkow war ein Mensch so breit wie lang, ein fetter Bursche mit gelblicher Haut und leicht schräg gestellten Augen. Eine seiner Urgroßmütter mußte einmal mit einem Tataren, Kirgisen oder Kalmücken geschlafen haben, ein Fehltritt, der sich bei Anton Antonowitsch noch auswirkte, und nicht allein an Haut und Augen. Er war nicht so fett einer Krankheit wegen, wenn er auch immer beteuerte: «Die Drüsen sind's, Freunde. Die schrecklichen Drüsen! Sie blasen mich auf wie einen Ballon. Fürchterlich ist's, ich weiß es! Ich habe doch einen Spiegel. Weinen möchte man bei meinem Anblick!» Eingeweihte und die, welche Talinkow seine Freunde nannte, wußten genau, woher diese schwabbelnde Massigkeit kam. Fressen, Saufen und junge Weiber ... das war für Anton Antonowitsch der Inbegriff einer schönen Welt. Das schwemmte ihn auf, machte ihn kurzatmig und ließ sein Herz wie ein Hammer schlagen, der auf einen Amboß klingelt.

Woher er das Geld nahm, sich eine Datscha zu leisten, einen Wolga-Wagen, eine Jagd, zwei Geliebte und Freunde, die ihm um den Bart strichen wie Katzen um einen Milchtopf, das wußte niemand. Sein Gehalt als Direktor einer Sockenwirkerei war im Vergleich zu seinem Lebensstil minimal. «Von den paar Rubelchen kann er nicht einmal einen Schenkel bezahlen, geschweige denn vier», raunte man in der Fabrik. «Und wie er lebt, der fette Talinkow! Wie ein Herrchen zur Zarenzeit. Wie ein Bojar, das sei geklagt. In der Fabrik brüllt er wie ein Stier, und auf seiner Datscha brüllen die Weiber, wenn sie betrunken sind.» Der Distriktskommissar in Tula schwieg zu allem. Es gab genug Beschwerden über Talinkow, anonyme Briefe, Anrufe von Leuten, die ihre Stimme hinter Taschentüchern verstellten, sogar ein Flugblatt war einmal in Tula verteilt worden, nachts, denn am Morgen lagen die Zettel vor und in allen Häusern ... was half's? Der Distriktskommissar war Jagdgast bei Talinkow, amüsierte sich auf dessen Datscha, und wenn er einmal nachdenklich wurde und moralische Anwandlungen zeigte, legte ihm der schlaue Anton Antonowitsch ein strammes Weibchen ins Bett. Zugegeben: Wer denkt da noch an Amtsgeschäfte? Wer will einen Bericht nach Moskau schreiben, wenn ein schnur-

rendes, glatthäutiges Kätzchen auf einem herumturnt und einem kaum noch Luft zum Atmen läßt? Talinkow kannte das, und so lebte er wirklich wie ein Bojar, im Knopfloch den roten Stern eines Verdienstordens für ständige Erfüllung des Übersolls. Gemeint ist natürlich ein Übersoll in der Sockenwirkerei.
Dieser fette Mensch also kletterte jetzt aus seinem Wagen und brüllte über die stille Waldstraße.
«Warum legt ihr euch nicht gleich mitten auf die Straße?» schrie er und tupfte sich den Schweiß von der riesigen Glatze. «Ein nackter Arsch glänzt wenigstens — den sieht man von weitem! Unerhört ist das!»
«Sie sind ein Schwein, Genosse», sagte Jelena Antonowna kühl. Sie ordnete ihr Haar und rückte die verrutschte Bluse zurecht. So wie heute war sie noch nicht geküßt worden; sie konnte sich an keinen ähnlichen Kuß erinnern. Das will in einem Alter von fünfundzwanzig Jahren schon etwas heißen. «Wer sind Sie überhaupt? Ist die Straße nicht breit genug? Kann man nicht links und rechts vorbeifahren? Was haben Sie ausgerechnet in der Mitte zu suchen?»
«Reizen Sie mich nicht!» brüllte Talinkow, hochrot im Gesicht. «Treiben Sie es nicht zu weit, Genossin! Die Straße ist für den Autoverkehr gebaut, nicht für den Geschlechtsverkehr!»
«Ich glaube, es ist nötig, ihn zu verprügeln», mischte sich Bodmar ein. Er zog seine Jacke aus und warf sie einfach auf die Straße. «Jelena, Sie sind mein Zeuge, daß diese Schläge berechtigt sind.»
«Halt!» Talinkow hob beide Hände. Er wich zurück und begann zu zittern, was bei ihm wirkte, als werde ein riesiger Pudding geschüttelt. «Mein Freund ist der Distriktskommissar von Tula! Ich lasse Sie verhaften. Sie werden aus dem Gefängnis nicht wieder herauskommen, wenn Sie mich anrühren! Bleiben Sie stehen, Sie Wahnsinniger! Genossin, halten Sie ihn zurück, wenn er Ihnen lieb und wert ist ...»
Sie standen voreinander, und Jelena wartete darauf, daß Bodmar den Dicken zu Boden schlug. Es wäre einfach ge-

wesen, denn Talinkows Kräfte beschränkten sich nur auf sein großes Maul. Im Grunde war er ein Feigling. Nur die Macht, die ihm seine Stellung und seine einflußreichen Freunde verschafften, gestattete ihm, den Unbesiegbaren zu spielen.

«Entschuldigen Sie sich sofort», sagte Bodmar scharf und schüttelte seine Fäuste drohend vor den schrägen Augen Talinkows.

«Wofür?»

«Für Ihre schweinischen Worte. Sie haben meine Braut beleidigt.»

«Sie haben die öffentliche Ordung beleidigt, Genosse!» Talinkow versuchte einen guten Abgang. Er ging rückwärts zu seinem Wolga und wünschte sich, ungeschoren wegzukommen. «Ich hätte ins Schleudern geraten können, gegen einen Baum prallen, das Auto wäre in hundert Teile zerfallen, eine verbrecherische Vernichtung wertvollen Volksvermögens, sehen Sie das nicht ein? Wer küßt sich denn mitten auf der Straße . . .?»

«Es kommt nichts dabei heraus, mit Ihnen zu diskutieren.» Bodmar blickte sich nach Jelena um. Sie stand noch auf demselben Fleck, wo sie geküßt worden war, und sah in den Himmel. Es war ein schönes Bild. In ihrem glücklichen Gesicht spiegelte sich die Sonne. «Wenn ich Sie nicht auf den Kopf schlage, so nur deshalb, weil Sie uns helfen können. Unser Wagen ist defekt. Die Zündung, Genosse. Wir suchen jemanden, der uns abschleppt zur nächsten Werkstatt.»

Talinkow atmete sichtlich auf. Dieser große, sportliche Mensch war kein Gegner für ihn, das erkannte er sofort. Aber zugleich blitzte in ihm eine Rache auf, die ihn beflügelte. Ein Gedanke war's, der zu Talinkow paßte. Ein Plan von niederträchtiger Gemeinheit.

Man glaube nämlich nicht, Anton Antonowitsch habe auch sein Gehirn verfettet. Das war nicht der Fall. Sein Hirn arbeitete schnell und logisch und besaß die Eigenschaft, nur in Gemeinheiten zu denken. Es gibt solche Menschen . . . sie sind die Teufelchen auf dieser Erde.

«Eine Werkstatt, Genosse?» Talinkow putzte sich die Augen aus, in denen sich Schweiß gesammelt hatte wie in einem Tümpel. «Das ist ein ehrliches Problem. In Malachowo gibt es einen Monteur, aber hoffen Sie nicht auf ihn, Genosse. Ein Idiot ist er, ein Nichtskönner, ein Versager. Er würde Ihnen die Zündung reparieren und den Motor dabei zerstören. Wie ein Arzt ist er, der bei einem Armbruch das Bein eingipst, haha!» Talinkow hielt das für einen guten Witz und lachte brüllend. Er war berühmt für seine schrecklichen Witze und legte Wert darauf, daß alle darüber lachten. Es gehörte zu den Freuden seines Lebens, sich für geistvoll zu halten.
Aber Bodmar lachte nicht. Ein geistloser Mensch, stellte Talinkow fest. Humorlos. Ein echter Krautfresser. Was mag er sein? Ein Beamter vielleicht? Oder ein Händler, dem vor Hunger immer die Hose zu weit ist? Auf jeden Fall kein Kopfarbeiter. Intellektuelle haben ein inniges Verhältnis zum Humor.
«Das habe ich mir gleich gedacht», sagte Bodmar. «Wir müssen nach Tula.»
«Dahin fahre ich aber nicht, Genosse.»
«Es wäre Menschenpflicht, zu helfen.»
«Wem sagen Sie das?» Talinkows Plan reifte heran — er freute sich innerlich wie ein Weibchen vor dem Zubettgehen. «Ich würde sofort Ihren Wagen nach Tula schleppen, wenn ich nicht andere Verpflichtungen hätte. Ich gebe eine Gesellschaft. Auf meiner Datscha. Gleich in der Nähe liegt sie. Sehen Sie dort den Seitenweg? Dort hinein und drei Werst tief im Wald — da liegt sie. Ein zauberhafter Platz, sage ich Ihnen. Die Rehe und Füchse kommen bis an die Fenster. Ich möchte Sie einladen, meine Gäste zu sein . . .»
Bodmar zögerte. Das mondhafte Gesicht Talinkows gefiel ihm nicht. Es reizte zum Hineinschlagen, und die kleinen, flinken Kirgisenaugen wanderten während des Sprechens immer wieder hinüber zu Jelena Antonowna, die zu dem im Graben liegenden Wagen gegangen war und sich dagegenlehnte.

Sie hatte den Rauschzustand, in den sie der lange Kuß versetzt hatte, noch nicht überwunden. Ihr Blut kochte, ihr Herz war wie eine Faust, die gegen die Rippen boxte. So aufgewühlt war ihre bisher unterdrückte Wildheit, daß sie sich die Kleider vom Leibe hätte reißen können, um sich nackt vor Bodmar auf die Straße zu werfen, genauso wie es Talinkow vorhin gebrüllt hatte.

Eine Katastrophe wird es geben, dachte sie und preßte die Hände flach auf ihre Brüste. Sie drehte sich dabei herum, um ihre Erschütterung nicht Talinkow zu zeigen. Ich soll ihn begleiten, ich soll ihn bewachen, ich soll Berichte über ihn schreiben, und zu allem ist er auch noch ein Deutscher ... wo soll das hinführen? Wir werden uns lieben, aber es wird nie eine Zukunft für uns geben. Er wird zurückfliegen nach Westdeutschland, in jene kapitalistische Welt, die wir verachten, und es wird nicht helfen, sich einzureden: Er ist anders als die anderen. Er ist die neue Generation, die sich über alle Grenzen versteht. Was sollen die Illusionen? Er wird weit weg im Westen sein, und er wird nie wiederkommen. Es ist eine Liebe, die sterben muß, während sie gerade blüht ...

«Ich schlage vor, Sie schleppen uns nach Malachowo. Vielleicht ist der Monteur von einer guten Stunde gesegnet.» Bodmar griff in die Tasche und bot Talinkow eine Papyrossa an. Anton Antonowitsch dankte. Er rauchte nicht, er soff lieber und legte seinen Kugelkopf in den warmen, wolligen Schoß der Weiber. Das war für ihn ein exquisites Vergnügen ...

«Der Mechaniker ist ein echter Idiot!» Talinkow wedelte durch die warme Luft und schielte wieder lüstern nach Jelena. «Er rettet keine Wagen, er zerlegt sie! Überhaupt Malachowo. Man fährt durch dieses Nest hindurch ... mehr ist es nicht wert. Hören Sie zu, Genosse. Sie kommen zu mir auf die Datscha, wir trinken ein paar Gläschen Wodka zusammen, ich telefoniere mit Tula, und am nächsten Morgen holt Sie mein Werkswagen ab. Ich bin Direktor der Sockenwirkerei, wir haben eine eigene Werkstatt für unsere Autos. Ist das ein Vorschlag, Genosse?»

Bodmar nickte. Es blieb ihm keine andere Wahl. Er winkte Jelena zu, und sie kam zu ihnen herüber. Ein schlankes Weibchen mit viel Versprechungen in der Bluse. Talinkow, ein Kenner dieser Dinge, machte eine Verbeugung und benahm sich wie in der Oper von Orel, dem berühmten Turgenjew-Theater, bevor man aus dem Foyer in den Zuschauerraum geht. Man gibt sich die Hand und plaudert galant, als sei man einer dieser verfluchten Bourgeois im Westen.

«Es ist mir eine Ehre», sagte Talinkow und schmatzte mit den Lippen. «Mein Haus wird neuen Glanz bekommen. An die Arbeit, Freunde! Hängen wir Ihren Wagen an den meinen . . .»

Es zeigte sich, daß Talinkow ein guter Kommandierer war. Die Arbeit taten Bodmar und Jelena. Er rief: «Drücken! Stemmen! Das ist ja furchtbar! Sie sehen kräftiger aus, als Sie sind, Genosse! Das machen meine Strumpfwirker nach zehn Stunden Arbeit mit der linken Hand! Nun drükken Sie schon . . .» Er selbst aber saß dick und fett in seinem schweren Wolga, ließ den Motor aufheulen und ruckte an dem Seil, das Bodmar um die Stoßstange seines Moskwitsch gebunden hatte.

Mühsam war's, ohne Zweifel, Bodmar lief der Schweiß übers Gesicht, er drückte mit den Schultern und stemmte die Beine in die Erde wie eine Ramme. Neben ihm keuchte Jelena, den Kopf gesenkt, das Gesicht nahe am Kotflügel, als wolle sie das Blech küssen.

«Hoi!» schrie Talinkow, der Fettkloß, munter und gab wieder Gas. «Hoi! Hoi! Er bewegt sich! Er rührt sich, Freunde! Er kommt aus dem Graben! Laßt nicht nach, Genossen! Es gibt nichts auf der Welt, was wir nicht schaffen. Hoi!»

Tatsächlich, der Wagen bewegte sich aus dem Graben hinaus auf die glatte Straße. Mit zitternden Knien lehnte sich Jelena gegen den Kühler und japste nach Luft. Bodmar riß ein Taschentuch aus seiner Hosentasche und putzte ihr das Gesicht ab. Der dicke Talinkow kletterte aus seinem Wolga. Er schnaufte wie ein Walroß, als habe er die gröbste Arbeit geleistet.

«Keine Zeit verlieren!» rief er. «Genosse, Sie setzen sich in den Wagen und lenken. Die Genossin kann zu mir ...»
«Ich bleibe bei Fjodor Pawlowitsch.» Jelena öffnete die Tür des Moskwitsch und setzte sich. Talinkow versuchte keine weiteren Überredungen und fügte sich. Auf der Datscha würde alles anders sein, bei Wodka und Potschki, das sind zarte Kalbsnieren in einer Soße aus saurer Sahne. Ein langer Abend lag noch vor ihm und so viel Hoffnung auf ein Erlebnis, daß Talinkow friedlich war wie ein Marienkäfer.
«Gut denn!» rief er und stieg wieder in seinen Wagen. Er hob die Hand und tippte bei getretener Kupplung auf das Gaspedal, was einen wilden Heulton abgab. «Aufpassen! Wenn das Seil reißt, wird es problematisch.»
Das Seil riß nicht. Vorsichtig fuhr Talinkow in den Feldweg ein, Bodmar blieb genau hinter ihm, und so erreichten sie nach einer guten halben Stunde den freien Platz im Wald, auf dem die Datscha stand.
Stolz hielt Talinkow an und lachte aus dem heruntergekurbelten Fenster. «Wie gefällt sie Ihnen?»
Bodmar und Jelena Antonowna betrachteten erstaunt den hölzernen Prachtbau in dieser Einsamkeit. Die Gesimse waren geschnitzt, Gemälde mit Jagdmotiven zierten die Wände, in den Fenstern einer weißen Glasveranda spiegelte sich die Sonne. Auf der Bank neben der Eingangstür lag ein Mann und schnarchte.
«Das ist Grischa», erklärte Talinkow. «Mein Verwalter. Ein guter Mensch, nur säuft er. Aber wenn er wach ist, läuft er wie eine gut geölte Maschine. Jeder Mensch ist anders.»
Er stieg aus seinem Wolga, griff nach hinten und holte eine dicke, geflochtene Hundepeitsche vom Sitz. «Wach auf, du Nichtsnutz»! schrie er und hieb dem Schlafenden kräftig über die Brust und die Beine. «Schläft am hellen Tag, dieses Miststück!»
Grischa, der Hausverwalter, zuckte hoch und stob von der Bank. Es ist erstaunlich, wie schnell ein Mensch hellwach ist, wenn man ihn mit einer Peitsche bearbeitet. «Herr-

chen!» schrie Grischa. «Hören Sie auf. Nur eingenickt bin ich. Eine Minute nur. Es ist alles sauber, Herrchen . . . die Zimmer sind geputzt, die Fenster, die Böden, sogar die Decken . . . in der Küche wartet Lisanka, eine ganz besonders würzige Okraschka hat sie gekocht . . . erfrischen wird sie die Herrschaften . . . o hören Sie auf mit Schlagen, Herrchen . . . es ist ein so warmer Tag . . .»
Talinkow jagte Grischa mit der Peitsche um die Hausecke und kam dann breit lachend zurück. Man sah, daß er zu Hause war und sich sehr wohl fühlte.
«Willkommen», sagte er und riß vor Jelena die Autotür auf. «Achten Sie nicht auf Grischas Geschrei. Er ist ein einfältiger Mensch.»
«Behandeln Sie alle Angestellten so?» Jelena stieg aus dem Wagen. Talinkow betrachtete dabei ihre Schenkel und bekam wäßrige Augen.
«Grischa war ein Kulak, ein armseliges Bündel Mensch, der Ärmste in seinem Dorf. Jede Wanze lebte besser als er. Mit Lisanka, seinem Weib, hauste er in einem Stall, in dem die Flöhe lauter schmatzten als er. Seit er bei mir ist, ist er ein Mensch. Er hat Kleidung, rasiert sich, frißt sich den Bauch voll und zeugte drei Kinder. Wenn das kein Beweis von Wohlergehen ist! Die Peitsche braucht er wie der Ochs den Ziemer. Er wäre erstaunt und fühlte sich ausgestoßen, wenn er keine Hiebe bekäme.»
«Und das nennen Sie Kommunismus?» fragte Jelena scharf. «Haben wir die Oktoberrevolution gemacht, damit auf dem Land die Menschenwürde immer noch getreten wird?»
Talinkow sah etwas dümmlich von Bodmar zu Jelena und zurück. «Ein sehr kluges Weibchen, was?» sagte er fett. «Man merkt, daß sie aus Moskau kommt. Vergessen wir Grischa, liebe Freunde. Kommt ins Haus . . .»
Die Datscha erwies sich als ein weiträumiger Holzbau im Stil der vornehmen Landsitze um die Jahrhundertwende. Die Einrichtung war gepflegt und wertvoll, ein wenig überladen fast mit wuchtigen Schränken, plüschbezogenen Sesseln und dicken Teppichen. Große Gemälde hingen an den weißgetünchten Wänden. Porträts ernst dreinblicken-

der Damen und Herren und drei gewaltige Schlachtszenen, die den Untergang Napoleons I. vor Moskau darstellten. Bodmar blickte sich verblüfft um. Hier war die Zeit stehengeblieben. Das alte Rußland wehte ihm entgegen. Der Reichtum der Großgrundbesitzer und Handelsherren. Die Erben Stroganoffs. Es war fast wie ein Märchen, daran zu denken, daß einige Werst entfernt sich ein Leben nach den Gesetzen eines Lenin vollzog.
Talinkow schien diese Gedanken auf Bodmars Stirn zu lesen.
«Ich habe alles unverändert gelassen. Vor mir wohnte hier ein Poet. Ein Dichter, Genossen. Letzter Sproß einer alten Adelsfamilie. Er starb an Schwindsucht, völlig degeneriert. Ich habe hier nichts verändert, um es als eine Art Museum zu lassen: So lebten die Ausbeuter des Volkes! Ein Mahnmal ist es!»
Talinkow schien sich wohl zu fühlen in diesem Museum widerlicher Bourgeoisie. Er lebte in diesem Schlößchen nicht anders als die Ahnen, die würdevoll von den Wänden blickten, nur trug er den roten Stern im Knopfloch.
Die Zimmer Jelenas und Bodmars befanden sich in einem Anbau. Von einem langen Flur gingen hier links und rechts die Gastzimmer ab, eine imponierende Zahl. Bodmar zählte zehn Türen, fünf auf jeder Seite. Es waren große Zimmer mit schweren Samtvorhängen und einem riesigen Bett als beherrschendes Möbel.
«Ich liebe Betten», erklärte Talinkow genüßlich. Er stand hinter Jelena und atmete ihren Duft ein. Dabei blickte er ihr über die Schulter in die Bluse und betrachtete den Ansatz der Brüste. Das fiel auf seine Seele wie ein warmer Regen auf ein Rosenbeet. «Im Bett ist der Mensch am glücklichsten. Ich kenne kein wohligeres Gefühl, als mich nach des Tages Last auszustrecken.» Er vermied es, von seinen lebenden Kopfkissen zu sprechen, aber er blinzelte Jelena zu. Ein Glück, daß sie es nicht bemerkte.
«Erholen Sie sich, Genossen», sagte er, als er die Zimmer angewiesen hatte. «In einer Stunde läutet Grischa zum Essen. Am Ende des Flurs ist das Bad.»

Er lachte meckernd, wozu eigentlich gar kein Anlaß war, und trabte dann davon in den Haupttrakt der Datscha. Jelena und Bodmar waren allein.
«Ein merkwürdiger Mensch», sagte sie. «Er muß verrückt sein.»
«Die Hauptsache ist, daß er uns seinen Werkstattwagen schickt und uns nach Tula bringt. Ich möchte nicht zu Fuß an den Don wandern.»
Sie schüttelte den Kopf und zeigte auf die Schlußtür des Flurs, das Badezimmer.
«Wer badet zuerst?»
«Ladys first . . .»
«Danke. Ich klopfe an deine Tür, wenn ich fertig bin.»
«Halt.» Bodmar hielt Jelena fest, ehe sie in ihr Zimmer schlüpfen konnte. «Warum hast du mich vor Talinkow als Fjodor Pawlowitsch bezeichnet?»
«Geht es ihn etwas an, daß du ein Deutscher bist?» Ihre Augen wurden wieder dunkel. Die Mundwinkel zuckten unmerklich.
«Du möchtest, daß ich ein Russe bin?»
«Warum fragst du? In einer Stunde läutet Grischa zum Essen . . .»
«Du hattest Angst, daß er mich als einen Deutschen erkennt . . . daß er den Mund darüber aufreißt, weil ein Deutscher eine Russin küßt . . . Plötzlich hattest du Angst. Ist das die Freiheit, die ihr so liebt?»
«Ich gehe jetzt baden.» Jelena riß sich von Bodmar los. Sie lief in ihr Zimmer und warf die Tür zu.
Warum fragst du das, dachte sie, als sie allein war und sich mit dem Rücken gegen die Tür preßte, als versuche Bodmar sie von außen aufzudrücken. Warum willst du mich zerstören . . . meine Weltanschauung, meine Erziehung, mein ganzes bisheriges Leben?
Warum zwingst du mich, anders zu sein, als ich sein will? In eine Burg muß ich mich zurückziehen, mit vielen kleinen Schießscharten, durch die ich dich sehen kann, aber die für dich unüberwindlich sind. Vor mir selbst muß ich mich abschließen, mich schützen vor dem Verrat an mir.

Begreifst du das überhaupt? Eine Sowjetrussin liebt einen Westdeutschen! Eine Agentin des KGB entdeckt ihr Herz! Hast du die Wolga schon den Berg hinauf fließen sehen?
Sie lauschte mit angehaltenem Atem. Eberhard Bodmar ging in sein Zimmer und zog die Tür zu. Von draußen drang das Gebell einer Hundemeute aus irgendeinem hinter dem Haus liegenden Zwinger. Talinkow hielt sich vierzehn Hetzhunde. Sie waren so dressiert, daß sie ihm das Wild genau vor den Sessel trieben, in dem er mit seinem Gewehr saß. Ein Schützenfest im Polsterstuhl. Es war ganz nach Talinkows Geschmack.
Jelena Antonowna badete. Sie ließ sich gründlich vom Wasser umrauschen, das aus zwei Brausen über ihren weißen, schlanken Körper strömte. Sie drehte sich in den prasselnden Strahlen, dehnte ihren Leib und strich mit beiden Händen über ihren Körper, vom Nacken bis zu den Fesseln, und es war keine Stelle, die sie ausließ.
Dann wartete sie, stand mit hängenden Armen unter den Wasserstrahlen und bebte dem Augenblick entgegen, in dem Bodmar die Tür des Bades aufreißen würde, hereinkam, den Bademantel abwarf und sie an sich zog. Unter dem Rauschen des Wassers, überflossen von Kühle, würden sie sich lieben, bis die Tropfen auf ihrer heißen Haut verdampften. Über den nassen Boden würden sie sich wälzen, ineinander verkrampft, verbissen wie tolle Hunde, ein Gewirr von Gliedmaßen, und die Laute der Lust würden das Hämmern der Wasserstrahlen auf den nackten Körpern übertönen und zurückschallen von den Wänden und über sie herstürzen wie das Geschrei heiserer Möwen.
Aber Bodmar kam nicht. Er ahnte nichts von der fiebrigen Sehnsucht Jelenas ... er saß in seinem Zimmer am Fenster, blickte in den Birken- und Ulmenwald und wartete auf das Klopfzeichen an seiner Tür.
Bad frei. Der nächste.
Er war schon ausgezogen, hatte ein Handtuch um seine Lenden geschlungen und beobachtete Grischa, der mit zwei

Eimern dampfenden Hundefutters zu dem Zwinger schwankte. Er blutete an der Stirn. Anscheinend hatte Talinkow ihn später noch einmal geschlagen und ihm die Kopfwunde beigebracht.
Welche Gegensätze in diesem Land, dachte Bodmar. Die große, eine ganze Welt umwälzende sozialistische Revolution, eine Weltanschauung, die buchstäblich Berge versetzte ... und dann, im Verborgenen, hinter den Bäumen und Hügeln und Strömen das alte, unsterbliche Rußland. Talinkow war ein Kommunist, und Grischa, der Kulak, war es auch. Und trotzdem diente der eine dem anderen mit einer jahrhundertealten Unterwürfigkeit.
An vieles dachte Bodmar, nur nicht an Jelena Antonowna, die unter der Brause stand, bis sie fror. Erst dann stellte sie das Wasser ab, hüllte sich in ein weites Badelaken, das auf einem Stuhl in einer Ecke des Zimmers zusammengefaltet gelegen hatte, und band ein Handtuch um ihre nassen Haare.
Von seinem Ausguck, einem Loch in der Wand, das zur Badezimmerseite hin als Gläserhalter getarnt war, entfernte sich Talinkow. Sein massiger Körper wippte beim Gehen, das Gesicht war hellrot vor Gier. Fjodor Pawlowitsch, der jetzt duschen würde, interessierte ihn nicht. Männer waren kein Anblick, der ihn erregte. Aber Jelena Antonowna, — o mein Seelchen, hüpfe und springe!
Talinkow eilte zurück in seine Räume und läutete nach Grischa.
Mit der Faust schlug Jelena an die Tür Bodmars. Enttäuschung, verratene Sehnsucht, Wut über sich selbst, Angst vor ihrem Körper, Flucht vor ihrer Seele, alles lag in diesem Schlag.
«Frei!» rief sie und wunderte sich, wie schrill ihre Stimme klang.
«Danke!» hörte sie Bodmar antworten.
Sie stürzte in ihr Zimmer, um vom Gang weg zu sein, wenn er heraustrat. Wieder lauschte sie an der Tür, hörte ihn auf nackten Sohlen zum Bad tappen und stellte sich vor, wie er unter den Wasserstrahlen aussah. Ein brauner, musku-

löser, männlicher Körper. Breite Schultern, breite Brust, schmale Hüften, feste, kräftige Schenkel.
Sie grub die Zähne in die Unterlippe und riß das Badetuch von sich. Mit einem Seufzen warf sie sich mit dem Gesicht nach unten in das breite Riesenbett, versank in den Kissen und Daunendecken, drückte mit Armen und Beinen alles unter sich, bis es eine dicke, weiche, federnde Rolle war, auf der sie lag, auf der sie ritt, die sie liebkoste, streichelte und küßte, bis die Erlösung über sie kam. Entsetzt über sich selbst rollte sie sich auf den Rücken und starrte mit leeren Augen die bemalte Zimmerdecke an.
«Das halte ich nicht aus», sagte Jelena Antonowna mit einer Stimme, die wie aus einer Gruft kam. «Es muß etwas geschehen. Es — muß — etwas — geschehen . . .»

Talinkow dachte gar nicht daran, schon jetzt in Tula anzurufen und den Werkstattwagen aus seiner Fabrik anzufordern. Der Anblick der badenden Jelena entfachte bei ihm einen sinnlichen Wirbelsturm.
«Grischa . . .», sagte er, nachdem dieser von den Hunden gekommen war, aus den Kleidern stinkend nach den gekochten Innereien, die er der Meute vorwarf, «Grischa, du Hundesohn, wir müssen etwas tun.»
«Das Täubchen, das ins Haus geflattert kam?» Grischa schien seinen Herrn genau zu verstehen. Er blinzelte ihm zu. Die Schläge mit der Hundepeitsche, die Stirnwunde, durch den Hieb mit einem Holzscheit . . . wer spricht darüber? Die großen Herrchen scherzen immer. Entweder geben sie zehn Kopeken Trinkgeld, oder sie treten einem den Hintern wund. Man kann's nie vorher bestimmen, nur erdulden. Dafür gibt es Tage, wo man allein ist auf der schönen Datscha, wo man selbst das Herrchen spielen kann und Lisanka, das Weibchen, sich benimmt wie die Dämchen aus der Stadt. Mit wackelnden Hüften und schwabbelnden Brüsten, daß es nur so eine Pracht ist, sie anzusehen und aufs Bett zu ziehen. Dafür erduldet man gern die Launen eines Talinkow.
«Ich werde verrückt, wenn sie ungeschoren von mir geht»,

sagte Talinkow jetzt. «Aber sie ist anders als andere Weiber. Sie will nicht!»
«Betäuben wir sie», meinte Grischa.
«Mit dem Hammer, du Idiot?»
«Mit ein paar Tröpfchen.» Grischas Bauerngesicht wurde verklärt. Er konnte helfen, er diente seinem Herrn, er würde gelobt werden. «Man gibt sie in das Essen, und nach einer Stunde liegen die Frauchen herum wie die erwürgten Hühnchen.»
«Und wachen nicht wieder auf.»
«Am nächsten Morgen. Und wissen nichts mehr. Gar nichts.»
«Das ist satanisch.» Talinkow packte Grischa am Kragen und zog ihn zu sich heran. «Und du hast diese Tröpfchen, du stammelnder Teufel? Warum erfahre ich das jetzt erst, he?»
«Sie haben nie danach gefragt ... und sie nie gebraucht, Anton Antonowitsch. Es ist der Saft von Wurzeln und Pflanzen, ein Gebräu, das man früher in den Ställen brauchte, um die Kühe zu betäuben, wenn sie zu schmerzhaft kalbten.»
«Hol es. Du bekommst zwei Rubel dafür.»
Grischa flog davon. Zwei Rubel! Ihm war's, als wüchsen ihm Flügel und er verstände das Zwitschern der Vögel.
Er bekam die zwei Rubel wirklich. Talinkow war in guter Laune. Er roch an dem Saft, der goldgelb aussah wie ausgepreßte Orangen. Ein Geruch frischer Wiesen strömte ihm entgegen.
«Man wird es riechen!» schrie Talinkow. «Her mit den Rubeln, du Gauner!»
«In den Speisen verliert sich der Geruch. Es ist wie eine Würze. Man spart Salz.»
«Versuchen wir es.» Talinkow steckte den Korken auf die kleine Flasche. Mißtrauisch betrachtete er das alte Etikett. «Blaschenstwo», sagte er. «Seligkeit ... du bist ein Poet, Grischa. Aber das sage ich dir: Mißlingt es, koche ich eine Suppe für die Hunde aus dir! Wann essen wir?»
«In zehn Minuten, Anton Antonowitsch.»
«Das ist gut. Ich freue mich auf Lisankas Gurkensuppe ...»

Grischa rannte hinüber in die Küche. Er war mit allem zufrieden, was Talinkow betraf ... auch daß sein ältestes Kind, ein Mädchen, sehr große Ähnlichkeit mit Anton Antonowitsch besaß. Es hatte die gleichen schräg gestellten Kirgisenaugen ...

Der Tag lief dahin wie ein Bächlein.
Talinkow zeigte seinen Gästen den Garten der Datscha, wo Tomaten gediehen und so seltene Dinge wie Blumenkohl, Kohlrabi und Sellerie. Da gab es ein Erdbeerfeld, Himbeer- und Brombeerhecken, Beeren, die die fleißige Lisanka kandierte, einmachte oder zu Rosinen eigener Art trocknete. Von den Gurken, Kürbissen und Maiskolben ganz zu schweigen.
Grischa hatte unterdessen zu tun, die eingeladenen Freunde seines Herrn telefonisch wieder auszuladen. Talinkow wollte mit Jelena allein sein. Er verspürte wenig Lust, erst um sie mit den anderen Kerlen zu kämpfen oder sie gar bei einem Ausknobeln zu verlieren. Bisher war es dreimal geschehen, daß der lange, dürre Gorbetschaw ein Weibchen beim Spielen gewann, bis man entdeckte, daß er beim Pokern betrog. Man verprügelte ihn und band ihn auf der alten Tonja fest, einer Putzfrau von zweiundsiebzig Jahren, die Talinkow flugs aus Malachowo holen ließ. Nackt und schreiend, festgebunden mit Stricken, lag er auf der Alten, die wie ein Ferkelchen quietschte, und dann übergoß man beide mit Rotwein und schrie: «Sieh, sieh, der Gorbetschaw hat sie entjungfert.» Es war schon eine Schande, die der dürre Mensch nie verwinden konnte.
Grischa log glänzend und wimmelte die Freunde Talinkows ab. So nahte der Abend. Es war warm in den Wäldern an der Waschana, die Erde duftete süß wie Ziegenmilch, und in der Luft hing eine Wolke von Honig. Grischa hatte ein Lämmchen geschlachtet und drehte es über einem offenen Feuer knusprig.
«Ich freue mich über Sie, Genossen», sagte Talinkow, als sie wieder am Tisch saßen. Grischa servierte ... er hatte die Teller von Jelena und Bodmar vorbereitet und die brau-

nen Lämmchenstücke mit seinem Zaubertrank vorgewürzt. Als Talinkow kurz hochsah, blinzelte er ihm zu.
Es wurde ein schönes Abendessen mit Wodka und Wein vom Asowschen Meer. Talinkow erzählte Witze und benahm sich sehr gesittet. Er war der Wolf im Kleid der Großmutter.
Nach dem Essen verkroch sich Grischa irgendwo im Haus und wartete. Auch Talinkow wartete voll Ungeduld, daß die Tropfen ihre Wirkung zeigten. Er machte sich eigentlich keine Vorstellungen, wie es geschehen sollte, und Grischa hatte auch nichts verlauten lassen. Wurden die beiden müde, sanken sie auf einmal, wie vom Blitz gefällt, um, schwankten sie lallend durch die Stube oder schliefen sie beim Sprechen ein? Talinkow konnte keine Prognosen stellen.
Aber der Abend verging, die Nacht kam, Bodmar trank fleißig den herrlichen, goldgelben würzigen Wein, Jelena plauderte von Moskau, wie das Gurren eines Täubchens klang ihre Stimme. Talinkow wurde ungeduldig. Ein Schweinekerl, dieser Grischa, dachte er voll Wut. Man sollte ihm das Fell vom Hintern peitschen, ihn kastrieren oder noch besser, seine Lisanka, das Weib mit den Kugelbrüsten, noch einmal schwängern, damit er einen zweiten Bastard als sein Kind aufzieht, dieser Idiot.
Wie lange dauert's noch mit seinen Tropfen?
Gegen Mitternacht erhob sich Bodmar. Er spürte den Wein und wollte nicht, daß der Alkohol ihn besiegte. Auch Jelena sprang auf, ihre Knie reizten Talinkow bis aufs Blut; das Kleid mit dem schwingenden Rock hörte dort auf, wo die Beine in die sanfte Rundung der Schenkel mündeten.
«Ihr seid müde, Freunde?» fragte Talinkow voll Wonne. Aha, so geht das, triumphierte er. Ganz natürlich. Sie gleiten hinüber in das Vergessen. Ein teuflisches Mittel, wahrhaftig! «Ich bringe euch an die Tür. Ein schöner Abend war's! Jeder Tag ist verloren, den man nicht mit guten Freunden beendet.»
Er hakte Jelena und Bodmar unter, geleitete sie zum Gästeflur, öffnete ihnen die Türen ihrer Zimmer, gab Bodmar

den dreimaligen Bruderkuß — was beiden schwerfiel, denn sie konnten einander nicht ausstehen — küßte Jelena sogar nach westlicher Art die Hand und winkte zum Abschied, als sich die Türen schlossen.

«Noch eine Viertelstunde, Anton Antonowitsch», sagte Talinkow zu sich. «Dann ist deine Hose das unwichtigste Kleidungsstück im ganzen Bezirk Tula . . .»

Grunzend wie ein Eber, der die Sau wittert, trabte er im Haus herum, trank noch ein Gläschen Wodka und knabberte ein Stück Zuckergebäck, blickte oft auf die Pendüle — auch ein Erbstück des schwindsüchtigen Dichters — und zählte die Minuten, die wie Stunden verrannen.

Dreimal läutete er nach Grischa, aber der Hundesohn kam nicht. Talinkow verzieh ihm großzügig. Gegen halb eins in der Nacht zog er seine Jacke aus, schlüpfte aus dem Hemd und behielt nur noch seine Hose an, ein letzter Rest von Scham, der ihn hinderte, nackt wie eine schwabbernde Riesenqualle durchs Haus zu schleichen, ein Fettberg auf Beinen, drei Zentner rundgeformten Specks. Vor der Tür Jelena Antonownas blieb er stehen und hielt den Atem an.

Kein Laut von drinnen. Auch hinter Bodmars Tür war es still. Sie schlafen wie die Mehlsäcke, dachte Talinkow. Eigentlich ist auch das nicht richtig. Was hat man von einem wunderschönen Weibchen, wenn es einem in den Armen liegt wie eine schlaffe Stoffpuppe? Ein wenig Leben gehört dazu, ein paar Seufzer vielleicht, ein Zittern des Leibes, ein Wehren oder Gegendrücken, verdammt, man muß die Wärme spüren, die in dem zarten Körperchen tobt.

Talinkow wischte sich über das Gesicht. Er schwitzte vor Erregung, seine Lungen keuchten wie Blasebälge. Ganz langsam drückte er die Klinke hinunter, öffnete die Tür und rollte ins Zimmer. Abschließen konnte man es nicht . . . Grischa hatte vorher die Schlüssel entfernt.

Talinkow fand sich im Dunkeln zurecht wie eine Fledermaus. Er kannte die Standorte aller Betten und steuerte zielsicher auf Jelenas Schlafstatt zu. Daß er dabei an einen Stuhl stieß, der mitten im Zimmer stand, war unprogrammgemäß; Talinkow fluchte auch halblaut, schob das Hindernis beiseite und fühlte dabei, daß Jelenas Kleider darauf lagen. Ein Duft von Rosen stieg von ihnen auf. Er riß sie an sich, wühlte sein Gesicht in den Stoff und genoß die Wonne, sie zu riechen.

Welch eine Ouvertüre, sagte er sich. Anton Antonowitsch, für diese Nacht hast du fünfzig Jahre gelebt!

Er schleuderte die Kleider weg, erreichte das breite, hohe Bett und riß die Decke von Jelenas Körper. Gleichzeitig ließ er seine Hose fallen und drückte auf den Knopf der Nachttischlampe.

Das war ein Fehler, denn Jelena Antonowna erwachte.

Mit einem leisen Schrei fuhr sie hoch, sah sich von der Überdecke befreit und erkannte neben sich ein weißliches, riesiges Gebilde, das erst bei näherem Hinsehen als Talinkow zu erkennen war.

«Oh!» sagte Anton Antonowitsch. Er war verblüfft und beglückt zugleich. Sie ist keine schlaffe Puppe, sie hat Leben! Es wird einen Kampf geben, den ich gewinne. Trotzdem werde ich morgen früh Grischa um das Haus peitschen. Seine Tropfen sind ein Betrug.

«Ich liebe dich, mein Schwänchen», sagte Talinkow dumpf. «Ich schenke dir dreihundert Rubel, wenn du den Mund hältst.»

Damit griff er nach ihren Brüsten, die aufreizend durch das Nachthemd schimmerten. Aber Jelena war schneller. Sie hieb ihm auf die Finger, boxte ihm in das rote Gesicht und sprang aus dem Bett.

Talinkow verlor den Verstand. Er brüllte dumpf, stürzte sich auf Jelena und verfolgte sie, als sie zur Tür lief und sie aufriß. Eine Woge weichen Fetts ergoß sich über sie, drückte sie gegen die Wand, quetschte sie, daß sie keinen Atem mehr bekam ... und da begann sie zu schreien, bis Talinkow ihr den Mund zuhielt.

Sie biß ihn in die Hand, schlüpfte unter seinen Körpermassen weg, sprang über den Flur und stieß gegen die Tür Bodmars. Talinkow war schon neben ihr, als sie die Klinke

herunterdrückte, und lachte dröhnend. Wie eine Riesenkrake umfaßte er die um sich schlagende Jelena.
«Er schläft!» lachte er. «Wie ein satter Säugling schläft er. Er kann dir nicht helfen, Täubchen! Willst du, daß ich dir die Flügel zerbreche? Geh hinein, sieh ihn dir an! Komm, zier dich nicht . . .» Er umfaßte ihren Leib und hob sie hoch, obgleich sie um sich trat. Er keuchte vor Lust, als er ihren Körper spürte. «Fünfhundert Rubelchen, mein Schätzchen! Ich bedecke deinen Körper mit den Scheinchen, bis man keinen Schimmer Haut mehr sieht . . .»
Jelena schrie. Ihre helle Stimme füllte den Flur. Mit beiden Fäusten hieb sie Talinkow auf den runden Glatzkopf wie auf eine Pauke. Das war nicht angenehm, er ließ sie zu Boden gleiten und rannte ihr nach in das Zimmer Bodmars. Er war so in Schwung, daß er nicht sah, wohin er lief — erst als er mit einem harten Gegenstand zusammenstieß, hob er den Kopf.
Jelena war in die Ecke hinter dem Bett geflüchtet. Vor Talinkow aber stand Eberhard Bodmar und rammte ihm die Faust gegen die Brust.
«Fjodor Pawlowitsch!» kreischte Talinkow. «Sie schlafen nicht?»
«Wie Sie sehen, Anton Antonowitsch! Ich mußte wachbleiben, um ein Schwein zu schlachten!»
«Hilfe!» schrie Talinkow. «Hilfe! Verrat! Man hat mich getäuscht. Ein Komplott. Hilfe! Nehmen Sie Vernunft an, Fjodor! Man wird Sie nach Sibirien schicken! In einem Bergwerk am Eismeer werden Sie verfaulen!
Talinkow zitterte vor Angst. Seine Nacktheit wirkte in diesen Augenblicken erschütternd; es war wirklich, als sei er zum Schlachten gekommen, schon bei lebendem Leib abgebrüht von allen Borsten und Haaren.
«Was haben Sie mit Jelena gemacht?» brüllte Bodmar. «Sie Miststück!»
«Halten Sie ein!» bellte Talinkow. «Erschlagen Sie Grischa, diesen Teufel!»
Bodmar hob die Fäuste. Aber es war nicht mehr nötig, zuzuschlagen.

Mit Talinkow ging eine schreckliche Veränderung vor. Die Angst zersetzte sein Gehirn, das Blut schoß wie ein Wasserfall vom Herzen in die Adern. Und irgendwo in diesem feinen Mechanismus des Gehirns platzte ein Äderchen, ergoß sich Blut über die empfindlichen Zellen, versagte die Sauerstoffzufuhr.
Talinkow schwankte. Sein Gesicht verzerrte sich zu einer Grimasse, zu einem fürchterlichen Grinsen, das so stehenblieb, als sei es schockgefroren. Es klatschte wie zehn Schweineseiten, als sein Fettberg auf die Dielen sank, sich ausstreckte und wenigstens jetzt etwas Form erhielt. Mit weitaufgerissenen Augen, in denen eine stumme Frage schrie, blieb er steif liegen, ein Speckhügel, in dem das Herz raste.
Jelena und Bodmar umstanden ihn und starrten auf ihn hinunter. Nur die zuckende Brust und die Augen mit der schrecklichen stummen Frage waren das einzig Lebende in diesem Körper ... die Glieder waren bewegungslos, Massen nur, die herumlagen wie Müll.
«Wir müssen einen Arzt rufen ...», sagte Jelena leise. «Wir können ihn nicht so liegen lassen. Wo ist Grischa? Bleib bei ihm ... ich will Grischa suchen.»
Bodmar kniete sich neben den bewegungslosen Talinkow und hob dessen rechten Arm. Schlaff fiel er wieder zurück zum Boden. Auch das Bein schien von allen Nerven getrennt ... als Bodmar tief in das Fleisch kniff, zeigte Talinkow keinerlei Reaktion.
Ein Hirnschlag, dachte Bodmar und betrachtete die aufgerissenen Augen. Er ist gelähmt und stumm. Eine massige Hülle, in der nur noch das Herz arbeitet.
Bodmar stand auf, holte ein paar Handtücher, legte sie ins Wasser und breitete die nassen Lappen auf Talinkows Stirn und Brust aus. Es half nichts, das war klar, hier konnte niemand mehr helfen, nur untätig wollte Bodmar nicht sein, nicht herumstehen und den Gelähmten anglotzen.
Grischa tauchte sofort auf, als er die Stimme Jelenas hörte. Er tauchte aus der Ecke der Kellertreppe auf wie ein Hund, der einen Knochen vergraben hat.

«Einen Arzt!» rief Jelena. «Ruf einen Arzt, schnell! Anton Antonowitsch ist verunglückt. Der Arzt soll sofort kommen!»
«Mein armes Herrchen!» schrie Grischa und rang die Hände. «O welch ein Unglück!» Dann rannte er weg, rief in Tula einen von Talinkows Freunden an, den Chirurgen Afanasij Lukisch Bandurian, einen Grusinier, warf dann das Telefon auf das Sofa und tanzte durch das Zimmer, als habe er Ameisen unter den Sohlen. Niemand sah es, denn es war finster, und Grischa tanzte lautlos, in vollkommener Seligkeit.
Es dauerte immerhin zwei Stunden, bis Dr. Bandurian auf der Datscha eintraf. Er brachte gleich einen Ambulanzwagen des Krankenhauses mit.
«Habe ich es nicht immer gesagt!» rief er gleich, als Bodmar ihn an der Tür empfing. «Erzählen Sie mir nichts, Genosse ... es war eine Apoplexie, nicht wahr? Mußte kommen, mußte kommen! Immer nur fressen, saufen und huren ... wer hält das aus, so schön es auch ist! Wo liegt er? Bei einem Weib? Ist sie ohnmächtig geworden? Ist sie hübsch?» Dr. Bandurian steuerte zielsicher auf Talinkows Schlafgemach zu, aber Bodmar winkte ab und zeigte auf den Gästetrakt.
«Hier, Genosse. In meinem Zimmer.»
«Bei Ihnen?» Afanasij Lukisch blieb ruckartig stehen. «Ist das alte Schwein auch noch ein Homo geworden? Nein, so etwas! So etwas von Untergang!»
Die Untersuchung dauerte nicht lange. Bandurian beugte sich über Talinkow, nachdem er weise genickt hatte, als er ihn in völliger Nacktheit auf dem Fußboden antraf und im Hintergrund Jelena wahrnahm, horchte das Herz mit einem Membranstethoskop ab, fühlte den Puls und gab Anton Antonowitsch eine Injektion zur Senkung des Blutdrucks. Dann setzte er sich vor den Fleischberg auf einen Stuhl und schaute auf ihn hinunter.
«Er ist bei völligem Bewußtsein», sagte er gemütlich. «Er sieht uns, er hört uns, vielleicht versteht er sogar unsere Worte. Nur antworten kann er nicht, und sich rühren kann

er nicht. Er ist wie eine taube Nuß. Dicke Schale, darin — Luft!» Er tippte mit den Schuhspitzen Talinkow in die Seite und nickte ihm zu. «Ich habe dich gewarnt, Anton Antonowitsch. Man geht mit einem Krug nicht dauernd an den Fluß, wenn der Henkel wackelt. Was hast du getan? Mich ausgelacht und hinausgeworfen. Nun liegst du da, du Schafsbock, steif und stumm. Man sollte dich jetzt noch verprügeln ...»
Die Sanitäter vom Krankenhaus in Tula luden Talinkow auf ihre Trage und schnallten ihn fest. Es war eine schwere Arbeit, bei der Bodmar und Dr. Bandurian halfen. Drei Zentner schlaffen Fleisches zu heben, das einem dauernd aus den Fingern rutscht ... macht es nach, Genossen! Schön fluchen werdet ihr!
Als Talinkow endlich auf der Trage lag, unter Decken festgezurrt, und hinausgetragen wurde zum Ambulanzwagen, betrachtete Dr. Bandurian vor dem Einsteigen noch einmal Jelena Antonowna. Sie stand vor der Haustür, in einem dünnen Nachthemd, und fror vor Aufregung.
«Sie haben Talinkow um den Verstand gebracht?» fragte er. «Wer kann das begreifen?» Er schüttelte den Kopf und klapperte mit den Schlüsseln. «Anton Antonowitsch liebte formenreiche Frauen. Es ist nicht zu begreifen ...»
Er war kein höflicher Mensch, dieser Afanasij Lukisch. Aber er war ein guter Chirurg. Und verschwiegen war er auch, denn niemand erfuhr etwas über die Umstände, die den Zusammenbruch Talinkows herbeigeführt hatten.
Schweigend sah Jelena den beiden Wagen nach, wie sie im Dunkel der Waldstraße entschwanden. Ihre Lippen waren dünn und gefährlich zusammengekniffen.
«Bin ich so häßlich?» sagte sie plötzlich rauh, als Bodmar sie ins Haus zog und die Tür abschloß. «Sei ehrlich ... sehe ich aus wie eine Vogelscheuche?»
«Dummheit, Jelena. Du weißt, wie schön du bist.»
«Er hat es gesagt. Er war ehrlich. Ärzte sind immer ehrlich, wenn sie eine Gemeinheit sagen können. Eine wahre Gemeinheit. Ich bin häßlich! Warum belügst du mich?»
Bodmar wollte sie beruhigen, aber sie ließ ihn nicht aus-

sprechen. Mit geballten Fäusten schlug sie gegen die Wände, rannte fort in ihr Zimmer und riß sich das Nachthemd vom Leib. Vor dem Spiegel neben dem riesigen Bett drehte sie sich, preßte ihre Brüste hoch und drückte den Unterleib nach vorn.

«Was habe ich nicht, was andere haben?» schrie sie sich an. «Was fehlt? Was ist nicht entwickelt? Wo bin ich ein weiblicher Krüppel? Oh, ich könnte ihnen die Gesichter zerkratzen, diesen widerlich hochnäsigen Männern!»

Am Morgen trafen sie sich auf der Veranda.

Grischa hatte den Kaffeetisch gedeckt. Lisanka trug eine Wurstplatte auf und hatte verheulte rote Augen. Sie war die einzige, die um Talinkow trauerte. Schließlich war sie eine Auserwählte. Wer hatte schon ein Kind von Talinkow?

Der Tee war gut, die frischen kleinen Brote, die Lisanka backte, vorzüglich, der Honig duftete nach Birken. Grischa bediente wie ein echter Diener.

«Der Monteur aus Malachowo ist gleich hier, Genossen», sagte er. «Ein verteufelter Kerl ist er. Macht alles wieder in Ordnung, wo andere die Dinge wegwerfen. Er wird auch Ihren Wagen wieder zum Laufen bringen.»

Jelena und Bodmar aßen schweigend, ohne große Lust, so schmackhaft das Essen auch war. Sie sahen sich ab und zu an und senkten dann schnell die Blicke. Etwas war seit dieser Nacht zwischen ihnen, unaussprechbar, unerklärbar, nicht greifbar. Sie fanden keine Worte dafür, keine Begriffe, «es» war eben da, ein Zustand der Magnetlosigkeit, wo sonst zwei Körper sich anziehen. Jelena empfand es noch deutlicher als Bodmar: Er ist kühler geworden, er sitzt mir gegenüber wie durch eine Glaswand getrennt. Wir entfernen uns ... wie furchtbar ist das!

Der Monteur kam kurz nachdem sie das Frühstück beendet hatten. Er untersuchte den Moskwitsch und nickte mehrmals.

«Zwei Stunden, dann läuft er wieder», sagte er. «Ich habe einen Zündverteiler mitgebracht. Als Grischa anrief und

mir den Fehler schilderte, habe ich gleich geschaltet, Genossen.»
Bodmar gab ihm fünf Rubel im voraus. Das war ein Geschenk, für das Grischa früher gemordet hätte.
«Ich möchte telefonieren», sagte Jelena eine Stunde später, als Bodmar zu dem Hundezwinger gegangen war und die kläffende Meute bewunderte. Große, stämmige Hetzhunde, die alles zerrissen, was sie zwischen die spitzen Fänge bekamen.
«Im Salon steht das Telefon», sagte Grischa.
Jelena schloß die Tür ab, als sie allein war, und wählte eine Moskauer Nummer. Eine Zahlenreihe, die in keinem Telefonbuch stand. Aus Moskau kam ein Brummen, dann eine deutliche Männerstimme.
«Hier XU 19», meldete sich Jelena.
«Wo sind Sie?»
«In Tula.»
«Jetzt erst? Wie kommt das?»
«Gospodin Bodmar hat sich die Gegend eingehend betrachtet.»
«In Ordnung. Lassen Sie ihn. Drängen Sie ihn nicht. Noch etwas, Genossin?»
«Nein, Genosse. Keine besonderen Vorkommnisse . . .»
Sie legte auf und strich sich über das kurzgeschnittene Haar.
Ich habe gelogen, dachte sie. Zum erstenmal in meinem Leben habe ich meine Dienststelle belogen. Ich habe meinen Auftrag verraten.
Was hat der Mensch aus Deutschland aus mir gemacht . . .

Die Reparatur des Wagens dauerte wirklich nur zwei Stunden. Der Monteur aus Malachowo, ein fröhlicher Mensch, der bei der Arbeit sang, war stolz auf sein Werk, als er Jelena Antonowna und Bodmar den Moskwitsch vorführte. Er fuhr einige Runden auf dem großen Vorplatz der Datscha, hupte und ließ das Gas donnern, bremste wie ein Amerikaner und vollführte einen Start wie ein Rennfahrer. Der brave Wagen gehorchte ohne Mucken.

«Sie kommen aus Moskau?» fragte der Monteur, nachdem ihm Bodmar noch einmal fünf Rubel in die Tasche gesteckt hatte. Er drehte dabei seine Mütze zwischen den Fingern, war schüchtern und benahm sich so wie alle, die einen großen Herrn ansprechen und einen Wunsch vortragen wollen.

«Ja», sagte Bodmar.

«Und Sie kehren nach Moskau zurück?»

«Ich nicht. Aber die Genossin Jelena. Warum fragen Sie?»

«Sie sind eine einflußreiche Persönlichkeit, sicherlich sind Sie das.» Der Monteur aus Malachowo zerknüllte seine Mütze, am liebsten hätte er sie vor Erregung auf die Erde geworfen. «Sehen Sie, Genosse ... da lebt man nun in Malachowo. Nichts gegen mein Dorf ... es ist ein schönes Dorf, sauber, gepflegt, wir erfüllen unser Soll, unterhalten eine große landwirtschaftliche Produktionsgenossenschaft, haben zwei Arbeitsbrigaden mit den modernsten Geräten ... aber es bleibt eben doch Malachowo ... verstehen Sie das?»

«Das Dorf ist Ihnen zu klein, nicht wahr?»

«Ich weiß nicht, wie ich es Ihnen erklären soll. Der Monteur leckte sich über die Lippen und bekam rote Ohren. Ein verteufeltes Ding ist es, einem einflußreichen Genossen alles so beizubringen, daß es nicht wirkt wie eine unsozialistische Unzufriedenheit. «Ich leiste etwas in meinem Beruf, ich liebe Autos, ich habe eine Lehre in Orel gemacht, und nun lebe ich als Maschinist in Malachowo. Was habe ich zu tun? Traktoren reinigen, gebrochene Zahnräder schweißen, verbogene Auspuffe geradebiegen, verdreckte Motoren auseinandernehmen. Immer nur das eine: Reparaturen. Eine lausige Arbeit, Genosse. In Moskau, habe ich mir gedacht, ist das anders. Da gibt es die großen Fabriken, da kann ich noch etwas lernen. Vielleicht kann man Ingenieur werden. Ich habe Ideen, Genosse. Aber in Malachowo verstehen sie mich nicht. Einen Antrag habe ich geschrieben ... der Dorfsowjet gab ihn mir zurück und schrie mich an: Weg willst du, du Hirnloser? Dann hat er sich mit meinem Brief die Nase geputzt.»

«Ich werde in Moskau einige Genossen in den Fabriken anrufen», sagte Jelena Antonowna, bevor Bodmar antworten konnte. Sie notierte sich den Namen des Monteurs und gab ihm die Hand. Mit verklärtem Gesicht rannte er danach zu seinem Motorrad und fuhr glücklich ab.
«Hast du wirklich Bekannte in der Großindustrie?» fragte Bodmar. Sie waren zur gläsernen Veranda zurückgegangen und saßen nun in weißgestrichenen Korbsesseln, während Grischa das Gepäck in den Wagen trug und Lisanka in der Küche einen Berg belegter Brote fertig machte.
«Ja», antwortete Jelena kurz.
«Erstaunlich. Du bist ein Mädchen voller Geheimnisse. Wer bist du eigentlich?»
«Jelena Antonowna Dobronina.»
«Die Tochter des großen Pianisten Dobronin, der in einem deutschen Gefangenenlager an der Ruhr ums Leben kam. Ich weiß . . .»
«Ums Leben gebracht wurde . . .»
«Es war Krieg.»
«Wir hatten ihn nicht gewollt.»
«Mein Gott, fängt das schon wieder an?» Bodmar sprang auf und riß Jelena mit sich hoch. «Leben wir denn nur in einem Kreis? Warum bist du so verärgert, Jelena? Wir wollten doch vergessen . . . alles vergessen . . . gerade wir zwei!»
Grischa und Lisanka enthoben sie der Antwort. Sie kamen auf die Veranda und meldeten, daß der Wagen abfahrbereit sei und genug zu essen für eine lange Fahrt auf den Rücksitzen läge. «Einen schönen Weidenkorb hat sie genommen», sagte Grischa. Er war über Nacht verjüngt, trug ein rotes Halstuch und sprach auch freier, wie einer, der bisher gewürgt worden war und nun durchatmen kann. «Sie fahren weit weg, Genossen?»
«An den Don, Grischa.» Bodmar ging voraus zum Wagen. Lisanka riß die Türen auf und weinte plötzlich. Grischa hielt Jelena zurück . . . mit einer zaghaften Gebärde.
«Sie haben mir das Leben gerettet», sagte Grischa mit bebenden Lippen. «Er hätte mich totgeschlagen . . . heute oder morgen oder in einem Jahr. Aber er hätte es getan, der

fette, widerliche Teufel. Er war ein Verfluchter, eine Mißgeburt, ein Auswurf. Alles nahm er sich, was ihm gefiel, alles. Lisanka hat er genommen, den Weibern ist er nachgejagt wie auf einer Sauhatz. Sie haben uns von ihm erlöst, Schwesterchen. Es war eine gute Tat.» Und plötzlich fiel er vor Jelena auf die Knie, ergriff ihre Hände, ehe sie die Arme zurückreißen konnte, zog sie mit großer Kraft an seinen Mund und küßte sie nach Kulakenart inbrünstig und voll anbetender Dankbarkeit. «Gott segne Sie dafür . . .», stammelte er dabei. «Der Himmel belohne Sie, Jelena Antonowna . . .»
Betroffen rannte Jelena zum Wagen und warf sich neben Bodmar auf den Sitz. «Fahr!» sagte sie mit schwankender Stimme. «Nur weg von hier! Ich will dieses Haus nie mehr in meinem Leben sehen . . .»
Bodmar gab Gas. Der Wagen schoß vorwärts, hätte beinahe die weinende und winkende Lisanka umgerissen, aber sie sprang noch rechtzeitig zur Seite und fiel ins Gras. Im Rückspiegel sah Bodmar, wie Grischa noch immer auf den Knien lag, vor dem Eingang der herrlichen alten Datscha, die Arme ausstreckte und ihnen nachrief.
«Gott segne euch!» schrie er dem Wagen hinterher «Gott segne euch . . .»
Dann breitete er die Arme aus, starrte hinauf in den blauen Himmel, der überzogen war vom Sonnenglanz, ließ sich nach hinten in den Staub fallen und lachte fürchterlich, wälzte sich wie ein Hund vor dem Haus hin und her und brüllte: «Wir sind frei! Wir sind frei!»
Erst als Lisanka ihm einen Eimer Wasser über den Körper goß, beruhigte er sich. Er erhob sich aus dem Dreck, rannte ins Haus, kam nach Sekunden mit zwei Gewehren zurück und verschwand im Garten.
Kurz darauf knallte es. In kurzen Abständen, peitschend, unterbrochen von einem schrecklichen Geheul.
Grischa erschoß die Bluthunde Talinkows, die letzten Überlebenden der verhaßten Knechtschaft.

5. Kapitel

In Perjekopsskaja am Don hatte man endlich eine Sensation. Alle sprachen darüber, aber hinter der vorgehaltenen Hand, auf dem Feld, in den Booten auf dem Fluß, in der Scheune, im Kaufladen oder zu Hause im Bett: Njuscha hat sich mit Granja geprügelt. Unten am Ufer. Heiß muß es hergegangen sein. Sie kam zurück mit zerrissener Bluse, und er ritt hinterher mit hohlen Augen und zitternden Lippen. Luka, ein Freund, der ihn ansprach und fragte, bekam die Faust zwischen die Nase gesetzt, keine sehr gute Antwort, aber sie erklärte die Lage sehr genau.

«Ein Jammer ist's!» tobte der alte Kolzow und wagte sich zwei Tage lang nicht vor die Tür, denn wie die Wespen fielen die Nachbarn über ihn her. «Ein Mensch wie Granja, fleißig, treu, strebsam, mit Zukunft ... und sie wirft ihn weg wie einen beschmierten Lappen! Brigadeführer der Kolchose kann er werden, weißt du das, du Närrin? Ein Haus aus Stein bauen sie ihm dann! Aber nein! Sie ohrfeigt ihn! Sie läuft weg, wenn er ein Küßchen haben will! Benimmt sich wie eine Nonne, unter deren Rock eine Wespe summt! Was sagst du dazu?»

Njuscha sagte nichts. Sie stand am Herd, dieser großen, aus Flußsteinen gemauerten Feuerstelle, an der schon vier Generationen der Kolzows ihr Essen bereitet hatten, rührte in einem Kessel mit dicker Kascha und starrte in das prasselnde Holzfeuer. Von fast überirdischer Schönheit war sie jetzt, als der Flammenschein über ihr Gesicht flackerte, die langen blonden Haare vergoldete und den Körper beleuchtete. Dimitri Grigorjewitsch Kolzow betrachtete seine Tochter und seufzte laut.

«Ich habe dich Granja versprochen», sagte er hart.

«Ich mag ihn nicht, Väterchen.» Es waren die ersten Worte seit Stunden, die Njuscha sprach. Die Mutter hielt sich aus allem heraus ... sie saß in der «schönen Ecke» auf der Bank und stopfte Strümpfe. Es war eine mißhandelte Ecke, denn wo früher die Ikone mit dem ewigen Licht auf einer Konsole gestanden hatte, blickte jetzt streng der bärtige

Lenin auf die Familie Kolzow hinab. Es hatte Dimitri eine jahrelange Auseinandersetzung mit seiner Schwiegermutter Ippolita gekostet, bis Lenin siegte. Immer wieder – täglich fast – ging es hin und her: Ippolita warf den Lenin in die Ecke und baute ihre Ikone auf ... Dimitri Grigorjewitsch räumte den Heiligen mit seinem Ewigen Licht ins Schlafzimmer und hängte Lenin wieder an den Nagel.

Es war ein stummer Kampf, mit größter Verbissenheit geführt. Lenin – Ikone ... über genau zehn Jahre hinweg, denn so lange war Kolzow schon der Dorfsowjet. Erst als die alte Ippolita starb, blieb Lenin ungefährdet hängen, aber Kolzow wartete mißtrauisch darauf, daß seine Frau den Kampf wieder aufnahm.

Sie tat es nicht so massiv ... sie baute die «schöne Ecke» nun im Schlafraum auf, wo Kolzow, wenn er im Bett lag, immer auf den heiligen Dimitri blicken mußte. Zuerst hatte er geseufzt, aber dann gewöhnte er sich daran. Als das Ewige Licht einmal ausging, hatte er es selbst wieder angezündet. Zwei Tage lief er darauf zähneknirschend herum und büßte die Tat ab mit einer flammenden Rede gegen die Kirche anläßlich einer Parteiversammlung in der Stolowaja des Dorfes.

«Was heißt, ich mag ihn nicht?» schrie Kolzow jetzt. «Willst du einen Opernsänger, he? Ich habe dich ihm versprochen, und ein Kosak hält sein Wort!»

«Ich bin keine Ware, Väterchen!» schrie Njuscha vom Herd zurück.

Kolzow riß den Mund vor Staunen auf. «Sie macht eine Revolution», sagte er und tappte näher. «Ist das denn wahr?» Er baute sich vor ihr auf, blitzte sie aus wütenden Augen an, aber das imponierte Njuscha nicht. Sie nahm die große hölzerne Kelle aus der Kascha und hielt sie wippend in der Hand.

«Schlag sie nicht, Dimitri ...», ließ sich aus der Ecke die Mutter vernehmen. «Sie schlägt zurück ...»

«Mich? Ihren Vater? Einen Feldwebel der Kosaken? Mich will sie schlagen? Ich werfe sie an die Wand, daß sie kleben bleibt!»

«Sie hat den Teufel im Leib, Dimitri. Laß sie . . .»
«Und das Dorf lacht über uns! Vor die Tür werden sie uns scheißen in der Nacht.» Kolzow stieß die Luft aus wie ein Gebläse. «Das Wort eines Kosaken ist wie ein Schwur!» brüllte er plötzlich, als habe man ihn gestochen. «Du heiratest ihn! Im Juni. An einem Sonntag! O du Teufelchen, und wenn ich dich an den Haaren ins Amtszimmer schleife . . . du heiratest Granja, oder ich ersäufe mich im Don vor Schande!»
Es war das alte Lied: Kolzow tobte, die Mutter schwieg und hielt ihn nur davon ab, Njuscha zu schlagen. Und wie immer warf Njuscha auch jetzt die Holzkelle hin und rannte aus der Hütte. Sie lief zum Fluß hinunter, zu einem Versteck im dichten Schilf, kauerte sich zwischen die mannshohen Halme und konnte sich nicht entschließen, einfach wegzulaufen. Nach Norden oder Süden, Osten oder Westen . . . es war völlig gleichgültig wohin. Nur weg aus Perjekopsskaja, hinaus in die Welt, die wie ein Zaubergarten lockt, wenn man auf einer Strohmatratze liegt und ein hartes Leinenhemd auf der zarten Haut kratzt.
Am Abend, als Njuscha noch nicht zurückgekommen war, machte sich der alte Kolzow auf, sie zu suchen. Sein Vaterherz war ein Zentnerklumpen, die Angst um Njuscha erwürgte ihn fast. Am Fluß lief er hin und her, eine Stalllaterne schwenkend . . . dann rief er, zuerst zaghaft, dann lauter, schließlich mit zitternder, in Schmerz gebetteter Stimme: «Njuscha . . . komm nach Hause . . . Njuscha, mein Liebling . . . ich schlage dich nicht . . . ich sage kein Wort mehr über Granja . . . Ein Ekel ist er, recht hast du, ein Speichelspucker, ein Hundsauswurf . . . Njuscha, mein Täubchen . . . komm zu mir . . . Njuscha . . .»
Er stand am Don und starrte über die träge fließenden, nachtschwarzen Wasser. Irgendwo knirschten Boote an Seilen und Ketten, im Ufergras quakten Frösche und zirpten Haselmäuse, in den Birken und Weiden flatterten Nachtvögel und kreischten, als Kolzow wieder die Stallaterne schwenkte.
Er fand Njuscha an einer flachen, sandigen Böschung sitzend,

die Knie angezogen, das Kinn auf die Beine gestützt. Sie sah über den Fluß und regte sich auch nicht, als Kolzow sich neben sie setzte und die Lampe in den Sand drückte. Er war glücklich, Njuscha lebte noch, sie hing nicht an einer Weide oder trieb mit den Wellen des Don nach Rostow zum Meer. Er hätte sie umarmen und an sich ziehen und auf den Armen wiegen können, wie er es früher getan hatte, wenn er sie aus dem heugefüllten Holzkasten nahm, in dem sie die ersten drei Jahre gelebt hatte.
Aber Kolzow war Kosak . . . wenn er Rührung zeigte, dann sah er sie nur tief in sich selbst, und wer kann schon da hineinblicken? Er räusperte sich, legte sich zurück an die Böschung und stützte sich auf die Ellbogen.
«Als du geboren wurdest», sagte er dunkel, als beginne er ein Märchen zu erzählen, «hatten wir alle Angst, deine Mutter würde sterben. Neun Wochen lag sie bleich und mager neben dir und atmete kaum. Wir hatten kein Geld, einen Arzt aus Stalingrad zu holen, das Land war vom Krieg verwüstet, die Männer noch an den Fronten, es war eine schreckliche Zeit. Ein Kind, hieß es, na ja, ein Kind . . . wenn es stirbt, traurig ist's, Brüderchen . . . und eine Frau, wenn sie stirbt, ertrag es, Dimitri . . . Millionen sind in diesen Jahren gestorben, erschossen, verreckt, verfault . . . was bedeutet da eine Frau oder ein Kind? Frauen wird es immer geben, und Kinder kann man immer wieder machen . . . wichtiger als alles ist das Land. Der Aufbau. Die Kolchose. Der Don. Die Pferdezucht. Das Vieh. Die Felder. Die Gärten. Eine gute Ernte brauchen wir, sonst verhungern wir alle wie Mäuse nach einem Hochwasser. Was sind eine Frau und ein Kind?»
Kolzow sah über den Fluß. Er fühlte, wie sich der Kopf Njuschas langsam zu ihm drehte. Er spürte den Blick ihrer großen blauen Augen auf sich und wagte nicht, sie anzusehen.
«Aber ich kämpfte. Ich arbeitete vierundzwanzig Stunden . . . auf den Feldern, in den Ställen, an den zerstörten Häusern. Und ich saß bei euch, kühlte deiner Mutter das Fieber, fütterte dich mit Milch und Haferbrei, und ich tat es

gern. Ich liebte euch ... die zarte Mutter, die an dem Kind fast zerbrochen wäre ... das Kind, das auf der Welt war und leben wollte und nicht selbst leben konnte ... In der dritten Woche bin ich nach Stalingrad geritten ... nachts, über die Steppe, aus der noch der Leichengeruch wehte und die Trümmer der Schlacht wie Geschwüre aus dem Boden ragten. In der Stadt bin ich herumgelaufen, von Keller zu Keller, denn es gab noch kein Haus, nur Ruinen, Gräben, Höhlen, Hütten aus Abfall und Blech. ‚Freunde', habe ich gebettelt. Beim Kommandanten der Truppen, bei den Nachschublagern, in den Unterständen, bei den Sanitätern, in den Krankenhäusern am Wolga-Ufer, bei den Beamten der Verwaltung. ‚Freunde, ich habe eine Frau und ein Kindchen. Sie sterben mir. Gebt mir ein Mittel gegen das Fieber. Ich flehe euch an, Brüder!'. Sie gaben es mir, ich ritt zurück durch die Steppe und rettete euch. Als Mamuschka wieder lächelte und zum erstenmal wieder die Hand hob, habe ich geweint. Dann bin ich umgefallen wie ein Klotz und schlief drei Tage. Aber ihr habt gelebt — und du bist groß und schön geworden und meine stolze Njuscha.»

Kolzow schwieg. Die Erinnerung übermannte ihn, Tränen schossen in seine Augen.

Njuscha beugte sich vor, ergriff die Stallaterne und hob sie hoch. Der schwache Schein glitzerte über das brackige Uferwasser.

«Komm, Väterchen», sagte sie traurig. «Gehen wir nach Hause.» Sie stand auf, streckte Kolzow die Hand entgegen und zog ihn aus dem Sand. Er hakte sich bei ihr unter, nahm die Laterne und leuchtete ihr ins Gesicht.

«Seit hundertfünfzig Jahren leben die Kosaken Kolzow am Don», sagte er brüchig.

«Ich habe es nicht vergessen, Väterchen.»

«Sie hatten immer ihre Ehre, Töchterchen. Und wer sie anzweifelte, bekam eins mit dem Säbel über den Kopf. Die Kolzows waren stolz darauf.»

«Es wird nie anders sein, Väterchen.» Njuscha nahm ihm die Lampe aus der Hand und blies sie aus. Wie ein Symbol

war das ... das Licht ging von ihr. «Ich werde Granja im Juni heiraten ...»
Erfreut gab Kolzow ihr einen Kuß auf die Backe. Dann gingen sie zurück zum Dorf ... zwei kleine Gestalten unter dem Nachthimmel, zwei Schwankende, die sich gegenseitig stützten ... vor den rauschenden Pappeln am Don.
Am nächsten Morgen erschien Granja Nikolajewitsch, alarmiert vom alten Kolzow. Er brachte einen Blumenstrauß mit und einen Korb dunkelroter, ausgesucht großer Erdbeeren.
In Perjekopsskaja schüttelte man die Köpfe.
Das konnte nicht gutgehen, bei allem guten Willen nicht.
Wenn der Wind weht, kann das Gras nicht schlafen, sagen die Tataren. Und sie waren weise Männer.

Ohne weiteres Versagen des Moskwitsch-Wagens waren Jelena und Bodmar nach Tula gekommen, hatten von dort die Rollbahn nach Orel genommen und erreichten die Stadt an der Oka am späten Abend.
Orel.
Ein Name, mit Blut geschrieben wie tausend andere Namen in Rußland. Eine Stadt, an der Erinnerungen hingen wie Efeu. Ein Begriff in den Geschichtsbüchern der deutschen und sowjetischen Divisionen. 1941 ein Trümmerhaufen, zerstampft von deutschen Geschützen und Sturzkampfbombern. Am 5. August 1943 bei der großen Kursker Offensive von den Roten Armeen zurückerobert.
Eberhard Bodmar fuhr durch die neu erstandene Stadt bis zur Mündung der kleinen Rybnitza in die Oka. Dort hielt er an einer Uferwiese den Wagen an und zeigte hinunter auf das Flüßchen.
«Hier bleiben wir», sagte er.
«Hier?» Jelena Antonowna stieg aus dem Wagen und schüttelte den Kopf. «Das ist doch ein Witz.»
«Nein. Wir werden dort unten auf der Wiese unser Zelt aufbauen. Du wirst auf dem Gaskocher Nudeln mit Gulasch kochen, und nach einem Gläschen Wein werden wir in unseren Schlafsack kriechen und schlafen.»

«Das glaube ich nicht.» Jelena trat zurück. Die Fahrt bis hierher war ohne Zwischenfälle verlaufen. Eine lange Strecke hatte sie sogar geschlafen, den Kopf an Bodmars Schulter gelehnt. Sie hatte die Müdigkeit nicht mehr zurückdrängen können; die vergangene Nacht war grauenhaft gewesen, zerrissen von der Aufregung über den Schlaganfall Talinkows und von der brodelnden Wut über die taktlose Bemerkung Dr. Bandurians. Gegen Morgen hatte Jelena sogar haltlos geweint und dann in einer unbeschreiblichen Wildheit ihr Spiegelbild bespuckt.
«Du bist häßlich!» hatte sie ihren nackten Körper angefaucht. «Häßlich! Häßlich! Wenn er dich küßt, dann nur, weil er gerade keine andere hat ... Aus Langeweile liebt er dich ... so wie man trockenes Brot ißt, um nicht zu verhungern ...»
«Warum gerade hier?» fragte Jelena und war entschlossen, auf keinen Fall mit Bodmar in einem Zelt und in einem Schlafsack zu schlafen. «In Orel gibt es das gute ‚Intourist'-Hotel, Puschkinstraße 5. Telefon 7 72 39.»
«Der wandelnde Reiseführer!» Bodmar holte aus dem Kofferraum eine kleine verzinkte Kassette, suchte in seinen Taschen nach einem Schlüssel und schloß sie auf. Aber er öffnete noch nicht den Deckel, sondern trug die Kassette zum Straßenrand. Dort setzte er sich und stellte sie zwischen seine Beine. Jelena blieb neben ihm stehen.
«Dort unten ein Zelt aufbauen ist idiotisch», sagte sie aggressiv. «Wenn es schon sein muß ... es gibt schönere Plätze.»
«Diesen Platz habe ich gesucht.» Bodmar klopfte auf den Boden neben sich. «Setz dich, Jelena. Ich will dir etwas zeigen.» Er sprach plötzlich sehr ernst und mit einer veränderten, rostigen Stimme. Als Jelena ihm ins Gesicht blickte, war er ihr fremd, weit entfernt, ein anderer Mensch.
Sie setzte sich neben ihn, und Bodmar öffnete die kleine Kiste. Sie war gefüllt mit Papier. Alte Briefe. Abschriften, Karten, Zeichnungen. An der rechten oberen Ecke trugen sie mit Rotstift eine Zahl. Bodmar nahm einen Brief heraus, der die Bezeichnung 4 trug.

«Was ist das?» fragte Jelena leise. Sie spürte ihr Herz bis zum Hals schlagen.
«Ein Brief meines Vaters. Lies ihn, Jelena ...» Er hielt ihr den vergilbten Bogen hin, und sie nahm ihn wie etwas sehr Kostbares und Zerbrechliches. «Wenn du die Schrift nicht lesen kannst ... ich lese ihn dir vor. Ich kann ihn auswendig. Mein Vater schrieb ihn auf seiner Kartentasche ... dort drüben auf der Wiese ... am Zusammenfluß von Oka und Rybnitza. Kannst du ihn lesen?»
Jelena schüttelte den Kopf. Die Schrift verschwamm vor ihren Augen ... steile, kräftige Buchstaben, aneinandergereiht wie Zaunlatten.
Aber nicht das war es, was sie am Lesen hinderte ... sie weinte plötzlich. Sie wehrte sich gegen die Tränen, aber die Traurigkeit in ihr war stärker als jeder Wille.
«Du weinst?» sagte er und legte den Arm um ihre zuckenden Schultern. «Vielleicht ist dieser für uns beide geschrieben worden.»
Er nahm ihr den Brief des Leutnants Bodmar aus der Hand und legte ihn in den verzinkten Kasten zurück. Aus der Wiese stieg der Dunst des Abends. Jelena lehnte den Kopf an Bodmars Schulter; wie ein kleines, hilfloses Mädchen war sie jetzt.
Und Eberhard Bodmar begann wiederzugeben, was vor siebenundzwanzig Jahren an dieser Stelle geschrieben worden war, in einer Atempause der Schlacht um Orel, in einer Stunde, in der die Verwundeten aufgesammelt wurden, die Toten in Zeltplanen nach hinten schwankten, die Geschütze neu geladen wurden, der Tod sich verschnaufte, die Panzer auftankten und der Flammenschein der brennenden Stadt den Himmel durchglutete.

«Orel 1941. Am Zusammenfluß von Oka und Rybnitza.
Mein lieber Junge.
Wenn Du später einmal diese Zeilen liest, weiß ich nicht, ob Dich das noch interessiert, was Dein Vater in einem Krieg erlebt, was er gedacht und gefühlt hat, tausend Kilometer weit entfernt von Dir und Deiner Mutter. Du bist

erst sechs Jahre alt und begreifst noch nicht die Zeit, in der Du lebst und aufwächst; aber einmal wirst auch Du ein Mann sein, mit wachen Augen und einem hellen Geist. Vielleicht liest Du dann diesen Brief und verstehst die Welt von damals nicht mehr, und das wäre gut so, denn wer kann verstehen, was wir erlebten? Wenn es so ist, zerreiß den Brief, mein Junge, ich nehme es Dir nicht übel. Jede Generation hat ihre eigenen Ansichten ... unsere wurde nicht gefragt, gebe Gott, daß es bei Dir anders sein wird.»

Bodmar schwieg. Jelena Antonowna hatte aufgehört zu weinen ... sie blickte über die Wiese, das Kinn etwas vorgestreckt, lauschend wie auf eine leise Musik, die aus der Niederung der beiden Flüsse heraufzuwehen schien.
«Du kannst den ganzen Brief auswendig?» fragte sie, als Bodmar tief Atem holte.
«Ja. Es war genauso, wie mein Vater schreibt. Zuerst habe ich die Briefe durchgelesen, wie man eben einen alten Brief liest. Mit zwölf Jahren habe ich sie langweilig gefunden, mit sechzehn habe ich gesagt: ‚Wir werden alles anders machen als die Alten', mit vierundzwanzig sezierte ich die ‚Dummheit der vergangenen Generation' aus den Zeilen, mit dreißig legte sich mir ein eiserner Ring ums Herz, wenn ich las, was mein Vater mir damals zu sagen hatte, was er sagen wollte und nicht sagen durfte. Es hat lange gedauert, bis ich begriff, daß unsere Väter geblutet hatten und gestorben waren, um uns eine bessere Zeit zu hinterlassen ... nicht das Durcheinander, nicht den Haß, die Mißgunst, das Aus-den-Formen-Quellen, das Profitdenken, die Sturheit, die Hochnäsigkeit, das ewige Besserwissen, die ekelhafte Sattheit der etablierten Gesellschaft, in der wir heute leben. Darum bin ich auch nach Rußland gekommen, um den Spuren meines Vaters nachzugehen. Ich will die Luft atmen, mit der man den Geist von der Fäulnis reinigt.»
«Lies weiter ... bitte —» sagte Jelena leise. Sie legte den Arm um Bodmars Hüfte und drückte den Kopf wieder an seine Schulter.

Bodmar nickte. Er schloß die Augen und sah die Schrift seines Vaters vor sich wie ein Filmband, das an ihm vorüberglitt.

«Ich sitze hier auf einer Wiese und blicke auf die brennende Stadt Orel. Bomben der Sturzkampfbomber mit ihrem nervenzerfetzenden Heulen und Tausende Granaten haben die Häuser gesprengt, die Straßen aufgerissen, die Menschen in den Kellern verschüttet. Dreimal sind wir jetzt gegen diese Stadt angerannt, nun haben wir sie erobert. Unsere Verwundeten und Toten werden aufgesammelt und weggebracht, in langen Reihen ziehen die sowjetischen Gefangenen an uns vorbei, oben auf der Straße, eine erdbraune Schlange. Sie wanken in eine unbekannte Zukunft, wie auch wir nicht wissen, wann und wo wir enden.
Vor einer Stunde ist mein bester Freund gefallen. Drei Meter neben mir. Ein Explosionsgeschoß riß ihm die rechte Gesichtshälfte weg. Mit halbem Kopf lief er noch weiter, neben mir, als spüre er gar nicht, daß er nur noch ein Torso war. Aber sein übriggebliebenes linkes Auge starrte mich an, als wollte es fragen: Was ist denn geschehen? Was haben sie mit mir gemacht? Hilf mir doch ... Nach zehn Schritten fiel er dann um, zuerst in die Knie, dann auf den Rücken, das Blut schoß mit dem Gehirn aus seinem halben Schädel, und als ich mich neben ihn kniete, hob er noch die Hand und krallte sich an mir fest. So starb er ...
In der Tasche trug er einen Brief, den er gestern erhalten hatte. Von seiner jungen Frau, ein Glücksschrei: Wir haben ein Kind! Ein Mädchen! Acht Pfund wiegt es ...!
Ich habe Fritz hier auf der Wiese begraben, dort, wo die Böschung zur Straße ist. Seinen Stahlhelm habe ich auf den Hügel gelegt. Und nun schreibe ich an Dich, mein Junge, und bete zu Gott, daß Du nie einmal einen Freund begraben mögest, der an deiner Seite zerrissen wurde; daß Du nie einen Krieg erleben mögest, denn Kriege sind staatlich geförderter Wahnsinn, behördlich genehmigte Morde, mögen die Politiker auch noch so schöne Motive dafür erfinden. Der Heldentod ist der dreckigste aller Tode ... laß Dir

später von keinem erzählen, daß es süß und ehrenvoll sei, fürs Vaterland zu sterben. Ich aber mache weiter, mein Junge, ich werde Kursk erobern, vielleicht auch Woronesch und Stalingrad, ich werde marschieren, kämpfen und vielleicht sterben... Warum? Das darfst Du unsere Generation nicht fragen. Sie kann Dir keine Antwort darauf geben, wie es keine Generation konnte, die je einen Krieg geführt hat. Kriege sind wie Bazillen. Sie sind die Grippe der Völker. Die Pest der Politiker. Und wie bei allen großen Krankheiten stellt das Volk die Toten. Es gibt darauf keine Antworten. Gott schütze Dich, mein Junge.
In zwanzig Minuten brechen wir auf. Aus Orel kommen Kradmelder zurück. Auf der Straße rollen donnernd unsere Panzer in die Stadt. Leb wohl, mein Junge.

Dein Vater.»

Bodmar stand auf. Er trat an den Rand der Straßenböschung und sah hinunter über den Hang zur Wiese. Jelena wußte, woran er dachte und was er suchte. Sie umfaßte ihn von hinten mit einer fast mütterlichen Zärtlichkeit.
«Es ist nicht mehr da», sagte sie. «Sie haben alle deutschen Gräber einebnen lassen...»
«Ich weiß es.» Bodmar zeigte die Böschung hinab. «Aber hier könnte es sein... und dort drüben am Ufer saß mein Vater und schrieb. Wie wenig sich verändert hat...»
«Ich hole das Zelt.» Jelena ging zum Wagen zurück, klappte den Kofferraumdeckel hoch und holte den Packsack mit dem Zelt heraus. Schweigend trugen sie alle Sachen hinunter zum Fluß, breiteten die Teile aus und begannen das Zelt aufzubauen. Es war orangerot mit einem blauen Vordach, eine auffallende Wohnung, an der keiner vorbeigehen konnte. So blieben auch oben auf der Straße die Bauern mit ihren Karren stehen und starrten auf die Wiese, Lastwagen hielten an, sogar zwei Wolga-Limousinen bremsten, aus denen vier Männer kletterten und eine ganze Weile zusahen, wie Bodmar und Jelena das Zelt einrichteten mit Klapptisch, Klappstühlen und einem Gaskocher.
Bis zur völligen Dunkelheit hielt das Begaffen an... dann

war die Straße leer, Kühle zog von den beiden Flüssen über die Wiese, die Luft klebte von Feuchtigkeit. Jelena Antonowna begann zu frieren.

«Heißer Tee und eine Nudelsuppe sind das beste gegen Zittern», sagte Bodmar und stellte den Gaskocher an. Er öffnete eine Büchse und goß Nudeln mit Rindfleisch in einen Topf. «Jelena, rühr gut um. Nudeln brennen leicht an.»

«Du wirst staunen . . . ich habe einen Kochkurs mitgemacht.» Sie setzte sich auf den Klapphocker und rührte in der gluckernden Suppe. Der Zwiespalt in ihr war nach dem Brief noch größer geworden. Was ist er für ein Mensch, dachte sie wieder. Er küßt mich, und dann ist er mir wieder fremd. Er hält mich in seinen Armen . . . aber dann läßt er mich nachts allein. Er spricht mit mir wie zu einer Geliebten, aber er behandelt mich wie seine Schwester. Ist das alles nur Höflichkeit? O Gott, ich liebe ihn, ich liebe ihn . . . aber ich werde nie meinen Stolz verlieren und es ihm zeigen. Er soll mich erobern, wenn er mich besitzen will.

Nach dem Essen kam eine kritische Phase: Bodmar legte den breiten Doppelschlafsack aus. Es war ein schöner Schlafsack, aus Nylon, gepolstert und abgesteppt, mit einem langen Reißverschluß. Jelena blickte Bodmar kurz an und schüttelte energisch den Kopf.

«Ich schlafe im Auto», sagte sie.

«Warum? Im Schlafsack ist es gemütlich warm und mollig.»

«Hat er eine Zwischenwand?»

«Nein.»

«Na also.» Jelena bückte sich, sah in den Schlafsack hinein und ärgerte sich über das Grinsen Bodmars. Mit einem Ruck fuhr sie herum, als Bodmar sich auszuziehen begann.

«Gute Nacht», sagte sie mit belegter Stimme. «Autopolster und eine Decke sind wärmer . . .» Am Zelteingang blieb sie noch einmal stehen, drehte sich aber nicht mehr um. Bodmar lächelte, er stieg gerade in seinen Trainingsanzug.

«Im Westen mag es üblich sein, daß ein Mädchen sich sofort mit einem Mann ins Zelt legt . . . in der Sowjetunion nicht. Wir sind nicht so dekadent. Gute Nacht!»

«Gute Nacht, Jelena Antonowna.»
Der Zelteingang schwappte zu. Über die Wiese hörte er ihre Schritte. Ein schmatzendes Geräusch, die Feuchtigkeit klebte an den hohen Gräsern.
Nach einer Stunde war Jelena wieder da. Bodmar lag zufrieden in seinem warmen Schlafsack und studierte die Autokarte.
«Schon ausgeschlafen?» fragte er.
«Du bist ein Ekel!» fauchte sie.
Jelena hatte sich umgezogen. Sie trug jetzt Hosen, einen dicken Pullover und um die Schultern eine Wolldecke. In ihrem vor Kälte geröteten Gesicht lag bissiger Trotz.
«Rück zur Seite.»
«Bitte.»
Sie kroch in den warmen Schlafsack, dick vermummt wie sie war, und drückte Bodmar damit an den äußersten Rand. Er mußte gerade liegen wie in strammer Haltung, um überhaupt noch Platz zu haben. An ein Bewegen war nicht mehr zu denken. Resignierend warf er die Autokarte irgendwohin ins Zelt, nachdem er die kleine Gaslaterne gelöscht hatte.
«Das wird ein Schwitzbad geben», sagte er.
«Ich schwitze nie.»
«Man kriecht nicht in einen Schlafsack, angezogen wie zu einer Nordpolwanderung.»
«Ich doch! Gute Nacht.»
«Das glaube ich kaum. In einer Stunde dampfen wir.»
«Das ist gesund.»
So lagen sie nebeneinander, jeder an den äußersten Rand des Schlafsackes gedrückt, zwischen sich als Schutz und Wall die dicke Wolldecke, die Jelena zu einer Rolle gedreht hatte. Dahinter fühlte sie sich sicher ... und wartete doch darauf, daß Bodmar die Decke wegziehen würde, ohne große Worte, mit der Selbstverständlichkeit männlicher Überlegenheit.
Eine Stunde lang taten beide so, als schliefen sie bereits. Sie atmeten gleichmäßig und tief und lauschten dabei auf den Atem des anderen. Die Wärme im Schlafsack wuchs

und wuchs und wurde langsam unerträglich. Was die Körper an Hitze ausströmten, blieb in ihm gefangen, verdichtete sich und hüllte die Leiber wie mit einer heißen Wolke ein.
Jelena rührte sich nicht. Sie biß die Zähne zusammen und regte sich auch nicht, als ihr der Schweiß aus den Poren brach und in dünnen Bächen über das Gesicht lief.
Eberhard Bodmar wartete noch ein paar Minuten, dann griff er vorsichtig zum Reißverschluß, ratschte ihn zur Hälfte auf, zog ganz vorsichtig die Deckenrolle heraus und schob sie weg. Dann schloß er den Reißverschluß wieder und dehnte sich in dem gewonnenen Platz, drehte sich auf die Seite und tastete nach Jelena Antonowna.
Jelenas Atem ging ruhig und tief wie bisher. Eine große Leistung war das, denn ihr Herz schlug bis zum Hals, ihre Nerven zuckten vor Spannung, und ihre Muskeln verkrampften sich.
Was wird jetzt geschehen? Wird er über mich herfallen wie ein Bär über einen hohlen Stamm mit Honig? Werde ich mich wehren?
Bodmar beugte sich über das Gesicht Jelenas, zärtlich strich seine Hand darüber, dann holte er ein Taschentuch aus seinem Traininsanzug, wischte ihr damit ganz vorsichtig den Schweiß von der Stirn, aus den Augen, von den Lippen, und dann küßte er sie, nur ein Hauch war's, aber Jelena spürte den Kuß wie eine Flamme, die ihren Körper von den Zehen bis zu den Haarspitzen durchglühte.
Sie seufzte leise, so vorsichtig, als könne es Ausdruck eines schönen Traumes sein; sie drehte sich ein wenig zu Bodmar hin und legte die Hände ganz langsam unter ihren Nacken.
Ich liebe dich, dachte sie glückselig. Ich liebe dich.
Ich bin bereit, mein ganzes Rußland wegzuwerfen für dich . . .
Es war der Fehler Bodmars, dies weder zu spüren noch zu ahnen. Bewegungslos betrachtete er Jelenas Gesicht, das in der Dunkelheit zu einem hellen Fleck zerfloß und so klein und zart war wie eine blasse Rose. Ganz vorsichtig, um

sie nicht zu wecken, legte er seine Hand auf ihre Brust, und als Jelena keine Bewegung zeigte, ließ er die Hand unter den Pullover gleiten, umfaßte ihre Brust und drückte seinen Kopf neben ihren nach frischem Heu duftenden Haaren in das gepolsterte Kopfstück des Schlafsackes. So schlief er ein.
Jelena atmete kaum. Mit weiten Augen starrte sie an das wehende Zeltdach, hörte die Flüsse rauschen, den Wind in den Uferweiden jammern, und dann begann es zu regnen, die Tropfen trommelten auf die Leinwand, es roch nach Sumpf und Fäulnis.
Sie rührte sich nicht, damit seine Hand auf ihrer Brust blieb, und als er sich bewegte und abglitt, ergriff sie seine Hand und legte sie zurück auf ihre Brust.
Es war eine traurige Liebe, aber sie war trotzdem schön.
Sie war so herrlich, weil sie die Hoffnung auf Erfüllung offenließ, weil der wilde, heiße Sturm noch kam und sich ankündigte durch den zärtlichen, unbewußten Druck seiner Finger auf ihrer Brust.

Am frühen Morgen wurden sie unsanft geweckt. Eine Stimme brüllte sie aus dem Schlaf. Sie schreckten hoch und sahen zwei Milizbeamte vor dem Zelt stehen. Mit starken Taschenlampen leuchteten sie Bodmar und Jelena an. Draußen regnete es noch immer, ein widerlicher, feiner Regen, der die Erde aufweichte. Es war ein grauer, dunkler Morgen, und das Land sah häßlich aus.
«Aufstehen!» kommandierte einer der Milizer. «Was ist das für eine Art? Einfach sich auf eine Wiese legen! Wissen Sie nicht, Genossen, daß es in Orel einen öffentlichen Zeltplatz gibt?»
«Geöffnet erst ab 1. Juni. Und wir haben heute Anfang Mai», antwortete Jelena Antonowna. Sie setzte sich und zog den hochgerutschten Pullover herunter. Die Polizisten registrierten das stumm. «Was wollen Sie von uns?»
«Mitkommen!» kommandierte der eine Uniformierte kurz.
«Ich bin Jelena Antonowna Dobronina von ‚Intourist'.» Sie schälte sich aus dem Schlafsack und baute sich vor den

beiden Polizisten auf. Die Hände stemmte sie in die Seiten wie eine Bäuerin und zog die Schultern hoch. «Ich reise durch das Land mit Sondervollmachten. Wenn ich hier zelten will, dann will ich das, ist das klar, Genossen? Wenn Ihnen das nicht gefällt, fragen Sie in Moskau an!»
Die beiden Polizisten sahen sich kurz an. «Und wer ist er?»
«Eberhard Bodmar, ein deutscher Journalist.»
Die beiden Beamten gingen aus dem Zelt, man hörte sie draußen miteinander flüstern, dann kamen sie zurück, anscheinend waren sie zu einer Lösung des Problems gekommen.
«Ihre Angaben müssen nachgeprüft werden», sagte der eine Polizist und winkte Bodmar zu, der noch im Schlafsack lag. «Aufstehen und mitkommen!»
Während Bodmar sich anzog, betrachteten die Beamten die Campingausrüstung, bückten sich dann, betasteten den Nylonschlafsack und gaben sich alle Mühe, ihre Verwunderung nicht zu zeigen. Dann rannten Bodmar, Jelena und ein Polizist über die Wiese und den Hang hinauf zum Wagen, während der zweite Milizer im Zelt blieb und es bewachte.
In dem schwarzen Moskwitsch hatten über Nacht die Teufel gehaust. Das gesamte Gepäck war durchwühlt, die Koffer aufgebrochen, der Inhalt auf den Boden geschüttet. Bodmar ahnte Furchtbares. Er warf alles hinaus auf die Straße, klappte die Sitze um, durchsuchte den Kofferraum. «Geklaut!» sagte er dann. «Die gesamte Kameraausrüstung ist geklaut! Und das in einem Land, das für seine Gastfreundschaft berühmt ist!»
«Keine politischen Reden, bitte!» sagte der Polizist scharf. «Sie können alles auf der Wache zu Protokoll geben!»
«Zu Protokoll! Bekomme ich dort meine Kameras wieder? Der Wagen ist aufgebrochen worden!» schrie Bodmar. «Sie müssen etwas unternehmen.»
«Das tun wir. Kommen Sie mit!»
«Ist denn so etwas möglich?» Bodmar knallte den Kofferraum zu. «Ich soll mit diesem Wagen in die Stadt fahren und dadurch die möglichen Fingerabdrücke verwischen?»

«Es gibt keine Abdrücke.» Jelenas Gesicht zuckte etwas. Sie sah aus wie ein geprügelter Engel. «Die Türen waren offen ... als ich ins Zelt kam ... ich habe sie nicht abgeschlossen ... es war so kalt ... Es—es ist meine Schuld ...»
«O Gott! Und was nun? Was soll ich ohne Kameras? Wir können die Reise abbrechen und nach Moskau zurückfahren.»
«Unterhalten Sie sich auf der Wache weiter, Genossen!» sagte der Polizist böse. Der Regen durchnäßte ihn, vom Schirm seiner Mütze tropfte das Wasser über seine Brust. «Überschätzen Sie nicht meine Geduld ...»
Im Polizeihauptquartier von Orel, einem Neubau im prunkvollen Stil der Stalin-Ära, empfing sie der Kommissar Valentin Nikiforowitsch Dubra, ein dürrer Mensch mit dem Aussehen eines Leberkranken. Er war höflich, bot Tee und Zigaretten an, las den Sonderausweis Bodmars sehr gründlich, bat um weitere Papiere, studierte sie, als müsse er jeden Buchstaben entziffern und sagte dann: Genossin Dobronina, kommen Sie mal mit ...»
In einem Nebenraum nahm Dubra eine Wanderung zwischen Fenster und Tür auf und umkreiste Jelena dreimal, ehe er weitersprach.
«Der Mann ist Deutscher.»
«Ja», antwortete Jelena. Das Benehmen Dubras ließ auf eine heiße Auseinandersetzung schließen.
«Sie – haben mit ihm in einem Zelt geschlafen.»
«Ja.»
«Im selben Schlafsack.»
«Ja.»
«Körper an Körper.»
«Ja.»
«Zum Teufel mit Ihrem Ja, Genossin!» Dubra fuhr herum wie gestochen. «Finden Sie es richtig, mit einem Deutschen so enge Beziehungen anzuknüpfen?»
«Ist Schlafen im selben Schlafsack eine enge Beziehung?»
«Es kam zu körperlichen Berührungen. Meine Beamten haben gesehen, daß Sie Ihren Pullover herunterzogen. Warum war er oben? Im Schlafsack? Erklären Sie mir das!»

«Ich liebe ihn . . .», sagte Jelena laut.
«Den Deutschen! Eine Russin! Eine Angehörige der Kommunistischen Partei! Und Sie sagen das so daher wie ein Fliegenwegwedeln! Das ist eine Schande, Genossin!»
«Ich habe Sie nicht aufgefordert, mit mir über Sittlichkeit zu reden.» Jelena ging zum Fenster und blickte hinaus auf die Straße. An den elektrischen Bahnen hingen Menschentrauben. Es war noch früher Morgen, die Arbeiter fuhren zu ihren Fabriken. «Können wir jetzt weiterfahren?»
«In einer Stunde. Erst muß ein Protokoll aufgesetzt werden, und Sie müssen es unterschreiben.» Kommissar Dubra wanderte wieder um Jelena herum. «Das unerlaubte Zelten kostet fünfzig Rubel Strafe.»
«Schicken Sie die Rechnung nach Moskau.» Jelena fuhr herum und faßte den verblüfften Dubra an den Rockaufschlägen. Ihre Augen funkelten. «Und nun hören Sie zu, Valentin Nikiforowitsch! Sie geben alle Fotoapparate heraus, die Ihre Polizisten weggenommen haben. Sie geben alle Filme wieder her, auch die belichteten. Und wenn ein Stück fehlt, nur ein Schräubchen . . . ich verspreche Ihnen einen Sturm aus Moskau, Genosse!»
«Wovon sprechen Sie?» Dubra riß sich aus Jelenas Fäusten los. «Von welchen Fotoapparaten?»
Jelena lächelte böse. Sie griff in ihre Jackentasche und hielt Dubra einen schmalen Ausweis vor. Es mußte eine Wunderwaffe sein, denn Dubras gelbes Gesicht wurde noch gelber, und seine Augen rollten vor Verlegenheit hin und her.
«Das wußte ich nicht . . .», stotterte er. «Natürlich, alles kommt unversehrt zurück. Es war ein Irrtum, Genossin! Wer konnte das ahnen? Man erlebt so vieles . . .» Dann rannte er aus dem Zimmer, man hörte ihn irgendwo brüllen, Türen klappten, Schritte klapperten über den Gang. Jelena kehrte in das Vernehmungszimmer zurück, wo Bodmar allein vor dem Schreibtisch saß.
«Ein merkwürdiger Verein», sagte Bodmar. «Plötzlich waren alle weg. Ich glaube, es gibt Schwierigkeiten, Jelena . . .»
Das war ein verzeihlicher Irrtum. Kaum zehn Minuten spä-

ter stürmte Dubra ins Zimmer. Ein Polizist folgte ihm, in den Händen die vollständige Kameraausrüstung Bodmars. «Was sagen Sie nun zu unserer Polizei?» schrie Dubra, glücklich über seinen Einfall. «Alles wieder zurück! Zwei Bauern hatten die Sachen geklaut, diese Hundesöhne! Waren auf dem Wege nach Spaskoje. Aber unsere Kontrollen, die sehen alles! Alles! In die Hosen haben die Bauern geschissen vor Angst, als man ihre Karren durchsuchte. Bitte zählen Sie nach, Gospodin, ob nichts fehlt.»
Es fehlte nichts. Eine Tüte war sogar zuviel. Eine braune Tüte, in der die belichteten Filme lagen, gesammelt für das Labor. Aber Bodmar schwieg und nickte nur. Dubra klatschte in die Hände und sah Jelena dankbar an, weil sie diese Komödie mitspielte.
«Gute Fahrt und viel Glück!» rief er. «Berichten Sie gut über uns, Gospodin, vor allem über die schnelle Polizei! Wir sind doch alle Menschen, Genossen – und Menschen irren.»
Im Geleit eines Polizeiautos fuhren sie zurück zu ihrem Zeltplatz. Auf der Wiese wehte ihnen der Wind schon den Geruch von Nudelsuppe entgegen. Im Zelt daß der zurückgebliebene Polizist am Gaskocher und rührte verklärt im Kochtopf. Enttäuscht, aber keineswegs beschämt legte er den Rührlöffel hin und blickte noch einmal auf die dampfende Suppe.
«Es riecht gut», sagte er mit der Naivität, mit der ein Wolf um das Fell eines Schafes bittet. «Ich habe es gewärmt, damit es nicht umkommt . . .»
«Ein kluger Gedanke, Brüderchen.» Bodmar lachte. Er knackte noch zwei Büchsen, schüttete sie dazu und rührte um. Die vier Polizisten, die nun im Zelt standen, lachten ihn jungenhaft an.
«Ich lade euch zum Essen ein. Ist das erlaubt?»
Die Polizisten sahen sich an. «Wir werden das dienstlich aufziehen, Genossen», sagte der ältere von ihnen. «Eine Materialprüfung gewissermaßen . . .»
Nach einer Stunde saßen Bodmar und Jelena wieder in ihrem Moskwitsch und fuhren weiter. Die Polizisten hatten

geholfen, das Zelt einzupacken und den Rastplatz abzubauen. Sie trugen die Klappstühle den Hang hinauf, den Kocher und den Topf, in dem kein Gramm Nudeln mehr war. Und sie winkten Bodmar und Jelena nach, bis sie aufgesaugt wurden von dem weiten Regenhimmel, der über der Straße hing wie eine graue Decke.
«Eure Bauern sind ein ordentliches Volk», sagte Bodmar nach einer Weile. «Sie haben die belichteten Filme extra in eine Tüte umgepackt . . .»
Jelenas Gesicht blieb unbeweglich, nur um ihre Lippen lief kurz ein Zucken.
«Reden wir nicht mehr davon», sagte sie mit Nachruck. «Du hast alles wieder, es fehlt nichts. Was willst du mehr?»
Bodmar war da anderer Ansicht. Es gab vieles zu diesem Zwischenfall zu sagen. Aber er tat Jelena den Gefallen und schwieg.

Vier Tage rollten sie durch das Land. Durch Sonne und Wind, Regen und Wälder, Steppen und Felder, Städte und Dörfer.
Sie schliefen in ihrem Zelt, wo es ihnen gerade gefiel, lagen nebeneinander im Schlafsack wie Bruder und Schwester, nur wenn Jelena schlief oder die Schlummernde spielte, faßte Bodmar wieder nach ihrer Brust.
Vier Tage lang war der weite Himmel über ihnen mit allen Gesichtern der Natur. Nur der Schnee fehlte noch, aber dazu waren sie schon zu weit im Süden, wo der Frühling mit den warmen Winden aus Kasakstan einzieht.
Die Straßen glitten unter ihnen weg. Breite Chausseen, schmalere Landstraßen, auch — um die Fahrt abzukürzen — Wege in urweltlichem Zustand. Hier zeigte der Moskwitsch, daß er in Rußland gebaut war. Er wühlte sich durch den Schlamm, kapitulierte nicht vor Sand, hüpfte über Schlaglöcher, bei denen die Achsen und Federn aufschrien. Doch sie brachen nicht. Sie weinten zwar, aber sie taten ihre Pflicht. Mit einem Wort: Sie waren Russen.
Am fünften Tag erreichten sie Woronesch, am siebten Tag fuhren sie den Don hinunter.

Eine feierliche Stunde war es, als Bodmar bei Woronesch den Don erreichte. Schon von weitem sahen sie ihn, träge durch die Steppe fließend, an den Ufern hohe Weiden und Pappeln, Birken und wilde Kirschbäume. Und sie rochen ihn ... der uralte Atem des Wassers, vermischt mit der Süße der Frühlingsblüten, wehte zu ihnen hinüber, und sie stiegen aus, hoben die Köpfe und schnupperten wie jung geborene Zicklein. Es war ein sonniger Morgen nach zwei Tagen Regen, die Erde war wie ein Schwamm, der auf einer heißen Ofenplatte liegt. Aus den Wiesen stieg der Dunst, aus den Gärten der Bauernkaten, aus den Fellen der Gäule, die in weitgezogenen Herden über die Steppe grasten, aus dem Stroh der Dächer.

Wie ein Seufzen lag es über dem Land.

Frühling am Don.

Mit langsamen Schritten ging Bodmar die Ufersenke hinunter zum Fluß. Zuerst begleitete ihn Jelena, dann blieb sie zurück und stand oben am Hang, als Bodmar das Wasser erreicht hatte. Sie spürte, daß er jetzt allein sein mußte. Lange sah Bodmar über den Don, den Wellen nach, die in den weiten Süden flossen, den unendlichen Steppen entgegen, in denen vor Stalingrad eine ganze Armee verblutet war.

Und plötzlich war nichts mehr in ihm von der realistischen Überlegenheit der Jugend, von der Nüchternheit einer neuen Zeit. Etwas nie Gekanntes, Unbegreifliches, nicht Erklärbares ergriff von ihm Besitz.

Er bückte sich, nahm eine Handvoll Wasser aus dem Don und streute es über den feuchten Ufersand. Wie eine Taufe war's.

«Vater – ich bin da ...», sagte er leise. «Ich danke dir für mein Leben ...»

Dann saß er allein über eine Stunde am Don-Ufer und blickte über den Fluß. Jelena war zurück zum Wagen gegangen und wartete geduldig. Verändert kam er ihr vor, fremder ... und das erschreckte sie maßlos.

«Was kann ich für dich tun?» fragte sie, als er zurückkam, und legte den Arm um ihn.

Er setzte sich neben sie und schüttelte langsam den Kopf. «Nichts, Jelena. Ich bin auf der Suche nach mir selbst. Ich muß mich wiederfinden. Ich habe mich in diesem Land verloren. Ein schreckliches Land . . . ich beginne es zu lieben.»
Von dieser Stunde an fuhr Jelena Antonowna den Wagen. Bodmar saß neben ihr, fotografierte Dörfer und Bauern, Tiere und Kosaken, Bäume und Steppe und immer wieder den Don.
Immer den Don.
Er war wie verzaubert von diesem Fluß.
Am achten Tag erreichten sie den berühmten Don-Bogen, den Schicksalsraum der untergegangenen deutschen 6. Armee.

6. Kapitel

Der Don rauschte in seinem Bett, lehmfette, gelbe Wellen wälzten sich durch die Steppe, klatschten an den Ufern empor und zerrissen die Schilfdickichte. Es klang, als ohrfeigten sich Hunderte von Menschen und seufzten dabei.
Den ganzen Tag und die Nacht über hatte es geregnet. Ein Sommerregen, viel zu früh um diese Jahreszeit, und die Kosaken sahen es mit Verbitterung, denn die Saat schwamm jetzt davon, die Steppe wurde zum Sumpf, in dem die Pferde einsanken oder sich quiekend suhlten wie die Schweine. Das hieß, man mußte sie wieder putzen und striegeln, außer Rand und Band waren die Gäulchen, durch die Strohdächer der Häuser tropfte es, denn man hatte noch keine Zeit gefunden, sie nach dem langen Winter auszubessern, und der Fluß schwoll an wie ein verstauchter Fuß, trat über die Ufer, lagerte Lehm ab, und Schluß war's mit dem Fischen und Reusenauslegen.
Auch die Kolchose hatte ihre Sorgen. Die schweren Traktoren blieben im weichen Boden stecken, die Arbeitsbrigaden saßen herum und kauten Sonnenblumenkerne aus den Vorräten. Genosse Trubkow von der Verwaltung lief wie ein aufgescheuchtes Huhn herum und gackerte jeden an: «Brüder, wir erfüllen das Soll nicht! Was hat's mit

dem Regen? Hinaus müßt ihr! Man kann auch beim Regen pflügen!» Und die Kolchosbauern schrien zurück: «Geh selbst, du Idiot! Bind dich an einen Traktor und reiß die Erde mit deinem Arsch auf!»

Es war keine gute Stimmung im Land.

Am frühen Morgen fuhren Bodmar und Jelena Antonowna am Don entlang, nicht schnell, wie es bei diesem Wetter nötig und sinnvoll gewesen wäre, sondern mit der Gemütlichkeit von Reisenden, die für ihr Geld alles Erlebenswerte mitnehmen, und sei's ein Unwetter. Öfter hielten sie an, Bodmar stieg aus und fotografierte den ungebändigten Don, wie er schäumend nach den Sandbänken griff, morsche Baumstämme wie Lanzen in die Ufer rammte und große Erdstücke aus den Böschungen riß.

Jelena schüttelte den Kopf über diese Motive. Wiederum verstand sie Bodmar nicht, wie so manches zwischen ihnen war, wofür sie keine Erklärung wußte. Sie waren nun schon zehn Tage unterwegs, schliefen zusammen im Zelt in einem Schlafsack, aber bis auf die heimliche Umklammerung ihrer Brust hatte sich Bodmar noch nicht als ein Liebhaber gezeigt. Jede Nacht, wenn sie in völliger Dunkelheit nebeneinander lagen, wenn die Wärme ihrer eng sich berührenden Körper so intensiv wurde, daß Jelena schließlich nur noch ihren Schlüpfer und ihren Büstenhalter anbehielt und Bodmars nackter Oberkörper dampfte, wartete sie auf ihn, bettelte sie innerlich, daß er sich wie ein Mann benehmen möge, ihr die leichten Fetzen vom Leibe reiße und sie in seine Arme nehme.

Aber Bodmar zögerte. Nur wenn Jelena schlief, strich er mit seinen Händen über ihren warmen, weichen Körper, streichelte die samtige Haut und zog die Linien ihrer Formen nach ... die Brüste, die Schultern, die Schenkel und den Leib, wie ein Blinder, der mit den Fingerspitzen sieht.

Das alles war merkwürdig für Jelena Antonowna. Sie hatten sich auch nicht mehr geküßt, seit dem Tode des dicken Talinkow auf seiner Datscha bei Tula. Vielleicht muß ich anders sein, dachte Jelena manchmal, wenn Bodmar vor dem Wagen die Gegend fotografierte. Wie würde

er reagieren, wenn er gleich zurückkäme und ich läge nackt vor ihm auf den Sitzen? Wie würde er sich benehmen, wenn ich morgen nackt im Schlafsack an ihn herankröche?
Aber dann zog sie sich wieder zurück wie eine Schnecke in ihr Haus. Der Gedanke, er könnte sie zurückstoßen, er könnte sie auslachen, war wert eines Mordes aus Enttäuschung und Haß.
Es war um 9.38 Uhr — Bodmar sah zufällig auf seine Armbanduhr — als sie von der Straße, die nahe am Ufer des Don entlangführte, unten am Strand ein Mädchen sahen.
Sie hatte mit den Beinen einen alten, windschiefen wilden Kirschbaum umklammert, und ihre Arme, weit vorgestreckt, hielten ein Seil. Auf dem wilden, lehmgelben, schnaufenden Don tanzte ein breites, flaches Boot, wurde von den starken Wellen mitgerissen, schlug voll Wasser und wurde nur von dem Strick festgehalten, den sich das Mädchen um die Unterarme gewickelt hatte. Sie zog daran, ihr Keuchen und Stöhnen wurden vom Brausen des Don übertönt, aber man sah die Not in ihrem Gesicht und die Angst, die Kraft zu verlieren. Den Strick um den Baumstamm zu wickeln gelang ihr nicht ... der Sog des Flusses an dem Boot war so wild, daß das Mädchen nur die Möglichkeit hatte, mit den Armen gegen die Gewalt des Don zu kämpfen. Um nicht selbst mitgerissen zu werden, umklammerte sie den Baum.
Bodmar zeigte auf den verbissenen Kampf und riß noch während der Fahrt die Tür auf. «Anhalten!» schrie er. «Jelena ... der Fluß reißt dem Mädchen die Arme vom Körper!»
Das Kreischen der Bremsen klang hinunter bis zu der Kämpfenden. Sie warf den Kopf herum, die langen blonden Haare wehten wie Stroh im Sommerwind über ihr verzerrtes, schweißnasses Gesicht.
«Hilfe!» schrie sie hell. «Hilfe! Ich kann ihn nicht mehr halten!»
Bodmar hetzte den Hang hinunter, stolperte, fiel, rollte ein paar Meter und kam kurz vor dem Mädchen zum Ste-

hen. Mit zwei Sprüngen war er bei ihr, ergriff den Strick und zog mit aller Kraft.
Aber der Don war stärker. Seine Wellen rissen das Seil aus Bodmars Händen, zerschrammten ihm die Handflächen, die Flechtwülste des harten Hanfes waren wie grobe Messer, die die Haut aufschlitzten. Plötzlich war das Seil blutverschmiert, und das Mädchen schrie qualvoll auf.
«Keine Angst!» knirschte Bodmar. Er sah sich nach Jelena um ... sie rutschte auf dem Hosenboden den Hang hinunter und ließ sich viel Zeit. «Wir gönnen dem Fluß nicht das Boot. Wir ziehen es an Land. Noch einmal ...»
Er griff wieder zu, stemmte die Beine schräg gegen den Fluß in den Ufersand, legte sein ganzes Gewicht in den Zug, seine Lungen schienen zu platzen, und am Hals schwollen die Adern zu dicken Bändern ... aber das Seil bewegte sich, das Boot durchschnitt die donnernden Wellen, gab um einen Meter nach, überwand den Don und dessen Kraft um einen Schritt breit ... aber es genügte, um das Mädchen vom Strick zu befreien und das Ende des Seiles zweimal um den alten Kirschbaum zu schlingen.
Hier half Jelena mit. Zu dritt stemmten sie sich gegen den Sog des Flusses, das Boot wurde förmlich über die Wellen und gegen die Strömung gerissen, und dann war es sicher, solange der Strick hielt.
Schwer atmend lehnte sich Bodmar an den Baum. Das Mädchen war auf die Knie gesunken, ihr blondes Haar bedeckte sie völlig. Die Finger, von der Anstrengung fast gelähmt, gruben sich in den nassen Ufersand, als suchten sie Kühlung. Jelena stand hinter Bodmar und blickte böse und düster über den Don.
«Ein altes, schlechtes Boot», sagte sie. «Dafür diese Mühe.»
Sie nahm die Hände Bodmars, drehte die Handflächen nach oben, sah entsetzt die zerfetzte Haut und riß ihre Bluse vom Körper. In ihrer Erregung wickelte sie beide Hände damit ein und fesselte Bodmar so wie mit einer Handschelle.
Das Mädchen hob den Kopf. Große, blaue, runde Augen sahen Bodmar dankbar an. Das Gesicht eines Engels, durch-

fuhr es ihn. Mein Gott, hier am Don kniet ein Mädchen, das man sonst nur auf den Gemälden alter italienischer Meister sieht. Madonnen in den Kirchen Roms, Engel in den Deckenfresken des Petersdoms ... und jetzt hier im Ufersand, in der Steppe vor Stalingrad ... in einem von der Sonne gebleichten Kattunkleid, mit nackten Beinen, bloßen Schultern und bespritzt vom Schlamm der regengetränkten Felder.

«Es ist unser einziges Boot», sagte das Mädchen. «Wenn es der Fluß weggerissen hätte – ein Jahr lang hätten wir Fisch kaufen müssen bei Petro Iwanowitsch Sislew. Wißt ihr überhaupt, was ein neues Boot kostet?»

«Weniger als zwei ausgerissene Arme.»

«Ich danke dir.» Das Mädchen stand auf und klopfte den nassen Sand vom Rock. Ihr Kleid war durchnäßt und klebte an dem schönen, kräftigen Körper. Bodmar entdeckte, daß sie keinerlei Unterwäsche trug. Die festen runden Brüste und der Schoß zeichneten sich deutlich ab, ein Anblick, der zusammen mit den langen blonden Haaren und den blauen Augen in dem ebenmäßigen Gesicht in Bodmar hineinfuhr wie ein Blitz. Auch Jelena stellte fest, daß von der urhaften Wildheit dieses Mädchens etwas Bezwingendes ausging. Da bekam sie böse funkelnde Augen und musterte die verdeckte Nacktheit mit argwöhnischen Blikken.

«Wird das Seil auch halten?» fragte Bodmar. Er ging ein paar Meter den straff gespannten, knirschenden Strick entlang und tippte dagegen. Der war so unbeweglich, als müsse er eine Brücke halten. Die stürmischen Wellen des Don zogen mit einer Kraft, daß die geflochtenen Garne jammerten.

«Gott gebe es», sagte das Mädchen. «Wir haben alles getan, was wir konnten.» Sie wischte sich die Haare vom Gesicht und blickte mit zusammengekniffenen Augen über den Fluß. «Heute ist er ekelhaft ... sonst ist er mein Freund.»

«Ist das dein Boot?»

«Nein. Meinem Vater gehört es und noch drei Familien dazu. Es ist ein kleines Fischereikollektiv. Was wir fan-

gen, gehört uns ... wir brauchen es nicht abzugeben bei der Kolchose. Darum ist er so wertvoll, dieser verfluchte Kahn.» Sie umfaßte wieder das straffe Seil und zerrte daran. «Es wird nicht halten. Man hat es nicht dafür gemacht, gegen den Don zu kämpfen.»
«Dann werden wir das Boot an Land holen», sagte Bodmar.
«Mit deinen aufgerissenen Händen?» Jelena starrte das Mädchen feindselig an. «Sollen sie sich bessere Stricke kaufen, diese Geizkragen.»
«Stricke kosten Geld.»
«Als ob es Armut gäbe!» schrie Jelena. Die Nacktheit des Mädchens unter dem nassen Kleid reizte sie zu hellster Empörung. «Den Bauern geht es gut! Nie ist es ihnen so gut gegangen wie heute! Oder willst du etwas anderes behaupten, he?»
«Wir holen das Boot.» Bodmar warf die Bluse Jelenas von seinen Händen und wickelte sie um das Seil. «Es hat keinen Sinn, jetzt über die Landwirtschaft zu diskutieren. Los, anfassen, ihr Lieben! Wir wollen zeigen, daß wir stärker sind als der Fluß!»
Und dann zogen sie, alle drei, hintereinander, Bodmar an der Spitze, und der Don brüllte sie an und wehrte sich und kämpfte um seine Beute mit aller Gewalt seiner Wellen.
«Hoj», brüllte Bodmar. «Hoj — hoj — hoj ...» Im Rhythmus zogen sie und gewannen Meter um Meter, holten das tanzende, halb voll Wasser geschlagene Boot ans Ufer, zogen es über die Strudel und gegen das Anrollen der lehmigen Wellen. Und immer wieder schrie Bodmar: «Hoj — hoj — hoj ...», und mit jedem Zug gewannen sie den Kampf und überwanden die Kraft des Don.
«Noch zwei Züge ...», keuchte Bodmar. «Durchhalten, ihr Lieben, die Zähne zusammengebissen! Noch zweimal ... jetzt ... und jetzt ... Gott im Himmel, wir haben es!»
Das Boot knirschte auf den Ufersand. Das Mädchen ließ das Seil fallen, rannte zu dem Kahn, stemmte sich im seichten Wasser gegen den Bug und schob ihn mit den Schultern ganz auf das Trockene, ehe Bodmar zu Hilfe springen

konnte. Dann fiel das Mädchen auf den Sitz, wie tot lag es auf dem Holzbrett, die Arme hingen in das Wasser, mit dem das Boot halb gefüllt war, die Brüste wogten auf und ab, und der Leib zitterte vor Erschöpfung.

In diesem Augenblick tat Bodmar etwas, das Jelena Antonowna ihm nie verzieh: er hob das Mädchen aus dem Boot und trug es auf seinen Armen hinauf zum Wagen. Ihr Kopf lag an seiner Schulter, und die blonden Haare umwehten ihn und verdeckten sein Gesicht.

Jelena folgte ihm mit dunklen, unheilvollen Augen. Ihr Gesicht war hart und plötzlich das, wovor sie sich fürchtete: es war nicht mehr schön.

Auf den Polstern des Moskwitsch regte sich das Mädchen wieder und schlug die Augen auf. Es wirkte, als werde ein Stern geboren.

Sie weiß genau, was sie tut, dachte Jelena rachsüchtig. Sie spielt die Rolle des kleinen, schwachen Weibchens meisterhaft. Ihr Seufzen, ihre Schwäche, ihr Erwachen, ihr blauer Meeresblick ... alles hat sie berechnet. Man sollte sie um die Ohren hauen, das Aas! Mit Tritten wegjagen wie einen kläffenden Hund. Nackt ist sie unter ihrem Kleid, eine Dorfhure, weiter nichts!

Aber ich passe auf, mein Täubchen! Ich stutze dir die Flügelchen, das schwöre ich dir. Ich bin nicht an den Don gekommen, um meine Liebe an ein dreckiges Stallweib zu verlieren. Geh in die Scheune, wo du hingehörst, und leg dich für die Bauernjungen ins Heu.

«Das Boot ist in Sicherheit», sagte Bodmar, als das Mädchen sich setzte und das Haar im Nacken zusammennahm. «Wo wohnst du? Ich bringe dich nach Hause.»

«Ich bin aus Perjekopsskaja. Ich heiße Njuscha Dimitrowna Kolzowa. Mein Vater ist der Dorfsowjet.» Njuscha sah sich um, betastete die Polster und das mit Stoff bespannte Dach des Autos. «Du kommst aus der Stadt?»

«Ja. Aus Moskau.»

«Direkt aus Moskau?» Njuschas große Augen glänzten. «Aus dem schönen Moskau? Ich träume von Moskau ...»

«Du kennst es?»

«Nein. Ich habe nur Bilder gesehen, ich habe sie ausgeschnitten und gesammelt. Ein ganzes Heft voll. Immer sehe ich sie an. Oh, ich kenne Moskau ganz genau. Den Spasskiturm, die Basilius-Kathedrale, den Roten Platz mit dem Lenin-Mausoleum, die Universität, das Dynamo-Stadion, den Gorki-Park, das Kaufhaus GUM ... dort zu leben muß wie in einem Märchen sein.»

Njuschas Hände flochten, während sie sprach, Zöpfe in das lange, nasse Haar. Wie raffiniert sie das macht, dachte Jelena zornig. So kindlich sieht das aus, so verspielt hilflos. Und Bodmar, dieser Dummkopf, fällt darauf herein. Er kommt sich vor wie ein gütiges Väterchen. Das Gesicht sollte man dir zerkratzen, du blonder Satan.

Bodmar setzte sich hinter das Steuer. Jetzt fuhr *er* wieder, und neben ihm saß Njuscha. Jelena mußte sich hinten zwischen das Gepäck klemmen; sie tat es mit einem gefährlichen, unterdrückten Knurren.

«Wie weit ist es bis Perjekopsskaja?» fragte Bodmar.

«Zwei Werst ...» Njuscha lehnte sich zurück. Das nasse Kleid spannte sich über ihrer Brust, sie ließ das Haar los und schüttelte die Zöpfe wieder auseinander. «Väterchen wird sich freuen, Besuch aus Moskau zu bekommen. Er schwärmt von Moskau. Einmal den Kreml sehen, sagt er, einmal vor dem großen Lenin stehen und in sein Gesicht blicken ... das wäre ein großer Abschluß meines Lebens. Und Mütterchen träumt von einem Gebet an der goldenen Ikonostase von Sagorsk und von einem Segen des Patriarchen Alexeij. So ist das bei uns zu Hause ... es wird dir bei uns gefallen, Brüderchen ...»

So kam Eberhard Bodmar nach Perjekopsskaja, diesem kleinen, unbekannten Dorf am Don, in dem seit Jahrhunderten die Kosaken lebten.

Wie sagte Vater Ifan Matwejewitsch, der Priester, nachdem der Blitz das Bild des heiligen Wladimir gespalten hatte: «Es wird ein Unglück geben über Perjekopsskaja ...» Man soll den Weissagungen der Priester manchmal doch Gehör schenken ... im eigenen Interesse, Genossen!

Dimitri Grigorjewitsch hockte im Stall und melkte unlustig seine alte Kuh Buscha, als der Moskwitsch vor dem Hause hielt.
Das Bremsen scheuchte ihn auf, er stellte den verbeulten Zinkeimer neben die brummende Buscha, stieß den Schemel weg und rannte zur Tür. Der Hahn, ein uralter Bursche mit einer heiseren, vom vielen Kommandieren zerbrochenen Stimme, krähte wie toll auf dem Misthaufen und gebärdete sich, als sei der Teufel gekommen. Auch Balwan, der Hund, riß an seiner rostigen Kette und gab Töne von sich, die Kolzow selten an ihm gehört hatte.
Da muß etwas Besonderes gekommen sein, dachte er, wischte sich die Hände an der Hose ab und stieß die hölzernen Flügel der Stalltür auf. Als er den Moskwitsch-Wagen erkannte, verzog er das Gesicht und blieb erst einmal abwartend im Schatten des Stalleingangs stehen.
Mit einem so schönen Auto kommen nur Vorgesetzte, dachte er. Der Distriktvorsitzende etwa oder der Kontrolleur der Kolchosen aus Kalatsch oder gar – wenn's der Teufel will – der Parteisekretär aus Wolgograd. Die Burschen strolchen ja immer in der Gegend herum, haben nichts zu tun und ärgern ehrbare Kosaken mit ihrer Anwesenheit.
Vor der Haustür erschien jetzt Evtimia Wladimorowna, das Mütterchen, hatte eine saubere Schürze umgebunden und ein blaues Kopftuch. Sie hielt einen Besen aus Birkenreisig in den Händen und tat so, als ob sie den Eingang fege. Dabei schielte sie zu dem fremden Wagen.
Der Hahn auf dem Mist krähte sich die Lunge aus dem klapprigen Leib.
«Nein, so was!» sagte Kolzow, als seine Tochter Njuscha aus dem Wagen stieg. Dann kamen ein großer blonder Mann und eine kleinere schwarzhaarige Frau zum Vorschein und gingen bis an den Knüppelzaun. «Jetzt bringt sie uns auch noch die Leute von der Straße mit!»
Dimitri Grigorjewitsch gab der Stalltür einen Tritt, bückte sich, hob einen Stein auf und schleuderte ihn gegen den verrückten Hahn.

«Ruhe, du Satan!» brüllte Kolzow. Der Hahn überhörte es, aber Balwan, der zottelige Hund, von dem böse Nachbarn behaupteten, sein Vater habe sich auf ein Schaf verirrt, kuschte und kroch in die Hütte zurück.

Lachend zeigte Njuscha auf Kolzow, der bedächtig, mit den wiegenden Schritten des Reiters, vom Stall zum Zaun kam.

«Mein Väterchen», sagte sie. Dann winkte sie mit beiden Armen und rief: «Besuch aus Moskau! Sie werden uns viel erzählen aus der Stadt.»

Kolzow blieb einen Meter vom Zaun stehen und stemmte die Arme in die Seite. Kritisch musterte er Bodmar und Jelena Antonowna und kam zu keinem endgültigen Ergebnis. Es sind Städter, dachte er. Man sieht's. Die feine Kleidung, das gepflegte Aussehen, Händchen wie Säuglinge. Aber dann staunte er, denn beim zweiten Hinsehen bemerkte er, daß der Mann Fetzen einer Bluse um die Hände gewickelt hatte, und diese Fetzen waren rot von Blut.

«Du bist verletzt, Genosse?» sagte Kolzow. «Deine Hände bluten. Evtimia! Heißes Wasser! Das Verbandszeug! Komm ins Haus . . .» Kolzow lief voraus, ehe Njuscha etwas erklären konnte, stieß Evtimia samt ihrem Reisigbesen in den Flur und veranstaltete einen großen Wirbel.

Das ist immer gut, dachte er dabei. Wer's auch ist, es kann nicht schaden, sich intensiv um einen Gast zu kümmern. Wer weiß, mit wem der Genosse später zusammenkommt. Wenn er dann sagt: Ja, der Kolzow, das ist ein guter Mensch. Er hilft, wo er kann . . . dann wird das angenehme Folgen haben.

Njuscha führte Bodmar und Jelena in die Hütte.

Es war das erstemal, daß Bodmar eine echte russische Bauernkate betrat, dieses aus Lehm und Holz gebaute und mit Stroh gedeckte Haus, in dem Generationen geboren und gestorben waren. Hölzerne Wände teilten die Zimmer, den Boden bildeten gescheuerte Dielen, und auch die Einrichtung – Schränke, Tische, Stühle, Truhen und Regale – waren von den Kolzows in zwei Jahrhunderten gesägt und genagelt worden.

Im Wohnzimmer, das weiß getüncht war, während die Fenster einen Rahmen aus rosa gestrichenem Holz hatten, hingen eingerahmte Postkartenbilder, ausgeschnittene Buntfotos aus Illustrierten, zwei Drucke von Heiligenköpfen und der streng blickende Lenin in der «schönen Ecke» über der Eckbank. Über einem Sofa lag ein selbstgewebter dünner Streifenteppich, ein sogenannter «Lumpenteppich», den Tisch schmückte eine buntbedruckte Decke. Das war ein Luxus, den sich Evtimia gönnte, denn schließlich war Dimitri Grigorjewitsch der Höchste im Dorf. Ein Geruch von süßer Ziegenmilch, saurem Kohl und gestampften Kartoffeln zog Bodmar entgegen. Über dem breiten Herd dampfte ein Kessel mit Wasser.
Kolzow kam aus dem Schlafzimmer zurück mit einem Sanitätskasten. «Wie ist das passiert?» fragte er und untersuchte Bodmars zerrissene Handflächen. «Die Haut ist in Fetzen ... ich schmiere Ihnen eine kühlende Salbe drauf ...»
«Er hat den Kahn gerettet, Väterchen», sagte Njuscha. «Das Seil riß vom Pflock, als ich hinkam. Da habe ich das Boot festgehalten, aber wenn er nicht gekommen wäre, schwämme es jetzt schon bei Kalatsch.»
Kolzow schüttelte Bodmar vorsichtig die Hand, küßte dann Jelena dreimal auf die Wangen und wußte nicht, wie es nun weitergehen sollte.
«Welch ein Wetter», sagte er tiefsinnig. «Hat man um diese Jahreszeit schon so einen Regen gesehen? In die Kirche hat der Blitz eingeschlagen. Mitten durch den heiligen Wladimir! Ist damit nicht dokumentiert, daß wir keine Kirche brauchen?»
Das ist gut, dachte er. Das macht Eindruck. Die Genossen aus Moskau werden berichten, daß man in Perjekopsskaja fortschrittlich ist. Er beugte sich über den Verbandskasten und suchte die Salbe. In seinem Nacken spürte er Evtimias bösen Blick. Er hatte Wladimir, ihren Schutzheiligen, beleidigt.
«Wir haben eine Apotheke im Auto», sagte Jelena steif, als Kolzow seine Salbe nicht fand. «Bemühen Sie sich

nicht . . .» Sie ging hinaus und kam nach wenigen Sekunden mit der Reiseapotheke zurück. Kolzow seufzte, als er die Schätze sah. Sauber und steril verpackt, in Plastikschalen und -beuteln.
«Die Salbe . . . der Teufel hole Pulkow. Das ist mein Nachbar, Genossen. Pulkow, der schieläugige Satan, nimmt sie immer, wenn seine Ferkel sich wundgescheuert haben. Jetzt, wo man die Salbe braucht, ist sie nicht da.»
Jelena verband Bodmar beide Hände, und Kolzow sah zu wie bei einem Theaterstück. Evtimia kochte Tee, und Njuscha war in ihr Zimmer gegangen, um sich umzuziehen. Als sie zurückkam, zog ein Zauber mit ihr durch das Haus. Ein weißes Kleid trug sie, bestickt mit blauen und roten Blumen, und kurz bis über die Knie war es, so wie sie es in den Zeitschriften gesehen hatte. Kolzow runzelte die Stirn, aber er schwieg. Nachher, dachte er. Wenn wir allein sind. Schämen muß man sich ja über das Weibsbild.
Dann saßen sie um den Tisch, tranken Tee und aßen mit Beeren gefüllte Mehlpfannkuchen, die Evtimia schnell über dem offenen Feuer backte. Kolzow hatte die Arme aufgestützt und rauchte seine Pfeife. Es war ein gemütlicher Vormittag.
Njuscha war nicht im Zimmer. Das beruhigte Jelena, aber sie wußte nicht, daß Njuscha draußen auf der Deichsel eines ausgedienten und vom Holzwurm zernagten Wagens saß und durch das Fenster hineinblickte. Jede Bewegung Bodmars beobachtete sie, hing mit den Blicken an seinen Lippen, und wenn sie auch nicht hörte, was sie sagten, so lächelte sie doch, als spreche er zu ihr allein die zärtlichsten Worte.
Kolzow begann den Gast angenehm zu finden. Nur die junge Frau neben ihm, diese Jelena Antonowna Dobronina, gefiel ihm gar nicht. Ihre dunklen Augen hatten etwas Drohendes, was er nicht verstand. Kälte strömte von ihr aus, und Kolzow dachte, es wäre Abwehr gegen ihn. Die Überheblichkeit der Städter gegenüber den Bauern. Das beleidigte ihn, denn in erster Linie war er Kosak, und es gibt keinen Russen, der es wagt, einem Kosaken ins Gesicht

zu sagen, er sei ein minderwertiger Mensch. Zum Teufel, man würde ihm den Hals 'rumdrehen wie einer Taube!

«Bleiben Sie bei uns, Genosse», sagte Kolzow, als der Tee getrunken war. «Sehen Sie sich um bei uns. Besuchen Sie die Kolchose, besichtigen Sie die Pferde, machen Sie eine Fahrt auf dem Don. Wir stehen zu Ihrer Verfügung.» Er beobachtete Jelena aus den Augenwinkeln und sah deren Abwehr. Und er bleibt, dachte er gehässig. Bist du auch dagegen, du schwarzes Teufelchen ... er bleibt hier!

«Das ist eine gute Idee, Dimitri Grigorjewitsch», sagte Bodmar. «Es war schon immer mein Wunsch, das Landleben zu studieren.»

Zusammen gingen sie hinaus und packten den Wagen aus, fuhren ihn hinter die Scheune und deckten ihn mit zwei alten Pferdedecken zu. Njuscha war im Stall und fütterte die Schweine. Als Bodmar kurz hineinblickte, lachte sie ihn an mit dem ganzen Glanz ihrer Jugend. Wie betäubt wandte er sich ab und ging zu Jelena, die am Zaun stand und über die Dorfstraße sah.

«Du willst tatsächlich hier bleiben?» fragte sie, als er sie mit dem Zeigefinger antippte.

«Ja. Dieses Land fasziniert mich. Die Pferdeherden, das Bewußtsein, inmitten von Kosaken zu leben, die Kolchose und dann der Don in seiner breiten Wildheit ... es ist ein herrlicher Flecken Erde!»

«Und wie lange willst du hierbleiben?»

«Das weiß ich noch nicht. Solange es mir gefällt ...»

«Wir haben einen Zeitplan, vergiß das nicht.» Jelena schielte zu Bodmar. «Wir müssen Ende Mai in Wolgograd sein. Die Parteileitung erwartet dich, der Bürgermeister, die Veteranen des Großen Vaterländischen Krieges, die Generale der Truppen, der Direktor des Kriegsmuseums ...»

«Davon weiß ich ja gar nichts.»

«Darum sage ich es dir jetzt. Es sollte eine Überraschung sein.»

«Und das nennt ihr ‚sich frei im Land bewegen'?»

«Wollen wir schon wieder politisch werden?» Sie stieß sich vom Zaun ab und blickte böse auf Njuscha, die singend

aus dem Stall kam und ihnen zuwinkte. «Auch Freiheit hat ihre Ordnung.»
«Das ist ein gutes Wort, Jelena. Nehmen wir uns die Freiheit heraus, eine Woche in Perjekopsskaja zu bleiben.»
Jelena schwieg verbissen. Eine Woche, dachte sie. Das ist eine lange Zeit. In einer Woche kann diese blonde Kröte ihn in ihr Bett gezogen haben. Es muß gehandelt werden, und zwar sofort.
Während Bodmar und Kolzow durch den Garten gingen, die Kirschbäume besichtigten und die vier Bienenstöcke begutachteten, bummelte Jelena durch das Dorf, bestaunt von den Männern, angekläfft von den Hunden und mit scheelen Blicken verfolgt von den Weibern. Der Dorfidiot Warlam sagte das laut, was die anderen dachten, und weil er Idiot war, durfte er das auch: «Welch ein Weibchen! Ich würde sie eintauschen gegen hundert Liter süßer Sahne.» Er bekam für seine Ehrlichkeit einen Tritt in den Hintern und wurde hinter das Haus gejagt, wo er sich auf eine Kiste setzte und über die Ungerechtigkeit der Welt nachgrübelte.
Wie alle Dörfer, die Mittelpunkt einer Kolchose sind, hatte auch Perjekopsskaja ein Magazin. Das ist ein vom Staat eingerichteter Laden in einem Steinhaus, in dem es fast alles zu kaufen gibt, was der Mensch so in seinem Leben braucht. Kleider und Schuhe, Tücher und Bettwäsche, Seife und Gardinen, Hemden und Büstenhalter, Decken und Anzüge, sogar Fahrräder und Rasierapparate, Waschmaschinen und Toaströster, elektrische Wäscheschleudern und Schreibpapier. Leiter des Magazins war der Genosse Rebikow, ein kahlköpfiger Mensch, der nach Tabak stank und beim Anprobieren der Kleider den Weibern über den Hintern streichelte. Er saß inmitten seiner Schätze wie eine Spinne und machte es zur Gnade, überhaupt etwas zu verkaufen.
Das Magazin von Perjekopsskaja hatte einen guten Namen ... durch zwei Ereignisse.
Da hatte einmal die Bäuerin Gawrila eine Wäscheschleuder gekauft. Drei Monatseinnahmen legte sie dafür auf

den Tisch und zog fröhlich mit dem Apparat davon. Aber schon am nächsten Tag brachte sie ihn wieder und verlangte von Rebikow ihre Rubel zurück.
«Was hast du mir da verkauft, du schielender Teufel?» schrie sie und hielt Rebikow ihre Faust unter die Nase. «Ich lege die Wäsche hinein, drücke auf den roten Knopf und warte. Und was soll die Maschine tun? Die Wäsche trocknen! Und was tut sie wirklich? Sie wirft sie mir an die Decke, auf die Gardinenstangen, aus dem Fenster hinaus! Wie ein Wirbelsturm war's. Gib die Rubel zurück, du Halunke!»
Rebikow seufzte und hob den Blick an die Decke. «Du hättest den Deckel zumachen müssen», sagte er. «Das ist doch logisch.»
«Welchen Deckel?» schrie die Gawrila. «Es war kein Dekkel dabei!»
Und so war's. Der Deckel fehlte. Rebikow reklamierte bei der Zentrale. Aber die antwortete nicht. Das war vor fast zwei Jahren.
Ein anderer Leidtragender des Magazins war der Kosakenfeldwebel Luka Iwanowitsch Ulankow. Er kaufte bei Rebikow einen elektrischen Rasierapparat.
Voll Stolz führte am Abend Ulankow seiner Familie die Errungenschaft des technischen Fortschritts vor. Ehrfürchtig umstanden seine Frau, sieben Kinder im Alter von vier bis siebzehn Jahren, die alte Großmutter Marfa und der Urgroßvater Jefim, dessen biblisches Alter keiner genau wußte, den vor Erwartung zitternden Ulankow. Auf das Zeichen: Hopp! drückte er den Schalter, und das Biest brummte los.
«Es läuft!» schrie Ulankow mit hochrotem Kopf. «Jetzt sollt ihr sehen, wie der Bart wegfliegt!»
Tatsächlich ... der Apparat hinterließ in dem Gestrüpp von Ulankows dunklen Stoppeln eine breite Schneise. Urgroßvater Jefim wurde unruhig. «Laß mich fühlen!» rief er. «Das ist unmöglich!»
Aber es war möglich — die harten Bartspitzen waren wie weggezaubert.

Selig rasierte sich Ulankow zu Ende. Er hatte ein Gesicht, so glatt und zart, daß seine Frau beim Darüberstreichen rot wurde und an andere glatte Stellen Ulankows dachte. Aber dann folgte die Katastrophe. Ulankow drückte auf den Aus-Schalter, er klickte vernehmlich, aber der Apparat summte fröhlich weiter.

«Er hört nicht auf», sagte Ulankow ratlos.

«Vielleicht war's der falsche Knopf?» meinte Jefim, der Urgroßvater.

Es war der richtige Knopf, aber er reagierte nicht. Summend sausten die Messerchen hin und her, und Ulankow wußte keinen Rat. Wie es seine Art war, strich er sich nachdenklich über die Haare ... und — ratsch — hatte er einen Hohlweg in seine schönen dunkelbraunen Locken geschnitten.

Ulankow heulte vor Wut und war im Begriff, das Teufelsding an die Wand zu werfen, als Urgroßvater Jefim eingriff. «Laß mich!» schrie er. «Ihr habt alle keinen technischen Verstand!»

«Zum Teufel mit ihm!» brüllte Ulankow.

Jefim rang ihm den surrenden Apparat aus der Hand. Aber dabei kam er zu nahe an seinen weißen Bart, und Sekunden später sah Jefim aus wie ein armseliger Ziegenbock. Großmutter Marfa tat einen hellen Schrei und flüchtete, und auch die Kinder stürmten aus der Stube bis auf den ältesten. Der ging zum Stecker, zog die Schnur heraus, und das vernichtende Brummen hörte auf.

Am nächsten Morgen warf Ulankow dem armen Rebikow den Rasierapparat an den Kopf. «Meine halbe Familie ist verstümmelt!» brüllte er. «Ich verlange Schadenersatz, jawohl, Genosse!»

Das also war das Magazin von Perjekopsskaja.

Jelena Antonowna steuerte zielsicher auf das Gebäude zu und überraschte Rebikow, wie er einem jungen Mädchen einen Büstenhalter anprobierte. Das Mädchen kicherte blöd, denn der Halter war zu klein, und Rebikow stopfte die Brüste mit beiden Händen in die Schalen.

«Wo ist das Telefon?» fragte Jelena hart. Rebikow flüch-

tete von seinem Maßnehmen und bewunderte Jelenas Eleganz mit schnellen, kenntnisreichen Blicken.
«In der Ecke links, Genossin. Sie sind fremd, Genossin? Auf der Durchreise? Man sieht's, man sieht's. Ein Hauch von Stadt in unserem Dorf. Das tut gut, Genossin.»
Er kam näher, schnupperte wie ein Hund nach Jelenas Parfüm und bohrte seinen Blick auf ihre Brüste.
Jelena kümmerte sich nicht um ihn, nahm den Hörer ab und verlangte von der Vermittlung, die sich meldete, Moskau. Fast zehn Minuten dauerte es, bis sich im Gebäude des KGB die Stimme des Majors vom Dienst meldete. Auch ohne Erklärungen wußte er sofort an der Stimme, wer anrief.
«Etwas Besonderes, Jelena Antonowna?»
«Wir sind jetzt im großen Don-Bogen, in einem Nest, das Perjekopsskaja heißt. Hier will Bodmar bleiben, um die Kolchose kennenzulernen.»
«Ein guter Gedanke.»
«Eine Woche will er bleiben! Mindestens.»
«Wir werden es notieren, Jelena. Es ist in Ordnung.»
«Nichts ist in Ordnung!» schrie Jelena in den Apparat. Die einzige Stelle, von der sie Hilfe erwartet hatte, ließ sie jetzt auch noch allein mit ihren Sorgen. «Wir haben einen Zeitplan. Denken Sie an die Veranstaltungen in Wolgograd.»
«Wir werden den Plan ändern. Die Stellen in Wolgograd werden von uns benachrichtigt.»
«Darum geht es nicht!» Jelena atmete schwer. «Bodmar könnte Dummheiten machen. Er wird mir zu selbständig.»
«Lassen Sie ihn, Jelena. Bleiben Sie nur bei ihm. Alles andere regeln wir am Ende seiner Reise. Überlassen Sie das uns.»
Jelena lehnte die Stirn an die rauhe Wand. Sie zitterte vor innerer Erregung. «Verstehen Sie denn nicht?» schrie sie in den Apparat zum weiten Moskau. «Bodmar bricht mir aus!»
«Das ist Ihr Problem, Jelena Antonowna», antwortete der Major vom Dienst kalt. «Wir erwarten von Ihnen

Pflichterfüllung, weiter nichts. Was Sie tun, müssen *Sie* wissen. Die Situation bestimmt die Handlung — das war schon immer so. Ende.»

«Ende», sagte Jelena schwach und hängte ein.

An dem vor Staunen stummen Rebikow vorbei verließ sie das Magazin und ging zurück zum Hause Kolzows. Sie schwankte leicht beim Gehen, als habe sie zuviel getrunken.

Er muß weg, dachte sie den ganzen Weg lang. Er muß weg aus Perjekopsskaja. Aber wie?

Am Abend erschien Granja Nikolajewitsch Warwarink. Gute Nachbarn hatten ihn alarmiert. «Da ist ein hübsches Herrchen aus der Stadt gekommen», raunten sie ihm zu. «Mit einem blitzenden Wagen. Und Augen macht deine Njuscha! Augen wie Suppenteller. Ihr schönstes Kleid hat sie angezogen und die weißen Feiertagsschuhe.»

Granja knirschte mit den Zähnen, warf sich in seinen besten Anzug und ritt wie der Teufel ins Dorf. Er kam gerade zurecht zum Abendessen . . . Evtimia hatte eine Schüssel voll Bitkons gemacht, das sind gebratene Fleischkugeln mit Käse und Sahne. Dazu gab es einen Krug Kwaß und gezuckerte Erdbeeren. Ein Festmahl.

Granja und Bodmar gaben sich die Hand und sahen sich düster an. Beide empfanden das gleiche: sie waren sich vom ersten Blick an unsympathisch. Das steigerte sich noch, als Granja sich frech neben Njuscha setzte, ihr einen Kuß gab und stolz erklärte: «Am Sonntag fahren wir zum Tanzen, mein liebes Bräutchen!»

Evtimia winkte Kolzow in das Schlafzimmer.

«Das gibt ein Unglück», flüsterte sie. «Tritt Granja gegen das Bein, damit er den Mund hält! Siehst du denn nicht, du Holzkopf, wie Njuschas Augen glänzen?»

«Das Bild des heiligen Wladimir.» Kolzow sank aufs Bett und sah zum erstenmal, seit er Dorfsowjet war, mit tiefem Glauben auf die Ikone, die zugunsten des Lenin-Bildes ins Schlafzimmer verbannt worden war. «Die Katastrophe naht. Evtimia, wie kann ich das verhindern? Ich kann sie doch nicht mit den Köpfen zusammenstoßen und in den

Fluß werfen. O Gott, hätte ich doch einen Sohn bekommen! Ein Mädchen ist ein Geschenk des Teufels ...»
Über Perjekopsskaja zog eine schwere, träge Regenwolke durch die Nacht. Als sie über dem Don stand, blitzte es aus ihr, und der Donner rollte dumpf über die Steppe.
Wie ein Symbol war's.
Vater Ifan Matwejewitsch Lukin, der Pope, läutete die Glocke und bat Gott um Gnade.
Er hat es besser als ich, dachte Kolzow düster und stampfte zurück ins Zimmer. Er hat jemanden, an den er sich halten kann.
Wenn ein Mädchen liebt, dann ist es schlimmer als das brausende Hochwasser des Don. Niemand hält es auf ...

7. Kapitel

Wenn ein Mann merkt, daß sein Liebchen einem anderen schöne Augen macht, dann beginnt es in ihm zu rumoren wie in einem Dampfkessel. Und wenn er gar ein Kosak ist wie Granja Nikolajewitsch, ein heißblütiger Mensch, dem das Temperament durch die Adern rollt wie der Don in seinem Flußbett, dann kann man etwas erleben, bei Gott und allen Heiligen! Der alte Kolzow war machtlos dagegen, sosehr ihn auch seine Frau Evtimia ermunterte, ihm dauernd zunickte und darauf wartete, daß man den heißlaufenden Granja endlich bremste.
Aber das war nicht so einfach. Granja beobachtete Njuscha eine ganze Weile, wie sie den fremden Gast bediente, ihm die größten Fleischklöße hinschob, seinen Becher mit Kwaß vollschenkte und gleichsam verzaubert an seinen Lippen hing, wenn er von Moskau erzählte. Auch Jelena Antonowna entging es nicht, daß Bodmar sich verwandelte. Sie hatte es gefürchtet, von dem Augenblick an, als Njuscha mit ihren nassen Kleidern auf dem nackten Körper vor ihnen im Ufersand des Don kniete: ein Bild, an dem kein Mann ruhigen Herzens vorbeisehen konnte.
«Wie heißen Sie eigentlich, Genosse?» fragte Granja und

legte den Arm um Njuschas Taille. «Wie soll man Sie anreden?»
«Ich heiße Eberhard Bodmar, und ich bin ein Deutscher.»
Augenblicklich wurde es still um den Tisch. Der alte Kolzow wackelte mit der Nase, Evtimia bekam große, tellerrunde Augen, und Granja setzte mit zitternder Hand den Becher ab, aus dem er gerade getrunken hatte. Nur Njuscha zeigte keine Regung ... der Blick ihrer blauen Augen liebkoste Bodmars Gesicht.
«Ein Deutscher —» sagte Granja gedehnt. «Sieh an! Und spricht wie ein Weißrusse! Was wollen Sie hier? Seit 1943 ist hier kein Deutscher mehr gewesen. Erklären Sie uns, Gospodin.»
«Ich besuche das Land, in dem mein Vater starb», sagte Bodmar langsam. «Er war auch hier am Don ... und bestimmt ist er auch durch Perjekopsskaja gefahren.»
«Neunundvierzig Häuser haben die Deutschen zerstört ... das halbe Dorf sozusagen.» Dimitri Grigorjewitsch wischte sich über den Mund. «Im Garten des alten Sislew liegt noch eine halbe Kanone. Er weigert sich, sie wegzuschaffen und umkränzt sie wie ein Denkmal. Sie können sie besichtigen, Gospodin — aber ich weiß, daß Sislew Sie verprügeln wird, denn die Deutschen brachten seinen einzigen Sohn in Stalingrad um.»
«Das ist ein halbes Menschenalter her, Väterchen», sagte Njuscha. «Du kannst ihn nicht anklagen für etwas, das er nicht getan hat.»
«Das stimmt auch.» Der alte Kolzow starrte auf seine Fleischkügelchen und zerhackte sie mit der Gabel. Evtimia saß steif wie ein dicker, knorriger Ast auf der Bank in der «schönen Ecke» unter dem Lenin-Bild, das sie nicht leiden konnte, und sah Bodmar mit verschleiertem Blick an. Jelena ahnte, was in den Kolzows vorging, aber als sie Granja ansah, erschrak sie.
Granjas Augen leuchteten wie die eines hungrigen Wolfes. Er hatte begonnen, Njuschas Brust zu streicheln, aber sie wollte von ihm abrücken und wehrte sich durch Drehen des Oberkörpers.

«Natürlich ist er nicht schuldig», sagte Granja, als spreche er auf einer Versammlung der Kolchosbauern. «Man soll Frieden halten! Wann reisen Sie weiter, Genosse?»
«Ich weiß es noch nicht.» Bodmar nickte dem alten Kolzow freundlich zu, was diesen zu einem verzerrten Lächeln zwang. «Dimitri Grigorjewitsch war so freundlich, mich einzuladen, das Land am Don genau kennenzulernen. Ich glaube, ich bleibe noch etwas.»
«Stimmt das?» fragte Granja dunkel und starrte Kolzow an.
«Ja, es stimmt.» Dimitri Grigorjewitsch zerquetschte die Fleischklößchen zu Brei und aß sie dann, kalt, wie sie jetzt waren, aus lauter Verzweiflung. «Es ist eine Ehre, Gäste aus dem Ausland zu haben, die unser Land objektiv sehen wollen und darüber berichten», sagte er mit vollem Mund. «Es ist im Sinne der Partei, daß auch Menschen aus kapitalistischen Ländern uns besuchen. Sie können viel von uns lernen . . .» Er blickte stolz um sich, denn seine Ausrede begeisterte ihn selbst. Wozu bin ich Vorsitzender des Dorfkollektivs, dachte er. Köpfchen muß man haben, Genossen, einen beweglichen Geist.
«Sie werden auch die Kolchose besichtigen?» fragte Granja leichthin.
«Natürlich.» Bodmar blickte zu Njuscha. Sie hielt krampfhaft Granjas Hand fest, die noch immer nach ihrer Brust tastete. Man sollte ihm auf die Finger schlagen, dachte er und erregte sich maßlos. Ein Flegel ist er.
«Kommen Sie am Sonntag. Da ist Tanz im großen Gemeinschaftsraum. Njuscha, mein Schätzchen, wird die Schönste von allen sein.» Granjas Stirn bedeckte sich plötzlich mit Schweißperlen, so groß war seine innere Hitze. «Wir sind verliebt wie die Schwalben —» sagte er rauh. Und dann küßte er Njuscha auf den Hals, weil sie den Kopf schnell zur Seite drehte, als er sich näherte.
Evtimia blinzelte Kolzow fordernd an. Gib ihm endlich einen Tritt unterm Tisch, du Feigling, hieß dieser Blick. Tritt ihn gegen das Bein, auch wenn er losheult. Hat es nicht genug Streit um Njuscha gegeben in diesem Haus.

Dimitri wurde einer Entscheidung enthoben. Jelena klatschte in die Hände und benahm sich wie ein junges Mädchen in seinem ersten Festtagskleid.
«Tanzen!» rief sie und legte den Arm um Bodmars Schulter. Der Mund Njuschas verkrampfte sich zu einem dünnen Schlitz. «Wie lange habe ich nicht mehr getanzt. Wir sollten hingehen. Dann kannst du filmen, wie Kosaken tanzen. Wir kommen gern . . .» Sie sprach, als seien sie verheiratet. Wir, sagte sie. Ganz selbstverständlich. Es war ein Pfahl, den sie Njuscha ins Herz rammte, und sie erkannte mit wilder Genugtuung an Njuschas Augen, wie gut sie getroffen hatte.
«Es wird ein Fest geben!» Granja sprang auf. Er zog Njuscha hoch und drückte sie an sich. «Ich muß gehen, die Brigaden rücken morgen früh auf die Felder, lebt wohl, Freunde.» Er zerrte Njuscha zur Tür, legte seine Hand auf ihr Gesäß und drückte sie so hinaus aus dem Zimmer.
«Ein schönes Paar», sagte Evtimia dunkel wie eine Schicksalsgöttin. «Und sie lieben sich so sehr, die Kleinen. Bald wird Hochzeit sein.» Dabei stieß sie unter dem Tisch Kolzow gegen das Schienbein, daß er sein Gesicht verzog und sich verschluckte. Bodmar trank hastig seinen Becher Kwaß leer. Unruhe hatte ihn ergriffen. Er verbarg sie mit großer Mühe, aber der Druck in ihm ließ sein Herz so laut hämmern, daß er meinte, jeder müßte es hören, am besten Jelena, die neben ihm saß. Plötzlich sprang er auf und beugte sich zu Kolzow vor.
«Wo kann man austreten, Genosse?» fragte er.
«Das ist noch primitiv bei uns. In der Stadt, ja, da setzt man sich auf ein weißes Porzellanbecken, und weg geht alles.» Kolzow zeigte zum Fenster, hinter dem eine schwarze Nacht stand, feucht, kalt und feindlich. «Sie müssen aus dem Haus hinaus und hinüber zum Stall. Da ist eine Kammer mit einem durchlöcherten Brett über einer Grube. Aber das Brett ist sauber, Genosse!»
«Danke!»
Bodmar rannte aus dem Haus und prallte gegen die nasse Nacht. Die Dunkelheit nahm ihn auf wie ein Schwamm

einen Tropfen Wasser. Unter einem Schutzdach wieherte das Pferd Granjas, und Bodmar durchfuhr es heiß bei der Erkenntnis, daß Granja noch nicht weggeritten war, sondern mit Njuscha irgendwo in der Dunkelheit sich verbarg, Zärtlichkeiten austauschte, im Heu mit ihr lag und sie liebte, sich in ihren weißen Körper wühlte und die zitternde Wärme ihrer Lust genoß.

Das machte ihn rasend und warf ihn fast um vor Erregung. Er rannte zur Scheune, denn wo sollten sie bei dieser Nässe anders sein als dort, und hielt den Atem an, als ein schwacher Lichtschein durch die schiefe alte Holztür schimmerte. Leise schlich er heran, öffnete das Tor und blickte hinein.

Granja stand breitbeinig vor Njuscha, die Schultern hochgezogen und den Kopf vorgestreckt. Die großen Hände rieben an der Hose, und es sah so aus, als zögen sich alle seine Muskeln zu einem Sprung zusammen, zu einem tigerhaften Satz, der Njuscha umreißen und ins Stroh schleudern mußte.

Njuscha stand vor ihm, das Haar zerzaust, das schöne weiße Kleid am Hals aufgerissen. Der Ansatz ihrer Brüste schimmerte im Licht der Stallampe, die auf einer Kiste abgestellt war. Wie Granja es geschafft hatte, Njuscha in die Scheune zu locken – wer weiß das? Er hatte es erreicht und wußte, daß sich seine Niederlage am Ufer des Don jetzt nicht wiederholen würde.

«Mein Bräutchen –», sagte er glucksend. «Mein wildes Schwänchen, laß sehen, wie das mit der Liebe ist. Warum zierst du dich? Willst du die einzige sein, die mit geschlossenen Beinen in die Ehe geht? Leg dich hin, damit du etwas anderes kennenlernst als den Wind, der dir untern Rock bläst . . .» Er lachte dumpf, sprang dann vor, schützte sich vor ihrem hochschnellenden Knie, wich dem Stoß aus und packte sie brutal an den Schultern, drehte sie herum und warf sie mit dem Gesicht nach unten in das Stroh. Wie ein Kater war er über ihr, riß ihr das Kleid über die Schenkel hoch, drückte mit der linken Hand ihr Gesicht in das Stroh und schob seine rechte zwischen ihre Beine.

Sie schrie auf, bäumte sich und schlug hilflos mit den Armen um sich.
«Laß mich!» schrie sie. «Du Teufel! Ich hasse dich! Hilfe! Die Hölle hole dich! Ich bringe dich um, wenn's vorbei ist. Ich schwöre es dir! Nur einmal kannst du's machen ... dann verkrieche dich wie ein tollwütiger Fuchs. Ich werde dich jagen, solange ich atme! Laß mich los ...»
Und plötzlich war sie befreit. Der Körper über ihr glitt weg, die Hände, die ihren Leib umklammert hielten, lösten sich ... da warf sie sich herum, zog die Beine an und wollte mit aller Kraft zustoßen. Aber dann lag sie ganz still, preßte die Hände auf ihre Brüste und starrte mit weiten Augen auf das Schauspiel zu ihren Füßen.
Bodmar hatte mit einem Ruck Granja von Njuscha weggerissen. So kräftig war der Zug, daß Granja über die Erde rollte und gegen die Scheunenwand prallte. Dort aber sprang er mit dem Gebrüll eines Bären auf und funkelte Bodmar aus blutunterlaufenen Augen an. Speichel tropfte aus seinen Mundwinkeln.
«Du deutsches Schwein –» stammelte er. «Du willst sie haben, was? Immer die deutschen Schweine! Das Unglück Rußlands ist die Gegenwart der Deutschen! Aber warte: Ich schlage dir den Schädel ein.»
Plötzlich hatte er eine kurze Eisenstange in der Hand. Woher sie kam, war Bodmar unklar, vielleicht hatte sie an der Wand gelegen, und Granja hatte sie gepackt, als er über den Boden rollte. Der Kampf wurde ungleich und fast sinnlos für Bodmar. Mit Fäusten gegen eine Eisenstange, das war Wahnsinn.
Bodmar holte tief Luft. Der erste Schlag muß ertragen werden, dachte er. Das ist die einzige Chance. Ich muß den Kopf schützen und ihn packen, wenn er nach dem Schlag nahe vor mir steht.
Er hob die Unterarme vor sein Gesicht und legte die Hände flach über die Schädeldecke. Granja lachte dunkel. Wie das Grunzen eines Bären klang es. Er wog die Eisenstange in der Rechten und kam langsam näher.
«Mit deinem Hirn werde ich den Namen Njuscha an die

Tür schreiben', sagte er. «Wie eine Nußschale wirst du aufplatzen! Oh, welch eine Wonne ist es, dich deutschen Hund umzubringen! Sieh mich noch einmal an . . . so sieht der Tod aus!»

Granja riß die Eisenstange hoch und zielte auf den Kopf Bodmars. Sein Gesicht war von Mordlust verzerrt, so völlig zerflossen im Rausch, als sei das Töten wie der Höhepunkt der Liebe.

Bodmar starrte ihn an. Ja, so sieht der Tod aus, dachte er. Nur noch ein paar Atemstöße . . . ich werde diesen Schlag nicht überleben. Es war nur eine billige Selbsttäuschung, das zu glauben.

In dieser letzten Sekunde zwischen Leben und Tod sprang Njuscha auf. Sie ergriff die Stallaterne und warf sie Granja mit aller Wucht an den Kopf. So plötzlich geschah das und so genau gezielt, daß er keine Zeit mehr fand auszuweichen. Das Glas zersplitterte an seinem Gesicht, das brennende Petroleum ergoß sich über seine linke Wange, und während er aufbrüllte, flammte schon seine ganze linke Seite auf, überall da, wo das Petroleum hinfloß und das Feuer mitnahm.

Bodmar stand erstarrt, unfähig zu helfen. Er fing nur Njuscha auf, die zu ihm stürzte, ihn umklammerte und mit beiden Händen seinen Kopf zu sich hinunterzog.

«Du stirbst nicht . . .», schrie sie ihn an. «Du lebst weiter . . . Du darfst nie, nie sterben . . .»

Und dann küßte sie ihn, hing an seinem Nacken, lachte und weinte zugleich und erstickte jedes Wort von ihm mit ihren Lippen.

Granja Nikolajewitsch rannte brüllend aus der Scheune, warf sich draußen auf den regennassen Boden und wälzte sich im Schlamm. Die Flammen erstickten, aber der Schmerz ließ ihn heulen wie eine Sirene. Auf allen vieren kroch er weiter, wälzte sich noch einmal in einer großen Lache, die sich vor dem Gemüsegarten in einer Erdmulde gebildet hatte, schwankte dann zu seinem Pferd, warf sich quer über den Sattel, so daß Oberkörper und Beine an jeder Seite herunterhingen, und so trug ihn sein Gäulchen durch

das schlafende Perjekopsskaja über die Steppe nach Hause, zum Eingang der Kolchosverwaltung. Dort glitt er aus dem Sattel, preßte das Gesicht gegen die warme, feuchte Brust seines Pferdes und weinte laut.
So wird ein Haß geboren, der alle Grenzen der Vernunft sprengt.

Bodmar kam ins Haus zurück, als habe er draußen nur Luft geschöpft. Njuscha war durch den Hintereingang in ihr Zimmer geschlüpft und zog das aufgerissene Kleid aus.
«Haben Sie Njuscha nicht gesehen?» fragte Kolzow, als Bodmar wieder auf der Bank Platz nahm.
«Ich nehme an, sie begleitet Granja noch ein Stück.» Bodmar sagte es mit ruhiger Stimme. Er wunderte sich, wie glatt das ging, obwohl in ihm ein Aufruhr tobte wie das Donnern einer Sturmflut gegen das Land. Die Küsse Njuschas, ihr warmer, an ihn gepreßter Körper, ihre hinausgeschriene Liebe durchzogen ihn wie ein süßes Gift. Er hatte große Lust, sich das Hemd vor der Brust aufzureißen und allen das Klopfen seines Herzens zu zeigen.
«Habt ihr schon so etwas gesehen?» hätte er schreien können. «Kommt, legt die Hände drauf. Fühlt ihr, wie es hüpft? Es bricht aus seinen Adern aus, es sprengt mir die Brust, es zerreißt mir die Rippen!»
Er schielte zu Jelena Antonowna und begegnete ihrem forschenden Blick.
Was steht uns noch bevor, dachte er erschrocken. In welch ein höllisches Paradies bin ich gekommen?
Auf den Spuren meines Vaters wollte ich dieses Land durchziehen und nüchtern darüber berichten. «Der Weg einer verratenen Generation», so sollte die Artikelserie heißen. Ein Bericht der Söhne, die ihre Väter nicht mehr verstanden.
Bodmar wandte den Blick von Jelena, als könne sie in seinen Augen seine Gedanken lesen.
Ich habe mich selbst verraten, dachte er. Ich habe mich in dieses Land geworfen wie einen Samen in eine Ackerfurche. Es ist schrecklich, aber es ist die Wahrheit: Ruß-

land hat mich aufgesaugt. Ich bin ein Wassertropfen im Don ...

Njuscha kam zurück, in einem neuen Kleid, verändert und von einer Schönheit, die von innen strahlte. Sie trug ein blaues Kosakenkleid, mit bunten Borten besetzt, halbhohe Stiefel und einen roten Schal um den Hals. Das lange blonde Haar hatte sie aufgesteckt wie eine Krone.

«Oha!» sagte der alte Kolzow, dann schwieg er. Evtimia Wladimirowna, die Mutter, zwinkerte mit den Augen. Wenn ein Mädchen sich, nachdem es seinen Bräutigam begleitet hat, umzieht, dann ist etwas Natürliches und Schönes geschehen. Das Kleidchen ist zerknautscht oder gar schmutzig am Rücken — was, mein Liebling? Und glühen nicht die Wangen vor Glück? Gott segne dich, mein Töchterchen. Das Leben ist kurz, und auch die Liebe läßt nach. Sieh dir Dimitri Grigorjewitsch an, dein Väterchen. Ein fauler Kohlkopf ist er geworden, der Alte. Aber vor dreißig Jahren lief er den Weibern nach wie ein Kater.

«Hast du Granja gut weggebracht?» fragte Evtimia voll mütterlicher Diplomatie. Njuscha nickte. Sie holte einen neuen Krug mit Kwaß, aber der alte Kolzow winkte ab.

«Gehen wir ins Bett», sagte er und klopfte seine Pfeife aus, blies den Müll vom Tisch und stand auf. «Ich will Ihnen morgen die Pferdeherden zeigen, Gospodin. Ein Anblick ist das, sage ich! Das Herz wird wie ein Ballon, so voll und leicht. Können Sie reiten?»

«Ja.» Bodmar stand ebenfalls auf. «Wie ein normaler Mensch, nicht wie ein Kosak.»

«Haha! Er hält uns nicht für normale Menschen!» schrie Kolzow und lachte. «Recht hat er! Es gibt Tiere, Pflanzen, Erde und Menschen — und Kosaken! Als Gott die Welt schuf — ich erzähle das nur als Märchen, denn wer glaubt denn noch an Gott, nicht wahr, der Kommunismus hat uns ja die Augen geöffnet — also, als Gott die Welt schuf und über die Steppe von Rostow bis Woronesch blickte, da war sie zwar voller Pferde, aber keiner war da, der sie bändigen konnte. Legen wir noch einen Tag der Schöpfung drauf, sagte Gott, aber heimlich, damit nichts davon in

der Bibel steht. Und am siebten Tag, wo man ruhen soll, wie allgemein bekannt ist, schuf Gott in Schwarzarbeit den Kosaken. Und weil er Ruhe hatte und keiner ihn störte und niemand wußte, daß er am Sonntag arbeitete, wurde es das Beste, was Gott geschaffen hatte. — Verstehen Sie jetzt, warum die Kosaken besondere Menschen sind?»
Kolzow klopfte Bodmar auf den Rücken, so wie man ein Pferd tätschelt. Dann blinzelte er Jelena zu und blickte an ihr herunter mit dem forschenden Blick eines Viehhändlers.
«Und Sie, Genossin? Schon auf einem Pferd gesessen?»
«Ja» antwortete Jelena kurz. «Ich reite gern.»
«Dann steht nichts im Wege, Freunde. Morgen früh reiten wir zu den Herden. Nur der Regen muß aufhören.»

Bei der Verteilung der Schlafstellen zeigte es sich, daß Bodmar in Njuschas Zimmer schlafen sollte, Jelena Antonowna aber in einem kleinen Anbau, der von der Küche aus zu betreten war. Dimitri Grigorjewitsch erklärte die Lage.
«Njuscha wird bei uns schlafen. Das Bett von Mütterchen ist breit genug für zwei. Wir haben früher immer nur das eine benutzt, nicht wahr, Evtimia?»
Evtimia wurde rot und nickte verlegen. Der Teufel ist in den Alten gefahren, dachte sie böse. Aber das macht nur die Gegenwart des jungen Weibes aus Moskau. Geschmeidig ist sie, hübsch mit ihren spitzen Brüsten, an denen man sich die Augen ausstechen kann, wenn man gegen sie stolpert. Und einen runden Hintern hat sie mit langen Beinen daran. Das gefällt den Kerlen.
«In dem Anbau, den Sie, Genossin Jelena Antonowna, beziehen, lebte einmal eine Ziege. Das war praktisch, gleich neben der Küche. Evtimia konnte sie mühelos melken, wenn sie Milch brauchte. Aber das war vor zwei Jahren. Sie starb an Lungenentzündung, die Ziege. Man soll's nicht für möglich halten, aber so etwas gibt es! Vater Ifan, unser Pope, der etwas von Tieren versteht, hat's gesagt. Seitdem ist der Anbau unser Gästezimmer. Wir haben nämlich

öfter Gäste, Genossin. Ein Dorfsowjet muß immer ein offenes Haus halten.»

«Ist es nicht möglich, daß ich hier schlafe?» fragte Jelena und sah sich um.

«Unmöglich», sagte Njuscha. Es klang sehr bestimmt und regte Jelena sehr auf. Ihr war es klar, warum sie in den Anbau sollte, und sie sah schon im Geist, wie Njuscha sich in der Nacht zu Bodmar in die Kammer schlich und sich über ihn warf mit der ganzen warmen Geilheit ihres prallen Körpers. Das preßte ihre Lungen zusammen, schon dieser Gedanke ließ sie fast ersticken.

«Ich schlafe auf der Bank!» sagte sie deshalb so, als kommandiere sie. «Geben Sie mir ein Kissen und eine Decke, das genügt.»

«Nie!» rief Kolzow und schlug die Hände zusammen. «Nie lasse ich das zu! Auf der Bank! Unbequem, zusammengekrümmt wie ein Wurm! Bin ich ein Unmensch? Im Anbau haben Sie ein richtiges Bett, Genossin. Mit einer Matratze aus Wolgograd. Es geht gegen meine Ehre, Sie um einen guten Schlaf zu bringen. Njuscha, führe die Genossin Jelena in ihr Zimmer. Vorerst aber eine gute Nacht, Freunde.» Kolzow atmete tief und kam sich vor wie beim Abschluß einer sehr gefühlvollen Rede zur Feier der Oktoberrevolution. «Ich darf euch meine Freunde nennen. Ihr seid Menschen, die man lieben muß. Ehrlich, aufrecht, weitblickend. Laßt euch umarmen!»

Er küßte Bodmar dreimal, umarmte Jelena. Küßte auch sie und sagte sich, daß er sich geirrt habe. Zuerst hatte er Jelena Antonowna für ein Aas gehalten, für eine Hündin, die alles ankläffte. Aber der Abend hatte gezeigt, daß nicht immer der erste Eindruck der richtige war. Sie ist ein Goldrubelchen, dachte er. Und sie liebt den Deutschen, das sieht sogar ein blinder Maulwurf. Werdet glücklich, ihr Täubchen: Wenn er bloß kein Deutscher wäre ... das ist die einzige Schwierigkeit.

Njuscha wartete geduldig, bis sich Jelena von Bodmar verabschiedet hatte. Sie tat es provokativ mit einem Kuß, den Bodmar in seiner Verblüffung hinnahm. «Träum von mir

—» sagte Jelena sogar und streichelte Bodmar über die Wange. Kolzow seufzte verstehend, und Evtimia dachte an vergangene Zeiten.
Etwas ratlos blieb Bodmar zurück. Dann aber durchfuhr es ihn heiß. Mit Schrecken erkannte er, daß er zwischen zwei Vulkane geraten war, die ihre Lava über ihn ergossen. Und es gab keinen Ausweg mehr, es gab keine Flucht.
«Gute Nacht, Jelena», sagte er, als sie sich abwandte. Er hörte seine Stimme wie ein rostiges Kratzen.
Jelena blieb an der Tür stehen und sah sich noch einmal um. Ihre dunklen Augen glitzerten.
«Deine Hand wird mir fehlen —» sagte sie zärtlich.
«Meine Hand?» stotterte Bodmar, völlig aus der Fassung gebracht.
«Deine Hand auf meiner Brust. Es war so schön, mit ihr einzuschlafen . . .»
Sie drehte sich schnell um und blickte Njuscha in die Augen. Wie zwei Granaten, die sich im Flug treffen, so prallten ihre Blicke aufeinander. Jelena warf den Kopf in den Nacken und ging an Njuscha vorbei aus dem Zimmer.
«Zeig mir mein Bett», sagte sie laut, und es klang so, wie man einer Viehmagd zuruft: «Miste den Stall aus, aber schnell, du Trampel!»
Kolzow und Evtimia sahen sich schnell an. Dann geleiteten sie Bodmar in Njuschas Zimmer, bedankten sich, daß er ihr Gast sein wollte, und gingen hinüber in ihr Schlafzimmer.
Dort sank Evtimia ohne Umweg sofort vor dem Bild des heiligen Dimitri auf die Knie und begann zu beten. Kolzow sah verdrossen auf seinen Namenspatron und drückte sich zwischen Schrank und Bett herum. Er wußte nicht, was er tun sollte. Auch ihm war hundeelend zumute.
«Er kann auch nicht helfen», knurrte er, als Evtimia Luft holte und sich bekreuzigte. «Ich weiß, daß der Deutsche auf Njuscha Eindruck macht und Granja Wände einschlagen möchte . . . aber kann ich's ändern? Kann es der da, der schiefäugige Heilige?»
«Versündige dich nur», sagte Evtimia und machte vor der alten Ikone einen tiefen Knicks. «Wenn wir nur ein paar

Wochen weiter wären. Wenn es doch Juni wäre, und sie hätten geheiratet . . .»

«Es ist aber Mai!» sagte Dimitri Grigorjewitsch düster. «Und bis zum Juni kann noch mancher Hengst springen . . .»

Das war ein Sprichwort, und es paßt immer.

Als Njuscha aus dem Anbau zurückkam, lagen Kolzow und seine Frau schon im Bett. Evtimia rückte zur Seite und klopfte auf die Matratze.

«Leg dich hin, mein Liebling», sagte sie. «Ist die Genossin mit dem Bett zufrieden?»

«Ja, Mamuschka.» Njuscha zog das blaue Kosakenkleid mit den bunten Borten über den Kopf, und Kolzow begeisterte sich heimlich an dem schönen Körper seiner Tochter. So etwas Herrliches habe ich gezeugt, dachte er stolz. Welch ein toller Kerl war ich doch damals, hol's der Teufel! Es gibt kein hübscheres Weibchen in Perjekopsskaja als Njuscha. Verdammt, es gibt kein schöneres am ganzen Don. In ganz Rußland nicht!

Er seufzte glücklich, schaltete das Licht aus, als Njuscha neben ihrer Mutter lag, und fiel kurz darauf in einen gesunden Schlaf. Er schnarchte so intensiv, daß die Nachtmücken das Zimmer mieden und wegsurrten in die Küche. Njuscha aber blieb wach. Sie lauschte auf die ruhigen Atemzüge der Mutter und das schnorchelnde Pusten des Alten. Dabei dachte sie an Jelena Antonowna und an die wenigen Worte zwischen ihnen vor dem Schlafengehen. Jelena hatte den Kampf begonnen mit einer leichthin gestellten Frage.

«Du liebst Granja nicht?»

«Wie können Sie das behaupten?» hatte Njuscha geantwortet.

«Ich habe Augen im Kopf, nicht Knöpfe. Gute Augen! Als er dich anfaßte, hast du dich geekelt.»

«Ich habe mich geschämt vor Ihnen. Granja ist ein Klotz.»

«Ein verliebtes Bräutchen schmust, ob jemand dabei ist oder nicht. Du hast dich gewehrt.»

«Ich bin anders als andere Mädchen, Genossin. Das ist es. Auch jeder Kieselstein am Don ist anders als der nächste.»

«Du bist klug.» Jelena hatte sie lange angesehen, mit Augen, die Njuscha kalt musterten. «*Zu* klug, mein Täubchen. Verstehst du das?»
«Ich verstehe alles.» Njuscha hatte ihr Haar gelöst und ließ es bei einer Kopfbewegung über das Gesicht Jelenas wehen. Wie ein Schlag war es. Eine Mißhandlung mit goldener Seide. «Gute Nacht . . .»
Jelena hatte die Fäuste geballt. Als die Tür zuschlug, hielt es sie nicht mehr auf ihrem Platz. Sie stürzte vor, und mit einer grenzenlosen Wildheit spuckte sie aus, als stände Njuscha noch vor ihr.
Dann warf sie sich aufs Bett und hieb mit beiden Fäusten in die Kissen.

Bodmar konnte keinen Schlaf finden — wen wundert das? Unruhig warf er sich hin und her, setzte sich hoch, lauschte in die Dunkelheit, vernahm nur die Laute der Nacht, ein Knacken im Gebälk, ein Rascheln der Mäuse, die irgendwo im Haus rumorten, ein fernes Hundebellen, das Rauschen des Windes und das Brausen des Don.
Der vergangene Tag lebte in ihm weiter, als gäbe es keine Nacht, die mit ihrer Stille alles ändert und Unebenheiten glättet.
Er lebte alles intensiv, körperlich und in sich aufsaugend: die Küsse Njuschas in der Scheune, während Granja brennend und heulend sich im Schlamm wälzte; die Tatsache, daß er jetzt in ihrem Bett lag, daß seine Haut die Dinge berührte, die ihre Haut umgeben, den Duft ihres Körpers aufgesogen hatten: das Bettuch, das Kissen, die Decke, die Kante des Bettes, auf der sie jeden Morgen und jeden Abend saß und ihr blondes Haar bürstete, nackt saß sie da, in ihrer atemberaubenden Schönheit, und das rauhe Holz des Bettes nahm den Hauch aus ihren Poren auf. Das war so ungeheuerlich, daß Bodmar das Gesicht in die Kissen und auf die Bettkante preßte.
«Ich bin verrückt!» sagte Bodmar mehrmals in dieser Nacht, wenn er schweißgebadet im Bett saß. «Ich bin verrückt! Ich habe den Verstand verloren. Dieses Land ist wie ein Vam-

pir ... man verliert sein Blut an ihn und ist noch glücklich dabei. O Gott, ich bin total verrückt ...»
Er sprang aus dem Bett, zog sich an und sah auf seine Armbanduhr.
Drei Uhr morgens.
Im Osten, in den riesigen Steppen Kasakstans, wanderte der Morgen aus dem Tal der Nacht. Der Himmel war dort fahl wie ein ausgebleichtes Kopftuch. Es regnete nicht mehr. Der Wind schien warm zu sein. Von fern zog das Brausen des Don über das Land. In ein paar Tagen, wenn die Sonne glühte und die Wasser sich verlaufen hatten, würde man ihn nicht mehr hören. Dann war er breit und träge, Vater und Mutter dieses Landes, fließender Beweis der Ewigkeit.
Bodmar verließ das Zimmer Njuschas und ging in die Wohnstube.
In der «schönen Ecke» brannte eine kleine Tischlampe. Das Licht war gedämpft durch einen Schirm aus Zeitungspapier. Evtimia hatte ihn selbst gefaltet und war stolz auf ihn. Wenn die Lampe schien, durchleuchtete sie das Foto der Oper von Charkow. Gab es etwas Schöneres?
Njuscha saß auf der Bank und sah Bodmar entgegen, als habe sie auf ihn gewartet. Sie hatte einen großen Schal um die Schultern gehängt und unter den Brüsten mit einem Gürtel zusammengebunden. Ihr Haar hing wie ein Vorhang vor ihren Augen.
«Du schläfst nicht?» sagte Bodmar leise. Er blieb an der Tür stehen.
«Warum bist *du* wach?» fragte sie zurück.
«Mein Kopf platzt vor Gedanken.»
«Und mein Herz hört nicht auf, sich wie toll zu benehmen. Ich konnte nicht mehr liegen.»
«Ich auch nicht, Njuscha.» Er kam näher und setzte sich neben sie. «Der Himmel wird schon grau», sagte er, als sie schwieg. «Wenn dein Vater jetzt aufwacht ...»
Sie lächelte schwach und schüttelte den Kopf. «Sie schlafen wie die Biber», sagte sie. «Aber um sechs Uhr springt Mamuschka auf. Es ist, als habe sie einen Wecker im Kopf.»

Sie nahm seinen Arm und drehte sein Handgelenk nach oben. «Noch drei Stunden, wenn deine Uhr nicht lügt.»
«Noch drei Stunden . . .»
Sie schwiegen wieder und sahen sich stumm an. Sie sprachen mit den Augen, und es war eine Zärtlichkeit, für die es keine Worte mehr gibt.
«Erzähle etwas», sagte Njuscha und lehnte den Kopf an Bodmars Schulter. Er wischte den Vorhang ihrer Haare weg und küßte sie auf die geschlossenen Augen.
«Was soll ich erzählen, Njuscha?»
«Ein Märchen. Ja, erzähle ein Märchen. Wir leben in einem Märchen, Sascha . . .»
«Sag das noch einmal . . .»
«Was?»
«Das Wort. Er klingt so wunderbar.»
«Sascha . . .»
Bodmar lehnte sich zurück. Das Glück machte ihn wehrlos. Sascha . . . dachte er. Wie es aus ihrem Mund klingt. Man kann in einem Wort baden. Sascha — und alles fällt von einem ab. Aller Dreck, aller Ballast, alle verdammte Nüchternheit. Man ist sauber wie eine Federwolke im Sommer. Sascha . . . wie man in ein Wort eintauchen kann . . .
«Es war einmal ein kleiner armer Zwerg», begann er sein Märchen, «der lebte in einer großen Stadt an einem breiten Fluß, und keiner beachtete ihn, weil er als Zwerg niemandem auffiel, denn alle Leute suchten nur die Riesen. Dieser Zwerg . . .»
Njuschas Hand legte sich über Bodmars Mund. Er küßte die Handfläche und schwieg.
«Das ist ein trauriges Märchen», sagte sie. «Ich will ein fröhliches hören. Soll ich erzählen, Sascha?»
«Ja, Njuscha, erzähle.»
«Es war einmal ein Prinz, der kam in ein fremdes Land und verirrte sich eines Tages in eine Hütte, in der ein armes Mädchen lebte, das Vieh fütterte, die Pferde striegelte, die Schweine trieb und den Hühnern Mais streute. Wie eine neue Sonne erschien der Prinz in der Hütte . . .»
«Njuscha . . .»

Bodmar griff in ihr goldenes Haar und zog ihren Kopf zu sich heran. Sie schmiegte sich an ihn, und als sie die Arme um seinen Nacken legte, löste sich der Schal aus dem Gürtel, und ihre Brüste brachen hervor und waren wie ein geöffnetes Tor zu ihrem Herzen.

«Ich habe auf dich gewartet», sagte sie leise. «Ich wußte nicht, wie du aussiehst, woher du kommst, wer du bist, wann du zu mir findest ... ich wußte nur eins: Einmal wirst du hier sein. Ich habe es dem Don gesagt ... du kannst ihn fragen. Er wird kommen, habe ich zu ihm gesagt. Großer Don ... er wird kommen. Und nun bist du da ...»

Das Morgenlicht überflutete den Himmel, aus der Steppe stiegen die Lerchen auf, und die regendurchtränkte Erde duftete nach Thymian und Wermut, während sie sich küßten, sich mit den Händen abtasteten, die Finger über ihre Körper gleiten ließen und sich mit allen Nerven in sich aufnahmen. Sie waren stumm vor Seligkeit. Er legte seinen Kopf zwischen ihre Brüste und atmete die Süße, die aus ihren Poren drang, wie Honigduft der Kirschblüten.

Njuscha hielt den Atem an und lauschte auf das Klopfen seines Herzens. Sie dachte an Granja und die Tage, die nun unweigerlich kommen würden. Tage voller Haß und mitleidlosen Kampfes. Tage voller Klagen von Evtimia und heiseren Brüllens von Kolzow.

Wie soll das alles werden? fragte sie sich. Wegziehen sollte man, mit ihm gehen in die Ferne, ganz gleich wohin. Aber so einfach war das nicht. Sascha blieb nicht in Rußland — er war ein Deutscher!

«Es ist Morgen», sagte sie leise und hob seinen Kopf aus ihren Brüsten empor. «Wir müssen in unsere Kammern gehen. Oh, ich liebe dich, Sascha, ich liebe dich ...»

Noch einmal küßten sie sich, als gehe die Welt unter. Dann rissen sie sich voneinander los, Njuscha stopfte den Schal zurück in den Gürtel und rannte hinüber in das Schlafzimmer. Wie betrunken schwankte Bodmar in seine Kammer, warf sich rücklings auf das Bett und lag da wie gelähmt, überwältigt von seinem Gefühl und erschreckt von der Erkenntnis der Folgen.

Um sechs Uhr stand Evtimia auf, wie jeden Morgen. Hustend und Schleim spuckend schlurfte sie zum Herd, entfachte das Feuer, holte Wasser draußen aus dem Brunnen, setzte den Kessel auf und begann, mit dem Birkenbesen die Stube auszufegen.

Bodmar blieb liegen und lauschte auf alle Geräusche im Haus. Überall krähten jetzt die Hähne, in verschiedenen Tonlagen, auf der Straße ratterte ein Traktor vorbei, und einige Männerstimmen riefen sich etwas zu. Dann kam auch Dimitri Grigorjewitsch ins Zimmer und suchte nach seinen Reitstiefeln. Er fluchte, beschimpfte Evtimia, die furchtlos zurückkeifte und mit dem Besen nach ihm schlug. Das schien zur morgendlichen Gymnastik zu gehören, denn als Bodmar ins Zimmer kam, begrüßte ihn Kolzow mit ausgebreiteten Armen und rief: «Welch ein schöner Tag, Gospodin! Die Sonne brennt, als sei es Sommer. Ich glaube, wir haben die Schlechtwetterperiode hinter uns.»

Wenig später erschien auch Jelena Antonowna. Sie hatte aus dem Koffer ein Kleid gewählt, das hier in der Steppe am Don so viel Aufsehen erregen mußte wie ein schwarzer Zwerg. Kolzow blieb der Mund offen. Die Städter, dachte er. Eigentlich sind sie schamlos. Wer läuft mit einem Kleid herum, aus dem die Brüste fast herausfallen? Und bis ans Knie nur reicht der Rock, ach was, eine Handbreit noch höher. Den Beginn der Schenkelchen sieht man deutlich. Will sie so zur Kolchose reiten? Soll ich sie in diesem Aufzug durch die Sowchose führen? Die Kerle kippen ja von den Traktoren, wenn sie erscheint.

Er verdrückte sich ins Schlafzimmer und winkte Evtimia heran.

«Wie bringe ich ihr bei, daß sie sich anders anzieht?» flüsterte er. «Ich habe keine Ahnung, wie man diesen Frauen so etwas sagt.»

«Leg ihr eine Hose und einen Pullover hin», meinte Evtimia. «Sie wird's schon begreifen.»

Genauso war's. Jelena verstand Kolzow sofort, als dieser verlegen grinsend die alte Hose und einen weiten, grauen Pullover anbrachte und auf die Bank legte. «Es reitet sich

besser damit», sagte er. «Ganz schön wehen wird es bei einem Galopp, und die Lungen sind empfindlich . . .»
Zwischen Jelena und Njuscha herrschte der Zustand eines luftleeren Raumes. Sie sahen sich, aber sie verschwendeten keinen Ton mehr füreinander. Um Bodmar aber entbrannte ein stiller, verbissener Kampf.
Evtimia schenkte ihm den Tee ein, Jelena schmierte ihm das dunkle Bauernbrot, Njuscha rückte ihm die Tontöpfe mit Honig und Marmelade hin und schlug ihm sogar das Ei auf, das Kolzow auf einem Holzteller heranbalancierte.
«Ich sattle die Pferde», sagte Njuscha, als das Morgenmahl vorüber war und Bodmar und Jelena eine Zigarette rauchten, während Kolzow seine Pfeife stopfte und dazu ein Gemisch aus seinem Tabaksbeutel holte, das weniger wie Tabak, vielmehr wie Sägespäne aussah. «Ich nehme Fjodor, Fifa und Ljuba . . .»
«Du reitest nicht mit?» fragte Bodmar.
«Nein.»
Sie gab keine weiteren Erklärungen und rannte aus dem Haus. Jelena blickte ihr mit flammenden Augen nach.
Eine Stunde später ritten Kolzow, Bodmar und Jelena davon. Dimitri Grigorjewitsch machte einen großen Umweg zu den Pferdeherden, indem er erst einmal durch das ganze Perjekopsskaja ritt und allen Freunden seinen Besuch zeigte. Das war sehr einfach, denn wo man die drei anreiten sah, hallten Rufe durch die Häuser. «Seht sie euch an. Das sind sie! Die feinen Leute aus Moskau! Schnell, schnell . . . und wie vornehm er tut, der Dimitri Grigorjewitsch. Reitet daher wie ein Bojar. Wer mögen diese Fremden sein?»
Was in Perjekopsskaja laufen konnte, hing an den Fenstern, machte sich draußen am Zaun zu schaffen, karrte Mist aus dem Stall oder kratzte ein wenig in der Gartenerde, nur um deutlich zu sehen, wen die Kolzows da ins Haus bekommen hatten. Dimitri Grigorjewitsch grüßte jeden mit lauter Stimme, nannte ihn mit Namen und genoß die Bewunderung seiner Freunde.
Auch bei Vater Ifan Matwejewitsch Lukin, dem Popen, ritten sie vorbei, umkreisten die rosa gestrichene Kirche und

begrüßten den weißbärtigen Alten mit fröhlichem Winken, als er aus dem Haus stürzte, um den Moskauer Besuch in ein Gespräch zu verwickeln.
«Später, Ifan Matwejewitsch», rief Kolzow gönnerhaft. «Wir werden deine Kirche schon noch besichtigen. Poliere bis dahin deine Heiligen, mein Liedersänger!» Er lachte, ließ sein Pferdchen hochsteigen, stieß ihm die Hacken in die Weichen und galoppierte davon. Die anderen Gäule folgten, und Jelena und Bodmar hatten alle Mühe, sich aufrecht im Sattel zu halten. Wie zu einer wilden Attacke flog Kolzow auf seinem Pferd voraus, ein Kosak, dessen Wiege die Sattelmulde war und der eher reiten konnte als auf den eigenen Beinen laufen.
Vor ihnen dehnte sich die Steppe. Saftgrün nach dem Regen, fett in der Sonne leuchtend, durchsetzt mit Wermutkraut und Beifuß. Der Himmel über ihnen leuchtete stahlblau, wolkenlos, wie ein polierter Helm.
O Freunde, es war eine Lust zu leben!

Kurz nach dem Wegritt erschien Njuscha bei Vater Ifan in der Kirche.
Er putzte gerade einen Messingleuchter, hatte die Finger voll Putzmittel und segnete Njuscha mit dem Polierlappen.
«Mein Töchterchen», sagte er mild. «Es treibt dich zu den Heiligen? Am frühen Morgen? Das erfreut mein altes, kummergewohntes Herz. Weiß Dimitri Grigorjewitsch, daß du zu mir gegangen bist?»
«Nein, Väterchen Ifan», antwortete Njuscha. Sie kniete vor der Ikonostase, hatte die Hände gefaltet und blickte in die gütigen, durch Verwitterung etwas getrübten Augen der Mutter Gottes von Kasan.
«Dachte ich es mir. Er ist ein ungläubiger, schlitzäugiger Narr!» Vater Ifan stellte den Leuchter neben den heiligen Lukan und wischte sich mit dem Poliertuch über die Stirn.
«Weiß es Evtimia, die Fromme?»
«Nein, Väterchen. Niemand weiß etwas. Ich bin heimlich hier . . . durch den Garten bin ich gekommen. Ich brauche deinen Rat.»

«Aha! So ist das.» Ifan Matwejewitsch setzte sich neben Njuscha auf die Stufen zum Altar und ordnete seine schwarze Soutane. Mit großer Weisheit betrachtete er ihren Kopf, der tief gebeugt war. Ihr Gesicht sah er nicht, es war verborgen unter dem Vorhang der goldenen Haare. Aber ihre Hände zitterten, waren ineinander verkrampft und weiß wie bei einem Blutkranken.
«Es ist der Fremde, nicht wahr?» fragte Ifan, als Njuscha nicht die Worte fand. «Ich habe ihn gesehen, er kam vorhin vorbeigeritten. Ein großer, schöner Mensch. Mit einem guten, ehrlichen Blick. Vertrauen kann man zu ihm haben, das habe ich gleich gesehen.»
«Ich liebe ihn, Väterchen», flüsterte Njuscha kaum hörbar. Ihr Kopf sank noch tiefer, das Haar hüllte sie ein wie ein Gespinst.
«Wer könnte das nicht begreifen?» Ifan Matwejewitsch wiegte den Kopf; sein weißer langer Bart, den er jährlich nur einmal stutzte, und zwar in der Karwoche vor dem großen Osterfest, wallte hin und her. «Das Herz einer jungen Frau sehnt sich nach Liebe. Das ist gottgefällig, mein Töchterchen.»
«Aber ich muß Granja heiraten . . .»
«Ich weiß, ich weiß. Und das ist ein Problem, bei Gott.» Ifan Matwejewitsch suchte Hilfe bei dem gespaltenen heiligen Wladimir, aber der war nach dem Blitzschlag nicht mehr ansprechbar. Er schielte jetzt und sah mit seinem geschlitzten Leib nicht mehr würdig aus. «Hast du mit Granja gesprochen?»
«Sascha und ich haben ihn aus dem Haus gejagt.»
«Allmächtiger Gott!» Ifan schlug die Hände zusammen und seufzte laut. «Mit der Ruhe ist es hin! Wir alle kennen Granja. Er ist kein Hund, der sich nach einem Tritt wimmernd verkriecht.»
«Hilf mir, Väterchen, hilf mir!» Mit der Stirn lag Njuscha auf den Stufen des Altars, ein zitterndes Bündelchen Mensch, geschüttelt von Angst und zerrissen von ihrer übermächtigen Liebe.
«Wie kann man da helfen?» Ifan sprang auf und rannte

vor der Ikonostase hin und her, die Hände um den Bart gelegt und mit verdunkelten Augen. «Ich könnte mit Granja sprechen. Ja, das könnte ich. Aber er ist ein Gottloser, der Schuft. Er kommt nie in die Kirche. Vor fünfzehn Jahren war er dabei, als die Komsomolzen von Kalatsch an die Kirchentür pinkelten. Und er sang Spottverse und nannte die Mutter Gottes eine Hure. So einer ist er! Aber ich werde mit ihm sprechen, dir zuliebe, Njuscha.» Ifan blieb stehen und wackelte mit den Ohren. «Aber es kann sein, daß er mich hinauswirft. Es wäre das erstemal, daß ein Priester die Sowchose ‚2. Februar' betritt . . .»

«Ich danke dir, Väterchen.» Njuscha richtete sich auf. Als sie das Haar aus dem Gesicht schleuderte, sah Ifan, daß sie nicht weinte oder in tiefer Andacht versunken war, sondern daß ihre Augen kampfeslustig leuchteten und eine gefährliche Kraft ausstrahlten.

«Was hast du vor, Töchterchen?» fragte Ifan voll dunkler Ahnungen. «Hast du die Heiligen mit sündigen Bitten mißbraucht, he?» Er faßte sie an die Schultern und schüttelte sie. «Worum hast du sie gebeten, sag es sofort!»

«Ich werde Sascha und mich vor Granja schützen mit allem, was ich habe», sagte Njuscha mit einer Gebärde wilder Entschlossenheit. «Mit Axt und Feuer, mit Stangen und Latten, und wenn's sein muß, mit meinem Pferd. Ich reite ihn zusammen, Väterchen, ich zermalme ihm mit den Hufen den Schädel, ich stampfe ihn in den Boden. Ich habe die Heiligen angefleht, daß es mir gelingt . . .»

«O Mutter Gottes!» schrie Ifan Matwejewitsch. «Welche Wünsche! Ich bin gespannt, ob man sie dir erfüllt . . .»

Er küßte Njuscha auf die Stirn, schob sie aus der Kirche, riegelte die Tür ab und rannte hinter den Altar, wo in einem Kasten eine Flasche Wodka lag. Nachdem er drei lange Züge getan hatte, war ihm wohler, er besann sich darauf, Priester zu sein, kehrte zu den goldenen Ikonen zurück und bekreuzigte sich ehrfurchtsvoll.

«Es sind besondere Menschen», sagte er zu seinen stummen Heiligen. «Ihr kennt sie ja. Drückt ein Auge zu und segnet sie trotzdem . . .»

8. Kapitel

Am Nachmittag ritten Bodmar und Njuscha allein in die Steppe.

Sie wählten dazu einen günstigen Augenblick: Jelena war mit dem alten Kolzow ins Parteihaus gegangen, um sich die geplante Modernisierung Perjekopsskajas erklären zu lassen. Kolzow hatte die Idee, eine Kanalisation zu bauen, allen Häusern fließendes Wasser zu geben, die Banja zu vergrößern – das ist ein gemeinsames Badehaus – und ein Sportstadion für die beiden Fußballmannschaften der Sowchose und der Kolchose zu planieren. Es waren schöne Pläne, die sogar schon in Wolgograd beim Distrikt bewilligt worden waren. Nur das Geld fehlte. Woher Kolzow es bekommen wollte, wußte niemand. Die Verwaltungen von Sowchose und Kolchose spuckten keinen Rubel aus, an Sammlungen war nicht zu denken, und bei der Zentrale für den Ausbau der Landwirtschaft in Wolgograd stand Perjekopsskaja ziemlich am Schluß der Sanierungen. «Immer dasselbe!» klagte Kolzow. «Immer wieder! Man muß einen Vetter bei den Behörden haben oder ein hübsches Weib, das man ihnen ausleiht. Dann rollen die Rubelchen, o ja! Aber ein anständiger Mensch, den tritt man in den Hintern und pißt ihm schöne Worte ins Ohr!»

Evtimia war zu schwach, ihre Tochter aufzuhalten. Sie versuchte alles, als Njuscha in Hosen, Stiefeln und Jacke durchs Haus ging, angezogen wie ein Kosak, während Bodmar draußen bei den gesattelten Pferden wartete.

«Du bringst Unglück über uns!» jammerte Evtimia. «Hole der Teufel doch den Deutschen! Reitet dich denn der Satan? Ist Granja nicht ein braver, fleißiger Mensch? Was hast du denn an ihm, diesem Fremden? In einer Woche ist er wieder weg, aber die Schande bleibt zurück! Hast du kein Hirn mehr, sag? Zugrunde richtest du uns! Mit dem Fremden in der Nacht zu flüstern, ist das gottgefällig? Jawohl, ich habe es gehört, ich bin aufgewacht, als du dich weggeschlichen hast. Wenn du gesehen hättest, wie ich zu den Heiligen gefleht habe. Ein gewissenloses Weibs-

stück bist du. Kurz und klein sollte man dich schlagen ...»
Aber es half nichts mehr. Njuscha steckte ihr Haar unter ein rotes Kopftuch, ging an der jammernden Evtimia vorbei aus dem Haus und schlug ihr die Tür vor der Nase zu.
«Sie ist vom Teufel besessen!» stammelte Evtimia, rannte zum Fenster und sah zu, wie Bodmar und Njuscha sich auf die Pferde schwangen und davonritten. «Wie eine rossige Stute ist sie. Wo soll das noch hinführen? Ich erwürge sie, ich selbst, wenn sie von ihm einen dicken Bauch bekommt!»
Die Sonne schien warm auf die Steppe, als Bodmar und Njuscha langsam dem Horizont zuritten, wo schlanke weiße Birken die lange Linie unterbrachen und den sich mit der Erde vermählenden Himmel zu einer grünen Borte auszackten. Sie ritten eng nebeneinander, so eng, daß sich die Pferde fast rieben. Nach einer Weile ritten sie umschlungen dahin, hatten die Arme umeinander gelegt und küßten sich, während die Gäulchen brav im langsamen Schritt dahingingen, als wüßten sie, was in ihren Sätteln geschah.
«Noch zehn Werst, Sascha», sagte Njuscha und zeigte auf die Linie der Birken in der Ferne. Das Land war wie ein Tisch, flach und mit einer grünen Decke gedeckt. Ein streng-würziger Geruch drang aus dem Boden.
«Es ist wirklich ein Panzer?» fragte Bodmar.
«Ja. Ein deutscher Panzer, Sascha. Der Turm ist zerschossen, die Ketten haben die von der Sowchose abmontiert, aber sonst ist er gut erhalten. Sogar das Kreuz ist noch draufgemalt. Du weißt, das dicke schwarze Kreuz. Unsere Panzer trugen ja einen Stern ...»
«Und was liegt sonst noch im Wald?»
«Nur der Panzer, Sascha. Bei den Aufräumungsarbeiten haben sie ihn dort liegenlassen. Er stört ja niemanden. Er steht mitten im Wald.»
«Und du hast kein Grab gesehen?»
«Nein. Als mein Vater mich das erstemal mitnahm und mir den Panzer zeigte, war ich zehn Jahre alt. Da lag er schon so da wie heute. ‚Wir haben ihn abgeschossen', sagte Vä-

terchen stolz. ‚Meine Kameraden. Es gab für die Deutschen keine Rettung mehr. Überall waren wir, wie die Zieselmäuse. Aus jedem Loch kroch einer von uns und schoß.' Und dann stand er vor dem Panzer und betrachtete ihn wie ein Heiligenbild . . .»

Sie erreichten den Wald nach einer Stunde, wanden sich mit den Pferden durch die engstehenden Birken, durchbrachen eine Gruppe niedriger, verfilzter Holunderbüsche und standen dann vor dem deutschen Panzer. Bodmar sprang aus dem Sattel und trat an das stählerne Wrack heran.

Wie Njuscha gesagt hatte, war der Turm abgesprengt, sicherlich durch den Volltreffer einer Panzerabwehrkanone. Regen, Sonne und Wind hatten die Farbe abgefressen und die Stahlplatten mit Rost und Moos überzogen, aber das schwarze Balkenkreuz war noch deutlich zu erkennen und vorne die Reste einer Nummer und eines taktischen Zeichens.

Ein merkwürdiges Gefühl beschlich Bodmar. Zum erstenmal stand er Auge in Auge dem Tod gegenüber. Hier, in diesem Stahlkasten, waren Menschen gestorben. Hatte eine krachend explodierende Faust ihnen den Turm weggerissen, ihre Leiber zerfetzt, ihre Köpfe zerplatzen lassen, ihre Lungen gesprengt. Hier waren sie verbrannt . . . der geschwärzte Stahl verriet es noch jetzt. Vielleicht war einer doch noch schreiend herausgekrochen, über die Ketten auf die Erde gefallen und dort gestorben, um sich schlagend vor Schmerzen und ohne Hoffnung, gerettet zu werden.

Ein Heldentod.

Bodmar spürte ein Würgen im Hals. Die Verlogenheit, die verbrecherische Glorifizierung eines erbärmlichen Verrekkens, die tönenden Worte berufsmäßiger Totengräber im Uniformrock, diese ganze tödliche Geilheit militanten Denkens, die auch heute wieder wie Honigseim über die Völkermassen gegossen wurde, ekelten ihn an bis zum Erbrechen.

«Woran denkst du, Sascha?» fragte Njuscha leise hinter

ihm. Er legte beide Hände auf den Panzerrumpf und starrte in die aufgerissene rußschwarze Turmöffnung.
«Ich frage mich, warum die armen Kerle, die einmal in diesem Panzer saßen, sterben mußten.»
«Es sind viele gestorben . . .»
«Fünfundfünfzig Millionen in diesem verdammten Krieg.»
«Das ist eine Zahl, die man sich gar nicht vorstellen kann.»
Sie gingen um den Panzer herum, und Bodmar suchte einen schwachen Hinweis auf ein Grab. Aber in siebenundzwanzig Jahren hatte sich der Boden geglättet und verändert, Gras war gewachsen und wieder verdorrt, Eis hatte die Erdkrumen zerbröselt, der Wind und der Regen schliffen die Runzeln ab, und die welken Blätter der Birken von siebenundzwanzig Herbsten hatten eine neue Schicht gebildet.
Bodmar kletterte auf den Panzer und stieg durch den aufgerissenen Turm ins Innere. Hier war alles verglüht, von unvorstellbarer Hitze verbogen und verformt, ein bizarres Gewirr von Eisenteilen. Und doch fand er etwas, ganz hinten im Rumpf, unter einem Sitz.
Einen Ring. Einen schmalen Goldreif, matt und glanzlos. Er rieb ihn an der Hose blank und kletterte wieder hinaus.
«Ein Ehering!» rief Njuscha. «Wie kommt er in den Panzer?»
«Wer kann das wissen?» Bodmar hielt ihn gegen die Sonne und las die Gravierung im Innern.
Evi — 19. 5. 39 — 15. 6. 39.
Bodmar legte den Ring in seine Handfläche und hielt ihn Njuscha hin.
«Seine Frau hieß Evi. Als er starb, war er drei Jahre verheiratet. Vielleicht hatten sie schon ein Kind.»
Sie nahm den Ring, ganz vorsichtig, als sei er aus dünnem Glas, und plötzlich überzog ein heller Glanz ihr Gesicht, sie streifte ihn über und streckte die Hand Bodmar entgegen.
«Er paßt!» rief sie. «Sieh nur . . . er paßt . . .»
Sie drehte die Hand in der Sonne und ließ den Ring funkeln.

«Gib ihn her», sagte Bodmar stockend. «Nimm ihn wieder vom Finger. Du begreifst nicht, was an diesem Ring hängt. Gib ihn her . . .»
«Nein! Er gefällt mir. Wie er leuchtet. Ein Trauring, Sascha . . .» Sie rannte um den Panzer herum, weil Bodmar nach ihr greifen wollte; sie lachte hell und hüpfte vor ihm her durch die Birken.
Bodmar setzte ihr nach. Für ihn war dieser Ring mehr als ein Schmuckstück. An ihm hing ein schreckliches Schicksal. Er ahnte, daß er später einmal Evi finden würde, wenn er den Ring und die eingravierten Daten in den deutschen Zeitungen veröffentlichte.
Ich habe die Stelle gesehen, wo Ihr Mann gefallen ist, konnte er dann sagen. Er wurde mit seinem Panzer abgeschossen. Er hat nicht viel gelitten . . . er war sofort tot. Und Evi, diese Frau irgendwo in Deutschland, würde diese Lüge glauben und ihm dankbar sein.
Warum lügen, dachte er. Warum nicht die Wahrheit hinausschreien? Warum diese Humanität? Sie ist das Versteck von neuen Verbrechen. Nein. Das ganze Grauen sollte man ausbreiten. Hier ist der Ring, Evi . . . und dein Mann ist elend verreckt, verbrannt bei lebendigem Leib, gebrüllt hat er noch und die Hände in die Erde gekrallt . . . als Fackel ist er herumgekrochen, ein paar Meter über die Steppe am Don, ehe die Flammen ihn vollends auffraßen. So krepierte er für Führer und Vaterland, wie sie früher krepiert sind für Kaiser und Vaterland und krepieren werden für Volk und Vaterland. Immer werden sie krepieren, irgendwo in einer Steppe, an einem Fluß, in einem Wald, in einem Keller, in einem Graben, in einem Loch.
«Gib den Ring zurück!» keuchte er und lief hinter Njuscha her durch den Birkenwald. «Njuscha . . . ich bitte dich . . . du weißt nicht, was er wert ist . . .»
«Hol ihn dir!» rief Njuscha und tanzte um die Stämme. «Hol ihn dir, mein blondes Bärchen! Einen Trauring! Einen Trauring! Oh, wie er zu mir paßt . . . siehst du es?»
Mit großen Sätzen holte er sie ein und sein Griff war so hart, daß sie stürzte und ihn im Fallen mit sich zog. Sie

lachte noch und war zugleich voller Angst vor dem ersten Mal. «Der Ring . . .», sagte sie stockend, als sie in seine weiten Augen sah. Sie hielt ihn Bodmar hin, dann streichelte ihre Hand mit dem Ring sein Gesicht, glitt über seinen Nacken, den Rücken hinunter, die Schenkel entlang und zwischen ihre Körper und blieb dort liegen, wo sich ihre Leiber teilten. «Ein Hochzeitsring . . . Sascha», sagte sie mit vergehender Stimme. «Es ist unsere Hochzeit . . . unsere Hochzeit . . . o Sascha . . . Sascha . . . Ich liebe dich . . . Ich . . . ich . . . o mein Sascha . . »

Sie dehnte sich unter ihm und bog sich ihm entgegen, und als sie nackt beieinander lagen, zwei zuckende, in der Sonne glänzende Körper, da weinte sie vor Glück und nicht vor den Schmerzen, die ihren Schoß durchzuckten

«Der Himmel ist auf uns gefallen», flüsterte sie, während er sein Gesicht zwischen ihre harten Brüste drückte. «Der Himmel, Sascha. . . Der ganze Himmel . . .»

Jelena Antonowna schlich sich zurück zu ihrem Pferd und kletterte in den Sattel. Es war, als müsse sie Zentner hinaufstemmen, und als sie obensaß, die Zügel in den Händen hielt und der Gaul mit hängendem Kopf davontrottete, kam sie sich wie ein Leichnam vor, entseelt und schon in Fäulnis übergehend.

Kolzow, der alte Esel, hatte Jelena allein nach Hause geschickt, nachdem er ihr seinen Arbeitsbereich als Dorfsowjet gezeigt hatte. Bevor er mit ihr ein Schnäpschen trinken konnte, kamen vier Bewohner von Perjekopsskaja mit dringenden Anliegen ins Parteihaus, beschwerten sich über das Magazin und den Halunken Rebikow, verlangten Saatgut und wollten einen Brief an den Bezirkssekretär aufgesetzt haben, und Kolzow sagte: «Sehen Sie, Genossin, die Pflicht zerreißt mich schier. Gehen Sie allein nach Hause. Es tut mir leid.»

Bei den Kolzows war nur Evtimia zugegen, und Jelena ahnte sofort, was geschehen war. «Ein Pferd!» schrie sie die erschrockene Evtimia an. «Zum Teufel, gib mir ein Pferd» ! Sie wartete die Antwort gar nicht ab, rannte in den Stall,

holte das einzige Pferd heraus, das noch herumstand und unlustig Stroh kaute, warf ihm Sattel und Zaumzeug über und galoppierte an Evtimia vorbei, die laut klagend herumrannte und sich dann heulend an den Knüppelzaun lehnte.
«Mutter Gottes!» schrie sie. «Mutter Gottes! Verhindere ein Unglück. Der Satan ist losgelassen!»
Mit der Zielsicherheit eines Wolfes, der ein Schaf wittert, fand Jelena den Weg zu den Birken. Und dann stand sie hinter den Holunderbüschen, bog die Zweige zurück und starrte auf die verschlungenen Körper.
Ich töte sie, dachte Jelena Antonowna sofort. Ich nehme einen dicken Knüppel und zertrümmere ihre Schädel, jetzt im Augenblick ihrer höchsten Lust. Ich zerbreche ihnen das Kreuz, ich stampfe sie in die Erde.
Als Bodmar und Njuscha sich entspannten, kam auch über Jelena eine schreckliche Klarheit. Er soll weiterleben, dachte sie und ging langsam zurück zu ihrem Pferd. Ihm verzeihe ich ... er ist ein Mann, er unterliegt der Versuchung wie alle Männer. Aber sie ist eine Hexe, und wie eine Hexe soll sie zugrunde gehen mit Hilfe aller Teufel, die die Hölle ausspuckt.
Außerhalb des Waldes, in der freien Steppe, gab sie dem Pferdchen die Hacken, trat ihm in die Seiten und spornte es an zu einem rasenden Lauf. Über den Hals beugte sie sich wie ein Rennreiter, starrte auf die Steppe unter sich, die vorbeiflog wie ein grüner Nebel, und schrie dem Gaul ins Ohr wie die Kosaken bei einer Attacke.
«Heij! Heij! Heij!» Sie hieb mit der Faust in den Hals des Pferdes, daß es aufschrie und sich streckte und dahinflog über die Steppe, als gäbe es auch wahnsinnige Gäule.
So kam sie in der Sowchose «2. Februar» an, donnerte zwischen den Hallen und Schuppen, Scheunen und Steinbaracken hindurch und schrie den ersten Menschen, den sie traf — es war der Maschinist Draginski — an:
«Wo ist Granja? Wo finde ich ihn! Los, mach den Mund auf, du Idiot!»
«Im Haus 3», stotterte Draginski. «Aber er ist ...»
Jelena ritt weiter, fand das Haus, denn die Nummer stand

mit weißer Farbe über der Tür, sprang vom Pferd und stürmte in den Flur.

Im vierten Zimmer, das sie aufriß, war sie am Ziel und lehnte sich keuchend an die blaugestrichene Wand.

Granja Nikolajewitsch Warwarink lag auf seinem Bett und hatte sein Gesicht dick mit Brandsalbe beschmiert. Wie der berühmte Clown Popow sah er aus, nur hatte er verständlicherweise nicht dessen gute Laune. Seit Stunden grübelte er über einen Racheplan und zählte eine Reihe von Todesarten auf, die Bodmar sterben sollte.

Das Erscheinen Jelenas riß ihn empor. Er setzte sich, griff nach einem Beil, das neben ihm im Bett gelegen hatte, und hielt es mit beiden Händen fest.

«Was wollen Sie?» stieß er hervor. «Sparen Sie sich alle Worte, Genossin. Ich bringe den Deutschen um. Zum Teufel auch, er ist in meinen Augen bereits begraben . . .»

Jelena Antonowna nickte schweratmend. «Um darüber mit Ihnen zu sprechen, bin ich hier», sagte sie und ging zu Granja Nikolajewitsch ans Bett.

Der arme Warwarink sah furchterweckend aus. Das brennende Petroleum hatte auf seinem Gesicht große Brandblasen hinterlassen, aber dem Körper war nichts geschehen, denn durch die Kleider war das Feuer nicht gedrungen, weil Granja sich geistesgegenwärtig im Schlamm gewälzt hatte. Wenn er trotzdem geheult hatte, als sei er eine lebende Fackel gewesen, so war das vor allem aus wehrloser Wut und vor Enttäuschung, daß gerade Njuscha, sein liebes Bräutchen, ihn so mißhandelt hatte. Im allgemeinen ist es ja nicht üblich, daß man sich brennende Stallampen an den Kopf wirft, man kann auch anders argumentieren, selbst wenn die Gegensätze so groß sind, wie sie an diesem Abend waren.

Daran, daß er dem Deutschen den Schädel mit einer Eisenstange zertrümmern wollte, dachte Granja ungern. Aber so ist es, wenn man das wilde Blut der Kosaken geerbt hat, man kann ja nichts dafür, Gott sei da Zeuge, es rauscht in einem wie der Fluß, und dann donnert er über die Ufer, und alles ist hin. Hinterher fließt er wieder breit und träge, scheinheilig, als habe er gar nichts zerstört, und man kann ihn anspucken und ihn verfluchen und in den Bauch treten ... er fließt weiter und murmelt wie ein Urmütterchen im Schlaf. Genauso und nicht anders ist's bei den Menschen am Don. Das Blut hat's dem Strom abgeguckt.

Granja saß noch immer im Bett, das Beil in beiden Händen, und sah Jelena Antonowna aus verquollenen Augen giftig an. In der Sowchose wußte niemand von seinem nächtlichen Unglück, und die ihn gesehen hatten, denen erzählte er, ein Bienenschwarm beim Königinnenflug habe ihn überrascht, seinen Kopf mit weiß der Teufel was verwechselt, und plötzlich habe er nichts mehr gesehen. Eine summende Pelzmütze, die über die Ohren gerutscht war, so fühlte es sich an, vom Pferd sei er sogar gefallen vor Schreck, und das wiederum habe die Bienen toll gemacht, die Königin müsse einen Befehl gegeben haben, und dann stachen sie, die Hurenbiester, und ssst-ssst waren sie wieder weg, er aber lag unter dem Pferd, mißhandelt wie selten ein Mensch auf dieser Erde.

Einen Arzt wies Granja aber von sich. Auch als man ihm sagte, er könne von soviel Bienengift elend sterben, blieb er unbelehrbar. Den Sanitäter der Sowchose warf er hinaus aus dem Zimmer und drohte, aus Leibeskräften brüllend, jedem den Stuhl auf das Hirn zu dreschen, der sich noch weiter um ihn kümmern würde.

«Das Gift steigt ihm in den Kopf», sagten die Kollegen der 1. Brigade mitleidig. «Warten wir es ab ... entweder überlebt er es, oder er wird irr. Im letzteren Falle müssen wir ihn überwältigen, komme, was wolle.»

«Ich habe Ihnen gar nichts zu sagen», meinte Granja jetzt, als sich Jelena den Stuhl ans Bett angelte und sich, heftig atmend, setzte. Ihre Kleidung war dreckbespritzt, hinauf bis zu den Hüften, so hatte das Gäulchen die Beine geworfen und die Steppe mit seinen Hufen aufgerissen.

«Wie sehen Sie denn aus, Granja?» fragte sie, denn erst jetzt erkannte sie im Halbdunkel die Salbenmaske des armen Warwarink. Granja hatte die Vorhänge zugezogen;

seitdem die Lampe vor seinen Augen explodiert war, war er lichtempfindlich.
«Nicht der Rede wert, Genossin», knirschte Granja. «Ein Unfall. Mit Karbid. Das Teufelsding stinkt nicht nur, es ist auch höllisch gefährlich. Sagen Sie mir lieber, warum Sie zu mir gekommen sind.»
Jelena Antonowna schloß die Augen. Die nackten, glänzenden Körper, die sich in der Sonne auf dem weichen Waldboden wälzten, verfolgten sie, hatten sich in ihr Hirn gebrannt und würden immer dort bleiben wie die Herdenzeichen der Kühe und Pferde. Für mein ganzes Leben bin ich gezeichnet, dachte sie und wurde ganz weiß im Gesicht. Sie haben mich zu einem Krüppel gemacht ... nein, nicht er, nicht er, nur sie allein, diese Kulakenhure. Man sollte sie auseinanderreißen wie einen warmen Kuchen ...
«Es geht um Njuscha», sagte sie. Es war unendlich schwer, diesen Namen auszusprechen, ohne nicht gleichzeitig zu spucken, und noch schwerer war's, ruhig zu bleiben und nicht bei jedem Buchstaben dieses Wortes gegen die Wand zu treten.
Zerstampfen, zertreten, zermalmen, mit ihr die Steppe düngen, zerbreien, zerwalzen.
Granja verzog das beschmierte Gesicht und zuckte zusammen. Jede Bewegung seiner Gesichtshaut stach von den Zehen bis zu den Haarspitzen. Da half auch die kühlende Salbe wenig. Solange die Brandblasen dick wie Ballons waren und nicht aufgestochen wurden, bohrte der Schmerz wie ein Preßlufthammer in seinen Eingeweiden.
«Was ist mit Njuscha?» fragte er vorsichtig.
«Du willst sie heiraten.»
«Bei Gott, ja. Wir waren uns einig, bis der blonde Tagedieb aufkreuzte. Sie haben ihn mitgebracht, Genossin. Einen Deutschen! Von der Zeitung! Das sind mir die liebsten. Stecken ihre Nase in alle Dinge und schreiben dann einen fürchterlichen Quatsch. Seit er hier ist, trägt Njuscha die Augen auf Stielen. Soll man sich das als Bräutigam gefallen lassen?» Er legte das Beil aus den Händen und beugte sich zu Jelena vor. «Haben Sie etwas beobachtet, Genossin?

Seien Sie ehrlich, sagen Sie es mir, unterstützen Sie einen Werktätigen, der um sein Glück kämpft. Ich bin seit drei Jahren in der Partei, das ist eine Auszeichnung in meinem Alter. Im nächsten Jahr werde ich Brigadeführer. In meinen Akten beim Bezirk in Wolgograd steht's schon drin. Der Sekretär hat es mir verraten. Eine Flasche Wodka und drei Pud Rübenschnitzel hat's mich gekostet. Aber ich weiß jetzt Bescheid. Und so einen Mann, Genossin, betrügt man mit einem hergelaufenen deutschen Narren! Aber ich schwöre es Ihnen, Jelena Antonowna ... ich drehe ihm den Hals um wie einem Hahn!»

«Das wäre unklug, Granja Nikolajewitsch, und außerdem würde es dich zehn Jahre Zuchthaus kosten, mindestens, wenn nicht noch mehr. Und nach Sibirien würde man dich schicken, in die Taiga, zum Wälderroden.»

«Auch Sibirien ist schön», sagte Granja finster. «Ich ertrage alles, wenn nur er nicht mehr herumstolziert wie ein Enterich.»

«Gibt es da nicht andere Mittel?»

«Welche? Ich weiß keine.» Granja rückte nach hinten an die Bettwand und starrte mißmutig auf die Decke und das zwischen seinen Beinen liegende Beil.

«Gospodin Bodmar genießt die Gastfreundschaft des Ministeriums in Moskau», sagte Jelena. «Ihm darf nichts geschehen, dafür bin ich verantwortlich.»

«Darf er auch huren, he?» schrie Granja trotz seiner aufbrechenden Schmerzen im Gesicht. «Hat er vom Ministerium auch dafür einen Schein? Gültig für das Rockheben aller Mädchen. Unterschrieben Genosse Soundso! Ich pinkele auf alle Ausnahmen, hören Sie, Jelena! Es geht um mein Mädchen, und da kenne ich keinen Minister in Moskau mehr! Was hat er sich einzumischen bei Njuscha und mir, ha? Soll der Kreml die Sekretärinnen schwängern, so lustig er's findet ... hier in Perjekopsskaja herrschen anständige Zustände!»

Jelena wölbte die Unterlippe vor. Die erregte Sprache Granjas, die mit Eindeutigkeit nicht sparte, erinnerte sie wieder daran, wie weit abseits sie von all diesen Dingen stand, um die es letztlich im Leben geht und die es angenehm gestalten: ein wenig Zärtlichkeit, das taumelnde Gefühl der Verschmelzung, das schweratmende Glück der Erfüllung, die selige Geborgenheit im Arm des Liebsten. Sie knirschte mit den Zähnen, was Granja sichtlich erschrecken ließ, und beugte sich zu ihm vor.

«Gospodin Bodmar ist — das sage ich dir noch einmal — ein Schützling der Regierung. Wenn du ihn angreifst, bist du ein verlorener Mann. Nicht eine Kopeke gibt man mehr für dich. Du bist wertloser als ein durchgebrannter Topf. Wenn du Njuscha vor dem Deutschen retten willst, dann mußt du etwas mit Njuscha tun!»

«Sie läßt mich nicht 'ran!» Granjas Stimme wurde klagend wie auf dem Weg hinter einem Sarg. «Jelena, Sie sind eine reife, erfahrene Frau, ich erkenne so etwas, verzeihen Sie, und ich vertraue Ihnen . . . Zweimal habe ich's bei Njuscha versucht, und zweimal hat sie mich abgeschüttelt wie einen Floh. Soll ich sie erst besinnungslos schlagen, ehe ich an sie herankomme? Ideal für einen Brautstand ist das nicht, Genossin.»

«Es geht nicht darum, Granja.» Jelena faltete die Hände im Schoß. Sie zitterten noch von dem wahnsinnigen Ritt. Oder war's noch das Bild der glänzenden Körper auf dem Waldboden? «Du mußt sie alle zwingen, Farbe zu bekennen. Öffentlich! Wann wolltest du Njuscha heiraten?»

«Im Juni.»

«Ändere den Termin. Heirate noch im Mai. Nächste Woche schon. Wo soll es stattfinden?»

«Bei Kolzow. Er ist als Bürgermeister auch der Standesbeamte. Das ist es ja. Er legt den Termin fest, der alte Wallach! Er bestimmt, wann er seine verdammte Unterschrift unter das Dokument setzt.»

«Dann heirate in Wolgograd. Im großen, neuen Heiratspalast. Und mach eine Hochzeitsreise hinunter zum Meer. Wenn du zurückkommst, ist Gospodin Bodmar schon längst wieder in Deutschland.»

Granja verzog sein eingesalbtes Gesicht zu einer schiefen Grimasse.

«Und wer gibt mir die Rubel dafür? Gehen Sie in alle Ställe, Jelena ... nirgendwo steht ein Goldesel, der Rubelchen scheißt! Was kostet das! Ich habe fünfhundert Rubel gespart, aber die brauchen wir für die Möbel. Gott sei Dank bekomme ich sie billig. Gebrauchte Möbel aus dem Nachlaß der Witwe Waja. Sie lebt zwar noch, die zahnlose Mähre, aber seit Wochen liegt sie auf den Tod, spuckt Eiter und Blut und wird immer weniger. Ich hoffe, daß sie bis zu meiner Hochzeit in die Seligkeit eingegangen ist. Mit ihrem Sohn Prokop habe ich schon alles schriftlich gemacht. Er verkauft das Haus an die Kolchose, aber die Möbel bekomme ich. Wie soll ich da ans Meer reisen, in Wolgograd heiraten?»
«Ich gebe dir das Geld, Granja», sagte Jelena steif. «Ich rufe morgen in Moskau an und lasse mir die Rubel mit der Post kommen. Tausend Rubel, einverstanden?»
Granja blieb der Mund offen. Er beäugte Jelena wie ein seltenes Tier, das plötzlich herrliche Laute von sich gibt. «Warum das alles?» fragte er, als er die Sprache wiederfand.
«Weil ich den Deutschen sicher wissen will, du dampfender Ochse!» rief Jelena und sprang auf. «Und weil ich dich vor Dummheiten bewahren will. Oder hast du Sehnsucht nach den Urwäldern von Schigansk?»
«Nicht unbedingt.» Granja stieg aus dem Bett und tappte mit bloßen Füßen im Zimmer herum. «Tausend Rubel», sagte er und rechnete im stillen. «Ob sie reichen, Genossin?»
«Fang nicht an zu handeln, du Halunke! Es reicht. Für tausend Rubel kannst du zwei Wochen das Leben eines Bojaren führen.»
«Und wie kriege ich Njuscha herum, mitzukommen? Das ist ein Problem von zehntausend Rubel.»
«Man sollte einen Holzkopf wie dich wirklich auf einen Block legen», sagte Jelena und stampfte auf. «Erzähl es einfach allen Leuten, verkünde es wie eine Parteiparole: Njuscha und ich heiraten noch nächste Woche. In Wolgograd. Und ans Meer geht's, juchhei! — Wenn es alle wissen, kann Kolzow nicht mehr zurück. Auch Njuscha nicht...

ihr Vater wird sie schwarz wie einen Eisentopf prügeln, wenn sie sich weigert.»
«Das ist gut!» Granja Nikolajewitsch bekam helle Augen. «Das ist ein ausgezeichneter Gedanke. Aber glauben Sie, daß Njuscha eine gute Ehefrau wird? Daß sie nicht immer wieder an diesen blonden Deutschen denkt, Gott verdamm ihn!»
«Sie wird eine gute Frau werden, Granja. Ich weiß es. Gospodin Bodmar wird in zwei Wochen nicht mehr in Rußland sein. Und Erinnerungen befriedigen nicht wie ein Mann, der gegenwärtig ist. Man kann träumen, aber der Körper will etwas Greifbares. Noch kein Weibchen ist vom Träumen allein satt geworden.»
«Da haben Sie recht, Jelena Antonowna.» Granja streckte ihr beide Hände hin. Auch sie hatten Brandblasen, aber sie waren schon aufgeplatzt und mit einem gelben Zeug bepinselt, das nach Jodoform stank. «Sagte ich es nicht! Sie sind eine erfahrene Frau, auf Sie kann man hören. Ich danke Ihnen.»
«Und ich rufe heute noch in Wolgograd an und bestelle dein Aufgebot im Heiratspalast.»
«Sie sind ein Engel, Jelena.» Granja begleitete sie zur Tür. Für ein paar Augenblicke vergaß er seine Schmerzen. «Von mir aus können Sie sich jetzt den Deutschen um den Hals hängen wie ein Amulett ... ich werde ihn nicht mehr beachten.»
Er wartete, bis Jelena das Haus Nr. 3 verlassen hatte, ging dann zurück in sein Zimmer, schloß es ab, warf sich wieder aufs Bett und spuckte gegen die Wand.
«Verdammt!» sagte er. «Sie hat mich glatt entmannt. Jetzt lebt der Deutsche doch weiter. Es sei denn, ein Unglück geschähe ... irgendwie, irgendwann. Ein Unglück ist Schicksal, man kann es nicht abwenden. Es muß in nächster Zeit ein Unglück passieren ... ganz zufällig ... vielleicht fällt er vom Pferd, oder ein Baumstamm überrollt ihn, oder er stürzt in eine Grube und bricht sich das Genick, oder er ersäuft im Fluß ... Es muß eben ein trauriges Unglück sein, Granja Nikolajewitsch ...»

Jelenas Rückweg nach Perjekopsskaja verlief glatt und ohne Schwierigkeiten bis etwa vier Werst vor dem Dorf.
Sie ritt langsam und tief in Gedanken über die Steppe, ließ die Zügel schleifen, denn das Pferdchen kannte den Weg ganz genau und ließ sich Zeit, denn wer vorher so gehetzt wurde, hat ein Recht, sich jetzt zu erholen. Die Flanken zitterten ihm noch immer, die Nüstern dampften und prusteten, und wenn Jelena noch einige Werst weitergerast wäre, würde sie es zuschanden geritten haben wie der bärenstarke Kosak Dawnow in Perjekopsskaja, der von seiner Schwadron neun Pferde zur Verfügung gestellt bekam, sich aufschwang, eine Runde drehte und dann mit dem erschöpften Gaul zusammen auf die Erde fiel.
Jetzt ist es nur noch nötig, Bodmar aus dem Dorf zu bringen und nach Wolgograd zu fahren, dachte Jelena und achtete nicht auf das, was um sie herum geschah. Er ist nicht an den Don gekommen, um sich mit einem Kosakenweibchen über den Waldboden zu wälzen, sondern um auf den Spuren seines Vaters den Geist einer neuen, freieren Zeit zu beschreiben. Daran sollte man ihn erinnern, das wird ihn wegreißen aus den weißen Armen der kleinen Kulakenhure. Sein Vater wird stärker sein als Njuscha. Auf den Pfaden der Vergangenheit wollte Bodmar durch Rußland ziehen ... aber die Vergangenheit hat ihn mehr gepackt, als er wahrhaben will. Der Geist seines Vaters lebt in ihm. Hundertfach habe ich es beobachtet an ihm. Er wird in die Knie sinken, wenn man ihm sagt, er habe seinen Vater verraten. Das, nur das allein wird ihn von Njuscha trennen.
Mit diesem Teufelsplan, wie überhaupt das Hirn eines eifersüchtigen, rachegeifernden Weibchens nur Satansdreck gebiert, hoppelte sie mit ihrem Gäulchen über die flache Steppe, die nach den Regentagen aufblühte. Die Zieselmäuse veranstalteten wahre Tänze, Mückenschwärme aus den Schilfdickichten des Don überzogen plötzlich das Land, ein Heer von Vögeln flatterte unter dem blauen Himmel, und die Hasen, noch im dicken Winterfell, hockten wie braune Maulswurfshügel im Gras.

Wie gesagt, vier Werst vor Perjekopsskaja war die Ruhe schlagartig zu Ende.
Jelena Antonowna merkte es erst, als sie hinter sich ein lautes Schnaufen hörte, ein Trommeln auf dem Steppenboden und ein Geräusch, als lasse eine alte Lokomotive ohne Warnung Dampf ab.
Sie warf sich im Sattel herum und erblickte einen großen, schwarzen Hengst, der mit vorgestrecktem Kopf und fliegender Mähne, die Nüstern gebläht und hochgezogen, die gelben Zähne fletschend wie ein Raubtier, auf sie zugaloppierte, mit einer solch furchterregenden Kraft, daß Jelena der Atem stockte. Dann aber hieb sie ihrem Pferd die Hacken in die Weichen, doch der Satansgaul reagierte nicht, drehte nur den Kopf nach dem liebestollen Hengst und wieherte leise, fast zärtlich.
Mein Gott, sie ist rossig, durchfuhr es Jelena. Sie wird stehenbleiben, der Hengst wird sie bespringen, und ich sitze oben im Sattel, und er wird mich mit seinen Vorderbeinen herunterknüppeln und wegbeißen und zertrampeln in seiner urhaften Geilheit. Aus dem Sattel kann ich nicht mehr ... ich bin noch nie von einem Pferd gesprungen, während es trabte. Ich bin doch kein Kosak. So oder so werde ich mir die Knochen brechen ...
Sie versuchte es auf ihre alte Art: sie hieb mit den Fäusten der Stute gegen den Hals, zwischen die Augen, auf die Nüstern und schrie ihr hell in die Ohren.
«Heij! Du Luder! Heij, heij! Du Teufelsdreck! Du Ausgeburt! Du schiefmäuliges Ungeheuer! Heij, heij ...»
Beim Himmel, es half. Das Gäulchen streckte sich, warf den Kopf vor, wurde dünner und flacher und flog dann über die Steppe, wie von einer Sehne abgeschossen.
Es wurde eine wilde Jagd, wie man sie in Perjekopsskaja noch nie gesehen hatte.
Kolzow und Njuscha, die schon vor einer Stunde aus dem Wald zurückgekommen war, standen gerade vor der Scheune und reparierten eine Deichsel, als sie Jelena auf ihrem tollen, zitternden Pferd die Dorfstraße herunterrasen sahen, begleitet vom Geschrei der Nachbarn, die an den Flecht-

zäunen standen und alles, was sie gerade in den Händen hielten, fortwarfen. Bodmar und Evtimia wurden im Garten von dem Gebrüll aufgeschreckt und rannten um das Haus herum. Vor Schreck ließ Evtimia eine Kanne fallen, mit der sie gerade die Himbeersträucher begossen hatte, die Kante der Kanne knallte auf ihren linken Fuß, Evtimia hüpfte hoch wie ein junges Fohlen und stieß ein paar fürchterliche Flüche aus, die bestimmt nicht im Sinne des heiligen Wladimir, ihres Namenspatrons, waren.

«Hat man so etwas schon gesehen?» brüllte Kolzow, der die Situation sofort begriff und sich die Haare raufte. Er stürzte zu dem großen Scheunentor, riß es auf und fuchtelte mit beiden Armen wild durch die Luft. «Hier hinein! Hier hinein! Schlag sie zwischen die Augen, das tolle Biest! Es reicht! Der Vorsprung reicht! Mach dich klein, Töchterchen!»

Jelena, weiß wie eine frisch gekalkte Wand, mit verhangenen Augen vor Angst, galoppierte an Kolzow vorbei in die Scheune. Mit voller Wucht sauste die Stute in den Strohberg, rammte sich hinein und schleuderte Jelena in hohem Bogen weg zwischen die gepreßten Ballen. Jelena fiel weich, das Stroh federte, aber sie blieb trotzdem liegen wie tot und hatte das Gefühl, in der Mitte durchgebrochen zu sein, für alle Zeiten gelähmt. Nun sank auch das Pferdchen um, mit einem ächzenden Laut, der fast menschlich klang, und wühlte sich in das Stroh.

Dimitri Grigorjewitsch hatte, kaum daß Jelena in der Scheune war, das große Tor zugeworfen und mit dem Querbalken verriegelt. Keine Sekunde zu früh, denn kaum war die Tür zu, donnerte der irre Hengst gegen die Bohlen. Wie eine Granate war's, und Kolzow lehnte sich an die Wand und bekreuzigte sich. Die ganze Scheune fällt zusammen, dachte er. Dieser Teufel reißt mir die Wände aus den Fundamenten. Dann rannte er zu dem kleinen Hintereingang hinaus, fegte um die Scheune herum und sah den schwarzen, großen Hengst, wie er auf den Hinterbeinen stand, die Vorderhufe gegen das Tor und mit dem Kopf gegen das Holz donnerte.

«Du schwarzschwänziger Satan!» brüllte Kolzow. Er nahm, was gerade herumlag, und das war eine starke Dachlatte, hieb dem Hengst damit über die Kruppe und auf die geblähten Nüstern, ließ die Latte gegen die Beine knallen und versuchte, mit ihr das ausgefahrene Glied zu treffen. Nur einmal gelang ihm das, und Kolzow heulte vor Freude. «Da hast du's!» schrie er. «Ich schlag's dir ab wie einen dürren Ast!»

Der Hengst wandte sich Kolzow zu, starrte ihn aus blutunterlaufenen Augen an und sauste los. Dimitri Grigorjewitsch machte einen Luftsprung, vom Haus schrie Evtimia, als enthäute man sie bei vollem Bewußtsein, die Nachbarn rannten über die Straße mit Stricken und Ketten. Kolzow aber rannte um sein Leben. In die Scheune konnte er nicht mehr hinein, denn das Tor war ja von innen verriegelt, zu dem kleinen Hintereingang gelangte er nicht mehr, da versperrte der Hengst den Weg, ins Haus wollte er nicht, um wenigstens diesen Teil seines Besitzes unbeschädigt zu lassen, und so lief er zu dem offenen Schuppen, ging hinter dem abgestellten Wagen Bodmars in Deckung und zog den Kopf ein.

Der Hengst setzte ihm nach. Vor dem Moskwitsch hob er den schönen, in der glühenden Erregung majestätischen Schädel, seine dampfenden Nüstern sogen den Geruch der Pferdedecken ein, mit denen das Auto abgedeckt war, und dann sprang er auf den Wagen, Blech krachte zusammen, Glas splitterte, die Hufe zertrampelten die Kühlerhaube, das Dach und die Türen. Mit lautem, triumphierendem Wiehern, mit Trompetenstößen der Lust, besamte der schwarze Teufel das Auto.

Kolzow lag unter dem Wagen und kam sich vor wie in einer Trommel, auf die hundert Schlegel herunterdonnerten. Als der Moskwitsch in Trümmer ging und völlig aus der Form geriet, stöhnte er auf und überdachte gleichzeitig die Lage. Wer ist dafür verantwortlich? Wer bezahlt das Auto? Wen kann man vor das Gericht schleppen?

Nach seinem grandiosen Sprung stand der Hengst ruhig und friedlich wie ein Lamm vor dem zerstörten Wagen

und ließ sich ohne Widerstand abführen. Die Nachbarn warfen ihm Stricke um den Hals, würgten ihn fast ab und zogen ihn weg aus dem Grundstück Kolzows. Auf der Straße wieherte er noch einmal triumphal und folgte tänzelnd den auf ihn einschreienden Menschen bis zum Schmied Dulzew. Der kettete ihn an einen in die Erde gerammten Pfahl, von dem sich kein Elefant losreißen konnte.
Unterdessen trugen Kolzow und Bodmar die unverletzte, aber wie in einem Nervenkrampf zitternde Jelena ins Haus, legten sie in das breite Bett Evtimias, Njuscha holte Tücher und machte ihr Umschläge um Kopf und Waden, kalte Wickel, denn das sei ein uraltes gutes Mittel, jammerte Evtimia. Bodmar holte aus dem eingedrückten Kofferraum seine Reiseapotheke und gab Jelena zwei Beruhigungs- und Kreislauftabletten.
«Der Wagen ist hin», sagte Kolzow mit düsterer Miene. «Aber er wird Ihnen ersetzt. Ich weiß nur noch nicht, von wem.» Er setzte seine Mütze auf, warf noch einen Blick auf Jelena, die langsam ruhiger wurde, und stampfte aus dem Haus. «Das werden wir gleich klären. Die Rechtslage dürfte ohne Diskussion sein.»
Beim Schmied Dulzew umstanden die Leute von Perjekopskaja den großen, schwarzen Hengst, bespuckten ihn und traten ihn gegen den Bauch. Er ließ alles geduldig über sich ergehen, nur seine großen Augen funkelten.
«Wem gehört die Mißgeburt?» schrie Kolzow schon von weitem. «Leute, wer kennt das Höllenbiest? Er kommt mir bekannt vor, aber ich besinne mich nicht auf den Namen . . .»
«Es ist der Zuchthengst von Pechowskij», sagte der Schmied, der alle Pferde im weiten Umkreis kannte. «Ein tolles Aas. Wie sein Alter. Wenn der eine Frau sieht, rutschen ihm die Hosen von allein die Beine 'runter.»
Die Leute lachten, aber Kolzow hatte in dieser Situation keinen Sinn mehr für Humor. Es ging um ein Auto, und was solch ein Wägelchen kostet, das weiß man ja, Freunde. Da kann ein Bauer sein ganzes Leben lang dafür arbeiten und darf nur noch rohe Rüben essen, und selbst dann kommt man noch nicht über die Runden.

«Pechowskij», sagte Kolzow dunkel. «Sieh an, sieh an. Der vornehme Pechowskij! Der wochentags gebügelte Hosen trägt und bourgeoise Manieren an den Tag legt. Genossen, jetzt werde ich ihm den Hintern bügeln.»
Iwan Zacharowitsch Pechowskij war ein Zugereister, das war sein erstes Unglück. Weder sein Vater noch sein Großvater und erst recht nicht sein Urgroßväterchen waren Kosaken gewesen. Sie waren Handelsleute in Rostow, zu vielem Geld gekommen — durch elende Betrügereien, wie man flüsterte — und hatten sich bei Perjekopsskaja ein Gut gekauft, schon vor 1914, zur Zarenzeit also, wo solche Elemente wie Pechowskij groß und reich werden konnten. Nach der Oktoberrevolution war der Vater Iwans, der große Zacharow, plötzlich Mitglied des Bezirksrevolutionskomitees, hielt große Reden und verjagte die weißrussische Armee Denikins vom Don. Das trug dazu bei, daß bei den Gründungen der Kolchosen und Sowchosen das Gut der Pechowskijs verschont blieb, und so residierte Iwan Zacharowitsch wie ein kleiner Bojar auf seinem eigenen Grund und Boden, als sei nie eine sozialistische Revolution gewesen.
Kolzow erschien wie ein flammender Racheengel vor dem Herrenhaus, sprang vom Sattel gleich unter das Vordach des Eingangs und marschierte geradewegs in die große Stube. Pechowskij las gerade die Wolgograd-Prawda und schob die goldeingefaßte Brille die Nase hinunter, als er Kolzow erkannte.
«Nanu, Dimitri Grigorjewitsch», sagte er freundlich. Er war immer freundlich, was man ihm in Perjekopsskaja vor allem übelnahm. Nie schlug er sich 'rum, gebrauchte keine Flüche oder benahm sich wie ein richtiger Kosak, und das, obwohl er nun seit vierundfünfzig Jahren am Don wohnte. «Hast du dich verirrt?»
«Ich bekomme ein Auto von dir», sagte Kolzow ohne Umschweife. «Einen Moskwitsch.»
«Warum nicht gleich einen Wolga?» antwortete Pechowskij gemütlich. Er legte die Prawda weg und lehnte sich im Sessel zurück.

«Ein Moskwitsch wurde zerstört. Von deinem schwarzen Satan, dem Hengst. Das schielende Luder hat den Wagen besprungen wie eine Stute. Sieh dir das Auto an, ein jämmerlicher Blechhaufen ist's nur noch. Die Rechtslage ist völlig klar. Es war dein Hengst ...»
«Hast du Zeugen?»
«Das ganze Dorf! Jetzt steht die Mißgeburt bei Dulzew, an Ketten, und ich habe Wachen herumgestellt, sonst würden die Leute ihn zerreißen.»
Pechowskij kraulte sich die Nase, schob die Brille höher und sah Kolzow scharf an.
«Wie kommt der Hengst an das Auto? War's auf der Straße?»
«Nein, bei mir im Schuppen.»
«Wie kommt mein Hengst in deinen Schuppen?»
Kolzow ahnte Böses. Er begann zu schwitzen. «Meiner Stute ist er nachgerannt, der geile Bock!» schrie er. «Nichtsahnend reitet mein Besuch aus Moskau, Jelena Antonowna von ‚Intourist', über die Steppe, da kommt er herangebraust wie der Herbstwind und will mein Gäulchen bespringen samt Reiterin. Natürlich ist sie losgesaust, der Hengst hinterher, donnert gegen meine Scheune, verfolgt mich, der ich ihn zurückreißen will, und macht aus dem Auto Kleinholz! Mit anderen Worten: Iwan Zacharowitsch ... du bezahlst den Wagen.»
«Einen Teufel werde ich!» Pechowskij erhob sich. Er war groß und breit wie seine Vorfahren, ein wahrer Hüne, gegen den der stämmige Kolzow wie ein Pygmäe wirkte. «Wer mit einer rossigen Stute herumreitet, ist für alle Schäden selbst verantwortlich.»
«Und wer einen Satan wie deinen Hengst frei herumlaufen läßt, der sollte ins Gefängnis!» schrie Kolzow zurück.
«Überlassen wir die Entscheidung dem Richter. Verklage mich, Kolzow.»
«Und das Auto?»
«Zu Fuß laufen soll sehr gesund sein. Es stärkt die Muskeln», sagte Pechowskij gleichgültig.
Betäubt vor Wut schwang sich Kolzow in den Sattel und

ritt nach Perjekopsskaja zurück. Ein Prozeß! Das konnte ein Jahr dauern oder auch zwei; Pechowskij, der Hund, hatte Geld genug, alle Instanzen zu durchlaufen. Auch wenn er unrecht hatte ... sein Dickkopf ließ nicht zu, daß er kapitulierte. Im Schuppen aber stand der zertrümmerte Wagen. Kolzow wurde blaß vor diesem Problem und beschloß, Hilfe beim Bezirkssowjet zu suchen.
Zu Hause lag Jelena noch immer im Bett, aber es ging ihr besser. Bodmar saß neben ihr auf der Bettkante und umsorgte sie rührend. Aber genau das war es, was Jelena das Blut stürmisch zum Herzen trieb: Wie ein Bruder ist er, sanft und geschlechtslos, aber mit ihr, der blonden Hexe, treibt er's auf dem Waldboden. Man sollte aufspringen und ihn erwürgen. Aber dann fällt er um und atmet nicht mehr ... und ich liebe ihn doch. O Gott, wie liebe ich ihn!
Wenn Njuscha ins Zimmer sah, wurden Jelenas Augen dunkel wie Kohlen. Als sie die Wickel erneuern wollte, stieß Jelena sie weg, als stänke sie nach Jauche.
«Laß das! Ich brauche deine Hilfe nicht! Ich reiße mir die dreckigen Lappen allein ab.»
Wortlos verließ Njuscha das Zimmer.
Wenn sich Frauen hassen, schrumpft die Erde wie ein fauliger Apfel, sagen die Kirgisen in der Steppe.

9. Kapitel

Dieser Tag ist verflucht, anders kann es nicht sein, dachte Kolzow. Wer geglaubt hatte, Jelenas Flucht vor dem Hengst wäre die einzige Aufregung gewesen, der irrte. Noch vor Einbruch der Dunkelheit kam Granja Nikolajewitsch Warwarink ins Dorf geritten und sorgte für neuen Auflauf.
Wie es ihm Jelena Antonowna geraten hatte, kam er daher in seinem Sonntagszeug, mit blankgeputztem Gaul, gewichstem Sattel, einer roten, goldbestickten Schabracke, sogar die Fesseln des Pferdchens hatte er mit Bandagen umwickelt, als sei es ein Turniersieger. So ritt er durch Perjekopsskaja und ging methodisch vor.

Bei Kalinew, dem Schuster am Eingang des Dorfes, fing er an. Er blieb im Sattel, klopfte mit der Reitgerte an das Fenster und rief Kalinew, der verblüfft das Fenster aufriß, fröhlich zu:
«Freundchen, eine gute Nachricht: Nächste Woche heirate ich Njuscha in Wolgograd! Ein Fest gebe ich in der Stolowaja. Ihr alle seid meine Gäste! Juchhei!»
Er grüßte wie ein Soldat und ritt weiter. Kalinew warf das Fenster zu und sank entgeistert auf seinen Schusterschemel.
So ähnlich erging es allen, die Granja aus den Häusern holte. Von Haus zu Haus ritt er, sagte sein Sprüchlein auf, brüllte hundertmal Juchhei und dankte innerlich Jelena für diesen guten Gedanken.
Bei Kolzow aber stauten sich die Nachbarn, die bereits von Granja eingeladen worden waren, um ihre Glückwünsche anzubringen und Näheres zu erfahren.
Kolzow und Evtimia saßen wie die Pflöcke auf der Eckbank. Njuscha war ins Schlafzimmer geflüchtet und versteckte sich. In einem großen Zwiespalt befand sich Bodmar, denn gleich, als der erste Nachbar Granjas Hochzeitsritt bekanntgab, versank Jelena wieder in eine plötzliche Schwäche. Bodmar pendelte zwischen Schlafzimmer und Anbau hin und her, tröstete Njuscha mit Küssen und ermunternden Worten, hielt Jelenas schlaffe Hand und sprach auch ihr zu wie einer kalbenden Kuh.
«Er hat uns besiegt», sagte Kolzow dumpf, als sie für einige Minuten allein waren. «Jetzt können wir nicht mehr zurück ... oder ich muß auswandern bis an die äußerste Grenze der Mongolei. Er hat's geschafft, der Schuft. Wie er nur auf diesen Gedanken gekommen ist ...»
Den herbeiströmenden Nachbarn drückte Kolzow tapfer die Hand. Evtimia benahm sich wie eine glückliche Mutter und tat so, als hätte sie alles gewußt. Nur als Granja endlich selber kam, müde von seinem hundertfachen Sprüchlein, aber glänzend wie ein polierter Kessel und sich auf die Bank warf, rannte Kolzow zur Tür und verriegelte sie. Granja ahnte Böses und legte die Fäuste auf den Tisch.

Sein Gesicht sah schrecklich aus. Die Brandsalbe hatte er abgewischt, der Sanitäter der Sowchose hatte ihm die Blasen aufgestochen, aber noch immer wirkte sein Kopf wie ein zerfetzter Ballon.
«Fein ausgedacht!» schrie Kolzow, als sie endlich allein waren. «Sehr fein. Heirat in Wolgograd. Hochzeitsreise ans Meer. Woher denn, he, woher? Von mir bekommst du keine Kopeke, du hinkender Bock!»
«Ich habe tausendfünfhundert Rubel», sagte Granja stolz. Evtimia setzte sich erschüttert mit weichen Knien.
«Woher?» bellte Kolzow.
«Das ist mein Geheimnis, Väterchen»
«Von deinem Lohn kannst du das nicht sparen.»
«Ich habe eine Quelle, aus der ich schlürfe.»
«Er betrügt!» Kolzow rannte herum wie ein Bulle im Pferch. «Natürlich betrügt er. Er verschiebt Sowchoseneigentum. Schwarze Geschäfte macht er. Und er gesteht es mir auch noch! Glaubt, sein Schwiegervater hielte den Mund. Aber das ist ein Irrtum. Ich bin Bürgermeister und zeige dich an!»
«Verbrenn dir nicht den Mund, Väterchen.» Granja lehnte sich vergnügt zurück. «Du fällst aufs Gesicht, ich prophezeie es dir. Die Rubel sind legal erworben, und nächste Woche wird geheiratet, im Heiratspalast von Wolgograd. Der Beamte ist schon verständigt.»
«Und Njuscha?» fragte Evtimia heiser vor Wut.
«Das ist eure Sache.» Granja stand auf und schnippte mit den Fingern. «Das ganze Dorf ist eingeladen. Wollt ihr eure Ehre verlieren? Wenn Njuscha wegläuft, wird euch jeder Straßenköter anpinkeln. Habt eine gute Nacht, ihr Lieben . . .»
Er verließ das Haus, und Kolzow hatte große Lust, mit dem Kopf gegen die Wand zu rennen.
«Er hat recht», stöhnte er und umarmte Evtimia. Das war seit Jahren nicht mehr vorgekommen, aber Leid verschmilzt die Menschen. «Die Hochzeit findet statt. Es gibt jetzt nur noch ein Problem: Wie bekommen wir den Deutschen vom Hals, ohne unhöflich zu sein . . .»

Am nächsten Morgen berief Kolzow eine «außerordentliche Versammlung» aller Parteigenossen und Delegierten von Kolchose und Sowchose in das Parteihaus von Perjekopskaja. Es kamen vierzehn Männer zusammen, meistens alte Kosaken, nur Pechowskij fehlte, der Außenseiter, hol ihn der Teufel.
«Brüder, Freunde», sagte Kolzow mit hängenden Lippen. «Es ist etwas Delikates, was wir zu verhandeln haben. Ich habe einen Gast, und der muß weg. Wie läßt sich das unter einen Hut bringen mit unserem Gastrecht? Er ist mir lieb und wert, ich mag ihn leiden, ans Herz ist er mir direkt gewachsen, obgleich er ein Deutscher ist, aber das konnte er sich in der Wiege ja nicht aussuchen, ich habe ihm den Bruderkuß gegeben ... alles gut und schön. Aber jetzt muß er aus dem Haus! Wie schaffe ich das, ohne meine Ehre zu verlieren?» Kolzow sah aus trüben Augen im Kreis umher. «Brüder, helft mir. Ich weiß nicht mehr aus noch ein.»
Die Meinungen waren verschieden, wie immer, wenn mehr als ein Mann zu entscheiden haben. Bei vierzehn Männern gibt das ein Durcheinander, Poliakew, der Führer der 2. Brigade der Sowchose «2. Februar», hielt eine Rede und stellte die Behauptung auf, auch ein Deutscher könne eine Ehre haben, die der eines Kosaken gleiche. Das war sehr gewagt gesprochen, aber da Poliakew ein starker Mann war, der es fertiggebracht hatte, im Suff einen Traktor umzuwerfen, mit den bloßen Händen, nahm man seine Rede mit leisem Knurren hin und unterbrach ihn nicht. Erst am Schluß rief der Schuster Kalinew erregt:
«Freunde, verlaßt euch nicht darauf. Wer weiß denn genau, wie die Kapitalisten denken, und ein solcher ist der doch. Vertraut lieber auf das gute alte Hausmittel: Sagt ihm: ‚Freundchen, du mußt weiterreisen. Bleibst du hier, bekommst du die Jacke voll! Keiner kann dich schützen. Wie Blitze aus dem Himmel wird es über dich kommen. Davor wollen wir dich schützen. Reise also weiter nach Wolgograd, von mir aus auch nur bis zum nächsten Dorf Lebjaschij ... nur verdufte von hier!'. Wetten, Genossen, daß er das sofort versteht?»

Kolzow wiegte den Kopf. Er war nicht so überzeugt wie der Schuster Kalinew. «Er hat keine Angst», sagte er. «Wenn man ihm droht, wird er stur wie ein blinder Ochse. Nein, Genossen, es muß anders gehen. Ich gebe dem Genossen Poliakew recht: Appellieren wir an seine Ehre. Aber da ist noch eine andere Schwierigkeit.»
«Heraus damit!» rief Ulanow, der Sattelflicker.
«Das Auto. Pechowskijs Teufelsbiest hat es zu Schrott gemacht. Soll mein Gast bis Wolgograd laufen?»
«Leihen wir uns ein Auto», sagte Poliakew, der noch der Vernünftigste von allen war. «Ich kenne in Basskowskij einen Monteur, der fährt einen uralten Wagen. Klappert wie ein Storch . . . aber er rollt noch. Der kann den Deutschen nach Wolgograd bringen.»
«Und die Leihgebühr?» fragte Kalinew mit hoher Stimme. Wenn es um Geld ging, bekam er kaum Luft in die Lungen.
«Die bezahlt die Parteikasse.» Kolzow sah sich im Kreise um. Sein Blick war furchterregend. «Wer ist damit einverstanden? Handzeichen, Genossen!» knurrte er.
Vierzehn Arme flogen hoch.
«Einstimmig genehmigt», sagte Kolzow zufrieden. «Seht ihr, Genossen, so löst man in einer sozialistischen Gemeinschaft die schwersten Probleme.»

Njuscha ging nicht mehr vor die Tür.
Wer sie sah, stürzte auf sie zu, umarmte sie, nannte sie ein schönes, glückliches Bräutchen, und je nach Einstellung küßte oder segnete man sie auf offener Straße. Das ganze Dorf nahm regen Anteil an dem Schicksal der Kolzows, denn schließlich war er der Bürgermeister.
In den Stall schlich Njuscha nur hinten durch den Garten, aber meistens saß sie im Wohnzimmer unter dem Bild Lenins und traktierte Dimitri und Evtimia mit ihrer Drohung: «Ich laufe weg! Ich ertränke mich im Fluß, ehe ich Granja heirate! Nehmt es nicht leicht hin . . . nur als Tote bringt man mich vor den Standesbeamten.»
Jelena Antonowna erholte sich nach dem Rundritt Granjas erstaunlich schnell. Nichts war mehr von der lähmenden

Schwäche in ihr; sie hüpfte herum wie ein Zicklein, besichtigte den zerstörten Wagen und befreite den vor Glück stammelnden Kolzow von der Aufgabe, die Parteikasse mit einer Autoleihgebühr zu belasten.
«Ich lasse einen neuen Wagen kommen», sagte sie. «Ich telefoniere mit ‚Intourist' in Wolgograd. In drei Tagen steht ein neuer Moskwitsch vor der Tür.»
Eberhard Bodmar befand sich in einem Zustand völliger Ausweglosigkeit. Seine Liebe zu Njuscha war so groß, wie sie sinnlos war, das sahen sie beide ein. Selbst wenn es gelang, die Hochzeit mit Granja zu verhindern — wie, das wußte jetzt noch keiner —, an eine gemeinsame Zukunft zu denken war eine schmerzhafte Illusion. Es waren nur noch Tage, die ihnen blieben, sie wußten es genau. Niemals würde es möglich sein, daß Bodmar in Rußland blieb, sich am Don niederließ und ein Bauer wurde oder die Geschäfte eines Schreibers übernahm oder für eine sowjetische Zeitung arbeitete. Er war ein Deutscher, und wenn seine Zeit abgelaufen war, würde man ihn vertreiben wie einen Sünder aus dem Paradies. Wer fragte danach, ob er dieses Land lieben lernte, ob sein Herz mit den Wellen des Don rauschte, ob seine Seele diesem Fleckchen Erde gehörte ... in seinem Paß stand ein Datum, und das allein regelte seinen Lebenslauf.
Ausreise am 10. Juni. Stempel. Unterschrift.
Am 10. Juni erloschen für ihn die Steppe, der Don, das Dorf und Njuscha.
Am 10. Juni starb seine Seele.
Von diesem Datum wußte Njuscha nichts. Bodmar hatte es ihr verschwiegen ... er wollte selbst nicht daran denken. Ihm kam es vor, als würde er am 10. Juni hingerichtet, und jeder Tag bis dahin war ein Geschenk Gottes. Einmal hatte er den Gedanken gehabt, in Moskau anzufragen, ob er nicht in Rußland bleiben könne — aber nach den Erfahrungen anderer Männer, die sowjetische Mädchen liebten und einfach abgeschoben worden waren, erschien es ihm sogar gefährlich, offiziell seine Liebe zu Njuscha zu bekennen. Es war möglich, daß man ihn dann

sofort, noch vor Ablauf seiner Reiseerlaubnis, in ein Flugzeug stopfte und in den Westen flog, wie einen Aussätzigen, dessen Geruch die Luft am Don verpesten könnte.
Für Jelena war das Datum ein Schutz gegen Njuscha, aber gleichzeitig bedeutete es auch für sie die Begrenzung ihrer Leidenschaft auf ein paar Wochen. Sie spielte mit keinerlei Illusionen, sie wußte zu genau, daß Eberhard Bodmar für sie ein Abenteuer der Liebe sein konnte, von dem sie in der Erinnerung zehren mußte. Aber weil es nur ein Abenteuer war, kämpfte sie um diese wenigen Wochen, war sie nicht gewillt, sich diese kurze Zeit von einem Kosakenmädchen stehlen zu lassen.

Dimitri Grigorjewitsch Kolzow bekam einen neuen Schock, als er kurz vor dem Mittagessen Buscha, der Kuh, das Euter wusch und Njuscha ihm den Lappen reichte. An ihrer rechten Hand glänzte ein schmaler Goldring.
«Was ist das?» rief Kolzow und hielt Njuschas Hand fest. Sie entriß sie ihm mit einem Ruck und versteckte sie hinter dem Rücken. In ihre blauen Augen sprang helle Angst.
«Das ist ein Ring!» stellte Kolzow fest und ließ das Euter Buschas los. «Ein goldener Ring! Wie kommst du zu einem Ring?»
«Er ist von Sascha ...» antwortete Njuscha leise.
«Verdammt, wer ist Sascha?» stotterte Kolzow verwirrt.
«Der Deutsche.»
«Und der schenkt dir einen so wertvollen Ring?»
«Er hat ihn gefunden in dem deutschen Panzer im Wald.»
«Und warum gibt er ihn dir?» In Kolzow stieg eine schreckliche Ahnung hoch. Seine Augäpfel wurden gelb vor Angst. «Njuscha, Töchterchen ... sag die Wahrheit! Warum trägst du den Ring am Finger? Was ist geschehen?» Und plötzlich brüllte er und warf den Wassereimer um. «Sag etwas!»
Njuscha schleuderte das lange Haar in den Nacken. Ihre Augen leuchteten wie bei einer Katze in der Nacht.
«Ich liebe ihn ...»
«Und ... und ... ihr habt zusammen ... ich meine ...» Kolzow stotterte herum. «Ihr habt es zusammen gemacht ...»

«Ja, Väterchen», sagte Njuscha völlig ruhig.
«Wo?»
«Im Wald. Neben dem Panzer.»
«Wie eine Hündin!» heulte Kolzow und schlug mit der Stirn gegen die Stallwand. Wie von Sinnen war er. «Auf der Erde, wie eine Hündin. Mutter Gottes! Mein Töchterchen! Eine Hure ist aus ihr geworden, womit habe ich das verdient?» Dann fuhr er herum, schlug Njuscha mehrmals ins Gesicht, jagte sie quer durch den Stall bis zur Kiste mit den getrockneten Rübenschnitzeln und prügelte sie dort noch einmal, bis ihr der Kopf auf die Brust sank.
«So!» schrie er dabei. «So und so und so! Wie eine Hündin! Oh, haltet mich zurück, ich prügle mir die Seele aus dem Leib!» Schließlich keuchte er nur noch und stand schwankend wie ein Betrunkener vor ihr. «Jetzt jage ich ihn weg», stammelte er heiser. «Mit den Füßen trete ich ihn aus dem Dorf. Soll er auf allen vieren nach Wolgograd kriechen, der verfluchte Deutsche! Er hat das Gastrecht mißbraucht, er hat uns die Ehre gestohlen ... eigentlich gehört er aufgehängt, an der Pappel am Fluß, damit ihn jeder baumeln sieht, diesen Teufelsbraten!»
«Dort müßte ich hängen», sagte Njuscha völlig beherrscht. Sie drehte den Ring an ihrem Finger, und um ihre Lippen lag ein fremdes Lächeln. «Ich habe ihn gezwungen, mich zu lieben ...»
«Du?» Kolzows Augen fielen fast aus dem Kopf. «Gezwungen?»
«Ja ... er hätte ein Stein sein müssen, um mir nicht nachzugeben ...»
Dimitri Grigorjewitsch verzichtete auf weitere Verhöre. Er ließ Njuscha stehen und wankte aus dem Stall. In der frischen Luft — vom Don wehte ein würziger Wind, so ein richtiges Frühlingslüftchen voll Duft und Saft — warf er die Arme hoch wie ein Erstickender, lief zur Pferdetränke, steckte den Kopf ins Wasser und kühlte sich ab.
Beim Mittagessen erwähnte Kolzow keine Silbe von seiner neuen Erkenntnis. Er schielte nur über den Teller hinweg auf Bodmar und wünschte sich, jeder Bissen wäre vergiftet.

Wie Njuscha ihn anhimmelt, dachte er, und die Hammelstückchen blieben ihm in der Kehle stecken. Und wie verstohlen er sie anlächelt. An den Beinen sollte man ihn packen und seinen Schädel gegen die Wand schlagen. Und was wird Granja sagen? Er erwartet eine Jungfrau im Hochzeitsbett! Das hab ich ihm damals versprochen.
Kolzow stöhnte leise und aß wie ein zahnloser Greis, mümmelnd und an jedem Bissen minutenlang kauend. Evtimia wagte nicht, ihn zu fragen, was ihn so bedrückte. Sicherlich wieder der Magen, dachte sie. Er hat's seit drei Jahren mit den Nerven. Es war zuviel für ihn in den letzten Tagen.

10. Kapitel

Am Nachmittag nahm sich Kolzow vor, mit Bodmar ein Wort unter Männern zu sprechen. Er stärkte sich zu diesem Zweck mit einer halben Flasche Wodka, die er im Magazin bei Rebikow kaufte. Dort erfuhr er, daß in Perjekopskaja eine große Neuerung bevorstand. In einer Stunde sollte es losgehen.
«Der Genosse Klitschuk hat ein Motorrad bestellt», sagte Rebikow geheimsnisvoll. «Gleich holt er es ab. Ein Wunderding, sage ich. Daß man so etwas Schönes bei uns fabriziert, beweist, wie weit wir den Kapitalisten voraus sind.»
Er führte Kolzow nebenan in einen Lagerraum, und sie bewunderten das Motorrad. Es glänzte von Chrom und Lack, war rot gestrichen und wirkte imponierend.
«Da ist Kraft dahinter. Vierzig Pferdestärken!» Rebikow dehnte sich, als sei er der Konstrukteur. «Und weißt du, wie es heißt? Sokol!» — Das bedeutet Falke.
Kolzow umschritt das Wunderding, klopfte gegen den Tank und auf den schwarzen Ledersattel.
«Ist vollgetankt?»
«Betriebsfertig. Klitschuk wird sich freuen.»
Und er freute sich. Mit seiner ganzen Familie rückte er heran, mit Frau, sieben Kindern, der Großmutter und ei-

nem Onkel, der an zwei Stöcken humpelte und bei jedem Schritt grauenhaft röchelte.

«Welch ein Wunder!» rief Klitschuk und setzte sich in den Sattel. «So etwas kann der beste Hengst nicht ersetzen!»

«Sprich mir nicht von Hengsten», sagte Kolzow säuerlich. «Kannst du überhaupt Motorrad fahren?»

«Wozu gibt es Anleitungen?» Klitschuk nahm von Rebikow die Betriebsvorschriften in Empfang, las sie gewissenhaft durch, umgeben vom ehrfürchtigen Schweigen seiner Familie. Dann gab er die Anleitungen an Kolzow weiter. «Lies der Reihe nach vor, Dimitri Grigorjewitsch. Du wirst sehen, es ist leichter als Kindermachen.»

«Wie du willst, Fjodor Ignatowitsch.» Kolzow schlug das Buch auf, Kapitel «Wie man anfährt», und kratzte sich den Kopf.

«Sei vorsichtig, Fedja», sagte die Klitschuka besorgt. «Denke daran, du bist der Ernährer von sieben Kindern!»

«Und von mir!» rief die Großmutter.

Klitschuk sah Kolzow erwartungsvoll an. Er saß auf dem Motorrad wie ein Held vor der Parade. Rebikow hatte das Tor des Lagers geöffnet ... die Dorfstraße lag zur freien Benutzung vor ihnen.

«Man drehe den Zündschlüssel herum, nach rechts», las Kolzow vor. Klitschuk tat es mit Schwung. Es knackte laut, aber das gehörte sicherlich dazu. «Dann drehe man ein wenig am rechten Griff das Gas und trete auf den Starter.»

Klitschuk haute den Hebel herunter, als stampfe er Sauerkraut ein. Der Motor blubberte auf, dann donnerte er, und Klitschuk setzte sich schnell in den Sattel. Kolzow las weiter vor.

«Am linken Griff drücke man den Kupplungshebel, trete mit der Fußspitze den ersten Gang ein und lasse die Kupplung los. Das Fahrzeug läuft ...»

Fjodor Ignatowitsch tat, wie die Vorschrift sagte. Aber irgendwie machte er etwas falsch. Er trat nicht den ersten Gang ein, sondern den dritten, er gab auch kein vorsichtig

dosiertes Gas, sondern drehte es voll auf. Die Maschine brüllte wie hundert Ochsen, zitterte in allen Fugen und schoß dann wie eine Rakete aus dem Lager.
«Heilige Mutter Gottes!» schrie die Klitschuka. Dem Onkelchen wurde vom Luftdruck eine Krücke weggeblasen, und er kugelte über die Erde. Ganz fürchterlich röchelte er und verdrehte die Augen wie ein Hase in der Schlinge. Rebikow erbleichte und rief sofort: «Es ist nicht meine Schuld! Ihr alle seid Zeugen! Ihr alle!» Kolzow warf das Buch mit den Anleitungen weg und rannte hinaus auf die Straße.
Die Familie Klitschuks folgte ihm jammernd.
Fjodor Ignatowitsch sauste durch Perjekopsskaja. Nach dem ersten Schrecken machte ihm die Sache Spaß, stolz hockte er im Sattel auf seinem donnernden Gefährt, winkte allen zu, die staunend an den Flechtzäunen standen, und ließ sich bewundern. Er durchraste das Dorf bis zum Ausgang, wo der Schuster Kalinew wohnte, wollte dort den Motor drosseln, einen kleinen Bogen fahren und dann im Triumph zurückrattern. Seine Familie stand bereits vor dem Haus, ihn zu empfangen.
Aber seine guten Absichten machte das Motorrad nicht mit. Der Handgasgriff ließ sich nicht bewegen, nicht einen Millimeter weit, er blieb auf Vollgas und rückte nicht von der Stelle. Klitschuk arbeitete wie ein Besessener, drehte, daß ihm die Handfläche schmerzte, und als er sah, daß sich nichts rührte, raste er hinter der Dorfstraße über einen Feldweg zurück über die ganze Länge des Dorfes.
Schweißgebadet bog er unten wieder um die Ecke, beim Don-Fischer Pinowskij, der gerade seine Netze flickte und dem donnernden Ungeheuer mit offenem Mund nachstarrte.
Als Klitschuk das zweitemal über die Straße rappelte, klatschte alles Beifall. «Ein tolles Ding!» sagte Rebikow und verscheuchte in seiner Stimme alle Angst. «Daß man so etwas erfinden kann! Es gibt noch Genies, Genossen.»
Klitschuk beugte sich über den Lenker und spuckte den

Gasgriff an. «Hurensohn!» brüllte er. «Dreh dich! Dreh dich! Wie soll ich denn zum Stehen kommen?»
Beim vierten Durchgang durch Perjekopsskaja merkten auch die Dümmsten, daß etwas nicht in Ordnung war. Klitschuks Begeisterung war gut und schön, aber daß er wie ein Verrückter immer um das Dorf drehte, wurde auffällig. Kolzow schrie ihm zu, als er zum fünftenmal vorbeidonnerte: «Halt an! Es ist genug!»
«Das Gas klemmt!» heulte Klitschuk, und . . . war er vorbei.
Die sechste Runde. Nun standen alle Männer, die im Dorf waren, an der Straße und brüllten gute Ratschläge.
«Dreh den Zündschlüssel herum!» rief Kalinew, als Klitschuk wieder um seine Hausecke bog, schräg liegend wie ein Rennfahrer.
«Er bewegt sich nicht!» brüllte Klitschuk zurück. «Nach rechts war's einfach, nach links geht's nicht mehr!»
Die siebte Runde. Klitschuk hockte im Sattel, und Tränen der Wut rollten über sein Gesicht. Vor seinem Haus stand seine Familie, Onkelchen hob drohend eine Krücke, und die Großmutter betete bereits und segnete Klitschuk bei jedem Vorbeidonnern. Die Kinder weinten und jammerten: «Warum fährt er allein? Er hat versprochen, uns mitzunehmen!»
Bei der zehnten Runde flüchtete Rebikow in sein Magazin und schloß sich ein. Klitschuk hatte gegen ihn die Faust erhoben und gebrüllt: «Ich drehe dir den Hals um. Bei Gott, du läufst mit dem Hintern nach vorn!» Und dann war auch noch Vater Ifan da, der Pope, kam aus seiner rosa gestrichenen Kirche gelaufen, hielt ein Kreuz hin und schrie: «Der heilige Stephan ist bei dir, Feja . . .»
Klitschuk resignierte. Er gab es auf, an dem Gas zu drehen, auf den Zündschlüssel einzuschlagen . . . er konzentrierte sich jetzt ganz darauf, im Sattel zu bleiben, die rasende Maschine in der Straßenmitte zu halten, die Kurven weit genug zu nehmen und niemanden zu überfahren. Wie es zu Ende gehen sollte, daran wagte er nicht zu denken. Hier kann nur noch ein Wunder helfen.

Moderne Wunder sind sehr real und mathematisch oft errechenbar. Kolzow übernahm die undankbare Aufgabe. Er saß auf einer umgestülpten Karre, die ihm Evtimia an den Straßenrand geschoben hatte, und schrieb einige Zahlen auf einen Fetzen Papier. Kalinew, der Schuster, assistierte ihm.

«Er kann nur erlöst werden, wenn das Benzin verbraucht ist», sagte er ganz richtig. «Und er hat zwölf Liter im Tank.»

«Wieviel braucht er auf hundert Kilometer?» fragte Kolzow.

«Sagen wir vier Liter.»

«Dann kann er mit dem vollen Tank also dreihundert Kilometer fahren.» Sie sahen sich erschrocken an und begannen erneut zu rechnen. Währenddessen donnerte Klitschuk seine zwölfte Runde durch Perjekopsskaja.

«Wie lang ist die Straße von dir bis Pinowskij?» fragte Kolzow.

«Sagen wir, fünfhundert Meter, gut gemessen.»

«Der gleiche Weg zurück, macht tausend.» Kolzow erhob sich sehr ernst. Er drehte aus einer Zeitung einen Trichter und brüllte Klitschuk an, der die dreizehnte Tour mit flackernden Augen fuhr.

«Dreihundert Kilometer mußt du fahren!»

Rrrrrr — vorbei.

Vierzehnte Runde. «Das ist dreihundertmal ums Dorf!»

Rrrrrr — vorbei.

Kolzow sah Kalinew traurig an. «Wie schnell fährt er?»

«Ungefähr fünfzig die Stunde.»

«Das sind sechs Stunden, Fedja!» schrie Kolzow Klitschuk an, als dieser schweißtriefend vorbeiratterte.

Klitschuk quiekte wie ein kleines Ferkel. Seine Frau streckte beide Hände nach ihm aus und schrie: «Fedjuschka! Fedjuschka! Denk an die Kinder!»

«Und an mich!»

Das war Großmütterchen.

So wurde es Abend, und Klitschuk kreiste noch immer auf seinem Wunderrad um das Dorf. Es hatte sich herumge-

sprochen, was in Perjekopsskaja geschah, von der Sowchose waren drei Lastwagen mit Arbeitern gekommen, die nun am Straßenrand standen und Lieder sangen zur Aufmunterung. In der dritten Stunde der Dorfumkreisung, die aufregender war als der Flug Gagarins zum Mond, veranstalteten vier Kosaken auf ihren schnellsten Pferden ein Wettrennen mit Klitschuk. Sie rasten neben dem donnernden Gefährt her über die Dorfstraße, ritten wie die Geisterreiter, aber Klitschuk war schneller. Er überholte sie elegant, sah sie mit traurigen, fast ersterbenden Augen an und bog bei Kalinew um die Ecke, während die Reiter ihre Gäule so schnell nicht herumreißen konnten und die Jagd fluchend aufgaben.
Nach der vierundsechzigsten Runde gab man Klitschuk zu essen. Zwei Reiter jagten neben ihm her, reichten ihm einen Blechbecher mit Haferbrei, gequollen mit süßer, fetter Ziegenmilch, darauf drei dicke, geschälte Zwiebeln, damit Klitschuk nicht ganz von Kräften kam, und schließlich einen Becher voll Birkenwein.
Fjodor Ignatowitsch aß und trank auf seinem tollen Motorrad und kurvte weiter um Perjekopsskaja. Wenn er seine Familie am Zaun stehen sah, schossen ihm die Tränen in die Augen, und er schwor sich, in Zukunft lieber auf einem Schwein zu reiten, als jemals wieder in den Sattel dieser Maschine zu klettern.
Nach fünf Stunden und neun Minuten ging die Rechnung Kolzows auf: Das Teufelsding gab, als wisse es, wo es hingehörte, direkt vor dem Hause Klitschuks seinen Geist auf, der Motor machte plop-plop, die Maschine stand, weil Klitschuk mit beiden Stiefeln bremste, darauf fiel sie um, und Fjodor Ignatowitsch sank in die Arme seiner Frau, die ihn küßte und ins Haus schleifte.
In der Nacht holte Rebikow das Motorrad zurück ins Magazin, im Schutz der Dunkelheit wie ein Leichenfledderer, und schrieb einen Bericht an die Fabrik. Klitschuk aber lag zwei Wochen im Bett auf dem Bauch — sein Hintern hatte keine Haut mehr und war rot wie bei einem Affen.
Durch diesen Vorfall, über den man noch lange am ganzen

Don sprach, wurde Kolzow gehindert, mit Bodmar über Njuscha zu sprechen. Außerdem war Jelena Antonowna aktiv geworden.
Während der bedauernswerte Klitschuk die sagenhafte Dorfumkreisung vollführte und sich Rebikow in seinem Magazin einschloß, Njuscha weiterhin im Haus blieb und Bodmar diese einmaligen Szenen auf drei Farbfilme bannte, telefonierte Jelena vom Parteihaus aus mit Moskau. Kolzow hatte ihr den Schlüssel gegeben, weil sie sagte, sie wolle sich um einen neuen Wagen kümmern.
In Moskau war man erstaunt, schon wieder von der Dobronina zu hören. Das Büro verband sie mit dem Leiter der Sektion, der Jelena unterstand, und hier saß der Oberstleutnant Rossoskij, ein wortkarger Mann mit Kneifer und grauem Haar.
Rossoskij genoß einen legendären Ruf. Er hatte drei englische Agenten umgedreht und nach Moskau gebracht. Seitdem betraute man ihn mit Sonderaufgaben. Und Eberhard Bodmar war ein Sonderfall. Jelena erfuhr es jetzt zum erstenmal mit allen Konsequenzen.
«Der Termin 10. Juni ist kein fixes Datum, Genossin», erklärte Rossoskij auf Jelenas Frage. «Es ist nicht bindend. Man kann die Zeit in Wolgograd von der Zweigstelle verlängern lassen, solange es Bodmar will. Natürlich in Grenzen. Sagen wir äußerstes Limit zwei Monate. Warum wollen Sie eigentlich Bodmar so schnell loswerden? Lassen Sie ihn in aller Ruhe fotografieren und schreiben ... je mehr, um so lieber.»
«Ich verstehe das alles nicht.» Jelenas erregter Atem war bis nach Moskau zu hören. «Allmählich kommt die Grenze, wo ich Bodmar nicht mehr überwachen kann. Er macht, was er will.»
«Sehr gut. Das haben wir erwartet.» Rossoskij räusperte sich. «Wenn Sie es für nötig halten, machen Sie sofort Meldung. Wir greifen dann ein.»
«Und dann ...?» Jelena hielt den Atem an.
«Ich will Ihnen die Sache erklären, Genossin Jelena.» Rossoskij sah keine Veranlassung, den Plan weiterhin zu ver-

schweigen. Er kannte Jelena Antonowna, sie war des größten Vertrauens würdig. «In Deutschland, im Zuchthaus Bruchsal, sitzt unser Spitzenagent Dr. Pelzner. Verurteilt zu zehn Jahren Zuchthaus. Wenn es uns — also Ihnen — gelingt, Bodmar so zu lenken, daß seine Fotos und Berichte als Spionage zu interpretieren sind, werden wir ihn verhaften und als Agenten irgendeiner westlichen Organisation vor Gericht stellen und verurteilen. Und danach wird ein Spielchen folgen, das wir schon öfters gespielt haben: Wir bieten Bodmar gegen Dr. Pelzner. Die Westdeutschen werden nicht zögern und zustimmen. So kommt Bodmar wieder in seine Heimat zurück, und wir holen einen guten Mann zur weiteren Verwendung zurück nach Moskau. Das ist der ganze Trick, Jelena Antonowna. Also keine Aufregung, meine Liebe ... lassen Sie Bodmar im Land herumspringen wie ein Füllen — um so dichter wird das Netz ...»

Jelena dankte für die Anweisung und legte den Hörer auf. Verwirrt starrte sie gegen die getünchte Wand des Parteibüros. Ihre Lippen bewegten sich in einer stummen Sprache. So also ist das, dachte sie. Ein Köder ist er, nur ein Köder. Deshalb alle Freiheiten, deshalb die unverständliche Freundlichkeit aller Behörden. Seinen jugendlichen Idealismus nützt man aus, baut ihn ein in das perfide Spiel der Geheimdienste, will mit ihm einen Hecht angeln, der in einem anderen Fangnetz schwimmt.

Er ist nur ein Spielball. Ein Pingpongbällchen, das man über die Grenzen schlägt. West-Ost ... Ost-West ...

Und er glaubt, er könnte dieses Land lieben, und es müßte ihn wiederlieben.

Mein armer Tor. Mein blonder Narr. Mein verratener Liebling.

Sie schloß das Parteibüro ab und ging zum Haus der Kolzows zurück. Ihr Plan stand fest: Ob Abflug am 10. Juni oder erst in zwei Monaten ... diese Wochen gehörten ihr, um diese Tage und Nächte würde sie kämpfen wie eine Wölfin um ihre Jungen.

Zum erstenmal spürte sie ganz deutlich, daß sie ihren Be-

ruf haßte. Sie haßte Oberstleutnant Rossoskij, sie haßte das KGB, sie haßte dieses Lob: «Sie haben Ihre Aufgabe gut erfüllt, Genossin!»
Sie haßte die ganze Welt.
Nur ihn gibt es noch, dachte sie. Nur Eberhard Bodmar. Für ihn zu leben, das ist eine Aufgabe. Und wenn es nur zwei Monate sind. Zwei Monate im Paradies wiegen zwanzig Jahre Gleichmaß auf. Ich will mich in dieses Vergessen stürzen. Mein Gott, ich *muß* es ...

In dieser Nacht zog sie sich aus, warf einen dünnen Staubmantel über und schlich vom Anbau in Bodmars Zimmer. Nebenan schnarchte Kolzow und sägte uralte Bäume. Evtimia pfiff im Schlaf wie ein defekter Blasebalg. Njuscha lag neben ihr. Was Jelena nicht wußte: Kolzow hatte sie mit einem Kuhstrick an das Handgelenk von Evtimia gefesselt.
«Du schleichst nicht zu ihm in der Nacht und hurst mit ihm!» hatte er Njuscha angezischt. «Wenn du nicht still bist, nagle ich dich ans Bett!»
Man einigte sich auf den Kuhstrick, und Kolzow machte einen Knoten, den Njuscha nie lösen konnte. Er hatte ihn von einem Seemann gelernt, den er am Asowschen Meer getroffen hatte. So lag Njuscha lange wach, lauschte auf die Geräusche im Haus und schlief schließlich ein. Sie hörte Jelena nicht mehr, und das war ein Segen.
Bodmar schrak hoch, als die Tür leise klappte und der Schein einer Kerze ihm ins Gesicht leuchtete. Er wollte schon «Njuscha, mein Liebling» flüstern, als er Jelena erkannte.
«Du?» sagte er und setzte sich im Bett. «Ist etwas passiert?»
«Nein.» Jelena stellte die Kerze auf den Boden. Dann knöpfte sie den Mantel auf, streifte ihn von den Schultern und zeigte sich Bodmar in ihrer zarten, mädchenhaften Nacktheit.
«Nur das ...», sagte sie. «Warum bist du so blind ...?»
Das dünne, flackernde Licht der Kerze umschwebte sie. Ihre Haut schimmerte wie rosa Perlmutt.

Bodmar saß stocksteif da und starrte Jelena erschrocken an.
Wenn Njuscha kommt, dachte er bloß. Wenn sie jetzt durch die Tür kommt ... zwei Raubkatzen werden sich zerfleischen bis zur Unkenntlichkeit.

11. Kapitel

Kolzow schlief wie ein Biber im Dezember. Er lag auf der Seite, grunzte im Traum und hieb mit der Faust gegen die Bettkante. Das war eine unangenehme Eigenschaft von ihm, über die Evtimia traurige Lieder singen konnte. Kolzows Träume waren so plastisch, daß er im Bett ganze Schlachten schlug und sich — weiß der Teufel mit wem - herumbalgte bis zur Atemlosigkeit. In der ersten Zeit ihrer Ehe hatte Evtimia neben ihm in den Kissen gehockt und den träumenden Helden angestarrt, wie seine Lider zuckten, sein buschiger Schnurrbart erbebte, seine Fäuste durch die Luft sausten und seine breite Brust sich im dumpfen Stöhnen weitete. Das war ein beglückender Anblick für ein Weibchen, das gerade noch in den starken Armen geschmachtet hatte. Er träumt von mir, dachte Evtimia damals glücklich. Seine Leidenschaft ist nicht zu bändigen, — ein wahrer Hengst ist er.
Aber dann gelang Kolzow eines Nachts ein vorzüglicher Streich. Er hieb im Traum Evtimia derart auf die Nase, daß sie mit einem Schrei hochfuhr und ihr das Blut aus den Nasenlöchern schoß wie aus einer Quelle. Kolzow erwachte, betrachtete die Bescherung und brachte das Blut mit einem Essiglappen zum Stillstand.
«Er ermordet mich noch im Traum!» klagte Evtimia später ihren Freundinnen und weinte sich bei ihrem Mütterchen aus. «Früher schlug er immer durch die Luft, jetzt dreht sich der Teufel zu mir um und schlägt mir die Faust auf den Kopf. Entsetzlich ist das! Wenn er dann aufwacht, benimmt er sich unschuldig wie ein Zicklein, erzählt mir seinen Traum und schläft wieder ein. Ist es möglich, daß er

weiß, was er tut? So kann doch kein Mensch träumen, so genau gezielt auf meine Nase ...»
Niemand wagte es, da eine Meinung zu haben. Dimitri Grigorjewitsch Kolzow war in seinen jungen Jahren ein starker Kerl, hatte es bis zum Feldwebel der Don-Kosaken gebracht und zeigte voll Stolz die drei Orden, die man ihm für persönliche Tapferkeit verliehen hatte.
«Der Krieg ...» sagte er, wenn er Evtimia wieder auf den Kopf geschlagen hatte. «Die Erinnerung saugt mich aus. Wenn ich die Augen schließe, höre ich das Signal zum Angriff. Der dicke Abanow blies es aus voller Lunge, und es riß einen mit, sage ich dir. Wie von selbst jagten die Pferde los, und wir hockten drauf und schwangen den Säbel, unsere Kehle brüllte sich heiser, und unser Mut sprengte die Uniform. Wer kann das vergessen? Warte ab, Evtimiuschka, sei geduldig mit mir. Auch das geht vorüber.»
Evtimia glaubte es. Niemand verriet ihr ja, daß Kolzow und seine Kosaken nur in der Ausbildung ihre Attacken geritten waren und daß es in einem modernen Krieg mit Maschinengewehren, die in der Minute dreitausend Schuß hinausfeuern, glatter Selbstmord gewesen wäre, mit Geschrei und gefällter Lanze einen Angriff gegen die Deutschen zu reiten, wie damals 1914 die Väter. Aber es hörte sich gut an, man konnte lange darüber sprechen und von Heldentaten erzählen. Meistens nämlich hatte Kolzow mit seiner Schwadron im Dreck gelegen, in Schützengräben oder Bunkern, war hinter Panzern hergelaufen und hatte «Urrräääää!» gebrüllt, einen Laut, der den Deutschen in die Knochen fuhr wie die Pest.
Seine wilden Träume aber blieben. Evtimia, die den Platz im Bett an der Seite Dimitris verteidigte, denn dort gehörte sie als Ehefrau hin, verkroch sich in die Duldung seiner Erinnerungen. Nachdem sie genau vierzehnmal auf die Nase geschlagen worden war, entwickelte sie einen Instinkt für die kritische Situation an Kolzows Seite. Jahrelange Übung erlaubte es ihr, genau zu wissen, wann der Angriff erfolgen würde. Sie hörte es am Schnarchton, am Pfeifen seines Atems, an der Beschleunigung seines Herzklopfens. Dann

wälzte sie sich an den äußersten Rand ihres Bettes, legte die Arme über ihren Kopf und zog die Schultern hoch. Und siehe da . . . rum — fuhr die Faust genau auf die Stelle, wo vorher Evtimia gelegen hatte, Kolzow grunzte tief und zufrieden und lag dann ruhiger, als sei nach dem Einschlag des Blitzes das Gewitter nunmehr ohne Kraft.
«Teufel!» flüsterte Evtimia jedesmal. «Wenn ich nur wüßte, ob du wach bist! Das kann nicht nur das Erlebnis des Krieges sein!»
In dieser Nacht nun träumte Kolzow gemäßigt, und Evtimia hatte keinen Anlaß, instinktiv zu erwachen und aus der Schußrichtung zu rollen. Dafür riß das dumpfe Toben des Alten Njuscha aus dem Schlaf, sie hob den Kopf und lauschte in die Nacht. Neben ihr pfiff Evtimia durch die Nase, Kolzow grunzte wie ein Eber. Der Kuhstrick, mit dem er Njuscha an Evtimia geknotet hatte, war gestrafft.
Sie richtete sich auf, setzte sich langsam und betrachtete im Widerschein der hellen Frühlingsnacht ihre Eltern. Wie fest sie schlafen, dachte sie. Und wie spät mag es sein. Wahrhaftig, ich bin eingeschlafen und wollte es nicht. Sie blickte zum Fenster, wo die Nacht mit ihrem fahlen Himmel keine Antwort gab. Über den Kirschbäumen im Garten lag das Mondlicht wie eine silberne Haut, der süße Duft des Steinklees drang wie flüssiger Honig durch alle Ritzen des Hauses. Ein leichter, warmer Wind wehte. Eine Nacht der Sehnsucht war's.
Njuscha tastete mit der linken Hand zwischen ihre vollen Brüste und holte ein kurzes Messer in einer Lederscheide hervor. Als Kolzow ihr die Fesselung androhte, war es ihr gelungen, dieses Messer an einer Stelle zu verstecken, wo Kolzow bei allen Vaterrechten nicht hingreifen würde. Auch Evtimia wäre nie auf den Gedanken gekommen, Njuscha vor dem Einschlafen zwischen die Brüste zu blicken, um dort nach verbotenen Dingen zu suchen. Aber verliebte Weiber sind einfallsreicher als ein Fuchs vor einem Hühnerstall.
Vorsichtig durchschnitt Njuscha den Kuhstrick, steckte das Messer in die Lederscheide zurück, verbarg es wieder zwi-

schen den Brüsten und kletterte dann über die pfeifende Evtimia hinweg aus dem breiten Bett. Wieselschnell war sie aus dem Zimmer, nur das leise patschende Tappen der nackten Fußsohlen begleitete sie. Kolzow drehte sich auf den Rücken, im Schlaf die gewonnene Weite des Bettes genießend; er röchelte durch die Nase, legte die Fäuste auf seine Brust und trat zweimal gegen den Bettpfosten, was aber Evtimia nicht hochschreckte.

Njuscha blieb an der Tür ihres Zimmers stehen und strich das lange blonde Haar über ihre Schultern. Ein altes, grobes Leinenhemd trug sie, das Großmütterchen Kolzowa im Jahre 1909 mit Kornblumen bestickt hatte. Es sah prächtig aus, dieses Nachthemd, nur war's eine Qual, sich damit zur Ruhe zu legen, denn am Morgen hatten sich die dick gestickten Kornblumen in die Haut gedrückt, und der Körper sah aus wie tätowiert. Großmütterchen Kolzowa erlebte dieses Dilemma ihrer Stickkunst nicht mehr, sie hätte auch mit dem Kopf geschüttelt und gesagt: «Wie kann man so blöd sein? Mutter Gottes, sind die dumm! Ein Totenhemd ist's doch, und macht's den Toten was aus, wenn sie Kornblumen auf der Haut tragen, he?» So wurde also das Nachthemd von der Großmutter an Evtimia vererbt, und diese streifte es Njuscha über, als sie mannbar geworden war und sich Brüste und Hüfte zu runden begannen.

Es war wahrhaftig ein Hemd für die Ewigkeit, denn in neunundfünfzig Jahren intensiver Wäsche im Zuber oder am strömenden Don hatte es weder an Festigkeit noch an Schönheit verloren. Es gab damals eben noch reelle Handarbeit, Genossen.

Njuscha drückte die Hände flach auf die Brust und atmete kaum. Es ist etwas anderes, ob man sich draußen im Wald unter der Sonne liebt, oder ob man in der Nacht von Zimmer zu Zimmer schleicht und in ein Bett schlüpft, dessen gemeinsame Benutzung erst erlaubt ist, wenn der Pope seinen Segen und der Bürgermeister seine Unterschrift dazu gegeben hatten.

Ein schwacher Lichtschein glitt unter der Tür in den win-

zigen, nachtschwarzen Flur. Njuscha bemerkte ihn, nachdem sie die Tür der elterlichen Kammer zugezogen und damit die Röchel- und Pfeiftöne abgeschnitten hatte.
Er wartet auf mich, dachte sie. Er hat eine Kerze auf den Tisch gestellt. Sascha, ich liebe dich . . .
Sie sah an sich herunter und verfluchte das alte, grobe Leinenhemd. Sie löste das Band, mit dem es am Hals gekräuselt war, zog das Hemd über den Kopf und legte es über den linken Arm. Dann drückte sie die Türklinke herunter und kam ins Zimmer.
Es hat einmal vor vielen tausend Jahren, als noch keine Menschen auf der Erde lebten, eine Katastrophe gegeben: Ein feuerspeiender Vulkan fiel plötzlich in sich zusammen und versank im Meer. Das Wasser brodelte und kochte und verdampfte, eine riesige Wolke schwebte über der Weltkugel und regnete sich wochenlang aus, bis irgendwo ein neues Meer entstand. Das Gesicht der Erde veränderte sich.
Nicht anders war es, als Njuscha jetzt im Zimmer stand und Jelena Antonowna in ihrer perlmutterhaften Nacktheit zwischen Kerze und Bett anstarrte. Bodmar saß mit bloßem Oberkörper an der Wand, die Decke über seine Lenden hochgezogen.
«So ist das also», sagte Njuscha als erste. Sie lehnte sich gegen die Tür, warf ihr Leinenhemd auf die Erde und musterte Jelena mit den glühenden Blicken einer Wölfin. «Du willst ihn haben, du Hure aus der Stadt! Bin wohl im richtigen Moment gekommen, was? Wolltest gerade zu ihm schlüpfen und ihn umarmen? Aber du kommst zu spät . . . Sascha gehört mir schon!»
Jelena knirschte mit den Zähnen. Sie wich zurück bis zum Fenster und atmete in heftigen Stößen. Die pralle, wilde Schönheit Njuschas, die Kraft, die ihr Körper ausströmte, hatten etwas Überwältigendes.
«Geh aus dem Zimmer!» zischte Jelena. «Leg dich zu den Säuen, wo du hingehörst! Du stinkst nach Kuhmist und saurer Milch.»
«Und du? Hast du keinen Spiegel, was? Machst wohl einen Bogen um alles, was dich zeigt? Sieh dich doch an . . .

wer kann denn ein Gerippe mit Haut lieben? Nichts auf den Hüften hat sie, ihr Bauch ist flach wie ein Brett, und die Brüste, o Gott, diese Brüste! Jede Ziege würde sich schämen, solche Zitzen zu haben!»

«Es braucht nicht jede eine Preiskuh zu sein wie du!» rief Jelena. Sie griff zur Seite, wo eine alte Messinglampe mit Petroleum stand und hob sie hoch. «Aus dem Zimmer, du Trampel ... oder ich schlage dir den Schädel ein!»

Bodmar sprang aus dem Bett. Daß auch er nackt war, kümmerte ihn in diesen Augenblicken wenig. Sie zerfleischen sich, wie ich's gedacht habe. Sie zerreißen sich wie wilde Tiere. Mit einem Satz sprang er zwischen sie und schob die Mädchen auseinander, als sie zum Sprung ansetzten wie Kampfhähne in der Arena.

«Seid ihr verrückt?» schrie er. «Habt ihr beide den Verstand verloren? Auseinander!» Mehr konnte er nicht sagen. Wenn zwei nackte Weiber um einen Mann kämpfen, versagen alle Worte. So etwas ist ein Naturereignis — und halte einer mit einem Eimer eine Sturmflut auf!

Njuscha und Jelena wichen zurück, die eine zur Tür, die andere wieder zum Fenster. Aber das war kein Rückzug, sondern bloß das Aufstellen zu einem neuen Angriff. Bodmar erkannte es sofort und kam sich hilflos und schuldig an diesem grandiosen Schauspiel vor.

«Wen liebst du?» fragte Njuscha. Ihre Stimme war klar und ohne jede Erregung. «Sag ihr, wen du liebst, Sascha.»

Bodmar nickte. Er hatte es erwartet, es konnte nicht anders kommen. An ihm allein lag es jetzt, Hölle und Paradies zu verteilen.

«Ja, sag es ihr!» zischte auch Jelena vom Fenster. «Sag ihr, der Drecksgeburt, daß wir zusammen im Zelt geschlafen hatten, in einem Schlafsack, Körper an Körper ...»

Die Augen Njuschas bekamen einen wilden Glanz. «Nebeneinander ...» sagte sie dumpf. «Nebeneinander ... aber nicht aufeinander!»

Bodmar fuhr herum. «Njuscha!» rief er. «Es gibt da vieles zu erklären ...» Er kam sich erbärmlich vor und geradezu lächerlich in seiner Rolle als nackter Vermittler.

«Was willst du erklären?» schrie Jelena. Sie zitterte vor Wut, ihr zarter, graziler Körper flog wie im Krampf. «Du hast mich geküßt, du hast meine Brust umfaßt . . . oh, ich habe es gemerkt, ich habe mich nur schlafend gestellt, ich habe gespürt, was in dir vorging . . . Jede Nacht hat er mich umfaßt, jede Nacht . . .»

«An einem Haken hat er sich festgehalten», sagte Njuscha böse. «Ist eine Hose verliebt, wenn sie an einem Nagel hängt?»

Das war zuviel. Mit einem hellen Schrei stürzte sich Jelena auf Njuscha und schwang die Lampe über ihren Kopf. Sie stieß mit ungeahnter Kraft Bodmar gegen die Wand, und ehe er sich wieder fangen konnte, standen die rasenden, nackten Weiber voreinander. Im gleichen Augenblick aber griff Njuscha zwischen ihre Brüste, das Messer blitzte auf und zuckte hoch in die Luft.

«Njuscha . . .!» schrie Bodmar verzweifelt. «Nein, Njuscha . . .»

Zu spät war's. Die Schneide fiel herab aus der Luft und schnitt in Jelenas Arm, der die Lampe schwenkte. Mit einem schrillen Aufschrei ließ Jelena die Lampe fallen, taumelte zurück an die Wand und heulte laut wie ein verwundeter Wolf. Das Blut quoll aus der breiten Schnittwunde über ihre Hände und tropfte auf den Boden. In Sekundenschnelle war der Arm wie in rote Farbe getaucht.

Geduckt, das Messer wieder stoßbereit in der Hand, wartete Njuscha an der Tür auf den Gegenangriff. Sie war in diesen Sekunden von einer erschreckenden Schönheit, von jener urhaften Wildheit wie das Land, in das sie geboren war.

Der Lärm hatte Evtimia aufgeschreckt. Als sie sah, daß der Kuhstrick durchtrennt neben ihr lag, stieß sie einen quiekenden Laut aus, der Kolzow hochfahren ließ, als habe man ihn mit einer Mistgabel gestochen.

«Sie ist weg!» jammerte Evtimia. «Abgeschnitten hat sie sich. Oh, diese Schande!»

Kolzow hüpfte aus dem Bett wie ein überraschter Liebhaber, riß einen Lederriemen von der Wand und stürmte, wilde Schreie ausstoßend, aus dem Zimmer. Die Stimme Evtimias flog hinter ihm her.

«Vergiß nicht, Dimitri . . . sie ist unsere einzige Tochter!»

Kolzow vergaß das nicht. Mit grimmiger Miene stieß er die Tür zu Bodmars Kammer auf und blieb dort wie angewurzelt stehen. Die nackte, im eigenen Blut stehende Jelena, sein nacktes Töchterchen mit einem Messer in der Hand und dazwischen der nackte Gospodin, der gerade auf Njuscha zurannte, um ihr das Messer zu entwinden . . . das war ein Anblick, der selbst einen alten Kosaken aus der Fassung brachte.

«Sind wir im Paradies, he?» brüllte Kolzow. Er ließ den Lederriemen über seinen Kopf kreisen und schlug dann zu. Der erste Schlag traf Njuscha, es klatschte laut auf ihrem festen Fleisch, ein roter Striemen blieb zurück, der sofort aufquoll und sehr häßlich aussah. Klaglos steckte Njuscha diesen Schlag ein, nur das Messer ließ sie fallen, Bodmar vor die Füße. Er bückte sich, wollte es aufheben . . . da umklammerte Njuscha ihn, zog ihn an sich heran, umfaßte ihn von hinten und verkroch sich hinter seinen breiten Schultern vor dem schnaubenden Kolzow.

Der zweite Schlag traf Jelena. Sie wurde von ihm zurückgeworfen auf das Bett. Dort sank sie jammernd zusammen und preßte die gesunde Hand auf die stark blutende Wunde.

Jetzt war Kolzow erst richtig in Fahrt. Er brüllte undefinierbare Laute, ließ den dicken Lederriemen kreisen und hieb durch die Luft wie ein Zirkusdompteur. Er traf auch Bodmar an der Schulter, und der Schmerz durchzuckte diesen bis zu den Zehenspitzen. Selbst Evtimia, die jammernd in der Tür erschien, überall Blut sah und an Mord dachte, bekam eines übergezogen und flüchtete zurück in die Küche.

«Mißgeburten!» schrie Kolzow. «Geil wie die Katzen! Zerfleischen sich vor dem Bett eines Mannes! Und das in meinem Haus! Der Teufel hole euch! Hinaus, sag ich, hinaus!»

Das galt für Jelena und Njuscha. Aber sie blieben, jede auf ihrem Platz. Jelena blutend auf dem Bett, Njuscha hin-

ter dem Rücken Bodmars. Sie preßte sich an ihn, und er spürte die festen Arme, ihre Schenkel, ihre bebenden Brüste. Ihre Hände, vom Blut Jelenas befleckt, streichelten über seine Brust und krallten sich dann in seine Hüften, als Kolzow mit blutunterlaufenen Augen auf sie zurannte.
«Komm hinter dem Kerl hervor!» brüllte er. «Willst du in seinen Hintern kriechen? Auch dort hole ich dich heraus.»
Er ließ den Riemen vor Bodmars Augen wirbeln und blies ihm seinen erregten Atem ins Gesicht.
«Versprechen Sie mir, Njuscha nicht mehr zu schlagen», sagte Bodmar laut. Er hielt Kolzows Arm fest und drückte ihn herunter. Ein schweres Stück Arbeit war das, fast eine Minute lang rangen beide stumm und verbissen miteinander, bis Kolzow nachgab und seufzend den Lederriemen fallen ließ.
«Sie wollte mich umbringen!» schrie Jelena vom Bett her und schüttelte den blutenden Arm. «Sie hat auf meine Brust gezielt. Eine Mörderin ist sie. Die Miliz muß her, oder ich berichte alles nach Moskau! Was dann mit Ihnen geschieht, Dimitri Grigorjewitsch, das wissen Sie.»
Kolzow verzog das Gesicht. Und ob er das wußte. Er sah seine Tochter mit umflorten Augen an und schnaufte durch die Nase.
«Du hättest sie richtig umbringen sollen», sagte er leise. «Nun reißt sie uns alle ins Verderben . . .»
Er winkte Njuscha und verließ das Zimmer.
«Geh mit ihm», sagte Bodmar und löste Njuschas Hände von seinen Hüften. «Laß mich jetzt allein mit Jelena.»
«Wen liebst du?» fragte sie laut. Ihr Kopf mit dem blonden Haar zuckte über Bodmars Schultern. «Sag ihr jetzt, wen du allein liebst!»
«Dich Njuscha . . . und nun geh . . .»
«Mein Sascha.» Sie küßte seinen Nacken, ließ ihre Hände über seinen Körper gleiten und schlüpfte dann aus dem Zimmer. In der Küche saßen Evtimia und Kolzow auf der Eckbank und starrten Löcher in die Luft.
«Sie werden uns wegjagen», sagte Kolzow dunkel, als sich

Njuscha neben ihn setzte. Ihre Nacktheit, der Triumph, der in ihren Bewegungen lag, die Schamlosigkeit ihres Auftretens verwirrten ihn vollends. «Das ist der Untergang der Kolzows! Was ist nur aus dir geworden, mein Täubchen?» Er starrte sie aus flatternden Augen an, dann entrang sich seiner Brust ein dumpfer Laut, als bräche in seinem Innern etwas auseinander, er sprang auf, stürzte sich über seine nackte Tochter und begann sie zu würgen. «Eine Hure!» stammelte er. «Eine nackte Hure! Meine Tochter! Mutter Gottes, hilf mir, diese Schande zu tilgen!»
Er preßte die Hände auf Njuschas Hals, und sie saß still und ohne sich zu wehren auf der Bank, sah ihren Vater aus ihren großen blauen Augen an und öffnete weit den Mund, als seine Hände ihr die Luft abpreßten.
Evtimia war es, die Njuscha rettete. Mit einem großen Fleischklopfer hieb sie Kolzow über den Schädel, als er laut weinend den Hals seiner Tochter weiter zudrückte. Es gab einen dumpfen Laut, wie ein Paukenschlag, und Dimitri Grigorjewitsch rollte betäubt unter den Tisch.
«Zieh dich an, Töchterchen», sagte Evtimia gefaßt. «Es liegt in der Natur der Männer, daß sie immer übertreiben ...»

Bodmar verband Jelenas aufgeschlitzten Arm mit einigen Rollen Verbandmulls aus der Reiseapotheke. Vorher hatte er die Wunde gesäubert und mit Jod überstrichen. Jelena hielt sich tapfer ... sie verzog nur den Mund, als es höllisch in der Wunde brannte. Dann sank ihr Kopf gegen Bodmars Brust, und mit dem gesunden Arm zog sie ihn an sich. Ihre verzweifelte Zärtlichkeit erschütterte ihn derart, daß er keine Worte fand. Er ließ ihr das Glücksgefühl, seinen nackten Körper zu fühlen; erst als ihre Hand sich in seinen Schoß legte, nahm er sie ganz vorsichtig und schob sie auf seinen Schenkel. Durch Jelena lief ein heftiges Zucken.
«Du liebst Njuscha?» fragte sie.
«Ja. Wir wollen ganz ehrlich darüber sprechen.»
«Sie hat sich dir hingeworfen wie eine Frucht, und du hast hineingebissen. Du bist betäubt von ihr. Was wäre geschehen, wenn wir sie nicht am Ufer des Don getroffen hätten?»

«Dann hätte ich sie nie gesehen, natürlich.»
«Und du hättest mich geliebt?»
«Vielleicht . . .»
«Ich weiß es, ich weiß es! Meine Dummheit war es, in dir erst den Deutschen und dann den Mann zu sehen. Aber konnte ich anders? Bei den Komsomolzen bin ich aufgewachsen, und sie haben uns eingehämmert in das Gehirn: Alles, was im Westen lebt, ist Gefahr. Dort herrscht der Revanchismus, dort gibt es nur Kapitalisten, dort werden die Menschen ausgebeutet, dort werden Heere ausgerüstet, um Rußland zu erobern. Wenn du das hörst, jahrelang, vom Beginn deines Denkens an, dann glaubst du es. Der Mensch hat keine Haut wie eine Schlange, aus der er schlüpfen kann. Ich habe dich geliebt von dem Augenblick an, als du in Scheremetjewo durch die Halle auf mich zukamst . . . aber du warst ein Deutscher. In mir drängte alles zu dir und schlug mich doch zurück. Es ist furchtbar, wenn das Herz einen Riß bekommt. Verstehst du das?»
Bodmar schwieg. Was sollte er antworten? Seine Schuld, wenn man überhaupt von einer Schuld sprechen konnte, waren: der Kuß auf der Straße nach Tula, die Nacht in der Datscha Talinkows, die heißen Nächte im Zelt, wo sie zusammen im Schlafsack gelegen und er Jelenas Brust umfaßt hatte. Natürlich, das alles war geschehen, war keine Laune des Augenblicks gewesen; sein Gefühl für Jelena war damals groß und mächtig gewesen, und alles wäre anders geworden, wenn sie nicht Njuscha gesehen hätten, mit dem Boot gegen den rasenden Don kämpfend. Das war wie eine Neuentdeckung seiner selbst . . . sein Herz, sein Hirn, seine Gefühle, ja sogar sein Wesen hatte sich verändert.
Jelena Antonowna beobachtete ihn.
Sie hob den Kopf, ihre Hand glitt wieder in seinen Schoß. Das Lauern eines Tieres war in ihr, der stumme Genuß, das Opfer noch einmal in seiner ganzen Wehrlosigkeit zu sehen, ehe man es verschlingt.
Sag etwas, dachte sie demütig. Ein Wort nur, ein einziges. Sag nur DU oder JELENA oder KOMM oder irgend et-

was ... nur sag es jetzt! Oder heb die Hand, streichle mein Haar, umfaß meine Brüste, lächle stumm, gib mir ein Zeichen, daß du mich erwartest, daß du mich brauchst ... daß ich eine Frau bin ... deine Frau ... du verfluchtes, vom Satan hierhergeschicktes, herrliches Ungetüm ...

Eberhard Bodmar hielt ihre Hand fest, als sie begann, seinen Schoß zu streicheln.

«Es ist alles anders geworden, als ich gedacht hatte», sagte er, und seine Stimme klang heiser. «Ich bin als Journalist in dieses Land gekommen, um mit der Nüchternheit unserer Zeit darüber zu berichten. Und was ist aus mir geworden? Dein Rußland hat mich gefressen, Jelena ... in dieser Steppe hier ist vor siebenundzwanzig Jahren eine ganze deutsche Armee verblutet ... Jetzt bin ich der letzte Deutsche, der am Don untergeht ... Ich weiß es so sicher, wie ich atme ...»

«Und warum?» Sie drückte das Gesicht wieder an seine Brust. «Weil du dich verirrt hast ... weil du und ich blind waren ...»

«Vielleicht — aber wir können jetzt nicht mehr vor dem Schicksal weglaufen, Jelena. Noch niemand hat das gekonnt. Ich werde am Don bleiben ... ich liebe Njuscha ...»

Durch Jelenas Körper flog wieder das heftige Zittern. Ihre Hände krallten sich in Bodmars Fleisch ... die rechte in seinen Rücken, die linke in seinen Schoß. Er verzog das Gesicht vor Schmerz, aber er gab keinen Laut von sich.

«Und das ist endgültig?» fragte sie.

«Ja, es ist endgültig ...»

Es war, als verwandelte sich ihr nackter, schlanker Körper in ein glattes, mordlüstiges Ungeheuer. Mit einem dumpfen Laut biß ihn Jelena in die Bust, warf sich dann über ihn, drückte ihn auf das Bett zurück und lag auf ihm wie eine Schlange, die ihr Opfer erwürgen, zerdrücken und verschlingen will.

Bodmar reagierte anders, als er eigentlich wollte. Er hatte im Sinn, Jelena wegzudrücken wie ein lästiges Kätzchen, aber dann durchjagten Schmerzen mehrmals seinen Körper, er spürte, wie sie in tobender Wildheit dabei war, ihn überall zu beißen, wo sie ihn erreichen konnte ... ein paarmal in die Brust, dann in beide Schultern, in den Hals, wie ein Vampir; geschmeidig kroch sie tiefer und biß ihn in die Bauchdecke, die Hüftbögen, die Oberschenkel, aber als sie an Körperteile kam, deren geringste Verletzung das Hirn platzen läßt vor Schmerz, hob er die Knie und stieß nach ihr, traf sie im Gesicht und schleuderte sie von sich weg.

Wimmernd lag sie neben ihm, Arme und Beine gespreizt, zuckend wie ein Huhn, dem man den Kopf abgeschlagen hat. Der Verband um ihren Arm war heruntergerutscht, und aus der tiefen Wunde floß wieder das Blut.

«Sie soll dich nicht haben», jammerte sie. «Nicht so ... nicht so ... Wie ein abgenagtes Brotstück soll sie dich bekommen ... wie einen weggeworfenen Apfelkern, den selbst die Ameisen nicht mehr fressen ... Dieses Miststück ... diese fette, glotzäugige Kuh ...»

Bodmar stieg aus dem Bett, kleidete sich an und warf die Decke über die hingestreckte Jelena. Es war eine Berührung, die ihre Kräfte noch einmal mobilisierte. Mit einem mächtigen Satz sprang sie durchs Zimmer und stellte sich an die Tür

«Wo willst du hin?» fragte sie. Ihre Stimme klang erstaunlich sachlich, als habe sie vor Sekunden in keiner Weise wimmernd und keuchend auf dem Bett gelegen.

«Hinaus. Nur hinaus. In die Nachtluft. Ich habe genug von Weibergeruch.»

«Du willst zu Njuscha. Lüge nicht.»

«Nein, ich will auch nicht zu Njuscha!» schrie Bodmar sie an. «Allein will ich sein. Gib die Tür frei!»

«Erst wenn du gehört hast, was ich zu sagen habe.»

«Dann sag es.» Bodmar hob resignierend die Schultern.

«Wir fahren morgen weiter nach Wolgograd ...»

«Nein, ich bleibe in Perjekopsskaja.»

«Dein Paß läuft am 10. Juni ab. Ich werde dafür sorgen, daß die Aufenthaltsfrist verkürzt wird. Ich werde dich über die Grenze abschieben lassen wie einen Verbrecher.»

Bodmar hob die Hände. Sie waren rot von Jelenas Blut,

und er starrte sie erschrocken an. «Ich kenne deine Macht nicht, aber ich weiß, daß du andere Vorgesetzte fragen mußt. Sie wiederum werden mich verhören, und ich werde ihnen die Wahrheit sagen. Ich habe mich in ein russisches Mädchen verliebt, werde ich sagen, und ich bitte Sie: Lassen Sie mich in Rußland bleiben. Haben Sie ein Herz. Ich will am Don arbeiten, was Sie bestimmen. In der Sowchose, beim Wegebau, an den Uferbefestigungen ... nur lassen Sie mich bei Njuscha bleiben.»
«Auslachen wird man dich! Für einen Idioten halten!»
Jelena richtete sich auf. Mit einem Ruck schob sie den Verband über die Wunde. «Beenden wir alles!» Sie kniff die Augen zusammen wie ein Schütze, der zielt. «Ich breche die Reise ab! Im Auftrag des Ministeriums befehle ich Ihnen, Gospodin Bodmar, sich unverzüglich nach Wolgograd zu begeben und sich dort bei der Pressestelle der Partei zu melden. Wenn Sie sich weigern, habe ich das Recht, Sie durch die Miliz dorthin bringen zu lassen. Ich mache Sie darauf aufmerksam, daß eine Weigerung Widerstand gegen die UdSSR ist. Sie können verhaftet und nach unseren Gesetzen bestraft werden. Weder ihre Botschaft noch sonst irgend jemand auf der Welt kann Sie davor bewahren. Begreifen Sie das?»
«Sehr gut.» Bodmar blickte Jelena kopfschüttelnd an. Dann ging er in die Ecke des Zimmers, nahm einen Spiegel von der Wand, kam zurück zu Jelena und hielt ihn ihr vor.
Jelena schloß die Augen. Der Anblick ihres nackten, blutbespritzten Körpers war unerträglich. Wenn etwas ihre vollkommene Niederlage bewies, dann war es dieses Bild im Spiegel.
Mit einem dumpfen Laut riß sie den Spiegel aus Bodmars Hand und warf ihn gegen die Wand. Er zerschellte in zahllose Splitter und klirrte vor Jelena zur Erde.
«Solange ich lebe, werde ich euch hassen!» sagte sie heiser. «Nicht dich oder Njuscha ... nein, alles was deutsch ist, deutsch spricht, deutsch aussieht und deutsch riecht ... Deutsch — das ist jetzt ein Gift, das mich zerfressen hat ... und alles, was deutsch ist, soll es in Zukunft spü-

ren.» Sie trat von der Tür weg und stieß sie mit dem Fuß auf. «Geh hinaus!» schrie sie. «Geh zu deiner Kuh! Ich werde dich übermorgen in Wolgograd abliefern und dir vor allen Leuten, vor allen Leuten, jawohl, ins Gesicht spucken! Nun geh doch ... geh ...»
Bodmar verließ das Zimmer. Er kam an Evtimia und Kolzow vorbei ... Kolzow lag auf dem Tisch in der «schönen Ecke» und kühlte sich den Kopf mit einem nassen Handtuch. Evtimia betete lautlos, und es störte sie dabei nicht, daß sie nicht vor dem Bild des heiligen Wladimir, sondern unter der Fotografie von Lenin saß. Njuscha war nicht zu sehen ... sie lag im Schlafzimmer auf dem Rücken, die Hände um die Würgmale gepreßt, und starrte an die Decke. Sie müssen uns schon beide töten, dachte sie. Wir sind nicht mehr zu trennen, Sascha und ich ...
Bodmar ging aus dem Haus und wanderte durch den kleinen Garten. Unter dem Kirschbaum, wo Kolzow eine Bank gezimmert hatte, setzte er sich und sah in die helle, nach Honig duftende Nacht. Von der Steppe hörte er weit entfernt das Wiehern der Pferdeherden. Vom Don herüber klang das Murmeln des Wassers an den Ufern.
Welch ein Land, dachte er. Welche Menschen.
Bei Gott ... ich bin verloren ...

12. Kapitel

Am nächsten Morgen geschah nichts. Wie eine Lähmung lag es über den Kolzows.
Njuscha arbeitete im Stall, Dimitri Grigorjewitsch saß im Zimmer herum und bewachte alle Personen. Evtimia kochte für den Mittag eine dicke Kascha und rührte Mehlbrei an für einen Pfannenkuchen. Jelena lag im Anbau auf ihrem Bett und war zu schwach, etwas zu unternehmen. Der Arm schmerzte höllisch, kaum bewegen konnte sie ihn, aber sie warf Bodmar jedesmal hinaus, wenn er die Wunde behandeln wollte.
«Lassen Sie mich in Ruhe!» schrie sie mit funkelnden Au-

gen. «Soll ich die Pest in den Arm bekommen? Die Berührung eines Deutschen ist wie Gift!»
Bodmar hörte sich das viermal an, und viermal verließ er wortlos das Zimmer. Beim fünftenmal setzte er sich auf die Bettkante und erhielt dafür von Jelena sofort einen Fausthieb auf die Knie.
«Du stinkst nach deutsch!» schrie sie mit verzerrtem Gesicht. Ihr Haß zerfraß sie wirklich von innen. «Laß mich in Ruhe, oder ich schreie um Hilfe, daß das ganze Dorf zusammenrennt.»
«Gib den Arm her . . .», sagte Bodmar.
Sie rückte weg und legte den Arm auf den Rücken. «Jeder Atemzug von dir ist mir widerlich!» keuchte sie.
«Ich weiß. Aber die Welt kann nicht nur nach Rosen duften.» Er riß ihren Arm nach vorn, sie schrie auf und schlug nach ihm. Mit harter Entschlossenheit warf er sie zurück, setzte sich auf ihren gesunden Arm und machte sie damit wehrlos. «Schrei um Hilfe», sagte er dabei. «Los, schrei das Dorf zusammen! Sie werden sich freuen, die Nachbarn. Vor deinem Bett werden sie stehen und lachen. Ach, das Vögelchen aus der Stadt! Hat sich die Flügelchen verbrannt, ei, ei . . . War's so heiß im Doppelbett? Man sollte sie vorher im kalten Wasser baden, aber Vorsicht, wenn es zu zischen beginnt . . .» Er blickte in ihre umherirrenden Augen und umfaßte den verletzten Arm. «Laß sehen, Jelena. Benimm dich nicht wie eine Verrückte. Wer hat immer betont, wir seien moderne Menschen, und unsere Welt habe nüchtern zu sein wie eine blanke Kupferplatte?»
«Es war ein Irrtum. Alles war ein Irrtum. Ich bin belogen worden, seit ich denken kann. Ich verfluche alle, die mich zu dem gemacht haben, was ich heute bin. Was hat man Njuscha von der Welt erzählt? Nichts! Aufgewachsen wie ein Fohlen ist sie, frei herumrennend in der Steppe. Warum bin ich anders? Warum denke ich? Warum sehe ich diese verdammte Welt durch die Brille einer Ideologie? Warum lernte ich Zitate von Lenin und Stalin, statt das einfache Wort: Ich liebe dich! Nimm mich! Frage nicht! Laß uns vergessen! — Sie haben eine Sünde an mir begangen,

alle, alle ... und nun habe ich den Teufel in mir, werde ihn nicht los und ersticke an ihm.»
Sie hielt Bodmar willenlos den Arm hin, er entfernte den durchbluteten Verband, schmierte auf die Wunde eine Heilsalbe, die köstlich kühlte und das Brennen wegnahm, verband sie dann neu und rieb zum Schluß ihre Stirn und — nach einem kurzen Zögern — auch ihre Brust mit Kölnisch Wasser ein.
Sie ließ alles geschehen mit geschlossenen Augen, nur ihre Lider zuckten kurz und schnell, als er ihre Brust einrieb.
«Am Abend werden die größten Schmerzen vorüber sein», sagte er sanft, deckte sie zu und strich über ihr schwarzes, kurz geschnittenes Haar. «Schlaf jetzt ... du hast viel Blut verloren ...»
Sie nickte mit geschlossenen Augen. Als sie sprach, war ihre Stimme klein wie aus einem Mauseloch.
«Ich kann nicht schlafen ...»
«Soll ich dir etwas zum Schlafen geben?»
«Ja ...»
«Eine Tablette?»
«Nein. Gib ... gib mir einen Kuß ...»
Er beugte sich über sie und küßte sie auf die schmalen Lippen. Sie waren kühl, wie die einer Toten, und er war erschüttert, wie tief die Niederlage gegen Njuscha sie getroffen hatte.
«Kannst du jetzt schlafen?» fragte er über ihren Lippen. Sie nickte und ihre Mund öffnete sich etwas.
«Noch einen Kuß ... bitte ...»
Er küßte sie zum zweitenmal, und diesmal länger und mit klopfendem Herzen. Er spürte ihre kleine Zungenspitze, wie sie sich einen Weg zwischen seine Lippen und seine Zähne suchte. Mein Gott, beginnt das alles wieder von vorn? dachte er. Es muß ein Ende haben.
Er riß sich los und legte seine Hand über ihre Augen.
«Schlaf jetzt ...», sagte er.
«Ich schlafe ja schon. Geh hinaus ... du deutscher Hund ...!»

Im Wohnzimmer wartete auf Bodmar eine Überraschung. Besuch war gekommen, den Kolzow mit saurer Miene hereinlassen mußte, denn wer da ungebeten erschienen war, hatte ihn schon als Säugling auf dem Schoß geschaukelt. «Das ist er also?» sagte der Besucher und bestaunte Bodmar wie ein Wundertier. «Stark und groß ist er. Das wird ein Fest.»
Kolzow zeigte auf den Alten und strich sich über den buschigen Schnurrbart. «Das ist Anton Christoforowitsch Babukin», sagte er, als gösse er Wasser in den Wein. «Der Freund meines Vaters und Großvaters. Gott erhalte ihn weitere hundert Jahre . . .»
Babukin nickte Bodmar freundlich zu und klapperte mit einem Stock gegen das Tischbein. Im ganzen Don-Gebiet, von Rostow bis Woronesch, kannte man den alten Babukin und behandelte ihn wie ein wertvolles Fossil. Wie alt er wirklich war, wußte niemand, selbst der Pope Ifan fand in den Kirchenbüchern nur die Eintragungen vom Tod der vier Frauen, die Babukin in seinem sagenhaft langen Leben verschlissen hatte. Er wohnte in einer Hütte am Don-Ufer, dicht neben der Haupttränke der Pferde, saß tagaus, tagein unter dem überhängenden Strohdach und gab den jungen Kosaken gute Lehren. «Ihr Hohlköpfe!» schrie er zum Beispiel. «Ihr schwanzlosen Teufel! Erst haben die Pferdchen Klee gefressen, und jetzt saufen sie sich den Wanst voll! Sollen sie die ganze Nacht durchfurzen, he? Wie geht es euch denn, wenn ihr frisches Brot gefressen habt und Kwass darauf trinkt? Dann donnert ihr wie sieben Herbstgewitter! Glaubt ihr, die Gäule haben keinen Darm?»
Unbestritten, Babukin verstand etwas von Pferden. Er war der letzte überlebende Ataman, der noch vor dem Zaren Kunststückchen geritten hatte und von dem man erzählte, er habe sich in Gegenwart der Großfürstin Olga Petrowna an einen Baum gestellt und sein Wasser abgeschlagen. Das Entsetzen über dieses Benehmen verstand er nicht. «Wozu der Lärm?» soll er geschrien haben. «Mein Pferd und ich pinkeln, wo's uns überkommt!»

Berühmt waren die Attacken, die Babukin geritten hatte. 1914 gegen die Deutschen, 1919 gegen die Roten, 1920 gegen die Weißen ... man war sich damals nie ganz klar, wohin Babukin überhaupt gehörte, denn er war überall dort anzutreffen, wo man mutige Reiter brauchte. Er war ein Freund der roten Kommissare und kniete mit gleicher Inbrunst vor den Ikonen in der Kirche, und niemand trat ihm deswegen in den Hintern, denn Babukin konnte mit dem Säbel umgehen wie kaum jemand am Don. Er hatte es einmal, mitten im Frieden, bewiesen, als ein Dieb ihm ein Ferkel aus dem Stall holte.
«Hoiho!» hatte der Alte gebrüllt — er mußte damals schon weit über Achtzig gewesen sein — hatte seinen alten, schweren Kosakensäbel geschwungen und dem vor Entsetzen gelähmten Dieb das linke Ohr abgeschlagen. Fein säuberlich, am Kopf vorbei, nur das Ohr ... ein Meisterschlag war's, von dem man noch nach Jahren berichtete.
Nun also saß Anton Christoforowitsch auf der Bank bei Kolzow und zeigte mit der Zwinge seines Stockes auf Bodmar.
«Mein Jüngelchen», sagte er wohlwollend und tippte Bodmar gegen die Brust. «Ich bin gekommen, um diesen Schwachsinnigen hier zu sagen, daß wir am Don leben und in uns das Blut der Kosaken rauscht. Sie vergessen's immer, die Jungen. Verbauern total, bringen ihr Hirn in die Kolchose ein und pflügen es als Mist unter. Sogar Dimitri Grigorjewitsch, den ich wie einen Sohn aufgezogen habe! Zum Weinen ist's! Aber du bist ein guter Mensch, ich sehe es an deinen Augen. Du wärest Leutnant geworden, damals, als es noch Männer am Don gab und keine aus Mais gebakkenen Kuchen.» Er rülpste laut, weil er beim Sprechen Luft schluckte, und lehnte sich zurück. Kolzow drehte die Augen zur Decke, aber schwieg gehorsam.
«Ich kenne eure Sorgen», sagte Babukin und rieb sich die Hände. «Granja Nikolajewitsch verkündet seine Hochzeit mit Njuscha, aber sie will nicht. Und Kolzow, dieser lahme Ochse, weiß nicht, was er machen soll. Im Dorf hat man schon Wetten abgeschlossen, wie's ausläuft. Kriegt Granja

sein Weibchen — oder läuft's ihm vor der Hochzeit noch davon? Laßt mich nur 'ran, habe ich allen gesagt. Ich werde das regeln. Laßt die dumme Wetterei — wir tragen es aus nach Kosakenart. Da haben sie mich angeschaut, als wenn ein Hengst Milch gibt. Mein Herz hat gezuckt vor Leid . . . keiner weiß mehr, wie sich Kosaken über ein Mädchen einigen.»
«Wir leben auch in einer anderen Zeit, Väterchen», sagte Kolzow laut. «Hier herrscht Ordnung und Zucht.»
Der Alte schoß empor wie eine Granate. «Hatten die Kosaken keine Ordnung?» schrie er mit heller Stimme. «Jüngelchen — hör zu!» Er faßte Bodmar an den Rockaufschlägen und klammerte sich an ihn. «Wir tragen es aus wie Männer. Granja und du . . . ihr allein. Unten am Fluß, auf der Uferweide, das ist der Platz, wo man's früher gemacht hat. Jeder bekommt einen Säbel und einen Sack . . . und dann juchhei aufeinander.»
«Ein Duell . . .», sagte Bodmar verblüfft.
«Das ist verboten!» Kolzow hieb mit der Faust auf den Tisch. «Ich untersage als Bürgermeister diesen Unsinn!»
«Er nennt es Unsinn!» keifte der alte Babukin. «Mein Ziehsöhnchen nennt Kosakenart Unsinn! Daß mich gleich der Schlag treffe . . . Ich habe mit Granja schon gesprochen . . .»
«Was hast du?» fragte Kolzow atemlos.
«Mit ihm geredet, natürlich. Zuerst der Betrogene, so ist's Sitte. Granja ist ein Zögerer, aber ich habe ihn überredet. Er stellt sich dem Zweikampf. Jüngelchen, er übt schon hinter der Sowchosscheune mit dem Säbel, schlägt Kerben in Baumstämme und köpft leere Flaschen. Nun bist du dran . . . schlag ein!»
Babukins welke Hand, in der über ein Jahrhundert geschrieben stehen mußte, streckte sich Bodmar hin. Kolzow schlug sie weg und riß die Tür auf.
«Sieh den Pferden unter den Schwanz, aber laß uns in Frieden!» schrie er. «Warum du alle Attacken, Unwetter, Krankheitswellen und Seuchen überlebt hast, weiß wirklich nur Gott! Ich verbiete es, ich bin der Dorfsowjet!»

Der alte Babukin nahm seinen Stock und verließ das Zimmer. Er war tief beleidigt. Als er an Kolzow vorbeitappte, spuckte er ihn an und sagte laut: «Hätte ich statt dir doch eine Laus großgezogen. Wenigstens kratzen könnte man sich dann . . .» In der Tür aber blieb er noch einmal stehen und sah sich zu Bodmar um. «Granja kommt! Am Sonntagmorgen um sieben Uhr am Don. Das ganze Dorf wird herumstehen und zusehen. Ich werde die Kommandos geben.» Er lachte meckernd und spuckte Kolzow noch einmal vor die Stiefel. «Nun liegt's bei euch. Feiglinge hat es am Don noch nie gegeben . . .»
Kolzow hieb ihm die Tür ins Kreuz und fluchte wie ein Pferdehändler.
«Hör nicht auf ihn», sagte er hinterher zu Bodmar. «Seit Jahren hat er einen Wurm im Hirn.»
«Und wenn Granja wirklich zugesagt hat?» Bodmar setzte sich neben Evtimia an den Herd. Sie gab ihm einen Becher mit Tee, und er trank ihn wie ein Verdurstender. Ein Duell, dachte er. Mit Kosakensäbeln. Wenn es nicht um Njuscha wäre — noch heute würde ich mit Jelena nach Wolgograd fahren.
Er betrachtete seine Hände und dachte an die schweren, gebogenen Säbel. Wie man sie hielt, wie man sie schwingen mußte, keine Ahnung hatte er davon. Granja würde ihm beim ersten Hieb den Schädel spalten, das war gewiß.
Evtimia, die ans Fenster getreten war, kam zornbebend zurück.
«Er ist zu Plitoscheck gegangen, der alte Teufel!» rief sie. «Und Moginow hat er zugewinkt wie: Ich komme gleich zu dir. Er geht tatsächlich von Haus zu Haus und lockt die Leute an den Strand. Man sollte ihn erschlagen, den hinkenden Bock!»
«Was kein Blitz und keine Seuche vermochten — wir können es auch nicht», sagte Kolzow resignierend. «Er macht uns armselig wie einen Wurm. Es gibt nur noch einen Ausweg: Flüchte, Gospodin. Nimm deine Jelenuschka und reise ab. Heute noch, gleich . . . Ich gebe euch einen Wagen mit zwei Pferden. Nur weg von hier.»

«Und Njuscha?»
«Welche Frage. Sie heiratet Granja. Es wird noch eine harte Nuß sein, ihm zu erklären, daß sie nicht mehr die Unschuld hat. Aber ich biege es schon hin. Ein eingerittenes Pferd ist mehr wert als ein stolpernder Einjähriger. Das wird er einsehen.»
«Ich flüchte nicht.» Bodmar stellte den Becher zurück auf den Ofen. «Du weißt, Kolzow, wie es zwischen Njuscha und mir steht.»
«O Mutter Gottes, ja!» stöhnte Evtimia neben dem Kaschakessel.
«Ich werde in Moskau den Antrag stellen, bei euch bleiben zu dürfen.»
«Du? Am Don? In Perjekopsskaja ...» Kolzow riß den Mund auf. «Für immer?»
«Für immer, Dimitri Grigorjewitsch.»
«In meinem Haus?»
«Wenn du mich hier haben willst, ja. Aber ich werde Njuscha und mir ein neues, eigenes Haus bauen.»
«Das willst du tun?»
«Ich werde morgen schon nach Moskau schreiben. Ich komme von euch nicht mehr los.»
«O Gott, ich habe einen Sohn!» Kolzow wischte sich über die Augen, sein Schnurrbart zitterte, dann umarmte er Bodmar und drückte ihn an sich. «er bleibt, Evtimia, hörst du, er bleibt!» rief er. Die Freude übermannte ihn derart, daß er zu zittern begann und sich an Bodmar lehnte wie gegen einen Sattel. Evtimia rannte zu ihm, küßte Bodmar auf beide Backen und segnete ihn. Dann sagte sie: «Und das Duell? Am Sonntag soll es sein, jetzt haben wir Freitag. Beeil dich, Kolzow, und verbiete es!»
«Verbieten?» Kolzow zuckte zurück und stemmte die Hände in die Seiten. «Es findet statt. Und wir werden es gewinnen. Den Schädel schlagen wir Granja ein, dann kann jeder sehen, daß er nur Stroh im Kasten hat. Wir werden uns schlagen wie echte Kosaken, nicht wahr? Komm, mein Söhnchen, komm in den Stall!» Er faßte Bodmar um wie ein Tänzer seine Partnerin. «Ich habe meinen Kosaken-

säbel noch. Gut eingefettet, scharf wie ein Rasiermesser. Und üben werden wir, Söhnchen, üben, daß die Fetzen fliegen. Laß Granja auf seine Baumstämme schlagen ... wir hauen einen ganzen Wald bis Sonntag morgen ab. Komm mit mir, Söhnchen ...»

Er schob Bodmar aus dem Haus, und da die Nachbarn, durch den alten Babukin aufgehetzt, herüberblickten, umfaßte er Bodmar noch einmal und gab ihm vor allen Leuten einen schmatzenden Kuß.

Es war ein Kuß, der wie ein Strohfeuer durch Perjekopsskaja flog. In Minutenschnelle wußten es Kalinew, der Schuster, und Rebikow in seinem Magazin.

«Nun wird es schön in Perjekopsskaja», sagte der uralte Babukin überall, wo er jetzt hinkam. «Brüderchen, ich rieche förmlich den Kosakenschweiß. Geschlafen haben wir alle, fünfzig Jahre geschlafen ...»

In der Scheune stand Bodmar vor Njuscha und Kolzow und wog den alten Kosakensäbel in der rechten Hand. Es zischte richtig, wenn er ihn durch die Luft wirbelte. Njuschas Augen glänzten, und Kolzow klatschte in die Hände. «Üben wir!» rief er immer wieder. «Ich mach's dir vor. Ich kann es noch, glaub es mir! Gib her, Söhnchen ... sieh, so macht man es!» Er schlug ein Muster, das Bodmar noch nie gesehen hatte, traf eine Laterne und zerschmetterte sie. Dann hieb er eine freihängende Lichtleitung durch, ein Blitz zuckte an der Schneide entlang, es gab einen Knall, Kolzow stieß einen meckernden Schrei aus und fiel rücklings ins Heu.

«Was war das?» stotterte er verwirrt.

«Zweihundertzwanzig Volt ... das gab's bei den Kosaken noch nicht.» Bodmar hob den Säbel auf und fuhr mit dem Daumen vorsichtig über die Schneide. Sie war scharf und ohne Scharten. Am Sonntag würde sie voll Blut sein.

«Muß es sein?» fragte er leise und sah dabei Njuscha an. Sie verstand ihn und wandte sich ab. «Ich bin kein Feigling ... aber muß ein Mensch sterben, damit wir glücklich werden?»

«Nur Granja kann das noch bestimmen.» Sie drehte sich

wieder um, nahm Bodmar den Säbel aus der Hand und klemmte ihn unter den Arm. «Wir können nicht mehr zurück, *wir* nicht, Sascha. Das siehst du doch ein?»
Er nickte und ging ihr nach, während sich Kolzow aus dem Heu schälte.
«Ja, ich sehe es ein», sagte Bodmar langsam. «Wir können nicht unser Gesicht verlieren.»
Dieses Land frißt mich, dachte er, während sie in den Garten gingen, um Schläge und Abwehr mit dem Säbel zu üben. Ich kann es nicht begreifen — aber ich bin ein anderer Mensch geworden, seit ich den Don gesehen habe.

Nach dem Mittagessen, das Kolzow mit Lobsprüchen über die fechterische Begabung Bodmars würzte, ritt Njuscha heimlich zur Sowchose «2. Februar». Zu Hause sagte sie, sie reite zur Weide, um ein Fohlen zu fangen, denn der Sattler Luschkow sei gekommen und hätte um ein schönes Fell gebeten. «Eine Tasche soll's werden, für Anuschka Fillipowna, die Vorarbeiterin der 3. Brigade. Sie heiratet am gleichen Sonntag wie Njuscha. Das wird ein Fest werden, Leute.»
Jelena lag noch im Bett und ließ sich von Bodmar erneut verbinden. Es wäre nicht nötig gewesen, aber offensichtlich hatte sie wild geträumt und sich dabei den Verband vom Arm gerissen. Niemand war ja dabei, als sie es ganz bewußt tat, um Bodmar wieder in ihre Nähe zu locken.
Der Kampf ist noch nicht zu Ende, dachte sie, während er den neuen Verband um die Wunde wickelte. Ich habe eine Schlacht verloren, aber nicht den Krieg. Noch lebt Njuscha, und noch lebe ich ... und solange wir die gleiche Luft atmen, wird es keine Ruhe geben.
Im Garten übte Kolzow allein mit seinem alten Kosakensäbel. Man hörte ihn schreien, wenn er weit ausholte, sein ganzes Gewicht in den Schlag legte und dann die Schneide niedersausen ließ.
«Hoiho!» brüllte er wie der uralte Babukin. Oder das gräßliche Urrräääá, das sich in die Knochen fraß und die Nerven lähmte. Wie ein Berserker stampfte Kolzow durch

seinen Garten, durchschlug die Luft, machte sich aus alten Säcken, die er mit Holzwolle und Lumpen füllte, stramme Puppen und schlitzte ihnen den Bauch auf. Dann hörte man ihn in der Scheune rumoren, ein alter Schleifstein kreischte, und das typische Geräusch des Schärfens wehte bis zu Evtimia in die Küche.

Selbst Vater Ifan Matwejewitsch, der Pope, war ratlos, als Evtimia in ihrer Not bei ihm Rat und Hilfe suchte. Er kniete vor seinen Heiligen nieder, wühlte die Hände in seinen Bart und sah starr auf die goldenen Bilder. «Es ist eine große Tragik, Mütterchen», sagte er dann. «Aber es gibt keinen Heiligen, der für Duelle zuständig wäre. Ich habe sie alle im Geiste durchgezählt . . . aber für ein Duell ist keiner da. Das ist fatal, Mütterchen, aber ich kann's nicht ändern. Wann ist das Duell, sagst du?»

«Am Sonntag, sieben Uhr in der Früh.»

«Also vor der Messe. Das ist gut.» Vater Ifan erhob sich würdevoll. «Ich werde mit dem großen Pilgerkreuz hinauskommen, Mütterchen, und alle segnen. Es ist immer ein Trost, wenn ein heiliger Mensch zusieht . . .»

Evtimia verließ die Kirche, nachdem sie Vater Ifan die Hand geküßt hatte. Beruhigt war sie keineswegs. Ihr blieb nur die eine Hoffnung, daß Kolzow selbst als Bürgermeister das Duell verbot.

Aber daran zu denken war wie der Wunsch, der Don möge einmal im Jahr kein Hochwasser führen. Kolzow war wie von Sinnen. Er zerhieb Strohballen, bekleidete Rundhölzer mit alten Anzügen und Hüten und spaltete sie dann mit lautem Aufschrei, hackte Holz mit seinem Säbel und schliff ihn dann wieder auf dem alten Schleifstein, laut dabei singend.

Von da an machte man einen kleinen Bogen um das Haus der Kolzows. Wer gerade auf der Straße ging, warf einen scheelen Blick über den Flechtzaun.

Laßt ihnen die kleine Freude, flüsterte man in Perjekopsskaja. Sollen sie singen und Äste abschlagen . . . am Sonntag werden sie einen Toten im Haus haben.

So dachte man im Dorf, während Njuscha in den großen

Hof der Sowchose «2. Februar» einritt und ihr Pferd zum Haus Nr. 3 lenkte. Die Männer und Frauen, denen sie begegnete, kannten sie alle, winkten ihr zu, gratulierten ihr zum glücklichen Bräutchen und blinzelten sie an. Wer wußte nicht von jenem blonden Deutschen im Hause der Kolzows? Der Natschalnik der Sowchose, der Genosse Pepkinew, ein dicker Mensch mit Asthma und Schweißfüßen, die ihn eigentlich zum Chef einer Käserei befähigten, hatte im vertrauten Kreise hämisch gesagt: «Wer versteht unseren Kolzow? Ein Deutscher! Und ein Journalist! Ja, ist er denn total verrückt? Er wird noch die Partei an den Hals bekommen, ich wette darum, Genossen. Es dauert lange, bis sie im Bezirkssowjet etwas merken, aber wenn sie es gemerkt haben, dann pfeifen sie aus allen Löchern. In der Haut Kolzows möchte ich dann nicht stecken!»
Granja war in seinem Zimmer und putzte den Säbel, den ihm der alte Babukin gebracht hatte. Die Waffe glänzte in der Sonne, als er sie am Fenster in den Lichtstrahl hielt, und gerade in diesem Augenblick trat Njuscha ein. Granja blieb der Mund offen vor Staunen ... es war das erstemal, daß Njuscha ihn hier auf seinem Zimmer besuchte.
«Mein Täubchen!» rief er und breitete die Arme aus. «Du kommst zu mir? Welch ein Tag ist heute? Freitag? Ich werde ihn auf dem Kalender mit Goldbronze übermalen.»
Er legte den Kosakensäbel auf das Bett und wollte Njuscha küssen, aber sie stieß ihn weg und tat es mit solcher Kraft, daß Granja vorsichtig wurde.
Wer ihn von früher her kannte und jetzt wiedersah, der schlug die Hände über dem Kopf zusammen. Granjas Gesicht wirkte wie eine Greisenmaske; der Sanitäter hatte zwar die Brandblasen aufgestochen, aber nun schrumpelte die Haut zusammen, und Granja sah zerknittert aus wie ein Bratapfel. Da half auch das Öl nichts, das er sich auf die Wunden strich ... das Brennen zermarterte oft seine Nerven, und immer, wenn er an einem Spiegel vorbeikam, senkte er den Kopf und schrie: «Ich werden den Deutschen töten! Was bleibt mir anderes übrig? Ich bin es meinem Gesicht schuldig ...»

«Es stimmt also», sagte Njuscha und ging an Granja vorbei zum Fenster, «du willst dich mit Sascha duellieren?»
«Ich kenne keinen Sascha», rief Granja genußvoll. «Ich kenne nur einen stinkenden deutschen Bock, und ihm haue ich die Hörner ab und alles, was an ihm stinkt, jawohl!»
«Und warum?» fragte Njuscha ruhig.
Granja musterte sie verwirrt. Sie trug niedrige, weiche Stiefel und darüber die blaue Pluderhose der Kosaken. Über die Brüste spannte sich ein roter Pullover, den Evtimia selbst mit eigener Schafwolle gestrickt hatte. Die blonden Haare hatte Njuscha zusammengebunden, einfach mit einem alten Lederriemen, aber in dem goldenen Wasserfall sah es aus wie ein Band aus schwarzen Perlen.
«Du bist schön, Njuscha . . .», sagte Granja heiser vor Aufregung. «Verdammt, du bist schön! Und du fragst noch, warum ich den deutschen Hund zerhacken werde?»
«Es ist eine berechtigte Frage.» Njuscha lehnte sich an das offene Fenster und stemmte die Hände gegen die Wand. «Alle Leute sagen, du kämpfst, um mich für dich allein zu erobern.»
«Genauso ist es, Njuscha», rief Granja.
«Du solltest wissen, daß es ein Kampf um nichts ist. Der sinnloseste Kampf, der je am Don gefochten wurde. Ich bin gekommen, um ehrlich zu dir zu sein. Du kannst nicht mehr erobern, was schon verloren ist.»
Granja senkte den Kopf und dachte nach. Was meint sie, grübelte er. Manchmal redet sie wie eine Intellektuelle, und dabei ist sie genau wie ich aufgewachsen, im Stall, im Stroh der Scheune —, und am Ufer des Don.
«Was ist verloren?» fragte er und sah sie von unten herauf an. Dumpf ahnte er etwas Schreckliches, nur genau bestimmen konnte er es noch nicht.
«Ich —» sagte Njuscha mit klarer Stimme.
«Du?» In Granjas Gesicht stieg die Röte. Sein Mund begann zu zucken, dann zuckten die Augen, die Stirn, das Kinn. «Njuscha . . . Mutter Gottes, Satan, Heilige, Himmel und Hölle, wen soll ich anrufen . . . Njuscha . . . das ist nicht wahr . . .»

«Es ist wahr, Granja. Glaubst du, ich wäre sonst zu dir geritten?»
«Es — ist — nicht — wahr!» brüllte Granja. Er warf die Arme hoch und raufte die Haare und schwankte im Stehen. «Du hast es mit ihm getan?»
«Ja, Granja ... das erstemal in meinem Leben ...»
«Mit einem Deutschen?» heulte er. «Ausgerechnet mit einem Deutschen! Du Hure, du erbärmliche Hure! Er warf sich herum, stürzte auf sein Bett, riß den Kosakensäbel des alten Babukin an sich und schwang ihn über seinem glühenden Kopf. Die Augen fielen ihm fast aus dem Kopf, wie ein Fischmaul war sein Mund geöffnet, Speichel tropfte aus den Mundwinkeln und lief über seinen geschwollenen Hals in den Kragen.
Er schwankte auf Njuscha zu, griff nun auch noch mit der anderen Hand an den Säbelknauf, und so stand er vor ihr, hochaufgerichtet wie vor Jahrhunderten die Scharfrichter, bevor sie mit einem Schwertstreich den Kopf vom Rumpf trennten.
«Sag es noch einmal —», heulte er. «Sag es mir in die Augen ... du hast mit dem Deutschen gehurt?»
«Nein!» Njuscha trat ihm einen Schritt entgegen und warf den Kopf in den Nacken. Es war ein Stolz in ihr, der auf Granja übersprang wie ein Blitz. «Ich bin seine Frau ...»
Dann sah sie hinauf zur Schneide des Säbels. Sie leuchtete in der Mittagssonne mit einem kalten, blausilbernen Schein. Schlag zu, dachte sie. Schlag doch zu, du Feigling. Nur fallen zu lassen brauchst du ihn, und er wird mir den Schädel spalten bis zur Schulter.
«Ich liebe ihn», sagte sie leise, um sein Herz völlig aufzureißen. «Ich liebe ihn mehr als mein Leben ...»

13. Kapitel

Der Vorarbeiter der 1. Brigade der Sowchose «2. Februar» Nikolai Wassiljewitsch Sadowjew war ein Mensch, der immer das Beste vorhatte, höflich zu allen war, zurück-

haltende und wenig böse Worte gebrauchte, der jeden grüßte und nie die Geduld verlor, der aber — das Schicksal ist nun mal ein Haarbüschel aus des Teufels Schwanz — für seine gute Seele immer nur Undank erntete.
An diesem Vormittag ging er über den großen Hof der Sowchose, und wollte hinüber zum Magazin, denn er hatte dienstfrei und sehnte sich nach hundert Gramm Wodka, als er ein Pferd bemerkte, das sich losgerissen hatte und wie ein Ziegenbock im Frühling herumhüpfte.
«Hoi-hoi —» sagte Sadowjew und breitete die Arme aus, um dem Pferdchen zu zeigen: Paß auf, du Luder, hier kommt ein Mann, der dich einfangen wird. Steh still, du Teufelsaas! Er ging mit wiegenden Schritten auf den Gaul zu und wunderte sich, daß er gesattelt nach Kosakenart war und sogar ein Lasso an der Seite hing. Er hüpfte vor dem Haus Nr. 3 herum, wieherte ein paarmal trompetenhaft laut und stemmte dann die Beine in den Sand, senkte den Kopf und starrte Sadowjew böse an. Die runden Augen funkelten, die Ohren legten sich flach zurück, die Nüstern blähten sich.
Nikolai Wassiljewitsch blieb vor dem Pferd stehen und blickte sich um. Er stand allein auf dem weiten Platz. Um diese Zeit waren alle Arbeiterinnen und Arbeiter auf den Feldern oder in den Ställen, die Mechaniker lagen unter den defekten Maschinen, die Leute von der freien Schicht schliefen oder spielten in den Häusern Dame und Schach, in der Küche schälten zwanzig Frauen Kartoffeln und rührte der Koch Poliakowitsch mit sieben anderen Gehilfen in den großen Kesseln ... es war keiner da, der Sadowjew helfen konnte, und rufen wollte er auch nicht.
«Bist mir ein schönes Luder», sagte Sadowjew zu dem Pferd und kam langsam, Schritt um Schritt, näher. «Deinen Reiter müßte man in den Hintern treten ... nicht einmal richtig anbinden kann er dich. Wo steckt er überhaupt, he? So wie du aussiehst, kommst du aus einem der Kosakendörfer. Funkle mich nicht so an, du Miststück!»
Sadowjew lockte das Pferd mit Zungenschnalzen und Fingerschnippen. Aber der Gaul reagierte nicht. Er hieb die

Hufe in den Sand und blies Sadowjew seinen heißen Atem entgegen. Und dann, drei Meter lagen nur zwischen ihnen, geschah es. Das Pferd stieg auf die Hinterbeine, stieß einen triumphierenden Laut aus und sprang Sadowjew an.

Mit einem verzweifelten Satz rettete sich Nikolai Wassiljewitsch vor den wirbelnden Hufen, hechtete über den Boden, überkugelte sich und kroch dann hinter eine Tonne in Sicherheit. Dort setzte er sich auf den Boden, wischte sich über das Gesicht und starrte auf das rasende Pferd, das vor dem Haus Nr. 3 herumtobte, als sei es irrsinnig.

Ich bringe es um, dachte Sadowjew wild. Keiner wird mir das übelnehmen können ... das Biest hat ein geschwollenes Gehirn, als sei es dort von einer Bremse gestochen. So benimmt sich kein normales Pferd. Aber, zum Teufel, wo kommt es her? Wem gehört das Aas? Irgendwo in diesen Häusern muß doch der Reiter herumsitzen. Liegt vielleicht gemütlich bei einem Weib im Bett, während sein dreimal verfluchter Gaul alles um sich herum zerstört.

Er kroch hinter der Tonne hervor, machte einen Bogen um das Pferd und rannte in das nahegelegene Haus Nr. 3. Zuerst wollte er sich in den Flur stellen und laut brüllen: «Wem gehört der Drecksgaul da draußen?», aber dann kam ihm ein anderer Gedanke. Ich hole Granja zu Hilfe, dachte er. Wenn er auch kein Kosak mehr ist, sein Vater war einer, und das liegt im Blut.

Sadowjew lief also den Gang hinunter zum Zimmer Warwarinks, sparte sich das höfliche Anklopfen, was er sonst nie vergaß, und riß die Tür auf. Dann prallte er zurück, stieß einen lauten Schrei aus und machte einen Satz nach vorn, als habe er von dem wilden Pferd draußen einen Tritt bekommen.

Granja Nikolajewitsch war gerade dabei, ein Mädchen mit einem blitzenden Kosakensäbel zu erschlagen. Mit beiden Händen schwang er ihn über seinem Kopf, die Augen quollen ihm aus den Höhlen, er sah entsetzlich aus, wie ein Mensch, dessen Gesicht zu Teig wird und zerfließt. Das Mädchen stand vor ihm, regungslos, wehrte sich nicht,

hatte den Kopf trotzig zurückgeworfen und schien darauf zu warten, daß Granja ihm den schönen Schädel spaltete.
Sadowjew war, wie gesagt, ein hilfreicher Mensch. Er zögerte keine Sekunde, sondern sprang Granja von hinten an, warf ihn mit seinem Gewicht auf das Bett und entrang ihm den Kosakensäbel. Er schleuderte die Waffe weg, und diese machte einen merkwürdigen Bogen, als sei sie kein Säbel, sondern ein Bumerang, und flog aus dem Fenster.
Unten, auf der Rückseite des Hauses Nr. 3, saß der alte Popow an der Hauswand im Schatten und stopfte Strümpfe. Er war Witwer, keiner nahm ihm diese notwendige Arbeit ab, und so saß er da im Schweiße seines Angesichts, zog die Nadel mit dem Wollfaden durch das Loch im Strumpf und starrte dabei nachdenklich in die Gegend. Alte Männer haben immer etwas zu denken, Gott weiß, was sie alles philosophieren. Und nun stelle man sich vor, daß man darüber nachdenkt, ob in diesem Jahr das Kalben der Kuh Olga ohne Komplikationen abgeht — ein großes Problem, denn Olga legte bisher immer schwere Geburten hin wie ein vornehmes Weibchen aus der Stadt —, und mittenhinein in diese wichtigen Gedanken fällt ein richtiger Kosakensäbel. Mit der Spitze in den Boden, zwei Zentimeter von Popows Stiefel entfernt. Steckt da im Sand, zitternd und schwankend, und glänzt in der Sonne.
Der Alte machte einen Luftsprung und sah dabei in den Himmel. Doch der war blau und sauber, nur eine kleine Wolke zog über das Haus. Popow starrte sie entgeistert an, denn es war ihm neu, daß aus Wolken statt Regen auch Kosakensäbel fallen, dann rannte er weg, hinüber in die Kantine der Sowchose, um allen sein Erlebnis zu erzählen.
«Es regnet Säbel!» brüllte er schon in der Tür. «Brüder, haltet mich nicht für besoffen schon am frühen Tag. Es zog eine Wolke übers Haus, und aus der fiel ein Kosakensäbel. Ich kenne sie, ich war bei den Rostower Kosaken, ich habe selbst mit ihnen geübt und geschlagen. Brüder, ich schwöre euch: Ich bin nicht besoffen!»
Man zog den Alten in die Kantine, preßte ihn auf einen

Stuhl und schüttete Wasser über seinen Kopf. Popow brüllte wie ein Stier, aber da ihn fünf Mann festhielten, mußte er diese Schmach erleiden.
Unterdessen fand im Zimmer Granjas ein verzweifelter Kampf statt. Sadowjew rang mit dem um sich schlagenden Warwarink, als gelte es, eine Medaille zu gewinnen. Einmal, er hatte Granja gerade wieder unter sich und hieb ihm auf die Nase, blickte er zu dem Mädchen und erkannte Njuscha Kolzowa. Sie stand an der Wand, mit weiten, blauen Augen und drehte die langen blonden Haare um ihre Hände.
Sadowjew ahnte die Zusammenhänge — wer im Umkreis von fünfzig Werst wußte nicht mittlerweile von dem Durcheinander, das im Hause Kolzows herrschte, seitdem das Auto aus Moskau eingetroffen war?
«Du Idiot!» brüllte Sadowjew Granja ins Gesicht. «Wach auf! Genosse, benimm dich wie ein Mensch! Mit einem Säbel gegen ein Mädchen? Ich klopfe dein Gesicht weich wie einen Fleischkloß!»
Noch dreimal hieb er auf Granja ein, aber dieser, ein zäher Bursche, der in seiner grenzenlosen Wut Riesenkräfte entwickelte, gab keine Ruhe, bis ihm der vierte Schlag in die Herzgrube den Atem raubte. Er lag da, mit ausgebreiteten Armen und zuckenden Beinen, schnappte nach Luft, und das Blut rann ihm aus der Nase in den aufgerissenen Mund. Er sah nicht schön aus, und das Herz des immer höflichen Sadowjew wurde schwer.
«Entschuldige, Brüderchen», sagte er in seiner stillen Art, erhob sich vom Bett und wischte sich die Hände an der Hose ab. «Aber dein Benehmen war nicht normal.» Dann wandte er sich an Njuscha, betrachtete ihre Kosakenkleidung und zeigte mit dem Daumen über seine Schulter.
«Gehört dir das Miststück von Pferd da draußen?»
«Es ist ein friedliches Tierchen.» Njuscha steckte die Hände in die Taschen der Pluderhose. «Was hast du gegen Ptizuschka?»
«Vögelchen nennt sie die wahnsinnige Eule! Erschlagen wollte es mich!» schrie Sadowjew.

«Man darf es nicht reizen.»
«Es hat sich losgerissen und donnert alles zusammen, was in seine Nähe kommt. Wundere dich nicht, wenn einer kommt, der es erschießt.»
«Soll er es tun.» Njuschas Stimme klang ruhig, als unterhalte sie sich über Hühnerfutter. «Er wird weit laufen müssen, damit ich ihn nicht finde und auch ihm ein Loch in die Stirn schieße.»
Auf dem Bett regte sich Granja. Er setzte sich auf, schwankte dann zum Waschbecken und drückte einen nassen Lappen auf seine Nase. Sein Blick glitt hinüber zu Njuscha. Ein dumpfes Stöhnen entrang sich seiner Brust. Sadowjew stellte sich sofort schützend vor das Mädchen.
«Du wolltest sie erschlagen, was?» fragte er.
«Ja», antwortete Granja hinter dem nassen Lappen. «Ja, bei Gott ja! Sie hat's verdient.»
«Weil sie dich nicht heiraten will?» Sadowjew tippte an seine Stirn. «Seit wann holt man sich eine Frau mit dem Säbel ins Bett?»
«Sie hurt mit dem Deutschen!» Durch Granja lief der Gedanke wie ein verheerendes Feuer. Er krümmte sich vor Erschütterung. «Mit einem Kapitalisten, Nikolai Wassiljewitsch!»
«Auch Kapitalisten haben die gleiche Anatomie wie wir», sagte Sadowjew und schielte zu Njuscha. «Auch ein Deutscher ist schließlich ein Mensch, wer will's leugnen? Liebe, Granja, ist etwas Internationales. Vielleicht war das ein großer Fehler Lenins, daß er immer nur sagte: Erobert die Welt! Das kling gut. Aber besser wär's, wenn er gesagt hätte: Liebet euch alle untereinander! Wer liebt, tut nichts Böses, und Liebe schweißt mehr zusammen als heldisch vergossenes Blut. Man sollte darüber nachdenken, Granja. Kriege müßten auf allen Seiten nackt geführt werden und mit gemischten Bataillonen. Verdammt, das gäbe Angriffe! Die größten Probleme ließen sich in der Umarmung lösen!»
«Halt 's Maul!» schrie Granja und wankte ans Fenster. Er sah draußen den Kosakensäbel in der Erde stecken, und

als er ihn da so stecken sah, kam ihm plötzlich auch das Duell mit Bodmar völlig sinnlos vor. Was hat's für einen Sinn, wenn ich ihn erschlage, dachte er. Njuscha wird freiwillig nie mein Weib werden, oder soll ich sie jedesmal vergewaltigen?

Er zog den Kopf zurück und zeigte aus dem Fenster.

«Hol den Säbel zurück», sagte er zu Sadowjew. «Und bring ihn dem alten Babukin. Er soll ihn einfetten und sich die Hornhaut damit von den Sohlen kratzen.»

Njuscha atmete auf. Ein schwaches Lächeln glitt über ihre verkrampften Züge.

«Endlich wirst du vernünftig», sagte sie. «Endlich.»

Granja sah das nicht als Lob an ... er seufzte wie ein sterbendes Pferd. Mit dem nassen Tuch vor dem Gesicht rannte er im Zimmer hin und her und wußte nicht, wie es nun weitergehen sollte. Der Verzicht auf Njuscha war nun klargestellt ... aber da waren die Freunde und Genossen, die Arbeiter auf der Sowchose, die Nachbarn, die Einwohner von Perjekopsskaja, die er alle zur Hochzeit eingeladen hatte. Da war die offene Niederlage vor dem Deutschen, die Blamage, ein abgewiesener Bräutigam zu sein, die Entehrung seiner Männlichkeit. Man würde ihn jetzt einen Feigling nennen, einen schlaffen Sack, einen krummschwänzigen Liebhaber ... zum Teufel auch, er konnte wegwandern in ein anderes Gebiet, vielleicht nach Kasakstan oder hinauf nach Woronesch oder an das Asowsche Meer. Hier am Don war kein Platz mehr für ihn. Er sah schon die Leute vor sich, wenn sie zwei Hunde, die aufeinanderhockten, genau betrachteten und dann zu ihm sagten: «Sieh dir das an, Granja. Lernen kannst du von ihnen. So macht man's mit den Weibern ...»

Granja stöhnte auf und kam mit seinen Problemen nicht zurecht. Njuscha war ihm verloren, aber nicht der Deutsche. Und um ihn allein ging es jetzt, um diesen hergelaufenen, gefleckten Wolf, den man mit Knüppeln totschlagen sollte. An ihm allein mußte man seine Ehre wieder blankwetzen.

Sadowjew stand an der Tür und betrachtete kritisch den

herumschwankenden Granja. Er wagte nicht, ihn mit Njuscha allein zu lassen, nicht einmal die paar Minuten, um den Kosakensäbel wieder ins Haus zu holen. Aber Njuscha nickte ihm zu.

«Er ist friedlich», sagte sie. «Ich danke Ihnen, Nikolai Wassiljewitsch. Er ist wie ein Kessel mit kochendem Wasser ... wenn man ihn vom Feuer nimmt, hört das Brodeln auf.»

Sadowjew war nicht ganz davon überzeugt, aber er lief doch, so schnell er konnte, aus dem Zimmer, um das Haus herum, riß den Säbel aus dem Boden und kehrte schnaufend zurück. Granja saß auf dem Bett und sah fürchterlich aus. Die Faust Sadowjews hatte seine Nase deformiert ... schief saß sie ihm jetzt im Gesicht, dazu die verschrumpelte, verbrannte Haut, — man konnte Mitleid mit Granja haben, denn auch er war ja schließlich ein Mensch.

«Dem alten Babukin gehört er?» fragte Sadowjew und schwang den Säbel durch die Luft. «Von ihm stammt wohl auch der Gedanke mit dem Duell, was? Immer diese Idiotie der Greise! Überlaß es mir, Granja ... ich bringe ihm den Säbel zurück und rasiere ihn damit. Und nun leg dich hin, ich rufe den Sanitäter, und friß dich nicht selbst auf vor Wut.» Er drehte sich zu Njuscha um, die noch immer, die Hände in den Pluderhosen, an der Wand stand. «Hinaus mit dir! Fang deinen vierbeinigen Teufel ein und reit zurück ins Dorf! Was willst du noch hier? Du hast einen Mann zerstört, einen Kosaken ... das ist mehr, als eine Frau in ihrem Leben leisten sollte. Gib dich zufrieden damit ...»

Njuscha zog den Kopf ein. Die Wildheit ihres Blickes ließ sogar Sadowjew erschauern, und er sagte sich im stillen: Gott verhüte, daß ich jemals an ein solches Weib gerate. Mit ihr im Bett, das wäre, als liebkoste ich den Teufel.

Granja hatte den Kopf gesenkt, als Njuscha noch einmal an ihn herantrat. Sie legte die Hand auf sein krauses Haar, und er zuckte zusammen, als habe ihn ein Blitz getroffen.

«Es tut mir leid, Granjuscha», sagte sie leise. «Ich weiß, daß ich anders bin als andere Mädchen. Aber kann ich es ändern? Kann ich mein Herz austauschen? Ich weiß, wie sehr du mich liebst ... aber wenn ich dich ansehe, bleibt es in mir kalt wie auf einer Eisscholle. Sollen wir uns bis an das Ende unserer Tage quälen?»

Granja nickte unter ihrer Hand und schwieg. An der Tür winkte Sadowjew sehr energisch. Njuscha gehorchte und verließ das Zimmer.

Draußen vor dem Haus tobte noch immer das Pferd. Nun umstanden vier Männer von der Küche das Tier, und «Vögelchen» hatte alle Hufe voll zu tun, sich gegen sie zu wehren.

«Schlachtet das verdammte Vieh ab!» brüllte jemand und kam mit einem langen Messer herbeigelaufen. «Paßt auf, ich schleudere es ihm in die Brust!»

Njuscha warf das blonde Haar zurück und riß sich von Sadowjew los, der sie festhalten wollte. «Hat denn keiner eine Pistole bei sich?» schrie er über den Platz.

Njuscha ging mit langen, ruhigen Schritten auf das tobende Pferd zu. Dann pfiff sie ... nicht besonders laut, aber es war ein zärtlicher Ton, der sogar den Männern in die Seele fuhr. Das Pferd, eben noch eine wahnsinnige Kreatur, stand mit zitternden Flanken still, spitzte die Ohren und drehte den Kopf. Noch einmal pfiff Njuscha, und da antwortete «Vögelchen» mit einem hellen Wiehern, kam zu ihr wie ein Lämmchen, sie sprang in den Sattel, tätschelte dem Pferd den Hals und legte ihre linke Hand zwischen dessen Ohren.

«Mein Liebling!» sagte sie so laut, daß es alle hörten. «Nun flieg über die Steppe zu den Herden ...»

Das Pferd verstand sie. Es streckte den Hals vor, und wie vom Orkan weggewirbelt raste es mit Njuscha aus dem Hof hinaus. Nur eine Staubwolke blieb zurück, die sich über Sadowjew und die Männer aus der Küche senkte.

«Diese Kosakenweiber», sagte einer von ihnen und rieb sich den Sand aus den Augen. «Mir ist's ein Rätsel, wie ihre Männer sie im Bett bändigen können.»

«Die legen ihnen die Kandare vorher an», lachte ein anderer.

«Und mit den Sporen gehen sie ins Bett», schrie jemand. «Habt ihr nicht gesehen, daß alle Kosakenweiber am Hintern blaue Flecken haben?»
Lachend gingen alle zurück zur Küche. Auch Sadowjew entfernte sich. Endlich kam er dazu, sich im Magazin seine hundert Gramm Wodka zu holen. Er meinte, sie jetzt ehrlich verdient zu haben.
Anders erging es dem alten Popow. Er hatte endlich die Genossen in der Kantine überredet, mit ihm den vom Himmel gefallenen Kosakensäbel zu besichtigen. Zehn Mann hoch zogen sie hinter das Haus Nr. 3. Dort stand zwar noch der Stuhl des alten Popow, auch die halb gestopfte Socke lag im Sand, aber von einem Säbel war nichts zu sehen. Das war natürlich, denn Sadowjew hatte ihn ja mitgenommen.
Der alte Popow starrte auf die Stelle, wo der Säbel zitternd im Boden gesteckt hatte, und rieb sich die Augen.
«Hier war er!» schrie er und zeigte vor seinen Stuhl. «Hier, liebe Genossen, habe ich gesessen, stopfe friedlich meinen Strumpf, und da regnet der Säbel aus der Wolke, zwei Zentimeter von meiner Zehe entfernt. Ich schwöre es euch . . .»
Die zehn Männer sahen sich an, nickten sich zu und wogten über den alten Popow wie eine große Meereswelle. «Genossen!» brüllte der Alte. «Ich bin klar wie ein Bergwasser! Ich trinke am Morgen keinen Alkohol!»
Dann war er still, ließ sich fünf Minuten lang verprügeln und hockte sich hinterher auf seinen Stuhl, nahm seinen Strumpf wieder auf und stopfte weiter. Man kann gegen sein Schicksal nicht anrennen, und die Menschheit ist von Natur aus dumm. Popow kam sich als Märtyrer vor und ertrug alle Schmach.
Nur wenn an diesem Tag wieder eine kleine Wolke über den blauen, sonnenleuchtenden Himmel zog und über ihn hinwegglitt, sprang er mit einem Satz in Deckung und wartete auf ein neues Wunder.
Aber Kosakensäbel fielen nicht mehr vom Himmel.

Gegen Mittag kam Njuscha von den Herden zurück, ein schönes, geschecktes Fohlen an der Leine. Der Sattler Luschkow besichtigte das Fell, lobte die Pferdezucht Kolzows und kaufte das Fell. Dann führte man das Fohlen hinter Luschkows Haus, band es an einen Baum und tötete es. Luschkow, ein Mensch von zwei Metern Höhe, dem man beim Militär handgearbeitete Stiefel beschaffen mußte, weil seine Füße in kein normales Schuhmaß hineinpaßten, fackelte nicht lange, holte einen schweren Hammer und zertrümmerte dem Fohlen die Hirnschale. Es war sofort tot, spürte nichts mehr, denn wo Luschkow hinschlug, floh das Leben sofort aus den Körpern. Man muß das erwähnen, um tierliebe Genossen zu beruhigen.
Njuscha sah bei dieser Schlachtung nicht mehr zu ... sie war mit den Rubeln, die Luschkow gezahlt hatte, sofort weggeritten.
Im Haus saß Bodmar am Bett Jelenas, die große Schmerzen in dem aufgeschlitzten Arm hatte. Sie sagte es wenigstens, klagte, wenn sie den Arm bewegte, und ließ sich von Bodmar die Zeit vertreiben mit Erzählungen aus seinem Leben. Evtimia hielt Njuscha an der Pluderhose zurück, als sie in den Anbau laufen wollte.
«Hier bleibst du!» sagte sie streng. «Laß sie jetzt in Ruhe! Willst du ihr auch noch den Kopf abschneiden?»
«Er ist allein bei ihr ...», sagte Njuscha dunkel.
«Warum sollte er das nicht?»
«Sie wird ihn mit ihrem Körper verführen. Sie ist schön ...»
«Das muß er wissen, er allein.»
«Ich komme von Granja.»
Evtimia ließ die Kelle fallen, mit der sie in der Kascha rührte, und legte die Hände entsetzt auf ihren Kopf, als regne es glühende Asche.
«Mutter Gottes!» rief sie. «Hast du ihn auch erstochen?»
«Nein. Gesprochen habe ich mit ihm. Zum erstenmal vernünftig gesprochen. Er verzichtet auf mich, er verzichtet auch auf das Duell am Fluß ...»
«Den Heiligen sei Dank!» jubelte Evtimia. Aber sogleich fiel sie wieder in dumpfe Niedergeschlagenheit. «Mach es

deinem Vater klar ... jetzt will *er* das Duell! Mit Sascha hat er zwei Stunden im Garten geübt ... er ist geil auf dieses Treffen wie ein Rüde auf eine Hündin. Er hat sogar den alten Babukin, diesen hinkenden Teufel, aufgesucht, sich bei ihm entschuldigt, ihn auf beide Wangen geküßt und Väterchen genannt. Und der Hohlkopf prahlt auch noch damit. Die Männer sind dumm wie Frösche. Begeistern sich an ihrem eigenen Quaken ...»
«Und wo ist Väterchen jetzt?»
«Im Dorfsowjet. Spielt Bürgermeister. Hat er das nötig, he? Sie stehen Schlange bei ihm. Der Satan weiß, was für Probleme sie alle haben, die ein Kolzow lösen soll.»
Genauso war's.
Kolzow hatte einen harten Tag als Bürgermeister. Die Tür ging auf und zu, auf und zu, ununterbrochen, Stiefel knarrten über die Dielen, Stühle wurden gerückt, es stank nach Schnaps und Machorka, Männerschweiß und Pferdeurin. Aber Probleme hatten die Besucher des Dorfsowjets nicht. Sie kamen alle nur, um sich mit Dimitri Grigorjewitsch zu unterhalten.
Und sie kannten alle nur ein Thema: das Duell.
Kolzow war stolz, Auskunft geben zu können.
«Es findet statt, Genossen! O ja! Warum sollen wir Angst haben? Vor Granja, diesem Bettnässer? Sascha wird ihm den Schädel abhauen wie einer Rübe den Strunk! Er hat einen Schlag, sag ich euch, einen Schlag! Mir fielen die Augen aus dem Kopf. Eine Naturbegabung, jawohl!»
Die Genossen staunten und sahen sich fragend an. «Und wenn es der Bezirkssekretär erfährt?» wollten sie wissen. «Seit 1920 hat es nachweislich am Don solch ein Duell nicht mehr gegeben ...»
Kolzow wischte die Sorge mit einer großen Handbewegung unter den Tisch. «Wie soll er es erfahren?» fragte er zurück. «Wenn ihr alle die Mäuler haltet, Brüder — wie soll er's wissen?»
«Und angenommen nur: Granja Nikolajewitsch siegt? Was dann? Wird Njuscha ihn dann doch noch heiraten?»
«So etwas kommt nicht vor.» Kolzow legte die dicken Fäuste

auf den Tisch. «Sascha siegt. An was anderes denke ich gar nicht.»
«Man muß mit allen Widrigkeiten rechnen», sagte Rebkow, der Magazinverwalter. Er hatte Erfahrung in solchen Dingen, – man denke nur an den elektrischen Rasierapparat und das Motorrad «Falke». «Der Teufel scheißt dahin, wo's ihm gefällt.»
«Aber nicht vor meine Tür!» brüllte Kolzow. «Genossen, am Sonntagabend gebe ich ein Fest! Ich brate einen Hammel, ist das etwas? Evtimia wird ihn schon heute schlachten ... so sicher bin ich mir.»
Wie gesagt, es war die reinste Völkerwanderung zum Dorfsowjet. Noch nie kamen so viele Männer in dieses Gebäude, selbst nicht zur Ausgabe des Saatgutes, wenn Kolzow von der Kolchose Getreide, Maiskörner und Kartoffeln erhielt und sie nach einem genauen Schlüssel verteilte. Es gab dann zwar immer Krach, man nannte ihn jedes Jahr einen Gauner, Betrüger, elenden Lumpen, der von jedem Deputat sich heimlich etwas zur Seite brachte ... aber so friedlich, so interessiert, so brüderlich waren in den letzten zwanzig Jahren noch nie so zahlreiche Männer im Sowjet gesessen.
Man diskutierte drei Stunden lang über den kommenden grandiosen Sonntagmorgen. Wenn ein Astronaut in Perjekopsskaja mit seiner Kapsel gelandet wäre ... na ja, Genossen, man hätte ihn hochleben lassen, auf den Schultern durchs Dorf getragen, aber ein Astronaut ist schließlich eine Sache aus Moskau. Hier aber bereitete man eine ureigene Angelegenheit des Dorfes vor. Das ging jedem unter die Haut.
Der Schuster Kalinew brachte gegen drei Uhr nachmittags die neueste Meldung, die Kolzows Herz wie einen Ballon weitete.
«Die Frauen backen Kuchen», sagte Kalinew. «Wie in der Butterwoche ist's, Brüder. Ein Festtag. Aus allen Häusern zieht der Duft von Gebäck! Und der alte Babukin, dieser Gauner, schleicht von Haus zu Haus und probiert die frischen Törtchen. Heute abend wird er auf seinem Latrinen-

loch hocken und weinen vor Krämpfen. Geschieht ihm recht!»

Kolzow betrachtete sich als einen der glücklichsten Menschen im Land. Das ganze Dorf stand geschlossen hinter ihm, das sah er jetzt. Perjekopsskaja gehörte ihm. Über Granja sprach man jetzt voll Mitleid, und der Sargmacher Tutscharin kam auch schon und fragte Kolzow, ob Granja so viel habe, um einen anständigen Sarg zu bezahlen.

«Er hat tausendfünfhundert Rubel», sagte Kolzow. «Woher, das weiß niemand. Aber er hat sie. Er wollte ja mit Njuscha in Wolgograd heiraten und dann ans Meer fahren. Vornehm wie ein Genosse aus dem Kreml.»

«Das ist gut», sagte Tutscharin. «Dann wird er sogar einen Sarg mit einer hölzernen Rose auf dem Deckel bekommen.»

Gegen vier Uhr sprang Granja vor dem Dorfsowjet aus dem Sattel. Die Männer, die ihn kommen sahen, gingen auseinander, das Haus leerte sich erstaunlich schnell, man sah ihn scheel an und stellte fest, daß sich sein Gesicht verändert hatte. Die Nase war dick wie eine Knolle, die Haut sah aus wie ein frisch aufgezogener Stockfisch.

Kolzow blickte Granja finster entgegen, als dieser ins Zimmer kam. Die Dunstwolke aus Tabak und Schweiß, welche die anderen Genossen hinterlassen hatten, hing heiß im Raum und ätzte die Schleimhäute.

«Nanu —» sagte Kolzow unfreundlich. «Was willst du denn hier?»

«Ich habe mir dir zu sprechen, Dimitri Grigorjewitsch.» Granja schob sich einen Stuhl unter und setzte sich Kolzow gegenüber. «Es geht um das Duell.»

«Hier dreht sich jetzt alles um das Duell», schnaufte Kolzow. «Willst du besondere Wünsche anmelden? Abgelehnt, Genosse! Am Sonntag wird von unparteiischer Seite — von Vater Ifan — die Stellung ausgelost. Es wird sich dann herausstellen, wer gegen die Sonne kämpft. Noch Unklarheiten?»

«Ja.» Granjas geschwollene Nase wackelte. «Das Duell findet nicht statt.»

Wenn Evtimia in ihrem fortgeschrittenen Alter noch mit einem Kind gesegnet worden wäre, es hätte Kolzow nicht mehr erschüttert als dieser kurze Satz. Er ließ sich in den Lehnstuhl, den er sich als Bürgermeister vor zehn Jahren aus Wolgograd hatte kommen lassen, mit einem ächzenden Laut zurückfallen und starrte Granja entgeistert an. Dann hieb er mit beiden Fäusten auf den Tisch und brüllte heiser:

«Doch!»

«Nein. Es hat seinen Sinn verloren.» Granja würgte an den Worten wie eine genudelte Gans. «Njuscha war bei mir, sie hat mir alles erzählt. Sie hat ihre Unschuld dem Deutschen gegeben. Um was soll ich also noch kämpfen? Eingelegene Matratzen kann man bei jedem Trödler kaufen.»

Kolzows Stirnadern schwollen bedrohlich an. «Sie ist immerhin noch deine Braut, du feiger Hund!» schrie er. «Hast du keine Ehre im Leib?»

«Das sagst du mir?» Granja sprang auf. Er zitterte wieder. In seinem Kopf brauste es wie ein riesiger Bienenschwarm. «Ich soll ein Risiko eingehen um einer Sache willen, die gar nicht mehr vorhanden ist? Bin ich ein blinder Esel? Und selbst die schnuppern noch, was los ist!»

«Das Duell findet statt!» Kolzow sprang ebenfalls auf. Nur durch den Tisch getrennt, standen sie sich gegenüber und bliesen sich ihren Atem ins Gesicht. «Die Frauen backen schon die Festkuchen!»

«Dann sollen sie sie allein fressen!» schrie Granja. «Ich brauche kein Duell, um den verdammten Deutschen in die Hölle zu schicken. Das mache ich anders!»

«Du hast von Babukin den Säbel bekommen.»

«Er bekommt ihn zurück. Sadowjew bringt ihn bereits zu ihm.»

«Was hat Sadowjew damit zu tun?» heulte Kolzow. «Er soll sich um seine Brigade kümmern und aufpassen, daß die Samen in die Erde und nicht in die Weiber kommen! Granja Nikolajewitsch ...» Er beugte sich vor, und sein dicker Schnurrbart zitterte heftig. «Man wird dich in Per-

jekopsskaja in Stücke reißen, wenn du am Sonntag nicht am Don-Ufer stehst.»
«Das ist deine Aufgabe, solches zu verhindern. Du bist der Bürgermeister. Du hast die Pflicht, für Ruhe zu sorgen. Ich verzichte auf Njuscha, ganz klar sage ich das. Aber auf den Deutschen nicht! Ihn hole ich mir, wann's mir paßt! Und noch eines, Genosse Kolzow: Wenn am Sonntag dein Dorf nicht Frieden hält, werde ich alles nach Wolgograd der Parteileitung melden.»
«Aha!» sagte Kolzow. «Aha! Du drohst mir?»
«Ich warne dich nur, Dimitri Grigorjewitsch. Njuscha hat mir die Augen geöffnet ... ich war ein Trottel.»
«Du willst den Bezirkskommissar auf mich hetzen, was? Du Schwein, du rotziges!» Kolzow bekam kaum noch Atem vor Wut. «Er macht sich in die Hose, und wir sollen sie waschen? Nichts da, mein elender Wallach ... du trittst am Sonntag mit dem Säbel an!»
«Nein!» sagte Granja fest.
«Doch!» brüllte Kolzow. «Bist du ein Kosakensohn, du Waschlappen? War dein Vater nicht bei den Rostower Kosaken? War er nicht in der ruhmreichen III. Schwadron in Schachty? Soll er sich im Grabe umdrehen und vor Scham in die Erde spucken?»
Granja senkte den Kopf. Die Erinnerung an seinen Vater übermannte ihn. Er kannte ihn nur flüchtig, so wie ein Kind sich erinnert. Als der Kosak Nikolai Jefimowitsch Warwarink durch eine deutsche Kugel fiel, spielte Granja am Ufer des Don im Schilf. Später erzählte man ihm, daß er ein tapferer Mann gewesen sei, der kurz vor seinem Tod noch einen deutschen Panzer erobert hatte.
«Warum erwähnen Sie meinen Vater, Dimitri Grigorjewitsch», sagte Granja langsam. «Wenn er noch lebte, würde er so handeln wie ich.» Damit beugte er sich auch über den Tisch, nur zehn Zentimeter waren ihre Gesichter voneinander entfernt, und dann spuckte Granja Kolzow zwischen die Augen.
Kolzow war so erschüttert, daß er an keine Gegenmaßnahme dachte. Er ließ Granja ungehindert aus dem Zim-

mer gehen, hörte, wie draußen das Pferd weggaloppierte, und sank in seinen Lehnstuhl zurück.

Plötzlich waren auch die anderen Genossen wieder da und füllten das Zimmer. Wie die Mäuse krochen sie aus allen Löchern.

«Was wollte er?» fragte der Schuster Kalinew. «Er sah so finster aus.»

«Hast du ihm gesagt, daß ich ihm eine hölzerne Rose auf den Sarg stecke?» rief der Sargmacher Tutscharin.

«Was ist nun mit dem Duell? Findet es statt?»

Kolzow hob beide Hände und nickte. «Es findet statt, Genossen. Am Sonntag. Es ändert sich nichts.»

Am Don-Ufer entwickelte man eine große Initiative. Sie stand unter der Leitung des alten Babukin, dem man nicht ansah, daß er seinen Säbel wiedererhalten und an den Nagel über seinem Bett gehängt hatte.

Die beiden Schreiner von Perjekopsskaja zimmerten ein Podium und richteten Stangen auf, an denen später Girlanden und bunte Bänder flattern sollten. Der Kampfplatz wurde gesäubert und planiert, von allen Steinen befreit und mit Seilen umspannt. Wie eine Zirkusarena war's, in der zwei Pferdchen ihre Kunststücke vorführen sollten. Der alte Babukin war überall, schrie Anweisungen, wollte den Schreinern sagen, wie man hobelt, und flüchtete erst, als man ihm Schläge androhte.

Auch Vater Ifan Matwejewitsch Lukin erschien und inspizierte die Duellstelle. Dann meldete er ebenfalls Wünsche an. «Es muß ein Platz geschaffen werden, wo ich mit dem Kreuz stehe», sagte er feierlich und ließ seinen weißen Bart im Wind flattern. «Am besten mitten auf dem Kampffeld. Ich muß bei ihnen sein, wenn sie aufeinander losschlagen. Mein Zuruf wird ihnen Mut geben. Hier ...» Er rannte in das Sperrgebiet und stellte sich auf die frisch planierte Fläche. «Hierher ein Podium!»

Der alte Babukin war verzweifelt. Sein Werk zerfloß ihm unter den Händen. Es wurde ein Volksfest statt ein ehrlicher Männerkampf. Und als sogar noch Tutscharin, der

Sargmacher, erschien und wissen wollte, wie groß Granja sei und ob er den Sarg sichtbar aufstellen solle oder diskret unter einem Zelt, verlor Babukin die Nerven und hieb Tutscharin auf das Brustbein. Nur Vater Ifan verhinderte mit knapper Not eine Schlägerei, indem er den alten Babukin anschrie: «Bei dem heiligen Philemon, sei vernünftig! Das hier ist eine ernste Sache. Es geht um ein Menschenleben.»
Gegen Abend erschien auch Kolzow am Don-Ufer. Er ritt um den Platz herum, inspizierte die Fahnenstangen und das Podium, den Kampfplatz und die provisorische Bude des Kaufmanns und Fleischers Kotzobjew, der die schöne Idee hatte, am Kampfring Würstchen und belegte Brote zu verkaufen.
«Gut, gut», sagte Kolzow lobend, nachdem er dreimal um den Platz geritten war. «Es ist alles in Ordnung.» Dann ritt er zur Hütte des alten Babukin an der Pferdetränke.
Der alte Kosak lag auf seinem Strohbett und stierte böse an die Decke. Über ihm hing der Säbel an der Wand, blank geputzt, scharf wie eine Sense. Als Kolzow eintrat, knurrte Babukin und drehte sich auf die Seite.
«Eine verteufelte Situation, Anton Christoforowitsch», sagte Kolzow und setzte sich auf die Bettkante. Dabei schielte er auf den Säbel an der Wand. «Alles ist so gut organisiert . . . und Granja kommt nicht.»
«Die heutige Jugend ist aus Pudding», sagte der Alte böse. «Aus halbsteifem Pudding, sag ich dir! Wenn ich an meine Jugend denke . . . o Gott, da brauchte man nur zu rufen: Die Kosaken kommen . . . und schon lagen die Weiber mit hochgerafften Röcken da. Und wer uns nicht mochte, verkroch sich wie eine Wanze in der Holzritze. Waren das Zeiten, Söhnchen! So etwas kommt nicht wieder.»
«Nie, Väterchen.» Kolzow starrte traurig auf die Dielen. «Aber was machen wir am Sonntag?»
«Weiß ich es?»
«Mein Sascha wird erscheinen, das ist sicher.»
Der alte Babukin verzog das Gesicht, als habe er Magenkrämpfe. «Sie werfen mich in den Fluß, wenn Granja nicht

kommt, das ist ebenso sicher», klagte er. «Habe ich ein solches Ende verdient? Ich wollte im Sattel sterben, Söhnchen. In meinem alten Kosakensattel. Wenn ich's gefühlt hätte, daß es soweit ist, hättest du kommen sollen. Heb mich drauf, hätte ich gesagt. Bind mich fest, Söhnchen. Und nun los mit der Post, gib dem Gaul die Peitsche — und juchhei hinein in die Steppe. Das wäre ein Ende gewesen nach meinem Geschmack ... nun ersaufe ich wie eine überzählige Katze. Man kann's nicht fassen, Dimitri Grigorjewitsch.»

Sie saßen so eine ganze Zeit, bis es dunkel wurde. Rebikow vom Magazin hatte Scheinwerfer mitgebracht und beleuchtete den Platz taghell. Warum, das wußte keiner. Es war nicht anzunehmen, daß sich Granja und der Deutsche bis in die Nacht herumschlugen. Aber trotz allem ... es sah schön aus. Die Fahnen und bunten Bänder, die Girlanden, das Podium und die Wellen des Don, die noch einen Schein des Lichtes mitbekamen. Kolzow und Babukin, die am Fenster saßen, sahen sich traurig an.

«Granja muß her», sagte Babukin. «Es geht nicht anders. Wir holen ihn morgen früh von der Sowchose ab. Mit zehn Männern, wenn's sein muß. Wir müssen ihn zwingen. Ich will im Sattel sterben, Söhnchen ...»

Aber an diesem Tag hatte sich anscheinend alles gegen den alten Babukin verschworen. Man kennt so etwas: Plötzlich geht alles schief, man stolpert sogar über einen Regenwurm. Heute war es der Lagerverwalter Jelnikow von der Sowchose, der ins Dorf gekommen war, weil nach neuester Lage der Dinge der geplante sonntägliche Ausflug aller Arbeitsbrigaden nach Perjekopsskaja wieder abgeblasen worden war. Die Lastwagen konnten in den Garagen bleiben.

«Wißt ihr es schon?» rief er gleich, als er ins Haus kam, denn man hatte ihm gesagt, Kolzow sei bei dem alten Babukin. «Granja ist weg!»

Kolzow legte beide Hände über die Augen, als wolle er die Welt nicht mehr sehen. Babukin versteinerte zu einer Mumie.

«Was heißt weg?» fragte Kolzow heiser.

«Er ist mit dem Lastwagen, der jeden Tag Material von Wolgograd holt, in die Stadt gefahren. Wer kann ihn daran hindern? Er ist arbeitsunfähig, das sieht man ja. In Wolgograd wird er sich sicher ein Attest besorgen und einige Wochen wegbleiben.»
«Was nun?» fragte Kolzow und stieß Babukin an. «Draußen wehen die Fahnen . . .»
«Ich will im Sattel sterben, Söhnchen . . .»
«Bind dir den Sattel auf den Rücken und trab selbst in die Steppe!» schrie Kolzow und sprang auf. «Es muß etwas geschehen.» Dann lehnte er sich an die Wand, während der Lagerverwalter Jelnikow zum Ofen ging, Wasser aus einem Kessel schöpfte und sich über das Gesicht rinnen ließ. Auch ihm war heiß geworden. «Wir müssen das Fest umfunktionieren», sagte Kolzow mit geschlossenen Augen. Er dachte intensiv nach, er dachte — genaugenommen — an sein eigenes Dasein. «Jelnikow, du bist ein kluger Kopf, ich weiß es . . . gibt es irgendeine Sache, die man feiern kann? Einen Gedenktag, eine große Tat? Ein Jahresgedächtnis?»
«Im Mai passiert immer wenig», sagte Jelnikow. «Da hat man am Don andere Sorgen . . .»
Man kam zu keinem Ergebnis. Die Dunkelheit nahm zu, der Abend kroch über das Land, Rebikow, der Schuft, beleuchtete mit seinen Scheinwerfern den Festplatz, sogar Vater Ifan war wieder da und veranstaltete eine Generalprobe. Mit dem großen Prozessionskreuz zog er feierlich und mit seinem tiefen Baß dröhnend singend in den Kampfkreis. Kolzow hielt sich die Ohren zu, rannte aus Babukins Haus, warf sich auf sein Pferd und galoppierte nach Hause. Und morgen war Sonntag . . .

14. Kapitel

Nach dem Abendessen nahm Kolzow mit ernster Miene Bodmar hinaus in den Garten und setzte sich mit ihm unter den Kirschbaum. Balwan, der Hofhund, legte sich zu

ihren Füßen und schnarchte kurz darauf. Voll Neid sah Kolzow auf seinen Hund. Er kann schlafen, dachte er. Und mir hämmert das Herz in der Brust, als wolle es zum Hals hinaus. Bodmar hatte seinen Kosakensäbel mit hinausgenommen und klemmte ihn zwischen die Beine.
«Üben wir wieder?» fragte er.
«Hm —» antwortete Kolzow und sah hinauf in die Sterne.
Bodmar kam sich äußerst ungemütlich vor. Wenn er an den kommenden Morgen dachte, an dieses sinnlose Duell, in dem er kaum eine Chance hatte bis auf die Möglichkeit eines Glückstreffers, spürte er eine große Übelkeit im Magen. Er fragte sich, ob das Angst sei, und er gab sich auch die Antwort darauf: Ja, es ist Angst. Nicht allein die Angst um das eigene Leben oder vor einer Verkrüppelung, denn schließlich konnte ihm Granja auch einen Arm abschlagen, sondern die Angst, Njuscha morgen zum letztenmal zu sehen. Es war eine Angst, die er bisher vor sich hergeschoben hatte wie das Datum vom 10. Juni, an dem seine Aufenthaltserlaubnis für die Sowjetunion ablief. Noch immer hatte er die Hoffnung gehabt, mit seiner Bitte die strengen Gesetze im Kreml aufzuweichen und länger oder für immer in Rußland bleiben zu können. Man hatte so viele Ausnahmen mit ihm gemacht ... warum sollte auch das nicht möglich sein? Er war ein völlig unpolitischer Mensch, er haßte Krieg und Gewalt, er wollte nur ein Mensch sein, und ihn dünkte, das sei die höchste Form des Lebens, und man müsse das auch in Moskau verstehen.
Nun aber nahte der Sonntagmorgen, und er empfand nach, wie es einem Menschen zumute ist, der in einer Todeszelle sitzt und weiß: bei Sonnenaufgang endet das Leben, und jede Minute, die man jetzt noch lebt, ist eine unschätzbare Kostbarkeit.
Jelena Antonowna war aufgestanden und fühlte sich wohl. Sie erholte sich immer erstaunlich schnell, wie Bodmar feststellte. Beim Abendessen aß sie so gut gelaunt, als sei sie nie verwundet worden und habe viel Blut verloren. Nur im Hintergrund ihrer Augen lauerte Angst, aber niemand blickte ihr so tief in die Augen, daß man sie erkannte.

Das Duell hatte sie in eine unsichtbare Panik versetzt. Wie Bodmar glaubte auch sie nicht an einen Sieg, sondern sah Granja sich über den blutigen, zerhackten Körper Bodmars beugen. Das war ein Anblick, der ihr den Verstand raubte, der sie aus dem Bett trieb, der alle Schwäche von ihr fegte wie Staub.
Mit Kolzow war nicht zu reden, das hatte sie schon versucht. Er verweigerte ihr das Telefon im Dorfsowjet und damit die Möglichkeit, in Wolgograd diesen Wahnsinn, der am Sonntag stattfinden sollte, zu melden und zu verhindern. Auch Rebikows Telefon im Magazin war für sie gesperrt. Rebikow hatte bereits so viel in das Fest investiert, daß er kein Interesse an einem Scheitern hatte. Das gleiche war mit dem Kaufmann Kotzobjew, der seine Würstchenbude mit roten Tüchern geschmückt hatte, und auch Tutscharin, der Sarghändler, ließ sie nicht telefonieren. «Ob Granja oder Sascha ... das ist mir egal, wer im Sarg liegt», sagte er abweisend. «Ich habe noch nie eine so schöne Rose aus Holz geschnitzt ...»
Nun saß Jelena am Tisch, während Evtimia in einer Zinkschüssel das Geschirr spülte, und starrte vor sich hin. Es gibt nur eine Möglichkeit, dachte sie, heiß bis ans Herz. Ich werde mich morgen früh zwischen die Kämpfenden stellen. Und ich werde mein Geheimnis lüften — ich werde ihnen meinen Ausweis vom KGB unter die Nase halten und im Namen Moskaus befehlen, auseinanderzugehen. Das kann ich verantworten, das ist ein Ausnahmezustand, dafür wird selbst Oberstleutnant Rossoskij Verständnis haben.
Sie blickte hoch, als Njuscha aus dem Schlafzimmer kam, das Haar hochgebunden, in einem dünnen Kleid, unter dem sie nackt war. Ihre Brüste zeichneten sich deutlich ab, der Schwung des Bauches zum Schoß, die Schenkel. Jelena schielte sie von unten herauf an und preßte die Lippen zusammen.
Wo geht sie hin, dachte sie. Trifft sie sich wieder mit ihm? Werden sie sich am Don im Ufersand vereinen, wälzen sie sich im Gras der Steppe, liegen sie im Schilfdickicht?

Evtimia spülte weiter und achtete nicht darauf, daß Njuscha das Zimmer verließ. Sie sah auch nicht auf, als Jelena ihr folgte, katzenhaft, lautlos, mit pochenden Adern an Hals und Stirn.
Draußen war die Nacht voll Duft und stiller Schönheit. Von der Steppe her und aus den Gärten wehten Hunderte Gerüche. Die Weiden atmeten, die Kirschbäume, der Wermut und der Steinklee, die Birken und die blühenden Gräser. Und man roch den Fluß ... den breiten, jetzt wieder trägen Don, in dem der Widerschein der Sterne zerfloß zu hellen, glitzernden Flecken.
Jelena Antonowna sah Njuscha, wie sie langsam hinunter zum Fluß ging, mit schlenkernden Armen, wie ein junges Mädchen, dem der Übermut im Blut kocht. Sie schien keine Eile zu haben, aber sie tat auch nicht so, als erwarte sie Bodmar, oder als wüßte sie, daß er ihr folgte.
Im Schatten der Scheune blieb Jelena stehen und beobachtete Njuscha, bis sie über den Uferhügeln verschwand. Niemand ging ihr nach, kein anderer Mensch schlich heimlich zum Don. Da lief sie schnell um das Haus herum, duckte sich hinter die Büsche und entdeckte unter dem Kirschbaum im Garten Kolzow und Bodmar. Sie erzählten sich etwas, und Balwan, der Hund, lag vor ihren Füßen und schlief.
Sie ist allein zum Fluß, dachte Jelena. Sie will baden. Für sie ist das Duell morgen früh ein Fest. Oh, wie ich sie hasse!
Es war ihr, als würde in diesen Minuten ihr Wesen vertauscht. Als sie sich mit gleitenden, schnellen Schritten anschickte, Njuscha zum Don zu folgen, empfand sie eine unheimliche, böse Freude, jetzt mit der Rivalin allein in der Nacht zu sein, unbehindert von allen, nur mit den Sternen und dem Fluß als Zeugen. Zeugen, die schwiegen.
Njuscha war schon im Wasser, als Jelena auf der Uferböschung erschien und sich ins Gras setzte. Njuscha hatte das Kleid am Ufer abgelegt und badete nackt in den langen, anrollenden Wellen des Don. Ihr herrlicher Körper leuchtete schwach aus dem Schwarz des Wassers, als sie sich aufreckte, das mit beiden Händen geschöpfte Wasser über ihre

Brüste rinnen ließ und mit den nassen Fingern ihren Leib massierte.
Im Schutz der Schatten glitt Jelena den Hang abwärts wie eine Schlange. Dann lag sie hinter einem Schilfbüschel, gleich einer Tigerin, die ihre Beute beoachtet und den richtigen Augenblick des Sprunges abwartet. In ihrem Herzen lag eisige Kälte, ihr Gehirn arbeitete wie eine Maschine.
Töten, hieß der Befehl, der vom Gehirn programmiert, alle ihre Nerven erfaßte. Töten! Ersäuf sie im Fluß. Es wird wie ein Unfall aussehen. Jeder wird es glauben, denn niemand kann das Gegenteil beweisen. Sie wird weggeschwemmt werden in den Süden, vielleicht findet man sie nie.
Großer, stiller Don ... du wirst schweigen ...
Der Augenblick war gekommen, das Raubtier schnellte vor. Lautlos, ein Schatten, so warf sich Jelena auf Njuscha, als diese sich bückte, um die Füße zu waschen. Und auch dann, als sie aufeinanderprallten, gab es keinen anderen Laut als das Aufklatschen der Körper im Wasser, als das plötzlich aufstoßende Keuchen der Lungen.
Der Sprung Jelenas war gut berechnet. Njuscha verlor das Gleichgewicht. Mit dem Gesicht nach unten fiel sie in den Fluß. Wie eine Katze saß Jelena auf ihrem Rücken, krallte sich in Njuschas Fleisch fest und drückte ihr den Kopf unter Wasser. Wilder Triumph erfüllte sie.
Jetzt, schrie es in ihr. Jetzt! Ersticke, du Kosakenhure. Denk noch einmal an Sascha ... ja, denk an ihn, ich erlaube es dir in deinen letzten Sekunden. Denk daran, wie du dich im Wald mit ihm gewälzt hast, wie eure Körper aneinander glühten. Denk daran. Jetzt — jetzt — ich erlaube dir, mit seinem Namen zu sterben ...
Sekunden waren es nur, daß Njuscha überwältigt war. Dann siegte ihr junge, ungebrochene Kraft. Sie warf sich herum, schleuderte Jelena von sich wie ein Insekt, griff nach ihr und schob sie von sich weg. Noch immer rangen sie schweigend, nur die Wellen des Don umspülten sie und klatschten an ihre Haut, als sie sich gegenseitig tiefer in den Fluß zerrten, bis das Wasser ihnen zu den Brüsten reichte und ihre Füße Halt suchten im sandigen Grund.

Jelenas Augen sprühten wie im Wahnsinn. Sie trat nach Njuscha, befreite sich aus ihrem Griff und riß sich die Kleider vom Leib. Nackt nun beide, stürzten sie sich wieder aufeinander, mit dem tödlichen Wissen, daß aus dem Fluß nur eine wieder ans Ufer zurückkehren würde.
Njuscha atmete mit offenem Mund, keuchend und verzweifelt. Die Sekunden unter Wasser hatten ihre Lungen fast zum Platzen gebracht, nun hatte sie Mühe, den Angriffen Jelenas auszuweichen, die Rasende von sich zu halten und die Qual des Erstickens zu überwinden.
Mit beiden Händen umklammerte Jelena den Hals der Gegnerin und drückte die Daumen in Njuschas Kehlkopf. Nichts war mehr an ihr, was an die kluge und beherrschte Dobronina erinnerte, kaum menschlich sah sie aus mit ihrem verzerrten Gesicht, den glühenden Augen und dem Willen zu töten. Und jetzt, als Njuscha nach Luft rang, als die Katze Jelena wieder an ihr hing und sich nicht abschütteln ließ, jetzt sprach sie auch und schrie die Worte aus sich heraus wie Geschosse.
«Denkst du an ihn?» schrie sie. «Er hilft dir nicht . . . dein Sascha ist weg, weit weg . . . Ich seh es in deinen Augen, daß du an ihn denkst. Hör auf zu denken. Hör auf! Es ist vorbei . . . alles vorbei . . .»
Mit aller Kraft drückte sie zu und erwartete, daß Njuscha ohnmächtig wurde. Aber da geschah etwas Unvorhergesehenes.
Njuscha ließ sich fallen. Sie warf sich einfach nach hinten in den Don und riß dadurch Jelena mit, die an ihr hing wie ein Panther auf einer Gazelle. Sie verloren den Halt unter den Füßen, drehten sich in den Wellen, noch immer unter Wasser, und dann sanken sie hinab, Njuscha über Jelena, und wälzten sich auf dem Flußgrund wie zwei kämpfende Hechte.
Jelena war es, als platze ihre Lunge. Sie lockerte den Griff um Njuschas Hals, gab ihn ganz frei und versuchte, nach oben zu treiben. Aber da waren die Hände Njuschas, die sie festhielten, da waren plötzlich die Beine der anderen, die sich polypenhaft um ihren Körper schlangen. Da war

das Gewicht von Njuschas Körper, der sie hinabdrückte auf den Boden.
Es war die Sekunde, der heiße Herzschlag, in dem Jelena wußte, daß sie verloren war. Es war der letzte, tobende Gedanke, der ihr zuschrie: Nein! O nein — nein — nein ... Es war das letzte Zucken ihrer Hände, ihres Leibes, ihrer Beine, das letzte Schlagen mit dem Kopf, dieser schreckliche, von der Todesangst zerrissene, innere Schrei, der alles in ihr aufbrechen ließ wie ein Vulkan ...
Dann war es still im Don. Njuscha tauchte auf, Jelenas schlaffen Körper in den Armen, und atmete tief die Nachtluft ein.
Mit langsamen Stößen schwamm sie so lange, bis sie wieder Grund unter den Füßen spürte, trug dann Jelena ans Ufer und legte sie in den Sand. Sie beugte sich über sie, lauschte auf einen Herzschlag, öffnete den zusammengekniffenen Mund der Rivalin und legte ihre Lippen auf die kalten von Jelena.
Kein Hauch mehr. Stille in dem weißen, schlanken Körper. Ein Stück Holz konnte nicht stummer sein.
Mit gekreuzten Beinen saß Njuscha lange vor der toten Jelena und sah sie an. Es war, als spräche sie mit ihr, und sie tat es auch, innerlich, und ihre Augen gaben die Worte wieder, die sie dachte.
Du hast es erreicht, sagte sie zu ihr. Was du lebend nie geschafft hättest ... im Tod hast du gesiegt. Du wirst das Leben von Sascha und mir vernichten. Du und ich, wir werden jetzt ein gemeinsames Schicksal haben, Schwester. Du bist nur vorangegangen ...
Nach langen Minuten dieser stummen Zwiesprache bückte sie sich, streifte das Kleid über ihren nassen Körper und nahm Jelena wieder auf die Arme wie ein Kind. Sie wunderte sich, wie leicht sie war, nicht schwerer fast als ein ausgewachsenes Lamm.
Langsam schritt sie die Uferböschung hoch, ging geradenwegs auf ihr Haus zu, stieß die Türen mit dem Fuß auf und trat ins Zimmer, wo Kolzow, Evtimia und Bodmar in der «schönen Ecke» saßen und Karten spielten.

Schweigend legte sie die nasse, tote Jelena auf den Tisch, wie einen großen glatten, weißen Fisch, den sie gerade aus dem Wasser gezogen hatte. Dann nickte sie in die Gesichter hinein, die hohl waren vor Entsetzen.
«Ja», sagte sie. «Es ist geschehen. Ich habe sie ertränkt ...»
Danach fiel sie über Evtimia, krallte sich an ihrer Mutter fest und begann laut zu weinen.

15. Kapitel

Ein Zeichen starker Männlichkeit ist es, in ausweglosen Situationen nicht den Kopf zu verlieren. Da gibt es Kerle, die rollen mit den Muskeln und halten ellenlange Vorträge über Mut und heroische Leistungen, aber läuft ihnen eine schwarze Katze über den Weg, bekreuzigen sie sich und rennen herum wie die Todgeweihten, immer darauf wartend, daß das Schicksal ihnen auf die Wangen schlägt. Und es gibt Kerle, die machen den Eindruck eines harmlosen, normalen Menschen, denen man nur zutraut, daß sie in der Badewanne heldische Lieder grölen ... und diese wachsen über sich selbst hinaus, wenn der Teufel ihnen in den Hintern tritt.
Dimitri Grigorjewitsch Kolzow schien ein solch seltener Mensch zu sein. Als die tote, wie eine Katze ersäufte Jelena Antonowna auf seinem Tisch lag und sein Töchterchen weinend zusammenbrach, behielt er die Ruhe. Als einziger übrigens, denn Evtimia begann sofort mit lauten Klagen, und Eberhard Bodmar stürzte sich über die Leiche und versuchte sie zu beatmen. Er drückte Jelena den Brustkorb nieder und ließ ihn zurückschnellen, massierte ihre Herzgegend, pumpte das Wasser aus den Lungen und versuchte es dann mit einer Mund-zu-Mund-Beatmung, bis er selbst keine Luft mehr bekam und keuchend auf die Holzbank zurücksank.
Es hatte alles keinen Sinn mehr ... Jelena Antonowna Dobronina war tot. Kolzow hatte es nicht anders erwartet und saß nun mit nachdenklicher Miene vor dem nassen,

ausgestreckten Körper. Das Wasser lief von der Leiche über den Tisch und auf den Boden und bildete einen kleinen Bach um das rechte Hosenbein Kolzows.

«Ruhe!» schrie er plötzlich, als Evtimia laut zu beten begann. «Zum Teufel, Ruhe! Einen klaren Kopf müssen wir behalten. Es ist nun mal geschehen. Njuscha hat sie getötet. Aber nur wir wissen das. Es muß wie ein Unfall aussehen. Laßt uns ganz nüchtern denken. Wir tragen sie zum Fluß zurück und legen sie ins Schilf. Dort wird man sie morgen früh finden, und wir sind alle Sorgen los.»

«Sie wollte mich töten. Unters Wasser wollte sie mich drücken!» schluchzte Njuscha. Sie lehnte jetzt an der Wand, den Kopf weit zurückgeworfen, das tropfnasse Haar klebte an ihrem Körper. «Aber ich war schneller und stärker als sie.»

«Oho!» Kolzow starrte auf die Leiche. Seine Miene verfinsterte sich. «Dann war es Notwehr! Aber kann das jemand beweisen?»

«Nein», sagte Bodmar. Er rang noch nach Atem, von den verzweifelten Wiederbelebungsversuchen an Jelena. «Niemand wird es ihr glauben. Vor allem nicht Jelenas Zentrale in Moskau.»

«Aber sie ist tot — das ist nicht mehr zu ändern.» Kolzow stand auf und wanderte in der Stube umher. Er ging zum Herd, schöpfte kaltes Wasser aus dem Kessel und schüttete es sich mit der großen Kelle über den Kopf. Das allein bewies, wie heiß es in seinem Innern war. «Wir müssen beraten, was zu machen ist.» Er sah hinauf zur «schönen Ecke», wo statt des heiligen Dimitri der streng blickende Lenin hing. Aber auch Lenin war in diesen Minuten kein nützlicher Ratgeber. «Es muß ein Unfall sein ... wißt ihr etwas Besseres?»

Evtimia nickte unter Schluchzen.

«Bahren wir sie auf, Dimitri Grigorjewitsch. Bedenke, sie war ein Mensch. Ich werde ihr mein Bett abtreten und sie zurechtmachten für die Totenfeier.»

«Aufbahren?» Kolzow starrte Evtimia entgeistert an. «Erst muß sie am Strand gefunden werden.»

«Es ist eine Sünde, sie zurückzutragen zum Don und einfach wieder ins Wasser zu werfen.»
«Ich will sie ins Schilf legen!» schrie Kolzow. «Fein säuberlich. Ich kann sogar die Fliegen von ihr wegwedeln, wenn du es willst. Aber am Wasser muß man sie finden, nicht aufgebahrt in deinem Bett!»
«Man trägt eine Tote nicht herum wie ein Stück Treibholz. Sie ist jetzt in unserem Haus, und ich mache sie zurecht für Väterchen Ifan.»
«Was?» Kolzow fuhr herum wie gestochen. «Der Pope soll auch noch kommen?»
«Wir haben alle einen Gott», sagte Evtimia feierlich.
Kolzow verdrehte die Augen, lief wieder zum Herd und schüttete sich eine neue Kelle mit kaltem Wasser über den Schädel. Dann hockte er sich auf die Steinbank neben dem Ofen und klemmte die Hände zwischen seine Knie. Man sah es an seinen Augen, daß sein Gehirn arbeitete. Gegen Evtimias Argumente war schlecht etwas einzuwenden. Er kannte das in den langen Jahrzehnten seiner Ehe mit ihr. Wenn Evtimia sich hinter ihre Religion verkroch, biß alle bolschewistische Weltanschauung auf Granit. Der Kampf mit der Ikonenecke — wir kennen ihn ja — war das beste Beispiel dafür. Letzten Endes siegte Evtimia immer. Sie hatte einen Ausspruch, der selbst den Kommunisten Kolzow zum Nachdenken anregte: «Dimitri, noch lebst du . . . aber was wird sein, wenn du tot bist? Dann stehst du vor Gott. Willst du Gott von Lenin überzeugen?» Darauf gab es einfach keine Antwort.
«Gut. Bahren wir sie auf», sagte Kolzow heiser und wischte sich die Augen. «Aber wir müssen uns einig sein und eine gute Geschichte hersagen können. Paßt auf: Wir gehen spazieren, so einen richtigen Abendspaziergang machen wir, hinunter zum Don, am Ufer entlang, um den milden Wind zu genießen, den Wellen nachzuschauen, den Rohrdommeln im Schilf zu lauschen und dem Konzert der Frösche. ‚Komm, Freundchen', sagte ich gerade zu Sascha, ‚ich will dir zeigen, wo 1941 die Deutschen eine Pontonbrücke gebaut haben, zehn Tage hat sie gehalten, dann

sprengten unsere Partisanen sie in die Luft', und ich gehe mit ihm am Fluß entlang, und was sehe ich da? Einen Menschen im Schilf. Im Wasser liegend, mit dem Gesicht nach unten. Nanu, denke ich, so liegt kein normaler Mensch, das ist keine vernünftige Schwimmhaltung, da muß etwas passiert sein. Wir laufen hinunter, waten durch das seichte Wasser, und was finden wir: unsere liebe Jelena Antonowna. Tot wie ein aus dem Nest gefallenes Vögelchen. Ertrunken, weiß Gott wie! Die Lungen voll Wasser. Schaukelnd wie Treibholz. Was tun wir? Wir holen sie ans Ufer, legen sie auf den Bauch, pumpen das Wasser aus ihr heraus, versuchen alles, was ein Mensch nur tun kann. Keinen Ton gibt sie mehr von sich. Es ist aus, Genossen. Und nun liegt sie bei Evtimia im Bett, aufgebahrt, wie es einem guten Menschen zusteht, und weil man nicht genau weiß, ob sie ein Christenmensch war, haben wir Väterchen Ifan gerufen. Schaden kann's ja nicht. Gott sei mit ihr ...»

Kolzow schwieg, erschöpft von seiner Geschichte, und sah alle der Reihe nach an. Selbst die tote Jelena bedachte er mit einem Blick, als wolle er fragen: Einverstanden, du Luder?

«Wir müssen diese Geschichte auswendig lernen», sagte er dann und putzte sich laut die Nase mit einem groben Tuch. «Man wird sie glauben, und wer sie nicht glaubt, dem schlage ich auf den Kopf.» Er winkte, und es sah sehr resignierend aus. «Und nun mach sie zurecht, Evtimia.»

Die Aufbahrung Jelena Antonownas im Schlafzimmer der Kolzows war wirklich eine feierliche Handlung.

Zunächst wurde Jelena abgetrocknet und von Evtimia frisiert. Dann zog man ihr das Sterbehemd von Großmutter Kolzowa an, aber nur so lange, bis Väterchen Ifan sie ausgesegnet hatte. Dann würde man sie wieder umziehen, das gestickte Hemd war zu schade, um in der Erde zu verfaulen. Bodmar half Evtimia bei allen Arbeiten. Er trug Jelena ins Bett, faltete ihr die Hände, und dann saß er allein vor ihr, während Evtimia in einer alten Truhe nach den Girlanden aus getrockneten Blumen suchte, mit denen sie das Zimmer und die Tote schmücken wollte.

Warum? dachte Bodmar und legte seine Hände auf Jelenas gefaltete Finger. Er war noch so erschüttert, daß er nichts weiter denken konnte als diese eine Frage, auf die es meistens keine Antwort gibt: Warum? Ist das immer der einzige Ausweg: Tod? Mord? Gewalt? Terror? Haß? Ist denn der Mensch geboren, um zu töten? Gibt es denn keine Generation, die nebeneinander und nicht gegeneinander leben kann? Warum müssen Probleme immer durch Blut gelöst werden? Hängt denn das Leben nur an einem einzigen Mann oder an einer einzigen Frau? Muß man ein Leben wegwerfen oder ein Leben zerstören, nur für einen einzigen Menschen?
Erschrocken biß er die Lippen zusammen. Er dachte an Njuscha und an seine eigenen Reaktionen. Er überblickte plötzlich die ganze Tragweite seines Entschlusses: Ein neues Leben am Don, das Wegwerfen des früheren Journalisten Bodmar und seine Wandlung in den Don-Bauern Sascha. Die Verleugnung seiner Aufgabe, derentwegen er nach Rußland gekommen war. Die Flucht in eine andere Welt, dieser Selbstmord seiner eigenen Persönlichkeit ... und alles aus Liebe zu einer Frau. War das etwas anderes als dieser Mord an Jelena? Gab es darauf eine Antwort? Warum wurde aus dem Deutschen, der als klar denkender Vertreter einer neuen, jungen Generation den Irrsinn der Väter aufzeigen wollte, nun selbst ein Don-Kulak, ein völlig anderer Mensch, von dessen Vorhandensein er bisher nie eine Ahnung hatte?
Warum?
Bodmar beugte sich über Jelena und blickte in ihr starres, bleiches, im Tod strenges und abweisendes Gesicht. Im gestickten Totenhemd von Großmütterchen Kolzowa sah sie fremd aus, unnahbar wie der einbalsamierte Leichnam Lenins im Moskauer Mausoleum, eine Schönheit von unirdischem Glanz, eine Figur aus Porzellan.
Mit ihrem Tod hörten die Probleme nicht auf ... sie begannen erst. Was würde Moskau sagen? Wurde die Reise unterbrochen oder abgesagt? Waren alle Möglichkeiten einer Verhandlung zerstört?

Bodmar lehnte sich zurück und sah Evtimia zu, die mit den Girlanden ins Zimmer kam, das Bett und die Tote umkränzte, drei Kerzen vor dem Bild des heiligen Dimitri anzündete und dann begann, aus dem Kosmetikkasten, den Jelena in ihrem Zimmer stehen hatte, das Gesicht der Toten zu schminken. Sie puderte es, zog die schmalen blassen Lippen mit dem Lippenstift nach, den Jelena im Kiosk des Hotels «Ukraina» gekauft hatte, und kämmte noch einmal ihr Haar.
«Wie schön sie aussieht», sagte Evtimia dann zufrieden und setzte sich auf die Bettkante. «Wie ein Engel. Nicht begreifen kann man, daß sie Njuscha töten wollte . . .»
Im Wohnraum goß Kolzow unterdessen einen starken Tee für seine Tochter auf und wartete darauf, daß Njuscha neue Erklärungen gab. Als sie schwieg und nur zitternd vor Nässe und Nachtkühle in der «schönen Ecke» hockte, hieb er mit der Faust auf den Tisch.
«Mußtest du sie gleich ersäufen?» schrie er. «Genügt es nicht, daß sie Wasser schluckte?»
«Nein!» sagte Njuscha. Sie hatte eine erstaunlich ruhige Stimme. «Nur eine von uns durfte weiterleben. Wäre es nicht am Fluß geschehen, hätten wir uns morgen oder übermorgen getötet. Irgendwo und irgendwann . . . aber wir hätten es tun müssen. Es gab keinen Ausweg mehr.»
«Und alles um einen Mann!» brüllte Kolzow. «Ist so etwas zu begreifen? Gibt es nur diesen einen, he?»
«Ja.» Njuscha stand auf und warf eine Decke über ihren nassen Körper. Nebenan spannte Evtimia die Girlanden durchs Zimmer. «Es gibt nur Sascha, Väterchen. Nur ihn auf der Welt. Warst du nicht auch jung? Warst du nicht auch wie ein Kater verliebt in Mütterchen Evtimia? Was hättest du getan, wenn sich ein anderer Kosak Evtimia ins Stroh geholt hätte?»
Kolzow wandte sich knurrend ab. Es klang wie das böse Grollen des Hofhundes Balwan. «Das ist etwas anderes», sagte er dann. «Dein Mütterchen . . . oh, beim Satan, ich hätte jedem den Schädel gespalten, der Evtimia angerührt hätte! Sie war für mich eine blühende Rose aus unserem

Boden. Aber er ...» Er wies mit dem Daumen ins Schlafzimmer — «er ist ein Deutscher!»
«Er ist ein Mensch!» sagte Njuscha laut.
«Wann wird es möglich sein, mit Weibern vernünftig zu sprechen?» Der alte Kolzow goß den Tee in einen großen Blechbecher, trug ihn zu Njuscha und verließ dann das Zimmer. Sie schlürfte das heiße Getränk in kleinen Schlukken, legte dann den Kopf auf die Unterarme und blieb so auf der Bank sitzen. Die Decke zog sie über sich wie ein Leichentuch.
Während Evtimia nach Beendigung der Aufbahrung aus dem Haus rannte, um Väterchen Ifan aus der Kirche zu holen, durchsuchte Kolzow in Gegenwart Bodmars das Gepäck Jelena Antonownas.
«Wir müssen wissen, wen wir benachrichtigen sollen», sagte er dabei. «Hatte sie noch Vater und Mutter? Brüder? Schwestern? Jeder Mensch hat irgendeinen Verwandten, Gott sei's geklagt.»
«Ihr Vater starb in deutscher Kriegsgefangenschaft ...»
Kolzow schielte zu Bodmar und schwieg. Der Krieg, dachte er. In jeder Familie gab es einen Toten. Aber man kann es diesem Deutschen nicht ankreiden ... er war ein Jüngelchen und spielte auf dem Fußboden, als das alles geschah.
Bedächtig leerte er Jelenas Koffer. Er legte die Kleider und die Unterwäsche auf den Stuhl, betrachtete zwei Bücher — es waren Romane von Gorki — und hob zwei hauchzarte Nachthemdchen, kurz und mit Spitzen besetzt, in die Höhe wie zwei Fahnen.
«Aus Paris», sagte er. «Ganz bestimmt aus Paris. Jemand muß sie ihr geschickt haben. Oder war sie in Frankreich?»
«Ich weiß es nicht.» Bodmar stand am Fenster und sah hinaus in die helle Nacht. In den Zweigen der Kirschbäume sang der Wind aus der Steppe. Die Pappeln und Birken rauschten. «Ich weiß nur, daß sie allein lebte.»
Kolzow hatte eine kleine Tasche geöffnet, die voller Papiere war. Er setzte sich auf die Bettkante und schüttete den Inhalt auf die Decke. Ausweise und Autokarten fie-

len heraus, Schlüssel und eine Schere, zwei Briefe, ein Notizbuch und eine kleine Pistole. Verblüfft hob Kolzow die Waffe hoch.
«Sie war bewaffnet», sagte er ratlos. «Welch ein zierliches Ding. Der Griff ist mit Perlmutt ausgelegt. Ein Patrönchen wie ein Kinderzäpfchen ... aber es reicht, wenn's ins Hirn dringt.» Und dann wurde er ganz still, klappte eine der Ausweismappen auf und blickte hinein. Als sei es Gift, schleuderte er das Lederetui von sich und sprang auf. «Wir müssen alles ändern ...» sagte er. Seine Stimme war plötzlich rauh. «Alles! Evtimia! Njuscha! Aufhören!» Er rannte aus dem Anbau, trat die Schlafzimmertür auf und riß eine der gespannten Girlanden von der Wand. Aber Evtimia war schon unterwegs zu Väterchen Ifan, und Njuscha rührte sich nicht von der Bank. Bodmar, der Kolzow nachgelaufen war, sah, wie der Alte die Fäuste ballte und gegen die Tote schüttelte. «Du Teufelin!» knirschte er. «Du Höllenmißgeburt! Wolltest uns alle vernichten, was? O Gott, in was für eine Lage sind wir gekommen.» Er drehte sich zu Bodmar um, seine Augen waren rot unterlaufen vor Wut. «Weißt du, wer sie ist?» schrie er und riß die geschmückte Decke von der Toten. «Sieh dir ihren Ausweis an! Vom KGB ist sie, ein Leutnant der Geheimpolizei! Eine verdammte Schnüfflerin! Und Njuscha hat sie ersäuft! Was soll nur daraus werden? Sie werden uns ins Gefängnis werfen, uns alle. Das ganze Dorf.» Kolzow sank auf den Stuhl neben Jelena und sprang dann wieder hoch wie gestochen, blies die Kerzen vor dem heiligen Dimitri aus, riß alle Girlanden herunter, schleuderte die Blumen, die Evtimia liebevoll um die Tote gelegt hatte, gegen die Wand und hätte selbst das gestickte Totenhemd von Großmütterchen Kolzowa der Leiche vom Leib gezogen, wenn Bodmar ihn nicht festgehalten und aus dem Schlafzimmer gezerrt hätte.
«Eine Geheimpolizistin», knirschte Kolzow im Wohnzimmer und zerwühlte sich die Haare. Dann stürzte er auf Njuscha, riß sie unter der Decke hervor, umarmte und küßte sie und drückte sie an sich.

«Mein Täubchen!» rief er dabei. «Mein Engelchen! Mein Herz!»

Man muß die Vorgeschichte kennen, um den merkwürdigen Gefühlsausbruch des alten Kolzow zu verstehen.

Es war noch in den Anfängen des Bolschewismus gewesen, als die gefürchtete GPU im Lande herrschte und alles in den Kerkern verschwinden ließ oder einfach mit einem Genickschuß aus der Welt schaffte, was nicht sofort mit der Lehre Lenins einverstanden war. Die größten Schwierigkeiten machten die Kosaken am Don, die wilden Reiter, die nur eine Autorität anerkannten: ihre eigene Kraft. Es dauerte lange, bis von Woronesch und Rostow die Kosaken in die Zange genommen wurden und man durch einige rücksichtslose Aktionen bewies, daß die wahre Macht in Moskau saß. Auch Dimitri Grigorjewitsch mußte erst durch Hiebe auf Rücken und Gesäß, durch Hunger und kalte Güsse davon überzeugt werden, daß die herrliche Freiheit am Don zu Ende war. Vier Monate lag er im Keller der GPU von Rostow und wurde so lange geprügelt, bis er unterschrieb, daß seine Kosaken hundertprozentig auf seiten der Roten standen.

Von da an wurde es Kolzow speiübel, wenn er etwas von Geheimpolizei hörte oder las. Es ließ sich nicht vermeiden, daß er als Dorfsowjet öfter Besuch von Beamten des KGB erhielt, aber dann war er wortkarg, als leide er unter einem Sprachfehler, und wenn die Beamten wieder weggefahren waren, ritt er vom Parteihaus so schnell er konnte nach Hause und brüllte schon an der Tür: «Evtimia, ein heißes Bad! Die Dreckskerle haben mich verseucht ...»

Eberhard Bodmar las den Ausweis des KGB, ausgestellt auf den Namen Jelena Antonowna Dobronina, und drückte ihn dann Jelena zwischen die gefalteten Hände, aus denen Kolzow vorher die Blumen gerissen hatte.

Viele Rätsel begannen sich nun zu lichten. Die Fülle der Vollmachten, die Jelena besessen hatte, eine Macht, vor der selbst der widerliche Major Tumow im Zimmer des erschlagenen Gorlowka im Hotel «Ukraina» kapituliert hatte, eine Macht, die den Tod des dicken Talinkow auf seiner

Datscha zu einem gespenstischen Erlebnis werden ließ, dieses unverständliche Herausgleiten aus allen Gefahren, das Bodmar von Beginn seiner Reise an verwunderte, erhielt jetzt eine ganz einfache Lösung.
KGB.
Ein deutscher Journalist reiste in Begleitung einer Geheimagentin durch das Land. Er konnte hinfahren, wohin er wollte, er konnte sehen, was ihn interessierte, er konnte tun, was ihm beliebte ... das Auge und das Ohr Moskaus waren stets um ihn. Es war leicht, großzügig zu sein, so leicht, wie man einen Irren in seinem Zimmer herumtappen läßt und ihn mit den Gegenständen spielen läßt, die herumliegen, denn die Wärter stehen hinter einer Glaswand und sehen zu.
Und die Liebe? Dieses wilde Begehren Jelenas, das schließlich mit ihrem Tod endete? War das einkalkuliert? Gehörte das zu ihrem Auftrag? Gab Moskau den Befehl: Liebe ihn, und sauge ihn auf wie einen Wassertropfen?
Bodmar beugte sich tief über das geschminkte, starre Gesicht Jelenas.
Wer warst du wirklich, dachte er. Warst du das kalte Biest aus der Retorte des KGB, oder bist du wirklich ausgebrochen und das Opfer deines Herzens geworden? Du hast die Antwort mitgenommen ... wir werden dich nie mehr verstehen lernen ...
Der alte Kolzow war noch dabei, über die stinkenden Ratten der Geheimpolizei zu schimpfen, als Evtimia mit Väterchen Ifan zurückkam.
Es war ein feierlicher Aufzug.
Ifan Matwejewitsch Lukin hatte sein Festgewand angelegt und trug das große Kreuz vor sich her, mit dem er morgen früh auch den Duellplatz umwandeln wollte. Schon an der Tür stimmte er ein lautes Singen an und betrat mit donnernder Stimme das Haus. Evtimia folgte ihm, einen Schleier über dem Kopf, die Hände vor der Brust gefaltet, und sang die zweite Stimme mit einem etwas kreischenden Ton. Ihnen folgten zwei Chorknaben, die Ifan aus der Nachbarschaft aus den Betten geholt hatte. Sie waren bar-

fuß, trugen noch ihre Nachthemden, blickten aus müden Augen durch ihre ungekämmten Haare und schleppten zwei große Ikonen vor sich her, Holztafeln, auf denen auf goldenem Hintergrund der heilige Waran und die heilige Katharina schwebten.

«Der Mensch ist nur ein Korn aus Staub,
der Wind verweht ihn,
Herr, laß ihn in den Himmel wehen . . .»,

sang Väterchen Ifan dröhnend und segnete Bodmar mit dem Kreuz. Der Aufschrei Evtimias, die an ihm vorbei ins Schlafzimmer geschlüpft war, ließ ihn verstummen.

«Er hat sie geschändet!» schrie Evtimia, riß sich den Schleier vom Kopf und suchte nach einem Gegenstand, um ihn Kolzow an den Kopf zu werfen. «Er hat die Tote geschändet! O Mutter Gottes, regne Feuer über ihn.» Sie ergriff einen Stuhl, schleuderte ihn auf Kolzow, die Chorknaben suchten Schutz hinter den Ikonen, und Vater Ifan drückte sich an die Wand.

Kolzow baute sich furchtlos vor dem Bett mit der Leiche auf. Er stützte die Hände in die Hüften, und er sah aus wie ein Kosak, der bereit ist loszustürmen, alles um sich herum kurz und klein zu schlagen.

«Weg mit dem Kreuz!» brüllte er. «Aufhören mit den heiligen Liedern! Man sollte ihren Kadaver auf den Mist werfen — das ist er wert!»

Vater Ifan, von Amts wegen zur Güte verpflichtet, schnaufte laut auf und hieb dann Kolzow mit dem Kreuz über den Schädel. Der Alte wankte, aber er wich nicht.

«Aus dem Weg, du gottloser Kesselflicker!» brüllte Ifan. «Es geht hier um eine Seele, und sie gehört mir!» Er hob das Kreuz wieder hoch empor und wollte erneut in seinen Gesang fallen, als Kolzow den Ausweis des KGB aus Jelenas starren Händen riß und ihn dem Popen hinhielt.

«Und das?» schrie er. «Und das, Vater Ifan? Kannst du's lesen? Vom KGB ist sie! Haha! Warum singst du nicht? Verschlägt es dir die Stimme? Bleiben die Töne wie Klöße sitzen? Rutschen sie dir in den Bauch, und du furzst sie aus? Vom KGB! Lies es . . .»

Väterchen Ifan las den Ausweis nicht — auch er kannte diese Legitimationen. Er warf das Kreuz auf den Tisch, winkte den beiden verschlafenen Chorknaben, hinaus in den Vorraum zu gehen, und setzte sich auf die Tischkante. Erinnerungen tauchten auf wie höllische Visionen: Die Gefängnisse in Rostow und Stalingrad. Vier Jahre Straflager in Sibirien, in den Wäldern von Werschne Tarinsk, zwei Jahre in den Steinbrüchen von Nowo Kalinka. Hunger, Schläge, Krankheit. Der Lagerkommandant, breit, lachend, die Nagaika in der Faust, diese fürchterliche Geißel mit nadelspitzen Stahlhaken am Ende der Schnüre. «Ifan Matwejewitsch — vortreten! Hosen runter! Sprich mir nach: Maria, die Mutter Jesu, war eine Hure!» Und er sprach es nach, denn er kannte die Nagaika und wußte, wie die Haken Fetzen aus seinem Rücken reißen konnten. Aber im stillen betete er dabei: «Herr, vergib ihnen und vergib mir ... ich bin auch nur ein schwacher Mensch und habe Angst vor dem Sterben ...»

Vater Ifan nahm seine goldbestickte Kappe von den weißen Haaren und schob Kolzow aus der Tür. Allein stand er vor der toten Jelena und sah sie lange an. Hinter ihm weinte Evtimia und flüsterte ihm in den Nacken: «Auch sie war ein Geschöpf Gottes. Wir alle sind voller Sünde ...»

Ifan nickte. Er ging zurück ins Wohnzimmer, nahm sein Kreuz und legte es über die starre Jelena. Der Schnittpunkt zwischen Längs- und Querbalken lag genau auf ihrem Gesicht, und es war die Stelle, wo sich auch der Kopf Jesu befand. Es sah aus, als küsse sie ihn.

«Gott vergibt —», sagte Vater Ifan dumpf. «Er ist stärker als wir schwachen Menschen.» Dann nahm er das Kreuz wieder hoch, legte den rechten Arm darum und blickte die Kolzows durchaus weltlich an. «Was nun?» fragte er. «Es ist doch wohl klar, daß wir sie nicht normal begraben können. Ob Unglücksfall oder Notwehr ... die Genossen vom KGB werden nach Perjekopsskaja kommen, uns verhören und die Wahrheit erfahren. Und sie erfahren die Wahrheit! Wir kennen ihre Mittel.»

«Bei Gott, ja. Die kennen wir», sagte Kolzow düster. «Was

wir auch tun . . . sie werden immer zu uns kommen. Sicherlich hat Jelena längst nach Moskau gemeldet, daß sie bei uns ist.» Er nickte zu Bodmar, der neben Njuscha stand und sie umfaßt hielt. «Und er? Er hängt jetzt in der Luft wie ein verlassenes Nest.»

«Sascha bleibt bei uns!» sagte Njuscha. Sie umarmte Bodmar, und sie wirkten wie ein Paar, das sich umschlungen hält und so im Wasser versinkt. «Wenn es nötig wird, verstecken wir ihn . . .»

«Verstecken? Ist er ein Ei, das man unters Stroh schiebt? Er kann doch nicht sein ganzes Leben lang in einem Verschlag sitzen? Ist er ein Kaninchen?»

«Ich schlage vor», sagte Vater Ifan weise, «daß du die Genossen zusammenrufst. Eine außerordentliche Versammlung. Heute nacht noch. Und ich glaube, daß es klug wäre, Jelena Antonowna verschwinden zu lassen.»

«So einfach verschwinden?» fragte Kolzow atemlos.

Vater Ifan breitete die Arme aus wie zum Segen. Sein langer Bart bebte. «Jelena Antonowna und Eberhard Bodmar sind weitergereist», sagte er fast feierlich. «Heute gegen Mittag haben sie Perjekopsskaja verlassen. Nach Wolgograd wollten sie, haben sie zum Abschied gesagt. Sie fuhren an meiner Kirche vorbei, und ich winkte ihnen zum Abschied zu.»

«Und ihr zusammengedrückter Wagen liegt hinten bei mir im Schuppen.»

«Das ist dein Problem, Dimitri Grigorjewitsch. Etwas denken mußt auch du . . .»

Vater Ifan nahm sein Kreuz, verließ die Stube, sang im Vorraum noch eine Strophe des unterbrochenen Liedes und verschwand dann mit seinen Chorknaben in der Nacht. In der Kirche stellte er die Ikonen wieder an ihre Plätze, packte dann die beiden Jungen vorn an ihrem Hemd und schüttelte sie.

«Was ihr gesehen habt, war ein Traum!» schrie er sie an. «Ihr wart nie mit mir in dieser Nacht bei einer Toten.»

«Nie, Väterchen!» riefen die Jungen gleichzeitig. «Wir lagen im Bett.»

«Es wächst eine kluge Generation heran», sagte Ifan zufrieden. «Gott segne euch ... ihr werdet gute Menschen.»
Kolzow aber ritt in dieser Nacht rund durch das Dorf. Er holte seine Genossen aus den Betten. Den Schuster Kalinew, den Sattler Luschkow, den Rennfahrer Klitschuk, den Magazinverwalter Rebikow und sogar den alten Babukin. Vierundzwanzig Genossen drängten sich im Wohnzimmer Kolzows, nur in Hosen und Sandalen, denn in den warmen Nächten schliefen sie meistens nackt neben ihren Weibern. Der Hebamme Kusetzkaja war es recht — sie kam aus der Arbeit nicht heraus und hatte ein gutes Einkommen.
Kolzow machte es kurz ... er führte die Genossen in das Schlafzimmer und ließ sie Jelena betrachten. Stumm kamen sie dann ins Wohnzimmer zurück, nur der Sargmacher Tutscharin machte den Mund auf und meinte: «Jetzt habe ich mein Maßband vergessen, Dimitri Grigorjewitsch. Hättest mir ruhig einen Wink geben können. Aber ich glaube, ein Sarg normaler Länge reicht. Sie ist ein zierliches Weibchen. Nur eine Frage noch: Wer bezahlt ihn? Hat sie Verwandte?»
Kolzow setzte sich hinter den Tisch und blickte düster vor sich hin. Er suchte den richtigen Anfang für seine Erklärungen und entschied sich, einfach die Wahrheit zu sagen.
«Jelena Antonowna ist ertrunken.»
«Aha!» sagte der Kaufmann und Fleischer Kotzobjew, der auf dem Duellplatz seine Würstchenbude aufgebaut hatte. «Das ist etwas Neues. Seit siebenundneunzig Jahren ist hier keiner mehr ertrunken. Die letzte war Mütterchen Natascha Semjonina, und sie ertrank auch nur, weil sie blöd war ... so heißt es jedenfalls. Mondsüchtig soll sie gewesen sein, und der Mond stand genau überm Don, als sie ins Wasser wandelte. Heute war aber kein Mond ...»
Kolzow sah Kotzobjew schief an und verzog den Mund, als tränke er Essig. «Jelena Antonowna wurde ertränkt», sagte er und sprach es so aus, daß die Genossen keine weiteren Fragen stellten. «Aber das ist nicht wichtig. Es gibt nur eins, was von Bedeutung ist ... das hier ...»

Er legte Jelenas KGB-Ausweis auf den Tisch, und auch jetzt gab es keinen, der fragte. Sie alle wußten Bescheid. Sie waren Kosaken. Menschen mit Ausweisen dieser Art hatten ihre Wildheit gezügelt, hatten ihnen einen Teil ihrer jahrhundertealten Freiheit genommen. Kolchosen und Sowchosen hatte man ihnen aufgezwungen. Das Leben war reglementiert worden. Felder Äcker, Weiden und Steppen, ja sogar der Fluß mit seinen Fischen waren zu einem System des Staates geworden. Sie hatten sich daran gewöhnt, sie lebten nicht schlecht, die Planwirtschaft hatte viel Gutes, es gab endlich genug Maschinen, die viele Arbeiten erleichterten, es gab pünktlich und genügend Saatgut in den Ausgabestellen, auch die Deputate zum Eigenverbrauch waren reichlich, und der Verdienst erlaubte eine Leben ohne Sorgen ... aber es fehlte die absolute Freiheit, das Gefühl, über die Steppe reiten zu können und frei zu sein wie der Adler unter dem Himmel.
«Wir müssen uns alle einig sein, Genossen», sagte Kolzow und ließ den Ausweis Jelenas auf dem Tisch liegen. «Das ganze Dorf muß ein Hirn sein, das nur das denkt, was wir jetzt beschließen. Man wird Jelena Antonowna suchen, sicherlich, man wird uns alle verhören ... und wir müssen alle das gleiche sagen. Wenn ein einziger von uns schwankt, reißt er alle anderen mit.»
«Und mein Sarg?» fragte Tutscharin.
«Er denkt nur an seine Särge!» schrie Kolzow. «Welch ein Mensch.»
«Ich lebe davon!» schrie Tutscharin zurück. «Kotzobjew hat es gut ... gefressen wird immer. Und auch Kalinew hat gut reden ... barfuß will niemand durch die Straßen gehen. Aber wann stirbt schon mal jemand? Wie viele Tote hat's im vorigen Jahr gegeben? Na? Neun Stück! Und im jetzigen Jahr, bis heute? Ganze zwei! Kann man davon leben! Es ist widerlich, wie gesund die Menschen hier sind. Sie bringen einen Sargmacher noch in den Sarg.»
«Man sollte ihn einfach erschlagen», schlug der alte Babukin vor. «Wie einen Floh, jawohl. Er rechnet die Toten aus, und uns steht das KGB vor der Tür!»

«Und alles nur der Weiber wegen!» schrie jemand.
«Freunde, Brüderchen», sagte Kolzow und schob Jelenas Ausweis hin und her. «Es hat keinen Sinn, über Dinge zu klagen, die geschehen sind. Wir müssen uns darüber einigen, was geschehen soll! Ich schlage vor: Jelena Antonowna und der Deutsche sind heute mittag weitergereist nach Wolgograd!»
«Natürlich!» Der Schuster Kalinew winkte mit beiden Händen. «Ich saß draußen in der Sonne und fettete einen Schuh ein, da fuhren sie an mir vorüber. Ich rief noch zu: Gute Fahrt, Genossen!»
«Auch Vater Ifan winkte ihnen zu», sagte Kolzow mit belegter Stimme. «Das ist also klar.»
«Bei mir kauften sie noch zwei Flaschen Mineralwasser für die Reise», rief Rebikow dazwischen.
«Sehr gut. Das ist überzeugend.» Kolzow beugte sich über den Tisch. «Nun zu den Dingen selbst. Da ist die Leiche, da sind die Gepäckstücke der Toten, und da ist das Auto. Alles muß verschwinden. Spurlos, Genossen. Und damit wir alle wirklich Brüder sind, übernimmt jeder von uns einen Teil der Dinge.»
«Du bist ein verdammter Teufel!» sagte Kotzobjew, der Fleischer. «Jetzt haben wir alle eine Schlinge um den Hals.»
«Der Sozialismus ist die höchste Form der gemeinsamen Arbeit für die Gemeinschaft», sagte Kolzow und erhob sich in voller Größe. Es ist schon etwas wert, bestimmte Parolen auswendig zu lernen. «Genossen, wir stehen mitten in der Prüfung unseres kollektiven Daseins. Beweisen wir jetzt, daß wir alle Freunde sind.» Und leiser, mit gesenktem Kopf, fügte er hinzu: «Es geht um unser Dorf, Brüder ... Könnt ihr euch vorstellen, was aus ihm wird, wenn der Zorn Moskaus darauf fällt?»
Die vierundzwanzig Genossen konnten sich das vorstellen. Sie sahen sich an, nickten sich zu und waren sich einig.
Damit war beschlossen, Jelena Antonowna spurlos aus dieser Welt verschwinden zu lassen. Und mit ihr Eberhard Bodmar ... er wurde zu einem Menschen, den der Wind in der Weite des russischen Landes verwehte.

Um das Auto wegzuschaffen, brauchte man den Vorarbeiter der 1. Brigade der Sowchose «2. Februar», den immer freundlichen Nikolai Wassiljewitsch Sadowjew. Da er dem alten Babukin den Säbel zurückgebracht hatte, war er in alle Dinge eingeweiht. Kolzow rief ihn vom Parteihaus an und sagte ohne Einleitung: «Komm mit einem Lastwagen herüber, Brüderchen. Wir brauchen ihn.»
Sadowjew fragte nicht lange zurück, setzte sich sofort in den größten Transporter der Sowchose und fuhr durch die Nacht nach Perjekopsskaja. Unterdessen spannte Njuscha zwei Pferde an den Leiterwagen ihres Vaters, während drei Männer vorausritten zu einem kleinen Wäldchen in der Steppe, das man «Die Insel» nannte, weil es aus der Weite der Grasfläche wirklich herausragte wie eine Insel aus einem grünen, wogenden Meer.
Am unglücklichsten war der Sargmacher Tutscharin.
Statt eines Auftrages für einen schönen Sarg mit Metallgriffen erhielt er die Koffer und Kleider Jelenas mit dem Befehl, sie in seinem großen Sägespäneofen zu verbrennen.
«Sieh zu, daß es nicht stinkt!» redet ihm Kolzow zu. «Misch Sägespäne unter die Kleider. Man braucht nicht in Kijetskaja zu riechen, daß wir Kleider verbrennen.»
Kijetskaja war acht Werst von Perjekopsskaja entfernt, und Tutscharin zog beleidigt mit Jelenas Koffern ab.
Njuscha kam vom Hof herein. Sie trug ihre Kosakenkleidung, das lange blonde Haar hatte sie hochgesteckt und unter einer alten Kappe verborgen. «Der Wagen ist bereit, Väterchen», sagte sie.
«Gut, mein Töchterchen.» Kolzow rannte hinaus vors Haus, begutachtete das Gefährt und sah, daß Njuscha die beste Decke dort ausgebreitet hatte, wo Jelena liegen sollte. Das rührte ihn, er lief ins Haus zurück und wischte sich die Tränen aus den Augen.
Bodmar und Kalinew, der Schuster, hatten den Körper Jelenas in eine Decke gerollt. Evtimia brachte sogar ein Kissen, um es der Toten unter den Kopf zu schieben, aber Kalinew behauptete, das sei Verschwendung. Tote hätten

kein Gefühl mehr für weiche Gänsedaunen. Dann trugen sie Jelena aus dem Haus, und Evtimia streute Blumen über die Tote, so wie es sich gehörte. Sie schoben den Leichnam in den Wagen, Kalinew und Bodmar setzten sich neben ihn, und Kolzow kletterte auf den Bock. Dort saß bereits Njuscha, die Zügel in den Fäusten, so starr wie eine Schönheit aus Stein.

«Los!» sagte Kolzow mit belegter Stimme. «Beim Morgengrauen muß alles vorüber sein . . .»

Es war eine lange, stumme Fahrt durch die nächtliche Steppe. Das Gras knirschte unter den Rädern, die Feldmäuse huschten vor ihnen her, und der Himmel über ihnen, dieser weite, herrliche Himmel Rußlands, war wolkenlos und überhaucht vom silbernen Schein des Mondes.

Eine besondere Note erhielt der Leichenzug durch Väterchen Ifan. Als der Karren an der Kirche vorbeiklapperte, löste sich plötzlich aus dem Schatten des Popenhauses ein Pferd mit einem Reiter. In wallender schwarzer Soutane, die Priesterkappe auf dem Kopf, an den Beinen aber Kosakenstiefel und im Gürtel einen Revolver neben dem silbernen Handkreuz, ritt Ifan Matwejewitsch heran und setzte sich neben Kolzow an die Spitze des Zuges.

«Die Pfaffen sind immer dabei», knurrte Kolzow. «Warum gibt es noch keine Gesänge fürs Scheißhaus?»

Ifan überhörte das. Er blickte auf die Deckenrolle, in der Jelena lag, umkreiste den Karren und ritt dann neben Njuscha durch die Nacht. Und wenn es auch niemand aussprach . . . jeder war dankbar, daß Vater Ifan sie begleitete. Er bewies damit, daß auch er ein Kosak von Perjekopsskaja war.

Im Wäldchen «Die Insel» warteten die Genossen, die für das Grab zuständig waren, bereits mit den Schaufeln in den Händen. Sie hatten ein schönes Grab ausgehoben, mitten zwischen den hohen, schlanken, weißrindigen Birken, deren Duft schwer über dem Land lag. Njuscha hielt die Pferde ein paar Meter vor der Grube an und blieb sitzen, während Bodmar, Kalinew und Kolzow vom Karren spran-

gen. Auch Väterchen Ifan stieg ab und machte sich zum letzten Segen bereit.
«Es ist alles planmäßig verlaufen», sagte Kolzow zu den anderen. «Sadowjew wird jetzt schon bei mir sein und den Wagen abtransportieren. Er will ihn wegschaffen zu einer Grube, wo man früher Bausand geschaufelt hat. Morgen wird er mit einer Raupe hinfahren und die Grube einebnen. Es ist alles einfacher, als man vorher denkt.» Er kratzte sich den Kopf und schnaufte durch die Nase. «Wie leicht es ist, einen Menschen verschwinden zu lassen. Genossen, man könnte darüber trübsinnig werden.»
Bodmar trug Jelenas Leiche allein zur Grube. Zuerst wollte Kalinew helfen, aber als er den Blick des Deutschen sah, ließ er davon ab und trat zurück. Langsam ging Bodmar zu dem offenen Grab, das so breit war, daß zwei Menschen nebeneinander hineinpaßten. Er legte Jelena an den Rand, sprang in die Tiefe und hob dann den schmalen, starren Körper zu sich herunter. Vorsichtig, als könne sie noch etwas spüren, bettete er Jelena auf die Erde, beugte sich über sie und schob die Decke von ihrem Gesicht.
Oben, am Grabrand, standen die Männer von Perjekopsskaja und hatten die Hände gefaltet. Vater Ifan hielt sein silbernes Kreuz über die Tote und sang leise mit seiner tiefen Stimme die Worte vom ewigen Leben und Gottes vergebender Güte.
Und dann geschah etwas, womit niemand gerechnet hatte. Aus dem Hintergrund, von den Pferden, wo sie bisher wie ein Schatten gestanden hatte, kam Njuscha gelaufen. Mit einem Satz sprang sie in das Grab, neben Bodmar, der erschrocken hochzuckte und sie auffing. Kolzow stieß einen dunklen Laut aus, wie ein Wolf, der die Gefahr wittert; Väterchen Ifan unterbrach abrupt seinen Gesang. Die anderen Männer starrten in die Grube, in der nun drei Menschen waren . . . eine Tote und zwei Lebende.
«Njuscha . . .» stammelte Bodmar und hielt sie fest, als sie sich über Jelena beugte. «Ich flehe dich an . . .»
«Laß mich . . .» Sie riß sich mit einem Ruck los und kniete neben der Toten. Der Nachtwind wehte ihr blondes Haar

über Jelenas Gesicht, und es sah so aus, als wolle sie die Leiche damit bekleiden.
«Hau ihr eine 'runter!» knirschte Kolzow oben am Grabrand. «Sascha, sei ein Mann . . . Ich erlaube dir, sie zu verprügeln . . .»
Aber dann wurde auch er still, den Njuscha legte ihre Hände über das starre, bleiche Gesicht der Toten.
«Ich schwöre —» sagte sie laut und klar — «daß ich Sascha lieben werde wie die Erde die Sonne, wie das Korn den Regen, wie die Blüten den Wind. Ich schwöre dir, daß ich ihn lieben werde, wie du ihn geliebt hast. Ich werde ihn lieben, solange ich atme. Er ist mein Leben, meine Welt, mein Glaube. Er ist alles zwischen Himmel und Erde. Gott segne dich, Schwesterchen . . .»
Dann beugte sie sich tiefer und küßte die kalten Lippen Jelenas, zog darauf die Decke wieder über das starre Gesicht und stand auf.
«Heb mich hinauf, Väterchen», sagte sie und streckte die Arme zu Kolzow empor. «Und gib mir eine Schaufel — ich will sie zugraben . . .»
Stumm zogen die Männer Njuscha und Bodmar aus dem Grab. Vater Ifan steckte sein silbernes Kreuz in den Gürtel zurück.
Es gab keine bessere Leichenrede mehr.
Bodmar wandte sich ab, als Njuscha und die Männer die Grube zuwarfen. Er ging zu den Pferden, lehnte sich an den Karren und starrrte hinauf in den Nachthimmel.
Was folgt nun, dachte er. Jetzt bin ich frei wie ein Vogel und gehetzt wie eine Ratte. Auch ich habe jetzt nichts mehr als die Liebe Njuschas.
Er schrak zusammen, als ihn eine Hand berührte.
«Sascha . . .»
«Njuscha . . .»
Sie sahen einander an und umarmten sich. Von den Birken her hörten sie rhythmische Laute . . . die Männer stampften die Erde über dem Grab fest.
«Hast du Angst vor der Zukunft?» fragte sie. Er nickte.
«Ja.»

«Ich auch. Aber du bist da, und ich bin da, und alle sind sie da, das ganze Dorf Perjekopsskaja. Wir werden es schaffen, Sascha . . .»

«Wir werden ein Leben wie die Wölfe führen.»

«Aber wir werden zusammen sein. Ist es nicht gleichgültig, wo das ist? Eine Hütte, eine Höhle, unter einem Baum, in einem Sumpf, im Schilf, in den Wäldern, in einem Keller, in einer Grube unter den Dielen — irgendwo, Sascha . . . aber wir sind zusammen. Ein ganzes Leben lang . . .»

Sie legte den Kopf an seine Brust, umfaßte ihn und weinte.

Vom Grab kam Kolzow zurück, über der Schulter ein Bündel Schaufeln. Er warf sie in den Karren und wischte sich die Hände an den Hosenbeinen ab.

«Sie pflanzen eine junge Birke auf das Grab», sagte er. «Der Vorschlag kam von Väterchen Ifan. ‚Es ist das beste Kreuz', meinte er. Man muß es ihnen lassen: Die Pfaffen haben manchmal gute Ideen . . .»

Er stieg auf den Bock, zündete sich eine selbstgedrehte Zigarette an und wartete, bis die anderen Männer zurückkamen.

Dann ritten sie durch die Nacht heim nach Perjekopsskaja, trennten sich schweigend mit Händedruck vor dem Parteihaus, und jeder kehrte nachdenklich in sein Haus am Don zurück.

Jelena Antonowna hinterließ so wenig Spuren, als habe sie nie gelebt.

16. Kapitel

Von dieser Nacht an begann in Perjekopsskaja das große Warten. Kolzow hielt sich jetzt mehr im Parteihaus als in seinem eigenen Haus oder auf seinen Weiden auf. Evtimia brachte ihm sogar das Essen ins Büro und berichtete ihm, was außerhalb geschah. Njuscha und Bodmar versorgten die Tiere und den Stall, den Garten und die Fischreusen im Don. «Er ist ein fleißiger Mensch», sagte sie lobend. «Wer hätte das gedacht? Ein deutscher Zeitungsschreiber! Er versteht sogar etwas von Pferden.»

Kolzow nickte wehmütig und starrte auf den Fernsprechapparat. Von dort kam die erste Gefahr. Die Anfrage irgendeiner Dienststelle: Wissen Sie, Genossen, wo Jelena Antonowna Dobronina geblieben ist? Sie war zuletzt in Ihrem Dorf ...

Das Duell war natürlich am nächsten Morgen abgesagt worden. Einmal war Granja Nikolajewitsch noch in Wolgograd, hockte in einer Klinik und ließ sich sein Gesicht behandeln, zum anderen hatte jeder im Dorf dafür Verständnis, daß jetzt andere Sorgen vorherrschten als der Kampf um ein Mädchen. Da man aber den Festplatz aufgebaut hatte und der Fleischer Kotzobjew nicht auf seinen heißen Würstchen sitzenbleiben wollte und auch der alte Babukin sich auf ein Tänzchen freute, beauftragte man den Popen Ifan, in alten Büchern nachzusehen, ob es für diesen Sonntag einen Grund zum Feiern gab. Väterchen Ifan hatte Erfolg mit seinen Studien: Er entdeckte in einem uralten Kirchenbuch, daß an dem Datum dieses Sonntags im Jahre 1689 der Kosaken-Ataman Jefim Alexandrowitsch Jelenik von einem siegreichen Angriff zurückgekommen war und hundert gefangene Mongolen mitbrachte. Da man fein dosiert immer nur zehn Gefangene hinrichtete, hatte man zehn Tage lang eine wunderschöne Feier, an deren Ende das ganze Dorf samt zwei Schwadronen Kosaken besoffen am Ufer des Don lagen. Dabei sollen sogar drei Kosaken ertrunken sein, weil sie dachten, der Don sei mit Wodka gefüllt.

«Das ist weit hergeholt», sagte Kolzow und runzelte die Stirn, als Vater Ifan die wilde Geschichte vorlas. «Aber was bleibt uns anderes übrig? Ich erlaube die Feier. Nennen wir sie den ‚Tag des tapferen Jelenik'.»

Und so bekam Kotzobjew seine Würstchen los, man tanzte auf dem Podium, auf dem sich eigentlich Granja und der Deutsche den Schädel einschlagen sollten, und der alte Babukin, dieser Lüstling, schlich durch die Reihen der Weiber, lachte meckernd und faßte ihnen an die Brüste. Da er bereits eine sagenhafte Gestalt war, gab man ihm keine Ohrfeigen, sondern ein Gläschen Wodka, bis er sich wie ein Hund zusammenrollte, neben das Podium legte, zum Abschied von der Welt noch einmal unter die Röcke der tanzenden Weiber blickte und dann einschlief. Kolzow aber aß in seinem Büro im Parteihaus und wartete.

Er saß dort vier Tage lang und zerknitterte immer mehr. Warum ruft niemand an? Warum vermißt keiner Jelena Antonowna? So etwas gibt es doch nicht in einem so bürokratisierten Staat wie der Sowjetunion.

Njuscha und Bodmar schliefen zusammen im Anbau des Hauses wie Mann und Frau. Evtimia duldete es ... und das war wichtig, Kolzow mischte sich da nicht ein, für ihn war Sascha wie ein neuer Sohn, aber es war ausschlaggebend, daß Evtimia ihn anerkannte.

Schon in der nächsten Nacht nach dem Begräbnis ging Njuscha zu Bodmar. Sie nahm ihr Kopfkissen, ihre Decke und ihr Nachthemd und verließ das Schlafzimmer. Evtimia setzte sich im Bett hoch und hob die Hand, als sei sie ein Polizist, der den Verkehr regelt.

«Wohin?» fragte sie. Njuscha blieb an der Tür stehen.

«Zu Sascha.»

«Du willst bei ihm schlafen?»

«Ja, Mütterchen. Ich gehöre zu ihm.»

«Dimitri, was sagst du dazu?» Evtimia stieß Kolzow an, der sich schlafend stellte und grausam durch die Nase schnarchte. Es klang vorzüglicher, als wenn er wirklich schlief.

Kolzow zuckte hoch, rieb sich die Augen und starrte seine Tochter an.

«Halte eine Katze, wenn der Kater schreit», sagte er und ließ sich zurückfallen. «Nach allem, was passiert ist, spielt das wirklich keine Rolle mehr.»

«Mehr hast du nicht zu sagen, Dimitri?» fragte Evtimia streng.

«Nein.» Kolzow seufzte und drehte sich auf die Seite.

«Dann ist es gut», sagte Evtimia. In ihren Augen leuchtete mütterliches Erbarmen. Sie löschte das Licht, und Njuscha ging im Dunkeln hinüber zu Bodmar.

Als habe er sie erwartet, rückte er zur Seite, nahm ihr das Kissen ab und öffnete die Arme, als sie neben ihn glitt. Ihr Körper war warm und glatt und roch nach Pfirsichen.
Mitten in der Nacht weckte sie ihn. «Weißt du, woran ich denke?» fragte sie.
«Nein.»
«Du hast gesagt, wir werden leben wie die Wölfe.»
«Es kann jeden Tag so werden, Njuscha.»
«Ich habe keine Angst davor. Es gibt Wölfe, die sollen weiß sein vor Alter wie der Schnee. Nie hat sie jemand gesehen — sie leben, wie sie wollen. Mit uns wird es genauso sein, Sascha, Rußland ist das größte Land der Erde ... es wird auch Platz haben für uns beide ...»

Was Kolzow nicht wußte, beschäftigte Jelenas Dienststelle seit Tagen: Es fehlten die Meldungen, die Jelena alle zwei Tage abgeben mußte.
Oberstleutnant Rossoskij, der unmittelbare Vorgesetzte Jelenas, winkte zunächst ab, als die Abteilung III b meldete, daß von der Dobronina keinerlei Nachricht mehr käme.
«Sie ist in Perjekopsskaja, ich weiß», sagte Rossoskij und blickte auf die Karte Rußlands, die an der Längswand seines Zimmers hing. Auf ihr waren mit farbigen Stecknadeln alle Agentinnen verzeichnet, die augenblicklich im Einsatz waren. Es war ein Gewirr von bunten Nadeln, verstreut über das ganze Land. «Bodmar hat sein Herz für den Don entdeckt. Lassen wir ihn noch vier Tage dort ... dann muß er weiter nach Wolgograd.»
Aber diese vier Tage vergingen, und von Jelena Antonowna kam keine Nachricht. Auch der Funkverkehr war tot ... das kleine Gerät, das im Kofferraum des Moskwitsch gelegen hatte, war mit dem Auto in der Sandgrube versunken und zugeschoben worden. Sadowjew, der die Aufgabe der Spurenbeseitigung übernommen hatte, wußte das nicht ... er hatte den Wagen Jelenas auf seinen Laster geschoben und dann in der Grube versenkt, ohne ihn lange zu untersuchen.
Am fünften Tage des Schweigens wurde Oberstleutnant

Rossoskij nachdenklich. Er ließ sich zunächst die Personalakte der Dobronina kommen und studierte sie genau.
Jelenas Lebenslauf war einwandfrei. Das Musterbild einer jungen Kommunistin. Es gab keine Schule, die sie nicht durchlaufen hatte . . . von der Parteischule in Moskau bis zur Agentenschule in Winniza. Sie war die Nichte eines Generals. In ihren Beurteilungen stand mehr an Lob, als Rossoskij Ordenspangen auf der Brust trug.
«Das kann es nicht sein», sagte er sich und klappte die Personalakte zu. «Ein Abfall ist unmöglich.» Er hob das Bild Bodmars hoch, das in einer anderen Akte lag, und betrachtete das Gesicht mit einer fast wissenschaftlichen Gründlichkeit.
Liebe? Bei Jelena Antonowna? Liebe zu einem Deutschen? Nie!
Rossoskij drückte auf die Taste seiner Rundsprechanlage. Irgendwo aus dem weiten Haus meldete sich eine Stimme. Militärisch knapp, als stehe der Angeredete vor dem Sprechapparat stramm.
«Genosse Oberstleutnant?»
«Stellen Sie Gespräche mit Woronesch und Wolgograd her. Verlangen Sie die Parteisekretariate. Erkundigen Sie sich über das Nest Perjekopsskaja. Wer der Dorfsowjet ist, was man über das Dorf weiß, einfach alles. Meldung in einer halben Stunde.»
Oberstleutnant Rossoskij erfuhr nichts Neues. Aus Wolgograd kam die Nachricht, daß Perjekopsskaja ein Kosakendorf am Don sei, daß ein gewisser Kolzow, ein ehrbarer Parteigenosse, die Geschäfte führte, und daß man keine Klagen habe.
Jelena Antonowna Dobronina? Nein, die war in Wolgograd noch nicht eingetroffen.
An diesem fünften Tag schlug die Faust Moskaus zu.
Im Parteihaus in Perjekopsskaja klingelte das Telefon. Kolzow, der wie eine Ehrenwache davorsaß, nahm den Hörer ab. Als er Moskau hörte, stemmte er die Beine gegen die Dielen, als müsse er sich in die Erde pflanzen.
Moskau.

Als Rossoskij seinen Namen nannte, war es Kolzow, als gleite ein Stück Eis über seinen Rücken.
«Hier spricht der Parteigenosse Dimitri Grigorjewitsch Kolzow», sagte er mit fester Stimme ins Telefon. «Der Bürgermeister. Ich grüße Sie, Genosse Oberstleutnant. Was verschafft mir die Ehre Ihres Anrufes?»
«Nur eine Frage, Genosse.» Rossoskijs Rede war abgehackt und knapp. «Das Maschinengewehr» nannten ihn seine Untergebenen. «Ist Jelena Antonowna noch in Ihrem Dorf?»
Kolzow holte tief Atem. Er zog die Unterlippe ein und kaute an seinem Schnauzbart. «Nicht mehr, Genosse», sagte er ohne Zögern. «Sie ist mit diesem Deutschen vor fünf Tagen abgereist. Ich muß es genau wissen, denn sie haben bei mir gewohnt.»
«Vor fünf Tagen?» Rossoskij sah auf seinen Kalender und dann auf die große Rußlandkarte. Dort stak die Nadel für Jelena noch am Don. Eine Nadel mit einem gelben Glaskopf. «Und wohin sind sie gefahren?»
«Sie sagten, nach Wolgograd, Genosse Oberstleutnant. Der Deutsche wollte Aufnahmen von den alten Schlachtfeldern machen.» Kolzow kaute noch immer an seinem Schnauzbart. Er zitterte am ganzen Körper, aber seine Stimme blieb fest. «Ist etwas nicht in Ordnung?» fragte er hinterher, naiv wie ein Kind.
Rossoskij verzog bei dieser Frage das Gesicht. Er haßte unnötige Worte.
«Alles in Ordnung!» sagte er. «Ich danke Ihnen, Genosse.»
Langsam legte er den Hörer auf die Gabel zurück und betrachtete noch einmal Bodmars Foto, das wieder auf seinem Tisch lag.
«Es ist unmöglich!» sagte er und deckte das Foto mit beiden Händen zu. «Es ist unglaublich.»
Dann hob er die rechte Hand, streckte den Zeigefinger aus und drückte auf einen kleinen roten Knopf.
Es war ein Knopfdruck, der eine riesige, erbarmungslose Maschinerie in Bewegung setzte, die über Perjekopsskaja hinwegrollen sollte wie ein alles verheerendes Unwetter.

Wer den alten Babukin kennt — und wer kannte nicht Anton Christoforowitsch, dieses Urväterchen der Kosaken? — der weiß, daß er sich über alles Gedanken macht und dann keine Ruhe läßt, bis er seine Geistesblitze an den Mann gebracht hat. So war es auch jetzt, nachdem die hohen Genossen aus Moskau angerufen hatten und Kolzow in seiner Eigenschaft als Bürgermeister erklärt hatte, daß die Genossin Jelena Antonowna und der deutsche Gast nach Wolgograd weitergezogen seien, jawohl, mit einem Moskwitsch-Wagen, Moskauer Nummer 67286. Wenn auch danach Ruhe herrschte und Kolzow glaubte, mit diesen lapidaren Worten eine Katastrophe abgewendet zu haben ... für Väterchen Babukin war das keineswegs sicher.

Er hatte zwei Tage lang Zeit gehabt, in aller Ruhe am Ufer des Don nachzudenken, und belästigte danach jede Stunde die Familie Kolzow mit seinen Ratschlägen. Zuerst erschien er wie ein weiser Hellseher, zwinkerte mit den Augen, trank ein Täßchen Tee und legte dann los.

«Man soll nicht an den Sommer glauben, wenn es einem im Pelz zu warm wird», sagte er. «Dimitri Grigorjewitsch — ich sage dir, man wird aus Moskau eine Kommission nach Perjekopsskaja schicken.»

Kolzow verzog sein Gesicht. «Warum?» fragte er knapp.

«Hier hört die Spur auf, Söhnchen.»

«Das stimmt. Aber können wir dafür?»

«Es wäre notwendig, eine andere Spur zu legen.»

«Wenn das so einfach wäre wie Eierlegen oder ein großes Maul zu haben, hätte ich es längst getan.» Er sah mißmutig auf Evtimia, die am Herd saß und einen Salatkopf putzte. Njuscha und Bodmar waren draußen bei den Pferden. Sie genossen ihre Freiheit und ihre Liebe wie einen betäubenden Trank. Kolzow hinderte sie nicht daran ... dumpf ahnte er, daß das Glück der beiden nur nach Stunden zählte, und keiner konnte das Unglück abwenden, das nach den Gesetzen der Logik folgen mußte.

«Ich habe eine Idee, Söhnchen», sagte der alte Babukin. Evtimia wusch die Salatblätter in einem Holzkübel und schnaufte dabei. Anton Christoforowitsch zeigte mit dem

Daumen auf sie. «Sie glaubt mir nicht, noch bevor ich gesprochen habe.»
«Leg los — was für eine Idee?»
«Wir schicken eine Meldung nach Wolgograd. Einige von uns — sagen wir ich, Kalinew und Klitschuk — haben am Ufer des Flusses, neun Werst südlich von hier, den verlassenen Wagen gefunden. Und die Kleider der beiden am Ufer. Wer logisch denkt, weiß sofort: Aha, sie sind ertrunken!» Babukin blickte triumphierend auf Evtimia, die in dem Salat wühlte wie ein Bäcker im Brotteig. «Ist das eine Idee, Freunde?»
«Das Auto wurde vergraben», sagte Kolzow.
«Dann graben wir es wieder aus, waschen es und stellen es ans Ufer.»
«Die Kleider Jelenas sind verbrannt bis auf die, sie sie anhatte.»
«Dann graben wir sie auch aus und legen sie nackt ins Grab.»
Das war der Augenblick, wo Babukin so flink wurde wie in jungen Jahren. Er rannte aus dem Zimmer und entging nur knapp einem Stiefel, den Kolzow wortlos gegen seinen Kopf schleuderte.
«Welch ein Undank», schrie Babukin draußen im Vorgarten und hob die Fäuste klagend in den Himmel. «Da zergrübelt man sich den Kopf und wird behandelt wie ein impotenter Bock!»
Aber nach einer Stunde war er wieder bei den Kolzows und saß auf der Bank in der «schönen Ecke».
«Eine neue Idee —» sagte er und blinzelte fröhlich über seine ungebrochene Geistestätigkeit.
«'raus!» brüllte Kolzow und zeigte auf die Tür.
«Hör mich erst an, Söhnchen!» schrie Babukin und umklammerte den Tisch, als wolle man ihn wegtragen. «Es ist eine gute Idee. Ich habe mit dem Sattler Luschkow darüber gesprochen. Er ist einverstanden. Er wird unter Eid aussagen, daß er vorgestern das Auto Jelenas in Sirolinskij gesehen hat. Der Deutsche hat ihm sogar zugewinkt, wird er aussagen.»

«Und dann fragen sie ihn mehr, fragen kreuz und quer, und der gute Luschkow fängt sich in dem Gestrüpp der Fragen. Ausgerechnet Luschkow. Ein Kuhschwanz ist klüger als er!»
Beleidigt zog Babukin ab. Aber bereits nach knapp einer weiteren Stunde stand er wieder in der Tür des Wohnzimmers. Evtimia stieß einen hellen Laut aus, der Kolzow aus dem Nebenraum herbeirief, wo er gerade das Brustgeschirr der Troika einfettete. Ohne zu fragen, warf er Babukin die Bürste an den Kopf, aber der Alte wich ihr aus und kam mutig ins Zimmer. Er hatte seinen breiten Kosakensäbel bei sich und legte ihn mit einem Krach auf den Tisch. «Ihr könnt mir den Kopf abschlagen», sagte er, «wenn ich diesmal nicht eine gute Idee mitbringe. Jawohl, ich halte still! So sicher bin ich mir.»
«Er ist wie eine Laus, die im Pelz spazierengeht», seufzte Kolzow und lehnte sich an die Wand. «Heraus mit der Flohidee.»
«Wir schicken ein Telegramm ...»
Wortlos tat Kolzow ein paar Schritte, stand am Tisch, nahm den alten blankgeputzten Säbel auf und wog ihn in der Hand. Die Augen des alten Babukin wurden trüb.
«Ein Telegramm aus Wolgograd ...» schrie er und legte beide Hände über seinen Schädel.
Kolzow hob den Säbel. Evtimia drückte die Schürze an den Mund und starrte ihren Mann an. «Du spaltest ihn mittendurch», sagte sie laut. «Dimitri Grigorjewitsch, denk daran, daß ich gestern die Dielen geschrubbt habe!»
«Er wird nicht bluten», sagte Kolzow dumpf. «Er besteht zu neunzig Prozent aus Luft.»
«Ein Telegramm aus Wolgograd!» heulte Babukin. «Der Magazinverwalter Rebikow fährt morgen in die Stadt. Er muß in der Zentrale die neuen Listen durchsehen und seine Bestellungen aufgeben. Freundchen, habe ich zu ihm gesagt. Wir sind alle mitschuldig an dem, was gewesen ist, wir haben alle unser Teil getan, nun muß es auch gemeinsam weitergehen. Wenn du schon in Wolgograd bist, dann kannst du auch ein Telegramm im Namen Jelenas aufge-

ben und den Genossen in Moskau mitteilen, daß du gut angekommen bist. Das wendet alles Unglück ab von Perjekopsskaja. Und was sagt Rebikow? Einverstanden, Alterchen. Ich tue es!» Babukin schielte zu Kolzow und dem hochgehobenen Säbel. «Ist das eine Idee?»
Kolzow ließ den Säbel sinken und legte ihn zurück auf den Tisch. Dann strich er sich über seinen Schnurrbart und schob die Unterlippe vor.
«Väterchen . . .», sagte er nachdenklich. «Da ist etwas dran. Man sollte es überdenken. Ein Telegramm . . .» Er ging zum Schrank in der anderen Ecke, holte eine Flasche Wodka heraus und goß Babukin ein großes Glas voll. Mindestens fünfzig Gramm waren es. Das Urväterchen setzte an, machte die Lippen weit und ließ das Wässerchen in sich hineinlaufen wie in einen Eimer. Dann schmatzte er, gab einen Rülpser von sich und schielte in die Ecke des Herdes, wo ein Stück geräucherten Specks an einem Haken hing.
«Ein alter Körper braucht etwas Fett», sagte er. «Weiß übrigens einer, wie alt ich bin? Ich weiß es selbst nicht, Freunde . . .»
Evtimia schnitt ihm einen Streifen Speck ab, und Babukin begann, den Speck zwischen seinen Zahnstümpfen zu zermanschen, bis er so breiig war, daß er ihn hinunterwürgen konnte. Er streckte dabei den Hals und sah aus wie ein Storch, der einen Frosch verschluckt.
«Ein Telegramm», sagte Kolzow noch einmal. «Und es muß einen Wortlaut haben, den die Genossen in Moskau glauben. Das muß beraten werden.»
Er rannte aus dem Haus, ritt zum Parteihaus und ließ die Sirene heulen.
Man muß wissen, was es bedeutet, wenn in Perjekopsskaja die Sirene heult. Bisher hatte sie ihre gellenden Laute nur von sich gegeben, wenn es um den Bestand des Dorfes ging: 1949, als vier Häuser brannten und der Herbstwind die Funken über die anderen Dächer trieb. Da hockten die Einwohner von Perjekopsskaja auf ihren Häusern und übergossen das Stroh mit Wasser. Aber trotzdem brann-

ten noch sieben Anwesen ab, und sogar die Kirche fing Feuer, so laut Vater Ifan auch betete. Erst als zehn Männer eine Schlauchleitung vom Don herauf gelegt hatten und Wasser über die Kirche pumpten, gelang es, dem Feuer die Kraft zu brechen. Ein anderes Mal heulte die Sirene 1956, als der Don im Frühjahr, unter einem plötzlichen, warmen Wind, aufbrach und sich riesige Wasser- und Eismassen auf das Dorf zuschoben. Damals konnte man nichts anderes tun, als Perjekopsskaja zu räumen und aus sicherer Entfernung abzuwarten, ob es elend absoff und die Häuser vom Strudel des Hochwassers weggerissen wurden. Aber auch 1956 hatte der Himmel ein Einsehen und ließ das Dorf leben. Ja, und dann heulte die Sirene jährlich zweimal ... am Tage der Oktoberrevolution und am Geburtstag Lenins, dem 22. April.

Man sieht — es war immer ein trauriger Anlaß.

Von den Feldern, aus den Gärten, aus der Steppe jagten die Parteigenossen heran. Zuerst blickten sie zum Don ... der floß träge und friedlich dahin — dann suchten sie nach Feuerschein, aber der Himmel war frühlingshaft blau und wie mit Samt überspannt.

«Dimitri Grigorjewitsch ist verrückt geworden!» schrien sie sich zu und ritten zum Parteihaus, auf dessen Dach noch immer die Sirene heulte. Kolzow saß in seinem großen Dienstzimmer und schwieg so lange, bis die meisten Genossen versammelt waren. Dann stellte er die schreckliche Sirene ab und zeigte auf den alten Babukin, der etwas schwankend von dem schnell getrunkenen Wodka neben ihm auf einem Schemel hockte wie ein überführter Hühnerdieb.

«Anton Christoforowitsch hatte eine Idee —» sagte Kolzow. «Ihr wißt, Genossen, daß der Fall Jelena Antonowna noch nicht beendet ist, ja er beginnt erst. Wir alle haben mitgewirkt, verdammt, und uns allen geht es an den Kragen, wenn die Wahrheit herauskommt. Wir müssen verhindern, daß der Verdacht in Perjekopsskaja bleibt. Er muß abgelenkt werden, so geschickt, daß keiner auf den Gedanken kommt, hier sei etwas faul. Tagelang habe ich mir

den Kopf zermartert, und da kommt Väterchen Babukin und hat eine Idee.»
«Jawohl!» schrie der Alte stolz. «Ich hatte sie! Ein Kosak findet immer ein Pferd!»
«Unser Freund Rebikow reist morgen nach Wolgograd», sagte Kolzow und sah den Magazinverwalter an. Rebikow wurde rot bis hinter die Ohren und bohrte den Zeigefinger gegen seine rechte Wange.
«Das stimmt», rief er dazwischen. «Aber das mit dem Telegramm ... Dimitri Grigorjewitsch, ich habe nur meine Zustimmung gegeben, um den keifenden Alten loszuwerden. So etwas kann man doch nicht machen ...»
«Zerreiß ihn!» brüllte der alte Babukin und sprang auf wie ein Gummimännchen. «Nagelt ihn an die Wand! Ein Feigling ist er, ein Verräter!»
«Worum geht es eigentlich?» fragte Kalinew, der Schuster. «Was ist das für ein Telegramm?»
«Rebikow soll in Wolgograd ein Telegramm aufgeben —» sagte Kolzow, aber Rebikow sprang dazwischen und fuchtelte mit den Armen durch die Luft.
«Die Idee ist blödsinnig!» rief er erregt. «Ich soll die Genossen in Moskau betrügen. Ich, ein staatlicher Angestellter! Eine Vertrauensperson der Partei! Ein Magazinverwalter! Ich soll meinen Kopf in die Schlinge legen? Keiner kann das verlangen.»
«Hängt ihn auf!» heulte Babukin und schwankte trunken durch das Zimmer. «Wo ist ein Strick? Wer leiht mir einen Strick? So etwas wie Rebikow hätte man 1905 in der Scheiße erstickt!»
«Genossen, uns allen liegt ein Strick um den Hals!» sagte Kolzow und hieb mit der Faust auf den Tisch. «Wenn die Genossen aus Moskau nach Perjekopsskaja kommen und ihre Untersuchungen beginnen ... ahnt ihr überhaupt, was uns hier geschieht? Wer ist schon einmal verhört worden? Hand hoch!»
Es zeigte sich, daß alle Alten schon einmal in einer Zelle gesessen hatten und tagelang durch die Mangel einer mit tausend Fragen gefütterten Maschine gedreht worden wa-

ren. Die meisten in Woronesch, nach dem großen Vaterländischen Krieg, als man am Don glaubte, der Sieg über die Deutschen bedeute auch ein wenig Freiheit für die Kosaken. Das hatte sich als Irrtum herausgestellt, und die Gefängnisse waren für Monate überfüllt, bis die alte Ordnung wiederhergestellt war. Nur die Jungen kannten keine Verhörmethoden aus Moskau, aber sie hatten genug darüber gehört.

«Der Genosse Rebikow wird aus Wolgograd ein Telegramm nach Moskau an die Dienststelle Jelena Antonownas schikken. Das ist sicher.»

«Nein!» bellte Rebikow dazwischen. Schweiß hatte sich auf seiner Glatze gesammelt. Er stand im Kreis seiner Freunde und sah keinen anderen Ausweg mehr, als an die Logik zu appellieren. «Genossen, das ist unmöglich! Laßt mich aus diesem Plan heraus! Natürlich werde ich schweigen — aber verlangt keine Taten von mir.»

«Rebikow wird also in Wolgograd ein Telegramm aufgeben», fuhr Kolzow ungerührt fort. «Oder er wird es nicht mehr wagen, nach Perjekopsskaja zurückzukommen. Es geht jetzt nur noch um den Wortlaut, Genossen, und wir werden ihn gemeinsam finden. Ich schlage als erster einen Text vor, den ich gut finde. Hört zu . . .»

Es dauerte eine Stunde, bis man sich auf das Telegramm geeinigt hatte. Dann ritten die Genossen wieder weg. Rebikow, dessen Magazin nur ein paar Schritte vom Parteihaus entfernt lag, ging zu Fuß. Er machte den Eindruck eines Schwerkranken, seufzte bei jedem Schritt und holte jedesmal tief Atem. In der Tasche seines Anzuges knisterte der Telegrammtext . . . ihm war es, als lache der Teufel aus seiner Hose.

«Ein raffinierter Bursche, unser Kolzow», sagte auch der Schuster Kalinew, bevor er sich von dem Sattler Luschkow verabschiedete. «Er macht uns immer mehr zu Mittätern. Es sollte mich nicht wundern, wenn er sich nicht auch Njuschas Hochzeit von uns bezahlen läßt . . .»

Am nächsten Morgen fuhr der Magazinverwalter Rebikow mit seinem Pferdewagen zur Bahnstation Logowskij und stieg dort in den Zug nach Wolgograd. Drei Burschen aus dem Dorf begleiteten ihn und sorgten dafür, daß er seinen Auftrag nicht vergaß.

«Bring eine Quittung von der Post mit!» sagten sie, als Rebikow mit saurer Miene im Zug saß. «Eine gute Reise, Brüderchen . . .»

Dann pfiff die Lokomotive, Rebikow lehnte sich zurück, wischte sich mit einem großen Tuch über die Glatze und starrte vor sich hin. Sein Gegenüber war eine Bäuerin, die im Gepäcknetz drei Körbe mit lebenden Hennen abgestellt hatte und kaum, daß der Zug anruckte, aus einem Bündel ihr Essen schälte . . . dicke Zwiebeln, Ziegenkäse und einen Kanten Brot.

Nach fünf Minuten roch es im Abteil wie nach hundert Schweißfüßen. Rebikow, ein feinsinniger Mensch, verließ seinen Platz, stellte sich in den Gang und öffnete das Fenster.

In seiner Hosentasche knisterte das Papier mit dem Telegrammtext. Eine dunkle Ahnung sagte ihm, daß er einem großen Schicksal entgegenfuhr. Und dabei wollte er in Wolgograd nur die neueste Kollektion von Unterhosen, Büstenhaltern und Kittelschürzen aussuchen . . .

Oberstleutnant Rossoskij las zum viertenmal das Telegramm, das ihm eine Ordonnanz aus dem Funkraum gebracht hatte. Es war ein Telegramm von Jelena Antonowna aus Wolgograd, und es war ein Text, der eigentlich alles klärte. Trotzdem las es Rossoskij immer wieder durch und konnte nicht dem Gefühl entfliehen, daß irgend etwas daran nicht stimmte. Was es war, das konnte er nicht in Worte fassen . . . es war eben nur ein dummes Gefühl, ein bohrendes Mißtrauen, das Anklingen eines Geräusches wie bei einem hochempfindlichen Geigerzähler, der auch das entfernteste Uran noch durch ein leises Summen verrät.

Das Telegramm lautete:

«In Wolgograd angekommen. Alles in Ordnung. Verzögerung durch Bodmar, der im Aufmarschgebiet der deutschen 6. Armee fünf Tage lang fotografierte. Auf Wunsch

Bodmars nicht wohnen im Hotel ‚Intourist', sondern im Zelt am Ufer der Wolga im Süden der Stadt. Jelena Antonowna Dobronina.»

Oberstleutnant Rossoskij legte das Telegramm vorsichtig, als sei es äußerst zerbrechlich, auf den Tisch zurück.

Warum schickt die Dobronina ein Telegramm? dachte er. Warum telefoniert sie nicht wie bisher? Warum hat sie fünf Tage lang geschwiegen? Wie ist es möglich, daß sie ein Telegramm schickt, bevor sie sich beim Abschnittsleiter gemeldet hat, wie es befohlen ist?

Rossoskijs unbestimmbares Gefühl verstärkte sich. Es war ihm, als habe sein Herz zwei verschiedene Schläge ... einer normal, der andere schneller, von einer warnenden Hast.

In einem Zelt am Ufer der Wolga, dachte er. Im Süden der Stadt. Das fällt auf, das hat sofort ein Polizist gemeldet, darüber muß es bereits eine Notiz in den Akten der Miliz geben. Die bürokratische Ordnung in Rußland ist perfekt. Es gibt keine vollkommenere Verwaltung.

Rossoskij holte sich das Telefon heran und drückte auf den Knopf Zentrale. Eine helle Mädchenstimme meldete sich.

«Ein Blitzgespräch nach Wolgograd», sagte Rossoskij. «Die Kommandantur der Miliz. Ich warte ...»

Zwei Stunden später hatte sich der Schreibblock vor ihm mit Notizen gefüllt. Sie hielten fest, was Rossoskij bei seiner laufenden Fahndung nach Jelena und Bodmar erfahren hatte.

Am Wolga-Ufer gab es genau siebenundzwanzig Zelte. Aber sie gehörten den Bautrupps, die am Ufer Grünanlagen anlegten. Zelte, in denen die Arbeiter Pause machten, Tee kochten, Suppen wärmten und schnell noch eine Partie Schach spielten, bevor die Arbeit weiterging.

Ein Privatzelt war nirgends aufgeschlagen. «Wir hätten es auch sofort gewußt, Genosse Oberstleutnant», sagte der Chef der Miliz ein wenig beleidigt. «Es kann sein, daß sie noch kommen. Vielleicht gegen Abend ...»

«Sie melden es mir sofort, Genosse. Ich danke Ihnen.» Ros-

soskij legte den Hörer auf. Er glaubte nicht mehr an das Zelt am Wolga-Ufer. Sein Gefühl wurde immer drängender. Aber da lag das Telegramm. Wer hatte es aufgegeben? Und warum war es geschickt worden?
Rossoskij holte eine Liste aus dem Schreibtisch, überflog eine Reihe von Namen und wählte dann einen aus. Mit ernstem Gesicht drehte er eine Telefonnummer des Hausapparates.
«Kommen Sie bitte zu mir, Genosse», sagte er kanpp. «Bereiten Sie sich darauf vor, noch heute nach Wolgograd zu fliegen . . .»
Fünf Minuten später trat der Mann ein. Mit ihm kam ein Mensch auf die Bühne des Schicksals, der einem Block aus Eisen ähnlicher war als einem durchbluteten Wesen.
Wir kennen ihn. Es war Major Boris Grigorjewitsch Tumow.

Bereits das erste, was Tumow aus der Mappe herausnahm, die ihm Rossoskij über den Tisch schob, ließ ihn versonnen lächeln. Es war ein Foto. Rossoskij beobachtete erstaunt die Veränderung des Majors.
«Sie kennen Eberhard Bodmar?» fragte er.
«Ich lernte ihn im Hotel ‚Ukraina' kennen, als wir den Fall des armen Gorlowka bearbeiteten. Ich ließ damals Bodmar als ersten verhören, weil er das Zimmer neben dem Ermordeten bewohnte. Jelena Antonowna holte ihn mir dann weg, aufgrund ihrer Sondervollmachten.» Er hob ein Foto von Jelena hoch und schwenkte es durch die Luft wie einen Fächer. «Sie hatte große Vollmachten.»
«Interessant.» Rossoskij machte sich eine Notiz. «Welchen Eindruck hatten Sie von der Genossin, Major?»
«Sie verteidigte ihr Schäfchen wie gegen einen Wolf.» Tumow warf das Bild Bodmars auf den Tisch. «Sie war ein verteufeltes Weibchen . . .»
«Warum reden Sie eigentlich immer in der Vergangenheit, Boris Grigorjewitsch?» Rossoskij lehnte sich zurück und knetete das Mundstück seiner Papyrossa nach. «Sie *ist* ein Teufelsweib!»

Tumow zog die Augenbrauen hoch. In dieser Minute kannte er sich nicht mehr aus. Seine Abteilung bearbeitete geheimnisvolle Todesfälle innerhalb des KGB, und wenn er gerufen wurde, handelte es sich immer nur um Leichen, deren Rätsel er zu lösen hatte.
«Ich dachte —», sagte er gedehnt, denn es war gefährlich, Rossoskij zu reizen. Seine Wutausbrüche waren berühmt, und bei Gewitter soll man vermeiden, unter den Blitzen zu stehen. «Meine Abteilung, Genosse Oberstleutnant, war bisher nur zuständig . . .»
«Ich weiß.» Rossoskij winkte ab. «Lesen Sie in Ruhe die Notizen und Meldungen durch, und dann unterhalten wir uns weiter.»
Es wurde still im Zimmer. Tumow studierte die Aktennotizen, die Abschriften der Tonbänder, auf die man die Telefonate Jelenas mitgeschnitten hatte, zuletzt las er das Telegramm und seufzte danach laut auf. Rossoskij wußte in diesem Moment, was Tumow dachte.
«Das Telegramm ist falsch», sagte Tumow sicher.
«Den Verdacht hatte ich auch. Deshalb habe ich Sie gerufen. Seit sechs Tagen ist Jelena Antonowna verschwunden, und mit ihr der Deutsche. Dann kommt ein Telegramm aus Wolgograd. Aber in Wolgograd sind sie nicht. Die Wahrheit ist ein Rätsel . . .»
«Oder sie ist so simpel wie ein Schluck Wasser. Jelena Antonowna ist verliebt. Irgendwo in der Steppe liegen sie herum und lieben sich, stehlen sich jeden Tag. Mein erster Eindruck, Genosse, als ich Jelena damals sprach . . .»
«Ich weiß, Major.» Rossoskij zerdrückte seine Papyrossa. Er zerstampfte sie in dem großen gläsernen Aschenbecher. «Aber sehen Sie darin einen Sinn? Jelena Antonowna ist ein kluges Mädchen, keine Traumtänzerin. Sie denkt real, nüchtern, eiskalt manchmal. So wurde sie erzogen. Eine typische Intellektuelle.»
«Aber mit dem Körper einer Venus. Und den hat sie bei Bodmar entdeckt.»
«Nehmen wir an, es war so. Was hindert die beiden daran, sich im Hotel ‚Intourist' von Wolgograd zu lieben? Von

mir aus auch im Zelt am Ufer der Wolga, wenn das romantischer ist. Aber dieses Verschwinden in der Steppe, dieses Verstecken ... wozu, Genosse? Es führt zu nichts. Und dann das Telegramm ...»

Tumow nahm das Formular noch einmal auf und las es zum zweitenmal. «Jelena Antonowna würde niemals diese Meldungen durch die Post schicken», sagte er. «Es ist völlig unüblich. Es ist — vom Standpunkt der Dienststelle aus — die Nachricht einer Geistesverwirrten.»

«Mit anderen Worten, Major: Das Telegramm hat jemand anderes geschickt.»

«Natürlich.»

«Und deshalb sollen Sie nach Wolgograd fliegen. Suchen Sie Jelena, und suchen Sie den Absender dieser obskuren Meldung. Alle Behörden in Wolgograd sind bereits informiert und stehen Ihnen zur Verfügung.»

Major Tumow erhob sich. Er wußte, das war Rossoskijs Schlußwort. Und doch zögerte er. Rossoskij sah ihn fragend an.

«Noch Unklarheiten, Genosse Major?»

«Es wäre vielleicht nützlich, darüber informiert zu sein, warum Jelena Antonowna und der deutsche Journalist so weitgehende Freiheiten erhalten haben.»

Rossoskij räusperte sich. Kein Dummkopf, dieser Tumow, dachte er.

«Eberhard Bodmar ist ein Tauschobjekt», sagte er. «Wir mästen ihn wie ein Schweinchen, um ihn zu gegebener Zeit an den Haken zu hängen. Man hat vor zehn Monaten in der Bundesrepublik drei unserer Leute zu langen Zuchthausstrafen verurteilt. Eine unangenehme Schlappe. Virkulaw ist darunter, einer unserer besten Dechiffrierer. Und Dr. Pelzner. Ein Spitzenagent. Es war ein guter Gedanke der Zentrale, einen Journalisten aus Westdeutschland einreisen zu lassen, ihm alle Freiheiten zu geben, nur um später seine Filme beschlagnahmen zu können und ihm einen Prozeß wegen Spionage zu machen. Wir haben damit ein Tauschobjekt in der Hand ... Bodmar gegen Pelzner. Ein glattes Geschäft, das im Nebel abgewickelt wird.

Das ist alles.»
«Und Jelena Antonowna kannte diesen Plan?»
«Nicht direkt.» Rossoskij wich aus. Er dachte an das letzte Telefongespräch mit ihr aus Perjekopsskaja und fühlte sich im geheimen mitschuldig. «Wir deuteten es an.»
«Und sie verriet es ihm.»
«Nie!» Rossoskij legte die Hand über die Mappe Dobronina, als müßte er Jelena vor den Angriffen Tumows in Schutz nehmen. «Alles, nur das nicht. Jelena Antonowna ist eine gute Kommunistin. Ihr Vater starb in deutscher Kriegsgefangenschaft. Zugegeben — sie mag mit dem Deutschen ein Verhältnis haben, sie kann verrückt sein nach Liebe ... es wird immer nur ihr Körper sein, ein rein biologischer Akt, die Befriedigung einer Brunst ... in der Seele bleibt sie Russin. Ihre größte Liebe ist die Heimat. Ein Verrat Jelenas ist völlig ausgeschlossen.»
Major Tumow schwieg. Es hatte keinen Sinn, Rossoskij zu erklären, was bei Frauen alles möglich war. Ein Weib ist wie eine Welle ... sie umspült sanft das Ufer, aber sie zerschlägt auch das Boot ... sagen die Fischer am Kaspischen Meer.
Es gibt da keine Ausnahmen, auch nicht, wenn sie Jelena Antonowna heißen und aussehen wie eine byzantinische Madonna.
Am Abend flog Major Tumow mit einer Maschine der sowjetischen Luftflotte nach Wolgograd.

17. Kapitel

Es ist immer gut, einen Freund zu haben. Am besten ist es, dieser Freund sitzt an einer wichtigen Stelle, hört und sieht alles und erzählt fleißig von seinen Beobachtungen. Etwa ein Freund im Straßenbauministerium. Dann erfährt man, wo Straßen gebaut werden, kann billig das Land aufkaufen und dann teuer weitergeben. Oder ein Freund beim Beschaffungsamt der Armee. Soldaten brauchen Unterhosen oder Knöpfe für die Hemden oder Zahnbürsten, tausenderlei brauchen sie, die guten, tapferen Genossen, und es ist ein Segen, solches immer frühzeitig zu wissen, früher als jeder andere. Ein Freund an der richtigen Stelle, Brüder, ist wahrhaftig eine Gnade Gottes.

Dimitri Grigorjewitsch Kolzow hatte einen Freund in der Parteileitung von Wolgograd. Er hieß Leonid Pawlowitsch Nunurian, war ein Armenier, bekleidete das Amt eines Sekretärs in der Abteilung Öffentlichkeitsarbeit und hatte Kolzow kennengelernt, als dieser in Wolgograd um Mehl und Rüben bettelte für seine kranke Frau Evtimia und das kleine, eben geborene Töchterchen Njuscha. Das war 1943. Damals lebte Nunurian in den Balkas am Wolga-Ufer, hatte die Apotheke eines Bataillons unter sich und schenkte dem bettelnden und um seine Frau weinenden Kolzow eine Packung Trockengemüse und fünfzig Gramm reinen Alkohol. Kolzow hatte Nunurian damals geküßt wie ein altes Weib die Ikone der Mutter Gottes ... und sie waren Freunde geblieben bis zum heutigen Tag.

Nunurian hatte eine Nase für das, was nützlich war oder nicht. Als der Major Tumow aus Moskau eintraf und sich in der Parteileitung nach dem Dorf Perjekopsskaja erkundigte, erfuhr das auch Leonid Pawlowitsch und setzte sich sofort ans Telefon.

Er hatte Glück ... Kolzow war im Parteihaus. Die Listen mit dem Saatgut waren eingetroffen, und Kolzow studierte, was jeder in Perjekopsskaja zugeteilt bekam. Wie jedesmal, würde es auch jetzt wieder Krach geben. In jedem Jahr war's das gleiche: Das Saatgut war zuwenig, aber das verlangte Soll stieg. Man würde auf die hinkenden Teufel in der Kolchosenleitung schimpfen, die örtliche Parteileitung angreifen und Kolzow, der es doch nicht ändern konnte, wieder einmal Prügel androhen.

Kolzow beschloß gerade, eine Dorfversammlung einzuberufen und zur allgemeinen Beruhigung einige Lehrsätze Lenins über die Landwirtschaft vorzutragen, als das Telefon klingelte. Nachdenklich streichelte Kolzow den Hörer, ehe er ihn abhob.

«Ja —», sagte er kurz.

«Bist du es, Dimitri Grigorjewitsch? Hier ist Leonid Pawlowitsch in Wolgograd.»
«Mein Herzensbruder.» Kolzow war erfreut, die ferne Stimme zu hören. Aber gleichzeitig wuchs in ihm eine böse Ahnung. «Wie lange haben wir uns nicht mehr gesprochen. Laß mich rechnen. Waren es fünf Monate?»
«Sechs Monate und neun Tage», sagte Nunurian. Er war ein gewissenhafter Beamter. Er notierte sich alles.
«Die Zeit rast . . .» sagte Kolzow feinsinnig. «Hast du Langeweile, weil du mich anrufst?»
«Ich werde von Arbeit erdrückt.» Nunurian stöhnte laut, als schleppe er Doppelzentner von Kartoffeln auf den Speicher. Auch das hatte er gelernt . . . es war immer ein erschütternder Anblick, den Beamten Nunurian im Joch seiner Arbeit zu sehen oder zu hören. Man hatte den Eindruck, Wolgograd existiere nur durch seinen Fleiß. «Aber ich habe noch Zeit genug, dir etwas Interessantes zu berichten. Vor einer Stunde ist ein Major Tumow in der Parteileitung erschienen. Er ist gestern nacht aus Moskau hier angekommen. Und stell dir vor . . . er hat sich nach Perjekopsskaja erkundigt. Ich glaube, das interessiert dich.»
Kolzow nickte schwer. «Du bist ein wahrer Freund», sagte er mit plötzlich belegter Stimme. «Aus Moskau kommt der Major?»
«Ja, vom KGB.» Nunurian lachte meckernd. «Gibt es bei dir im Dorf Konterrevolutionäre?»
«Bis auf die Kühe, die noch immer keine rote Milch geben, nicht», sagte Kolzow schwer atmend. «Was ist das für ein Mensch, dieser Tumow?»
«Ein forsches Kerlchen. Er brachte vier Genossen von der Miliz mit. Weiß der Teufel, was er will. Hast du eine Ahnung, Dimitri Grigorjewitsch?»
«Wie sollte ich, Leonid Pawlowitsch? Hier ist alles geordnet wie seit Jahren. Vielleicht meinte der Major die Sowchose? Das ist eine eigene Verwaltung. Sie geht mich nichts an . . .»
Sie redeten noch manches miteinander, über das Wetter, über das Saatgut, über die Pferdchen in der Steppe, von al-

ten Zeiten, über die Planungen in der Stadt, man grüßte gegenseitig die Frauchen und Kinderchen und verabschiedete sich mit in Gedanken verabreichten Küssen.
Dann saß Kolzow zusammengesunken hinter seinem Schreibtisch und verbarg das Gesicht in den Händen.
«O Himmel«» sagte er leise. «Nun ist es soweit.»
Er packte die Listen mit der Saatgutverteilung in den Büroschrank, schloß alles ab und verließ das Parteihaus. Das Aufsitzen auf sein Pferd war eine Qual. Wie ein alter Mann wälzte er sich in den Sattel, selbst Urväterchen Babukin hätte flotter in die Steigbügel gefunden als jetzt der innerlich Stück um Stück abbrechende Kolzow.
Zum erstenmal seit Jahren ritt Kolzow freiwillig zur Kirche, umkreiste sie, näherte sich von hinten dem Garten des Popen Ifan und versicherte sich durch viele Rundblicke, daß niemand ihn sah.
Vater Ifan Matwejewitsch arbeitete im Gemüsebeet und kratzte die Erde um die Salatpflanzen locker. Er sang dabei, und diese heilige Fröhlichkeit zerriß Kolzows Herz noch mehr. Er räusperte sich laut, und Vater Ifan fuhr herum wie ein entdeckter Partisan, riß die kleine eiserne Feldhacke hoch und bot das Bild eines wehrhaften Greises. Dann erkannte er Kolzow und warf die Hacke weg.
«Nur der Satan schleicht heran!» schrie Vater Ifan. «Und sündige Bolschewisten! Willst du beichten, mein Sohn?»
Kolzow schüttelte den Kopf. Er setzte sich auf einen alten Trog, in den Ifan Abfall sammelte, und wischte sich verzweifelt über die Augen.
«Ich muß es Ihnen zuerst sagen, Ifan Matwejewitsch. Ich habe einen Anruf aus Wolgograd bekommen. Ein Major Tumow ist dort eingetroffen. Er hat nach Perjekopsskaja gefragt. Ein Major vom KGB . . .»
Vater Ifan faltete die Hände unter dem langen weißen Bart und sah hinauf in den wolkenlosen Morgenhimmel. Für ihn war das Wort KGB wie ein Schwanzhaar des Teufels . . . man faßt es nur an, wenn man sich vorher gesegnet hat.
«Komm mit, mein armer Sohn . . .», sagte er mit seiner tiefen Stimme. «Wir brauchen Kraft.»

Er ging Kolzow voraus in die Kirche und kniete vor der Ikonostase nieder. Kolzow blieb stehen, breitbeinig, äußerlich ganz Abwehr, aber er hatte den Kopf gesenkt und hinter dem Rücken die Hände gefaltet. Er wartete, bis Ifan mit seinem Gebet fertig war, und setzte sich dann neben ihn auf die Stufen zum Altar.

«Sascha muß weg», sagte er. ««Eine Spur von Jelena wird niemand finden, auch nicht dieser Tumow aus Moskau. Aber wo sollen wir Sascha verstecken? Es ist kein neues Problem, Väterchen, wir haben lange darüber debattiert. Aber jetzt, wo es soweit ist, kommt mir alles zu unsicher vor.» Kolzow raufte sich seinen Schnurrbart, er war ehrlich verzweifelt. «Nehmen wir an, Sie seien Tumow. Wo suchen Sie einen Versteckten? Im Dorf? Nein. Das wäre zu einfach. In der Steppe, in den Wäldern, im Schilf des Don, wo man leicht ein Boot verbergen kann. Zum Heulen ist's Väterchen . . . wir leben hier wie auf einem Tisch. Jeder kann sehen, wie er gedeckt ist . . . mit einem Blick.»

«Er muß weg, weit weg», sagte Vater Ifan. «Am besten ist die Großstadt. Dort geht ein Mensch unter wie eine Ameise unter anderen Ameisen. Ja, das ist es! Sascha wird nach Wolgograd gehen! Tumow kommt, er geht — sie fahren aneinander vorbei . . .»

«Eine gute Idee!» Kolzow sprang auf, umarmte Vater Ifan, küßte dessen fettigen Bart und lief aus der Kirche. Im Garten warf er sich auf sein Gäulchen und galoppierte davon.

Nach Wolgograd. In den großen Schwamm der Völker. In das neu erstandene Steinmeer. Ein grauer Fisch sein in den Schwärmen anderer Fische. Kolzow hieb vor Freude auf den Sattelknauf. Manchmal lösen sich Probleme wie ein Rüde von der Hündin, sie fallen einfach auseinander. «Wolgograd!» rief Kolzow, als er am Don-Ufer zu seinem Haus ritt. Der breite Fluß glänzte in der Sonne, der blaue Himmel zauberte eine wunderliche Farbe auf die sonst lehmgelben Fluten. «Wo hat man bloß seine logischen Gedanken . . .»

Aber so einfach, wie es sich Kolzow dachte, war es nicht.

Njuscha und Bodmar arbeiteten im Stall und putzten die Kühe, als Kolzow vom Pferd sprang, Evtimia aus dem Haus brüllte und hinüber zu den Ställen rannte.
«Aufhören!» schrie er, als seine ganze Familie versammelt war. «Es heißt jetzt packen. Ein Major Tumow kommt nach Perjekopsskaja. Du mußt dich verstecken, Sascha ... du fährst nach Wolgograd ...»
Bodmar ließ den Pferdestriegel fallen, mit dem er gerade eine Kuh geschrubbt hatte, und lehnte sich gegen die Futterkrippe. Das Leben der letzten sechs Tage war trotz Njuschas Liebe ein Labyrinth aus Angst, Vorwürfen, Unsicherheit und Ratlosigkeit gewesen. In den Nächten, nach dem Glück verschmelzender Zärtlichkeit, hatte er oft wachgelegen, den Arm um Njuschas nackten, warmen, noch in der Erfüllung nachzitternden Körper, und hatte nach einem Ausweg gesucht. Mit Jelenas Tod waren alle seine Pläne zerstört ... ihr wildes Sterben in den Fluten des Don hatte ihn mitgerissen. Zwar lebte er, aber es war nur ein geborgtes, gestohlenes Leben. Es war das Leben eines Karpfens, der in einem Bassin herumschwimmt und wartet, daß man ihn schlachtet. Diese Ausweglosigkeit war so ungeheuer, daß er in diesen langen, zergrübelten Nächten hilflos in seinen Handballen biß und alle Kraft aufwandte, seine tiefsitzende Angst zu unterdrücken.
Es gab kein Zurück mehr, kein Vorwärts, kein Stehenbleiben ... es gab nur noch die Weite dieses Landes und die Hoffnung, daß sie ihn aufsaugte, spurlos und lautlos. Es gab kein Deutschland mehr, keine Redaktion in Köln, keine Pläne für die Zukunft. Vor ihm lagen nur noch die riesigen Wälder und Steppen Rußlands und vielleicht, irgendwann einmal, eine Grenze, über die man sich schleichen konnte in den anderen Teil der Welt.
Wir werden wirklich wie die Wölfe sein, dachte er dann und drückte die schlafende Njuscha an sich. Sie seufzte in seiner Umarmung und küßte im Halbschlaf seine Brust. Mein Gott, welches Leben liegt vor uns? Nur im Schatten werden wir vegetieren können, und die einzige Sonne wird das Licht von Njuschas Augen sein.

Warum bin ich eigentlich nach Rußland gekommen? Weiß ich das noch?
Auf den Spuren meines Vaters wollte ich dieses Land kennenlernen. Auf den Spuren eines wahnwitzigen Krieges wollte ich die Saat von Frieden und Freundschaft säen. Mit offenen Händen bin ich gekommen, mit dem neuen Geist einer neuen Generation.
Was ist daraus geworden?
Verzeih mir, Vater ... es ist uns Bodmars anscheinend vorbestimmt, von Rußland gefressen zu werden. Nur ist dein Sohn nicht das Opfer eines Krieges, sondern das Opfer einer Liebe. So ändern sich die Zeiten, Vater ... aber der Effekt ist der gleiche.
Der Don ist unser Untergang ...
«Tumow ...», sagte Bodmar jetzt. Er blickte hinüber zu Njuscha, die langsam ihr fleckiges Kopftuch abband und die langen blonden Haare schüttelte. «Er ist außer Jelena der einzige Mensch in Moskau, der mich genauer kennt. Es war ein Fehler zu glauben, in Moskau falle man auf das Telegramm herein. Perjekopsskaja war die letzte Station, von der aus sich Jelena gemeldet hat ... und von hier aus werden sie ihre Spur aufnehmen.»
«Darum fährst du ja nach Wolgograd.» Kolzow schielte zu Njuscha. Auch Evtimia schien den gleichen Gedanken zu haben, denn sie schob sich zwischen ihre Tochter und die Stalltür, ein Bollwerk mütterlicher Liebe. «Wir werden dich zur Bahnstation Logowskij bringen, eine Fahrkarte kaufen und dich in den Zug setzen. Und dann behüte dich Gott, mein Söhnchen. Du weißt, wie sehr du mir ans Herz gewachsen bist.»
«Ja, packen wir sofort.» Njuscha streckte die Hände nach Bodmar aus. «Wir werden in Wolgograd glücklich sein, Sascha ...»
«*Wir*?» Kolzow zog den Kopf zwischen die breiten Schultern. «Er fährt allein!»
«Warum redest du soviel Dummheit, Väterchen?» Njuscha band die Schürze ab und legte sie über die Futterkiste. «Es ist selbstverständlich, daß ich mit Sascha gehe.»

«Es ist selbstverständlich, daß du bei deinen Eltern bleibst!» schrie Kolzow und vertrat ihr den Weg. Er stand jetzt zwischen Njuscha und Bodmar, wie eine Mauer, die für alle Zeiten zwei nicht zueinanderpassende Dinge trennt. «Du gehörst in dieses Haus ... mein einziges Töchterchen bist du. Der Inhalt meines Lebens. Das einzige, was ich geschaffen habe, über das ich mich freuen kann. Du gehörst hierher wie die Steppe, wie die Pferdeherden, wie das Rauschen der Birken, wie der Don. Njuscha ...»
Er streckte beide Hände aus. An der Tür begann Evtimia zu weinen, hell, langgezogen, wie ein Klageweib.
«Ich gehöre zu ihm», sagte Njuscha noch einmal. Ihre Stimme war so klar, als schlage sie gegen Glas. «Wie könnt ihr glauben, daß ich ihn allein lasse?» Und plötzlich, als sie sah, daß Kolzow sie festhalten wollte, machte sie einen weiten Satz nach vorn, drückte Evtimia von der Tür und rannte hinaus.
Evtimia stieß einen hellen Schrei aus und stürzte ihrer Tochter nach. «Haltet sie! Haltet sie!» jammerte sie. «O Mutter Gottes! O Gottesmutter! Gib ihr Vernunft ...» Sie rannte Njuscha nach bis ins Haus, und dort, im Schlafraum, fiel sie auf die Knie, hob die gefalteten Hände und schrie: «Bleib bei uns, Töchterchen! Bleib bei uns! Du tötest uns, wenn du weggehst! Dein Vater wird sich umbringen vor Kummer, ich werde mir das Herz aus der Brust weinen ... ein Totenhaus wird's werden. Njuscha ... mein Täubchen, mein Engel ... ich liege vor dir auf den Knien ... sieh deine alte Mutter an ... hör sie weinen ... hast du denn kein Herz mehr? ... Wo ist deine Seele geblieben? ... Njuscha, mein Seelchen ... ich flehe dich an ... deine Mamuschka ...»
Sie kroch auf Njuscha zu, klammerte sich an ihrem Rocksaum fest und küßte ihre Knie, umfaßte ihre Hüften und drückte das zuckende Gesicht in ihren Schoß.
«Mein Engel ...», wimmerte sie dabei. «Mein silbernes Täubchen ... du kannst uns nicht allein lassen ... das kannst du nicht ...»
Dimitri Grigorjewitsch fiel nicht auf die Knie und weinte ... er handelte männlich. Er stürmte ins Haus, suchte in

einer Schublade nach seiner alten Kosakenpistole, die er als verloren gemeldet hatte, die aber immer gut eingefettet ganz hinten in der Kommode lag, riß sie heraus und drückte den langen Lauf Bodmar gegen die Brust.
«Sieh her!» brüllte er und trat gegen die Wand des Schlafzimmers, aus dem das Jammern Evtimias tönte. «Es gibt auch einen anderen Weg. Ich erschieße ihn! Belobigt werde ich noch dafür. Einen Spion habe ich erschossen, werde ich melden. Einen Mörder! Jelena Antonowna hat er umgebracht und vergraben. Jeder wird es mir glauben. Einen Orden werde ich bekommen. Ha! Entscheide dich, Töchterchen!»
Bodmar stand regungslos vor der langen Reiterpistole. Er wußte, daß sie geladen war, und er wußte genausogut, daß Kolzow sie abdrücken würde, auch wenn er ihn sein Söhnchen genannt und Njuscha in seinem Bett geduldet hatte. Jetzt war es etwas anderes. Solange Njuscha im Haus blieb, konnte das Leben auf einer schiefen Ebene ablaufen. «Auch ein Schieler sieht schließlich etwas», war die Moral Kolzows; jetzt aber kämpfte er um seine Tochter, und es war ihm kein Mittel zu unheilig, um Njuscha in Perjekopsskaja zu halten.
Aber Kolzow irrte sich. Njuscha kam aus dem Schlafzimmer, gefolgt von Evtimia, die ihr auf den Knien nachkroch wie ein wimmernder Hund, und schleuderte mit beiden Händen ihr langes Haar aus dem Gesicht.
«Erschieß ihn, Väterchen», sagte sie völlig ruhig. «Eine Minute später hast du zwei Tote im Haus.»
Kolzow ließ die Pistole sinken, seufzte tief, warf die Waffe in die Schublade zurück und sank auf die Eckbank. «Sie hört nicht!» brüllte er dumpf und trommelte mit den Fäusten auf die Tischplatte. «Sie nimmt keine Vernunft an! Wie kann sie das auch ... sie ist meine Tochter!»
Das Geschrei im Hause Kolzow dauerte an, aber es wurde gedämpfter. Weinend und klagend packte Mutter Evtimia die Sachen Njuschas, und es kamen Berge zusammen, die nie weggetragen werden konnten. Kolzow hatte es einfacher ... er ging in die Vorratskammer, wählte eine

Seite Speck, zwei Würste, drei Riesengläser mit Gurken und ein Fäßchen Kapusta aus, rannte in die Scheune und plünderte die Hühnernester, was ihm siebzehn Eier einbrachte, dann schöpfte er mit einer Kelle die fette Sahne von der Milch und füllte sie in eine blecherne, verschließbare Kanne. Hier, allein im Stall zwischen seinen Tieren, setzte er sich hin und weinte. Sein Gesicht zuckte, die Tränen tropften in den Schnauzbart und ließen ihn aufquellen, und aus dem Mund kamen Töne, die man sonst nur bei jungen Hunden hört, wenn sie hilflos im Korb liegen.
Nachdem er sich ausgeweint hatte, schirrte er die Troika an. Vorher ritt er in die Steppe und suchte aus seinen Pferden die schnellsten und schönsten heraus, zwei Füchse und einen Rappen ... er trieb sie vor sich her durchs Dorf, hielt beim Schuster Kalinew an und rief ihm durchs Fenster zu, welch ein Unglück über die Kolzows hereingebrochen war. Damit hatte Dimitri Grigorjewitsch etwas Ähnliches getan, als wenn er die Alarmsirene hätte aufheulen lassen: Kalinew würde, das wußte er, wie ein Wiesel von Haus zu Haus rennen und die Neuigkeit verkünden. Und tatsächlich sah er Minuten später den alten Babukin nach bester Kosakenart auf seinem klapprigen Gaul sitzen und die Häuser abreiten. So soll's auch sein, Genossen ... eine große Familie ist man am Don.
Noch während Kolzow die drei feurigen Gäulchen in die Troika schirrte, erschienen die ersten Mitleidenden am Zaun. Klitschuk, der Rennfahrer, stand da mit seinem Pferd, der Kaufmann und Fleischer Kotzobjew, der Sargmacher Tutscharin und natürlich der alte Babukin. Er trug seine vergilbte und schon farblos gewordene Kosakenkappe aus dem Ersten Weltkrieg und hatte sich den blanken Säbel an einem Riemen um den Bauch gebunden.
«Es ist also wahr?» sagte Tutscharin, der Sargmacher. «Die Kerle aus Moskau kommen?»
«Es ist wahr. Scheißt nicht schon vorher in die Hosen! Ein beschissener Hintern kann wie ein Geständnis sein.» Kolzow legte das Glöckchenband um die Pferdeschädel und putzte die Messingschellen mit dem Rockärmel.

«Das ganze Dorf geht mit», rief Babukin von seinem Roß, das vor Alter und Schwäche zitterte.
Und so war es auch.
Um die Mittagszeit hatten Njuscha und Bodmar alles verpackt, was sie mitnehmen wollten in ihr neues, unbekanntes Leben. Es waren zwei Bündel mit Kleidern und Wäsche, zwei Decken und zwei zusammengeknautschte Kissen. Alles andere, was sich in der Troika türmte, hatten Evtimia und Kolzow hineingeladen. Es sah aus wie der Umzug eines ganzen Hauses, und jeder wußte, daß nur die Hälfte in ein Eisenbahnabteil passen würde und auch nur dann, wenn man vorher alle anderen Fahrgäste hinauswarf. Es war zu bezweifeln, ob sie sich das gefallen ließen.
Vater Ifan, der mit einem goldenen Kreuz auf der Brust und frisch gewaschenem Bart erschien, ein Anblick, den man sonst nur zu Ostern genießen konnte, kleidete das Problem in würdige Worte. «Wo soll ich sitzen?» fragte er und umkreiste die Troika. «Etwa auf den Bratpfannen und Töpfen?»
Kolzow schaffte Platz. Er band riesige Bündel übereinander, schob Vater Ifan zwischen die Kisten, von denen nur Kolzow wußte, was sie enthielten, und rannte dann ins Haus.
Dort ging Njuscha noch einmal durch die Zimmer und nahm Abschied. Sie küßte die Ikone im Schlafzimmer und ging von Gegenstand zu Gegenstand und berührte ihn mit den Händen. Ihre Kindheit, ihre Jugend, ihre schöne, kleine Welt blieb zurück. Evtimia sah ihr zu, die Hände gegen den Mund gedrückt. Vor einer Stunde war sie stumm geworden ... es gibt ein Leid, das lautlos macht.
Bodmar stand mit gesenktem Kopf unter der Haustür und wartete. Das Schuldbewußtsein zernagte ihn. Erst als Njuscha neben ihn trat und nach seiner Hand tastete, hob er den Kopf und blickte sie aus trüben Augen an.
«Ich bin glücklich, Sascha ...», sagte sie leise und lehnte sich gegen ihn.
«Das ist nicht wahr», sagte er ebenso leise. «Du blutest innerlich. Du verblutest, Njuscha ...»

«Wie kannst du das wissen, Sascha?» Sie warf sich herum, schlang die Arme um seinen Hals und küßte ihn vor aller Augen. «So glücklich bin ich», sagte sie dann. «Sascha, wir fahren in unser eigenes Leben ... in *unser* Leben. In vier Stunden gehört die Welt uns ... die ganze Welt, Sascha.»
«Eine Welt, wie sie den Ratten gehört ...»
«Wer weiß denn, ob nicht auch Ratten glücklich sein können?»
Bodmar biß sich auf die Unterlippe. Die Liebe Njuschas überwältigte ihn, aber sie gab ihm plötzlich auch Kraft vor dem Unbekannten, dem sie entgegenzogen. «Komm», sagte er und legte den Arm um Njuschas Schulter. «Können wir gehen?»
«Wohin du willst, Sascha.»
Sie stiegen die zwei flachen Stufen zum Vorgarten hinunter, und Evtimia ging hinter ihnen her, einen Kranz mit Strohblumen über ihre Köpfe haltend zum letzten Segen. Dann saßen sie im Wagen, die Reiter formierten sich, nahmen die Troika in ihre Mitte, und so verließen sie das Dorf, schweigend, feierlich, geschmückt wie zu einem Jahrmarkt, aber mit Mienen wie zu einem Begräbnis.
Schweigend umkreisten sie die kleine bunte Kirche, fuhren einen Umweg am Ufer des Don entlang und schwenkten dann hinein in die Steppe. Njuscha kniete sich neben Bodmar auf den Sitz und starrte zurück.
Die Reihe der Häuser, die alten Strohdächer und die neuen Schindeln ... die Sandböschung am Don ... die ergreifend kindliche Zwiebelkuppel des Kirchturms ... die Gärten mit den Kirschbäumen ... die Pappeln an der Straße ... die Flechtzäune ... da, das Haus des Schusters Kalinew ... die Großmutter Klitschuks steht am Zaun und winkt mit ihrem Kopftuch ... die Sabenkina hat ihr jüngstes Kind hochgehoben und zeigt ihm den schweigsamen Zug ... und da ist Balwan, der Hund ... o Balwan, räudiges Aas, bleib zurück ... bleib stehen, du Hundevieh, lauf doch nicht mit ... soll ich weinen ... warum bellst du nicht, warum läufst du hinterher mit gesenktem Kopf — Balwan, mein Lieb-

ling, mein Teufelsbiest ... komm nicht nach ... bitte, bitte ...
Njuscha kniete und sah über das Gebirge des Gepäcks auf ihre versinkende Heimat. Die Dächer wurden flacher und kleiner, der Kirchturm sah aus wie ein Zuckerhut, hinter den Pappeln ahnte man nur noch den Don ... und dann war nur noch der weite Himmel da, der auf die Steppe stieß, der Himmel, der alles aufsaugte ... die Jugend, die Häuser, den Fluß, die Straße, die Menschen, Perjekopsskaja, alles, alles ... Nur die Steppe blieb übrig und der Himmel ... grün und blau ... und der Wind war da, der ewige Wind aus den Weiten Asiens, und es roch nach Gras und wilder Minze ...
«Es ist vorbei», sagte Njuscha, rutschte neben Bodmar auf den Sitz und ergriff seine Hände. Sie waren kalt, wie in Eis gelegt. «Es hat nicht ein bißchen weh getan.»

Logowskij ist eine Bahnstation, so verrückt das auch ist. Man muß sich das einmal vorstellen: Links Steppe, rechts Steppe, hinten und vorn Steppe, überall diese gleichförmige Eintönigkeit von Gras und Staub ... und mitten hindurch hat man einen Schienenstrang gelegt und ein Holzhaus daran gebaut mit einem Stationsschild. Das ist Logowskij.
Die Bauern und Kosaken sagen: Logowskij ist entstanden, weil die Eisenbahningenieure auf der Karte sahen, daß die Strecke zu lang ist und unbedingt zwischendurch eine Pause eingelegt werden muß. Da haben sie den Finger auf die Karte gelegt, fanden die elende Siedlung Logowskij und sagten: Hier, Brüder, halten wir.
Im Laufe der Jahre allerdings hatte sich der Ort zu einem wichtigen Platz entwickelt, ohne seine Häßlichkeit verloren zu haben. Von hier aus wurden die Produkte der Kolchosen verladen und nach Wolgograd gefahren; die Bauern reisten von hier aus in die Stadt, jedes Jahr sammelten sich hier die Pferdetransporte, und der große Tag Logowskijs war es, als Stalin auf der Fahrt nach Stalingrad gerade hier den Zug halten ließ und aus dem Fenster

seines Salonwagens zu den Kosaken sprach. Insofern ist Logowskij sogar historisch, denn noch heute steht am Bahnhof eine Stalinplastik aus bemaltem Gips, obwohl im ganzen Land die Standbilder des großen Helden unter den Abbruchhammer fielen.
Die Kolonne aus Perjekopsskaja erreichte den Bahnhof von Logowskij gegen Abend. Babukin und der Sargmacher Tutscharin ritten dem Trupp voraus und kauften für Njuscha und Bodmar die Fahrkarten nach Wolgograd. Sie erfuhren dabei, daß der nächste Zug in zwanzig Minuten eintraf, jagten zurück und schrien schon von weitem: «Schneller! Schneller! Der Zug kommt!»
Kolzow hieb auf seine Gäulchen, sie streckten sich, Vater Ifan klammerte sich an Evtimia fest, und so rasten sie das letzte Stück in einem Höllentempo über die Steppe, rasselten wie eine ganze Schwadron Reiter über den Bahnsteig und lockten damit den Bahnvorsteher Sergius Antonowitsch Alanow aus seinem Büro.
«Hier ist kein Jahrmarkt!» brüllte er und fuchtelte mit beiden Armen durch die Luft. «Herunter vom Bahnsteig! Belästigt nicht die anderen Genossen! Ein Bahnhof ist für alle da! Was ist das für ein Benehmen!»
Babukin, der Urvater, zog seinen Kosakensäbel und ritt an den brüllenden Alanow heran. «Freunde», rief er dabei. «Im Jahre 1914 habe ich einem Deutschen mit einem Hieb den Schädel gespalten! Laßt mich probieren, ob es noch einmal gelingt!»
«Was wollt ihr hier?» schrie Alanow furchtlos zurück. Er kannte sie alle, die Leute aus Perjekopsskaja. Seit zehn Jahren war er Vorsteher von Logowskij, und da erlebt man vieles mit den Kosaken vom Don. «Habt ihr einen Zug gemietet?» Er zeigte auf die überquellende Troika und auf Kolzow, der das Gepäck abzuladen und auf dem Bahnsteig zu stapeln begann. «Ich habe keine Meldung von einem Sonderwagen.»
«Er ist ein widerlicher Mensch», sagte der Sargmacher Tutscharin und gab Alanow einen Stoß. «In seinen Sargdeckel sollte man eine Hundewurst schnitzen . . .»

Wie immer, wenn große Aufregung herrscht, lösten sich alle Spannungen in dem Augenblick, in dem das Erwartete eintrifft. Von weitem flog ein gellender Pfiff über die Steppe, Alanow rannte in das Dienstzimmer, um seine Mütze zu holen, und die Menschen auf dem Bahnsteig stellten sich auf wie zur Parade.

«Der Zug . . .», sagte Kolzow und zerwühlte seine Haare. «Der Zug . . . er kommt wirklich . . . er ist nicht irgendwo entgleist . . .»

«Väterchen . . .» Njuscha legte den Arm um ihn. «Wir werden wiederkommen . . .»

«Du versprichst es mir, mein Seelchen?»

«Ich verspreche es dir, Väterchen.»

Sie küßten sich, während der Zug einlief und fauchend stehenblieb. Genau vor ihnen war eine Abteiltür, und vier Menschen, ein Mann und drei dicke Frauen, saßen bereits im Abteil und sahen mißtrauisch auf den Berg aus Säcken, Körben und Kisten.

«Steigt ein!» stammelte Kolzow und riß die Tür auf. «Bei Gott, steigt schnell ein . . . das Gepäck folgt dann . . .»

Evtimia fiel Njuscha weinend um den Hals. Sie küßte sogar Bodmar, und Vater Ifan hob sein Kreuz, sang die Strophe irgendeines Chorals und segnete die Abfahrt. Es war ein großer Augenblick. Im Abteil sanken die drei Frauchen sofort auf die Knie und sangen mit, sehr zur Verblüffung des anderen Gastes, anscheinend eines Herrn aus der Stadt, denn er war anders gekleidet als die Menschen vom Don.

Vater Ifan segnete die drei Weiber mit, und dann schob man Njuscha und Bodmar in das Abteil. Was nun folgte, war das Niederbrechen einer Lawine. Kalinew, Babukin, Kolzow und Tutscharin begannen die Kisten und Bündel in das Abteil zu werfen. Die drei Weiber kreischten und wehrten sich mit Händen und Füßen gegen das Gepäck, traten um sich, warfen es Kolzow zurück an den Kopf und schrien dabei, als ginge es um ihr Leben.

«Holt sie heraus!» brüllte der alte Babukin. «Schafft Platz, Genossen!»

Selbst Vater Ifan, der sie vorher noch gesegnet hatte, schrie sie an: «Unheiliges Volk! Siehst du nicht, daß eine höhere Notwendigkeit waltet?»
Die drei Weiber — sie kamen aus Rogoshino und wollten in Wolgograd eine gute Stellung in einer Großwäscherei antreten — waren uneinsichtig. Zehn Minuten lang flogen die Gepäckstücke hin und her, drückten Babukin und Kalinew die Kisten ins Abteil und bekamen sie wieder vor die Füße geworfen, bis Alanow dem Kampf ein Ende bereitete und das Signal zur Abfahrt blies.
«Njuscha, mein Töchterchen!» schrie Evtimia auf, als die Wagen anruckten und sich langsam in Bewegung setzten. «Ich bete für dich . . . ich bete für dich . . .»
«Mütterchen!» Njuscha beugte sich aus dem Fenster. Sie streckte die Arme weit aus, und jetzt, als es unwiderruflich war, daß sie alles verließ, was einmal ihre schöne Welt gewesen war, als sie Kolzow am Schienenrand stehen sah, kerzengerade, ein unerschütterlicher Kosak, aber die Tränen liefen ihm in Bächen über die Backen, und der Schuster Kalinew war da, klein, krummbeinig, und er weinte auch, und der alte Babukin salutierte mit seinem Kosakensäbel, der Sargmacher Tutscharin winkte mit einem dreckigen Taschentuch, und Vater Ifan hob das goldene Kreuz hoch in die Luft, und die Abendsonne ließ es aufleuchten als sei es in Blut getaucht, und die Berge des zurückbleibenden Gepäcks türmten sich, und die Pferdchen wurden unruhig und wieherten hell . . . als das alles langsam zurückblieb, als es versank in die Unendlichkeit von Steppe und Himmel, da schrie Njuscha auf, klammerte sich an den Rahmen des Fensters und schrie: «Vater! Mütterchen! Verzeiht mir! Verzeiht mir! Ich liebe euch alle . . . alle . . .»
Aber der Abschied war noch nicht zu Ende.
Auf dem Bahnsteig entstand eine große Bewegung, als der Zug das Stationsgebäude passiert hatte. Die Männer von Perjekopsskaja sprangen auf ihre Pferde, Kolzow rannte zu seiner Troika und setzte sich mit einem Sprung hinter die Zügel.

«Hoi!» brüllte er, ergriff die Peitsche und hieb auf die Kruppen der Pferde. «Hoi! Ihr lahmen Hunde! Ihr hinkenden Frösche! Wollt ihr wohl laufen? Streckt euch ... fliegt ... soll ich euch Pfeffer in die Ärsche blasen? Hoi ...»
Hinter ihm galoppierten die Pferde heran. In breiter Reihe, so wie sie als Kosaken ihre Angriffe geritten hatten, jagten die Männer über die Steppe, neben dem Schienenstrang her, holten den fauchenden Zug ein und schrien jauchzend über ihren Triumph. Vornweg raste Kolzow mit seiner Troika, die Gäule hatten den Hals vorgestreckt, die Mähnen flogen, die Glöckchen bimmelten wie toll, kaum berührten die Beine die Steppe, wirklich zu fliegen schienen die Pferdchen ... und Kolzow stand in der Troika, breitbeinig, wie aus Eisen gegossen, hieb auf die Gäule ein, schrie ihnen zu und winkte hinüber zu Njuscha, deren Fenster er sich näherte.
«Er holt den Zug ein!» jubelte Njuscha, «Sascha ... sieh nur, sieh nur ... unsere Pferdchen ...»
Die breite Front der Kosaken rückte näher. Tutscharin, der nicht so gut reiten konnte — als Sargmacher hatte er sich immer nur um die Heruntergefallenen zu kümmern gehabt —, hatte sein Pferd an Vater Ifan abgetreten. Und das war nun ein Anblick, den man nicht vergaß. In seiner schwarzen Soutane, mit wehendem weißem Bart, der über seinem Kopf flatterte wie eine zerrupfte Fahne, das Kreuz in der linken Hand, jagte der Alte neben dem Zug her wie ein Geisterreiter. An den Fenstern aller Abteile standen die Reisenden und staunten. Nur der Lokführer Pretschurin, ein humorloser, gallenkranker Mensch, fand keinen Gefallen an dem wilden Ritt.
«Sie provozieren uns!» schrie er dem Heizer ins Ohr. «Die Kosaken machen uns lächerlich! Sollen wir uns von Pferden besiegen lassen? Mehr Dampf, Piotr! Feuer auf! Denen wollen wir es zeigen!»
Die Feuerung flog auf. Piotr, der Heizer, schaufelte wie wild. Pretschurin hieb den Hebel auf volle Fahrt. Die Lokomotive stöhnte auf, die Räder dröhnten, aus dem Schornstein quoll dichter Qualm.

«Und wenn der Kessel platzt!» schrie Pretschurin, der Humorlose. «Ich lasse mich nicht provozieren ...»
Die Attacke der Kosaken hatte den Wagen Njuschas erreicht. Seite an Seite donnerten sie dahin ... Reiter und Zug ... und Kolzow sah noch einmal seine Njuscha, blickte in ihre großen blauen Augen und verging fast vor Schmerz. Dann wurde der Zug schneller, Pretschurin stieß helle Triumphschreie aus und tanzte auf seinem Lokführerstand wie ein Irrer ... die Reiter und die Troika fielen zurück, und Kolzow hob noch einmal seine lange Peitsche.
«Njuscha...»
Dann blieb er stehen, ein einsamer, alter Mann mit drei zitternden, schweißnassen Pferden ... wurde kleiner und kleiner ... ein Punkt nur noch auf der Steppe ... ein dunkles Körnchen ... ein Nichts ...
«Väterchen ...» sagte Njuscha zärtlich, ehe sie das Fenster schloß. «Gutes, tapferes Väterchen.» Dann setzte sie sich neben Bodmar, legte ihre Hände in seinen Schoß und sah ihn mit hellen blauen Augen an. «Nun haben wir nur noch uns, Sascha. Es genügt für ein neues Leben.»

Am nächsten Tag traf die Autokolonne aus Wolgograd in Perjekopsskaja ein. Drei Wagen mit Miliz, ein großer Wolga mit einem Offizier im Fond. Sie fuhren zum Parteihaus und stellten sich so, als müßten sie das Haus abschirmen. Rebikow, dem Magazinverwalter, wurde es übel ... er lehnte aus dem Fenster und würgte vor Angst.
Dimitri Grigorjewitsch Kolzow erwartete den Besuch in seinem Büro. Er hatte sich in sein Sonntagszeug geworfen. Blaue Hosen, eine blaue Jacke, ein rotes Hemd. Die Stiefel hatte Evtimia in zweistündiger Arbeit gewichst. Man konnte sich in ihnen rasieren. Auf der Brust trug Kolzow seine Orden. Drei Tapferkeitsmedaillen.
Major Tumow beachtete das alles nicht. Er kam ins Zimmer wie ein Henker, zeigte mit dem ausgestreckten Arm auf Kolzow und fragte: «Sind Sie der Dorfsowjet Kolzow?»
«Jawohl, Herr Major!» sagte Kolzow militärisch knapp.

«Ehemaliger Wachtmeister im 2. Kosakenregiment von Woronesch ...»
«Sie sind verhaftet!» Tumow sagte es mit einer Kälte, die Kolzow wie einen Eishauch spürte. «Treten Sie hinter dem Tisch vor, und stellen Sie sich an die Wand! Dort bleiben Sie stehen, solange ich mit Ihnen spreche, und wenn es eine Woche dauert! In meinem Gehirn gibt es *einen* Begriff nicht: Zeit!»
Der Teufel war nach Perjekopsskaja gekommen ...

18. Kapitel

Fünf Stunden dauerte das Verhör, und fünf Stunden lang stand Kolzow vor dem Schreibtisch, die Beine gespreizt, die Hände an den Seiten herunterhängend, den Kopf etwas gesenkt, aber sonst unbeweglich wie ein Klotz aus Pappelholz. Nur seine Lippen bewegten sich, wenn er Antwort gab, und seine Augen hatten Leben, ein dumpfes, ergebenes, aber unerschütterliches Leben, das keine noch so schnelle und hintergründige Frage erschütterte.
Major Tumow hatte Zeit – er hatte es ja gleich zu Anfang laut genug verkündet. Für ihn waren diese fünf Stunden dennoch anstrengender als für Kolzow, der sich dauernd auf der Hut befand, der jedes Wort abwägen mußte, um sich nicht zu verraten, der gegen die Müdigkeit und gegen eine Schwäche in den Beinen zu kämpfen hatte und schließlich gegen eine völlige Gefühllosigkeit seines gesamten Unterkörpers. Denn wer kann schon unbeweglich fünf Stunden stehen und dabei dauernd auf der Flucht vor einer Schlinge sein?
Es waren immer die gleichen Fragen, die Tumow mit harter, lauter, manchmal spitzer Stimme gegen Kolzow abschoß wie eiserne Pfeile. Die alte Taktik, den Gegner zu zermürben, um ihn einmal, nur ein einziges Mal bei einem Widerspruch zu ertappen. Das würde dann die Wunde sein, von der aus man den ganzen Kerl aufriß. Aber Tumow irrte sich. Kolzow antwortete immer das gleiche, so ge-

schickt Tumow auch seine Fragen mischte und sie schließlich wie ein Maschinengewehrfeuer auf Kolzow herunterprasseln ließ, hin und her springend in den Themen, fünfmal hintereinander die gleiche Frage, bis einem das Gehirn kochte ... aber Kolzow hielt stand.

Der Kerl ist hart wie ein Deckenbalken, dachte Tumow. Man kann mit der Axt in ihn hineinschlagen — er verdaut es! Aber er kennt mich nicht, das ist es. Er würde sonst wissen, daß es vergeudete Zeit ist, sich mir gegenüber als der Stärkere zu benehmen.

«Jelena Antonowna war also hier?» fragte er zum dreißigstenmal. Kolzow nickte kurz.

«Ja.»

«Sie wohnte bei dir?»

«Ja.»

«Und sie sagte, daß sie mit dem Deutschen flüchten will.»

«Nein.»

«Wann fuhren sie ab?»

«Vor sechs Tagen, am Morgen.»

«Liebten sie sich?»

«Das weiß ich nicht.»

«Wie benahmen sie sich?»

«Wie sich Reisende benehmen.»

«Hatten sie Pläne?»

«Der Deutsche wollte nach Wolgograd.»

«Was taten sie die Tage über, als sie bei dir waren?»

«Sie fuhren herum und sahen sich die Gegend an. Oft saßen sie stundenlang am Don.»

«Sie wollten in den Westen ...»

«Nein.»

Tumow stand auf und trat ans Fenster. Draußen hatte sich halb Perjekopsskaja versammelt und umlagerte die vier Autos aus Wolgograd. Die Milizsoldaten hatten das Parteihaus umstellt und die Maschinenpistolen schußbereit vor die Brust gehängt. Es sah aus wie bei einer Revolution, und im Grunde genommen war es auch eine. Tumow lehnte die Stirn an die Scheibe und betrachtete die Menschenmenge. Meist waren es junge Burschen und Weiber ...

die Älteren hielten sich zurück, standen im zweiten Glied und bildeten eine düster blickende Mauer. Nur ein Uralter – wer konnte es anders sein als Väterchen Babukin – tat sich hervor, sprang in einer alten Kosakenuniform hin und her und beschimpfte die Milizer aus Wolgograd. «Ihr krummen Kesselflicker!» schrie er. «Gibt es im Land nicht wichtigere Dinge, als hier herumzustehen? Was hat Kolzow euch getan? Ein guter Mensch ist er, ein aufrechter Kommunist, ein ausgezeichneter Kosak! Aber was gilt das noch? Da kommen diese jungen Rüden her und spielen Autorität. Nur weil sie ein Pistölchen haben und eine Mütze mit rotem Stern auf dem hohlen Schädel! Ist das hier ein Räubernest, he? Sind wir Massenmörder? Platz da ... ich will ins Haus! Ich bin Mitglied der Partei! Niemand kann mich hindern, in das Haus meiner Partei zu gehen! Ha!» Der alte Babukin tat einen Sprung hoch in die Luft, als zwei Milizsoldaten ihn festhielten. «Seht euch das an, Genossen! Sie greifen mich an! Diese Rotznasen legen Hand an mich! Zu Hilfe, Freunde! Zu Hilfe!»
Er hüpfte um die Milizsoldaten herum wie ein Feuertänzer und spuckte gegen ihre Uniformen. Tumow trat vom Fenster zurück. Kolzow stand noch immer so da wie vor fünf Stunden, festgerammt in den Fußboden.
«Sie wissen alle etwas!» schrie Tumow plötzlich und riß Kolzow an der Schulter herum. «Auch du! Jelena Antonowna ist *nicht* nach Wolgograd gefahren. Du weißt es genau!»
«Nein.»
«Und wenn ich es dir beweise?»
«Das wäre ein Wunder, Genosse Major.»
«Ein Wunder wäre es, wenn du an mir nicht zerbrichst.» Tumow riß die Tür auf, sprach mit einem davorstehenden Milizer und kam ins Zimmer zurück. «Noch bin ich höflich ... aber es gibt auch andere Methoden.»
«Das ist mir klar», sagte Kolzow ruhig. «Aber auch Sie müssen einsehen, Genosse, daß aus einer Maschine, die Federn stanzt, keine Pappschachteln herauskommen können ...»

Tumow winkte lässig ab. Er hatte keinen Sinn für Parabeln ... er spürte, daß das Geheimnis Jelena Antonownas hier in diesem Dorf am Don verborgen lag, daß alle, die da draußen herumstanden und die Miliz beschimpften, mehr wußten, als Tumow ahnte. In Perjekopsskaja endete die Spur ... später hatte niemand mehr den Wagen und die beiden Reisenden gesehen. Tumow hatte sich eingehend erkundigt, er hatte in allen Dörfern auf der Straße nach Wolgograd fragen lassen. Nein, hieß es. Einen Wagen aus Moskau mit einer schönen Frau und einem Mann? Das wäre uns aufgefallen, Genossen. So etwas übersieht man nicht. Und irgendwo hätten sie auch einen Halt einlegen müssen, um ein Häppchen zu essen oder ein Gläschen zu trinken oder — Menschen sind wir alle — auf einen stillen Ort zu gehen. So eine Autofahrt regt die Blase an, das ewige Rütteln und Schütteln und Schwanken. Nein, Genossen ... bei uns ist so etwas, was ihr sucht, nicht durchgekommen.
Tumow hatte keinen Anlaß, diese Aussagen zu bezweifeln. Und da es die Dörfer waren, die in einem weiten Kreis um Perjekopsskaja lagen und Jelena ja in einer Richtung davongefahren sein mußte, gab es nach dem Gesetz der Logik nur eine Möglichkeit: Sie hatte Perjekopsskaja nie verlassen. Sie verbarg sich hier irgendwo in der Steppe, am Don-Ufer, in den Birkenwäldern, vielleicht sogar in einem Haus ganz in der Nähe und blickte höhnisch auf die vier Wagen aus Wolgograd.
Kolzow stand wie eine Säule und schwieg. Jetzt sind Njuscha und Sascha schon in Wolgograd, dachte er. Ob sie sofort eine Unterkunft finden, oder ob sie draußen in der Steppe, am Rande der Stadt, übernachten müssen? Schon sind die Nächte warm, der Sommer weht von Tag zu Tag heißer aus den Weiten Asiens ... aber es wird auch einmal regnen, und dann ist es schlecht, auf dem bloßen Boden liegen zu müssen.
Er schloß die Augen und gab sich sekundenlang ganz dem väterlichen Schmerz hin. Meine kleine Njuscha, dachte er zärtlich, sie wird's schon machen. Aufgewachsen ist sie mit

der Natur, und sie wird sich nicht besiegen lassen von der Natur. Vielleicht bekommen sie sogar ein Zimmerchen und werden leben wie die verliebten Vögel im Nest. Fünfhundert Rubel habe ich ihr mitgegeben, mehr war nicht da, ein Bauer am Don ist kein reicher Mensch, und es war sauer genug, die fünfhundert zu sparen. Evtimia wußte nichts davon, und sie machte Augen wie Pfannkuchen, als ich mit den Rubelchen herankam und sie Njuscha in die Hand drückte. Nachher hat sie gefragt: «Du alter Gauner, woher hast du das Geld? Nicht einen Gefallen hast du mir in den letzten Jahren getan. Wenn Rebikow neue Kleider ins Magazin bekam, wurdest du taub wie eine Eule. Die Schuhe fallen mir von den Füßen. Und du hebst fünfhundert Rubel auf! Eine Schande ist das!» Und er hatte geantwortet: «Wie gut, daß ich sie habe. Als ob ich es geahnt hätte. Einmal werden wir sie brauchen, habe ich immer gedacht. Eine schlechte Ernte, ein nasser oder ein trockener Sommer oder die Pferdepest ... was ist alles möglich! Dann brauchen wir nicht nur Rüben zu essen, sondern können uns ab und zu auch ein Stückchen Fleisch leisten.»
Er schrak auf, als ein Milizsoldat ins Zimmer kam mit einem Tablett voll Essen. Es dampfte aus den Schüsseln, und sofort roch der Raum nach Kartoffeln, Kraut und Bratensoße. Kolzow hob witternd den Kopf. In seinem Magen bohrte der Hunger, und als der Soldat auch noch eine Flasche mit Birkenwein brachte, lief ihm das Wasser im Mund zusammen.
Ich schlage dem den Schädel ein, der dem Kerl aus Moskau dieses Essen gestiftet hat, dachte er voller Wut. Ich stehe hier herum und halte für alle den Kopf hin, und einer von ihnen verpflegt meinen Peiniger mit dem besten Essen, das es gibt. Aber sie werden draußen schon wissen, woher das Essen kommt. Und sie werden dem widerlichen Verräter den Hintern gerben, bis er weich ist wie ein Pudding.
Später stellte sich heraus, daß Tumow sein Essen einfach hatte beschlagnahmen lassen. Es war bei der Olga Schepetkowa, die zwar mannhaft mit einer Pfanne um sich drosch,

als die Soldaten in ihrem Haus erschienen, aber was half das schon? Die Milizer holten die Schüsseln aus dem Schrank, füllten sie mit Kraut, Kartoffeln und Braten, fanden die Flasche mit Birkenwein und verabreichten zum Abschied der schreienden Olga eine schallende Ohrfeige. Wassili Schepetkow, der eine halbe Stunde später von den Feldern kam und die Mißhandlung seiner Frau erfuhr, bewaffnete sich sofort mit einer Eisenstange und rannte zum Parteihaus.
«Wo sind sie?» brüllte er schon von weitem wie ein verhungernder Stier. «Ich bin ein freier Bürger dieses Landes! Platz da, Genossen, Platz!»
Aber die anderen hielten ihn fest und schleiften ihn zur Seite. Im Schatten der Stolowaja, dem Versammlungssaal für kulturelle Erziehung, beruhigte er sich und trank zwei Gläser Wodka auf seine Wut. «Auch wenn er ein Major ist», knirschte er und stöhnte vor unterdrücktem Zorn. «Er hat die Frau eines Kosaken schlagen lassen! Wer hätte das früher überlebt . . .?»
Evtimia, die gute, erschien ebenfalls vor dem Parteihaus mit einem Korb voll Essen. Aber auch sie durfte nicht ins Haus. Der junge Leutnant der Miliz, der den Trupp kommandierte, hatte dafür eine Erklärung: «Ihr Mann bekommt erst zu essen, wenn er gesteht.»
«Gut denn!» schrie Evtimia ihn an. «Soll er verhungern! Soll er es! Aber der Himmel wird euch strafen, euch alle!» Sie setzte sich auf eine Kiste, die der Schuster Kalinew heranbrachte, und rief mit durchdringender Stimme:
«Dimitri Grigorjewitsch!» schrie sie zum Haus hin. «Ich bin hier. Evtimia Wladimirowna! Ich will dir dein Essen bringen, aber sie lassen mich nicht hinein! Erst sollst du gestehen. Bleib hart, Dimitri! Verkauf nicht deine Ehre für ein Süppchen! Ich bin stolz auf dich, Dimitri.»
Kolzow hörte es gut, die Stimme Evtimias durchdrang Mauern, wenn es sein mußte. Auch Tumow hob den Kopf und blickte Kolzow kauend an.
«Ein dämliches Weib», sagte er grinsend. «Sie verrät mir, daß du etwas zu gestehen hast.»

«Sie ist eben nur ein dämliches Weib.» Kolzow hob die Schultern. «Es kann sich nicht jeder so ausdrücken wie die Herren aus Moskau. Evtimia meint, ich soll hart bleiben in der Wahrheit.»
«Wir werden es sehen, Kolzow.»
Tumow aß gemütlich zu Ende, rauchte dann eine Papyrossa und legte die Beine auf den Tisch. In Kolzow brannten Hunger und Durst wie ein Scheiterhaufen. Sein Magen verkrampfte sich, als er den Rauch der Zigarette einatmete, und seine Augäpfel wurden rot, als er Tumow den schönen, kalten Wein trinken sah, in kleinen, bestialisch genüßlichen Zügen ... Aber Kolzow stand ... breitbeinig, ein in die Dielen gerammter Stamm. Man muß ihn umhacken, das allein ist das richtige, dachte Tumow. Mit Fragen kann man ihn nicht durchlöchern ... er muß die ganze Macht der Gewalt spüren.
Zunächst aber — Tumow hatte ja viel Zeit — veranstaltete er ein Spielchen. Er ließ die Männer, die vor dem Haus herumstanden, einzeln zu sich führen und fragte sie immer die gleiche Frage: «Sie wissen, wo sich Jelena Antonowna befindet?» Und die Männer, in herrlicher Eintracht, antworteten stets: «Nein, Genosse.»
Nur der alte Babukin weigerte sich. Mit Gewalt schleifte man ihn ins Haus, während er schrie: «Wenn ich es betrete, dann freiwillig! Aber jetzt will ich nicht! Jetzt nicht! Zu Hilfe, Freunde! Man mißhandelt einen treuen Kommunisten!» Und vor Tumow, der ihn mit einem spöttischen Lächeln musterte, führte er einen Tanz auf, schlug auf die Tischplatte, umarmte Kolzow und küßte ihn, nannte ihn «mein tapferes Söhnchen» und riß ihm dann die Medaillen von der Brust, warf sie Tumow auf den Tisch und schrie: «Da ... nehmt sie mit nach Moskau! Für seine Tapferkeit hat er sie bekommen, und ihr behandelt ihn wie ein rotziges Schwein!»
Tumow stand auf, kam um den Schreibtisch herum und preßte den alten Babukin mit ausgestrecktem Arm gegen die Wand. Der Alte brüllte, als ziehe man ihm die Haut ab, und schlug um sich.

«Wo ist Jelena Antonowna?» fragte Tumow kalt.
«In der Hölle!» keuchte Babukin.
«Endlich eine gute Antwort.» Tumow ließ Babukin los und blickte Kolzow an. «In der Hölle — was sagen Sie dazu, Genosse Bürgermeister?»
«Sein Hirn ist Jauche», knirschte Kolzow und starrte Babukin an, als wolle er ihn fressen.
Tumow stieß die Tür auf, gab Babukin einen Schubs, und der Alte schoß wie katapultiert auf den Flur und in die Arme des Milizsoldaten, der vor dem Dienstzimmer Wache hielt. «Er wird nicht alt werden, der Genosse Major!» schrie Babukin und schwankte aus dem Haus. «Genossen, jede Katze wird älter werden als er. Einmal wird sich jemand finden, der ihm den Hals 'rumdreht!»
Dann setzte er sich neben Evtimia auf die Kiste, schlug die Beine übereinander und begann, abwechselnd mit Evtimia, die Hauswand hinaufzuschreien.
«Dimitri, mein Söhnchen, beiß die Zähne zusammen! Mit dir ist das Recht!» Und Evtimia schrie im Wechselgesang: «Dimitri, mein Held, ich bin stolz auf dich ...»
Es war ein Höllenlärm draußen vor dem Haus. Tumow überlegte, ob er die Leute von Perjekopsskaja nicht einfach wegjagen lassen sollte. Das war kein Problem ... die zwölf Milizsoldaten brauchten nur in die Luft zu schießen und dann zu verkünden, daß die nächsten Schüsse gezielt seien. So weit offen auch das Maul eines Demonstranten ist — das eigene Leben ist ihm wertvoller als die beste Meinung. Und doch zögerte Tumow. Ein merkwürdiges Gefühl hinderte ihn. Ein paarmal blickte er hinaus auf die Straße, wo sich die Menge verdoppelt hatte, vor allem durch die Weiber, die alle ihre Kinder mitgebracht hatten und nun in der ersten Reihe standen.
«Brechen wir ab», sagte Tumow in der sechsten Stunde. «Sie können gehen, Kolzow. Aber glauben Sie nicht, daß ich nachgebe. Ich bleibe hier. Sorgen Sie dafür, daß ein Raum als Schlafzimmer eingerichtet wird und daß ich täglich dreimal mein Essen bekomme. Woher, ist mir gleichgültig. Sie als Bürgermeister haben dafür zu garantieren.

Das gleiche gilt für meine Begleitung. Ich beschlagnahme die Stolowaja und verlange Betten. Und nun gehen Sie ...»
Die Rückkehr Kolzows glich einer Heimkehr aus dem Krieg. Man umarmte ihn, Evtimia gebärdete sich wie ein junges Weibchen, küßte und herzte Dimitri, und dann trugen ihn die jungen Burschen auf den Schultern zu seinem Haus. Kolzow aber war sehr nachdenklich. In den vergangenen sechs Stunden hatte er Tumows Wesen genau durchschaut. Ein solcher Mensch, der einen Eisblock statt eines Herzens in der Brust hat, gibt nicht auf. Er ist wie ein Wolf, der die Beute gewittert hat und nun auf der Lauer liegt, um sie bei der günstigsten Gelegenheit zu reißen. Es war tödlich, jetzt leichtsinnig zu werden.
«Erfüllen wir ihm seine Wünsche», sagte Kolzow zu seinen Freunden, die als geballte Masse sein Zimmer ausfüllten. «Er soll sein Bett bekommen, und die Milizer sollen auch schlafen. Ihnen darf man nichts nachtragen, sie führen nur einen Befehl aus. Und das Essen: ich schlage vor, Woronew kocht es. Sein Haus liegt am nächsten.»
«Ich werde ihm die Scheiße aus den Schweinedärmen kochen!» schrie Woronew aus der Menge. «Faules Fleisch wird er bekommen! Glasscherben im Kohl! Verrecken soll er, das Luder!»
«Behandelt ihn gut.» Kolzow hob beide Hände. «Widerstand macht ihn nur noch sturer. Nein, gegen Gummi soll er laufen ... das ist eine gute Taktik, Freunde. Wer gegen eine Wand aus Gummi läuft, immer und immer wieder, der setzt sich eines Tages hin und weint. Wie die Wellen des Don müssen wir sein Genossen ... schmeichelnd und wiegend und kühlend ... und doch kann man in ihnen ersaufen. Vor allem —» er reckte den Kopf, und alle waren still im Zimmer — «er hat bis jetzt nicht nach Njuscha gefragt. Er weiß noch nicht, daß es sie gibt. Sagt es allen im Dorf ... keiner kennt den Namen Njuscha! Vergeßt, daß ich ein Töchterchen habe ...»
Dann teilte er Wodka aus, Evtimia backte auf dem Ofen dicke Eierkuchen mit Speck, und es zeigte sich wieder einmal, daß ganz Perjekopsskaja eine große Familie war.

Nur vergaß man eines: In jeder Familie gibt es ein schwarzes Schaf.
Perjekopsskaja machte da keine Ausnahme ...

Major Tumow bekam sein Bett.
Der Sargmacher Tutscharin mit seinen Gehilfen schlug es auf, tätschelte die Roßhaarmatratze und wünschte guten Schlaf. Tumow nickte ihm verblüfft zu. Die plötzliche Höflichkeit der Leute von Perjekopsskaja verwirrte ihn. Er kontrollierte das Bett, rüttelte daran ... es war stabil und gut.
«Auch die anderen Betten in der Stolowaja werden gleich geliefert», sagte Tutscharin. «Es soll den Genossen an nichts fehlen.»
Dann ging er vergnügt hinaus, nicht bevor er das Bett Tumows noch einmal gestreichelt hatte.
Es war ein präpariertes Bett. In die Roßhaarmatratze hatte Tutscharin durch ein großes Loch, das er später bis auf einen kleinen, fast unsichtbaren Schlitz vernähte, eine ganze Kolonie Wanzen gesteckt. Die Körperwärme Tumows würde sie hervorlocken, kleine, hungrige, blutgierige Biester, die Tumow einen wilden Kampf lieferten. Kolzow wußte davon nichts, er hätte es auch verboten ... und so tat es Tutscharin heimlich und drohte seinen Gehilfen Schläge an, wenn sie darüber sprechen würden. Auch ein Sargmacher will einmal eine kleine Freude haben ...
Es war schon dunkel, als sich von der Kolchose her ein einsamer Reiter vorsichtig Perjekopsskaja näherte. Er umritt das Magazin, sprang im Schatten dreier Pappeln ab und band sein Pferd an einem der Stämme fest. Dann schlich er gebückt, im Schutze der Flechtzäune, zum Parteihaus und wartete dort, bis der Milizposten bei seiner Wanderung zur Stolowaja abschwenkte. Wie ein Schatten und ebenso lautlos glitt der Reiter ins Haus und lehnte sich im Flur an die rosa getünchte Wand.
Im Zimmer neben dem Parteibüro, dort, wo Kolzow manchmal die Versammlung der Parteigenossen abhielt, schimmerte noch Licht unter der Tür. Der Reiter holte tief Luft,

preßte die Hände gegen die Brust und klopfte dann an das Holz. Von innen tönte eine fast erschrockene Stimme.
«Ja? Was gibt es? Wer ist draußen?»
Der Reiter fuhr sich mit zitternden Händen durch das Haar. «Darf ich eintreten, Genosse?» rief er.
«Kommen Sie . . .»
Der Reiter stieß die Tür auf. Im Zimmer, hinter dem hohen Kopfteil des Bettes, stand Major Tumow. Er hielt eine schwere Nagan, die Armeepistole, in der Hand und zielte auf den Eingang. Der Reiter blieb stehen und hob seine Handflächen. Es war die stumme Gebärde des sich Ergebenden, des Wehrlosen. Tumow winkte mit der Pistole.
«Schließen Sie die Tür, und bleiben Sie dort stehen.» Der Reiter folgte dem Befehl und drehte sich dann wieder um. Tumow war hinter dem Bett hervorgekommen und legte die Pistole auf den Tisch, an dem sonst die Genossen von Perjekopsskaja sich über die Verteilung des staatlich genehmigten Saatgutes stritten. Er musterte den späten Besucher und fand ihn sofort unsympathisch. Er hatte ein Gesicht, dachte Tumow, als habe eine Pellkartoffel in heißer Asche gelegen. Aber dafür kann er nichts, das wird ein Unfall gewesen sein . . . doch die Augen, diese kalten, braunen Bärenaugen, diese beiden gläsernen, glitzernden Flecken in dem narbigen Gesicht mißfielen ihm ungeheuer.
«Wer sind Sie?» fragte Tumow laut. Der Reiter zuckte wie unter einem Schlag zusammen.
«Ich heiße Granja Nikolajewitsch Warwarink . . .»
«Von mir aus. Was wollen Sie von mir?»
«Ich bin erst gestern abend aus Wolgograd zurückgekommen. Zur Kur war ich dort, wegen meines Gesichts. Sehen Sie sich das an, Genosse Major . . . bin ich noch ein Mensch? Werde ich jemals wieder aussehen wie ein Mensch? Sie haben mir mein Gesicht genommen, ich weiß es jetzt, die Ärzte haben es mir gesagt. ‚Granja', haben sie gesagt, ‚du wirst immer ein häßlicher Vogel bleiben. Die Frau, die dich heiratet, muß blind oder blöde sein.' Das haben sie gesagt, und ich habe eine Woche lang geheult wie ein Wolf. Können Sie das verstehen?»

«Bei diesem Gesicht — ja. Aber warum erzählen Sie mir das?»
«Ich will sie vernichten! Ich will sie in die Hölle bringen.» Granja hob beide Fäuste und schüttelte sie. «Sie haben mir mein Gesicht genommen!» brüllte er.
«Wer?» fragte Tumow knapp. Sein Gefühl verstärkte sich, dieses bohrende Ahnen, daß er der Lösung des Geheimnisses Jelena Antonownas endlich ganz nahe war.
«Der Deutsche und Njuscha . . .» Granja lehnte sich gegen die Wand. Der Haß schüttelte ihn. Er klapperte mit den Zähnen wie im Fieber. «Im Wald haben sie aufeinander gelegen wie die Katzen und geschrien vor Brunst!» Er bedeckte das narbenzerfurchte und rothäutige Gesicht mit beiden Händen und weinte plötzlich. «Irrsinnig werde ich, wenn ich daran denke, Genosse. Ich ersticke vor Haß, genau wie Jelena Antonowna . . .»
Major Tumow war es, als fasse eine eisige Kralle sein Herz. In seinen Mundwinkeln begannen die Muskeln zu zucken.
«Was wissen Sie von Jelena?» fragte er. Seine Stimme war eingebettet in die Heiserkeit größter innerer Erregung. «Granja Nikolajewitsch, beherrschen Sie sich! Seien Sie ein Mann! Setzen Sie sich zu mir und erzählen Sie mir alles, was sich hier abgespielt hat. Ich sage Ihnen schon jetzt: Sie erweisen unserem Volke einen großen Dienst.»
Und Granja setzte sich an den Tisch, stützte den Kopf in die Hände, dachte an Njuschas wehende blonde Haare, hörte ihr helles Lachen, sah sie in den Armen des Deutschen liegen und seufzen — und begann zu berichten.
Stumm, ohne Granja zu unterbrechen, hörte Tumow zu.
Das Geheimnis um Jelena Antonowna wurde licht wie ein Frühlingshimmel.
Am nächsten Morgen holten vier Milizsoldaten den alten Kolzow ab.
«Pack ein paar Sachen», sagten sie. «Du kommst mit nach Wolgograd.»
Kolzow nickte. Evtimia rannte in das Schlafzimmer, fiel vor dem Bild des Heiligen Dimitri auf die Knie und betete.

Dann packte sie einen kleinen Sack voll Wäsche, legte etwas Speck und zwei Würste dazu, ein altes Foto von ihr, aus jungen Jahren, als sie noch ein strammes Weibchen war und Njuscha auf dem Schoß schaukelte, und zuoberst breitete sie über alles das Halstuch, das Kolzow als Kosak getragen hatte und das den langen, großen Krieg überlebte. Zwischendurch aber rannte sie durch den Hinterausgang aus dem Haus, lief um den Stall herum und rief zur Nachbarin Prokoffiewa hinüber: «Sie nehmen ihn mit! Nach Wolgograd! O Mutter Gottes, ich ersticke im Elend!»

Wie ein Windstoß brauste die neue Nachricht durch Perjekopsskaja. Sie nehmen Kolzow mit nach Wolgograd. Sie verschleppen ihn! Das war es wert, jetzt die Sirene auf dem Parteihaus heulen zu lassen, aber dort saß der widerliche Mensch aus Moskau.

«Holt sie alle zusammen!» rief der alte Babukin, dessen Hütte am Don-Ufer immer mehr zu einer Befehlszentrale wurde. «Von allen Ecken, holt sie! Wenn wir schon nichts gegen das Militär unternehmen können ... so soll Dimitri Grigorjewitsch wenigstens einen schönen Abschied haben!»

Zunächst allerdings war der Abschied Kolzows von seinem Haus einsam und traurig. Er küßte Evtimia, was er seit Jahren nicht mehr getan hatte und was bewies, wie tief erschüttert er jetzt war. Dann blickte er das Bild Lenins an, das in der «schönen Ecke» statt der Ikone hing, und schüttelte den Kopf. «Hast du das alles gewollt, Genosse Wladimir Iljitsch?» sagte er versonnen. «Aber so ist es immer bei den Menschen: Einer hat einmal eine gute Idee, und dann kommen die anderen und machen Scheiße daraus! Gehen wir.»

Er nahm den kleinen, prall gefüllten Sack aus Jute, warf ihn über die Schulter und tappte hinaus. Evtimia folgte ihm bis zum Parteihaus, hinter den Soldaten herlaufend, die Kolzow in die Mitte genommen hatten. Überall, wo sie vorbeikamen an den Häusern, stieß sie einen schrillen Schrei aus, wie ein Riesenvogel, den ein Pfeil verwundet

. . . und die Türen öffneten sich, die Frauen und Kinder liefen an die Zäune und drohten mit den Fäusten.
Major Tumow erwartete Kolzow mißgelaunt und von siebenundzwanzig Wanzenbissen gemartert. Im Hof des Parteihauses schwelte in einem Feuer die Matratze. Tumow hatte befohlen, sie sofort zu verbrennen. Auch das von der Woronewa, einer dicken Frau mit gewaltigen, geflochtenen Zöpfen, gebrachte Frühstück hatte Tumow nicht angerührt. Die Milch roch sauer, der Tee war ein gelblich gefärbtes Wässerchen, lauwarm wie Hundepisse, das Brot klebte auf dem Holzbrett fest, und die Butter verbreitete einen Gestank wie zehn Schweißfüße.
«Wir sind arme Menschen», hatte die dicke Woronewa gesagt und das Brett vor Tumow auf den Tisch geknallt. «Wir leben immer so, wir kennen's nicht anders . . .»
Tumow betrachtete Kolzow wie einen Gegenstand, den man in wenigen Sekunden zerhacken will. Gleich wird er umfallen wie ein Ochse, den man vor den Schädel schlägt, dachte er voll innerer Zufriedenheit. Und dann schoß er seine Frage ab, einen Volltreffer in das Herz Kolzows.
«Wo ist Njuscha?»
Kolzow blieb stehen, er fiel nicht um. Nicht einmal in seinen Augen sprang ein Funke auf. «Sie ist davongelaufen», sagte er und senkte den Kopf wie ein gebrochener Vater.
«So einfach davon?» fragte Tumow.
«Ja. Ohne Abschied.»
«Aber zusammen mit dem Deutschen!»
«Ausgeschlossen. Der Deutsche und Jelena Antonowna waren da schon vier Tage fort.»
«Oder er war noch hier, und mit Jelena Antonowna ist etwas Schreckliches geschehen!» Tumow hob die flache Hand und hieb Kolzow unter das Kinn. Dessen Kopf schnellte hoch, weit in den Nacken. «Dimitri Grigorjewitsch, Sie sehen, ich taste mich an die Wahrheit heran. Es wäre leichter für uns beide, wenn Sie reden würden. Warum wollen Sie in irgendeinem Keller die Wahrheit herausschreien? Ersparen Sie uns diese Methoden. Sie kennen mich jetzt, und Sie sollten klug genug sein, mich nicht zu

reizen.» Er setzte sich auf die Schreibtischkante, und als Kolzow schwieg, hieb er ihm mit der Faust auf den Kopf. Es war ein dumpfer Laut, aber der Schlag war so stark, daß Kolzow ein dünner Blutstreifen aus dem rechten Nasenloch lief und im Mundwinkel versickerte. «Dimitri Grigorjewitsch . . .» sagte Tumow noch einmal warnend.
Kolzow starrte geradeaus gegen die Wand. Sie können mich in Stücke reißen, dachte er, nicht ein Wort werden sie über dich, mein Töchterchen, hören. Als du zehn Jahre alt warst — ich erinnere mich noch genau, im Herbst war's —, verdunkelte sich plötzlich die Sonne, und ein Gewitter kam. Der Regen rauschte, das Wasser fiel wie aus Eimern aus den Wolken, und der Fluß schwoll an, begann zu brüllen, wie er es sonst nur nach der Schneeschmelze tut, überspülte die Ufer und riß ganze Berge aus den Böschungen. «Wo ist Njuscha?» schrie deine Mutter. «O Gott, sie ist am Fluß!» Ich warf mich auf mein Pferd und raste das Ufer entlang, und da sah ich das Boot, losgerissen aus der Verankerung, und du hocktest darin, hattest dich an die Wände geklammert und schriest. In den tobenden Fluß bin ich geritten, das Pferd habe ich geschlagen und mißhandelt, damit es sich gegen die Wellen stürzte, und als es ertrank, schreiend in seiner Todesnot wie ein Mensch, war ich nur noch drei Meter von dir entfernt, erreichte das Boot und drückte dich an mich. Zehn Werst südlich sind wir dann ans Ufer geworfen worden, aber wir lebten. Warum ich daran denke? O Njuscha, mein Täubchen . . . solange dein Vater lebt, soll es keine Gefahr für dich geben . . .
Tumow ließ sich wieder auf seine Füße fallen. Sein Gesicht war verkniffen. «Sie wollen es nicht anders», sagte er heiser. «Ich nehme Sie mit nach Wolgograd.»
«Ich bin darauf vorbereitet, Genosse Major.»
«Haben Sie Abschied genommen?» Es war eine höllische Frage. Sie brannte Kolzow tief ins Herz.
«Ein Kosak ist immer bereit», sagte er.
«Ich habe auch Kosaken wimmern hören!» schrie Tumow plötzlich.

«Dann hießen sie nicht Kolzow», antwortete Dimitri Grigorjewitsch. «Schwächlinge gibt es auch unter Stieren ...»
Eine Stunde später brach die Kolonne auf. Der Platz vor dem Parteihaus war leer. Das Dorf schien verlassen. Die Stille war erdrückend.
«Entsichern Sie die Waffen!» rief Tumow, bevor er in seinen Wagen stieg. Neben ihm saß bereits Kolzow in den Polstern, den Jutesack auf den Knien. Tumow stieß Kolzow an. «Was haben Ihre Leute vor?»
«Wie kann ich das wissen?»
«Was sie auch unternehmen ... es ist Revolution! Es ist Widerstand gegen die Ordnung! Es macht keine Umstände, ein ganzes Dorf zu verhaften und umzusiedeln!»
«Wer würde Ihnen das nicht glauben, Genosse Major?» sagte Kolzow höflich.
«Ich werde sofort schießen lassen, wenn sich jemand dem Wagen nähert!» schrie Tumow. Plötzlich stand kalter Schweiß auf seiner Stirn. Zwölf Maschinenpistolen haben wir, dachte er. Das ist eine ungeheure Feuerkraft. Aber was nutzt sie, wenn die Kosaken über uns kommen wie eine riesige Woge? Wenn sie mit ihren wilden, rasenden Pferden eine Attacke reiten? «Ich warne Sie ...», sagte Tumow heiser.
«Ich habe keinen Einfluß mehr.» Kolzow schlug mit der flachen Hand auf sein jämmerliches Gepäck. «Ich bin ein Gefangener.»
«Abfahren!»
Die Kolonne setzte sich in Bewegung. Zuerst ein Wagen der Miliz, dann Tumows große Wolga-Limousine, am Schluß die beiden anderen Autos. Die Milizer hatten die Fenster heruntergekurbelt und die Maschinenpistolen schußbereit hinausgeschoben. So fuhren sie langsam durch das verlassene Dorf, tasteten sich meterweise vorwärts, mißtrauisch, auf jede Bewegung achtend, bereit, sofort zu schießen.
Bei Klitschuks Haus geschah es dann. Hinter dem Flechtzaun meckerte eine Ziege und stieß mit den Hörnern gegen das Holz. Das klang wie ein dumpfer Schuß, und ohne

Zögern ratterten die Maschinenpistolen los, zersägten den Zaun Klitschuks und töteten die Ziege. «Ihr Teufel!» schrie die alte Klitschuka, die hinter dem Fenster saß. «Mein bester Bock!» Sie riß das Fenster auf, beugte sich hinaus und spuckte in hohem Bogen in den Vorgarten.
Hinter dem Dorfausgang, dort wo das Maisfeld der Sowchose begann, ballte sich eine dunkle Masse. Pferde und Reiter, Wagen und Maulesel, ein Gewühl von Köpfen und Beinen war's, ein Wiehern, Rufen und Stampfen. Der alte Babukin umkreiste alles auf seiner alten Mähre und fuchtelte mit seinem Kosakensäbel durch die Luft.
«Aufstellen!» kommandierte er. «Sie kommen! Brüderchen, benehmt euch gesittet! Es soll kein Blutbad werden. Sie haben stärkere Waffen als wir. Behaltet die Nerven, ich beschwöre euch ...»
In die Masse kam Form. In breiter Front stellten sie sich auf ... zuerst die Reiter, dann die langen Leiterwagen, voll mit Frauen und Kindern. Zu beiden Seiten der Straße standen sie, sogar Rebikow, der Magazinverwalter, war dabei und hockte in einer Troika, obwohl ihm das Herz unter den Hinterbacken lag.
Tumow ließ anhalten und steckte den Kopf aus dem Fenster.
«Kolzow ...», sagte er mit stockendem Atem. «Reden Sie mit den Leuten! Es ist Wahnsinn, was sie machen! Sollen wir auf Frauen und Kinder schießen? Wollen Sie das?»
«Ich bin ein Gefangener.» Kolzow umklammerte sein Gepäck. «Der Weg nach Wolgograd ist Ihr Problem, Genosse Major.»
«Wie Sie wollen!» Tumow ließ sich in die Polster zurückfallen. «Weiterfahren!» rief er mit schriller Stimme. «Und schießen, wenn einer dem Wagen näher kommt als zwei Meter!»
Langsam, wie ein Trauerzug, rollten die vier Autos durch das Spalier der Leute von Perjekopsskaja. Nichts geschah, schweigend saßen die Frauen und Kinder auf ihren Wagen, klebten die Männer in den Sätteln. Tumows Finger trommelten auf den Polstern. Sie lagen neben dem Griff der

schweren Armeepistole, bereit, sofort zuzugreifen. Nur kurz blickte Tumow in die Gesichter der Männer, dann senkte er den Kopf. Die Entschlossenheit in ihren Augen erschreckte ihn.

Als die vier Autos das Spalier durchfahren hatten, setzten sich die Leiterwagen und die Reiter in Bewegung. Sie holten Tumow ein und ritten neben dem gefangenen Kolzow her wie eine Ehrengarde. Das Sattelzeug funkelte in der Sonne, die Pferdchen schnaubten und wieherten. Staub wirbelte unter ihren Hufen auf, denn es war ein trockener, warmer Tag, Vorbote des heißen Sommers, in dem wie jedes Jahr die Sandbänke wieder aus dem Don auftauchen würden, die weißen, flachen Inseln, auf denen sich die Fischreiher sonnten und zu denen nachts die Liebespaare ruderten, um im weichen, warmen Bett des feinkörnigen Sandes glücklich zu sein.

«Schicken Sie Ihre Leute zurück!» knirschte Tumow. Die gewaltlose Demonstration erregte ihn mehr als ein Feuergefecht.

«Die Steppe ist für jeden da», sagte Kolzow. «Sie sehen doch, Major ... sie belästigen nicht Ihren Weg, sie lassen die Straße frei, sie reiten über die Steppe. Und die Steppe gehört ihnen ...»

Zwanzig Werst südlich, wo sich die Straße gabelt, den Don verläßt und in gerader Richtung östlich weiterführt nach Wolgograd, galoppierten die Reiter voraus, während die Leiterwagen mit den Frauen und Kindern zurückblieben. Sie winkten mit Kopftüchern und Bettlaken, und dann sangen sie, Himmel noch mal, sie sangen die Internationale, laut und vielstimmig, irgend jemand hatte sie angestimmt – später hieß es, Evtimia selbst wäre es gewesen –, und die anderen fielen wie beim Osterchor rauschend ein ... ein Gesang, der die Stille der Steppe zerriß und Tumow wie prasselnde Faustschläge erreichte.

«Das ist eine Frechheit!» sagte Tumow. «Das werde ich mit roter Tinte in Ihre Akte schreiben!»

«Ich bin nur ein Gefangener», antwortete Kolzow. «Ich kann nichts tun.»

An der Straßengabelung standen die Reiter, einer neben dem anderen, und jeder legte die Hand an die Stirn, so wie man als Kosak gegrüßt hat bei der Parade. Und Kolzow reckte sich im Sitzen, legte ebenfalls die Hand an den Kopf und nahm diesen letzten Vorbeimarsch ab ... Da war Klitschuk und kaute an seinem Schnauzbart, da hing Rebikow auf dem Pferd und blinzelte ihm verlegen zu, da stand wie eine Säule der Sattler Luschkow, und da hob der alte Babukin seinen blitzenden Säbel und salutierte. Und alle anderen waren da, keiner fehlte aus Perjekopsskaja, alle waren gekommen mit ihren Pferden, so wie sie waren ... in der dreckigen Feldkleidung, im verschmierten Ölzeug der Monteure, auf den Köpfen schief die Mütze ... von allen Ecken waren sie herbeigeströmt, aus den Werkstätten der Sowchose, aus dem Stall, aus den Büros der Verwaltung ... alles nur Kosaken vom Don, und grüßten ihren Dimitri Grigorjewitsch auf seiner letzten Fahrt. Es war ein Abschied für eine lange Zeit, vielleicht für immer. Dieses Wissen stand in ihren Augen, wenn sie sich vornüberbeugten, um Kolzow besser sehen zu können, und in das Auto hineingrüßten. Ihre Lippen zitterten vor Ergriffenheit und erbärmlicher Wehrlosigkeit.
Dimitri Grigorjewitsch Kolzow sah jeden an und nickte ihm zu.
Leb wohl, Wassilij ... leb wohl, Piotr ... leb wohl, Iwan ... leb wohl, Nikofor ... Brüder, lebt alle wohl ...
Als die Milizwagen alle Reiter passiert hatten, schaute sich Kolzow noch einmal um. Es war ein letzter Blick auf den Zauber der Steppe am Don, ein letztes Abschiednehmen von den Freunden, ein Aufsaugen dieses Bildes in die Tiefen seiner Seele.
Die Kosaken hatten sich wieder formiert. Wie im Manöver ritten sie ausgerichtet und in Kolonne über die Straße zurück nach Perjekopsskaja. Eine große Staubwolke umwirbelte sie, wie Musik war das Klappern der Hufe.
Tumow atmete tief auf und stieß Kolzow mit dem Ellenbogen in die Seite.
«Ich werde das Dorf nächste Woche besetzen lassen»,

sagte er. «Kein Haus werde ich verschonen. Ich bekomme die Wahrheit über Jelena Antonowna heraus ... und wenn ich ein ganzes Bataillon nach Perjekopsskaja verlege. Auch die Kosaken werden ihren Nacken beugen!»
«Aber nur, wenn man ihnen den Kopf abschlägt.» Kolzow lehnte sich zurück ... sein Leben war in der Ferne verschwunden, aufgesaugt von dem weiten, blauen Himmel, gegen den nur noch der Hauch einer Wolke aus Staub schwebte. «Kosaken gibt es seit vierhundert Jahren ... sie haben jeden Zaren überlebt.»
Das war eine Antwort, auf die Tumow nichts entgegnen wollte. Er dachte an Kolzows kommende Tage und empfand fast Mitleid mit dem starken Alten.
Auch er wird sprechen, dachte Tumow, auch er! Wenn ich weiß, wo Njuscha ist, mag er laufen, wohin er will. Wenn er noch laufen kann ...

Am gleichen Abend holte man Granja ab.
Es war eine einfache Sache. Vier Männer fuhren mit einer Karre zur Sowchose, sahen sich dort ein wenig um, verhandelten mit dem Natschalnik über drei Säcke Steckzwiebeln und erfuhren nebenbei, daß Granja in der Traktorenwerkstatt arbeitete. Sie zwinkerten sich zu, zwei Männer verließen das große Saatlager und tauchten unter in dem Gewirr von Bauten und Baracken.
Granja Nikolajewitsch ölte gerade ein Traktorengetriebe, als ihm jemand auf die Schulter tippte. Er drehte sich um, erkannte die beiden Männer und grinste sie verlegen an.
«Ihr seid hier?» fragte er und wischte sich den Schweiß von der Stirn. «Was sucht ihr auf der Sowchose?»
«Wir holen etwas», antwortete der eine.
«Ja, ein Schwein», sagte der andere. «Eine ausgewachsene, dreckige Sau!»
Bevor Granja begriff, was damit gemeint war, hieb man ihm auf den Kopf, er sank sofort ohnmächtig vor seinen Traktor, und die beiden Freunde schoben ihn in einen großen Sack, banden ihn zu und trugen ihn im Gleichschritt aus der Werkstatt.

Es fällt nicht auf, wenn jemand auf einer Sowchose einen Sack transportiert. Und da die beiden mit ihrer Last zur Saatbaracke gingen, beachtete sie niemand.
Zwischen drei Säcken mit Steckzwiebeln, die nach langen Verhandlungen mit dem Natschalnik erobert worden waren, und das auch nur, weil der Natschalnik Fjodor Alexandrowitsch seit zwei Wochen nachts zur Tochter des Sargmachers Tutscharin schlich, was die bettelnden Genossen ihm vorhielten, fuhr Granja zurück nach Perjekopsskaja.
Dreimal wachte er während der Fahrt in seinem Sack auf und begann zu schreien. Man besänftigte sein lautes Gemüt mit einem Knüppel, der dort niedersauste, woher die Töne drangen. Schließlich verhielt er sich still, auch wenn er nicht mehr betäubt war, und legte sich eine gute Verteidigung zurecht.
In Perjekopsskaja trug man ihn zu dem Kaufmann und Metzger Kotzobjew, der als einziger einen richtigen, festen Keller besaß mit einer Kühlmaschine. Auch sie stammte aus dem Magazin Rebikows, war siebenmal umgetauscht worden und hatte gewisse Tücken. Drei Monate kühlte sie und ließ das Fleisch gefrieren wie in Grönland ... und das meistens im Winter. Kam dann der Sommer, raufte sich Kotzobjew die Haare und verfluchte Rebikow, denn dann begann die Kühlmaschine plötzlich zu heizen und verdarb die Wurst. Ein paarmal war ein Monteur gekommen, hatte den Motor auseinandergenommen und dann die Schultern gezuckt. «Es ist Schicksal, Genosse», hatte er erklärt. «Die Eismaschine stammt aus Jelkonansk in Sibirien. Eine neue Erfindung, ein neues Patent. Leider haben wir bei allen Lieferungen keine Reparaturpläne mitbekommen. Aber es ist eine gute Maschine, bestimmt, Genosse. Sie arbeitet gründlich.»
Kotzobjew erwartete den kleinen Trupp schon an der Tür. Er half mit, den Sack, in dem Granja steckte, abzuladen und schleppte ihn in den Kühlkeller. Im Augenblick arbeitete die Maschine gut, es war kalt wie im Januar am Don, schließlich war man erst im Mai, und die Maschine hatte den Sommer noch nicht geschnuppert. «Sie muß ein

Gehirn haben», behauptete Kotzobjew von seiner Kühlmaschine. «Der erste warme Wind aus Kasakstan ... und schon heizt sie. Sie ist empfindlicher als ein Geigerzähler.»
Man schnürte den Sack auf und holte Granja heraus. «Kotzobjew!» rief er sofort. «Was soll das? Behandelt man so einen Freund?»
«Sieh dorthin!» sagte Kotzobjew. Er deutete in den Hintergrund des Kellers, und Granja fuhr herum. An der Wand war eine Reihe starker, blanker Haken eingelassen, an denen man die Rinderteile aufhing. Ein paar Haken waren leer, zwischen einem Rinderhinterviertel und einem halben Schwein. «Es sind drei!» Kotzobjew legte seine schwere Hand auf Granjas Schulter. Fäuste, die einen Bullen ruhig halten konnten. «Such dir einen aus ...»
Granja Nikolajewitsch fiel in sich zusammen. Er stürzte auf die Knie und heulte wie ein junger Hund.
«Hört mich an!» wimmerte er. «Brüder, Freunde ... ich habe nichts verraten! Er wußte doch schon alles, der Major, er sagte mir alles vor. Nur genickt habe ich, weil er mir die Pistole in den Nacken setzte. Brüderchen, so glaubt mir doch ...»
«So schreit nicht mal ein Schwein ...» sagte Kotzobjew. «Es ist widerlich.»
«Er ist auch weniger als ein Schwein.»
Man gab Granja einen Tritt, er rutschte über den blanken Zementboden und rollte unter die Haken. Bei dem Hinterviertel des Ochsen blieb er liegen, schlug die Hände vor die Augen und drückte die Stirn gegen die kalte Mauer.
«Erbarmen!» wimmerte er. «Brüderchen ... seht mir in das Gesicht ... bin ich nicht gestraft genug?»
Er bekam keine Antwort mehr. Die Tür schlug zu, das Licht verlöschte. Das Summen der Kühlmaschine war der einzige Laut im Raum. Schwankend tappte Granja umher, stieß an die kalten Schlachtteile, schauderte zurück und erreichte endlich die Tür. Mit den Fäusten trommelte er dagegen, aber das war vergebens, denn die Tür war isoliert, und der Keller lag tief und dickwandig in der Erde.
Es war tatsächlich der einzige Keller in Perjekopsskaja.

19. Kapitel

Wolgograd...

Das ist mehr als nur ein Name für eine Stadt, das ist nicht nur ein Haufen Häuser an der Wolga, ein Gewirr von Straßen, ein Klingeln von Trambahnen, Hupen der Busse, Stampfen der Maschinen in den Fabriken, Lachen und Reden von Hunderttausenden Menschen, Musik und Stille in den Gärten, Rauschen der Wolga und Zwitschern der Vögel, Knirschen der Baukräne und Rasseln der Ketten ... das alles ist nicht Wolgograd ... die blanken Schaufenster der Geschäfte, die wippenden Röcke der Mädchen, der erdfeste Gang der Männer, die küssenden Liebespaare in den Parks, die Tanzfeste auf den schwimmenden künstlichen Inseln in der Wolga, das Prusten der Eisenbahnen, das leuchtende Weiß der langen Ausflugsschiffe auf dem Strom, der Staub, den der Wind jeden Tag durch die Straßen treibt, der Wind, der über die Wolga weht aus der Unendlichkeit Asiens, die Ruinen, die noch herumstehen wie bettelnde Krüppel inmitten einer neuen, heilen, hellen, zum Himmel strebenden Welt ... das alles ist nicht Wolgograd ... nicht die ihr Schwert in den Himmel reckende und nach Westen schreiende riesige Siegesgöttin auf dem Mamajew-Hügel, nicht das Pawlow-Haus, Mahnmal des Widerstandes, zerfetzt, rauchgeschwärzt, ein Stück Tod, umgeben von den blanken Augen der Neubauten, nicht die eroberten Fahnen und Feldzeichen der Deutschen im Kriegsmuseum, nicht die durch die Stadt sich schwingende Eisenbahnlinie in der Form eines Tennisschlägers, nicht der Tatarengraben, nicht die Straße zum Flugplatz Pitomnik, an der einmal 20 000 steifgefrorene Leichen lagen, nicht Gumrak, wo man aus Toten Treppenstufen in die Waggons baute, nicht das Wolga-Ufer, in das sich einmal eine ganze Armee gewühlt hatte ... das alles ist nicht Wolgograd ... nicht das Planetarium, das Gorki-Theater, die Straße des Friedens, die tempelgeschmückte Triumphallee zur Wolga hinunter, diese Riesenstadt von siebzig Kilometern Länge, die in der Nacht leuchtet wie ein Lichterband und die unendlich scheint, wenn man sie vom Mamajew Kurgan, am großen Schlachtdenkmal, aus betrachtet, dieses Steinmeer, das einmal Stalingrad hieß, in dem es keine Häuser, Straßen, Plätze und Anlagen mehr gab, sondern nur noch die Mondlandschaft von Kratern, Laufgräben, Ruinen, Trümmerbergen, zerfetztem Eisen und zerrissenen Menschenleibern, dieses Stalingrad, in dem 41 000 Häuser zusammengestampft wurden und das man die «Stadt ohne Adresse» nannte, denn es war nichts mehr da als ein Gebirge zerborstener Mauern ... diese Stadt, die neu erstand, größer, weiter, schöner, reicher, leuchtender ... diese Stadt, in der jetzt wieder 800 000 Menschen leben, alle Völker dieses weiten Landes, Kirgisen, Ewenken und Tataren, Weißrussen, Moskowiter und Grusinier, Kosaken, Kalmücken und Armenier, diese Stadt, das Tor zum russischen Süden, ist mehr als ein Name, mehr als eine blutige Erinnerung, mehr als ein deutsches Schuldgefühl, mehr als der Totenacker einer ganzen Armee, mehr als der Begriff eines militärischen Wahnsinns, mehr als ein Wendepunkt der Geschichte ... diese Stadt ist ein Schicksal.

Njuscha und Eberhard Bodmar standen in der riesigen, mit Marmor ausgekleideten Halle des neuen Bahnhofs und tranken aus Pappbechern kalte, süße, klebrige Limonade. Um sie herum stapelte sich das Gepäck, das Väterchen Kolzow und seine Freunde noch mit grober Gewalt in das Abteil hatten drücken können. Ein Lastträger hatte es für zwei Rubel Lohn hier in Wolgograd vom Bahnsteig geschleppt und in die Halle gestellt.

«Viel Glück, Genossen», hatte er beim Abschied gesagt. «Vor zwei Jahren bin ich auch so angekommen, aus Kasakstan, ein armer Hirte war ich und dachte mir: Zieh in die Stadt, da fließt der Honig aus den Wasserleitungen. Aber es war doch nur Wasser, und schlechtes dazu. Paß auf, Genosse, wenn du dich bei der Arbeitsvermittlung meldest. Die dreckigste Arbeit drehen sie dir an, die fetten Säue von Beamten. Kanäle ausschachten, Kloaken mauern, Sümpfe trockenlegen, ganze Berge lassen sie hin und her bewegen, als ob die Landschaft nicht gut genug sei, wie sie ist ... Nein, habe ich gesagt, nein. Weggelaufen bin ich und habe mich umgesehen. Lastentragen ist zwar mühsam, aber man ist sein eigener Herr. Genosse, ein guter Rat: Sei vorsichtig! Augen auf! Am besten ist es noch in den Fabriken, wenn man ein wenig technischen Verstand hat . . .»

Bodmar bedankte sich für die guten Ratschläge, trank seinen Becher Limonade und schleppte dann das Gepäck zu dem großen Schalter der Aufbewahrung. Sechsmal mußte er gehen, während Njuscha auf einem Karton saß und ihre Habe bewachte.

«Wollen Sie ein Haus einrichten, Genosse?» fragte der Arbeiter in der Gepäckaufbewahrung. «Wann holen Sie das alles wieder ab? Sie brauchen Platz für drei Genossen.»

«Es ist nur für ein paar Stunden, Brüderchen.» Bodmar schob mit dem letzten Sack — er enthielt zwei Kopfkissen und eine dicke Wolldecke — einen Fünfrubelschein über die Theke. Der Arbeiter strich ihn ein, ohne Bodmar dankbar anzusehen, stempelte den Aufbewahrungsschein und drückte ihn Bodmar in die offene Hand.

«Lassen Sie sich Zeit, Genosse», sagte er dabei. «Die höchste Form des Sozialismus ist die gegenseitige Hilfe.»

«Wie recht Sie haben, Genosse.» Bodmar steckte den Beleg ein. «Ich suche ein Zimmer.»

«Hier?» Der Arbeiter betrachtete Bodmar wie einen tanzenden Affen. «Ein Zimmer? Ein richtiges Zimmer? Mit vier Wänden, einer Tür, einem Fenster, das verglast ist, und womöglich noch einem Wasserhahn in der Wand? Und heizen muß man es auch können?»

«Wenn das alles möglich ist . . .»

«Woher kommen Sie denn?»

«Vom Don, Freundchen.»

«Ein Kosak!» Der Arbeiter, er hatte die fahlgelbe Gesichtsfarbe eines Ewenken und das breite, knochige Gesicht des Südsibiriers, setzte sich auf die Theke. «Ihr habt wohl nur gelernt, den Pferden unter den Schwanz zu gucken? Ein Zimmer! Ein richtiges Zimmer will er haben! Kommt in die Stadt und will so einfach ein Zimmer. Sagt das so daher, als kaufe er fünfzig Gramm Wodka. Weißt du, was

ein Zimmer ist? Nein, du weißt es nicht, du krummer Kosak. Ein Zimmer ist ein Stück vom Paradies!»
«Aber hier wird doch gebaut. Block an Block. Fünf, sechs Stockwerke hoch. Tausende von Zimmern . . .»
«Und wer verteilt sie, he? Das Wohnungskommissariat. Da gibt es eine Liste, und auf der Liste stehen zehntausend Namen. Da kannst du dich eintragen, ganz hinten, und wenn du Großvater geworden bist, werden sie dir zwei Zimmerchen geben. Zum Sterben gerade recht, denn die nächsten stehen schon vor der Tür, klopfen und rufen durch die Ritzen: Nun mach schon, Alterchen, stirb endlich. Halt dich nicht länger auf als notwendig. O Mutter Gottes . . . ein Zimmerchen will er haben!»
Bedrückt kam Bodmar zu Njuscha zurück. Sie hatten das Allernotwendigste behalten . . . eine Reisetasche mit Wäsche, einen verschnürten Sack mit zwei Decken und flachen Kissen. «Gehen wir», sagte Njuscha, ehe Bodmar ihr von der Schwierigkeit einer Zimmersuche berichten konnte.
«Wohin?»
«In unser neues Leben, Sascha.» Sie lächelte ihn an wie eine Madonna. Das lange blonde Haar hatte sie während der Zeit, in der Bodmar das Gepäck wegschleppte, hochgebunden wie zu einer Krone. Darüber knotete sie jetzt ihr Kopftuch, einen roten Fetzen Stoff mit kleinen weißen Punkten.
«Es fängt bereits an zu dunkeln, Njuscha. Wir werden nie ein Zimmer bekommen.»
«Dann werden wir auf der Erde schlafen.»
«Und wenn der Winter kommt . . .»
«Erst wird es Sommer sein.» Sie streichelte seine Wange und sah so glücklich aus, als trage er sie wie ein reiches Bräutchen in ein spitzenbesetztes Himmelbett. «Die Erde ist warm im Sommer, Sascha . . . so warm . . . du wirst dich wohl fühlen, glaube es mir . . .»
Später gingen sie durch die Stadt, durch dieses Wunderwerk an Aufbau und Lebenswillen, fuhren mit den Straßenbahnen kreuz und quer umher, saßen auf den breiten Stufen der Siegesallee an der Wolga und blickten über

die weißen Ausflugsschiffe auf dem Strom und die Schleppkähne, die träge nach Süden schwammen.
«Davon habe ich immer geträumt», sagte Njuscha. Sie hatte sich an Bodmar geschmiegt und bestaunte die im griechischen Stil gebauten Säulen der Siegestempel. «In der Stadt sein, mitten in diesem Leben. Nicht immer Kartoffeln pflanzen, Bohnen pflücken, Mais schälen, Ställe misten, Pferde striegeln, Kühe melken, nicht immer nur die Steppe und den Don ... sondern das hier, Sascha, das hier ...» Sie machte eine alles umfassende Armbewegung, als wolle sie die Stadt, die Wolga, den Himmel und das Land an ihr Herz drücken. «Wir werden glücklich sein, glaubst du?»
«Ja.»
Was sollte er anderes sagen? Er dachte nüchterner als Njuscha, und die Fakten, die er heimlich aufzählte und addierte, waren keine Wegstrecken zum Paradies.
Da war zunächst das Wohnen. Jedes Hotel war ihnen verschlossen, denn dort verlangte man eine Eintragung in das Gästebuch und einen Paß. Die Anwartschaft auf ein Zimmer der Wohnungskommission war ebenfalls unmöglich ... auch hier mußte man alle Papiere vorlegen, Geburtsschein und Arbeitsbestätigung, Zuzugsgenehmigung und Abmeldung vom vorherigen Wohnort. Und die Beamten waren sehr genau. Sie mußten es sein, denn was nutzte es, wenn man jährlich dreißigtausend Zimmer baut — um nur eine Zahl zu nennen, Freunde — und es kommen fünfzigtausend Bewerber? Man wird ja nie fertig mit dem Problem, immer werden es mehr, aus allen Richtungen ziehen die Menschen in die Stadt, ganze Völkerscharen, als sei hier das Paradies, von dem die Bibel solch unsinniges Zeug berichtet, und die kleinen Bäuerlein glauben es, vor allem die Weiber, der Teufel sollte sie holen, fürwahr. Und dann stehen sie an, Schlangen von hundert Metern, am Regierungspalast entlang wie ein Ameisenzug, Kopf an Kopf, und alle wollen ein Zimmerchen, flehen und betteln, versuchen, die Beamten zu bestechen, mit Butter und Eiern, Speck und gesalzenem Fleisch, lebenden Hühnern und gezuckertem Kuchen, auch Rubelchen bieten sie an und manch-

mal sogar das Töchterchen, siebzehn, schwarzlockig, ein Teufelchen von Weibchen. Ihr Bett wird zum Erdbeben, Genosse, ich sage es Ihnen, meine Bascha, sie kann Kunststücke wie die Weiber im Zirkus ... und so ziehen sie an den Schreibtischen vorbei, Tag um Tag, acht Stunden lang, und tragen sich ein in die Warteliste.
Welche Freude, wenn ein Wohnblock fertig geworden ist. Die weiße Fassade mit den blinkenden Fenstern, das helle Treppenhaus, die Wohnungen mit fließendem Wasser, die Vorgärten, diese Sauberkeit überall, wie in einem Krankenhaus, ja wirklich, Genosse Ippolit, genauso ist es hier, man wagt nicht einmal, auf den Boden zu spucken, den ganzen Tag läuft Wanduschka herum und putzt und wischt und striegelt und poliert, alles glänzt wie ein Kinderhintern ... Genossen, ist das ein Leben!
Bodmar legte den Arm um Njuscha. Sie träumte mit offenen Augen, ihr Gesicht glühte vor Freude.
«Wir werden kein Zimmer haben», sagte er leise. «Keine Arbeit, keine Ruhe, nichts. Wir haben aufgehört, Menschen zu sein. Solange ich keinen russischen Paß besitze, bin ich weniger als eine Ratte. Überall, wo wir hingehen, wird man uns sagen: Ihren Ausweis, Genossen. Ihre Papiere. — Unser Leben wird ein einziges Verstecken sein.»
«Hast du Angst davor, Sascha?»
«Nein.» Bodmar atmete tief auf. Habe ich Angst, dachte er. Auf dem Herzen liegt ein Klotz wie aus Eisen, wenn ich atme, ist es, als sauge ich Säure ein. Angst? Ist das Angst? Nein — aber was ist es dann? Das Wissen, nie mehr nach Deutschland zu können, ein Vogelfreier in diesem unendlichen, unbekannten Land zu sein, die Erkenntnis, ein sorgloses, vielversprechendes Leben einfach weggeworfen zu haben für ein Mädchen, das Njuscha heißt und auf dem Rücken von Kosakenpferden aufgewachsen ist? Das erwürgende Gefühl, versagt zu haben in der Aufgabe, dieses Rußland mit den nüchternen Augen der neuen Generation zu sehen und auf den Spuren des Vaters, den dieses Land fraß, zu erkennen, daß alle Menschen Brüder sind und sich gegenseitig brauchen in einer Welt, die im-

mer kleiner wird? Das war seine eigentliche Aufgabe, dafür war er nach Rußland gekommen ... und nun saß er hier an der Wolga auf den Treppen der Siegesallee, hatte den Arm um Njuscha gelegt und war leer wie eine ausgeglühte Schlacke.
«Ich habe keine Angst», sagte er, und seine Stimme hatte einen rauhen Klang. «Aber wir können hier nicht sitzen bleiben. Wir müssen uns eine Schlafstelle suchen. Am besten ist es, wir fahren vor die Stadt und suchen in den Dörfern. Ein Stall, Njuscha, eine Ecke mit Stroh — das ist schon genug.»
«Sind wir nach Wolgograd gekommen, um in einem Stall zu schlafen, Sascha?» Sie schüttelte den Kopf und deutete auf die neuen, hohen Wohnblocks. Die Abendsonne, rotgolden in der Steppe versinkend, übergoß die Fassaden wie mit Bronze. «Dort werden wir wohnen.»
Zweifelnd blickte Bodmar auf die neuen Häuser. Ein Wald von Fenstern. Kinder auf den Balkonen. Wäsche flatterte an Leinen im Steppenwind. Vor den Häusern arbeiteten drei Trupps der Hausgemeinschaften in den Gärten. Sie pflanzten junge Bäume, beschnitten die Büsche, mähten das Gras. Eine Gruppe von drei Frauen reinigte den Kanalabfluß. «Ich glaube nicht an Wunder», sagte Bodmar und stand von der Treppe auf. «Auch in Rußland nicht.»
«Weil du kein Russe bist, Sascha ... noch nicht!» Njuscha hob die Reisetasche hoch und machte ein nachdenkliches Gesicht. «Wieviel Rubel hast du?»
«Knapp zweitausend.»
«Ich habe fünfhundert. Das ist zusammen ein kleines Vermögen. Komm.»
«Wohin?» fragte er wieder. Die Sicherheit Njuschas verwirrte ihn.
«Zu den Häusern. Du sollst sehen, daß es Wunder gibt ...»
Bodmar blieb auf der Straße stehen und setzte sich auf sein Gepäck, als Njuscha in das erste Haus ging. Sie betrat es, als gehöre sie dorthin, als wohne sie schon lange in einer dieser Wohnungen, als wehe auch ihre Wäsche von einem der Balkone. Und nicht anders war es, als sie

nach ungefähr einer Viertelstunde wieder auf der Straße erschien und Bodmar mit beiden Händen zuwinkte.
«Ein schönes Zimmerchen», sagte sie. «Ein wenig klein, aber es läßt sich darin leben.»
Bodmar starrte sie entgeistert an. «Du hast ein Zimmer?» stotterte er.
«Ja. Im zweiten Stockwerk.»
«Du gehst in ein fremdes Haus und bekommst so einfach ein Zimmer? Das gibt es doch gar nicht!»
«Du bist in Rußland, Sascha, und alle sind hier Brüder und Schwestern. Komm . . .»
Sie nahm ihn an der Hand, er warf den Deckensack über die Schulter, und so betraten sie das neue, große Haus nahe der Wolga, kamen in das weite, helle Treppenhaus, tappten die steinernen Treppen hinauf, gingen an vielen Türen auf einem langen Flur vorbei und fanden die Tür Nr. 27 angelehnt. Ein Zettel, mit Bleistift geschrieben, hing neben der Klingel.
«Arkadij M. Volkow.»
Bodmar blieb stehen. «Wer ist Volkow?» fragte er.
Njuscha hob die Schultern und lächelte. «Ich weiß es nicht. Aber er hat uns ein Zimmer gegeben.»
«Ohne Fragen? Er hat uns einfach ein Zimmer gegeben, so wie man einem die Hand gibt?»
«Ich habe in diese Hand hundert Rubel gelegt.» Njuscha stieß die Tür auf. Ein kleiner Flur lag vor ihnen. An die Wand gedrückt stand ein Junge von etwa sieben Jahren und starrte sie an.
«Das ist der kleine Fedja», sagte Njuscha, als begrüße sie einen Verwandten. «Ich habe ihm zwei Rubel geschenkt.»
«Und wie groß ist die Familie Volkow?» fragte Bodmar sarkastisch.
«Sechs Personen, Sascha.»
«Wir werden bald arm sein . . .»
«Aber wir haben ein Zimmerchen. Tritt ein, Sascha . . .»
Die Familie Volkow war vollzählig um den Tisch versammelt. Drei Kinder, von denen das älteste der etwas schlitzäugige Fedja war. Maria Volkowa, ein dickbusige,

gutmütige Frau mit einem Ahnen, der ein Kalmücke gewesen sein mußte. Arkadij Mironowitsch Volkow, der Vater, ein starker, großer Mensch mit kurzgeschorenem Haar und einer Nase wie ein Boxer, dem man immer nur auf diesen einen Teil seines Kopfes schlägt. Und ja, am Ende des Tisches, das Großväterchen, der weißhaarige Iwan Feodorowitsch, ein Männlein wie aus dem Märchenbuch, mit einem gestickten Käppchen auf den Haaren und einer Pfeife zwischen den fahlen, dünnen Lippen.
Volkow, das Familienhaupt, sprang auf, als Bodmar ins Zimmer kam.
«Willkommen!» rief er, rannte um den Tisch herum und küßte Bodmar auf beide Wangen. «Die Wohnung ist zwar klein, und das Zimmer, na ja, Genosse, zum Schlafen reicht's, man muß bescheiden sein. Hauptsache ist, man kann die Beine ausstrecken, und das ist möglich. Genau zwei Meter lang ist das Zimmerchen, und recken kann man sich auch. Die Breite beträgt einen Meter achtzig! Wenn man bedenkt, daß man im Großen Vaterländischen Krieg in einem Loch geschlafen hat, im Stehen, Genosse, denn umfallen konnte man nicht, so eng war's. Kam ein Volltreffer, sparte man das Begraben. So betrachtet, ist solch ein Zimmerchen Gold wert . . .»
Bodmar nickte. Er begrüßte die Volkowa, ließ sich von Großväterchen küssen und strich den Kindern über die Haare. Dann besichtigte er Njuschas Eroberung. Es war ein Zimmer ohne Fenster, eine abgetrennte Kammer mit gefliestem Boden.
«Hier soll einmal ein Bad hinein», erklärte Volkow. «Aber wer weiß, wann es kommt! Sind die Öfen da, fehlt die Wanne, ist das Becken da, fehlen die Armaturen, und hat man alles zusammen, fehlen die Rohre. Der Aufbau geht eben so schnell, daß einem schwindelig wird dabei. Aber wir haben schon eine Zuweisung. 1971 wird das Bad eingebaut. Bis 1971 also können Sie hier wohnen, Genosse. Natürlich unauffällig, leise und sozusagen als Mitglied meiner Familie. Sie sind ein Vetter meiner Frau aus Chaborowsk. Wenn Sie jemand fragt, sagen Sie einfach: Leck

mich am Arsch! Das verhindert weitere Fragen. Unhöfliche Menschen werden in Ruhe gelassen und leben ruhiger. Was haben Sie vor in Wolgograd?»

«Ich weiß es noch nicht.» Bodmar warf seinen Gepäcksack auf den Boden und blickte an Volkow empor. Der Russe war zwei Köpfe größer als er, ein Riese mit einem Bulldoggengesicht. «Wo arbeiten Sie?»

«Ich bin Vorarbeiter der II. Gärtnerbrigade», sagte Volkow stolz. «Was Sie an den Wolga-Ufern sehen . . . es ist unser Werk! Glauben Sie, ich hätte sonst die Wohnung bekommen?»

«Bestimmt nicht, Arkadij Mironowitsch.»

«Richtet euch ein und kommt dann zu uns.» Volkow schmatzte mit den Lippen und rieb sich die Hände. «Es gibt eine Schüssel voll Borschtsch mit viel saurer Sahne. Ich sage Ihnen, Maria Iwanowna ist eine gute Köchin . . .»

Es war wirklich eine freundliche Familie.

Großväterchen verzichtete für zwei Rubel pro Nacht auf seine Matratze und schlief auf einer Art Sofa. Er paßte genau zwischen die beiden Seitenlehnen, wenn er sich ausstreckte, und er gab seine Matratze auch erst dann heraus, als die Liegeprobe vor der ganzen Familie zufriedenstellend verlief. Die zweite Matratze verlieh der kleine Fedja für jeweils einen Rubel und kroch dafür zu seinem jüngeren Bruder ins Bett. Als die Matratzen in der winzigen Kammer lagen, war sie völlig ausgefüllt.

«Der Vorteil ist», sagte Volkow, «daß man nie mit dem nackten Boden in Berührung kommt. Sie schlafen besser als wir, Genossen. Gute Nacht.» Er küßte Bodmar wie einen alten Freund und schloß dann die Tür.

«Ein guter Mensch», sagte er zu seiner Frau, der Volkowa. «Ein vornehmer Mensch, ein großherziger Mensch. Wenn es uns gelingt, ihn ein Jahr bei uns zu halten, können wir uns ein Auto leisten . . .»

Später lagen Njuscha und Bodmar auf den Matratzen, eng aneinandergeschmiegt, und starrten gegen die nackten, getünchten Wände. Die Luft verbrauchte sich schnell, die Entlüftungsschlitze in der Tür waren zu schmal. Man würde über Nacht die Tür öffnen müssen, um nicht zu ersticken.

«Ich bin glücklich», sagte Njuscha und streichelte Bodmars Brust. Nur in ihren Unterhemden lagen sie unter den Wolldecken ... ihre nackten Beine tasteten zueinander und verschlangen sich. «Ist es nicht schön hier?»

«Sehr schön, Njuscha ...»

Bodmar wagte nicht daran zu denken, was geschehen würde, wenn Volkow entdeckte, daß er einem flüchtenden Deutschen Unterkunft gegeben hatte. Volkow war ein überzeugter Patriot und Kommunist, das hatte er beim Abendessen betont. Er hatte als junger Bursche mitgeholfen, Stalingrad zu befreien, und er hatte in den Kellern und Granattrichtern gelegen, hatte sich festgekrallt in diesen tausendfach umgepflügten Boden und war dreimal verwundet worden. Stolz war er darauf. «Die Deutschen ...» sagte er mehrmals ... «ich hasse sie nicht, Genosse, aber seit es sie gibt, bringen sie Unruhe in die Welt. Immer wollen sie die Größten, Ersten und Besten sein. Immer wollen sie erziehen. Eine Nation aus Lehrern, sage ich Ihnen. Was halten Sie vom neuen westlichen Revanchismus?»

«Gibt es ihn?» fragte Bodmar ausweichend.

«Das fragt er noch!» Volkow lachte dröhnend. Er stieß dabei an den Tisch, daß die Teller klapperten. «Aber na ja, er kommt vom Don! Da weiß man das noch nicht. Ich nehme Sie am Sonntag mit, Genosse, zu einem Vortrag über die außenpolitische Lage ...»

«Woran denkst du?» fragte Njuscha jetzt. Bodmar schrak zusammen und drehte den Kopf zu ihr. Ihre Augen strahlten ihn an. Blaue, große Sterne.

«An Deutschland ...», sagte er ehrlich.

«Das ist gut.» Sie kroch näher an ihn und küßte sein Kinn. «Das ist gut, Sascha ...»

«Warum ist das gut?»

«Ich denke an Perjekopsskaja ... an Väterchen, an Mütterchen, an Balwan, an den Kirschgarten, an den Don, an die Pferdeherden ... Sascha ... bist du mir böse?»

«Nein. Warum?»

«Ich ... ich habe Heimweh, Sascha ...»
Sie legte den Kopf auf seine Brust, umklammerte ihn plötzlich wie eine Ertrinkende und weinte leise. Er spürte ihre Tränen auf seiner Haut, und das unbezwingbare Gefühl der Verlassenheit überkam auch ihn.
«Wir werden morgen diese Stadt erobern», sagte er leise und streichelte ihren zuckenden Kopf. Er löste den Knoten ihrer blonden Haare, warf die langen Strähnen über sich und atmete den Duft ein, der aus ihnen strömte. Der Geruch der Steppe, wenn nach dem Regen die Sonne über der satten Erde brennt. «Wir werden unser neues Leben erobern ... oder ich will verdammt und verflucht sein.»

20. Kapitel

Am Morgen war die Wohnung leer.
Arkadij Mironowitsch Volkow war schon lange am Wolga-Ufer und planierte mit seiner Gärtnereibrigade neue Gartenanlagen. Die Volkowa hockte auf einem Schemel vor einer Federnpresse und stanzte winzige Stahlfedern im Stahlkombinat «Dserhinskij», Fedja lernte in der Schule, und die beiden jüngeren Kinder spielten im Kindergarten der Jungkomsomolzen. Der einzige, der noch in der Wohnung herumlief, war Großväterchen Iwan Feodorowitsch. Er hustete heftig, bewachte den Samowar und beschmierte zwei Brote mit Butter und Streichwurst, als Bodmar und Njuscha aus ihrer Kammer krochen.
«Ein schöner Tag!» rief er sofort, eilte auf Njuscha zu und umarmte sie. «Eine Sonne wie im Sommer! Paßt auf, dieses Jahr wird es früh heiß, und wir werden alle in der Wolga stehen wie die Kühe im Tümpel und uns abkühlen.» Er klopfte Bodmar auf den Rücken, lehnte sich an die Tür zur Küche, wo das einzige Waschbecken hing und wo sich die ganze Familie wusch, beobachtete, wie sich Bodmar rasierte und bestaunte das lederne Rasieretui.
«Das kommt ja aus dem Westen!» sagte Großväterchen verblüfft. «Brüderchen, hast du's geklaut?»

«Nein!» sagte er schnell. «Ein Durchreisender ließ es in Perjekopsskaja zurück und hat es mir geschenkt.»
«Ein Glückspilz ist er, sag ich es nicht, ein von den Engeln Geküßter. Kommt nach Wolgograd, bekommt sofort ein Zimmerchen, und hat Rasierzeug aus dem Westen.» Iwan Feodorowitsch strich sich über sein Kinn. Es knirschte unter seinen Händen, und das tut es immer, wenn man sich vier Tage nicht rasiert hat. «Wenn du ein guter Freund bist, Sascha, läßt du mich probieren», sagte er, als der reibende Laut bei Bodmar keine Reaktion auslöste.
«Natürlich darfst du das, Väterchen.» Bodmar schielte zu Njuscha. Sie hatte nur den Rock und ein Hemdchen an und wartete auf das Freiwerden des Waschbeckens. Bei den Volkows war das kein Problem ... da standen sie am Morgen in einer Reihe neben dem Wasserhahn, jeder hielt seinen Lappen hin, ließ ihn naß werden und schrubbte sich das Gesicht. Auch die sogenannte gründliche Wäsche spielte sich ohne spießbürgerliche Scham ab. Volkow und Mutter Volkowa reinigten sich vom Kopf bis Fuß im Beisein der Kinder und von Großväterchen. Die natürlichste Sache der Welt war das ... warum soll man einen menschlichen Körper verstecken?
Vorsicht, sagte sich Bodmar und blinzelte Njuscha zu, die ihn sofort verstand. Daran habe ich nicht gedacht. Alles, was in meinem Gepäck ist, stammt ja aus Deutschland. Der Rasierapparat, die Klingen, die Seife und die Handtücher die Unterwäsche, Hemden, Krawatten, Schuhe, Hosen und Jacken, die Fotoausrüstung, der Mantel ... alles war aus dem Westen und verriet ihn bei jedem, der sehen und logisch denken konnte. Es gab nur eine Möglichkeit: das Gepäck vom Bahnhof abzuholen und irgendwo, draußen in der Steppe vor der Stadt, zu vergraben und auch äußerlich völlig ein russischer Arbeiter zu werden. Mit einem Anzug, in dem sich keine Bügelfalte hält, mit einer zerknautschten Tellermütze, einem einfachen Baumwollhemd, groben Schuhen und Einheitssocken.
Iwan Feodorowitsch stellte sich sofort an den Wasserhahn und seifte sein Gesicht ein, als Bodmar fertig war. Njuscha

zog ihr Hemd über den Kopf und beugte sich über das Waschbecken neben Großväterchen. Ihre nackten Brüste glänzten mattweiß in der Sonne, die durch das Fenster neben ihr in die Küche flutete. Der alte Volkow hatte kein Auge dafür, der tägliche Anblick seiner wohlgebauten Schwiegertochter stumpfte ab, aber sein Auge glänzte, als die Klinge des Rasierapparates weich und schmerzlos über seine Wangen glitt und die Stoppeln abschabte, als würden sie weggeblasen.
«Welch ein Messerchen!» schrie er und hüpfte vor Freude. «Fühl einmal, Brüderchen, fühl doch, streich mit der Hand darüber. Glatt ist mein Kinn wie ein Kinderhintern! Und so etwas stellt man im Westen her?» Er betrachtete den Rasierapparat mit zusammengekniffenen Augenbrauen und schwenkte ihn dann unter dem Wasserstrahl sauber. Dabei berührte er mehrmals die Brüste Njuschas, aber das war für ihn nichts anderes, als stoße er gegen eine Wand. «Erstaunlich», sagte er und gab Bodmar den Apparat zurück. «Erstaunlich! Es muß ein Zufallstreffer sein. Im allgemeinen sind sie uns im Westen doch alle unterlegen.»
Iwan Feodorowitsch deckte den Tisch, während sich Njuscha und Bodmar anzogen, und empfing sie dann wie ein Kellner in einem Hotel. «Tee und für jeden ein Butterbrot mit Wurst. Fünfzig Kopeken macht das, Genossen.» Er streckte die Hand hin, und Bodmar zahlte, ohne zu handeln. Er war froh, bei den Volkows untergekrochen zu sein. Hier werden wir bleiben, bis wir in dieser Riesenstadt Fuß gefaßt haben, dachte er, bis wir Wurzeln geschlagen haben und wissen, wie unser Leben weitergeht.
Iwan Feodorowitsch schien Bodmars Gedanken zu erraten. Er setzte sich auch an den Tisch, strich über seine glattrasierten Wangen und beugte sich vor.
«Wir haben gestern abend noch lange über euch nachgedacht», sagte er mit väterlicher Sorge. «Da kommt ihr in die Stadt, von draußen, aus der Steppe am Don, und glaubt, alle reißen die Arme auseinander und rufen: Willkommen, Brüderchen, ei, wie freuen wir uns, Schwesterchen ... nur auf euch haben wir gewartet, die besten Arbeits-

plätze haben wir euch freigehalten, setzt euch hin, verdient fünfhundert Rubel im Monat und baut euch eine Datscha in Sarepta an der Wolga. So ist es nicht, Genossen, auch nicht beim glorreichen Aufbau unserer Stadt. Vor zehn Jahren noch ... da hätte man euch auf der Straße geküßt, wenn ihr nach Stalingrad gekommen wäret, die Schaufel in die Hand genommen und in den Trümmern gegraben hättet. Aber heute ist es so, daß mehr Menschen in die Stadt kommen, als wir Platz haben. Und das ist ein Problem.»

Iwan Feodorowitsch holte Atem, nahm Njuschas Tasse und trank einen tiefen Schluck Tee. Man war eben eine große Familie mit sozialistischem Denken.

«Mein Stiefsohn Arkadij Mironowitsch — eigentlich müßte er Iwanowitsch heißen, aber er stammt aus der ersten Ehe meiner Frau mit einem Taugenichts, der Teufel hole ihn! — also mein Söhnchen hatte eine Idee. Er kennt ja jeden maßgebenden Genossen. Täglich kommen sie zu ihm, stehen herum, begutachten die neuen Gartenanlagen, sagen: Hier noch ein Bäumchen, dort noch ein Büschchen, in diese Ecke einen Strauch, und dort fehlt eine Bank, und dann unterhalten sie sich mit Arkadij wie mit einem Freund ... und dadurch kennt er auch den Genossen vom Friedhofsamt. Nicht den Leiter, der ist ein stolzer, eingebildeter Mensch, trägt die Nase hoch, vielleicht weil er zuviel Leichen riechen muß, und keine Widerrede duldet er, denn die Toten widersprechen ja nicht, man kann ihnen sagen, was man will, sie liegen stumm und steif da, so etwas setzt sich im Charakter fest, Genosse ... also nein, den kennt er nicht. Aber den alten Borja Ferapontowitsch Aljexin kennt er, den Leiter der Totengräberbrigade III. Friedhof Nr. 2, südlicher Teil. Und ich kenne ihn auch, ein lieber Mensch, fast so alt wie ich, ein fleißiger Mensch, den keine Epidemie aus der Ruhe bringen kann, er begräbt die Toten wie der Wind, hui ... ist ein Grab fertig und hinein mit dem Genossen. Nie hat ihn das ständig wechselnde Soll erdrückt ... nur vor dem Zahnarzt hat er Angst, nicht einen Zahn mehr hat er im Mund, und wenn er Brot ißt, weicht er es vorher mit Speichel auf, bis es ein Brei wird ... aber sonst, ein guter Mensch, Sascha. Er könnte dir helfen. Geh zu ihm, ich schreib ihm ein Briefchen, und er wird tun, was in seiner Macht steht.»

Großväterchen Volkow biß in Bodmars Wurstbrot, und er hatte einen guten, weiten Biß, kaute genußvoll und betrachtete dann Njuscha in ihrem blauen Rock und der roten Bluse.

«Auch für dich habe ich etwas, Töchterchen. Vor drei Monaten war ich krank. Jetzt geht's zu Ende, dachte ich. Leb wohl, schöne Welt. Ich keuchte und hustete, spuckte und röchelte, schrecklich war's, die Kinder verkrochen sich in die Ecken, als wäre ich die Pest selbst. Da brachten sie mich ins Krankenhaus Nr. 1. Ein herrliches Haus, Töchterchen. Neu wie alles hier, mit den modernsten Errungenschaften unserer Wissenschaft. Betten, die man 'rauf- und 'runterkurbeln kann. Wenn einer keucht, bekommt er mit einem Schlauch frische Luft aus der Wand! Und Ärzte, sage ich dir. Einmal standen vierunddreißig um mein Bett, ich hab sie gezählt, vor lauter weißen Kitteln sah man die übrige Welt nicht mehr, und alle starrten mich an, nickten mir zu, und der Professor, ein vornehmer Mensch, fragte mich: ‚Na, Großväterchen, wie geht es Ihnen?' Und ich habe ebenso vornehm geantwortet: ‚Gut, Genosse Professor. Nur einen Pfropfen habe ich im Hintern ... wenn ich auf der Pfanne hocke, kommt außer einem Donnern nichts.' Da haben die vierunddreißig weißen Kittel gelacht, ich habe ein Klistier bekommen ... und eine Woche später war ich gesund und zu Hause. Was das für eine Krankheit war ... ich weiß es nicht. Aber es sind große Wissenschaftler im Krankenhaus Nr. 1.»

Iwan Feodorowitsch aß das letzte Stück von Njuschas Brot und holte neuen Tee vom Samowar. Als er wieder saß, fuhr er mit seinen Plänen fort.

«Dabei lernte ich die Krankenpflegerin Melanie Polowna kennen, ein dickes Weib mit Brüsten wie Gewitterwolken. Wenn sie mir das Bett machte und sich über mich beugte, betete ich immer, ihr Halter möge nicht reißen. Erschlagen worden wäre ich, bei Gott. Also, ich sage zu Melanie Polowna: ‚Malaschka, du bist ein Weib fürs Paradies.' Das gefiel ihr, und sie antwortete: ‚Na, na, Alterchen! Schon wieder munter?' Und wie ich munter war, Genossen! In den Wochen erzählt man so vieles hin und her, und so erfuhr ich, daß sie knapp sind mit Personal im Krankenhaus. Ärzte, ja, die haben sie genug, aber was sonst so noch herumläuft, da fehlt's. Darum dachte ich gestern nacht ... Töchterchen, ich schreibe für dich auch ein Briefchen an Malaschka, und der Teufel lasse jeden Morgen ihren Halter reißen, wenn sie keine Arbeit für dich findet ...»

Es war, wie gesagt, ein schöner Morgen voller Wärme und Sonne. Nicht nur draußen auf den Straßen, Plätzen, Parks und an der Wolga, sondern auch in den Herzen Bodmars und Njuschas. Sie küßten Großväterchen auf die glatten Wangen, umarmten ihn, sahen ihm zu, wie er seine Briefe schrieb, langsam, mit dicken Buchstaben, wie ein Wortemaler in Japan, und dann verließen sie die Wohnung, um mit Hilfe der Volkows diese Stadt zu erobern und ihr eigenes Leben aufzubauen.

Iwan Feodorowitsch blickte ihnen vom Balkon, versteckt hinter der im Wind flatternden Wäsche, nach. Er rieb sich die Hände und war außer sich vor Freude.

Wenn es klappt, dachte er, und es wird klappen, verdienen sie genug, um uns Volkows einen Wagen zu bezahlen. Ein Auto, ein kleines nur, aber man wird herumfahren können wie die Herren, die Nachbarn werden vor Neid die Bleichsucht bekommen, ans Meer wird man reisen können, vornehm auf eigenen vier Rädern ... und alles nur, weil man ein Menschenfreund ist. Der Himmel belohnt gerecht ... da muß man im stillen anders denken als Lenin.

Iwan Feodorowitsch lehnte sich an die Balkonwand und blickte in den blauen, wolkenlosen Himmel. Er bekam vor Glück keine Luft mehr.

Auf dem Friedhof Nr. 2, südlicher Teil, war es gar nicht so einfach, den Totengräber Borja Ferapontowitsch Al-

jexin zu finden. «Nicht bei der Verwaltung fragen!» hatte Großvater Volkow noch einmal an der Wohnungstür gesagt. «Es gibt gewisse Dinge, die macht man unter sich aus. Wenn erst die Beamten sich um dich kümmern, Sascha, bist du verloren. Du kannst Borja gar nicht verfehlen … er ist immer da, wo offene Gräber sind.»
Aber offene Gräber gab es genug im südlichen Teil des Friedhofs Nr. 2, als Bodmar suchend durch die Grabreihen wanderte. Ein paar Männer arbeiteten in ihnen, warfen die Erde mit breiten Schaufeln aus den Löchern und schwitzten dabei, daß sie aussahen, als hätten sie gerade gebadet. Bodmar wollte auch sie nicht fragen, um keinen Verdacht zu erregen, und so ging er von Grab zu Grab, schritt die Front der Gedenksteine ab, eine Parade der Toten, die sich mit Namen, Geburtstag und Sterbetag meldeten, eine Armee verloschener Leben.
Endlich fand er einen Mann, der so aussah, wie ihn Großvater Volkow beschrieben hatte. Er saß im Schatten einer Hecke auf einer Kiste, trank Limonade, aß weiches, weißes Brot, las dabei in der Wolgograd-Prawda und schabte sich mit dem linken Stiefel die rechte Wade. Er war ein alter Mann mit einer weißen Mähne, dürr, wie ausgetrocknet, ein Gerippe, überzogen mit einer ledernen Haut und großen braunen Altersflecken auf den Handrücken und Unterarmen. Bodmar blieb stehen und räusperte sich. Borja Ferapontowitsch las ungerührt weiter.
«Auskünfte in der Verwaltung Zimmer 19!» sagte er, als der Schatten vor seiner Zeitung sich nicht bewegte. «Gräberzuteilung Zimmer 24, von 8 bis 12 und von 14 bis 18 Uhr. Totenbescheinigung ist mitzubringen. Besser aber ist Verbrennen. Sauberer, hygienischer, man kann den lieben Toten immer wieder in die Hand nehmen und ihn schütteln. Auskunft Krematorium, Zimmer 5.»
Das alles leierte er herunter, ohne über seine Zeitung hinwegzublicken. Dann mummelte er wieder an seinem weichen Brot, rollte den Bissen im zahnlosen Mund hin und her, bis er so breiig war, daß er ihn hinunterschlucken konnte. Erst dann, als der fremde Mensch noch immer

schweigend vor ihm stand, legte er die Zeitung weg und starrte Bodmar aus grauen, sehr lebendigen Augen fragend an.
«Sie sind ein hartnäckiger Mensch, Genosse», stellte er fest. «Reden Sie nicht, ich weiß, was Sie wollen. Eine schöne Lage, ein Grab mit guter Aussicht und bester Nachbarschaft. Wohl soll er sich fühlen, der liebe tote Mensch.»
Borja wedelte mit der Hand durch die heiße, etwas süßlich riechende Luft. Es war der Geruch, der über jedem Friedhof liegt wie eine unsichtbare Wolke: verwelkende, faulende Blumen, frische Erde, die atmenden Hecken und Pflanzungen.
«So etwas gibt es nicht!» sagte Borja tadelnd. «Ein besonderes Grab! Wir leben in einer klassenlosen Gesellschaft, Genosse. Eine Ehre ist es schon, in Rußlands Erde begraben zu werden! Da hilft auch kein Geld, selbst wenn es dreißig Rubel sein sollten . . .»
An dieser Stelle kam Borja immer zu einem Abschluß mit den Interessenten. Man suchte dann gemeinsam eine schöne Stelle aus, Borja klopfte einen Pflock in die Erde, sah auf dem Friedhofsplan die Grabnummer nach, besuchte in der Friedhofsverwaltung den Genossen Menschikow, einen dicken Mann, der drei uneheliche Kinder zu versorgen hatte, was ihm große Mühe bereitete, legte ihm zehn Rubel auf den Tisch und sagte: «Nummer 317, Block V, ist ab morgen belegt.» Der drei Kinder wegen gab es nie Rückfragen oder gar Schwierigkeiten.
Aber heute geschah gar nichts. Der Mann vor ihm zog nicht seine Börse und zählte dreißig Rubel ab, sondern er griff in die Tasche und reichte ihm einen Brief. Mißtrauisch nahm Borja den Brief mit spitzen Fingern und drehte ihn erst ein paarmal in den Händen.
«Wer sind Sie, Genosse?» fragte er.
«Sascha . . .», sagte Bodmar.
«Aha soso . . . Sascha. Und das hier?» Borja hob den Brief hoch.
«Lesen Sie ihn, Borja Ferapontowitsch.»
«Sie kennen mich?»

«Nur aus Erzählungen. Man hat mir gesagt, Sie seien der beste Totengräber von Wolgograd.»
Bodmar sah, daß diese Meinung dem Alten gut tat ... Borja schluckte sie hinunter wie süßen Wein. Umständlich riß er das Kuvert auf, las die Zeilen des Großväterchens Volkow und steckte den Brief dann in die Hosentasche.
«Iwan Feodorowitsch ...», sagte er sinnend. «Säuft er noch immer so?»
«Ich weiß es nicht. Ich kenne ihn erst knapp vierundzwanzig Stunden.»
«Er soff wie ein Sieb. Wir lagen zusammen den Deutschen gegenüber im Stahlwerk ‚Roter Oktober'. War das eine Zeit! Die Hölle war ein Sesselchen dagegen. Und Volkow, das wußten wir schnell, konnte am besten schießen, wenn er besoffen war. Dann war er mutig wie ein Bär und schoß die Deutschen ab wie Hasen. Bis es keinen Wodka mehr gab ... da haben wir ja auch die Schlacht um das Stahlwerk verloren.» Borja hieb sich auf die Schenkel und betrachtete Bodmar von oben bis unten. Es war eine Musterung, die mit Zufriedenheit endete. «Du bist kräftig, jung und hast ein helles Auge ... ein Kosak, was? Wenn du vom Don kommst ...»
«Ja, Väterchen.» Bodmar nickte. «Aber ein armer Kosak. Ein Hund hat mehr als ich. Der jüngste Sohn des Dorfärmsten bin ich.»
«Ich nehme dich.» Aljexin hielt Bodmar die Limonadenflasche hin, der nahm sie und trank einen Schluck. Damit war ein Vertrag besiegelt. «Allerdings ist die Sache nicht einfach», sagte Borja, rückte auf seiner Kiste zur Seite und machte Bodmar Platz. Bodmar setzte sich und blickte über die Grabreihen. Welch ein makabrer Witz des Schicksals, dachte er kurz. Nach Rußland bin ich gekommen, um den Spuren meines hier gefallenen Vaters nachzugehen ... und Tote werde ich jetzt begraben, vielleicht in derselben Erde, unter der auch mein Vater liegt.
«Ich stelle dich als meinen persönlichen Gehilfen an», sagte Borja Ferapontowitsch. «Eine regelrechte Anstellung, die müßte über die Verwaltung gehen. Das ist ein langer

Weg, und man wird verhört wie ein Verbrecher. Warum bist du weg aus deinem Ort, warum hast du dort keine Arbeit bekommen, was sagt dein Dorfsowjet dazu, zeig deine Abmeldung ... und du stehst da wie ein Mann mit vollgepißten Stiefeln. Stelle *ich* dich aber ein, so ist das meine Privatsache. Nur der Lohn, Sascha, der Lohn!» Borja legte den Arm um Bodmar, dachte an den Brief des alten Volkow und hatte Vertrauen zu dem armseligen Kosaken. «Ich bekomme zweihundert Rubel im Monat. Das ist für einen alten Mann genug, — wenn man bedenkt, daß es immer Interessenten gibt, die für ihren Toten ein besonderes Grab haben wollen, daß ich wenig esse und keine Miete bezahle ...»

«Wieso bezahlst du keine Miete?» fragte Bodmar.

«Weil ich kein Zimmer habe, ganz einfach.»

«Und wo schläfst du?»

«Im Leichenhaus.» Borja winkte ab, als Bodmar weiterfragen wollte. «Ein herrliches Plätzchen, sage ich dir. Es gibt kein schöneres. Im Sommer ist es kühl, im Winter rollt man sich in eine Decke. Meistens liege ich neben den Särgen, hinter den Blumen. Keinen stört es, keiner sieht es, nachts gibt es keine Besuche, und an die Toten gewöhnt man sich. Sie sind die besten Kameraden, Freundchen. Sie liegen da in ihren Särgen, in weißen Hemden oder schlechten Uniformen, je nachdem, was sie einmal im Leben waren, und man kann ihnen alles sagen, man kann schnarchen, seinen Wodka bei ihnen trinken, es macht ihnen nichts aus, sie beschimpfen einen nicht, sie liegen nur da, bleich und schön zurechtgemacht, schöner, als sie im Leben waren ... und oft habe ich mir gesagt: Borja Ferapontowitsch, warum haben die Menschen Angst vor den Toten? Warum schaudern sie vor ihnen zurück, warum weinen sie und benehmen sich wie die Irren am Grab? Da schreien sie, rufen den Namen, raufen sich die Haare, schwanken herum wie Betrunkene und heulen über ihr Leid, und der Tote liegt da und ist ganz zufrieden, daß nun alles zu Ende ist.» Borja erhob sich, und auch Bodmar sprang von der Kiste auf. «Ich kann dir pro Tag zwei Rubel geben, mehr nicht. Bei Abschlüssen mit Interessenten von Sonderwünschen fünfundzwanzig Prozent. Sieh mich nicht zweifelnd an, Sascha ... es sterben in Wolgograd monatlich ungefähr achthundert Menschen ... das ist 0,1 Prozent, sehr wenig, sage ich. Denn geboren werden über tausend im Monat, und eines Tages wird das Land zu klein sein, um uns allen einen Fleck zum Schlafen zu geben. Selbst neben den Särgen in der Leichenhalle wird dann alles besetzt sein. Aber von diesen achthundert Hinterbliebenen haben mindestens fünfzig den Wunsch nach einem sonnigen Plätzchen für den lieben Toten, von diesen fünfzig kommen fünfzehn in den südlichen Teil zu uns ... wenn du rechnen kannst, Sascha, es wird ein gutes Sümmchen. Außerdem muß zehn Rubel Menschikow bekommen.»

«Wer ist Menschikow?»

«Der Beamte für die Grabzuteilung im südlichen Block. Ein fetter Bock mit drei unehelichen Kindern. Ich habe die Befürchtung, er erhöht auf fünfzehn Rubel, wenn das vierte kommt. O Teufel, er hurt wie ein Karnickel! Aber man muß mit ihm auskommen. Ohne ihn sind wir arme Würmer, die sich durch die Erde wühlen.» Sie gingen zusammen zu einem Grab, das halb fertig war. Dort lagen auch die Werkzeuge Borjas ... eine Hacke, Schaufeln, Spaten und ein paar Bretter zum Befestigen des Grabrandes. «Die anderen Genossen von der Totengräberbrigade werde ich unterrichten, überlaß das mir. Hier auf dem Friedhof Nr. 2, südlicher Teil, wird getan, was Borja Ferapontowitsch will!» Er zeigte auf das halb ausgeschaufelte Grab, bückte sich und drückte Bodmar die Hacke in die Hand. «Wie ist's? Wollen wir gleich anfangen Brüderchen? Morgen wird es neun Begräbnisse geben, eines davon mit Musik und Fahnen. Ein Major der Roten Armee. Lungenentzündung beim Manöver. Liegt dort in Box 9.» Borja deutete hinüber zu dem langgestreckten, flachen Neubau, dessen Eingang weiße Säulen zierten. «Heute nacht habe ich bei ihm geschlafen. Hinter dem großen Ehrenkranz aus Rosen und Lilien. Sascha ... ich rieche Rosen so gern ...»

Bodmar nickte stumm. Er zog seine Jacke aus, rollte die Ärmel seines Hemdes hoch und stieg in die noch flache Grube. Dann tat er den ersten Hieb mit der Spitzhacke, riß den Boden Wolgograds auf und wühlte sich in die Tiefe.
Sein neues Leben hatte begonnen. Totengräber in Stalingrad. Für zwei Rubel am Tag.
Der Vater hatte den Boden dieser Stadt umgepflügt mit Minen und Granaten ... der Sohn zerpflügte die Erde mit einer Hacke.
Wer sagt da noch, das Schicksal habe keinen Humor?

Melanie Polowna empfing Njuscha im Sprechzimmer für Besucher der Kranken. Sie war wirklich eine ungewöhnlich dicke Frau, und man verstand den alten Volkow, der um sein Leben gefürchtet hatte, wenn sie sich über ihn beugte. Auch sie las den Brief nach anfänglichem Zögern und betrachtete Njuscha mit dem verhangenen Blick, mit dem Frauen Geschlechtsgenossinnen mustern, die schöner sind als sie selbst.
«Vom Don kommst du?» fragte Melanie Polowna. «Ein Bauernmädchen?»
«Eine Kosakentochter, Schwesterchen.»
«Aber arm wie eine Laus auf einer Glatze.»
«Ja, Malascha.»
«Und gelernt hast du Kühe melken, Pferde reiten, Ställe misten, Fische fangen, Heu schneiden, Korn dreschen ... lauter Dinge, die man hier nicht braucht.» Sie hob beide Arme und legte sie über ihre mächtigen Brüste. Es sah aus, als lehne sie sich über einen Balkon. «Was soll ich mit dir tun? Laß mich überlegen. Wieviel willst du verdienen?»
«Genug, um ein Zimmerchen zu bezahlen, um zu essen und zu heiraten.»
«Gedanken habe diese Mädchen, Gedanken! Kommen daher aus der Steppe, wo sie nichts haben als den Wind, der ihnen unter die Röcke weht, und glauben, in der Stadt sei das Paradies. Und heiraten wollen sie sofort. Oh, ist das

eine Zeit! Nie hätten wir den Krieg gewonnen, wenn wir damals auch so gewesen wären!»

Njuscha unterbrach sie nicht; erst als Melanie Polowna Luft holte und die Arme von ihren Brüsten nahm, sagte sie leise: «Ich weiß, Sie werden mir helfen, Malascha ... Sie haben ein gutes Herz.»

Das ist nun ein Satz, bei dem ein Mensch schwer nein sagen kann. Ein gutes Herz, o Freunde, wir haben es alle, und auch Melanie spürte es pochen, als sie Njuscha noch einmal ansah und sich sagte: Ein halbes Kind ist sie ja noch. Ein unfertiges Menschlein. Blond wie der Sommerweizen und blauäugig wie das Kaspische Meer um die Mittagszeit. Bei Gott, man muß ihr helfen.

«Komm mit», sagte sie deshalb, blickte auf die Stationsuhr und rechnete sich aus, daß die Kranken eine Viertelstunde ohne sie auskommen konnten. «Es gibt Arbeit für dich.»

Sie ging Njuscha voraus zum Fahrstuhl, ließ ihn herunterkommen, schob Njuscha in die Kabine und drückte auf den Knopf Keller II. Während sie lautlos hinabschwebten, fragte Melanie Polowna: «Hast du Angst?»

«Ich weiß es nicht. Wenn über Perjekopsskaja ein Gewitter zog und die Blitze zuckten, dann blieb mir manchmal das Herz stehen, Malascha.»

«Ein Gewitter! Hast du Angst vor Toten?»

«Vor Toten? Nein. Sie sind die friedlichsten Menschen.»

«Ekelst du dich?»

«Ich glaube nicht. Wenn man Jauchegruben ausschöpfen kann ...»

«Das ist etwas anderes.» Der Fahrstuhl hielt. Keller II lag zwei Stockwerke unter der Erde, mit kalten, kahlen Betonmauern und einer Luft aus Moder und Verwesung. Njuscha drückte das Kinn an, ihr Herz hämmerte, und das Blut jagte durch ihre Schläfen. Melanie Polowna verließ mit dröhnenden Schritten die Kabine. «Es gibt Menschen, die stehen mit bloßen Beinen in der Scheiße, aber wenn sie Eiter riechen, fallen sie um wie Pappschilder im Wind. Kannst du Eiter riechen?»

«Ich weiß es nicht, Malascha ...»

Sie gingen einen halbdunklen, langen Gang entlang bis zu einer Eisentür, auf der mit roter Farbe «Eintritt verboten» stand. Melanie Polowna stieß sie auf. Ein Hauch von eisiger Kälte wehte ihnen entgegen. Vor ihnen lag ein großer Raum, gekachelt und blitzsauber, hinter zwei Schlitzen an der Decke sogen Ventilatoren die Gerüche ab. An den Wänden stand, auf hohen, fahrbaren Untersätzen, Bahre an Bahre, und auf jeder lag ein flacher, langgestreckter Körper, bis über den Kopf zugedeckt mit einem weißen Laken. Sie standen da ausgerichtet wie zur Parade, ein Aufmarsch der Toten. Melanie Polowna ging an ihnen vorbei ohne einen Seitenblick und öffnete eine zweite Tür. Hier war helles Licht, so gleißend, daß Njuscha wie geblendet stehenblieb und die Hand über die Augen legte. Aus starken Neonröhren prallte das Licht auf breite, niedrige, flache, gemauerte Wannen, auf blitzende Wasserhähne und Brauseschläuche und auf eine ältere Frau, die an einer dieser Wannen stand und einen Toten mit einer weichen Bürste abschrubbte. Feuchtheiß war es in dem Raum, und die Frau trug unter ihrer Gummischürze nur einen Unterrock und hatte die langen Gummihandschuhe hoch über die nackten Arme gestreift.
«Einen Augenblick!» rief sie, als sie Melanie in der Tür stehen sah. «Opachen wird noch gebraust. Nur ein Minütchen.» Sie warf die Bürste in ein Becken mit Desinfektionslösung, nahm einen Brauseschlauch und spülte die Leiche ab. Es war ein mageres, altes Männlein, sein Bauch war aufgeschnitten und sauber wieder vernäht worden, und trotzdem war er gestorben. «Ein Magenkrebs», sagte die Wäscherin. «Zu spät hat man's bemerkt. Ach ja, so ist das oft. Immer liegen sie dann hier, weil man es zu spät erkannt hat. Was gibt es, Malascha?»
«Das ist Glawira Fillipowna», sagte Melanie und schob Njuscha vor sich her. «Und das hier ist Njuscha Dimitrowna, ein Täubchen vom Don. Kommt in die Stadt und will Rubelchen verdienen und kann nichts als melken und Ställe ausmisten. Ich habe gedacht, du könntest sie anstellen, Glascha.»

«Das wäre gut, das wäre gut.» Glawira Fillipowna drehte den toten Opa auf das Gesicht und spritzte ihm das Gesäß ab. «Zuviel wird's für mich. Die Leute sterben schneller, als man waschen kann. Und dann stehen die Sargträger draußen und schreien: ‚Schnell, schnell, Genossin. Was für Umstände mit so einem Kadaver? Wozu muß er geschrubbt werden, als ging's ins Hochzeitsbett? Und rasiert auch noch? Damit sich die Würmchen nicht erschrekken, was?'. Und dann lachen sie. Rauhe Kerle sind's, die Sargträger. Keine Achtung vor dem Tod. Vergessen zu Lebzeiten, daß sie auch einmal hier in der Wanne liegen und gewaschen werden.» Sie drehte den kleinen Mann wieder um, rollte eine Bahre heran, ergriff den toten Körper mit Riesenkräften und warf ihn auf die Gummimatte. Dann klebte sie an sein Fußgelenk einen Streifen Leukoplast, auf dem Name und Sterbedatum standen, und gab dem Gefährt einen Tritt. Lautlos, auf dicken Gummirädern, glitt es von den Becken weg in den Hintergrund des Zimmers, stieß dort gegen die Kachelwand und blieb stehen. «Du willst hier arbeiten?» fragte sie und besprühte die Gummihandschuhe mit einer Art Puder. Ein Geruch wie Schwefel verbreitete sich in dem warmen Raum. Njuscha würgte, aber tapfer stand sie neben Melanie Polowna wie der alte Kolzow in seiner jagenden Troika, als er zum Abschied neben dem Zug hergaloppierte, fest, wie in den Boden gerammt, ein Kind der Steppe, das der Wind aus Kasakstans Weiten nicht umweht. Nur der Gaumen war trocken und verspürte einen Geschmack nach Galle, bitter, ätzend, widerlich.
«Ja, ich suche Arbeit», sagte sie und wunderte sich, wie klar und sicher ihre Stimme klang.
«Hier? In der Leichenwäscherei?»
«Ich nehme jede Arbeit an, Glawira Fillipowna. Wenn Sie mich gebrauchen können . . .»
«Ich werde mit der Genossin Leiterin in der Verwaltung sprechen.» Glawira setzte sich auf einen Schemel und blickte zu der gewaltigen Melanie empor. «Seit vier Monaten singe ich es ihr vor: Genossin, ich schaffe es nicht.

Ich schufte ein vierhundertprozentiges Soll. Ich brauche eine Hilfe, oder Sie müssen den Hinterbliebenen sagen: Bringt euren Lieben zum Krematorium. Wer verbrannt wird, braucht nicht gewaschen zu werden. Man bahrt ihn nicht auf und steht singend um ihn herum, und er muß schön aussehen wie ein Filmstar, damit sie am Sarg sagen können: ‚Seht, Freunde, wie friedlich er aussieht! Das ist die Majestät des Todes.' — Nein, das war Glawira Fillipowna, die ihn abseifte und rasierte. — Und was antwortet die Genossin Leiterin? ‚Beste Glascha, ich gebe dir eine Hilfe. Aber such sie erst. Wer will schon in deinen Keller? Schon wenn ich davon rede, fallen sie um.' O Gott, es ist ein Jammer mit den Nerven. Keiner hat mehr die gute Qualität wie wir vor dem Krieg, nicht wahr, Malascha?»
«Ich habe sie», sagte Njuscha und ballte hinter dem Rücken die Fäuste. «Glawira Fillipowna, ich bleibe bei Ihnen. Ich helfe Ihnen. Ich habe keine Angst vor den Toten. Unsere Brüder und Schwestern sind sie ...»
«Was kann sie verdienen?» fragte Melanie. Sie war nüchtern und verscheuchte die heilige Stimmung, die aufkam.
«Zweihundert Rubel», sagte Glawira. «Ich will es durchsetzen. Sie müssen es zahlen, denn auch die Sauberkeit der Toten gehört zum Sozialismus.» Und plötzlich überkam sie eine wilde Rührung, sie sprang auf und umarmte Njuscha, drückte sie an sich und küßte sie. Ein Geruch von Desinfektion strömte aus ihrer Haut. «Mein Töchterchen!» rief sie. «Mein Täubchen! Wir werden gut zusammenarbeiten. Fröhlich wird es sein! Wir werden ganz allein sein, denn wer hier hereinkommt, sagt keinen Muckser mehr. Ich spreche sofort mit der Genossin Leiterin.»
Sie riß die Gummischürze und die langen Handschuhe herunter, stieg in eine bunte Kittelschürze, kämmte sich das Haar und holte das gewaschene Großväterchen aus der Ecke. Er wurde in einen anderen Raum geschoben, wo schon sieben Tote auf ihren Sarg warteten. Von diesem wiederum gekühlten Raum führte eine große Doppeltür aus Stahl direkt zu einem Lastenfahrstuhl, mit dem die Särge herunterkamen und die Toten später, in weiße Wäsche

gebettet, wieder zurück an die Sonne gefahren wurden, um endgültig Abschied vom lauten Leben zu nehmen.
«Meine Kranken warten», sagte Melanie und dröhnte Glawira nach. Ihre Schritte waren in der Stille wie dumpfe Donnerschläge. «Sieh dich ein wenig um, mein Liebchen. Du wirst bestimmt die Stelle bekommen. Zweihundert Rubelchen, das ist ein guter Anfang, meine ich.»
Eine Tür klappte, ehe Njuscha antworten konnte. Nein! wollte sie schreien. Nein! Laßt mich nicht allein in diesem Riesengrab! Bleib bei mir, Malascha, bis Glawira zurückkommt. Laßt mich nicht zurück bei diesen Toten! Ich flehe euch an, Schwesterchen ...
Aber zu spät war's dazu. Sie war allein in dem heißen Raum mit den flachen Waschmulden. Im Nebenzimmer warteten in konservierender Kälte die neuen Leichen, noch nicht gewaschen, das unerfüllte Soll Glawira Fillipownas.
Die Minuten verrannen so zähflüssig, wie Honig von einem Löffel tropft. Einmal schrak sie hoch, weil über der Tür summend ein rotes Lämpchen aufflammte. Dann hörte sie Geräusche im Kühlkeller und ahnte, daß eine neue Leiche in die Reihe geschoben worden war. Minuten später klingelte es ... da sie nicht wußte, was das zu bedeuten hatte und sich nicht rührte, wiederholte sich das Klingeln, um dann in ein Dauerschrillen überzugehen.
Was soll ich tun? dachte Njuscha. Sie lief umher, blickte in den Kühlraum, riß die Tür zum Transportraum auf und hörte, wie Fäuste gegen die große Doppeltür hämmerten.
Die Särge, dachte sie. Das sind die Sargträger. Man muß ihnen öffnen.
Sie lief zur Tür, schloß sie auf und vier Männer fielen fast in den Raum.
«Sie schläft!» schrie einer. «He, Glascha, du Aas! Legst wohl die Toten in die Wanne und schläfst selbst auf der Bahre!» Dann sahen sie Njuscha, die sich hinter einen der Türflügel geflüchtet hatte, und blieben verblüfft stehen. Stumm bildeten sie einen Halbkreis und staunten sie an.
«Ein blondes Täubchen ...», sagte einer der rauhen Kerle. «Ein Engelchen! Genossen, sind wir im Himmel? Haben

wir uns verlaufen? Herzchen, warst du scheintot und bist der Glascha aus der Wanne gehüpft?»
«Ich arbeite hier», sagte Njuscha. Das laute, pralle Leben, das mit den vier Sargträgern in die kalte Gruft des Kellers II gekommen war, ließ sie tief aufatmen. Sie warf das Haar zurück und kam hinter der Tür hervor. «Seit heute arbeite ich hier. Ihr werdet euch daran gewöhnen müssen, ihr Halunken. Los, wen wollt ihr holen? Ich habe keine Zeit, mich anstarren zu lassen. Wer ist an der Reihe?»
«Afanasij Iwanowitsch Semkinew ...», stotterte einer.
«Ludmilla Alexandrowna Butlanowa», sagte ein anderer.
«Holt die Särge herein. Was steht ihr hier herum? Zum Teufel, ich habe selten faulere Menschen gesehen als euch!»
«Der Nachwuchs», sagte einer der Sargträger und wandte sich ab. «Es ändert sich nichts. Sie finden immer die Richtigen. Genossen, holen wir die Kisten.»
Während die Sargträger die Särge aus dem Lastenfahrstuhl in den Ausgaberaum schleppten, ging Njuscha von Bahre zu Bahre und las die Leukoplastschildchen, die Glawira an die dicken Zehen der Toten geklebt hatte. Beim ersten Bein bedeutete es wohl eine große Überwindung, das Tuch hochzuschieben, beim zweiten schauderte es ihr noch über den Rücken, beim vierten war es bereits Gewohnheit.
«Semkinew!» rief sie laut. Ihre Stimme war klar und hell.
«Hier!» brüllten zwei Sargträger.
Sie gab der rollenden Bahre einen Schubs, und Semkinew — im Leben war er Architekt gewesen — fuhr lautlos über den gefliesten Boden zu seinem Sarg. Dort nahmen ihn die Träger in Empfang und begannen den Toten anzukleiden und aufzubahren.
«Butlanowa!» rief Njuscha. Sie gab auch der Bahre der ehemaligen Tänzerin und Sängerin Ludmilla Alexandrowna einen Stoß und ließ sie zu ihrem letzten Bett rollen. Vor zwei Wochen wohnte sie noch auf einer Datscha am Wolga-Ufer bei Galowka, eine schöne Frau, Künsterlin des Volkes. Sie starb an einer Fischvergiftung.
Vier Hände packten sie jetzt, hoben sie von der Bahre, zogen der nackten Gestalt ein Kleid aus weißer Atlasseide

an, bekränzten ihr schwarzes Haar mit einer Blumengirlande und legten sie dann in die Kissen des Sarges. Njuscha sah ihnen zu, wie sie die Spitzendecke über den Körper breiteten und an den Seiten in die Ritzen drückten. Dann hoben sie den Deckel darüber, schraubten ihn nur mit zwei Umdrehungen zu, damit er beim Transport nicht herunterfiel, und spuckten in die Hände.

«Genossen, wollen wir mal!» sagte einer. Die anderen drei faßten in die Griffe und blickten sich wie auf ein Kommando zu Njuscha um.

«Auf gute Zusammenarbeit, Engelchen», sagte der älteste von ihnen. «Wie heißt du denn?»

«Njuscha . . .»

«Und wäscht Leichen . . . Gibt es keine andere Arbeit für dich?»

«Ihr redet zuviel, Genossen.» Njuscha trat an die Tür und deutete in den breiten Fahrstuhl. «Hinaus! Ich habe keine Zeit, mir hohle Köpfe anzusehen . . .»

Erst eine halbe Stunde später kam Glawira Fillipowna von der Verwaltung zurück. Ihr strahlendes Gesicht verriet ihren Erfolg bei der Genossin Leiterin. «Ich habe gesiegt!» schrie sie schon an der Tür und brachte gleichzeitig einen neuen Toten aus dem Kühlraum mit. «Du bist angestellt. Zweihundertdreißig Rubel! Dreißig mehr! Die teilen wir uns, mein Töchterchen, nicht wahr? Gleich dableiben kannst du. Ist das ein schöner Tag!»

Sie zog ihre Kittelschürze aus, band sich die Gummischürze um und holte neue Handschuhe aus einem Emailkasten. Als Njuscha zögerte, lachte sie.

«Zieh dich aus, Täubchen. Wer wird sich denn vor den Toten schämen?»

Und so geschah es. Njuscha streifte Rock und Bluse ab, band die schwere Gummischürze vor, zog eine weiße Kappe über ihr Haar, das sie hochband zu einem dicken Knoten, ließ sich von Glascha die langen Gummihandschuhe über Hände und Arme rollen und zog das weiße Tuch von dem Toten, der neben ihnen wartete.

Es war ein junger Mann, braungebrannt und muskulös.

Ein schöner Mensch, nur fehlte ihm ein Bein und der Brustkorb war eingedrückt.
«Unfall . . .», sagte Glawira. «Mit einem Motorrad gegen einen Omnibus. Wer hält das schon aus? Seine Mutter haben sie fesseln müssen, so hat sie getobt, als er starb, erzählen sie auf der Station III.»
Sie hoben ihn in die flache Mulde, und es war das erstemal, daß Njuscha einen toten Mann anfaßte, einen schweren, aus den Händen rutschenden, kalten Körper.
An diesem Tag wuschen Glawira Fillipowna und Njuscha neun Leichen. Vier Frauen und fünf Männer. Und eine Reklamation gab es sogar von den Hinterbliebenen. Njuscha hatte dem Kaufmann Delinow den Bart abrasiert, und nun stand oben die weinende Verwandtschaft und erkannte ihr Väterchen nicht wieder. «Zweiundzwanzig Jahre trug Piotr Konstantinowitsch einen Bart!» schrie die Witwe verzweifelt. «Und im Tode rasieren sie ihn kahl! O mein Liebling, was haben sie dir angetan!»
Man sieht, auch das Waschen von Toten enthält ein gewisses Berufsrisiko.

Am Abend trafen sich Bodmar und Njuscha, wie sie verabredet hatten, auf den Stufen an den Tempeln der Siegesallee am Ufer der Wolga. Die Dunkelheit kroch über Stadt und Strom, die Schiffe leuchteten mit Hunderten von Lämpchen, die Tempel glitzerten im Licht der Scheinwerfer, die sie anstrahlten. Njuscha wartete bereits und hatte müde das Kinn auf die angezogenen Knie gestützt, als Bodmar die breite Treppe hinunterhüpfte. An seinen Schuhen klebte noch die Friedhofserde. In der Tasche trug er achtzehn Rubel. Zwei Rubel Tageslohn, sechzehn Rubel Anteil an erfolgreichen Abschlüssen mit Grabinteressenten.
«Njuscha!» rief er schon von weitem und breitete die Arme aus. «Njuscha! Ich habe eine Arbeit! Achtzehn Rubel habe ich heute verdient.»
«Ich habe auch eine Stellung», sagte sie. «Zweihundertdreißig Rubel verdiene ich im Monat. O Sascha, Sascha, unser Leben fängt an wie ein Märchen . . .»

Sie lehnte sich an ihn, müde wie selten, und er mußte sie fast die Treppen hinuntertragen bis zu dem Café, das auf einer großen Scheibe am Ufer der Wolga im Wasser schwamm. Dort setzten sie sich an einen Tisch, bestellten zwei Gläser Kwaß und hielten sich an den Händen wie ein sich heimlich treffendes Liebespaar.
«Was hast du für eine Arbeit?» fragte Bodmar. Njuscha schüttelte den Kopf. Vor ihren Augen verschwammen der Fluß, die Lichter der Stadt, das Ufer, die prächtigen Bauten zu einem unförmigen Teig, so müde war sie plötzlich.
«Erst du. Sag du, was du gefunden hast.»
«Ich bin Totengräber. Friedhof 2, südlicher Teil.»
«Und ich bin Leichenwäscherin. Krankenhaus 1, Keller II.»
«Welch eine Zusammenarbeit!» sagte Bodmar sarkastisch. «Du wäschst, und ich begrabe sie.»
Dann legte er den Arm um sie, zog sie an sich und küßte sie auf die flatternden, vor Müdigkeit brennenden Augen.
Neben ihnen rauschte die Wolga, der unsterbliche Strom, von dem die Russen sagen: Erst, wenn die Wolga versiegt, gibt es kein Rußland mehr.
«Laß uns nach Hause gehen», sagte Njuscha und seufzte. «Ich sehne mich nach unserer Kammer.»
Nach Hause.
Bodmar erhob sich, faßte Njuscha unter und blickte hinüber zu der neuen Stadt mit den Tausenden Lichtern. Ein Lebenswille aus Stein.
Dort drüben, irgendwo, liegst du, Vater, dachte er. Keiner kennt dein Grab.
Aber dein Sohn ist jetzt hier zu Hause ...

21. Kapitel

Granja Nikolajewitsch Warwarink war bis auf die Knochen durchgekühlt, als man ihn aus dem Keller des Metzgers Kotzobjew heraufholte. Drei Kosaken, die er nicht kannte, holten ihn von den Tierteilen weg und stießen ihn in ein warmes Zimmer, das er zehnfach so heiß empfand als es

war, denn wer aus dem Kühlhaus kommt, der empfindet die normale Welt wie einen Siedekessel.
Granja begann sofort zu klagen, als er die Versammlung sah, die auf ihn wartete. Die Parteigenossen Perjekopsskajas waren vollzählig erschienen, dazu die Freunde Kolzows, sogar der Magazinverwalter Rebikow, obgleich er ein Gegner von allem war, was ihm Verantwortung aufbürdete. «Hört mich an, Brüder!» schrie Granja und fiel auf einen Stuhl, den man in die Mitte des Zimmers gestellt hatte und wohin man ihn mit Rippenstößen dirigierte. «Alles ist ein Irrtum! Ich schwöre es euch! Ich bin ein Freund von Dimitri Grigorjewitsch, wie könnte ich keiner sein, wo er doch mein Schwiegerväterchen werden sollte? Genossen, daß er verhaftet wurde, ist nicht meine Schuld. Der Major wußte alles. Er zählte mir die Verdächtigungen auf wie ein Lehrer das Einmaleins. Und gedroht hat er, mich zu erschießen. Was sollte ich tun?»
«Sein Mund ist nicht eingefroren», sagte der Metzger Kotzobjew und hieb mit der Faust auf den Tisch. «Eine Mistkühlanlage ist das.»
«Mehr als reklamieren kann ich nicht», rief Rebikow und erbleichte. «Habe ich das Maschinchen konstruiert, he? Nur verkauft habe ich es, weil es in den Prospekten so gelobt wurde.»
Kotzobjew hatte eine böse Nacht hinter sich. Nachdem die Kühlmaschine kurz nach der Einlieferung Granjas «knack» gemacht hatte und wieder heizte, war er viermal in den Keller gerannt, hatte die Maschine bespuckt und mit der Faust auf den Motor geschlagen, aber erst, als er mit voller Wucht dagegen trat und brüllte: «Verrecken sollst du!», machte es wieder «knack» und kühlte.
«Jetzt weiß ich, wie man sie behandeln muß», sagte er zu seiner Frau, die schlaflos im Bett saß. «Man muß sie nur in den Arsch treten . . .»
«Wir sind taub», sagte der Sattler Luschkow, der den Vorsitz der Versammlung führte. «Aber es ist interessant, was er uns erzählt. Was wußte Major Tumow, he?»
«Daß der Deutsche Njuscha liebt . . .», stotterte Granja.

«Und woher wußte er das? Weht das der Wind so daher? Kann der Don reden? Hat ihm das ein Pferdchen ins Ohr geflüstert? Granja Nikolajewitsch, halte uns nicht für Idioten! Da kommt ein Majorchen aus der fernen Stadt Moskau, geht einmal durchs Dorf und weiß plötzlich alles. Riecht es aus unseren Fürzen, was? Ist ein Zauberer, der Kerl, der in die Gehirne blicken kann. Granja — was hast du ihm gesagt?»
«Nichts, liebe Freunde, nichts. Ein bereits fertiges Protokoll hat er mir vorgelesen. Wissen wir, ob nicht Kolzow selbst . . .»
Er schwieg abrupt und erkannte, daß er etwas Schreckliches gesagt hatte. Der Metzger Kotzobjew nahm eine Peitsche unter dem Tisch hervor, wo er sie versteckt hatte, holte aus, und klatschend durchschnitt die dünne, scharfe Schnur das Gesicht Granjas. Es war ein gut gezielter Schlag und riß die zarten Hautstellen wieder auf, die sich über Granjas Verbrennungen gebildet hatten.
Warwarink heulte auf, warf die Hände vor sein Gesicht und fiel vom Stuhl herunter auf die Knie.
«Ich bin Kosak wie ihr!» brüllte er. «Mein Vater war Feldwebel im I. Regiment. Brüderchen, martert mich nicht! Ich schwöre euch, ich bin ein Opfer von Mißverständnissen! Wie könnte ich Njuscha verraten, da ich sie liebe, noch immer liebe? Wo ist da die Logik, Genossen?»
«Die Logik liegt darin, daß Kolzow nach Wolgograd gebracht worden ist.» Der Schuster Kalinew, der offensichtlich die Anklage übernommen hatte, blickte auf ein Blatt Papier. «In der Nacht vor der Verhaftung Dimitri Grigorjewitschs bist du von der Sowchose freiwillig nach Perjekopsskaja geritten, hast dein Pferd bei den drei Pappeln angebunden und bist ins Parteihaus geschlichen.» Kalinew ließ den Zettel sinken. «Stimmt das?»
Granja starrte durch die gespreizten Finger, die er noch immer vor sein Gesicht preßte, auf die Versammlung der Genossen. Da saß Luschkow in der Mitte, neben ihm Kotzobjew mit der Peitsche, links der Schuster Kalinew, und da waren in langer Reihe hinter dem Tisch neben Luschkow

die Genossen Klitschuk, Rebikow, Babukin, das Urväterchen mit flammenden Augen, Tutscharin, der Sargmacher, der ihn musterte, als wolle er schon Maß nehmen, und plötzlich wurde es Granja klar, daß dies hier keine einfache Befragung mehr war, sondern eine Gerichtsverhandlung, daß man hier und jetzt über sein Leben entscheiden würde, unter Mißachtung aller Gesetze, einzig nach dem Recht der Steppe, nach Kosakenrecht, das immer — auch wenn es verboten wurde — heimlich seit vierhundert Jahren am Don so viel galt wie Gottes Wort.

Mit einem Satz sprang er auf und warf verzweifelt die Arme in die Höhe.

«Brüder . . .», heulte er, und seine Stimme überschlug sich dabei. «Alles hat eine einfache Erklärung . . .»

«Wir wollen keine Erklärungen, wir wollen die Wahrheit», sagte Luschkow, der Vorsitzende. «Stimmt es, was der Genosse Kalinew vorgelesen hat?»

«Wie soll es stimmen? Hat er Zeugen?»

«Ja!»

«Einen Zeugen?» Granjas Knie begannen zu schlottern. «Holt ihn her, stellt ihn vor mich! Ich werde ihn bespukken! Er lügt!»

«Palonoff hat dich gesehen.»

«Palonoff ist ein blöder Narr!» schrie Granja. «Wir alle wissen es. Wenn man ihm nicht die Hose auszieht, scheißt er sie voll.»

«Aber blind ist er nicht. Er stand hinter dem Zaun und pinkelte, als du aus der Steppe geritten kamst. Und er ging an dein Pferd, als du im Parteihaus warst, und hat es sich genau betrachtet. Und dann hat er Maria Nikolajewna geholt, seine Mutter. Ist sie blöd, he? Und sie hat auch dein Pferd befühlt und gesagt: Das gehört Granja. Dann haben sie im Gras gelegen und gewartet, bis du wieder herausgekommen bist, ‚Ich danke Ihnen, hat der Major zu dir gesagt. ‚Sie waren mir eine wichtige Hilfe.' Zwei Meter weiter lagen sie im Gras, und der Major sprach laut genug. Ist das ein Beweis?»

Granja schwieg. Dafür gab es keine Erklärungen mehr. Er

hob den Kopf, sah hinauf an die Balken der Decke und sagte leise: «Ja ...» Weiter nichts. Jedes Wort mehr wäre nur noch ein sinnloser Laut gewesen.

«Du hast Kolzow verraten?» fragte Kalinew scharf.

«Ja.»

«Du weißt, was Kolzow in Wolgograd erwartet?»

«Ja.»

«Aus Haß hast du es getan.»

«Ja, aus Haß!» Granja fuhr herum. Blut lief über sein Gesicht, die neue, dünne Haut war geplatzt, er sah schrecklich aus, verwüstet und zerstört. «Seht mich an!» brüllte er schrill. «Sieht so ein Mensch aus? Das haben sie aus mir gemacht, die Kolzows und ihr Deutscher! Hier ... blickt mir ins Gesicht, was einmal ein Gesicht war!»

Er ging umher, geduckt, von Mann zu Mann, und zeigte ihnen sein verstümmeltes Antlitz. Aber es half alles nicht, er erblickte kein Mitleid in ihren Augen, nur die Kälte, die aus ihrer Schweigsamkeit sprach und zu ihm sagte: Du bist ein verlorener Mensch, Granja. Du atmest nur noch, weil wir es so wollen. Aber morgen schon wird alles vorbei sein, bist du ein Klumpen Fleisch, den wir in eine Grube werfen. Nicht einmal einen Sarg wird Tutscharin für dich machen, nicht einen Sack werden wir opfern ... so wie du bist, kippen wir dich weg, als seist du Müll.

«Ihr seid Mörder ...», sagte er dumpf. «Alle seid ihr Mörder, wenn ihr mich umbringt. Ihr habt kein Recht, über mich Gericht zu halten.»

«Ein Irrtum, Teufelchen.» Der alte Babukin stand auf. Er zitterte vor Eifer, entrollte ein altes Pergament und zeigte es Granja. Es war aus einem weit zurückliegenden Jahrhundert, geschrieben mit einem Gänsekiel und einer Tinte aus Galläpfeln, sogar ein Siegel hatte es. Vater Ifan hatte es Babukin gegeben und dabei gesagt: «Wenn es rechtliche Schwierigkeiten gibt, lies dies vor. Ich habe es in einer alten Truhe gefunden. Aber der Satan holt dich, wenn du sagst, ich hätte es dir gegeben. Ich habe nichts zu tun mit eurem Gericht. Gottlos ist es, verworfen, verflucht. Mein ist die Rache, sagt der Herr!» Dann segnete Ifan den

alten Babukin mit seinem Kreuz, klemmte ihm die Rolle unter den Arm und warf ihn aus der Kirche.
«Dies ist ein Gesetz!» schrie Babukin und schwenkte das Papier. «Ein Gesetz der Kosaken, gegeben im Jahre 1534 von dem Ataman Janis Eriwanowitsch Koljopin, genannt ‚Vater der Unterdrückten'. Und noch niemand hat dieses Gesetz gelöscht! Es gilt also noch immer. Genossen, nur ein Abschnitt ist interessant in dem Gesetz des Koljopin ... der neunte Absatz von oben. Ich lese vor.»
Im Raum war plötzlich vollkommene Stille. Auch Granja rief nicht mehr dazwischen oder versuchte Babukin zu stören. Ein Gesetz der alten Kosaken ... es war, als sei die Erde stehengeblieben, als habe sie sich nie über vierhundert Jahre weitergedreht.
«Und ich befehle –» las Babukin mit seiner hellen Greisenstimme – «daß jeder Kosak, der feig ist im Kampf, zurückbleibt oder sich versteckt, der seinem verwundeten Freund nicht hilft, aus Angst vor dem eigenen Tod seine Horde verrät, wer sich also benimmt wie eine Ratte, auch getötet werde wie eine Ratte ...»
Babukin ließ das Pergament sinken. Noch einmal hielt er es Granja hin und zeigte auf das Wachssiegel. Kotzobjew schnaufte durch die Nase, Rebikow, im Herzen ein Feigling, wie ihn Koljopin, der große Ataman, beschrieben hatte, war blaß geworden und umklammerte die Tischkante, der Schuster Kalinew zerknüllte seine Anklagenotizen und kaute an seinem hängenden Schnauzbart. Klitschuk und Tutscharin starrten an die Balkendecke, als laufe dort eine Armee Wanzen Parade. Jeder hier im Zimmer wußte, was das Gesetz des Koljopin bedeutete, wenn man es jetzt auf Granja anwendete.
Doch da war der Gedanke an Kolzow, der jetzt in einem Keller des KGB in Wolgograd saß, in einer engen Zelle, vielleicht geschlagen und gemartert, vielleicht schon gestorben. Man wußte nichts Genaueres von Major Tumow in Perjekopsskaja, man kannte nicht seinen Ruf, Geständnisse sogar aus einem Stein zu holen ... aber man hatte ihn gesehen, einen halben Tag lang, und das genügte.

Granja Nikolajewitsch fiel auf den Stuhl in der Mitte des Zimmers zurück. Er zitterte heftig, seine Stiefel schlugen auf die Holzdielen wie bei einem Tänzer. «Genossen —» stammelte er — «Freunde, Brüder ... das ist ein Gesetz von 1534 ... wir aber leben im zwanzigsten Jahrhundert. Überlegt doch, Freunde, die Zeiten waren damals anders ...»
«Am Don gilt das Gesetz der Vorfahren», sagte Luschkow, der Vorsitzende, langsam. Seine Stimme war heiser vor innerer Erregung. «Die Ehrbegriffe des großen Koljopin veralten nie. Ein Kosak bleibt ein Kosak, ob 1534 oder im Jahre 2500! Granja Nikolajewitsch ... du bist schuldig.»
«Mörder seid ihr! Mörder!» Granja sprang auf. Drei junge Männer stürzten sich auf ihn, und sie hatten Mühe, ihn zu bändigen, den Tobenden gegen die Wand zu drücken und aufzurichten. Schaum stand Granja vor dem aufgerissenen Mund, seine Augen hingen aus den Höhlen, das Gesicht mit der zerstörten Haut war eine Fratze aus Angst und Grauen. «Meinen Tod werdet ihr nie vergessen!» brüllte er. «In euren Seelen werde ich geistern wie ein Gespenst! Ein Fluch wird über dieses Dorf kommen!»
«Er redet wirklich zuviel», sagte der Metzger Kotzobjew. «Und er redet unwürdig. Macht ein Ende, Genossen. Er hat gestanden.»
Man hieb Granja auf den Kopf und trug den Ohnmächtigen dann zurück in den Keller. Die Kühlmaschine heizte wieder, Kotzobjew stieß wilde Flüche aus, trat noch einmal mit aller Wucht gegen den Motor, aber diesmal reagierte er nicht, sondern stellte sein Summen völlig ein. Resignierend bespuckte Kotzobjew die Maschine, man legte Granja unter die hängenden Schweineseiten und schloß den Keller zu.
«Heute abend ...», sagte Luschkow und blickte sich im Kreise um. Die anderen nickten stumm. Nur Tutscharin, der Sargmacher, fragte: «Bekommt er einen Sarg?»
«Nein.»
«Wovon soll einer wie ich leben?» Tutscharin raufte sich die Haare. Er war der Ärmste im Dorf, denn die Gesundheit der Menschen am Don wuchs sich für ihn als eine Ge-

schäftsschädigung aus. Heimlich dankte er Gott, daß die Sowchose in der Nachbarschaft gegründet worden war ... da gab es ab und zu einen tödlichen Unfall, Arbeiterinnen bekamen tote Kinder oder starben selbst an irgendwelchen Krankheiten ... aber wer kann ein ganzes Jahr von diesen Zufällen leben? Ab und zu rief Tutscharin bei der Sowchoseverwaltung an. «Guten Tag, Brüderchen, guten Tag. Ein Himmelchen ist das heute, wie Seide. Ist jemand bei euch krank? Liegt jemand im Sterben? Kann man hoffen, bald einen Sarg loszuwerden?»
Genossen, es war ein schweres Leben. Und nun verweigerte man selbst Granja einen Sarg.
«Bei Einbruch der Dämmerung ...», sagte Luschkow. «Tutscharin, du kannst ein Floß zimmern mit einem festen Pfahl darauf. Ein gutes Floß ... es muß zusammenbleiben bis zum Meer ...»
«Ihr wollt Granja ...» Tutscharin stockte der Atem. Seine Augen wurden dunkel.
«Wie im Gesetz des Koljopin. Wir alle sind dafür, nicht wahr?»
Die Männer im Kreise nickten wieder stumm. Dann gingen sie auseinander, jeder in sein Haus, nur Kalinew, der Schuster und Ankläger, besuchte Evtimia, die allein im Zimmer in der «schönen Ecke» saß, bekleidet mit einem schwarzen Rock, einer schwarzen Bluse und auf dem grauen Haar einen schwarzen Schleier wie eine Witwe. Das Bild Lenins hatte sie wieder umgetauscht gegen den heiligen Dimitri. Auf dem Brett vor der Ikone brannte das Ewige Licht in roten Papierschalen. Vater Ifan hatte sie geliehen.
«Granja wird sterben», sagte Kalinew mit belegter Zunge. Er blieb an der Tür stehen, als läge zwischen ihm und Evtimia der tote Kolzow. «Heute, in der Abenddämmerung.»
Evtimia nickte schweigend. Sie hatte die Hände gefaltet und betete lautlos. Ihr Leben war vollendet ... Dimitri Grigorjewitsch kam nicht wieder, das spürte sie, und Njuscha war verschwunden in der Weite des Landes. Was bedeutete jetzt noch das Leben? Warum schlug das alte Herz weiter?

Kalinew wartete noch ein paar Minuten auf eine Äußerung Evtimias, dann schlich er sich aus dem Haus. Das ist eine Totengruft, dachte er. Morgen wird sie tot in der Ecke sitzen. Sie betet sich die Seele aus dem Leib ...
Er rannte zu seinem Haus, trank zwei Gläser Wodka und wanderte unruhig in seiner Werkstatt umher, bis die Dämmerung über die Steppe kroch.

Kotzobjew hatte lange gezögert, aber dann siegte das Mitleid in ihm. Auch ein Metzger hat ein mitfühlendes Herz ... nicht jeder, der Rinder auf den Schädel haut oder Schweine absticht, ist ein Rohling. Kotzobjew gehörte zu den weichherzigen Menschen, er stieg in den Kühlkeller, nahm zwei Flaschen Wodka mit und setzte sich zu Granja. Warwarink lehnte an der Wand unter einem aufgebrochenen Schwein und weinte. «Ich will nicht sterben», rief er, als Kotzobjew in der Tür erschien. «Jeder Mensch hat das Recht, feig zu sein. Es kann nicht nur Helden geben. Kotzobjew, sie können mich doch nicht umbringen, weil ich feig bin.»
«Das nicht.» Kotzobjew stellte die beiden Flaschen vor Granja auf den Zementboden. «Aber wir richten dich hin, weil du Kolzow verraten hast. Ein Kosak verrät einen anderen ... Teufelchen, der Don flösse rückwärts, wenn wir das duldeten. Komm, setz die Flasche an den Mund und trink! Und dann die andere. Nimm Abschied, Granja ... besauf dich, Freundchen ... man spürt das Sterben gar nicht, glaub es mir ... du fällst um, besoffen wie ein Fuhrmann, und wachst nicht mehr auf. Was in der Zwischenzeit mit dir passiert, du weißt es nicht. Sei ganz ruhig, Granja, laß das Weinen ... sauf, Söhnchen, sauf ...»
Er streichelte dem schluchzenden Granja die Haare, klopfte ihm auf die zuckenden Schultern und verließ wieder den Keller.
Bei Einbruch der Dämmerung holten sie Granja Nikolajewitsch ab. Die vier Kosaken, die ihn zum Don bringen mußten, auf den gleichen Platz, wo einmal das Duell zwischen Bodmar und Granja hätte stattfinden sollen, fan-

den ihn sinnlos betrunken neben den beiden leeren Flaschen. Sie trugen ihn hinauf, legten ihn auf einen Handkarren, den Kotzobjew vorsorglich bereitgestellt hatte, und fuhren ihn zum Ufer des Flusses. Dort war der Platz von allen Männern Perjekopsskajas umringt ... nur die Männer, die Frauen und Kinder blieben in den Häusern, denn es ist kein schöner Anblick, einen Menschen sterben zu sehen.

Luschkow starrte böse auf den röchelnden Granja.

«Wer hat ihn vergiftet?» schrie er.

«Besoffen ist er», sagte Kotzobjew. «Und ich habe ihm den Wodka gegeben. Eine Henkersmahlzeit, Genossen. So ist es üblich. Wer hat etwas dagegen?» Und da er ein großer, kräftiger Mensch war, der einen Ochsen mit einem Schlag gegen die Hirnschale umwerfen konnte, hatte niemand etwas auszusetzen.

Die vier Kosaken hoben Granja von dem Handwagen und trugen ihn zum Don hinunter auf das Floß. Mit dicken Tauen banden sie ihn dort an einen Pfahl, legten um seine Stirn ein breites Band, damit er nicht nach vorn sank, sondern immer über den Fluß und in den Himmel blicken mußte, wenn's auch mit toten Augen sein würde ... und dann stand Granja da, festgehalten von den Stricken, die Wellen des Don wiegten ihn und leckten über das Floß, das Tutscharin und seine Gehilfen so fest gezimmert hatten, als gelte es, mit ihm Kontinente zu erobern, und er lallte in seiner Trunkenheit und begriff und fühlte nichts mehr von der Welt, die er gleich verlassen mußte.

«Brüder, denken wir an Dimitri Grigorjewitsch ...» sagte Luschkow laut. «Es geht um unsere Ehre ...»

Als erster trat er nahe an das Ufer heran, stellte sich Granja gegenüber auf, sah ihn eine Weile schweigend an und hob dann die schwere Reiterpistole. Sorgfältig zielte er, genau auf das Herz, und drückte dann ab. Der Knall verhallte in der Weite, aber er zuckte durch die Körper aller Männer. Granja bäumte sich in seinen Stricken auf, sein Kopf schlug nach hinten an den dicken Pfahl, dann hing er wieder wie vorher, nur das trunkene Stammeln war verstummt.

Langsam trat Luschkow zurück und sah sich um. Da standen sie hinter ihm in langer Reihe, mit zusammengekniffenem Mund, verhängten Augen, und warteten. Und einer nach dem anderen trat zwei Schritte vor, stellte sich an das Ufer des Don, blickte hinüber zu dem Floß, zielte auf das Herz Granja Nikolajewitschs und schoß.
Kotzobjew ... Klitschuk ... Kalinew ... Urväterchen Babukin (er schoß daneben, weil seine Hand so zitterte) ... Tutscharin ... Rebikow, der seine eigene Feigheit damit überdeckte, daß er als einziger schrie: «Zum Teufel mit dir, Verräter!» ... Burenew ... Lunkin ... Schmachtschow ... Dulzew, der Hufschmied ... alle Männer von Perjekopsskaja traten an den Don, hoben die schwere Reiterpistole, zielten auf Granjas Herz und schossen. Seine Brust wurde von den Kugeln aufgerissen, das Blut strömte daraus hervor, lief über die Rundstämme des Floßes und tropfte in den Don, wo es rote, schimmernde Lachen bildete.
«Das waren alle», sagte Kalinew leise zu Luschkow, als jeder geschossen hatte. Luschkow nickte. Er hatte während der ganzen Zeit der Exekution über den Fluß geblickt, an Granja vorbei. Die Wellen des Don beruhigten ihn und sein bohrendes Gewissen. Was hast du in den Jahrhunderten erlebt, großer, stiller Don, dachte er. Und es wird immer wieder Granjas auf dieser Welt geben ...
«Bindet das Floß los!» sagte Luschkow laut. Zwei junge Männer knieten neben dem Pflock am Ufer, lösten die Leinen und stießen das Floß mit langen Stangen hinaus in die Strömung des Flusses. Es drehte sich etwas, der Strudel erfaßte es, Granja wurde zu einem Kreisel, als tanze er nach einer wilden Musik ... dann glitt das Floß in das freie Wasser hinaus, fand seine Strömung und trieb schnell zur Mitte des Don und weiter nach Süden. Plötzlich war auch Vater Ifan da, niemand hatte gesehen, wo er sich während der Hinrichtung versteckt gehalten hatte ... in voller Pracht stand er am Ufer, mit dunkelrotem Podrisnik, goldener Risa und einer mit Perlen bestickten Kamilawka, sein langer weißer Bart wehte im Wind, er sah wirklich aus wie ein Patriarch ... und er hob sein großes goldenes Kreuz und

schickte seinen Segen dem schnell wegtreibenden Toten nach.
«Auch er war ein Geschöpf Gottes», sagte er zu den Männern von Perjekopsskaja. Dann wandte er sich ab und ging majestätisch zu seiner Kirche zurück. In der Dunkelheit brachte ihm der alte Babukin das Gesetzespergament des Atamanen Koljopin.
Granja Nikolajewitsch Warwarink trieb vierzehn Tage auf dem Don. Wo das Floß ans Ufer gespült wurde, fragte man nicht lange, sondern gab ihm einen neuen Stoß zur Mitte des Flusses. Niemand holte Granja vom Pfahl, zog die einsam treibende Gestalt ans Land und begrub sie in der gütigen Erde. Niemand fragte auch, woher der Tote kommen konnte. Selbst die Fischer im Don fuhren mit ihren flachen Booten an ihm vorbei, ruderte einen Bogen um das Floß und ließen es weitertreiben.
Erst in Rostow, am Asowschen Meer, nahm eine Patrouille der Flußpolizei das Floß in Schlepp und brachte es in den Hafen. Aber da war Granja Nikolajewitsch schon nicht mehr zu erkennen ... Krähen und Elstern hatten seinen verwesenden Körper zerhackt, und das erste, das bis auf die Knochen zerfiel, war sein Gesicht ...

Kolzow war in Wolgograd in eine kleine, enge, niedrige Zelle im Keller des neuen Gerichtsgefängnisses eingeschlossen worden. Wenn er stand, konnte er mit der Schädeldecke die rohe Betondecke berühren, und wenn er die Arme ausstreckte, ganz gleich, nach welcher Seite, berührte er die nackten, feuchten Wände. Es gab kein Licht in dieser Zelle, und Kolzow vermißte es auch nicht. In einem Sarg brennt keine Lampe, sagte er sich. Und das hier ist ein Sarg. Sogar ein besserer, als ihn Tutscharin machen kann.
Er setzte sich auf einen Schemel, das einzige Möbelstück in diesem Raum, lehnte den Kopf und den Rücken an die Wand und wartete. Die Finsternis war wie ein Trost ... wenn man sich an sie gewöhnte, war die ewige Nacht gar kein Schrecken mehr.
Aber Tumow dachte nicht daran, Kolzow so ruhig sterben

zu lassen. Er arbeitete alle Aussagen durch, las noch einmal Jelenas mysteriöses Telegramm aus Wolgograd, brütete über die Worte Granjas und nahm sich vor, Perjekopsskaja in den nächsten Tagen gründlich zu durchsuchen und mit Hilfe einer Kompanie Soldaten das Schweigen dieses Dorfes aufzubrechen. Vor allem Granja wollte er noch einmal befragen, im Beisein der anderen Männer. Er wußte, wie diese Verhöre verlaufen würden und daß es nötig war, die ganze Härte einzusetzen.

Am Abend wurde Kolzow aus seiner Zelle geholt und nach oben geführt. Tumow saß bequem in einem Sessel, deutete auf einen zweiten Sessel, winkte der Wache, abzutreten, und schob Kolzow eine Schachtel Papyrossa und ein Glas mit Rotwein zu. Kolzow setzte sich zögernd. Die Freundlichkeit Tumows war wie ein Kuß des Teufels.

«Dimitri Grigorjewitsch», sagte Tumow mit der gütigen Stimme eines Priesters, der für seinen Opferstock wirbt, «warum sollen wir uns zerfleischen? Ich habe mir Ihre Akten kommen lassen... Sie waren ein tapferer Soldat, wurden mehrmals ausgezeichnet und bis auf die dumme Sache nach dem Krieg, wo Sie sich der Bewegung anschlossen, die eine selbständige Kosakenrepublik am Don verlangte und wofür man Sie in Woronesch einsperrte, gelten Sie als ein guter Kommunist. Warum wollen Sie jetzt, im Alter, ein Starrkopf sein? Erzählen Sie mir, was in Perjekopsskaja mit Jelena Antonowna geschehen ist und wo sich Ihre Tochter Njuscha versteckt. Die Klärung dieser Fragen führt mir den Deutschen von selbst in die Hände. Also, mein Freund . . . berichten Sie.»

Kolzow trank einen Schluck Wein, er rauschte durch seinen leeren Magen wie Feuer, und steckte sich eine Papyrossa an.

«Ich habe nichts zu erzählen, Genosse Major», sagte er. «Sie wissen genau soviel wie ich.»

«Kolzow, Sie sind der erste Mann, vor dem ich gestehe, daß ich nichts weiß.» Tumow öffnete eine auf dem Tisch liegende Akte. «Das macht mich zu einem Raubtier, verstehen Sie das? Vor einer Wand stehe ich, hinter der das

Geheimnis aller Fragen offenliegt ... und ich werde diese Wand einreißen, mit Meißel, Hacken oder Granaten ... denn diese Wand sind Sie, Kolzow.» Tumow hielt ein schmales Blatt Papier hoch. Kolzow erkannte es sofort, es war ein Formular der Post. «Dieses Telegramm wurde aus Wolgograd nach Moskau geschickt. Von Jelena Antonowna. Aber sie hat es nicht aufgegeben. Wer war in Wolgograd auf dem Postamt I?» Tumow beugte sich vor und hielt das Telegrammformular Kolzow vors Gesicht. «Wer?» schrie er dabei. «Wer? Sie wissen es, Kolzow ...»

Drei Stunden lang befragte Major Tumow den in strammer Haltung vor ihm sitzenden Kolzow. Die anfängliche Höflichkeit war weggeweht wie Spreu im Steppenwind; es gab keine Papyrossa mehr, kein Glas Wein, keine freundliche Anrede. Die Hände flach auf den Knien, den Kopf hoch erhoben, den Blick an Tumow vorbei auf ein Bild des Stalingrad-Helden Pawlow, so ließ Kolzow die Fragen auf sich herunterprasseln, und es war wie in Perjekopsskaja bei der ersten Vernehmung: Tumow fragte kreuz und quer, wiederholte die Fragen, formulierte sie anders, verpackte sie in andere Fragen, eine höllische Methode, um Lügner im eigenen Netz zu fangen. Aber Kolzow ließ sich nicht fangen wie ein müder Fisch ... er hatte auf alle Vorhaltungen nur zu sagen: «Genosse, ich weiß es nicht. Genosse Major, ich bin nur ein armer Kosak. Genosse, das sind Dinge, die ich nicht wissen kann. Genosse, Sie fragen Sachen, die nie geschehen sind ...»
Tumow schrie sich heiser, ehe er sich erschöpfter als Kolzow zurücklehnte und ein ganzes Glas voll Wein mit einem Zug leerte. Kolzow bot er nichts an ... die sanfte Welle war vorüber.
«Glauben Sie wirklich, mich belügen zu können?» fragte er dann. Kolzow sah Tumow erstaunt an.
«Genosse, ich sage nur die Wahrheit. Soll ich wiederholen, wie sich alles in Perjekopsskaja und in meinem Hause zugetragen hat? Das war so ... Eines Tages kommt ein Wagen aus Moskau ...»

«Hören Sie auf, Dimitri Grigorjewitsch!» Tumow verzog den Mund, als sauge er an einem Essiglappen. «Halten Sie mich für einen Idioten? Ich *weiß* die Wahrheit. Sie liegt wie eine Perle in einem Tresor, und Sie haben dazu den Schlüssel. Nur Sie! Es gibt nun zwei Möglichkeiten: Wir einigen uns, und Sie geben den Schlüssel her ... oder ich breche den Tresor auf. Dabei wird er in Trümmer gehen.»

«Das heißt, ich werde getötet.»

«Schlicht gesagt, ja.» Tumow umklammerte das leere Weinglas. «Kolzow ... ich kann ein Satan sein.»

«Wer würde das bezweifeln, Genosse Major?»

«Wo ist Ihre Tochter Njuscha?»

«Ich weiß es nicht.»

Tumow sprang auf. Er zitterte vor Erregung. «Dimitri Grigorjewitsch, das gibt es nicht, daß ein Vater nicht weiß, wo seine Tochter ist!»

«Es gibt Töchterchen, die bleiben im Haus und gedeihen so, wie man es sich immer wünschte — und es gibt Weibchen, die treibt's hinaus in die Welt und sind der Kummer ihrer Eltern. Das Schicksal schlug uns mit einer solchen Tochter. Sie sollten Mitleid spüren, Genosse ...»

«Ich habe Mitleid mit einem Alten, der den Don nicht wiedersehen wird», schrie Tumow. «Kolzow, halten Sie mich für einen Hirnlosen? Njuscha eine Herumtreiberin? Bei diesem Vater? Dreht sich in Perjekopsskaja die Welt anders um die Sonne? Ich habe mich in Ihrem Dorf umgehört, ich habe vierzig Kosaken befragt ... Njuscha war ein Engel. Nie war eine Tochter enger mit ihrem Vater verbunden als Njuscha mit Dimitri Grigorjewitsch. Was mir allein Granja erzählte ...»

«Granja ist ein Schwätzer! Verschmähte Liebhaber sind wie hungrige Ratten. Genosse Major, wenn Sie keine anderen Zeugen haben ...» Kolzow sah an Tumow vorbei gegen die Wand. Er wußte, daß es die letzten Minuten waren, in denen er noch frei sprechen konnte. «Ich weiß nicht, was ich Ihnen gestehen soll. Njuscha ist weggezogen, kurz nachdem der Deutsche und Jelena Antonowna das Dorf verlassen haben. Evtimia hat Tag und

Nacht geweint und in der Kirche gehockt und die Heiligen belästigt ... fragen Sie Evtimia selbst, fragen Sie Väterchen Ifan Matwejewitsch ... was soll ich noch mehr sagen? Ich kenne dieses Telegramm nicht, ich stehe vor lauter Rätseln, denn jede Ihrer Fragen ist ein Rätsel ... ich habe das Leben eines ehrlichen Bauern und Kommunisten geführt. Genosse, mehr ist nicht mehr in mir.»

Tumow wandte sich ab, trat an das Fenster und blickte in den Innenhof des großen, neuen Gebäudes. Es war eine jener Prunkbauten, die das Gesicht des neuen Stalingrad bestimmten. Aus Schutt und Asche schöner und größer – das war die Parole gewesen, mit der Hunderttausende zu Schaufel und Hacke griffen, mit der die Betonmischmaschinen Tag und Nacht ratterten. Schafft eine neue Stadt, die den Glanz des Sieges trägt! Stampft aus der blutgetränkten Erde ein ewiges Denkmal russischer Lebenskraft!

Unten im Innenhof zogen neun Gefangene, bewacht von zwei Milizsoldaten mit Maschinenpistolen, langsam ihre Runden entlang den Mauern. Es waren Kriminelle, Verbrecher, die noch verhört wurden, ehe man sie vor Gericht stellte und verurteilte. Tumow trat zurück ins Zimmer. Noch immer saß Kolzow in strammer Haltung hinter dem Tisch.

«Ich habe Respekt vor Ihnen, Dimitri Grigorjewitsch», sagte Tumow und legte die Hände auf den Rücken. «Sie sind ein Held. Aber an der verkehrten Stelle. Es gibt keinen Menschen, der mein Verhör übersteht.»

«Das glaube ich Ihnen, Genosse Major.» Kolzows Augen verdunkelten sich. «Aber ein Toter hat keine Angst mehr.»

«Noch leben Sie.»

«Körperlich. Innerlich bin ich bereits gestorben. Das ist ein wunderlicher Zustand: Die Welt wird einem so gleichgültig. Auch Sie, Major ...»

Tumow drehte sich wieder um. Die Augen Kolzows irritierten ihn. Sie machten es ihm unmöglich zu brüllen. So sieht ein Tier aus, das verblutet, dachte er. Ein Hirsch, der auf dem Waldboden liegt und zum letztenmal das Rau-

schen der Bäume und das Singen der Vögel hört. «Kolzow . . .», sagte er heiser. «Zum letztenmal: Kommen Sie heraus mit der Wahrheit.»
«Ich müßte lügen, wenn ich etwas anderes sagen würde als bisher», antwortete Kolzow.
Tumow drehte sich langsam um. In seinem Blick stand Kolzows Ende. «Wir würden den Don umleiten, wenn es nötig wäre», sagte er ruhig. «Wir würden die Steppe in einen See verwandeln, wenn es uns nützlich erschiene. Es gibt nichts, Kolzow, was wir in Moskau *nicht* können! Wir schießen Astronauten ins Weltall und lassen den Mond umkreisen . . . glauben Sie, daß ich ausgerechnet einen alten Kosaken vom Don nicht zum Reden bringen könnte? Ich habe meine eigenen Methoden, die zwar nicht ganz legal, aber dafür um so wirksamer sind. Und wer fragt schon nach Recht, wenn man Erfolge vorweisen kann?»
«Gewiß. Aber ein Kosak sagt immer nur, was er weiß.»
«Dann gehen wir . . .»
Kolzow erhob sich. Als er jetzt zur Tür ging, war sein Schritt schleppend und schwer. Es gehört Kraft dazu, erhobenen Hauptes und mit straffem Rücken in das ewige Dunkel zu gehen, um so mehr Kraft, wenn man die Sonne so liebte wie Dimitri Grigorjewitsch. Aber er zögerte nicht . . . er schleifte zwar die Füße über den Boden, denn wie Zentner waren seine Sohlen, doch er blickte sich nicht um nach Tumow, der im Zimmer stehenblieb, noch lauschte er nach hinten, voll Hoffnung, das Wunder könne geschehen, daß Tumow sagte: «Kolzow, fahren Sie zurück nach Perjekopsskaja, ich glaube Ihnen.»
Bei Tumow gab es weder Wunder noch Glauben.
Auf dem Flur empfingen Kolzow zwei Milizer. Sie nahmen ihn zwischen sich, gingen mit ihm zum Fahrstuhl und fuhren hinunter in den Keller Nr. III. Hier, drei Stockwerke unter der Erde, stießen sie Kolzow in eine große Zelle. Sie war leer, eine Gruft aus Beton, bis auf einen Gegenstand, der mitten in diesem Grab stand. Es war eine Art Bock, mit Lederriemen und Schnallen.

Kolzow setzte sich auf den Bock, legte die Hände auf seine Knie und starrte hinauf zur weißgetünchten Betondecke. Lebt wohl, dachte er. Alle grüße ich. Dich, Evtimia ... immer warst du ein braves, treues Weib. Es war schwer mit mir, ich weiß es. Ich habe oft gebrüllt und auf den Tisch geschlagen, ich habe dich sogar verprügelt, wenn der große Zorn über mich kam, ungerecht war ich oft, launisch, ein Vieh von einem Kerl ... aber du warst immer geduldig und verzeihend, du warst immer eine gute Frau, auch wenn du ein paarmal mit dem Schöpflöffel oder dem Fleischklopfer auf meinen Schädel schlugst. Das Leben ist nun einmal so, Evtimiuschka ... hart, wild und schwer, wenn man am Don wohnt. Aber schön war es doch, nicht wahr? Verzeih mir, Evtimia, daß ich so gelebt habe, wie es mir paßte ... du warst ein einmaliges Weib, denn du hast mich trotz allem geliebt.
Und du, Njuscha, mein Töchterchen? Irgendwo in dieser Stadt bist du jetzt. Werde glücklich mit Sascha. Liebe ihn, wie deine Mutter mich geliebt hat. Ich segne dich, mein Engelchen.
Er senkte den Kopf, schloß die Augen und dachte an sein vergangenes Leben. Wenn man es jetzt an der Schwelle zum großen Nichts betrachtete: Es hatte sich gelohnt. Es war das Leben eines echten Kosaken gewesen, verwegen wie ein junger Hengst, überschäumend wie der Don im Frühjahr, frei und nur dem Himmel verantwortlich wie die Steppe. Wer so gelebt hat, kann mit ruhigem Gewissen sterben, dachte Kolzow. Ein wenig früh ist es zwar, man hätte noch zehn Jahre am Ufer des Flusses sitzen können, vielleicht auch zwanzig Jahre, denn die Kerle am Don sind ein Menschenschlag, vor dem selbst die Krankheiten Angst haben. Man denke nur an das Väterchen Babukin, dieses Fossil aus einer Zeit, die bereits in den Sagen erzählt wird ... und er lebte immer noch, ritt auf seinem Gäulchen, als sei er in den Sattel geklebt. Aber man kann sich sein Schicksal nicht aussuchen, und es ist ein guter Tod, zu sterben, damit das eigene Kind leben kann.
Die Tür des Kellers schwang auf. Major Tumow erschien,

eine Zigarette in den Mundwinkeln. Er schwankte etwas, und mit ihm zog eine Wolke von Wodkaduft in die Betongruft. Hinter ihm kam eine Gestalt in den Raum, die Kolzow mit zusammengepreßten Zähnen betrachtete. Ein riesiger Mongole war's, mit langen, pendelnden Armen, Beinen wie Säulen und Händen, als seien sie unter eine Straßenwalze geraten. Er trug eine Art Arbeitsanzug, aber nicht blau, wie üblich, sondern rostrot, und um den Bauch zog sich ein breiter Ledergürtel. Der Koloß blieb an der Tür stehen, nachdem er sie zugedrückt hatte, und grinste Kolzow breit und schreckenerregend an. Tumow schwankte an Kolzow vorbei und lehnte sich an die Wand. Er haßte diese Stunden, er konnte sie nur ertragen mit einem Gewissen, das im Alkohol schwamm. Vierhundert Gramm Wodka brauchte er, um die Qualen seiner Opfer mit anzusehen. Das wußte niemand außer dem Mongolen, und der schwieg. Auch der Verhörte sah es, aber es hatte noch keinen gegeben, der später davon berichten konnte.
«Dimitri Grigorjewitsch . . .», sagte Tumow mit trunkener Stimme. Er hob den rechten Arm und streckte ihn nach Kolzow aus. «Denken Sie an Evtimia, denken Sie an Njuscha, Ihr Täubchen! Und denken Sie daran, daß wir den gleichen Vaternamen besitzen. Ich beschwöre Sie noch einmal: Sagen Sie die Wahrheit.»
«Sie wissen alles, Major», sagte Kolzow mit ruhiger Stimme. Tumow winkte stumm. Der Mongole riß Kolzow vom Bock, drehte ihn herum, warf ihn nach vorn über das Gerüst, drückte seinen Körper nieder, schnallte Arme und Beine mit den Lederriemen fest und zog dann dem Gefesselten die Hose herunter. Mit nacktem Hinterteil lag Kolzow über dem Bock, sein Kopf hing frei herunter, und er spürte, wie ihm das Blut in die Schläfen schoß, sich sein Hirn vollsaugte und unter seiner Schädeldecke ein helles Summen anhob.
«Dimitri Grigorjewitsch . . .», lallte Tumow noch einmal. Kolzow antwortete nicht mehr. Er starrte auf den Betonboden unter sich. Ich will tapfer sein, dachte er . . . ich bin tapfer . . . ich bin ein alter Kosak . . . Feldwebel im ruhm-

reichen Regiment von Woronesch ... ich — bin — tapfer — tapfer ...

Die ersten Schläge waren unerträglich. Womit sie ausgeführt wurden, konnte Kolzow nicht sehen, aber er meinte, man zöge glühende Eisen durch seinen Unterleib. Dann wurde der Schmerz so groß, daß es gar kein Schmerz mehr war ... Blut rann Kolzow aus dem Mund, aber nicht, weil er innerlich verletzt war, sondern weil er sich die Lippen aufgebissen hatte und zwei Zähne abgebrochen waren, so wild preßte er sie aufeinander ... aber dann brüllte er doch auf, bäumte sich in den Lederriemen, und Tumow wandte sich ab, drückte das Gesicht an die Wand und hielt sich die Ohren zu.

Eine Pause. Bei allen Heiligen ... eine Pause! Gönnt mir eine Sekunde Ruhe, Freunde ...

Der Mongole trat zurück. Kolzow stöhnte gräßlich und öffnete weit den Mund.

«Dimitri Grigorjewitsch ...», sagte Tumow und starrte weiter gegen die Betonwand. «Sagen Sie es mir: Wo ist Jelena Antonowna?»

«Ich weiß es nicht», antwortete Kolzow. Er betrachtete sein Blut, wie es tropfenweise auf den Boden fiel und dort zu einer Lache wurde.

Tumow hob die Schultern und schwankte aus dem Keller.

Dimitri Grigorjewitsch Kolzow starb zehn Minuten später. Er starb nicht an den Schlägen ... sein Herz zerbrach einfach vor dieser Springflut von Schmerz. Es setzte aus in dem Augenblick, in dem Kolzow verwundert spürte: Es gibt gar keine Schmerzen mehr.

Mit dieser Verzauberung starb er ... mit der Verzauberung des Todes, die alles Irdische aufhebt.

«Man soll ihn in die Anatomie bringen», befahl Tumow später, als man ihm den Tod Kolzows meldete. «Dort kann er noch etwas für sein Vaterland tun, wenn die Studenten an seiner Leiche lernen ...»

Dann schloß er sich in sein Zimmer ein und betrank sich bis zur Bewußtlosigkeit.

Es wurde immer schwerer, ein starker Mann zu sein.

22. Kapitel

In Perjekopsskaja flog die Nachricht wie ein Herbststurm durch die Häuser: Der Major aus Moskau ist wieder da. Und tatsächlich parkten vor dem Parteihaus wieder drei Wagen aus Wolgograd. Rebikow, der Magazinverwalter, lag bereits im Bett, den Hals dick umwickelt, Böses ahnend, und hoffte darauf, daß man einen Kranken nicht verhörte, vor allem dann nicht, wenn er eine ansteckende Krankheit hatte. Väterchen Babukin, der vor nichts Angst hatte als vor einem normalen Tod im Bett, denn im Sattel wollte er ja sterben, umstrich das Parteihaus wie ein Rüde die Hütte einer Hündin und sprach dann die finster dreinblickenden Milizsoldaten an.

«Was gibt's, Brüderchen, he?»

«Geh weiter, Alter ...» knurrte einer.

«Habt ihr Kolzow zurückgebracht?»

«Nein.»

«Ein Elend ist das. Solange ihr Kolzow nicht zurückbringt, wird es in ganz Perjekopsskaja nicht einmal ein Loch für euch geben, in das ihr scheißen könnt ...»

Kritisch wurde die Lage, als zwei Stunden später vier Mannschaftswagen mit Militär auf der Straße auftauchten, sechzig Soldaten vor dem Parteihaus antraten, die Gewehre scharf durchluden und in Reih und Glied auf weitere Befehle warteten. Ein Oberleutnant befehligte sie, und der alte Babukin warf sich ihm entgegen mit der ganzen Wucht seines uralten Mutes.

«Haben wir Krieg?» schrie Babukin. «Was soll das? Oder ist das ein Manöver? Wozu dieser Aufmarsch? Ich frage euch, Brüderchen ... ist es in der Ordnung, so einfach ein friedliches Dorf zu besetzen?»

Das Geschrei brachte Babukin die erneute Bekanntschaft mit Major Tumow ein. Als ersten von Perjekopsskaja packte man ihn am Kragen, schleifte ihn ins Haus und stieß ihn in das große Zimmer, in dem einmal Kolzow die Geschicke des Dorfes geleitet hatte.

Tumow saß bleich und übernächtig hinter dem Schreibtisch. Dunkle Ringe lagen um seine Augen, in den Mundwinkeln nisteten scharfe Falten. Er hatte den Uniformkragen geöffnet, als sei es ihm zu heiß oder als leide er unter Atemnot. Aus seinen Poren schwitzte der Alkohol der vergangenen Nacht.

«Protest!» brüllte der alte Babukin, als er vor Tumow stand. Wie ein Ziegenbock hüpfte er umher und schlug mit den Armen um sich. «Ich bin Kommunist! Ich bin Parteimitglied! Ich gehöre zum Verein der ältesten Menschen der Sowjetunion! Stalin hat mir die Hand gedrückt, Chruschtschow hat mir über die Wangen gestreichelt und mich ‚Mein liebes Alterchen' genannt, Kossygin hat sich mit mir eine Stunde lang unterhalten über das Ende des neunzehnten Jahrhunderts ... und hier werde ich behandelt wie ein Floh! Das gibt eine Meldung nach Moskau, Genosse Major!»

Tumow nickte und winkte ab. Aber Babukin war mit Gesten nicht zu besänftigen. Er rannte ans Fenster, riß es auf und schrie hinaus auf die Straße, auf der sich jetzt viele Weiber und Kinder, aber auch Kosaken angesammelt hatten. Aus der Steppe, von den Feldern und aus den Gärten waren sie herbeigeritten. Es war wie damals, als man Kolzow verhaftete, nur standen ihnen jetzt über sechzig Soldaten mit schußbereiten Waffen gegenüber.

«Man behandelt mich wie einen schielenden Hund!» brüllte Babukin aus dem Fenster. «Freunde, schickt ein Telegramm nach Moskau ans Parteisekretariat!»

«Mit Telegrammen kennt man sich in Perjekopsskaja anscheinend aus», sagte Tumow im Hintergrund. Babukin zog den Kopf ein und schloß das Fenster. Achtung, sagte er zu sich. Der Wind weht heiß heran. Man muß sich abdecken, um nicht auszudörren.

«Auch am Don nimmt man teil an den Segnungen des Fortschritts», sagte er vorsichtig. Tumow betrachtete den Alten, wie eine Eule auf eine Maus blickt.

«Was weißt du von Njuscha?» fragte er plötzlich. Babukin ließ sich nicht überrumpeln. Er schob die Unterlippe vor wie eine Schaufel.

«Ein Aas ist sie», sagte er wider sein Gefühl. «Läuft einfach weg und läßt die Eltern in ihrem Gram allein. Und welch ein Leben hatte sie! Der Augapfel Kolzows war sie. Nichts fehlte ihr ... außer einem Mann, das wissen wir jetzt. Und das war stärker als zehn Pferde. Verschwindet einfach aus dem Dorf, zieht in die Ferne, wer weiß wohin? Ein undankbares Luder, Genosse. Verprügeln sollte man sie, wenn sie jemals zurückkommt. Aber sie wird nicht kommen ... in fremden Betten 'rumwälzen wird sie sich, eine Schande ist's wirklich! Wenn Sie wüßten, wie hübsch sie war. Engelsgleich, von der Sonne geküßt. Aber im Leib hatte sie den Satan. Wer kann die Weiber verstehen?»
Tumow fragte noch ein paar harmlose Dinge, dann ließ er Babukin hinauswerfen. Ich fahre mich hier fest wie in einem Schlammloch, dachte er. Sie haben ihre Rolle studiert und spielen sie mit einer wahren Meisterschaft. Soll ich jeden hier in Perjekopsskaja behandeln wie Kolzow?
Er zögerte, dann befahl er, jedes Haus zu besetzen. Die Soldaten schwärmten aus, hockten sich in die Stuben, ließen sich beschimpfen und bespucken. Die Frauen und Kinder schrien, als steche man sie ab, die Männer lehnten mit geballten Fäusten in den Türen, von der Kirche jammerte die Glocke Sturm. Väterchen Ifan riß an dem Seil, als brenne das ganze Dorf.
Tumow fuhr von Haus zu Haus. Er sagte immer das gleiche. «Ich will wissen, was mit Jelena Antonowna geschehen ist und wo sich Njuscha Kolzowa befindet. Wenn Sie mir keine Antwort geben, wird Ihr Haus angesteckt.»
Und überall bekam Tumow das gleiche zu hören: «Beide haben das Dorf hintereinander verlassen. Auch der Deutsche. Mehr wissen wir nicht.»
Tumow handelte. Er ließ zur Abschreckung das Haus des Fischers Numijew anzünden, ein altes, halbverfallenes Hüttchen, das in den Flammen prasselte, als freue es sich, endlich zu verschwinden. Aber für die Familie Numijew war es die Heimat, dort hatten bis heute neun Generationen gelebt, und der große Volksheld Iwan Nikolajewitsch Numijew war daraus hervorgegangen, der einzige

am Don, dem im Großen Vaterländischen Krieg die höchste Tapferkeitsauszeichnung verliehen wurde, ehe ihn 1945 in Berlin eine Granate zerriß.

Es war ein erschütterndes Bild, die Familie Numijew zu sehen, wie sie im Kreise um ihre brennende Hütte saß und bewegungslos zuschaute. Vater, Mutter und neun Kinder waren es, dazu das Großmütterchen, eine halbblinde Tante und ein Onkel, der auf dem linken Bein lahmte. Tumow war es ein Rätsel, wie sie alle in der kleinen Hütte geschlafen hatten. Vielleicht hatte man Großmutter, Tante und Onkel in Netzen unter die Decke gezogen.

Aber auch dieses Beispiel von Moskaus Macht nutzte nichts. Wohin Tumow auch kam, er hörte immer die gleichen Antworten. Schließlich war es so, daß er zu Häusern kam, die man bereits ausräumte, und wo man ihm entgegenrief: «Noch eine halbe Stunde, Major, dann können Sie 's anzünden!»

Tumow knirschte vor Wut, aber er ließ nicht weiter brennen. Auch Vater Ifan, den Popen, verhörte er nicht, obgleich dieser mit Hilfe von vier Chorsängern die Kirche ebenfalls ausräumte, die Ikonen auf die Straße stellte und dem Major zuschrie: «Ich weiß auch nichts, Genosse! Gestatten Sie, daß ich die Glocke läute, während die Kirche brennt?»

Tumow gab sich geschlagen. Er zog seine Soldaten aus den Häusern zurück und nahm sich als letzten Bürger des Dorfes, den Magazinverwalter Rebikow vor. In einem Laden wie dem staatlichen Magazin laufen viele Nachrichten zusammen. Hier ist, wie bei einem Friseur, der Umschlagplatz allen Klatsches. Gab es Neuigkeiten, so mußten sie Rebikow bekannt sein.

Tumow fand den armen Rebikow im Bett. Mit hochrotem Kopf, schwitzend – aber vor Angst –, mit trüben Augen und einer völlig heiseren Stimme begrüßte der Magazinverwalter den Major und reichte ihm sogar die Hand. Tumow übersah sie. Wie alle Russen hatte er eine große Angst vor Ansteckung. Er setzte sich an das Fußende des Bettes und schielte zu Tutscharin, dem Sargmacher, den man

schnell zur seelischen Aufrichtung zu Rebikow abkommandiert hatte.
«Eine Infektion . . .», röchelte Rebikow und verdrehte schauerlich die Augen. «Es begann im Kopf, fuhr in alle Glieder, lähmte sie, wenn ich schlucke, ist's, als saufe ich Eiter . . . es ist eine schreckliche Infektion, Genosse.»
Tumow nickte. «Ich will es kurz machen, Rebikow. Was wissen Sie von Jelena Antonowna?»
«Wenig. Zweimal telefonierte sie vom Apparat des Magazins nach Moskau.»
«Ach. Und wann?»
«Das letztemal eine Stunde vor ihrer Abfahrt. Der Deutsche wartete draußen auf der Straße.»
«Und was sagte sie am Telefon?»
«Genosse!» Rebikow verzog das Gesicht, als fresse ihn die Infektion lebendigen Leibes auf. «Ich würde mir doch nie erlauben, eine Genossin aus Moskau zu belauschen . . .»
«Und dann?»
«Dann fuhren sie ab.» Rebikow schielte zu Tutscharin. Dieser nickte ihm zu. Tapfer, mein Freundchen, du lügst wie ein Parteiredner.
«Und Njuscha?»
«Die ist weg. In der Nacht einfach weg! Ich ahnte es.»
«Ach!» Tumow spürte ein Kribbeln unter der Kopfhaut. Eine Spur . . . ein Hauch von Licht . . . «Wieso?»
«Sie war am Tag vorher bei mir, kaufte ein Kleid und eine große Reisetasche. Ei ei, sagte ich zu Njuscha. Soll's weggehen? Etwa zur Hochzeitsreise, mein Seelchen? Sie müssen wissen, Major, es ging da immer hin und her mit Granja Nikolajewitsch Warwarink, keiner wußte genau, was nun aus den beiden wird. Und was sagt sie, das Herzchen? Nein, ich fahre nach Wolgograd. Mir wird das Dorf zu klein. Ich will die Welt erleben.» Rebikow rollte wieder mit den Augen. Er war der geborene Schauspieler. «Mir blieb die Luft weg, Genosse. Das werd ich Kolzow aber verraten, dachte ich noch. Gleich morgen früh. Aber da war's schon zu spät . . . da war Njuscha weg . . .»
Tumow starrte Rebikow an, als wolle er mit diesem Blick

die Wahrheit aus ihm heraussaugen. Aber Rebikow war erschöpft. Er schloß die Augen, faltete die Hände über dem Leib und seufzte tief. «O diese Infektion ...», röchelte er dann.

Tumow sprang auf und verließ das Schlafzimmer. Das ist eine Kreisfahrt, dachte er. Was habe ich erfahren? Nichts! Nur daß Njuscha angeblich nach Wolgograd gegangen ist. Aber ebensogut kann sie jetzt in Woronesch oder Rostow leben. Zum Kotzen ist's!

Er verließ das Magazin, und Rebikow riß sich den Schal vom Hals und sprang aus dem Bett. «Wie war ich?» fragte er Tutscharin, den Sargmacher. «Er hat alles geglaubt.»

«Du bist ein großer Schuft», sagte Tutscharin. «Genauso belügst du uns, wenn du deine Waren anpreist. Los, hol ein Fläschchen, du krummbeiniger Bock ... wir wollen den Sieg feiern.»

Als letztes Haus betrat Tumow den Hof Kolzows. Evtimia empfing ihn in der «schönen Ecke» unter der Ikone, vor der das Ewige Licht flackerte. Sie trug ein schwarzes Kleid und den Witwenschleier über dem grauen Haar. Tumow blieb betroffen stehen. Sie kann es noch nicht wissen, durchfuhr es ihn. Amtlich lebt Kolzow noch. Sein Tod wurde noch nicht eingetragen.

«Wie geht es ihm?» fragte Evtimia, ehe Tumow etwas sagen konnte.

«Gut, Mütterchen Evtimia Wladimirowna.»

«Hat er ein gutes Bett?»

«Er schläft weich und traumlos. Ich soll Sie grüßen.»

«Wann kommt er zurück? Der Garten darf nicht verwildern ...»

«Ein paar Tage wird es noch dauern, Evtimia.» Tumow lehnte sich an den Tisch. Die Witwenkleidung wirkte auf ihn wie eine stumme Verfluchung. Er sah Kolzow vor sich, wie man ihn wegtrug, einen Toten mit solch friedlichen Gesichtszügen, daß Tumow nichts mehr begriff und sich anschließend sinnlos betrank. «Ich habe eine Frage ...»

«Bitte, Genosse.»

«Wo ist Njuscha?»

Evtimia blickte mit leeren Augen an Tumow vorbei. «Wer weiß es?» sagte sie leise. «Fragen Sie nicht weiter ... mein Herz ist Asche ...»
Nach zehn Minuten verließ Tumow das Haus Kolzows. Er ließ das Militär abrücken und fuhr selbst zur Sowchose, um dort noch einmal Granja zu sprechen. Aber auch Granja war plötzlich verschwunden. Der Vorarbeiter der I. Brigade, Nikolai Wassiljewitsch Sadowjew, ein durchaus glaubwürdiger Mensch, berichtete: «Granja packte seine Koffer, sagte kein Wort und ritt weg. Das war gestern. Sie können sein Zimmer durchsuchen, Major ... er hat alles Notwendige mitgenommen und nur das Unwichtige zurückgelassen.»
«Am Don verschwinden die Menschen wohl wie Nebel in der Sonne, was?» brüllte Tumow. Er inspizierte Granjas Zimmer, fand alles so, wie Sadowjew es geschildert hatte, und fuhr dann nach Wolgograd zurück.
Er gestand sich ein: Das war eine Niederlage. Zum erstenmal hatte man Tumow besiegt.
Was für Menschen sind das, dachte er, als er langsam durch Wolgograd fuhr. Es war tiefe Nacht, die breiten Straßen der Riesenstadt waren leer. Sie haben keine Angst, sie lassen sich die Häuser abbrennen, und sie lächeln, wenn sie geschlagen werden. Welch eine Kraft lebt in diesen Kosaken vom Don!
Er hielt am Ufer der Wolga, stieg aus und ging in der Einsamkeit der Nacht spazieren. Ein paar Liebespaare saßen auf den Bänken und küßten sich. Im Schatten der Landungsbrücken lagen ein paar Männer auf Zeitungen und schliefen. Auch in Rußland gibt es Landstreicher.
Tumow blieb stehen und blickte über den breiten, dunklen Strom. Die Lichter von Krasnaja-Sloboda schimmerten herüber. Dahinter begann die unendliche Weite, die sich auslief in den Steppen Kasakstans.
Es ist ein Verhängnis, dachte Tumow, daß Kolzow gestorben ist. Sein Tod ist der Deckel, der für immer das Geheimnis um Jelena Antonowna verschließt.

Zunächst aber, bevor Tumow sich weitere Taten überlegte, wurde die ganze Sache politisch. In dieser späten Nacht noch rief Tumow in Moskau an und ließ seinen Chef, Oberstleutnant Rossoskij, aus dem Bett holen. Der Bericht, den er durchgab, war knapp, so wie es Rossoskij liebte und von seinen Mitarbeitern erwartete. Klare, einfache Worte brauchen keine Rückfragen.
Rossoskij begriff die Lage sofort und übersah die Möglichkeiten, die sich hiermit für die politische Propaganda ergaben. Im gestreiften Schlafanzug saß er im Wohnzimmer und machte sich Notizen, während die Rossoskija in die Küche rannte und schnell einen Tee aufgoß. Sie kannte das ... die Nacht war vorbei.
«Sie haben gut gearbeitet, Boris Grigorjewitsch», sagte Rossoskij zu dem weit entfernten Tumow.
«Ich habe nichts erreicht!» rief Tumow in einer Art Selbstzerfleischung. «Vier Personen sind jetzt verschwunden.»
«Was wollen Sie mehr?» Rossoskij lächelte seine Frau an, als sie ihm den Tee hinschob. Er nippte an der Tasse und trommelte mit dem Bleistift über sein Notizblatt. «Für die Zentrale liegt der Fall klar: Bodmar kommt mit Jelena nach Perjekopsskaja. Dort verliebt er sich in Njuscha. Aber auch Jelena liebt Bodmar. Wer es nun war, ist gleichgültig ... aber einer von beiden bringt Jelena um, verwischt alle Spuren, und als wir Jelena zu suchen beginnen, tauchen Bodmar und Njuscha im weiten Land unter. Wollen Sie noch mehr Schuldbeweise? Und Granja? Der ist eine Art Abfallprodukt dieser Tragödie. Er mußte sterben, weil er der einzige unsichere Zeuge war.»
«Also zwei Tote und zwei Mörder?»
«Nein. Ein Mörder. Bodmar. Njuscha ist das arme verblendete, sexuell hörige Mädchen, — das dritte Opfer, genaugenommen. Verstehen Sie, Tumow?»
«Ja.» In Wolgograd wischte sich Tumow über die Stirn. Rossoskijs Gedankengänge erschütterten sogar ihn. «Also alle Schuld auf Bodmar?»
«So ist es. Er ist der Teufel, den wir brauchen.»
«Und wenn sie alle wieder auftauchen?» Tumow trank

auch einen Schluck, aber es war kein Tee, sondern grusinischer Kognak. «Wenn sich plötzlich Jelena und Bodmar fröhlich und lebendig melden . . .?»
«Das überlassen Sie uns, Tumow.» Die Stimme Rossoskijs wurde abgehackt. Aha, dachte Tumow, da habe ich ihm auf die Zunge getreten. Ruhe, mein Lieber. Die Verantwortung liegt in Moskau. Sie werden wissen, was sie tun.
«Sie tauchen nicht wieder auf . . . Was auch bei Ihnen dort unten an der Wolga passiert . . . ab heute früh sind sie tot.»
Rossoskij blickte auf seine Uhr. Drei Uhr morgens. Es war noch möglich, einen Teil der Morgenzeitungen mit der neuen Meldung zu beschicken, die Druckmaschinen anzuhalten und die erste Seite auszuwechseln. Über die Fernschreiber der Nachrichtenagentur TASS konnte in zehn Minuten die Sensation in alle Welt gefunkt werden.
«Was soll ich weiter tun?» fragte Tumow, der enger dachte als Rossoskij. «Kann ich weiter ermitteln?»
«Ja. Suchen Sie die Wahrheit, und dann schließen Sie sie sicher ein. Mich interessiert nur noch Bodmar. Wenn Sie ihn aufstöbern, wird Ihre Personalakte zum Ministerium gehen. Ich verspreche Ihnen einen leitenden Posten im KGB, Boris Grigorjewitsch. Sie wissen, daß wir unsere besten Leute ins westliche Ausland schicken.»
«Ich danke Ihnen, Genosse Oberstleutnant.» Tumow umklammerte die Flasche grusinischen Kognaks. «Ich werde mein Bestes tun.»
Rossoskij legte auf. Seine Frau, in einem langen blauen Nachthemd und mit aufgestecktem Haar, saß hinter ihm in einem Sessel. Sie war eine schöne Frau, groß und kräftig, eine blonde Ukrainerin.
«Ein großer Fall, Liebling?» fragte sie.
«Ein propagandistisches Feuerwerk. Ich lasse es in wenigen Minuten abbrennen.»
«Tote?»
«Wer weiß es?» Rossoskij dachte an Jelena Antonowna. Schlank und hübsch war sie, ein kluges Weibchen, eine gute Kommunistin, eine fleißige Mitarbeiterin, ein kleines, blitzendes Rädchen in der riesigen Maschinerie der Poli-

tik. Man mußte es jetzt auswechseln. «Vielleicht ein Mädchen.»
«Tot? Gräßlich.»
«Es sterben in Rußland täglich Zehntausende. Betrachten wir den Tod in der Gesamtheit.» Rossoskij griff nach dem Telefon und hielt mit der anderen Hand seine leere Teetasse hin. Die Rossoskija nahm sie und rannte zurück in die Küche.
Eine halbe Stunde später war Eberhard Bodmar eine Person der Politik geworden.
In den Druckereien hielten die riesigen Rotationspressen an, die Formen der ersten Seite wurden ausgewechselt. Aus den Fernschreibern der Agentur TASS tickte die Meldung in alle Welt. Der Name Bodmar flog um die Erde bis in die fernsten Winkel.
Morgens um fünf Uhr werden die Zeitungen in Moskau ausgeliefert. Aber auch die Zeitungen in Leningrad, Kiew, Smolensk, Irkutsk, Wladiwostok, Rostow, Wolgograd, Sewastopol, Baku, Alma-Ata, Charkow, Kalinin, Samarkand, Odessa und Kursk.
Um acht Uhr klingelte das Telefon beim deutschen Botschafter in Moskau. Er saß am Kaffeetisch und las den mit der gestrigen Post eingetroffenen neuen SPIEGEL. Die Stimme des Presseattachés war erregt und hilfesuchend.
«Herr Botschafter, haben Sie schon die PRAWDA gelesen?»
«Nein. Etwas Besonderes?»
«Ein unerhörter Vorfall. Darf ich Ihnen die Überschrift des betreffenden Artikels vorlesen? Auf der ersten Seite, und nicht nur in der PRAWDA, in allen Zeitungen Moskaus: Deutscher Journalist als Doppelmörder! Gastfreundschaft der Sowjetunion wurde mit Mord belohnt ...» Der Attaché verschnaufte etwas. «Der Artikel ist ungeheuerlich.»
Um zehn Uhr fand in der Deutschen Botschaft eine Konferenz statt. Um elf Uhr meldete sich ein hoher Beamter des sowjetischen Außenministeriums an. Er brachte eine Protestnote und überreichte sie steif, mit verschlossener Miene, dem Leiter der politischen Abteilung, einem Bot-

schaftsrat. Die Einladung, Platz zu nehmen und den Vorfall zu besprechen, nahm er mit sichtlichem Widerwillen an. Seine Instruktionen waren klar: Kein Entgegenkommen in dieser skandalösen Angelegenheit. Keine Kommentare.
«Das ist uns allen unverständlich», sagte der Botschaftsrat betreten, nachdem er die Protestnote gelesen hatte. Auf dem Tisch lagen die Moskauer Morgenblätter, in der Telefonzentrale der Botschaft summten die Leitungen. Das Außenministerium in Bonn, die Redaktion der Kölner Zeitung, für die Eberhard Bodmar nach Rußland gefahren war, das Innenministerium als vorgesetzte Behörde des Amtes für Verfassungsschutz telefonierten pausenlos mit Moskau und den Abteilungsleitern der Botschaft. Die großen internationalen Presseagenturen fragten in Bonn an ... Die große Frage war überall die gleiche: Kann so etwas wahr sein? Ist Bodmar so etwas zuzutrauen? Was für ein Mensch ist er?
«Bodmar ist ein völlig unbescholtener Mann», sagte der Botschaftsrat und blätterte in den Notizen der bisherigen Telefongespräche. «Er ist ruhig, besonnen, intelligent, einer der jungen Journalisten, die global denken, den Krieg verabscheuen, die Freundschaft besonders mit der Sowjetunion befürworten ...»
«Aber er hat zwei Menschen getötet.» Der Beamte des sowjetischen Außenministeriums sah an dem Deutschen vorbei. «Warum soll ein Mörder nicht unbescholten, intelligent, besonnen und ruhig sein bis zu dem Zeitpunkt, wo er eben Mörder wird?»
«Wir halten das bei Bodmar für völlig ausgeschlossen.»
«Vergessen Sie nicht, daß eine — nein, zwei Frauen im Spiel sind.» Der Russe lächelte mokant. «Menschliche Charaktere verwandeln sich, wenn ein hormonaler Überdruck eintritt.»
Der Botschaftsrat blickte verzweifelt in seine Papiere. Gegen diese Argumentation gab es keinen Widerspruch. Die Fälle waren zu häufig, wo vernünftige Männer einer Frau wegen zu Idioten wurden. «Bodmar ist flüchtig», sagte der Diplomat nervös. «Seine Schuld ist nicht sicher. Man

hat noch nicht einmal die Toten gefunden. Ich weiß nicht, warum Ihre Regierung diesen völlig ungeklärten Fall so hochspielt und zu einer politischen Waffe werden läßt.» Er tippte mit dem Zeigefinger auf die Note. Der Russe blickte an ihm vorbei mit dem unbeweglichen Gesicht eines asiatischen Schattenspielers. «Wir werden den Protest sofort nach Bonn weitergeben, auch wenn er uns unverständlich ist. Sollte Bodmar wirklich ein Mörder sein, so ist das immer noch eine private Tragödie, aber kein politischer Fall. Es ist doch absurd, das Verhalten eines einzelnen Journalisten zum Verhalten des ganzen deutschen Volkes zu erklären.»
«Des westdeutschen Volkes!» berichtigte der Russe höflich. «Herr Bodmar kam in die Sowjetunion, angeblich, um eine Reportage der Versöhnung zu schreiben. Was tut er wirklich? Er mordet! Wenn das nicht symptomatisch für die gesamte westdeutsche Geisteshaltung ist! Wir haben Herrn Bodmar die größten Freiheiten gewährt, die je ein Journalist in unserem Land hatte. Wir haben damit unsere Gutwilligkeit betont, mit allen Völkern in Frieden zu leben. Was geschieht? Er mordet! Er verschwindet im Land. Wir sind überzeugt: Er wird im Auftrag des deutschen Geheimdienstes militärisches Geheimmaterial über die Grenze zu bringen versuchen. *Das* war sein wirklicher Auftrag!»
«Ich protestiere gegen diese Unterstellung.» Der Botschaftsrat sprang auf. Auch der Russe erhob sich. Er hatte mit keiner anderen Reaktion gerechnet. «Wir haben mit Herrn Bodmar nichts zu tun. Er ist Privatmann.»
«Er ist Deutscher.»
«Das ist doch eine völlig widersinnige Unterstellung!»
«Ich habe nur den Auftrag, die Note abzugeben.» Der Russe verbeugte sich höflich. Zwei Sekretäre begleiteten ihn bis vor das Portal der Botschaft und sahen betroffen dem dunklen Wolgawagen nach, wie er schnell davonfuhr.
An diesem Morgen war Rossoskij sehr zufrieden. Das Außenministerium hatte ihn gelobt. «Es kommt Bewegung in den stillen See», hatte ein Beamter des Ministeriums gesagt. «Windstille war noch nie gut . . .»

In Rußland lasen an diesem Tag fast hundert Millionen Menschen von dem Doppelmord des deutschen «Agenten» Eberhard Bodmar. Auch Njuscha las es ... Glawira brachte mit dem zweiten Frühstück die Wolgograd-Prawda in den Leichenkeller.
«Diese Deutschen!» sagte sie und spuckte auf die Schlagzeile. «Warum duldet Gott sie auf der Erde?»
Und am Abend diskutierte Volkow diesen Vorfall und wollte Bodmars Meinung hören, ob die Deutschen noch als normale Menschen anzusehen seien. Großväterchen Iwan Feodorowitsch war der Ansicht, ganz Europa sollte sich auf die Deutschen stürzen wie eine Raubtierherde auf ein Stück Fleisch. «Dann wird endlich Ruhe in der Welt sein», sagte Großväterchen. «Wer aufgefressen ist, kann nicht mehr stinken.»
In der Nacht lagen Njuscha und Bodmar wieder eng beieinander und starrten gegen die kahle Wand ihrer schmalen Kammer. Unter der Türritze her schimmerte Licht ... Großväterchen, der nie müde wurde, kochte sich noch einen Holundertee gegen den pfeifenden Atem.
«Jetzt gibt es keinen Weg mehr zurück», sagte Bodmar leise. «Jetzt ist eine Ratte freier als ich. Ein Doppelmörder! Sie verstehen ihr Handwerk in Moskau.» Er legte den Arm um Njuschas Nacken und zog sie an sich. «Wer hat wohl Granja umgebracht?»
«Kümmert's uns?» Sie küßte ihn und glitt über ihn wie eine weiße, glatte Riesenschlange. «Ich bin bei dir, solange ich atme ... Was geht es uns an, was die Leute über uns denken? Wir werden verschollen bleiben ... verweht wie Staub im Wind. Welch ein schönes Leben, Sascha ... die ganze Welt gehört uns!»
«Ein Friedhof und ein Leichenkeller ...»
«Aber abends diese Kammer und du und ich ... War das Paradies schöner? Sag es, Sascha ... sag es ...»
Draußen tappte Großväterchen Iwan Feodorowitsch an der Tür des Badezimmers vorbei, vernahm das Flüstern und nippte an seinem Holundertee.
Für ihn war sein eigener, pfeifender Atem wichtiger.

23. Kapitel

Die nächsten zwei Tage verliefen ruhig, rannen dahin wie die Wasser der Wolga, breit, träge und unbehindert. Bodmar schaufelte seine Gräber, Njuscha wusch die Leichen, abends trafen sie sich an der Wolga und aßen in billigen Lokalen. Da kein Tag verging, an dem nicht Borja Ferapontowitsch als Leiter der Totengräberbrigade III, südlicher Teil, einige Geschäfte über Grabwünsche abschloß, verdiente Bodmar mehr, als er je erwartet hatte. Der Grundlohn von zwei Rubel erhöhte sich in diesen beiden Tagen auf zwölf und siebzehn Rubel, und Njuscha kaufte eine neue Hose, ein blaues Hemd und eine graue Sportmütze für Sascha und für sich selbst ein Baumwollkleid mit großen bunten Blumen. Glawira hatte bei der Leiterin durchgesetzt, daß Njuscha einen Vorschuß von fünfzig Rubel erhielt, die sie gleich bei der Familie Volkow ablieferte, um zu zeigen, wie wohl man sich bei ihnen fühlte.

«Der Himmel hat sie uns geschickt!» sagte Arkadij Mironowitsch Volkow am dritten Abend, an dem die Familie allein um den Tisch saß. «Wenn sie auch dämliche Bauern vom Don sind ... ihr Geld liefern sie pünktlich ab. Ich sage euch allen: Wenn ihr herumerzählt, daß wir Untermieter haben, breche ich euch alle Knochen!» Volkow blickte dabei so wild von einem zum anderen, daß jeder nickte, sogar Großväterchen, der der letzte gewesen wäre, der etwas verraten hätte. Denn Bodmar brachte ihm jeden Abend hundert Gramm Wodka mit, die der Alte unter der Bettdecke wegsoff wie ein Säugling seine Milchflasche. Mit den anderen Totengräbern kam Bodmar kaum in Berührung. Dagegen führte er lange Gespräche mit Borja, der mit seinen ständig wechselnden Toten so einträchtig lebte wie ein Kosak mit seinem Pferd. Im Aufbahrungsraum VI lag gegenwärtig ein Dichter, der morgen begraben werden sollte und zu dessen Beerdigung eine Delegation des Schriftstellerverbandes kommen wollte. Der Kranz war schon da, ein Monstrum aus Tannengrün und gelben Papierblumen mit roten Schleifen. Borja war dar-

über verärgert, denn er schlief in Raum VI hinter dem schwarzbezogenen Katafalk. «Da stirbt nun ein großer Dichter», klagte er. «Und was schickt man? Papierblumen! Eine Schande ist das! Hat er nicht echte Blumen verdient? Duftende Blüten, so schön wie seine Gedichte? Es war eine schreckliche Nacht.»
Borja zog daraufhin um, in den Raum III, wo eine dicke Frau lag, die man mit Blumen zugedeckt hatte. Hier umgab ihn sein geliebter Blumenduft, und er schlief zufrieden und traumlos neben dem Sarg.
Am dritten Tag verkroch sich Bodmar plötzlich in ein gerade ausgeschaufeltes Grab und beugte sich tief zur Erde. Der Schweiß lief ihm über den Nacken, und er wußte, daß es Angst war ... nackte, billige, schreckliche Angst.
Über den Friedhof ging Major Tumow.
Es war ein Zufall. Tumow hatte keinen Verdacht, er suchte nichts in dieser Stadt der Toten, er beachtete auch nicht den Totengräber, der auf dem Grunde der Grube herumkroch und den Boden klopfte. Er war nur gekommen, weil er zum Begräbnis des bekannten Dichters abkommandiert war, und wollte nun wissen, wo das große Zeremoniell stattfand. Er traf auf Borja, der gerade einen neuen Abschluß mit trauernden Hinterbliebenen getätigt hatte.
«Wo ist das Grab von Igor Nikolajewitsch Rebikin?» fragte Tumow.
«Im nördlichen Teil.» Borja zeigte zum anderen Ende des riesigen Friedhofs. «Ein berühmter Mann, was?»
«Ja. Er hatte den Lenin-Preis.»
«Und dann Papierblumen ...» Borja schüttelte den Kopf und ging weiter. Verwundert starrte ihm Tumow nach. Dann lachte er und wandte sich ab. Ein wunderlicher Alter. Aber schon bei Shakespeare waren die Totengräber besondere Menschen ...
Bodmar tauchte aus seinem Grab auf, schob den Kopf über den Grabrand und sah Tumow nach. So hautnah leben wir mit der Katastrophe, dachte er erschrocken. Njuscha, wir werden weiter flüchten müssen. Wolgograd liegt zu dicht an unserem Verhängnis. Zum Meer sollten wir.

«Was wollte er?» fragte er.
Borja schob die Mütze in den Nacken. «Er fragte nach dem Dichter. Komm 'raus, ich habe fünf Rubelchen für dich.» Er zog Bodmar aus dem Grab und zählte ihm die Geldstücke in die schmutzige Hand. «Du zitterst ja, Sascha?»
«Ich fühle mich nicht wohl. Ein Schwindelanfall ...»
Sie setzten sich im Schatten eines breiten Busches auf die Erde, und Borja packte ein Stück Blutwurst und einen Kanten Brot aus. «Wer bist du?» fragte er dabei.
Bodmar durchrann es heiß. «Wieso?» fragte er zurück. «Du weißt doch, wer ich bin.»
«Vom Don kommst du nicht.»
«Ich habe dich nicht belogen.»
«Ich bin am Don geboren. Dort sprechen die Menschen anders.»
«Geboren bin ich in der Ukraine, das stimmt.» Bodmar nahm ein Stück Wurst und stopfte es in den Mund. Wie ein Leimklumpen lag es in seiner Mundhöhle. «Aber seit Jahren lebe ich am Don.»
Borja Ferapontowitsch schnitt ein dickes Stück Brot ab und spießte es auf die Messerspitze. «Rußland ist groß», sagte er. «Es gibt Menschen aller Arten hier. Gute und böse, dumme und gescheite, gutmütige und gehässige. Aber alle sind Menschen. Sie sollen leben, und man soll sie in Ruhe lassen. Wenn sie später zu uns hierher kommen, Sascha, ist ihr Leben vertan, dann liegen sie stumm und steif in ihrem Sarg, und wenn es wirklich einen unsterblichen Geist gibt, der wird dann am Sargrand hocken und auf den weißen Leib blicken und sagen: Freundchen, du Rindvieh, was hast du vom Leben gehabt? Was hast du alles falsch gemacht! O je, welch ein Idiot bist du gewesen! Geschuftet hast du und dich geärgert, dich von deinem Weib schikanieren lassen, die Kinder hast du großgezogen und später dafür einen Tritt bekommen, du hast gesoffen und gehurt, ein Haus gebaut und sogar ein Auto gefahren ... und nun liegst du da, kalt und steif, und merkst erst jetzt, was du *nicht* getan hast ... *gelebt!*

Und dann wird der unsterbliche Geist sich vorbeugen und der dämlichen Hülle eine herunterhauen ... er darf das, das ist keine Leichenschändung ... denn er ist ja unsterblich, der Geist.» Borja reichte das Brot auf der Messerspitze Bodmar hin. «Ich will gar nicht wissen, wer du bist, Sascha ... aber ich will, daß du lebst, daß dein Geist dir eines Tages im Sarg keine Ohrfeige gibt. Ich mag dich wie einen Sohn, Sascha.»
«Ich habe dich auch gern, Väterchen», sagte Bodmar mit trockener Kehle.
«Ich hatte einmal einen Sohn. Die Deutschen haben ihn erschossen, hier in dieser Stadt. Ich habe ihn nie gefunden, bei allen Tausenden Toten nicht, die wir gesammelt haben. Vielleicht steht heute ein Haus über seinen Knochen, der Bahnhof, das Parteihaus oder ein Tempel der Siegesallee ... Wenn ich über die Stadt sehe, bin ich glücklich ... sie ist ein Denkmal über meinem Fjodor ...»
«Und die Deutschen? Was hat man mit den Deutschen gemacht? Wo hat man sie begraben?» Bodmar kaute an dem Brot wie an einer Gummischeibe. Jetzt bin ich dir wieder nah, Vater, dachte er. Ein Russe erinnert mich an dich. Verzeih mir ... ich hatte dich vergessen ...
«Wir haben mit Baggern riesige Gräber geschaufelt und sie hineingeworfen», sagte Borja. «Mein Gott, so einen Berg Leichen vergißt man nicht. Als das Begraben zu langsam ging und die ganze Gegend stank, haben wir sie verbrannt und die Asche als Dünger übers Land gestreut. Aber gezählt wurden sie alle. Stalin hat es im November 1943 bekanntgegeben. Es waren 146 300 deutsche Soldaten. Nur in dieser Stadt, Söhnchen. Wir wurden nicht mehr Herr über die Toten.»
«Verbrannt ...», sagte Bodmar leise. «Und die Asche verstreut ...»
«Es war das beste. Weißt du, wieviel Asche 150 000 Menschen ergeben? Man kann die Felder einer Sowchose damit düngen. Das hat noch einen Sinn, Sascha.»
Bodmar nickte, erhob sich, griff nach seinem Spaten und ging zurück zu dem Grab, an dem er gearbeitet hatte.

Eines von diesen Aschenhäufchen bist du, Vater, dachte er. Du bist aufgegangen in der russischen Erde. Mir wird es nicht anders ergehen, und ich bin nicht traurig darüber. Ich danke dir, Vater, daß du mich durch deinen Tod nach Rußland gelockt hast.
Er stieß den Spaten in die fette Erde und grub weiter. Weit hinten, im nördlichen Teil, besichtigte Tumow das Grab des Dichters Rebikin.
In der Leichenwäscherei des Krankenhauses Nr. 1 war Hochbetrieb.
Ein Omnibus war verunglückt. Er war gegen eine Mauer gerast, weil die Bremsen versagten. Neunzehn Tote rollten in den Kühlraum von Keller II, die meisten schmutzig und blutverschmiert. Glawira schlug die Hände über dem Kopf zusammen.
«Wie sollen wir das schaffen?» rief sie und rannte zwischen den Segeltuchbahren hin und her. «Morgen stehen die Angehörigen oben und wollen ihre sauberen Toten sehen. Njuscha, wir werden die Nacht durcharbeiten müssen. Aber vorher verhandle ich mit der Verwaltung. Wir verlangen einen Rubel mehr pro Stunde.»
Sie telefonierte eine halbe Stunde lang im Haus herum, erfuhr dabei, daß außer den neunzehn Unglückstoten noch zwölf Patienten auf den Stationen gestorben waren, was also zusammen einunddreißig Leichen machte. Das zu bewältigen schien selbst Glawira unmöglich.
«Wir tun unser Bestes», sagte sie am Telefon. «Aber rasieren können wir die Männer nicht mehr. Wir haben nur vier Hände, Genossin ... das kann man nicht übersehen.»
Aber der Tod rechnet nicht ... er arbeitet ohne Rücksicht. Am Abend, als Njuschas Arbeitszeit eigentlich vorüber war, lagen noch immer neun Tote ungewaschen im Kühlraum, während im Transportraum sich die Särge stapelten und die Träger unheilig fluchten. Zu allem Übel erschien auch noch der Staatsanwalt, der die Unglückstoten besichtigte, als ob von ihnen eine Aussage zu erwarten wäre. Ein Polizeikommissar nahm ein Protokoll auf, daß die meisten Toten verstümmelt worden seien.

Njuscha arbeitete mechanisch, wie eine gut geölte Maschine. Ekel und Entsetzen waren ausgeschaltet, die Gedanken liefen leer. Ein bestimmter Rhythmus war in ihren Handlungen, so wie ein Automat seine Produkte ausspeit.

Rollbahre an die Wanne ... Leiche in die Höhlung ... Wasser laufen lassen ... den Körper absprühen ... mit der Bürste säubern ... zurück auf die Bahre ... abdecken ... die Wanne schrubben ... wegrollen zum Transportkeller ... Übergabe an die Sargträger ... Ausfüllen des Übergabezettels ... Unterschrift ... zurück in die Wäscherei ... Der neue Tote ...

«Müde?» fragte Glawira. Sie machte Pause, saß in der Ecke des gekachelten Raumes und trank Tee.

«Es geht, Glascha.»

Gegen neun Uhr abends — Bodmar wartete schon über eine Stunde an der Wolga und rauchte nervös eine Papyrossa nach der anderen — rollte Glawira einen neuen Toten in den Waschraum. Sie tippte ihm auf den verhangenen Kopf und machte ein böses Gesicht.

«Den haben sie uns dazwischengeschmuggelt. Aus dem Gefängnis. Soll in die Anatomie. Warum wir ihn erst waschen müssen, wenn man ihn doch hinterher zerschneidet? Aber so ist es, Njuscha. Sie verteilen Arbeit, ohne zu denken.»

Sie gab dem Rollbett einen Tritt, der Tote fuhr zu Njuscha und stieß an die flache Wanne. Njuscha ließ Wasser in die Mulde laufen und beugte sich dann über den Leukoplaststreifen, den alle Leichen am linken Fuß tragen. Das Namensschildchen, damit es keine Verwechslungen gab.

Njuscha schob das weiße Laken etwas zurück und hob den Fuß hoch, um besser lesen zu können.

Kolzow, stand auf dem Streifen.

Ganz langsam ließ Njuscha den Fuß wieder sinken. Ihre Augen fielen nach innen, das Gesicht wurde klein und schmal, als löse sich alles Fleisch auf. Dann beugte sie sich vor und schob ganz vorsichtig das Laken vom Kopf des Toten.

«Väterchen . . .», sagte sie leise. «O Väterchen . . . du bist zu mir gekommen . . .»
Sie legte ihr Gesicht neben seinen Kopf, küßte die eisgrauen Haare und streichelte seine kalten Wangen.
Mit weiten, entsetzten Augen starrte Glawira sie an, und als Njuscha den Toten küßte, bekreuzigte sie sich.
«Väterchen . . . was haben sie mit dir gemacht . . .» sagte Njuscha zärtlich. «Nun bist du gekommen, um mir alles zu erzählen . . .»

Es war eine stille Stunde, unten im Leichenkeller des Krankenhauses Nr. 1 von Wolgograd.
Glawira saß auf ihrem Hocker an der gekachelten Wand und ließ Njuscha mit ihrem toten Vater in Ruhe. Vergeblich hatte sie versucht, sie zurückzureißen, aber da war Njuscha wie ein wildes Tier geworden, hatte um sich geschlagen und nach Glawira getreten.
«Sie haben ihn umgebracht!» schrie sie. Das Laken hatte sie von dem Leichnam gerissen und seinen zerschundenen Körper betrachtet. Aber Kolzows Gesicht war voll Frieden, ein Lächeln lag um seine Lippen, im Tode festgefroren, als wollte er nie mehr den Sieg hergeben, den er über Tumow errungen hatte. «Sieh es dir an!» schrie Njuscha. «Mein Väterchen ist es, mein tapferes Väterchen! O wie stolz bin ich auf dich . . . wie ein Held bist du gestorben . . .»
Sie herzte und küßte weiter den Toten, und Glawira hütete sich, sie daran zu hindern. Erst später, als Njuscha vor ihrem Vater saß, die Hände im Schoß gefaltet, in der Haltung, in der seit Jahrhunderten die russischen Frauen ihre Totenwache halten, schlich sich Glawira an sie heran.
«Er wurde vom KGB eingeliefert», flüsterte sie. «Ich habe den Transportzettel hier. War er ein Konterrevolutionär?»
«Nein. Väterchen war ein guter Kommunist. Er war der Dorfsowjet von Perjekopsskaja.»
«Und trotzdem haben sie ihn umgebracht?»
«Das ist eine lange Geschichte, Glascha.» Njuscha legte die Hand über Kolzows eingefallene Augen. «Er starb meinetwegen.»

«Wie soll man das verstehen?»
«Vergiß es, Glascha . . .» Sie stand auf, ging zu dem flachen Becken und ließ warmes Wasser in die Mulde laufen. Wie bei den anderen Leichen, die sie bisher gewaschen hatte, bereitete sie alles vor, um ihren Vater für den Sarg zurechtzumachen. Glawira blickte forschend auf den toten Kolzow und schüttelte dann den Kopf.
«Du weißt, was sie mit ihm vorhaben?» fragte sie. Njuscha drehte sich am Becken um.
«Nein.»
«Er soll in die Anatomie. Zu den Studenten. Dort werden sie ihn auseinandernehmen wie ein altes Auto. Der eine bekommt ein Bein, der andere den Arm, der dritte ein Stück Darm. Lernen sollen sie an ihm, wie's in einem Menschen aussieht. Und den Kopf . . .» Glawira überlegte, ob sie Njuscha erklären sollte, was man mit einem Schädel macht, entschloß sich aber dann, Njuscha nichts davon zu erzählen. Sie sah, wie Njuschas Gesicht sich vor Entsetzen verzerrte, schon bei dem Gedanken, Väterchen könne als Übungsobjekt in einzelne Stücke zerlegt werden.
«Er wird nie in die Anatomie kommen. Nie!» sagte Njuscha laut. Ihre Stimme hallte wider in dem kahlen Raum. Sie erschrak vor sich selbst.
«Es ist ein Befehl.» Glawira holte vom Tisch in der Ecke, an dem sie ihre Liste über die Waschungen führte, einen Laufzettel, der bei Kolzow unter dem rechten Bein gelegen hatte. «Sie holen ihn morgen ab.»
«Väterchen wird begraben werden wie ein Kosak.»
«Und wenn sie kommen und seine Leiche verlangen? Was soll ich sagen? Nein, ich gebe sie nicht heraus. Njuscha weigert sich. Auslachen werden sie mich! Töchterchen . . . es handelt sich um Beamte der Universität, die lassen nicht mit sich spaßen.»
«Wir begraben ihn», sagte Njuscha langsam. Sie ging wieder zu Kolzow und streichelte seine kalten Wangen. Es sah rührend aus, aber in Glawira war die Angst vor Komplikationen größer als jede andere seelische Regung. «Ich werde mit Sascha sprechen.»

«Auch er kann hier nicht helfen. Ein Totengräber kann nur jemanden begraben, den er hat. Aber er wird ihn nicht bekommen. Hier steht es.» Glawira hob den Laufzettel hoch. «Kolzow ist keine gewöhnliche Leiche mehr. Er ist Staatseigentum. Eigentum des werktätigen lernenden Volkes. Es wäre Sabotage, ihn einfach zu begraben. Und überhaupt — wen sollen wir anstelle von Kolzow abliefern, wenn die Beamten von der Anatomie kommen? Hier liegt kein Toter herum, auf den seine Verwandten verzichten würden ...»
«Wir werden ihn begraben», sagte Njuscha unbeirrt. «Er war ein guter Mensch, und er gehört in die russische Erde. Väterchen ...», sie beugte sich wieder über Kolzow, schob die Arme unter seine Schultern, und während Glawira seine Beine packte und sie ihn gemeinsam in die Wanne mit dem warmen Wasser hoben, küßte sie seine Stirn. «Den schönsten Sarg sollst du bekommen. Und Sascha wird dir ein Grab aussuchen, auf das immer die Sonne scheint. Du hast sie so geliebt, die Sonne über dem Don ...»
Mit einer Ruhe und Sorgfalt, die Glawira den Schweiß auf die Stirn trieb, wusch Njuscha ihren toten Vater. Sie rasierte ihn, denn Kolzow hatte aus dem Keller des KGB einen Stoppelbart mitgebracht, und sie kämmte ihm das eisgraue Haar und den Schnauzbart, auf den er zeit seines Lebens so stolz gewesen war. Wenn Kolzow nachdachte, wenn etwas Wichtiges in seinem Leben geschah, wenn er wütend war oder erfreut, eine schöne Frau ansah oder sich mit den Genossen wegen der Saat stritt, wenn er Reden im Parteihaus hielt oder auf dem Pferdemarkt handelte, immer hatte er sich seinen Schnauzbart gestrichen oder die borstigen Haare um seine Finger gewickelt. Man kannte ihn nicht anders ... es gehörte zu Kolzow wie das Wiehern zum Hengst.
Nachdem er gewaschen, rasiert und gekämmt war, verließ Glawira den Waschraum und kam nach ein paar Minuten mit einem Fläschchen Lavendelwasser zurück. Für teures Geld hatte sie es in der staatlichen Parfümerie gekauft, nachdem die große Wandlung stattgefunden hatte und

Schönheitspflege fast zu einem Programmpunkt der Partei geworden war. Das war die andere Seite der Glawira, die nur wenige kannten: Nach dem Dienst im Leichenkeller machte sie sich hübsch, zog moderne Kleider an, schminkte sich die Lippen, bespritzte sich mit Parfüm, ließ sich das Haar in Locken legen und spazierte am Wolga-Ufer entlang, saß in den schwimmenden Cafés und genoß es, ein Bürger dieser Stadt zu sein, ein Symbol des modernen Russen. Sie war keine Schönheit, bei Gott nicht, aber sie hatte, wenn sie geschminkt war, immerhin soviel Weiblichkeit an sich, daß ab und zu ein Mann sie ansprach und mit ihr ins Bett wollte. Für jeden Topf gibt es einen Deckel, selbst für die verbeulten, und so hatte auch Glawira ihre nächtlichen Geheimnisse, über die sie nicht sprach. Mit wem sollte sie auch reden? Ihre Tagesgenossen waren stumm und steif, und als sie einmal die Dummheit beging und einem Mann, der neben ihr lag und nach der Anstrengung der Liebesarbeit eine Papyrossa rauchte, ihren Beruf gestand, sprang dieser aus dem Bett, als habe ihn eine Armee von Flöhen überfallen, und jagte aus dem Zimmer. So eilig hatte er es, daß er erst auf dem Treppenflur seine Hose anzog. Von da ab sprach Glawira nicht mehr über ihren Beruf. Sie nannte sich philosophisch «Reisevorbereiterin», worunter sich keiner etwas vorstellen konnte. Niemand war aber auch bereit, sich die Blöße zu geben und zu fragen, was das bedeutete.

«Danke, Glascha . . .», sagte Njuscha und nahm die Flasche mit Lavendelwasser. Sie rieb ihren Vater mit der duftenden Flüssigkeit ein, und dann hoben sie ihn zurück auf die Rollbahre und deckten ihn mit einem neuen Laken zu.

«Ich bin blind und taub», sagte Glawira, als Njuscha ihren Vater nicht in den Transportkeller, sondern zurück in den Kühlraum rollte. «Mach mit ihm, was du willst. Trag ihn auf den Schultern hinaus, zieh ihn hinter dir her . . . ich habe nichts damit zu tun. Ich gehe jetzt nach Hause und lege mich ins Bett. Wenn morgen hier die Hölle los ist, sieh zu, wie du mit den Teufeln fertig wirst. Ich werde mich krank melden, bis alles geklärt ist. Asthma habe ich. Oh, ich werde ihnen eins vorkeuchen wie ein zuschanden gerittenes Pferd. Spucken und röcheln werde ich, daß es jeden erbarmt. Sieh allein zu, wie du dein Väterchen dem Staat stehlen kannst.»

Man muß Glawira kennen, um sie zu verstehen. Sie war das Rauheste, was es an Weib gab. Aber in ihrer Seele lag so viel Weichheit, daß keiner es glauben wollte, und deshalb war sie wie ein giftspeiender Drache. Njuscha merkte es, als Glascha ihr beim Weggang einen Schlüssel in die Hand drückte.

«Er paßt zu allen Türen», sagte sie. «Man kann von draußen mit dem Transportfahrstuhl hinunter.»

«Ich danke dir, Glascha.» Njuscha streckte ihr beide Hände hin. Glawira schüttelte den Kopf, blickte hinüber zu dem gedeckten Kolzow und entfernte sich schnell. Auch Njuscha blieb nicht mehr lange im Keller. Sie löschte die Lichter, nur im Kühlraum ließ sie eine einsame Birne brennen.

«Ein Stündchen nur, Väterchen», sagte Njuscha zu dem zugedeckten Toten und strich ihm über den Kopf. «Du sollst aufgebahrt werden wie ein Held ...»

Mit dem Transportfahrstuhl verließ sie das Krankenhaus, fuhr mit der Straßenbahn zum Wolga-Ufer und sah schon von weitem Sascha warten. Er lief unruhig auf der breiten Treppe zwischen den Siegestempeln hin und her, rauchte und schien sehr unglücklich. Als er Njuscha sah, lief er ihr mit ausgestreckten Händen entgegen und war wie ein Mensch, der nach langer Wüstenwanderung verdurstend einen Brunnen erblickt und auf ihn zustürzt.

«Was ist geschehen?» schrie er, als sie sich auf Rufweite näher gekommen waren. «Njuscha! O Gott, ich bin zerrissen von Sorge ...»

Sie fiel in seine Arme, umklammerte ihn, und jetzt erst weinte sie, grub das Gesichtchen in seine Jacke, biß vor unterträglichem Schmerz in seine Brust und heulte wie ein junger Wolf.

«Sie haben Väterchen gebracht ... im Gefängnis ... tot ... O Sascha, Sascha, in welcher Welt leben wir ...»

Er hob sie hoch und trug sie die Stufen hinunter zur Wolga.

Auf einer der weißen Bänke legte er sie nieder, umfaßte ihr zuckendes Gesicht und starrte sie an. Ihr Körper bebte, und die Füße trommelten auf die Bankbretter.

«Er ist tot . . .», sagte er dumpf. «Und ich habe ihn getötet. Ich allein. O wäre ich doch nie in dieses Land gekommen — Njuscha, ich habe ihn auf dem Gewissen.»

Er setzte sich neben sie, hob ihren Kopf in seinen Schoß und blickte über die schwarzen Wellen der Wolga. Hier, wo sie saßen, war die Nacht voll tiefer Schatten. Das Lichtermeer der Stadt lag hoch über dem Ufer und färbte den Himmel silbergrau. Aus den Büschen der Parkanlage tropfte die Schwermut der Steppe, die jenseits des Stromes begann und vom Himmel aufgesaugt wurde.

«Er wollte uns nicht verraten», sagte sie und schluchzte laut. Aber plötzlich sprang sie auf und schüttelte wild die Fäuste. Bodmar brauchte alle Kraft, sie wieder auf die Bank zurückzudrücken. «Ich werde ihn rächen!» schrie sie und hämmerte mit den Fäusten auf die Banklehne. «Alle in Perjekopsskaja werden ihn rächen! Sascha . . . das hat er uns als Erbe hinterlassen. Wir werden wie reißende Tiger werden . . .»

Bodmar schwieg. Er preßte Njuscha an sich und wühlte seine Hände in ihr langes blondes Haar. Die Wolga vor ihnen klatschte gegen die Uferbefestigungen. So saßen sie eine ganze Zeit, schweigend, aneinandergeklammert, gequält von Schmerz und Schuldgefühl, und ahnten, daß ihr Leben von nun an angefüllt sein würde mit Schrecken, Angst und Blut.

24. Kapitel

Borja Ferapontowitsch Aljexin schlief in Box VIII hinter dem Sarg des toten Nikolai Trofimowitsch Sifkow, eines neunundachtzigjährigen Mannes, der vor drei Tagen in der Straßenbahn umgefallen und neben dem Fahrersitz gestorben war. Er hatte sich, so sagte man, darüber aufgeregt, daß der Straßenbahnfahrer einen kleinen Hund, der

über das Gleis lief, überfahren hatte, statt eine Notbremsung vorzunehmen.
«Bei einer Notbremsung wäre das Alterchen mit dem Kopf durch die Scheibe gesegelt», verteidigte sich der Fahrer, als man den Toten aus dem Wagen hob. «So oder so ... er wäre gestorben. Hatte ein schwaches Herz, der Genosse. Ich kann doch nicht jeden, der in meinen Wagen steigt, fragen: Haben Sie sich untersuchen lassen? Wie ist der Blutdruck? Ist Ihre Herzkurve normal? Genossen, wo kämen wir da hin?»
Wie's auch gewesen war ... nun lag Sifkow in Box VIII, seine Hinterbliebenen hatten drei Stunden lang geweint, einen herrlichen, festen Sarg mit viel Verzierungen gekauft, hatten mit Blumen nicht gespart, und Borja genoß jetzt den Duft von Rosen und Nelken und schlief herrlich. Man hörte es ... er schnarchte wie ein Eber im Winter.
Es dauerte lange, bis Bodmar und Njuscha durch Schütteln und Rufen Aljexin aus seinem tiefen Schlaf herausholten. Verwirrt saß er dann auf der Erde hinter dem Sarg, und das Geheimnis, warum ihn die Gegenwart der Toten nicht störte, war allein vom Geruch her schon gelöst: Jeden Abend, wenn alle den Friedhof verlassen hatten und Borja allein war mit seinen Toten, soff er eine Flasche Wodka aus und ertränkte damit den tiefsitzenden Kummer über sein Leben.
«Wir werden Väterchen Dimitri Grigorjewitsch würdig begraben», sagte Borja, nachdem ihm Bodmar alles erklärt hatte. «Macht euch keine Sorgen, er wird den besten Platz bekommen. Los, gehen wir gleich, ihn zu besichtigen.»
Es war wirklich ein schöner Flecken Erde, in dem Kolzow für ewig ruhen sollte: Nahe der Friedhofsmauer, unter einer hohen Birke, wie sie auch in Perjekopsskaja wuchsen, ein Platz, über dem von morgens bis abends die Sonne stand und über den der Wind rauschte, als blase er in das Steppengras. Ein Platz voller Melancholie, denn er lag außerhalb der Gräberreihen im neuen, noch nicht eröffne-

ten Teil des Friedhofs, im Reservequadrat V, um es amtlich auszudrücken. Nach Schätzungen der Verwaltung würde dieses Stück erst im Jahre 1980 belegt werden, wenn die Sterblichkeit in Wolgograd sich nicht bis dahin geradezu katastrophal vergrößern sollte. Aber damit war nicht zu rechnen ... die Menschen wurden immer gesünder und damit älter.

«Es wird mindestens fünfzig Rubel kosten, um den Inspektor zu bestechen», sagte Borja, als Njuscha mit dem Platz einverstanden war. «Und wir müssen Väterchen heute nacht begraben. Es ist unmöglich, ihn hier zu verstecken mit der Würde, die ihm zukommt. Oder soll er im Geräteschuppen unter alten Säcken warten?»

«Nein», sagte Njuscha. «Aber wo bekommen wir einen Sarg für Väterchen her, mitten in der Nacht?»

«Erst müssen wir die Leiche holen.» Borja blickte in den fahlen Nachthimmel, seufzte und trottete zurück zum Hauptgebäude. Dort steckte er den Kopf unter einen Wasserstrahl, schüttelte sich wie ein nasser Hund und zeigte zu einem flachen Handkarren, der an der Wand stand. «Wir können ihn nicht mit vier schwarzen Pferdchen hereinholen und die Glocken läuten lassen», sagte er, als er Njuschas Blick begegnete. «Es ist eine Schande, aber bis zum Sarg muß er in einem Sack reisen.»

In dieser Nacht geschah etwas in Wolgograd, was sich so schnell nicht wiederholen würde:

Der ehrbare Greis Sifkow, dessen Herz einen überfahrenen Hund nicht ausgehalten hatte, wurde aus seinem Sarg in der Leichenhalle des Friedhofes geholt, in einem billigen Sack auf einem Handkarren quer durch die Stadt zum Krankenhaus Nr. 1 geschoben und dort in den Leichenkeller gebracht. Dabei zeigte es sich, daß man die Verwandten betrogen hatte, denn das teure Seidenhemd des Alten war nur ein Lappen, der hinten mit Bändern zugebunden war, ein großer Latz also, weiter nichts. «Gauner und Diebe alle!» schimpfte Borja. «So machen sie aus einem Hemd zwei. Wer dreht auch einen lieben Toten im Sarg um und guckt nach, ob er hinten bekleidet ist?»

Mit Glawiras Universalschlüssel kamen sie ungehindert in den Keller des Krankenhauses Nr. 1, klebten den Leukoplaststreifen mit dem Namen Kolzow dem alten Sifkow an den dicken Zeh, banden Dimitri Grigorjewitsch das Betrugshemd um den nackten Körper und deckten Sifkow mit dem Laken zu. Dann trugen Bodmar und Borja den schweren Kolzow hinauf zu dem Flachkarren, der im Hof des Krankenhauses im Schatten der Wand stand, dort, wo sonst die Wagen der Sarglieferanten parkten. Borja schob Kolzow in den Sack, deckte ein paar Ziegelsteine darüber, als transportiere er Baumaterial, und rieb sich die Hände.

Um sie herum war vollkommene Stille. Hinter den langen Fensterreihen brannte nur ab und zu ein trübes Licht. Dort lag ein Schwerkranker oder warteten die Nachtschwestern auf den Morgen. Nur im Operationstrakt der Unfallstation leuchteten die Fenster in gleißender Helle ... hier war immer Betrieb, denn eine Großstadt wie Wolgograd spie die Verletzten zu jeder Stunde aus.

«Ein Totengräber ist der einzige Beruf, der zukunftssicher ist», sagte Borja, spannte sich in die Deichsel des Karrens und rannte los. Bodmar drückte hinten nach. Njuscha lief an der Seite nebenher und betrachtete wehmütig den Sack, in dem ihr Vater lag. «Essen, trinken, Kleidung, Kinder zeugen und sterben ... das ist, was ein Mensch im Leben nicht vermissen kann. Los, Sascha, drück noch mehr — verdammt —, er ist schwerer als der alte Sifkow. So ist es gut ... Vorsicht, nicht so schnell um die Ecke. Soll er aufs Pflaster rollen, du Idiot?»

Es dauerte zwei Stunden, bis sie wieder auf dem Friedhof anlangten. Dort legten sie Kolzow in den schönen Sarg des alten Sifkow und bedeckten ihn mit Blumen. Zum letztenmal streichelte Njuscha über das Gesicht ihres Vaters, ehe sie den Sargdeckel aufhoben und Borja kommandierte: «Nicht kanten! Gerade draufsetzen! Soll ihm der Deckel aufs Gesicht fallen, he?» Dann knirschten die Schrauben in das Holz, Borja setzte sich erschöpft auf den Katafalk und wischte sich die Stirn.

Auf dem gleichen Karren fuhren sie später den Sarg zu der einsamen Birke im neuen Friedhofsteil, und zu dritt hoben sie das Grab aus, stumm, keuchend vor Eile, vom Schweiß überzogen, daß ihnen die Kleider am Körper klebten.
Es dämmerte bereits, als endlich der schwere Sarg an dicken Stricken in die Grube glitt, und das war nochmals eine schwere Arbeit für zwei Männer, wo sonst vier die Taue hielten. Borja passierte zu allem das Unglück, daß er das Gleichgewicht verlor ... er rutschte aus, sauste in das Grab und fiel auf den Deckel des Sarges. Dort lag er ein paar Sekunden bewegungslos, und Bodmar rechnete damit, daß sich Borja das Genick gebrochen hatte. Aber dann regte sich der Alte wieder, fluchte unheilig und kletterte aus dem Grab.
«Mühe macht er schon, dein Väterchen!» schrie er und warf die erste Schaufel Erde auf den Sarg. «Wäre ja auch kein Kosak, wenn nicht immer was Besonderes passierte.»
Sie schaufelten das Grab zu, und Njuscha stand neben Borja und Bodmar und stampfte die Erde fest, als der Morgen hell über Wolgograd aufstieg und die Sonne aus der Steppe in den Himmel kletterte. «Gehen wir», sagte Borja, als sie fertig waren und gab Bodmar einen Stoß in die Rippen. «Lassen wir Njuscha allein.»
Sie gingen ein paar Meter abseits und setzten sich auf eine alte Tonne, steckten sich eine Papyrossa an und rauchten schweigend. Njuscha stand vor dem Grab, hatte die Hände gefaltet und betete.
«Sie ist ein gutes Weib», sagte Borja leise und nickte zu ihr hin. «Tapfer, stark und unermüdlich. Du mußt sie gut behandeln, Sascha.»
«Ich liebe sie, daß es schon fast Wahnsinn ist», antwortete Bodmar.
«Sie verdient es. Glaube mir ... es gibt keine bessere Frau als Njuscha. Aber wie soll's nun mit euch weitergehen?»
«Wir werden in Wolgograd bleiben.»
«Das ist gut.» Borja Ferapontowitsch schnalzte mit der Zunge. «Am sichersten ist ein Floh unter Flöhen.»

Am Vormittag erschien auf dem Friedhof die Polizei. Etwas Ungeheuerliches, man kann schon sagen Einmaliges, war geschehen: man hatte in der Nacht einen Toten gestohlen. Als die Hinterbliebenen des alten Sifkow gegen zehn Uhr in dem Aufbahrungsraum VIII erschienen, um ihre Trauer fortzusetzen, stand der Katafalk leer da. Zunächst dachte man an einen Irrtum, schrie nach Auskunft, glaubte, man habe den Alten schon in die Erde versenkt ... aber Borja, der zuständige Distriktsleiter, versicherte, es sei heute im südlichen Teil noch kein Mann begraben worden. Nur zwei Frauen. Eine Verwechslung sei unmöglich, denn er habe die Deckel selbst zugeschraubt und könne eine Frau von einem Mann unterscheiden.
Die Friedhofsverwaltung und auch die Polizei waren ratlos. Es gab keine Spuren, es gab kein Motiv.
«Um den Sarg ging es!» brüllte Onkel Suschkanow, ein dicker Glatzkopf aus Kasan, der extra zum Begräbnis an die Wolga gereist war. «Der Sarg hat hundertachtzig Rubel gekostet. Ein Sarg mit Schnitzereien. Und den Alten haben die Hurensöhne auf den Müll geworfen.»
Aber auch diese Version erwies sich bald als unrichtig. Die Leiche des alten Sifkow tauchte nirgends auf, der Sarg blieb ebenfalls verschwunden ... wer wußte schon, daß die Studenten im Sezierraum der Universität unter Leitung von Professor Ronkischew am Herz eines alten Mannes feststellten, daß der Tod durch einen Thrombus eingetreten war, der die Lungenarterie verstopfte.
Man sprach noch lange von dem gestohlenen Sifkow. Auf dem Friedhof, im Verwandtenkreis, bei der Polizei. Schließlich einigte man sich darauf, daß es ein Racheakt gewesen sei, gerichtet gegen den ältesten Sohn und Erben Sifkows, den geachteten Chemiker Boris Nikolajewitsch. Er war kurz vor dem Tod des Alten ausgezeichnet worden und hatte viele Neider.
Borja Ferapontowitsch aber brauchte achtzig Rubel, um den zuständigen Friedhofsbeamten zu bestechen und Dimitri Grigorjewitsch Kolzow ewige Ruhe zu garantieren.
Die Nachricht vom Tode Kolzows traf in Perjekopsskaja

durch ein Telegramm ein. Es hatte keinen Absender, aber jeder wußte, wer es geschickt hatte. Piotr Nikoforowitsch Bulganin, der Posthalter, stieß seinen Stuhl um und raufte sich die Haare, als das Telegramm telefonisch durchgegeben wurde. Es war an Evtimia Wladimirowna gerichtet, und schon die Adresse war eine Tragödie.
An die Witwe Kolzowa . . .
Bulganin rannte aus der Post, warf sich auf sein Pferd und ritt zunächst zum Sattler Luschkow. «Wie soll man es ihr beibringen?» rief er, warf sich auf einen Stuhl und reichte Luschkow das Telegramm. «Sie wird umfallen wie ein Klotz. Der Schlag wird sie treffen. Es ist nicht zu begreifen. Unser Dimitri Grigorjewitsch. Wer ahnte das, als wir ihm das Geleit gaben?»
Luschkow las das Telegramm. «Dimitri Grigorjewitsch Kolzow wurde gestorben. Er hat jetzt den ewigen Frieden.»
«Ich könnte heulen wie ein altes Weib!» schrie Bulganin.
«*Wurde* gestorben . . .», sagte Luschkow. «Begreifst du das, Piotr Nikoforowitsch? Los, reite zu Vater Ifan! Er soll die Glocken läuten. Alle versammeln sich am Don! Das ist ein Tod, der uns alle angeht!»
Bulganin stürzte aus dem Haus, warf sich auf seinen Gaul und ritt wie der Satan zur Kirche. Auch Vater Ifan, der Pope, las das Telegramm mit zuckendem Gesicht, bekreuzigte sich, hielt das Formular dem heiligen Wladimir vor die Nase und sagte: «O Erzvater, sieh dir das an! Vor vierzig Jahren wurde ich zum Priester geweiht, aber vorher war ich Kosak. Beurlaube mich für eine kurze Zeit, bis diese Sache durchgestanden ist.»
Dann rannte er zum Turm, zog am Seil und ließ die Glocke aufjammern, als gehe die Welt unter. Vom Parteihaus heulte fast gleichzeitig die Sirene. Dort hatte Kalinew, der Schuster, der in Kolzows Abwesenheit die Geschäfte des Dorfsowjets betrieb und von allen Genossen einstimmig dazu gewählt worden war, auf den elektrischen Knopf gedrückt und den Alarm ausgelöst. Ein Höllenlärm war's, der über Perjekopsskaja hinwegkreischte und hinaus in die Steppe flog.

Am Don-Ufer, dort, wo man Granja hingerichtet hatte, kamen sie alle zusammen, das ganze Dorf stand herum, die Weiber mit ihren Kindern und die Uralten, die man zu zweit unterfassen mußte, damit sie überhaupt von der Stelle kamen, und der Pope Ifan war da, kaum noch erkenntlich, nur an seinem wallenden weißen Bart, denn er trug eine alte Kosakenuniform, die er aus der Tiefe einer Kiste gegraben hatte, wo sie fast fünfzig Jahre versteckt gelegen hatte. Urväterchen Babukin saß im Sattel seines zittrigen Pferdes und weinte helle Tränen, und das war's, was allen, die jetzt zum Don liefen, zuerst auffiel, denn keiner konnte sich erinnern, Babukin jemals weinen gesehen zu haben. Fluchen, das konnte er, und viel Blödsinn machte er, was man seinem unschätzbaren Alter zuschrieb — aber weinen war etwas Neues bei ihm. Ein paarmal fragte man ihn, was der Alarm bedeute ... aber Babukin ballte nur die Fäuste, hob sie in den Himmel und brüllte mit heiserer Stimme: «Es muß Blitze regnen!»
«Jetzt ist er total verrückt geworden», flüsterte man und ließ den Alten in Ruhe. Aber auch Kalinew und Rebikow benahmen sich merkwürdig, und Tutscharin, der Sargmacher, hing auf seinem Gaul und winkte stumm ab, wenn man ihn bedrängte. Erst als alle, die kommen konnten, am Don versammelt waren, holte Vater Ifan das Telegramm aus Wolgograd aus der Tasche seiner alten Uniform. Evtimia war nicht unter der Menge ... seit dem Weggang Kolzows verließ sie kaum das Haus, wanderte vom Stall zur Scheune und von der Scheune zum Garten und von dort wieder zurück ins Haus, immer in ihrer schwarzen Kleidung, als übe sie, den Rest ihres Lebens allein zu sein. Vater Ifan schwenkte das Telegramm durch die Luft, damit es jeder sehen konnte. Dann richtete er sich in den Steigbügeln auf, als wolle er eine ganze Schwadron Kosaken zur Attacke kommandieren.
«Leute, es ist ein Telegramm gekommen. Ich lese es vor: Dimitri Grigorjewitsch Kolzow wurde gestorben. Er hat jetzt den ewigen Frieden.» Er ließ das Formular sinken

und blickte über die Leute von Perjekopsskaja. Alle senkten die Köpfe, bekreuzigten sich wie zur Osternacht und schwiegen. Nur der Don rauschte durch das Schilf, und die Pferde scharrten mit den Hufen. «Unser Bruder wurde von uns genommen!» rief Ifan mit donnernder Stimme. «Wie ein Held starb er, das wissen wir! Nur ahnen können wir, was er gelitten hat. Leute, wir haben die Pflicht, Dimitri Grigorjewitsch unsterblich zu machen. Bis ein Denkmal für ihn entworfen ist, wollen wir ihm eine Gedenkstätte bauen. Hier am Ufer des Don. Spuckt in die Hände, Freunde ... aus den Steinen im Fluß errichten wir ihm eine Pyramide.»
Es begann ein Arbeiten wie beim Turmbau zu Babel. Die Weiber standen im Fluß und holten die schönsten Steine vom Grund, warfen sie in langer Kette von Hand zu Hand ans Land und gaben sie weiter an die Männer, die auf einer breiten Grundfläche aus den Steinen des Don das Denkmal für Kolzow zu schichten begannen.
Babukin und Tutscharin gerieten dabei in Streit und bespuckten sich wie Straßenjungen. «Eine Spitze kommt drauf!» schrie Babukin. «Was ist eine Pyramide ohne Spitze?» «Wir lassen oben eine Plattform!» schrie Tutscharin zurück. «Wir wollen eine Fahne auf ihr hissen! Tag und Nacht soll sie wehen. Und Weihnachten und Ostern und an Dimitris Geburtstag und an seinem Todestag werden wir dort oben Salut blasen.»
Sie kamen zu keiner Einigung und gingen wie die Kollektensammler von einem zum anderen und holten die Meinungen ein wie Bienen den Honig. Am Abend schnitten die Bewohner von Perjekopsskaja Fackeln aus getrockneten Hölzern, umwickelten die Stangen mit Werg und tauchten sie in Öl, zündeten die Fackeln an, formierten sich zu einem langen, stummen, flammenden Trauerzug und marschierten vom Don herauf über die Straße zum Hause Kolzows.
Evtimia erwartete sie. Sie saß in einem alten Korbsessel vor der Tür, die Hände gefaltet, über dem Gesicht den Witwenschleier. Großmutter Klitschuka hatte ihr schonend

beigebracht, daß Dimitri Grigorjewitsch nicht zurückkehren würde, etwas, was Evtimia schon lange ahnte. «Noch weiß man nicht, was mit ihm in Wolgograd geschehen ist», sagte die Klitschuka zartfühlend. «Es bleibt sich auch gleich: Er lebt nicht mehr. Evtimia Wladimirowna, mein armes Weib.» Sie küßte die erstarrte Evtimia auf beide Wangen, setzte sich in die «schöne Ecke» und begann laut zu jammern, wie es üblich war unter guten Nachbarn.

Ab und zu kamen an diesem Tag andere Weiber ins Haus und berichteten vom Pyramidenbau am Don-Ufer. Ein regelrechter Pendelverkehr entwickelte sich, der Evtimia auf dem laufenden hielt. «Babukin, der schielende Teufel, und Tutscharin bespucken sich», war eine der Meldungen, die die Weiber um Evtimia in Erregung versetzte. «Es gibt bereits zwei Lager ... die einen wollen eine Spitze auf dem Denkmal, die anderen eine Plattform, wo man Trompete blasen kann. Sie schlagen sich noch die Schädel ein, die tollen Hunde.»

Aber, nun, beim feierlichen Fackelzug zu Ehren des toten Kolzow, war aller Streit vergessen. Babukin und Tutscharin ritten friedlich nebeneinander, die lodernde Fackel in der Faust, und da auf der Sowchose die Arbeit auch beendet war, fuhren die Arbeiter unter Führung des Brigadiers Sadowjew in vier Lastwagen nach Perjekopsskaja, ergriffen flammende Holzscheite und reihten sich schweigend in den Zug ein. Ein Flammenmeer war's, was da vom Don zum Hause Kolzows anrollte, die Glocke der Kirche läutete – dort hing der Vorsänger Luka Nikolajewitsch Muschkar am Glockenseil, ein verwachsenes Männlein mit einem Buckel wie ein Mehlsack, aber mit einer hellen Stimme begabt, von Gott geschenkt, Gott damit zu loben –, die Pferde wieherten und tänzelten, die Weiber und Kinder weinten leise, die Flammen prasselten aus dem Holz, und nur die Großmutter des Kosaken Blenischew, ein stocktaubes Weib, neben der man Kanonen abschießen konnte, und sie hätte dabei noch gesagt «herein», als klopfte es an der Tür ... also diese Blenischewa allein vollführte einen großen Lärm, weil ihre Enkel sie mitschleppten und keiner ihr verständlich machen konnte, worum es eigentlich bei dieser Feier ging.

Evtimia saß vor dem Haus wie eine Königin. Ihr bleiches Gesicht, von neuen Runzeln zerfurcht, blickte starr über die Menge. «Ich habe nicht gewußt, wie sehr Dimitri Grigorjewitsch von euch allen geliebt wurde», sagte sie, als Kalinew zu ihr trat, sie auf die Wangen küßte und mit erstickender Stimme verkündete: «Mütterchen, die Welt ist ärmer geworden ohne ihn . . .»

«Wenn man bedenkt, daß ihr ihn einen alten, verrosteten Eisentopf genannt habt, nur weil er das Saatgut gerecht verteilte», fügte Evtimia hinzu.

«Erst nach seinem Tode erkennt man die Qualitäten des Menschen», sagte Kalinew weise. «Solange er lebt, ist er immer ein Stein, an dem man sich wetzt. Können wir die Welt ändern, Mütterchen?»

Es war ein wirklich feierlicher Abend. Der Chor der Sowchose «2. Februar» sang drei traurige Kosakenlieder und dann die Internationale, bei der sich Vater Ifan beide Ohren zuhielt. Dann sprach der Magazinverwalter Rebikow ergreifende Worte. Wenn er auch ein Feigling war und hinter den Weibern herrannte wie ein verrückter Hahn . . . sprechen konnte er wie ein Schauspieler, und er fand Worte, die man sonst nur noch bei Gorki nachlesen konnte. Am Schluß predigte Vater Ifan von der ewigen Liebe und der Unsterblichkeit. Er tat es vom Pferd aus, in seiner alten Kosakenuniform, und es war ein seltsamer Anblick, den alten Mann mit dem langen weißen Bart im Sattel eines tänzelnden Pferdes zu sehen und dabei Worte über die Liebe Christi zu hören.

Eine Stunde dauerte das Totenfest, dann ließ sich alles im Garten und rund um das Haus Kolzows nieder, Feuer loderten auf, man brachte Hammelstücke und Ochsenfleisch, Kotzobjew, der Metzger, stiftete ein Hinterviertel, und Evtimia holte aus dem Vorratsraum große Gläser mit Gurken und Pilzen in Essig, gezuckerten Beeren und eingemachten Kürbissen, ein Fäßchen Kapusta wurde aufgestemmt, und gegen Mitternacht lagen sie alle um Kolzows

Hütte, sangen, fraßen und soffen, pinkelten in die Ecken des Gartens und liebten sich in der Scheune im Stroh. Fünf Paare, junge Sowchosarbeiter und dralle Bäuerinnen von der «Brigade Milchverwertung», jagte Babukin aus der Scheune, als er auf einen Wink hin das Stroh inspizierte.
«Wie die Karnickel benehmen sie sich!» brüllte der Alte und schwang seinen breiten Säbel. «Wo's raschelt, müssen sie sich hinlegen. Das hier ist eine Totenfeier, ihr Schmutzklumpen!»
Aber was nutzte es? Vorn jagte der alte Babukin die Jungen hinaus, hinten durch das kleine Törchen schlichen sie wieder ins Stroh. Sie sind eben ein lebensfroher Menschenschlag, die Kosaken am Don, und man sagt sich ganz richtig: Wenn einer stirbt, sollten die anderen für Nachwuchs sorgen. Bestimmt ist's im Sinne des Toten, das müßt ihr zugeben, Freunde.
Als der Morgen über die Steppe kroch, neblig, feucht, mit einer weißen, wallenden Decke, hinter der man den blauen Himmel und die helle Sonne nur ahnte, als Wermut und Steinklee dufteten und blühende Distelstauden ihren Honig ausströmten, umgab Kolzows Haus ein Ring schnarchender Menschen. Nur Kotzobjew, der Metzger, und Kalinew, der Schuster, saßen auf der Bank unter dem Kirschbaum und blickten mit trüben Augen über den Bodennebel.
«Eine Abordnung muß nach Wolgograd fahren», sagte Kalinew. «Sie soll Dimitri Grigorjewitsch nach Hause holen. Wenn er schon tot ist, so können sie wenigstens den Körper herausgeben. Das muß man denen vom KGB klarmachen. Wir müssen das morgen im Sowjet besprechen. Fünf Genossen sollen nach Wolgograd fahren. Man kann sich nicht alles gefallen lassen. Und wenn wir nicht zum Zuge kommen, dann sollten wir das Bezirkskomitee der Partei einschalten. Kolzow war ein alter Genosse ... er soll würdig begraben werden.»
«Ein guter Vorschlag.» Kotzobjew, ein Riese von Mensch, schlug sich auf die Schenkel. Es klatschte, als hämmere er einem Ochsen auf den Schädel. «Ich werde die Abordnung führen. Es wird schwer sein, mich aus irgendeinem Büro

hinauszuwerfen. Diese schwachbrüstigen Beamten, Freundchen! Wenn ich sie anblase, wehen sie aus dem Fenster wie Aschenstaub ...»

Zu allen Zeiten und überall gibt es Schweine. Keine grunzenden Tierchen, die man rundfüttert, um sie zu schlachten, sondern Menschen, die man Schweine nennt und damit die Tierchen beleidigt. Mistkerle sind es, beschissene Ziegenböcke, Schwanzbüschel des Teufels ... Freunde, es gibt keine Worte für sie. Es sind diese Lumpen, die alles verraten müssen, die heimlich herumlaufen und die Schnauze aufreißen, Geheimnisse ausplaudern, Feinde gegeneinander hetzen, überall Unruhe stiften, überlaufen vor Gift und die Welt in einen Misthaufen verwandeln wollen.»

Irgendwer in Perjekopsskaja — oder war's auf der Sowchose — schien solch ein Ungeheuer zu sein. Denn wie sonst hätte Major Tumow in Wolgograd schon einen Tag später erfahren, daß man am Don-Ufer ein Denkmal für den toten Kolzow errichtet und eine grandiose Totenfeier vor Evtimia, der Witwe, stattgefunden hatte.

Natürlich, es konnte auch anders gewesen sein. Man sprach hinterher viel über diese Feier, und Lastwagenfahrer konnten solche Berichte in die Stadt gebracht haben ... aber so schnell, so präzis, genau an die richtige Stelle konnte das alles nicht gelangen, wenn man die Geschehnisse nur als Neuigkeit von Mund zu Mund weitergab.

«Man kann dem besten Freund nur vor die Stirn sehen», sagte Kalinew bei der Versammlung der Parteimitglieder im Parteihaus von Perjekopsskaja. «Er lächelt einen an, und dahinter ist Scheiße. Wer kann's sehen? Es ist nun einmal geschehen ... Tumow trifft noch heute bei uns ein. Die Abordnung nach Wolgograd könnnen wir uns sparen ... wir tragen ihm unsere Bitte gleich selbst vor.»

«Den Kopf spalte ich ihm!» schrie der alte Babukin. «Als Mörder sollten wir ihn behandeln! Wie Granja müßten wir ihn über den Fluß schicken! Brüder, er hat mein Söhnchen Dimitri getötet!»

«Er hat recht», sagte auch Kotzobjew und knackte mit den Fingern. Es klang so laut, als breche er Knochen auseinander. Erschreckt sahen alle zu ihm hin. «Sollen wir uns ewig ducken? Kann jeder Offizier mit uns machen, was er will? Sind wir Lämmer, he? Sind wir geboren, um den Kopf hinzuhalten, damit man uns eins draufhaut? Was für ein Recht hatte er, Kolzow einfach mitzunehmen? Leben wir in einem Staat, der Gesetze hat, oder kann hier jeder den anderen umbringen, wenn's ihm paßt? Wir sollten diesem Tumow zeigen, was Kosaken sind!»

«Genossen, um Gottes willen, keine Revolution!» Kalinew sprang auf und fuchtelte mit den Armen durch die Luft. «Sie brennen uns das Dorf ab und schicken uns nach Sibirien!»

«Na und?» brüllte Kotzobjew zurück. «Leben in Sibirien die Menschen wie Affen auf den Bäumen? Überall kann man leben ... aber ich kann nur atmen, wenn ich meine Ehre behalte. Jawohl, Freunde, machen wir eine Revolution! Jagen wir diesen Tumow zum Teufel! Haben wir endlich einmal den Mut, diesem Herrn in den Hintern zu treten, wenn er uns in den Bauch tritt!»

«Juchhei!» schrie der alte Babukin und tanzte durch das Zimmer. «Endlich wachen sie auf! Ich dachte schon, die jetzige Generation bleibt immer in den Windeln!»

«Seid vernünftig!» schrie Kalinew in den Lärm hinein. «Genossen, behaltet den Kopf oben! Eine Revolution macht man nicht wie einen Haufen im Scheißhaus! Das muß vorbereitet werden! Seid doch vernünftig, Brüder! Rechnet doch mal nach! Wir sind — wenn alle mitmachen — siebenhundert Männer. Um uns herum aber leben hundert Millionen. Seht euch die Landkarte an! Perjekopsskaja ist darauf weniger als ein Fliegenschiß.»

«Wenn man so kleinlich denkt, wird's nie mit der Freiheit!» kreischte Babukin. «Als Lenin anfing, hatte er nur einen Eisenbahnwagen. Man muß eben Mut haben.»

«Es gibt keinen Lenin mehr.» Kalinew hieb auf den Tisch. Hochrot war er im Gesicht. Er kannte seine Freunde ... sie schäumten wie Birkensekt, und hinterher lagen sie herum und hielten sich jammernd den Kopf. Aber ein Ventil ist gut, es muß sein, denn sonst platzt der Kessel. «Ver-

legen wir uns aufs Verhandeln. Höfliche Menschen bekommen immer höfliche Antworten. Auch ein Major Tumow ist schließlich ein Mensch.»
«*War* ein Mensch!» brüllte Babukin, der die Idee der Revolution wieder zusammensinken sah wie ein angestochenes Luftkissen. «Wenn es keiner wagt, ich tue es allein! Ich bringe ihn um, sobald er die Nase ins Dorf steckt. Genossen! Ich schwöre es beim Andenken an Dimitri Grigorjewitsch.» Er baute sich vor Kalinew auf, hob die rechte Hand und machte ein feierliches Gesicht.
Da man nie wußte, wenigstens nicht in diesem Fall, ob Babukin nur wieder tönende Worte von sich gab, oder wirklich Tumow an den Kragen wollte, sperrte man ihn kurzerhand nach der Sitzung ein. Der Alte tobte und spuckte um sich, feuerte ein ganzes Arsenal noch nie gehörter Flüche ab und benahm sich wie ein von einer Wespe gestochener Esel... aber er fügte sich schließlich, versuchte nicht mehr, die Zimmertür einzurennen (man hatte ihn bei Klitschuk untergebracht, der neben der Küche ein Zimmerchen besaß, dessen Fenster vergittert war), sondern begnügte sich damit, Tisch und Stühle bis auf einen, auf den er sich später dumpf brütend hinsetzte, zu zertrümmern und das Holz gegen die Wände zu feuern.
Die Familie Klitschuk stand staunend vor der Tür. Man hatte dem Alten soviel Kraft nicht mehr zugetraut.
Am Nachmittag erschien Major Tumow in Perjekopsskaja. Er landete mit einem Hubschrauber vor dem Parteihaus, mitten auf dem Platz, auf dem seit Stunden eine Abordnung der Kosaken wartete. Da es ein schöner, sonniger Tag war, hatte man Tische herausgestellt und saß auf Schemeln, trank Kwaß und ließ sich von den Frauen Speck, Schinken und warmes Kraut bringen. Jetzt fegte der Luftdruck der Rotorflügel die Gläser und Teller von den Tischen, und die Kosaken hielten sich die Mützen fest.
Allein stieg Tumow aus dem Hubschrauber und ging zum Parteihaus. Er trug seine Uniform und hatte eine Pistole umgeschnallt.
«Mut hat er», sagte Tutscharin anerkennend und trank

einen Schluck Kwaß aus der Kanne, als die Rotorflügel endlich standen und man wieder eine vernünftige Haltung einnehmen konnte. «Kommt allein, das feine Herrchen!» Er schielte zu dem Piloten des Hubschraubers und bemerkte, daß neben ihm aus der Glaskanzel häßlich und gefährlich der Lauf eines Maschinengewehres ragte. «Was nützt ihm die Kugelspritze, wenn man ihm drinnen im Parteihaus den Schädel einschlagen würde? Er muß uns für gutmütige Idioten halten.»

Kalinew und Kotzobjew empfingen Tumow in Kolzows Zimmer. Man hatte ein großes Foto des Toten so auf den Schreibtisch gestellt, daß jeder es beim Eintreten sehen mußte. Um das Bild wanden sich Feldblumen. Es war eine kindlich-rührende Ehrung.

Major Tumow übersah das Bild nicht. Ohne Gruß blieb er stehen und deutete mit der rechten Hand auf das Foto.

«Woher wissen Sie, daß er tot ist?»

Kalinew blickte schnell zu Kotzobjew. Jetzt kam es darauf an, Mut zu haben.

«Wir erhielten aus Wolgograd ein Telegramm.» Kalinews Stimme war belegt vor Aufregung. Er spürte, wie der Schweiß aus seinen Poren brach. Hinter Tumow steht die ganze Macht Moskaus, dachte er. Was sind wir dagegen? Armselige Kotspritzer. Für Babukin ist es leicht, ein Held zu sein. Er lebt vielleicht schon hundert Jahre und hat nichts mehr im Leben vor. Vier Frauen hat er verschlissen ... was will er noch mehr? Aber wir, wir sind im besten Mannesalter. Es ist verdammt schwer, solche Entscheidungen zu treffen.

«Wer hat das Telegramm geschickt?» fragte Tumow. Er griff zum Bild Kolzows und drehte es um. Aufs Gesicht legte er es, und die anderen verstanden. Erledigt, hieß das. Kolzow ist gestrichen. Kotzobjew knirschte schauerlich mit den Zähnen, Kalinew bekam nasse Handflächen.

«Ohne Absender», sagte Kalinew.

«Wo ist es?»

«Hier.»

Tumow las das Telegramm. Der feine Ausdruck «wurde

gestorben» sprang ihn an wie eine Katze. Er lief rot an im Gesicht und zerriß das Formular.
«Sie wissen, wer das geschickt hat?» fragte er und starrte Kotzobjew an, der erneut mit den Zähnen knirschte, als bisse er in Eisen.
«Wir vermuten es. Es könnte Njuscha, seine Tochter, gewesen sein.»
«Dann wäre sie also in Wolgograd?»
«Man hat hier nie etwas anderes behauptet, Genosse.»
«Und der Deutsche auch?»
«Das wiederum weiß keiner. Er ist mit der Genossin aus Moskau weggefahren.» Kalinew sagte es so überzeugend, daß Tumow diesmal glaubte, es sei die Wahrheit.
Der Kreis, dachte er wütend. Dieser verdammte Kreis — ich komme nicht aus ihm heraus! Wir drehen uns alle wie auf einem Karussell. Perjekopsskaja — Wolgograd — Perjekopsskaja . . . immer rundherum. Lebt Jelena Antonowna wirklich noch? Hat sie sich mit dem Deutschen irgendwo verkrochen? Das wäre Irrsinn, denn wie soll ihr Leben weitergehen? Aber warum ist Njuscha ihnen dann gefolgt? Nur aus Sehnsucht nach der Stadt? Wer glaubt das, wenn er diese Menschen am Don kennt!
Alles ist wie ein Nebel, der über einem Fluß schwebt.
«Sie glauben also, daß Kolzow gestorben ist?» fragte Tumow. Kotzobjew nickte mehrmals.
«Warum sollen wir es nicht glauben?»
«Es kann eine Falschmeldung sein.»
«Wenn sie von Njuscha kommt — nie.»
«Und wenn er wirklich noch lebt?»
Kalinew und Kotzobjew sahen sich erschrocken an. Diese Möglichkeit hatte man nie in Betracht gezogen. Nicht einmal Vater Ifan hatte so etwas geäußert. Am Don stand halbfertig die Pyramide zu Ehren Kolzows, der Fackelzug war gelaufen, das Totenmahl war verzehrt . . . welch eine Blamage, wenn Dimitri Grigorjewitsch wirklich noch lebte und quicklebendig in Wolgograd herumsaß. Hundert Jahre würde man über Perjekopsskaja lachen. Und wer war schuld? Natürlich wieder Babukin. Von ihm kam der Vor-

schlag mit dem Denkmal. Man sollte den Alten ewig eingesperrt lassen. Eine Gefahr für die ganze Menschheit ist sein verkalktes Hirn.
«Ein ehrliches Wort, Genosse Major . . .», sagte Kotzobjew heiser. «Lebt er nun, oder lebt er nicht mehr? Sie werden verstehen, daß das von allgemeinem Interesse ist.»
«Er ist tot», sagte Tumow steif.
«Gott sei Dank!» entfuhr es Kalinew. «Dann stimmt alles wieder.» Er straffte sich, als nehme er eine stramme Haltung ein. «Genosse Major, der Sowjet von Perjekopsskaja bittet um die Freigabe der Leiche des Genossen Kolzow. Er soll in heimatlicher Erde begraben werden.»
«Er ist bereits begraben.» Tumow legte die Hand an die Pistolentasche. Für ihn lag Kolzow jetzt in der Anatomie . . . daß es der alte Sifkow war, blieb ein ewiges Geheimnis. «Auch Wolgograd ist heimatliche Erde. Bezweifeln Sie das?»
«Nein», Kalinew gab Kotzobjew, der etwas Scharfes entgegnen wollte, unter dem Tisch einen Tritt gegen das Bein. «Nur hätten wir unseren Freund Dimitri Grigorjewitsch gerne hier. Die Steppe, der Don . . . das war sein Land.
«Er ist begraben, das genügt.» Tumow ging zum Fenster und sah hinaus. Auf dem Platz vor dem Parteihaus stauten sich die Menschen. Der Hubschrauber war eingekeilt von jungen Burschen, die den Piloten in ein Gespräch gezogen hatten. «Es ist nicht im Sinne Moskaus, daß Kolzow wie ein Märtyrer verehrt wird. Er war ein Gegner des Volkes. Trotzdem haben Sie ein Ehrenmal bauen lassen.»
«Ja . . .», antwortete Kotzobjew schlicht.
«Es wird eingerissen.»
«Nein.»
Tumow fuhr herum. Er sah in starre Gesichter, in funkelnde, gefährliche Augen.
«Ich befehle es!» schrie er mit heller Stimme.
«Mit welcher Vollmacht?» Kalinew entschloß sich, nun doch ein Held zu werden. Befehlen, einem Kosaken befehlen . . . dazu gehört mehr als eine Uniform. «Es wäre zu prüfen, wer hier zu befehlen hat.»

«Sie wollen prüfen?» brüllte Tumow. Er beugte sich über den Tisch, nahm plötzlich das Bild Kolzows und schleuderte es gegen die Wand. «Vollmachten? *Ich* bin hier, und wo ein Tumow steht, ist Vollmacht genug! Begreifen Sie das?»
«Nein.»
«Dann wird man es Ihnen beibringen!»
«Wie denn? Mit Gewalt? Wir leben in einem Land der freien Bauern und Arbeiter. Wollen Sie einen Aufstand? Sie können ihn haben, Genosse Major! Morgen brennt vielleicht Perjekopsskaja, aber übermorgen brennt es am ganzen Don, von Rostow bis Woronesch, und die Flammen werden bis Moskau stinken, und an diesem Gestank wird auch ein Major Tumow ersticken. Wir haben keine Angst ... haben Sie schon einmal zitternde Kosaken gesehen?»
Tumow schwieg. Er zitterte vor Zorn, aber die Klugheit gebot ihm, jetzt ruhig zu bleiben. Er beobachtete Kotzobjew, wie er Kolzows Foto vom Boden aufsammelte und es oben in sein Hemd steckte, mit der Bildseite nach außen. Wie ein großes Medaillon klebte es ihm unter dem Hals. Auch das war eine Demonstration gegen Tumow ... er begriff es und wandte sich schroff ab.
Zu Fuß ging er später durch das Dorf und besichtigte das halbfertige Ehrenmal. Er umkreiste es, blickte über den Don und ging dann langsam zurück zum Parteihaus.
Hinter den Flechtzäunen standen die Weiber, Kinder und Uralten, starrten ihn an und spuckten über den Zaun. Die Hunde zerrten kläffend an den Ketten, der Dorfidiot Warlam tanzte vor ihm her, und schrie immerfort: «Wer will ein Schweinchen schlachten? Wer will ein Schweinchen schlachten?» Dann blieb er stehen, knöpfte seine Hose auf und bepinkelte Tumow.
Tumow fegte ihn mit einer gewaltigen Ohrfeige zur Seite gegen einen Zaun und ging mit eisigem Gesicht weiter. Vor dem Parteihaus standen Kotzobjew und Kalinew mit den anderen Parteigenossen.
«Das Denkmal wird eingerissen!» sagte Tumow laut.
«Wir bauen es weiter!» brüllte ihm der Chor der Männer entgegen. Es war offensichtlich — man hatte es einstudiert.

«Ich lasse das Dorf von Militär besetzen!
«Sollen sie kommen, die Jüngelchen!» schrie einer aus der Menge. «Sie haben noch keinen Kosakenangriff erlebt! In die Hosen werden sie sich scheißen! Gebt ihnen bloß Ersatzhosen mit, Genosse, sonst stinkt's noch tagelang.»
Tumow kletterte in den Hubschrauber und schloß die Tür der Glaskabine. Es hatte keinen Sinn mehr, weiterzureden. Er gab dem Piloten ein Zeichen, und die Rotorflügel begannen zu kreisen. Die Menschen spritzten zur Seite.
Eine ganze Kompanie lege ich übermorgen nach Perjekopsskaja, dachte Tumow grimmig. Das hier ist eine Kraftprobe ... ich werde sie gewinnen. Und wenn sie Schädel aus Flußstein haben ... ich sprenge sie auf!
«Kreisen!» befahl er, als der Hubschrauber in der Luft war. Sie flogen dreimal über Perjekopsskaja, und Tumow betrachtete aus der Höhe die Stätte seines kommenden Kampfes.
Die Hütten, teils mit Ziegeln, mehr aber noch mit Stroh gedeckt. Die Gärten hinter den Flechtzäunen, die Ställe und Scheunen. Die Weiden und Felder. Die weite Steppe bis zu den einzelnen kleinen Waldgruppen. Die Pferdeherden. Auf dem Platz vor dem Parteihaus noch immer die bunte Masse der Menschen. Der breite Don mit seinen sandigen und schilfigen Ufern. Der Steinklotz der halbfertigen Pyramide. Die rosa leuchtende Kirche mit dem hölzernen Zwiebelturm und dem bronzierten Doppelkreuz. Eine kleine, heile, schöne Welt ...
«Ich werde sie zerstören!» sagte Tumow halblaut zu sich und ballte die Fäuste. «Ich muß sie zerstören, der allgemeinen Ruhe wegen ...»

25. Kapitel

Timor Antonowitsch Brutjew war Fotograf. Er betrieb in Wolgograd sein Atelier in Blickweite des «Heiratspalastes Innenstadt» und nannte sich stolz «Bildkünstler». Er fotografierte Säuglinge und Hunde, bärtige Großväter und verliebte Mädchen, Marktfrauen und Tänzerinnen, Parteifunktionäre und einmal sogar einen Kanarienvogel, der den 1. Preis auf einer Ausstellung erhalten hatte. Sein Hauptgeschäft aber waren die Hochzeitspaare. Nachdem sie im Heiratspalast ihr Ja gesagt hatten, nahm sich ihrer ein Angestellter Brutjews an, zeigte ihnen Musterfotos und lotste sie über die Straße ins Atelier.

Das Geschäft blühte, denn frisch verheiratete Ehemänner sind noch aufgeschlossen für Erinnerungsfotos ... später sind sie froh, ihre Alte nicht mehr zu sehen, und auf Bildern schon gar nicht. Tür auf, Tür zu ... so ging's bei Brutjew ... ein Paar nach dem anderen, alle glücklich, immer lachende Gesichter, stolze Väter, strahlende Mütter, würdige Verwandte, überall Sonnenschein. Es ist schon ein schöner Beruf, Fotograf zu sein.

Um siebzehn Uhr pflegte das Geschäft abzuflauen ... dann schloß der Heiratspalast, der Lotse ging nach Hause, und Brutjew gönnte sich eine Verschnaufpause bei einer Tasse Tee. Die Abende waren dann ausgefüllt mit der Dunkelkammerarbeit, mit Entwickeln, Vergrößern, Wässern, Retuschieren. Vor allem das Retuschieren war die große Kunst Brutjews: er konnte aus einem faltigen Mütterchen eine blühende Frau machen, was ihm immer viel Lob einbrachte.

An diesem Tag — es war gegen achtzehn Uhr, Brutjew sah auf die Uhr, um diese denkwürdige Stunde genau festzuhalten — erschien ein wunderschönes Frauchen in seinem Atelier. Eine Unbekannte mit langen blonden Haaren, festen, blanken Beinen, großen blauen Augen und einem Körperchen, das Brutjew, als Fotograf gewöhnt, Schönheiten zu erkennen, den Gaumen austrocknen ließ.

«Ich möchte ein Foto haben», sagte das Weibchen. «So groß.» Sie umzirkelte mit der Hand eine Fläche, und Brutjew stellte fest, daß es das Format achtzehn mal vierundzwanzig sein müßte.

«Ein Porträt», sagte Brutjew und rieb sich die Hand. «Es wird ein Meisterwerk werden. Ausstellen werde ich es.» Er schloß die rechte Hand zu einer Röhre und blickte mit

zusammengekniffenen Augen hindurch. «Nur den Kopf, ohne Hals, ganz groß den Kopf mit flatterndem Haar. Ich werde dazu einen Fön blasen lassen ... Halbprofil, mit leicht geöffneten Lippen. Genossin ... die Betrachter werden Schlange stehen und sich um einen Blick auf das Bild prügeln. Bitte nehmen Sie Platz, dort auf dem Stuhl, vor der weißen Wand ... ich leuchte Sie zuerst aus.»
«Danke», sagte Njuscha und blieb mitten im Atelier zwischen den Lampen, Kameras, Kabeln und Reflektoren stehen. «Es soll kein Kopfbild sein ... ich will den ganzen Körper. Den Körper *ohne* Kopf.»
Brutjew wischte sich über das Gesicht. Er atmete hastig, denn er litt unter leichtem Asthma. «Ohne Kopf?» wiederholte er.
«Sie haben es gehört, Genosse. Nur den Körper.»
Brutjew war kein Mensch, den man so leicht aus der Ruhe bringen konnte. Ein Fotograf ist vieles gewöhnt, das bringt der Beruf mit sich. Der eine will, daß sein Bart plastisch herauskommt, der andere will mehr Haare auf sein Haupt retuschiert haben; ganz schlimm war es einmal bei einer reichen Bäuerin, die verlangte, daß man auf dem Bild nicht ihren riesigen Busen sah, aber auch dieses schier Unmögliche schaffte Brutjew durch eine geschickte Kameraeinstellung und mit seinem berühmten Retuschierstift. Zum erstenmal aber verlangte jetzt jemand, daß man seinen Kopf abschnitt, also genau das, worauf alle, die sonst zum Fotografen kommen, so unendlich stolz sind. Es dauerte deshalb eine Zeit, bis Brutjew sich beruhigte und Njuscha ihm erneut erklärte, daß der Kopf nicht wichtig sei, sondern nur der Körper.
«Sie müssen es wissen, Genossin», sagte er fast gekränkt. «Halten wir aber im voraus fest, daß es nachher keine Reklamation gibt.»
«Natürlich.» Njuscha sah sich um, holte dann einen Stuhl heran und begann sich auszuziehen. Brutjew fielen die Augen aus dem Gesicht ... er lehnte sich an die Wand und umklammerte das Gerüst seiner Scheinwerfer.
«Was soll das?» stammelte er. «Genossin, halten Sie ein!

Hier ist es immer so heiß. Die Scheinwerfer ... es geht gleich vorüber ...»

«Sie sollen mich nackt fotografieren ...», sagte Njuscha, als sei das selbstverständlich. Sie ließ das Kleid fallen und knöpfte ihren Büstenhalter auf. Brutjew begann zu zittern.

«Nackt? Ich bin ein anständiger Fotograf, Genossin! Darf ich Sie darauf aufmerksam machen, daß erotische Bilder verboten sind?»

«Es ist kein erotisches Bild ... ich will nichts als ein Foto von meinem nackten Körper. Ist es eine Sünde, sich selbst nackt zu sehen?»

«Natürlich nicht.» Brutjew schluckte. Er hatte einen dicken Kloß im Hals. Njuscha stand mittlerweile nackt vor ihm und bewegte sich ohne Scham zu der weißen Hinterwand, stellte sich dort auf und winkte.

«Fangen Sie an, Genosse.»

«Darf ich bemerken ...», stammelte Brutjew, «daß ich ein Mann bin?»

«Sie sind ein Fotograf ...»

«O Himmel.» Brutjew warf sich hinter seine Plattenkamera, sah über die Milchglasscheibe auf den nackten, jetzt auf dem Kopf stehenden Körper Njuschas und atmete pfeifend durch die Zähne. «Soll alles drauf?» fragte er mit belegter Zunge.

«Alles.»

«Unretouschiert?»

«So wie es in Natur ist.»

«Ohne Kopf?»

«Sie sagen es, Genosse.»

Brutjew leckte sich über die Lippen, aber die brannten wie nach zehn Stunden Wüstenwanderung. Er stellte das Bild scharf ein, schob die Platte in den Rahmen und ergriff den Drahtauslöser. Seine Finger zitterten wie im Schüttelfrost. Dann drückte er, es machte «klack», und das verrückteste und schönste Bild, das Brutjew je geknipst hatte, war im Kasten. Erschöpft stützte er sich auf ein Stativ und sah zu, wie sich Njuscha schnell wieder ankleidete.

«Wann kann ich das Foto abholen?» fragte sie und legte drei Rubel Anzahlung auf den Tisch neben Brutjew. Das war mehr, als das Bild sonst kostete, aber man muß die seelische Belastung mitbezahlen.
«Morgen, Genossin.»
«Mit dem Negativ natürlich.»
«Selbstverständlich.»
«Und der Kopf ist nicht auf dem Bild?»
«Nein. Es fängt beim Brustansatz an ...» Brutjew atmete hastig. «Ich garantiere für eine saubere Arbeit.»
Er begleitete Njuscha bis zur Tür, blickte ihr nach, wie sie die Straße hinunterging, mit weiten, ausgreifenden Schritten, und er dachte sich die Kleider weg und sah sie wieder so, wie sie vor wenigen Minuten im Scheinwerferlicht gestanden hatte.
Genossen, gerade unter den Fotografen gibt es viele Dichter ... man versteht das jetzt.
Brutjew stieß einen tiefen Seufzer aus, rannte dann in die Dunkelkammer, entwickelte das Foto, fixierte und wässerte es, ließ es auf dem Schnelltrockner trocknen und hängte es dann mit einer Klammer an eine Leine. Versonnen setzte er sich davor und sah es an. Es war ein Meisterwerk. Sogar der winzige Leberfleck auf Njuschas linkem Oberschenkel war zu sehen.
Timor Antonowitsch Brutjew verbrachte die halbe Nacht damit, sein Foto anzuhimmeln. Dann wurde die Versuchung zu groß, er warf seine Jacke über und rannte zu einer ihm bekannten Dirne, deren Pudel er einmal fotografiert hatte.
Am nächsten Tag holte Njuscha das Foto ab. Sie bezahlte noch einmal zwei Rubel, zerriß vor Brutjews Augen das Negativ in kleinste Teile und sah ihn stolz an. «Vergessen Sie, daß Sie mich fotografiert haben», sagte sie eindringlich. «Es könnte für Sie von Nutzen sein, Genosse.»
Brutjew verstand die dunkle Rede nicht, aber er nickte und beglückwünschte sich im stillen, daß er noch einen Abzug gemacht hatte. Den hängte er sich über sein Bett, und bevor er einschlief, traf sein letzter Blick diesen kopflosen, herrlichen Körper.

«Es ist ein schamloses Bild, Sascha», sagte Njuscha später, als sie mit Bodmar auf einer Bank am Wolga-Ufer das Foto betrachtete. «Aber es wird wirken wie Leim auf eine Fliege. Was meinst du?»
«Jeder Mann, der dieses Bild bekommt, würde den Verstand verlieren und hundert Werst weit laufen, um diesen Körper in Natur zu sehen.» Bodmar drehte das Foto in den Händen. «Und daß gerade *er* es sehen soll ...»
«Er wird es nicht lange bei sich haben, Sascha. O Gott, war es schwer, sich so hinzustellen, in das volle Licht ...» Sie lehnte den Kopf an seine Schulter und legte ihre Hand flach über das Foto. «Aber ich habe an Väterchen gedacht ... und da war ich ganz ruhig und habe mich nicht mehr geschämt. Kannst du das verstehen, Sascha?»
«Ich habe vieles in diesem Land verstehen gelernt.» Bodmar steckte das Bild in einen großen Umschlag, befeuchtete die Gummierung und klebte ihn zu. «Und wenn er nicht reagiert?»
«Ist er nicht ein Mann?»
«Bei Gott, ich liebe einen Teufel.» Er stand auf und zog Njuscha von der Bank hoch.
«So wie wir lieben, können wir auch hassen», sagte sie. «Wir reißen die Blitze vom Himmel, wenn es sein muß.»
Sie küßten sich, und dann gingen sie Hand in Hand die Treppen hinauf in die Stadt, warfen den Brief in einen Briefkasten und fuhren mit der Straßenbahn zurück an die Wolga, zu den Volkows, die schon mit dem Abendessen auf sie warteten und die Neuigkeit zu berichten hatten, daß man aus der Leichenhalle ein Großväterchen geklaut habe. Alle Zeitungen schrieben darüber.
Am nächsten Morgen – es war der fünfte Tag nach Kolzows Tod – erhielt Major Tumow einen großen Brief. Er war gerade damit beschäftigt, ein Schreiben nach Moskau aufzusetzen, in dem er begründete, warum er einen Militäreinsatz in Perjekopsskaja für notwendig und nützlich halte. Gleichzeitig bat er um weitreichende Vollmachten. Rossoskij, das wußte Tumow, würde sie ihm gewähren.
Er drehte den Brief ein paarmal zwischen den Fingern, ehe

er den Umschlag aufriß. Kein Absender, die Adresse geschrieben mit einer Maschine.
In den nächsten Minuten saß Tumow still und versunken hinter seinem Schreibtisch und betrachtete das Foto, das da mit der Post gekommen war. Ein Zettel lag dabei, beschrieben mit einer zierlichen, fast tänzerischen Mädchenschrift.
«Ich habe Sie auf der Straße gesehen, schöner Major, und ich habe mich erkundigt, wer Sie sind. Ich liebe schöne Männer, wie ich Ihnen ansehe, daß Sie schöne Frauen lieben. Ich stelle mich Ihnen vor mit dem, was wichtig für uns beide ist. Wollen wir uns lieben? Ich erwarte Sie morgen nacht um vierundzwanzig Uhr an der Mauer des Friedhofs Nr. II, dort wo das Materiallager ist. Seien Sie nicht verwundert über den seltsamen Treffpunkt ... Paradiese liegen hinter den Wüsten ...»
Tumow legte das Foto auf den Tisch und starrte gegen die Wand. Es war der ungewöhnlichste Brief, den er je bekommen hatte, aber es war auch der schönste und inhaltsreichste.
Er kann ein Scherz sein, dachte er. Oder die Wahrheit. Wer weiß es? Man muß glauben, was man glauben will, und das Foto ist Wahrheit, das läßt sich nicht leugnen.
Er hob das Bild wieder hoch, führte es nahe an seine Augen und betrachtete jede Einzelheit dieses herrlichen Körpers ohne Kopf. In seinen Schläfen begann es zu klopfen und das Blut zu rauschen.
Welch ein Körper, dachte er. Diese schwellende Jugend. Wie glatt die Haut ist, wie sie leuchtet, wie fest das Fleisch ... Um Mitternacht an einer Friedhofsmauer. Verrückt so etwas, als wenn man Dostojewski lese. Nur ein Narr geht auf so etwas ein. Aber wird man nicht ein Narr, um so einen Leib zu umarmen?
Tumow warf das Bild auf den Tisch zurück und wischte sich über die Augen. In seinen Adern jagte die Erwartung wie ein Fluß nach der Schneeschmelze.
Er beschloß, der Aufforderung nachzukommen. Aber er beschloß auch, seine Pistole mitzunehmen.

Man kann auch lieben, dachte er, mit einer Waffe in der Hand.

Alles war vorbereitet für die Vernichtung Boris Grigorjewitsch Tumows. Ein Grab wurde ausgehoben, und Njuscha selbst bestimmte, daß er in unmittelbarer Nähe Kolzows liegen müsse. «Er soll bei seinem Opfer liegen», sagte sie, als Borja sich den Kopf kraulte und große Schwierigkeiten sah. Man konnte nicht schon wieder den Inspektor für die Grabvergabe bestechen, so etwas fiel auf, denn auch der geldgierigste Beamte wird stutzig über so viele illegale Leichen. Menschikow würde sicherlich hundert Rubel verlangen, und das war Tumow nicht wert. «Für die Ewigkeit soll er neben seinem Opfer schlafen. Gibt es wirklich eine unsterbliche Seele, so soll sie weinend und jammernd auf dem Grabhügel sitzen und Väterchen um Vergebung bitten.»
Borja wußte nach längerem Nachdenken einen Ausweg. Er ließ sich die Bebauungspläne des neuen Friedhofs geben und bestimmte ein Stückchen Erde, wo einmal eine Hecke gepflanzt werden sollte. Sie war nur vier Meter von Kolzows Grab entfernt.
«Nehmen wir an», sagte Borja weise, «daß seine Seele nicht kurzsichtig ist, so kann sie gemütlich Dimitri Grigorjewitschs Grab sehen. Was sind vier Meter, Töchterchen? Und wir graben Tumow so tief ein, daß sie ihn beim Pflanzen der Hecke nicht wieder ans Licht werfen ... Sollte es doch möglich sein ... wer weiß, wie die Welt in den siebziger Jahren aussieht? Eins ist sicher: ich lebe nicht mehr. Und ihr? Der Wind wird euch über das Land geweht haben wie Spreu ... Also, fangen wir an. Zwei Meter tief, Sascha. Der Verdammte soll auch noch Schwierigkeiten bei der Wiederauferstehung haben.»
Nach dem offiziellen Dienst, nachmittags gegen sechs Uhr, begannen Borja und Sascha mit dem Ausheben des Grabes. Njuscha hatte sich im Krankenhaus Urlaub genommen. «Mein Leib schmerzt mich», hatte sie zu Glawira gesagt, die murrend zwischen ihren Leichen saß und unlu-

stig die kalten Körper reinigte. Das war selten, denn meistens war Glawira guter Laune – wir wissen es ja, Genossen – und liebte ihre Arbeit. So etwas klingt schauerlich, aber wer kann schon eine menschliche Seele ganz ergründen? Der Umgang mit den Toten hatte etwas Beruhigendes an sich... keiner meckerte, keiner machte Schwierigkeiten, es gab keinen Streit um lächerlich kleine Dinge, alle waren zufrieden mit dem, was Glawira mit ihnen machte. Gibt es dankbarere Kunden?
«Aha, der Leib tut weh!» schrie Glawira und wusch einen Alten, dem man eine Niere herausgenommen hatte, allerdings zu spät. «Fing in der Nacht an, nicht wahr? Ich kenne das, ich kenne das... sag deinem Sascha, er soll sich nicht benehmen wie ein Bulle. Diese Männer! Gut, gut, geh nach Hause und leg dich hin.»
Njuscha band ihre Gummischürze ab und verließ den Keller. Glawira brauste mürrisch den toten Alten ab und begann ihn dann zu rasieren. Ihre schlechte Laune hatte ihren Grund in einem Gespräch, das sie vor Dienstantritt mit der Genossin Leiterin des Fraueneinsatzes geführt hatte. «Ich werde dir Njuscha wegnehmen», hatte die Genossin gesagt. «Sie ist fleißig, jung und stark. Ich kann sie auf der Station besser gebrauchen. Sie ist zu schade, um Leichen zu waschen. Ein Häubchen wird sie bekommen und Kranke pflegen.»
«Und ich?» hatte Glawira geschrien. «Mehr als dreihundert Prozent Soll schaffe ich nicht. Genossin, ich bin keine Maschine! Sagen Sie den Ärzten, sie sollen weniger sterben lassen, dann gibt es unten im Keller auch keine Stokkungen.»
«Beruhigen Sie sich, Genossin Glascha», hatte die Leiterin gesagt. «Eine Ersatzperson ist schon da. Sie kommt morgen früh.» Sie schob Glawira ein Foto über den Tisch. Es stellte eine große, breite Frau dar mit einem riesigen Haarknoten im Nacken. Ihr Lächeln in dem breiten Gesicht war etwas dümmlich und schief. «Fast zwei Meter groß», erklärte die Leiterin. «Stark wie ein Büffel. Sie werden es bald besser haben, Glascha.»

Njuscha wußte es noch nicht, und Glawira hatte keine Lust, es ihr zu sagen. Sie grollte mit dem Schicksal. An Njuscha hatte sie sich gewöhnt, man konnte mit ihr sprechen, sie war ein erfreulicher Anblick ... was jetzt kam, war ein Turm von Weib, sicherlich mit einer grollenden, tiefen Stimme, dumm wie Hundedreck und eine Art menschlicher Bagger, der die Toten griff und in die Wannen warf und sie hin und her transportierte ohne jede Regung. Glawira aber lebte mit ihren Toten. Sie dachte über ihr Schicksal nach, entdeckte jeden Tag neu die Vielfalt des Lebens, nachdem es verloschen vor ihr lag, und konnte stundenlang über einen Toten sprechen, der sein Dasein genossen hatte, dem das Schicksal alles schenkte, Glück im Beruf, Reichtum, eine Datscha, ein liebes Weibchen, süße Kinderchen, ein Klavier, auf dem er Borodin spielte und selbst dazu sang, jedes Jahr eine Erholungsreise nach Jalta oder Sotschi am Schwarzen Meer ... und dann lag er hier wie alle anderen, steif und bleich und kalt und hatte Platz in einer engen Kiste.
Darüber konnte Glascha mit Njuscha philosophieren. «Der wirkliche Kommunismus ist der Tod», sagte sie dann abschließend. «Er macht uns alle gleich.» Mit der Neuen, diesem Gebirge aus Knochen und Muskeln, war in diesem Stil sicherlich nicht zu reden. Glawira war also mürrisch und böse und schnitt dem toten Alterchen beim Rasieren dreimal in die Wangen.
So hatte Njuscha an diesem Nachmittag Zeit, sich um Tumows Vernichtung zu kümmern. Sie saß auf einer Kabelrolle, als Borja und Bodmar das Grab aushoben, und dachte zurück an Perjekopsskaja, an die Jahre ihrer Kindheit, als Kolzow ihr das Reiten beibrachte, unten am sandigen Ufer des Don, wo man so weich fiel wie auf Federn, wenn das Gäulchen bockte und man aus dem Sattel flog wie ein Vogel aus dem Nest. Genau wie ein Junge hatte sie reiten gelernt, mit blauen Kosakenhosen und weichen Stiefeln, und Kolzow hatte am Don gestanden und vor Glück dröhnend gelacht, wenn Njuscha an ihm vorbeigaloppierte, mit fliegendem Haar und vor Freude gerötetem Gesicht.

O Gott, war dies ein Leben gewesen! Wem glich es, wer konnte glücklicher sein? Die Steppe, der Fluß und der Himmel ... das war eine ganze, runde Welt, die man sich auf dem Rücken eines Pferdes erobern konnte.
Borja und Bodmar gruben schweigend. Nur das Scharren der Schaufeln und das dumpfe Aufschlagen der Spitzhakken unterbrachen die Stille. Ab und zu machten sie eine Pause, lehnten sich gegen die Grabwand oder kletterten hinaus, setzten sich auf die Erde und tranken aus Borjas Riesenkanne heißen Tee. Er kochte ihn immer im Blumenzimmer der Leichenhalle, wo man in großen, gemauerten Becken die Blumengebinde ins Wasser stellte, damit sie nachher bei der Trauerfeier frisch waren. Hier hatten die Friedhofsgärtner auch ihre Geräte stehen. Es gab einen Kohleherd in dem Raum, und Borja hatte auf einem hölzernen Wandbrett seine Kücheneinrichtung aufgebaut: eine große und eine kleine Tasse, die blecherne Kanne, eine Büchse mit Tee, eine Büchse mit Tabak, drei Pfeifen und einen gewachsten Papierteller, den er auf einer Kirmes zusammen mit einer Frikadelle erstanden hatte und den er so praktisch fand, daß er ihn als ständiges Geschirr verwendete.
«Wie willst du ihn umbringen, Töchterchen?» fragte Borja, als das Grab bald fertig war. Die Nacht war über Wolgograd gekrochen, eine helle, mondsilberne Nacht. Jetzt schimmerte die Wolga wie eine getriebene Riesenscheibe aus Silber, und die Boote auf ihr glitzerten wie Diamanten. Sie sind herrlich, die Nächte an der Wolga. Anders als eine Nacht am Rhein, an der Elbe, der Donau, am Mississippi, Ganges oder Amazonas. Auch dort spiegelt sich der Mond im Wasser und tanzt auf den Wellen ... aber es fehlt diese himmlische Schwermut, diese aus dem Körper weggleitende Seele, dieses Einssein von Mensch und silberner Nacht. Ein Mensch, der an der nächtlichen Wolga sitzt, ist ein glücklicher Mensch, auch wenn ihm die Schuhe von den Füßen fallen. Wo anders ist das denkbar?
Njuscha stützte den Kopf in beide Hände. Vor ihr dampfte der Tee im Becher. Borja lag schmatzend neben ihr, kaute

an einem großen Stück Brot, und da er keine Zähne mehr hatte, weichte er jeden Brocken mit Speichel so lange ein, bis er zu Brei zerfiel und sich schlucken ließ. Vorher aber rollte er die Bissen im Mund hin und her. Sein ganzes Gesicht war dadurch in ständiger Bewegung. Bodmar saß neben Njuscha auf der Kabelrolle und aß eine kalte, gekochte Kartoffel. Auch das war Borjas Spezialität. Er war ein Liebhaber von Kartoffeln. Er verschlang sie kiloweise, meistens mit Salz und Butter beträufelt.

«Ich weiß es noch nicht», sagte Njuscha.

«Das ist eine mangelnde Organisation», knurrte Borja. «Man bringt einen Menschen nach Plan um. Im Krieg beschäftigt man dafür die besten Köpfe, um möglichst viele Menschen zu töten. Und hier ist es nur einer. Wir sollten uns besprechen, wie man es am besten macht.» Borja trank einen Schluck Tee und rülpste laut. «Er wird bewaffnet sein. Und er wird vorsichtig sein. Wie also soll es geschehen? Du gehst zu ihm, wenn er hinter der Mauer steht ...»

«Ja ...», antwortete Njuscha leise. Sie blickte hinüber zu dem Grab Kolzows und wurde ganz ruhig.

«Was willst du ihm sagen?»

«Hier bin ich, Genosse Tumow. Ich bin Njuscha Kolzowa ...»

«Unmöglich!» Bodmar fuhr herum. Seine Augen waren schreckensweit. «Er wird dich sofort überwältigen.»

«Ich werde ihm zuvorkommen. Ich will ihn nicht aus dem Hinterhalt ermorden. Er soll wissen, wie sein Tod heißt. Ein ehrlicher Kampf soll es werden.»

«Verzeihung, Sascha ... aber dein Vögelchen hat ein kleines Gehirn», sagte Borja und matschte im Mund einen neuen Bissen Brot zu Brei. «Er wird die Pistole ziehen — und was dann? Paff macht es ... und du bist gewesen! Aber seien wir gläubige Idioten ... Tumow interessiert das Weib mehr als die Tochter Kolzows ... wie willst du ihn umbringen? Mit den bloßen Händen?»

«Mit einem Messer.» Sie griff nach einer ledernen Tasche und holte ein langes, flaches Paket heraus. Es war eingewickelt in das Papier eines Staatlichen Warenhauses.

«Ein Schlachtmesser!» rief Borja, als er die Waffe in der

Hand wog. «Welch ein Dilettantismus! Es ist zu lang, zu breit, zu unhandlich. Sascha, es wird nichts mit dem toten Tumow. Wir haben das Grab umsonst geschaufelt.»
«Wartet es ab.» Njuscha nahm das Messer und steckte es zurück in die Tasche. «Es ist alles überlegt.»
Borja stand ächzend auf und machte die paar Schritte zu dem offenen Grab. Er blickte hinein und nickte mehrmals. «Leerbleiben wird es nicht», sagte er und vergrub die Hände in die weiten Hosentaschen. «Sascha, sprich mit ihr ... ich möchte statt Tumow nicht sie begraben, obgleich es sich gleichbleibt, was man zuschaufelt. Ein tapferes Weibchen ist sie ... aber Tapferkeit allein genügt nicht bei einem Menschen wie Tumow ...»

Um zwölf Uhr nachts hielt Tumow mit seinem Dienstwagen vor dem Friedhof Nr. II. Wo der Abschnitt «südlicher Teil» lag, war ihm unbekannt, und er hatte auch niemanden gefragt. Er hatte sich vorgenommen, einfach die Mauer entlang zu gehen ... irgendwo mußte er auf das wartende Weibchen treffen. Die Pistole hatte er schußbereit in der Tasche ... er trug nicht seine Uniform, sondern einen zivilen Anzug, einen schlechtsitzenden aus miesem Stoff, den er im Kaufhaus GUM in Moskau erstanden hatte und den man als den besten im ganzen Lande bezeichnet hatte. Tumow zwang sich damals, keine Vergleiche zu ziehen, denn er war gerade aus Prag zurückgekehrt, wo es die besten Schneider der Welt geben soll. Die Zeit hatte leider nicht gereicht, sich dort einen Anzug machen zu lassen, und er bereute es auch, nicht einen fertigen Anzug in einem der schönen Läden am Wenzelsplatz gekauft zu haben. Der Anzug aus dem Kaufhaus GUM verlor nach dem ersten Regen völlig seine Form und wurde lappig wie ein Schlafanzug, beulte an den Knien, Armen und Taschen und hing sackartig um seinen Körper. Einen Vorteil hatte dieser beste Anzug des Landes allerdings: man sah nie, was man bei sich trug. Ob mit vollgestopften Taschen oder nicht, er sah immer gleich aus. Man könnte ihn zur Uniform der Diebe machen, dachte Tumow grimmig.

Langsam ging Tumow die Friedhofsmauer entlang, die rechte Hand um den Knauf der Pistole geklammert. Stille umgab ihn. Das gleichmäßige Summen der fernen Großstadtgeräusche erschien ihm wie das Flüstern der Verstorbenen. Tumow war kein Mensch, der sich fürchtete, aber er war ein Russe, und in jedem Russen nistet eine kindlich abergläubische Achtung vor den toten Seelen.

«Er ist mit einem Auto gekommen», flüsterte Borja und stieß Bodmar an. Sie lagen auf der Mauer, verdeckt von den überhängenden Zweigen eines Busches. Unter ihnen lehnte Njuscha an der Wand und rauchte. Wenn sie an der Papyrossa sog, glomm sekundenschnell ein glühender Punkt aus dem Schwarz der Baumschatten auf.

«Hast du gedacht, er kommt zu Fuß?» flüsterte Bodmar zurück.

«Söhnchen, das wird ein neues Problem. Wohin mit dem Wagen?»

«Wir lassen ihn stehen.»

«Weißt du, ob er allein gekommen ist? Ob er nicht einen Fahrer bei sich hat. Offiziere haben immer einen Fahrer.»

«Er ist in Zivil», sagte Bodmar und beobachtete Tumow, wie er langsam außerhalb des Mauerschattens herankam. Das Mondlicht lag auf ihm und versilberte ihn. «Für ein Liebesabenteuer nimmt man keinen Zeugen mit.»

Borja kicherte und schwieg dann. Flach drückte er sich auf die Mauer und betete zu allen Heiligen, daß ihn nicht gerade jetzt sein Husten überfiel, dieser verdammte bellende, röchelnde, krachende Husten, der ihn ab und zu durchrüttelte und seine Lungen fast zerbersten ließ. Er atmete vorsichtig durch die Nase und schielte über die Mauer. «Siehst du ihn, Töchterchen?» flüsterte er.

Njuscha nickte. Unbeweglich stand sie da. Völlig kalt war es in ihr. Keine Aufregung, kein Zittern der Hände, kein nervöses Zucken der Augen.

Er hat Väterchen getötet, dachte sie bloß. Der Mann, der da kommt, ist ein Mörder. Er hat Dimitri Grigorjewitsch in den Tod getrieben, und er hat kein Mitleid gehabt mit einem alten Mann, der nichts getan hat, als seine Tochter zu schützen. So einer ist er. Kein Mensch mehr. Ein reißendes Tier! Eine Bestie, die man töten *muß!* Warum schießt man die Wölfe ab? Warum jagt man den Fuchs? Sie beißen die Kehlen durch vor Hunger ... er aber hat einen Menschen getötet um des Tötens willen. Er ist grausamer als ein Wolf ...

Tumow blieb stehen. Er glaubte, einen Schatten gesehen zu haben und in diesem Schatten einen glühenden und wieder verlöschenden Punkt.

Dort wartet sie, durchfuhr es ihn. Es war also kein Scherz ... es war wirklich die Einladung zu einer Liebesnacht. Aber warum ausgerechnet an einer Friedhofsmauer?

Er dachte an das Foto, das er im Schreibtisch seines Büros gelassen hatte. Nur den Brief hatte er mitgenommen. Er knisterte in der anderen Tasche des formlosen Anzugs.

Tumow atmete schneller. Auf alles war er vorbereitet. Er hatte gebadet und sich mit Lavendel bespritzt, denn selbst er liebte den Geruch nicht, den die Uniform auf der Haut hinterläßt. Sogar zehn Rubel hatte er eingesteckt, falls die Unbekannte sich bezahlen ließ. Mehr auszugeben war Tumow nicht bereit. Wir werden uns schon einig, dachte er belustigt, als er die Scheine abzählte. Im Brief klingt es allerdings so, als wolle sie kein Geld.

Das schwache Glimmen erlosch. Njuscha warf die Papyrossa weg. Tumow war noch ungefähr zehn Meter von ihr entfernt. Auf der Mauer wackelte Borja aufgeregt mit der Nase und wagte nicht zu atmen. Keinen Husten, Madonna, o keinen Husten. Laß meine Lungen zu Stein werden. Bodmar, der hinter ihm lag, starrte mit verkniffenem Gesicht Tumow an. Ihm rann der Schweiß über Stirn und Augen, die Angst um Njuscha ließ seine Nerven zu zuckenden Fäden werden, an denen er wie eine Marionette hing. Er atmete keuchend und drückte beide Hände gegen den Mund, um jedes Geräusch zu ersticken.

Tumow ging noch ein paar Schritte, dann blieb er stehen.

«Sind Sie da, Schwänchen?» fragte er. Seine Stimme war klar und hell, als kommandiere er vor einer angetretenen Kompanie. «Warum bleiben Sie im Schatten? Treten Sie

hervor. Welch einen Sinn soll jetzt noch das Versteckspielen haben?»
«Ich bin hier . . .», sagte Njuscha. Auch ihre Stimme hatte den ruhigen Klang einer normalen Unterhaltung. Bodmar begriff ihre Ruhe nicht. Ihr Herz muß doch platzen, dachte er. Welch ein Rätsel von Mensch wächst in diesem Land . . .
«Dann kommen Sie zu mir . . .»
«Ich bin nackt . . .»
Borja verdrehte schrecklich die Augen. Die letzte Bemerkung Njuschas juckte in ihm und kratzte an seinen Lungen. Nicht husten, flehte er. Heiliger Stephan von Nurmski . . . nicht husten . . .
Tumow spürte, wie ihm das Blut in den Kopf schoß. Eine Hitzewelle überflutete ihn. Der Gaumen trocknete aus.
Sie ist nackt. Sie steht da, wie auf dem Bild. Steht da im Schatten einer Friedhofsmauer. Das ist pervers . . . was könnte so etwas noch übertreffen? Eine nackte Teufelin . . . wo gibt es das sonst?
Er ließ die Pistole los, zog sich die Krawatte herunter, öffnete den Hemdkragen und machte dann die letzten Schritte zur Mauer.
Sechs Meter noch.
Sechs Meter Leben . . . einen Meter weiter wartete der Tod. Tumow war bereits kein Lebender mehr, als er in den Schatten eintauchte und die Frauengestalt dicht an der Mauer wahrnahm.

Es ging sehr schnell, schneller, als es sich Borja ausgerechnet hatte. Und es geschah auch so, daß Njuscha sich keine Vorwürfe zu machen brauchte, daß ihre Seele rein blieb und ihr Gewissen blank wie ein Kupferkessel. Genau hatte es sich Borja ausgedacht, ohne mit den anderen darüber zu sprechen. Wozu auch, dachte er. Zuviel Wissen im voraus macht unsicher.
«Du bist ja gar nicht nackt . . .», sagte Tumow, als er die Gestalt an der Mauer erkannte. «Was soll das?» Er griff blitzschnell in die Tasche, zog seine Pistole heraus und entsicherte sie. «Warum hast du das Bild geschickt?»

«Damit du kommst», sagte Njuscha. «Nun bist du da, und wir werden uns amüsieren.»
Tumow wurde wieder unsicher. Er sah sich schnell um, aber sie waren wirklich allein. «Hier an der Mauer?» fragte er.
«Ja.»
«Das ist verrückt.»
«Warum?» Njuscha kam einen kleinen Schritt nach vorn. Tumow beugte sich vor und sah, daß sie das Kleid aufgeknöpft hatte und ihre vollen Brüste ihm entgegenschwollen. Das überzeugte ihn und riß die Vernunft aus seinem Gehirn. Er steckte die Pistole zurück und streckte die Hand nach Njuscha aus. «Gefällt es dir? Es ist wie auf dem Foto, nicht wahr?» fragte sie.
Tumow schluckte. Die Verrücktheit der Situation drang nicht mehr in sein Bewußtsein. Er legte seine rechte Hand auf Njuschas Brust, und mit dieser Berührung des warmen, festen Fleisches verlor er sein Leben, auch wenn er noch ein paar Sekunden atmen durfte.
«Mein Täubchen», sagte er heiser. «Wo legen wir uns hin? Wie glatt deine Haut ist. Willst du mir nicht sagen, wer du bist?»
«Natürlich, Major.» Njuscha wich zurück. Tumows tastende Hand griff ins Leere. Auf der Mauer wuchs ein flacher Schatten in den Himmel. Borja richtete sich auf. «Ich bin Njuscha Kolzowa . . .»
Es traf Tumow wie ein Blitz. «Ah!» schrie er. «So ist das?» Nur eine Sekunde lähmte ihn die Erkenntnis der Gefahr. In dieser Sekunde aber sah er auch schon vor sich die Schneide eines Messers aufleuchten, rutschte seine Hand wieder hinunter zur ausgebeulten Tasche mit der Pistole. Es war aber auch die Sekunde, in der Borja Ferapontowitsch hochschnellte, den Spaten schwang und die messerscharfe Stahlkante mit aller Wucht auf den Schädel Tumows schlug. Kein Schwert hätte einen Kopf besser spalten können als dieser Schlag . . . mit ausgebreiteten Armen fiel Tumow nach hinten auf den Boden.
Njuscha drehte sich weg und rannte davon. Bodmar um-

klammerte Borja, der zum zweitenmal den Spaten schwang und ein Geheul ausstieß wie ein sterbender Wolf. «Da liegt er!» schrie Borja. «Da liegt er! Wie eine Nuß habe ich ihn aufgeschlagen! O Sascha ... das ist ein großer Tag für mich!»

Er warf den Spaten neben den toten Tumow auf die Erde, umarmte Bodmar, legte den Kopf an die Schulter des anderen und weinte.

Später begruben sie Tumow, nachdem sie seinen Kopf mit einem alten Sack umwickelt hatten, dem gleichen Sack, in dem sie Kolzow aus dem Krankenhaus entführt hatten. Sie schaufelten das Grab zu, traten die Erde fest, schleppten Steine herbei und schichteten sie auf das Grab, kratzten dann vor der Mauer alles Blut vom Boden, streuten sauberen Sand darüber und verwischten so alle Spuren.

«Wenn der Himmel mit uns einverstanden ist, läßt er es morgen regnen», sagte Borja und blickte in die silberne Nacht. «Du sollst nicht töten, steht in der Bibel. Aber: Bekämpfe den Teufel, wo du ihn siehst, steht auch darin. Wer soll sich da auskennen, was nun richtig ist? Man kann ja nicht immer einen Popen fragen ... und außerdem sind sie nie zur Hand, wenn man sie wirklich braucht. Söhnchen ... ich fühle mich nicht als Mörder.»

Bodmar schwieg. Er hatte zum erstenmal erlebt, wie man einen Menschen tötet. Es war ein Erlebnis, das sich in ihm einbrannte wie Säure. Er hatte nur ein Gefühl: eine Art von Glück, daß nicht Njuscha es getan hatte. Jelenas Tod war etwas anderes gewesen. Damals hatte Njuscha um ihr eigenes Leben gekämpft, es gab keinen Ausweg mehr ... hier aber war ein Mensch in eine tödliche Falle gelockt worden und man hatte ihn erschlagen wie Ungeziefer.

Bodmar blickte über die Grabdenkmäler des Friedhofs, als Borja vom Geräteschuppen zurückkam, wo er die Spaten, Schaufeln und Hacken abgestellt hatte. Drei Stunden hatten sie gebraucht, um Tumow zu begraben und alle Spuren zu tilgen. Im Osten schob sich ein fahler Schimmer in das Dunkel der Nacht. Der neue Morgen ...

Njuscha kniete vor dem Grab ihres Vaters und sprach mit

ihm. Man hörte ihre murmelnde Stimme, gleichförmig, in einer Tonhöhe, die Litanei der Trauer.

«Du bist erschüttert, Sascha ...», sagte Borja.

«Ja ...», antwortete Bodmar ehrlich.

«Du hättest Tumow leben lassen, damit er dich quer durch die Welt jagt und dich eines Tages aufhängt, he?»

«Ich weiß es nicht.» Bodmar wischte sich mit beiden Händen über das kalte Gesicht. «Ich habe mich nie mit dem Gedanken befaßt, einen Menschen zu töten. Ich habe bis heute immer nur für die Idee gekämpft, daß Töten nicht nötig ist, daß man leben kann, ohne zu vernichten.»

«Aber du siehst, daß das unmöglich ist.» Borja steckte eine zweite Pfeife an und schob sie Bodmar zwischen die Zähne. Es war ein schrecklicher Tabak, der da im Pfeifenkopf qualmte, aber Bodmar war dankbar wie nie für diesen beißenden Geruch und die Schärfe, die seine Mundhöhle gerbte. «Immer gibt es Menschen, die umgebracht werden müssen. Versäumt man es, bringen sie die anderen um.»

«Und wo ist die Grenze?»

«Es gibt keine, Söhnchen. Es gibt nur kleine Gefährliche und große Gefährliche. Tumow war ein kleiner, ein ganz kleiner ... und trotzdem wäre es für ihn schwer gewesen, alle Toten zu zählen, die er auf dem Gewissen hat. Und dann die großen Gefährlichen, die Millionen töten lassen. Man darf nicht darüber nachdenken, Sascha. Wie glücklich sind die Nächte, wo ich neben den Särgen schlafe. Da ist Ruhe. Da gibt es keinen Haß mehr. Da ist jeder zufrieden mit dem Stückchen Platz, das er bis zur Auferstehung erhält. Warum, frage ich mich immer, warum sind die Menschen erst vernünftig, wenn sie tot sind? Warum sagen sie sich nicht: In dreißig, fünfzig oder sechzig Jahren ist doch alles vorbei, da liege ich in einer engen Kiste und habe viel, viel Zeit. Und wenn ich dort liege, kalt und steif, hat sich dann alles gelohnt? Die Aufregungen, der Ärger, die Sucht nach Reichtum, die Kriege um der Macht willen, die Betrügereien und Gaunereien, der Verrat, die Lügen ... Sascha, es hat keinen Sinn, so zu fragen. Wir Menschen verstehen das nie.»

Er sog an seiner Pfeife, blies den Qualm von sich wie eine Lokomotive und hustete jetzt endlich. Es dauerte vier Minuten, bis er sich ausgespuckt hatte, aber dann rauchte er weiter.

«Im Jahre 1921 war ich dreißig Jahre alt. In Serkowskoi lebte ich, das ist eine kleine Stadt bei Krasnodar. Ich war aus dem Krieg gesund zurückgekommen, weil ich im richtigen Augenblick mein Gepäck wegwarf und mich auf die Socken machte nach Hause. Ich liebte den Zaren nicht, und ich liebte die Roten nicht ... ich liebte Marija, meine Frau, und Alexeij, meinen Jungen. Ein Stück Feld hatte ich, drei Kühe, drei Schweine, siebzehn Hühner, neun Gänse, vierundzwanzig Obstbäume. Nicht schlecht lebte ich, Söhnchen, du kannst es mir glauben. Und da kamen sie eines Tages zur mir, Rote, die nun die Gewalt übernommen hatten. Sie kamen einfach auf meinen Hof, schossen ein Schwein tot, vergewaltigten Marija, mein Weibchen, und schlugen meinem Alexeij den Kopf an der Hauswand zu Brei. Ich verkroch mich ... was sollte ich tun? Dann heulte ich monatelang wie ein räudiger Hund, dem man Pfeffer in die Geschwüre streut. Ich lief herum mit irren Augen und glaubte, nie mehr ein vernünftiger Mensch werden zu können. Ich gab alles auf, zog nach Rostow, von dort nach Stalingrad und wurde Totengräber. Ich heiratete wieder, zeugte einen neuen Sohn und verfiel in neue Verzweiflung. Bei der Geburt des Kindes starb Lavinia, mein zweites Weib. Ich verfluchte Gott und richtete mich ganz auf ein Leben mit den Toten ein. Sogar in die Partei trat ich ein ... aber immer, wo es eine Wahl gab, wählte ich dagegen. Man zerbrach sich die Köpfe, wer wohl der Konterrevolutionär sein könnte, vier Parteisekretäre sah ich verschwinden, weil sie nicht herausbekamen, wer's ist. Oh, ich hasse die Roten! Seit fünfundvierzig Jahren lebe ich jetzt unter den Toten, und jedes Jahr, wenn der Tag kommt, an dem sie Marija und Alexeij getötet haben, es ist der 19. Juni, Söhnchen – brenne ich Kerzen an und weine den ganzen Tag. Die anderen sagen dann: Aha, der Borja ist wieder besoffen. Einmal im Jahr erwischt es ihn, daß muß mit dem

Mond zusammenhängen. Nie haben sie gemerkt, daß es immer der 19. Juni ist. Ja, so ist das Sascha ... und deshalb spüre ich auch keine Reue, daß ich Tumow getötet habe ... weiß nicht, ob du das verstehst ...»
Bodmar verstand es nicht. Er dachte anders. Aber er schwieg, denn es war verlorene Mühe, Borja von den Idealen einer neuen, heilen Welt überzeugen zu wollen. Vielleicht gab es diese Welt nie, aber man sollte nie aufhören, an sie zu glauben und für sie zu leben.
Als der Morgen graute, fuhr Bodmar den Wagen Tumows in die Stadt, weit weg vom Friedhof Nr. II, an das andere Ende. In der Nähe der riesigen Fabrik «Roter Oktober» stellte er das Auto an den Straßenrand und kehrte mit der Staßenbahn in die Innenstadt zurück. Dort warteten Borja und Njuscha auf ihn. Sie standen auf dem «Platz des Sieges» und lasen die Morgenzeitung.
«Ein deutscher Journalist hat eine Fremdenführerin von ‚Intourist' getötet», sagte Borja und tippte auf die Zeitung. «Nun ist er untergetaucht als Spion. Sie haben das schon einmal gebracht. Jetzt rufen sie alle auf, die Augen offenzuhalten.» Er rollte die Zeitung zusammen und tippte Bodmar mit der Rolle gegen die Brust. «Siehst du, Söhnchen, das ist wieder etwas anderes. Würde ich diesen Deutschen sehen, dann dächte ich nicht an Rot oder Weiß. Dann würde ich ihn abliefern, damit sie ihn nach Sibirien schicken. Wie würdest du handeln, Sascha?»
«Wie du, Borjuschka. Die Welt ist ein Irrenhaus.»
Sie trennten sich. Njuscha fuhr zum Krankenhaus, Borja und Bodmar kehrten zum Friedhof zurück.
Der neue Tag verlangte das gewohnte Leben.

26. Kapitel

Bei den Volkows war eine Panik ausgebrochen.
Iwan Feodorowitsch, der Großvater, lief klagend durch die Wohnung, spuckte seine Schwiegertochter an und nannte seine Familie einen Scheißhaufen. Sein Sohn, Arkadij Iwano-

witsch, der Brigadier der Gärtner am Wolga-Ufer, raufte sich die Haare und begriff nicht, wie so etwas geschehen konnte. Die drei Kinder heulten und drückten sich in die Ecke.

Der Alarm war von Großvater ausgelöst worden. Er blickte ins Badezimmer, sah das Bett der Untermieter leer und unberührt und stieß sofort einen heiseren Schrei aus.

«Sie sind weg!» brüllte er durch die stille Wohnung und jagte damit die ganze Familie aus den Betten. «Unsere Untermieter sind weg! Diese schönen Rubelchen! An die Mütze kannst du dir jetzt dein Auto kleben, Arkadij Iwanowitsch, du Idiot von einem Sohn!»

Die Feststellung des Alten traf zu: Das Lager war unberührt, und man konnte sich auch nicht erinnern, daß die Untermieter in der Nacht gekommen waren. Bis elf Uhr abends war die Familie Volkow aufgeblieben, hatte Radio gehört und einige Partien Schach gespielt, dann ging alles ins Bett, denn ein Tag ist lang, und man muß ihn frisch und ausgeschlafen beginnen, sonst ist überall der Wurm drin.

Zunächst begann man die Tatsachen klarzustellen. Tatsache war: Die Kleider waren noch vorhanden, Unterwäsche, zwei Töpfe, eine Pfanne, die Decken. Aber dafür fehlten andere Dinge, die man glaubte, an Njuscha gesehen zu haben, und wenn sich Njuscha und Sascha wirklich aus dem Staub gemacht hatten, so war das, was sie zurückließen, von keinem großen Wert.

«Sie werden gebummelt haben», sagte Arkadij heiser. «Jung sind sie, tanzen gern ... sie kommen schon wieder.»

«Auch der längste Tanz ist beim Morgengrauen zu Ende», keifte Großväterchen. «Jedes Bummeln hört einmal auf. Dann müßten sie wenigstens jetzt gekommen sein. Aber wo sind sie, he? Weg sind sie! Auf und davon! Man sollte sich die Nase eindrücken vor Kummer! Und wer ist schuld? Sie da!» Iwan Feodorowitsch zeigte auf die Volkowa. Sie kreischte auf und warf sofort mit einem Holzlöffel nach ihm.

«Dieser alte Ziegenbock!» schrie sie zurück. «Nur Unruhe

kann er machen und Kot in seine Unterhosen. Ich habe unsere Gäste gepflegt wie die Bojaren.»
«Einen Fraß hast du gekocht!» brüllte der Alte. «Zu salzig, zu hart ... mir wackelten die Zähne, nachdem ich deinen Kohl gekaut hatte. Wer kann das aushalten? Ich muß es, meinem Söhnchen Arkadij zuliebe.»
Arkadij warf sich heldenhaft zwischen seine Frau und seinen Vater. «Warten wir es ab!» donnerte er und gab beiden einen Stoß, daß sie auseinanderstoben und gegen die Wand fielen. «Vielleicht besuchen sie Verwandte?»
«Mitten in der Woche?» heulte Großvater Iwan. «Betrüge dich nicht selbst, Arkadij, wie der arme Mensch, der in die Hose pißt und sagt: Leute, es regnet. – Sie sind weg! Täglich vier Rubel haben wir verloren.»
Er setzte sich ans Fenster in einen Sessel und schluchzte. Die Trauer des Alten war echt, nur galt sie in erster Linie nicht den verlorenen vier Rubeln. Er trauerte vielmehr dem morgendlichen Anblick Njuschas nach, wenn sie sich mit bloßem Oberkörper wusch, die Brüste in das Waschbecken hielt und das Wasser darübersprühen ließ. Dann saß der Alte hinter seiner Zimmertür und starrte durch eine Ritze auf das schöne Bild. So begann für ihn jeder Tag mit großer Freude ... wallenden Blutes erschien er am Kaffeetisch und verbreitete Behagen um sich. Die plötzlich gute Laune des Großvaters fiel allen Familienmitgliedern auf, aber man nahm sie ohne große Verwunderung hin. Er verkalkt, dachte Arkadij. Die einen werden bösartig, die anderen lallen. Großvater wird lustig. Ein gesegnetes Alter, Gott sei's gedankt.
Iwan Feodorowitsch beließ es nicht bei seinen Klagen ... er machte sich nach dem trüben Frühstück auf den Weg zum Krankenhaus Nr. 1. Dort ließ er sich bei Melanie Polowna melden, die ihn sofort zu sich bringen ließ, um keine weiteren Streiche des Alten heraufzubeschwören.
«Malascha», klagte der alte Volkow und verdrehte die Augen. «Etwas Schreckliches ist passiert ... unsere Mieter sind weg. Bei den Tränen der Madonna, sag mir ... arbeitet Njuscha noch hier?»

«Natürlich.» Melanie Polowna blickte den Alten kritisch an. «Wollen Sie sich untersuchen lassen, Väterchen?»
«Um Himmels willen, nein!» Der Alte sprang auf wie ein Gummiball. Er dachte an die Zeit auf Melanies Station und an den drohenden Bergsturz, wenn sie sich über ihn gebeugt hatte. Ihre Brüste schienen noch dicker geworden zu sein. Die Industrie muß Wunder vollbringen, dachte Iwan Feodorowitsch, daß sie so etwas mit einem Halter bändigen kann. Dazu gehört schon eine statische Berechnung. «Kann man sie aus dem Leichenkeller rufen lassen?»
«Ich kann Sie hinunterbringen, Väterchen», schlug Melanie vor. «Nur passen Sie auf, daß man Sie nicht versehentlich in einen Sarg legt.»
«Der Teufel hole dich, Malascha!» knurrte der Alte. «Ich muß Njuscha sprechen. Ein paar Wörtchen nur.»
«Sie arbeitet ab heute auf Station VII. Chirurgie Frauen. Aber da kommst du nicht 'rein. Sie wollen keinen Bockgestank im Zimmer.»
Der alte Volkow ließ sich nicht beirren. Er verließ Melanie Polowna mit echten Kosakenflüchen und griff sich auf dem Flur einen jungen Arzt. «Genosse», sagte er. «Haben Sie einen Vater?»
«Ja. Was soll's?» Der Arzt blickte Volkow irritiert an.
«Auch ich bin ein Vater. Ich habe ein Herz wie alle Menschen. Aber keiner hilft mir. Bringen Sie mich zur Station VII, Chirurgie Frauen. Dort arbeitet mein Täubchen Njuscha. Ich muß sie sprechen. Denken Sie an Ihren Vater ...»
So gelangte Großvater Volkow in die dritte Etage des Riesenhauses und fühlte sich wie ein Eroberer. Tatsächlich, er war der einzige Mann auf der Station, denn die Besuchszeit war erst am Nachmittag. Stolz setzte er sich auf dem Flur in einen Korbsessel und wartete. Schwestern und andere Mädchen huschten an ihm vorüber, drei Ärztinnen musterten ihn scharf, und er hielt tapfer ihrem Blick stand, eine vierte Ärztin sprach ihn an und fragte: «Sind Sie der Vater des soeben geborenen Kindes?», was den Alten um ein Drittel wachsen ließ, während er antwortete: «Trauen Sie mir das noch zu, Genossin?» und

schließlich sah er Njuscha den langen, blitzsauberen Gang entlangkommen. Sie trug einen weißen Kittel und sah aus, als sei sie selbst eine Ärztin.
Der alte Volkow putzte sich die Nase. Tränen schossen ihm in die Augen. Sie lächelt, dachte er. Sie ist uns nicht böse. Sie sind nicht vor uns Volkows geflüchtet, sie bleiben bei uns, sie geben uns weiterhin vier Rubelchen ... und ich kann weiterhin jeden Morgen ihre Brüste sehen, blank, wie gewachst, wenn das Wasser von ihnen abperlt.
Zum Mittagessen war der Alte wieder zu Hause. Arkadij, der sonst nie kam, sondern am Wolga-Ufer sein Essen auf einem Öfchen wärmte, hatte es nicht ausgehalten. «Was ist?» rief er sofort, als der Alte in die Wohnung stolperte. «Was hast du erreicht?»
«Wenn ihr euren Großvater nicht hättet!» sagte der Alte stolz, roch an der Kascha und sah die Volkowa böse an. «Bis zum Professor bin ich vorgedrungen. Ich lag schon auf einer Bahre, und sie wollten mich zur Operation rollen. Alles habe ich ertragen, nur um Njuscha zu sprechen.»
«Und du hast sie gesprochen, Väterchen?»
«Natürlich! Sie waren vergangene Nacht eingeladen bei Bekannten. Ab heute schlafen sie wieder bei uns.» Er hieb auf den Tisch und rührte mit dem Finger mißmutig in seinem Essen. «Heute abend gibt es Bratfisch! Verstanden? Und Salat mit saurer Sahne! Soll ich jeden Tag herumlaufen und unsere Mieter zurückholen?»
Die Volkows atmeten auf. Auch die Kinder lachten wieder. Man konnte weitersparen für ein Auto. Da die Lieferfrist drei Jahre betrug, war Arkadij zu dem Entschluß gekommen, den Wagen nächsten Monat zu bestellen. Er hatte hin und her gerechnet ... in drei Jahren hatte man die Rubel zusammen, vorausgesetzt, daß Großvater nicht starb, denn ein Sarg würde ein großes Loch in die Rechnung reißen.
Die Familie beschloß, den Alten nicht aufzuregen und sorgsam zu pflegen. In Rußland ist ein Großväterchen so etwas wie ein Familienheiliger.
Zunächst fiel es nicht auf, daß Major Tumow an diesem

Morgen nicht zum Dienst erschien. Ein Offizier des KGB hat keine feste Arbeitszeit ... seine geheimen Aufträge erlauben keine Kontrolle. Stutzig wurde man erst, als Tumow auch am nächsten Tag nicht erschien und mehrere Anrufe aus Moskau von der Telefonzentrale entgegengenommen werden mußten. Der letzte Anruf war besonders merkwürdig. Oberstleutnant Rossoskij, der Sektionsleiter, den KGB-Genossen von Wolgograd bestens bekannt, sagte am Telefon: «Wieso ist Major Tumow nicht im Haus? Wo ist er? Wenn er kommt, sagen Sie ihm, er soll mich sofort anrufen! Ich warte auf seine Vorschläge wegen Perjekopsskaja. Ohne einen genauen Bericht bin ich nicht in der Lage, den Militärbefehlshaber zu bitten, das Dorf besetzen zu lassen. Zuerst hatte es Major Tumow so eilig, jetzt geht er spazieren. Er soll sich sofort melden!»
Am Nachmittag dieses Tages trat die Miliz in Aktion. Man hatte beim Werk «Roter Oktober» einen Dienstwagen gefunden. Seit zwei Tagen stand er schon dort ... die Arbeiter hatten schließlich die Polizei benachrichtigt. Es fällt in Wolgograd auf, wenn ein Auto lange herumsteht.
Der Wagen wurde abgeschleppt. Im KGB-Haus von Wolgograd begann es von diesem Augenblick an zu summen. Das Auto gehörte Major Tumow ... auf dem Rücksitz lagen sein Mantel und sein Hut.
«Das ist ja fürchterlich», stöhnte der Distriktsleiter von Wolgograd, ein Oberst Pichowskij. «Genossen, behaupten Sie bloß nicht, Major Tumow sei in unserer Stadt verschwunden. Überlegen wir scharf, ehe wir Moskau anrufen. Was für ein Mensch ist Tumow? Er trinkt gern ... also kann er sich betrunken haben und nach einer gewissen Zeit wieder auftauchen. Die Auseinandersetzung mit Moskau ist seine Sache. Er jagt dann allen Frauen nach, stimmt das, Genossen? Dann ist es möglich, daß er in einem warmen Bett liegt und nicht mehr herauskann, weil das Weibchen ihn festhält. Eine schöne Fessel, wir gönnen sie ihm. Bleibt aber immer noch die Tatsache, daß sein Auto an der Straße zum Werk «Roter Oktober» stand. Dort aber gibt es nichts zu saufen, und die großen Huren wohnen nicht

neben Dampfhämmern. Genossen, ich weigere mich im Augenblick, an ein Verbrechen zu denken. Sie wissen nicht, was über uns hereinbricht, wenn Moskau wild wird.»
Aber am dritten Tag gab es kein Zögern mehr. Oberst Pichowskij rief in Moskau an. «Es muß damit gerechnet werden, daß Major Tumow das Opfer eines Attentats geworden ist», sagte er. «Vielleicht auch ein Raubmord ... er trug Zivil. In Uniform hätte man ihn nie überfallen. Spuren haben wir noch keine, nein, gar keine. Wir wissen nur eins: Er ist verschwunden.»
«Ich komme», sagte Oberstleutnant Rossoskij in Moskau und legte auf.
«Er kommt.» Pichowskij sah seine Offiziere ernst an. «Genossen, uns stehen schwere Tage bevor. Werfen wir dem Löwen aus Moskau etwas in den Rachen ... erfüllen wir Tumows letzte Planung: Besetzen wir dieses mistige Perjekopsskaja. Ich weiß zwar nicht, was das soll ... aber eine Kompanie soll abfahren und im Dorf auf weitere Befehle warten ...»
Zwei Stunden später rollte eine lange Kolonne Lastwagen nach Norden. Eine Kompanie Infanterie mit allem Gepäck und scharfer Munition. Mit Küchenwagen, Werkstatt und Schreibstube. Ein Einsatz, als sei es Krieg.
Im Stadtgebiet von Wolgograd fiel diese Kolonne nicht weiter auf. Auch in den Vororten sahen die Menschen an diesem kriegerischen Zug vorbei. Das änderte sich erst, als die Kolonne in die Steppe eintauchte und die staubige Landstraße zum Don befuhr. Von Dorf zu Dorf flog die Nachricht voraus, und als sie Sirotinsskij erreichte, läutete auch im Parteihaus von Perjekopsskaja das Telefon.
Der Teufel wollte es, daß zu dieser Stunde gerade der alte Babukin Telefondienst hatte. Er nahm die Meldung mit zuckender Nase entgegen, legte dann den Hörer auf, als sei er aus zartem, geblasenem Glas, drehte sich einmal um die eigene Achse wie ein Schlittschuhläufer und sauste dann aus dem Haus.
Der Weg vom Parteihaus bis zur Kirche beträgt ungefähr dreihundert Meter. Babukin zeigte, was ein Mensch auf

dreihundert Metern alles schreien und anrichten kann. Auf seinem alterszitternden Gaul, der über seine eigenen Beine stolperte wie ein Clown, ritt er die Straße hinunter und brüllte wie am Spieß.
«Sie kommen! Militär aus Wolgograd! Eine ganze Kolonne! Zu den Waffen! Sie wollen Perjekopsskaja niederbrennen!»
Der letzte Satz schlug ein. Die Weiber kreischten, rannten in die Häuser und begannen alles, was man tragen konnte, hinauszuschaffen. Ein paar Männer, die in den Gärten arbeiteten, stürzten Babukin nach und verlangten Einzelheiten.
«Später!» brüllte der Uralte. «Ich sage euch, sie kommen! Wollt ihr, daß Perjekopsskaja untergeht?»
Es war eine dumme Frage ... wer wollte das schon? Auch Vater Ifan, der Pope, war zuerst skeptisch, denn schließlich lebte man nicht im Krieg, es war keine Revolution, wieso kann man dann ein Dorf niederbrennen? Er verhörte Babukin, ließ ihn schwören, keine Idiotie zu reden, denn bei dem Alten wußte man nie, was sein Gehirn gerade ausbrütete, aber als Babukin vor der Ikone des heiligen Wladimir niederkniete und schrie, er wolle sein Augenlicht verlieren, wenn er löge, erbleichte auch Ifan und läutete wieder die Sturmglocke.
Die Kompanie Infanterie hatte noch nicht den großen Don-Bogen erreicht, als sich in Perjekopsskaja schon die Kosakenabteilungen sammelten. Diesmal machten auch die Kolchose und die Sowchose «2. Februar» mit ... neunhundert Reiter warteten am Don, ein kriegerisches Bild von Pferdeleibern und entschlossenen Männergesichtern, eine stolze Erinnerung an vergangene Tage, da das Trommeln der Pferdehufe lauter dröhnte als ein Erdbeben.
«Jetzt laßt sie kommen!» sagte Kalinew grimmig und schlug mit der Faust auf seinen Sattelknauf. «Wir haben nicht vergessen, daß wir freie Kosaken sind!»
In Wolgograd traf Oberstleutnant Rossoskij mit einem Jagdflugzeug der Luftwaffe ein. Mit doppelter Überschallgeschwindigkeit war er in den Süden gebraust. Er ahnte Schreckliches. Tumows Verschwinden war für ihn nur

eine logische Entwicklung: Erst Jelena und Bodmar, dann Njuscha, jetzt Tumow ... gab es eine klarere Kette? Nur der Sinn fehlte noch ... und die große Frage blieb zu klären: Lebten sie alle noch? Wer oder was hatte diesen Strudel verursacht, in dem sie alle versunken waren?
Rossoskij stieg mit versteinerter Miene die Treppen zum Büro Tumows hinauf und setzte sich hinter dessen Schreibtisch. Man hatte die Schubladen aufgebrochen und den Inhalt in Gruppen geordnet.
Berichte an Moskau im Durchschlag.
Telefonnotizen.
Die begonnene Begründung über die Notwendigkeit einer Besetzung von Perjekopsskaja durch Einheiten der Armee.
Eine Sammelmappe mit Angaben über Jelena Antonowna, Eberhard Bodmar, Dimitri Grigorjewitsch Kolzow.
Das Vernehmungsprotokoll Kolzows.
Und ein großes Foto. Das Bild eines herrlichen, nackten Frauenkörpers ohne Kopf.
Oberstleutnant Rossoskij griff zuerst nach dem Foto. Nicht weil er ein Mann war, sondern weil dieses Bild das «Unbekannte» im Leben von Tumow bedeuten mußte. Genau das, was Moskau noch nicht wußte.
«Woher?» fragte er in seiner knappen Art. Pilchowskij hob die Schultern.
«Es lag in der oberen Schublade über den Akten.»
«Jelena Antonowna ist es nicht. Sie war schlank, grazil, eine Elfe. Dies hier ist ein Weib.» Rossoskij hielt das Bild gegen das Licht. «Tumow wurde zuletzt in Zivil gesehen?»
«Ja. Zum erstenmal übrigens ...»
«Dann hat er dieses Bild in den letzten Tagen bekommen und sich mit dieser Frau getroffen. Ist das logisch?»
«Sehr logisch.» Die Offiziere des KGB von Wolgograd sahen sich an. Er spricht Rätsel wie Tatsachen aus, dachten sie. Aber auch er fährt sich fest. Dieses Geheimnis um Tumow ist wie der Frühlingsschlamm auf den Dorfstraßen. Da nützt kein Gasgeben mehr ... der Wagen steckt fest.
«Wir müssen diese Frau finden.» Rossoskij warf das Foto

auf den Tisch zurück. «Ein Foto muß entwickelt und vergrößert werden. Es gibt also einen Fotografen, der dieses Bild vor Major Tumow in der Hand gehabt hat. Haben wir diesen Fotografen, können wir die Spur zu dieser Frau aufnehmen. Genossen, ich werde etwas Ungewöhnliches tun, denn der Fall verlangt es. Geben Sie dieses Bild an die Wolgograder Zeitungen . . .»

Pilchowskij wurde rot bis zu den Ohren. «Eine nackte Frau . . . Dieses Bild . . . Das . . . das wird einen Sturm auslösen, Genosse . . .»

«Wenn Tumow dabei an die Oberfläche gespült wird, kann es nicht genug stürmen. Ich habe alle Vollmachten. Dieser Fall ist eine hochpolitische Angelegenheit. Sie verträgt es auch, daß zum erstenmal in der Geschichte der sowjetischen Presse ein völlig nacktes Weib in der Zeitung abgebildet wird. Und wenn ganz Wolgograd morgen kopfsteht . . . sobald aus *einer* Tasche Tumow fällt, bin ich zufrieden.»

Mit einem Kurier wurde das Foto zur Wolgograd-Prawda gebracht. Dort war man sprachlos, aber gehorchte dem Befehl aus Moskau. Nur schockierte man die ehrbaren Bürger nicht sofort mit der Titelseite . . . man schob das Foto von Njuschas herrlichen Formen auf die zweite Seite.

Mit Tumow war ein Teufel vernichtet worden . . . nun saß an seiner Stelle ein Eisberg.

Man wird uns jagen wie die Wölfe, hatte Bodmar einmal gesagt.

Glückliche Wölfe . . . sie können davonlaufen. Die riesige Taiga ist ihr Reich. Für Njuscha und Sascha aber wurde die Welt immer kleiner . . .

27. Kapitel

Timor Antonowitsch Brutjew, der Fotograf, hatte am Tage eine Stunde, in der er sich nicht stören ließ, auch wenn vom Heiratspalast zehn Paare herübergekommen waren und im Wartezimmer oder auf dem Flur herumstanden,

seinen Namen riefen, fluchten, gegen die Wände schlugen und drohten, auf das Erinnerungsfoto der Hochzeit zu verzichten: Es war die Stunde des Frühstücks.
Genußvoll schlürfte er seinen Tee, den er nach orientalischer Art mit Honig süßte, kaute ein dick mit Butter bestrichenes Weizenbrötchen, ließ dazu das Radio spielen, das um diese Zeit meistens Lieder, gesungen von Soldatenchören, sendete, und las die Zeitung.
Viel Neues gab es nie ... die sowjetische Presse lebt nicht von Sensationen, Morden, sexuellen Orgien und anderen kapitalistischen Ausschweifungen. Sie berichtet spannend aus den einzelnen Betrieben, stellt Aktivisten vor, die ihr Soll überfüllten, oder erklärt den Lesern, wie verfault der Westen ist, eine wahre Kloake in dieser Welt, deren größter Teil aber durch den Sozialismus gesundet war.
Brutjew überschlug diese Seiten und fing hinten an. Bei den Anzeigen, im Sportteil, bei den Theaterberichten. Er war ein kultivierter Mensch, und zu einem Milchbrötchen ist der Artikel über die Tänzerin Narajowa besser geeignet als ein Lobgesang auf den Genossen Duschew, der im Werk «Roter Oktober» täglich vierzehn Stunden arbeitet, um die Schrottberge einzuschmelzen. Sein Bekenntnis «Jede Stunde hilft uns, den Kapitalismus zu besiegen» interessierte Brutjew nicht.
An diesem Morgen stieß Timor Antonowitsch einen leisen Schrei aus.
Auf Seite zwei prangte groß das Bild des kopflosen, nackten Mädchens. Es war ein wenig verfälscht, denn nach langer Beratung hatte die Redaktion beschlossen, den unteren Teil etwas zu schwärzen. «Das ist auch im Sinne des KGB», hatte der Chefredakteur gesagt, «daß durch dieses Foto nicht Revolutionen in den Schlafzimmern stattfinden. Der Busen genügt, darauf kommt es an. Man muß in der Presse immer das Wichtige herausstellen ...» So druckte man also Njuschas Unterleib mit sehr viel Schatten, was bewirkte, daß ihre Brüste um so plastischer hervorkamen.
Brutjew begann zu zittern und ahnte Böses, als er die Unterschrift las.

«Wer dieses Bild fotografiert, entwickelt oder vergrößert hat, wird aufgefordert, sich sofort beim Sekretariat der Partei zu melden.»
Ein Text, der zu Rossoskij paßte ... knapp wie ein Schuß. Er traf Brutjew mitten ins Herz.
Man kann voraussetzen, daß von tausend Menschen einer ein Held ist und die anderen neunhundertneunundneunzig Feiglinge. Wäre es umgekehrt, sähe die Welt vielleicht besser aus. Niemand konnte also verlangen, daß gerade Brutjew, dieser feinsinnige Künstler, der mit dem Retuschierstift Großmütter zu blühenden Frauen verwandelte, ein Held war, der nun sofort zur Parteileitung fuhr, den zweiten Abzug des Fotos auf den Tisch legte und sagte: «Hier, Genossen, bin ich! Ich habe sie fotografiert. War das ein Abend! Als sie sich auszog, brauchte ich die Kraft von zehn Ochsen, um mich festzuhalten. Man ist ja schließlich ein kompletter Mann, Freunde.»
So einfach war das nicht; Brutjew ahnte das. Wenn dieses Bild in der Zeitung veröffentlicht wird und wenn man sich deswegen beim Parteisekretariat melden soll, hat der Teufel draufgespuckt, so sicher, wie ein Rüde das Bein hebt. Es würde Unannehmlichkeiten geben, Verhöre, scharfe Fragen, und am Ende würde man ihm nicht glauben, daß er das üppige Weibchen nicht kannte, denn ein gewissenhafter Fotograf führt eine Kundenkartei.
Brutjew beschloß, in Urlaub zu fahren. Das war unverfänglich, denn jeder Mensch hat einmal Erholung nötig. Das steht sogar im Parteiprogramm.
Er handelte sofort, denn es gibt keinen besseren Motor als die Angst.
Zunächst nahm er die heimlich zurückbehaltene zweite Vergrößerung des Fotos von seinem Bett ab, betrachtete sie noch einmal mit einem tiefen Seufzer, küßte inbrünstig diesen herrlichen Leib und zerriß dann das Bild in kleinste Stücke. Um ganz sicherzugehen, verbrannte er sie zusammen mit dem Inhalt des Papierkorbs, in dem das von der Unbekannten zerrissene Negativ lag. Dann zog er seinen weißen Labormantel an, beruhigte die sechs Hoch-

zeitspaare, die draußen warteten, absolvierte seine Gruppenaufnahmen, beglückwünschte die jungen Eheleute und die Verwandten, sagte ihnen, daß die Bilder erst in vierzehn Tagen abzuholen seien, da ihn ein Staatsauftrag nach Rostow rufe (ein kluger Gedanke, denn gegen einen Staatsauftrag wagte kein Genosse zu protestieren), und schloß dann sein Atelier, bevor der neue Schwung vom Heiratspalast herüberkam. Ein schnell gemaltes Schild hängte er draußen an die Klinke.

«Verreist.»

Bereits um elf Uhr vormittags saß Timor Antonowitsch Brutjew im Zug nach Rostow. Er hatte beschlossen, sich in einem Fischerdorf am Asowschen Meer zu erholen. Frische Luft, angeln, spazierengehen, schlafen ... und nicht daran denken, was unterdessen in Wolgograd mit dem Bild geschah. In vierzehn Tagen sah die Welt anders aus.

Man sieht daraus, daß Brutjew ein Durchschnittsmensch war, denn er dachte falsch. Für Oberstleutnant Rossoskij waren vierzehn Tage wie eine Minute. Er rechnete in diesem Fall mit anderen Größenordnungen. Zehn Milizgruppen zu je vier Mann schwärmten aus und besuchten alle Fotografen, Fotogeschäfte und Drogerien, die Fotos entwickelten und vergrößerten. Man begnügte sich nicht damit, daß jeder beteuerte, dieses herrliche Weib leider nicht vor der Linse oder im Entwicklerbad gehabt zu haben ... die Polizisten sahen alle Negativkarteien durch, unternahmen Haussuchungen und ermahnten alle Betroffenen eindringlich zur Wahrheit. Hinter ihren Worten drohte Sibirien ... man spürte die Kälte heranwehen.

Auch zu Brutjew kamen die Milizsoldaten. Das Schild «Verreist» störte sie nicht ... sie brachen die Wohnung auf, durchwühlten die Negative und den riesigen Haufen fertiger Fotos, was äußerst langweilig war, denn immer handelte es sich nur um lächelnde Hochzeitspaare und strammstehende Verwandte. Allein zwei Fotos waren interessant, wenn auch nicht für diese spezielle Aktion. Auf dem einen stand der Zweite Parteisekretär Mulinow Arm in Arm mit einer schönen Blondine und glänzte vor Glück

wie ein Kupferkessel, dabei war er seit neunundzwanzig Jahren verheiratet, Großvater von sieben Enkeln und galt als äußerst sittenstreng. Das zweite Foto zeigte den Genossen Polizeichef in der Badehose auf einer Wiese. Er war gerade damit beschäftigt, einem zierlichen, schwarzlokkigen Täubchen den Büstenhalter zuzuknöpfen. Da auch der Polizeichef verheiratet war, und zwar glücklich, wie man wußte, beschlagnahmte die Miliz vorsorglich dieses sozusagen illegale Foto.
Von dem unbekannten nackten Mädchen ohne Kopf aber fand man nichts.
Um so mehr schlug dieses Foto unter den Zeitungslesern von Wolgograd Wellen wie ein Wirbelsturm auf dem Meer. Morgens um zehn Uhr waren bereits alle Zeitungen ausverkauft, und in den großen Fabriken wurden unter Kollegen zwei Rubel für die zweite Seite der Wolgograd-Prawda geboten.
Großvater Volkow war einer der Glücklichen, der noch eine Zeitung erhielt. Keuchend rannte er die Treppe hinauf in die Wohnung, stieß die Volkowa, seine Schwiegertochter, zur Seite und schloß sich in sein Zimmer ein. Dann setzte er sich ans Fenster, benetzte seine Lippen und versuchte, indem er das Bild schräg gegen die Sonne hielt, die Schwärzung des Unterleibes zu durchdringen. «So etwas!» sagte er. «Nein, so etwas! Die Zeitung mausert sich. Ein neues Jahrhundert ist angebrochen.»
Auch Borja kam sofort mit der Zeitung zu Bodmar und lachte wie ein Faun. «Sie beult sich!» schrie er. «Man kann sie nicht mehr zuklappen, Sascha! Welch ein Körperchen! Sieh dir das an! Was will die Parteileitung nur mit dem Weibchen? Sollte der Genosse Erste Sekretär ertrinken, so hoch steht ihm das Wasser im Mund?» Er betrachtete das Bild mit schiefem Kopf und blinzelte. «Das wird alle Weiber neidisch machen», sagte er. «,He! Jetzt denkst du wieder an sie!' werden sie ihre Männer im Bett anschreien. Wer kann's ihnen übelnehmen, wenn sie einen Mehlsack oder eine Latte neben sich liegen haben? Sascha, hast du schon einmal eine so schöne Frau gesehen?»

«Njuscha ist für mich schön genug», sagte Bodmar. Das Foto in der Zeitung bedeutete Alarm. Zwar konnte es niemanden geben, der Njuscha darauf erkannte, denn Nacktheit ohne Kopf ist das blankste Rätsel überhaupt ... aber daß dieses Foto in den Händen des KGB war, bedeutete äußerste Gefahr.

Borja genoß das Bild bis zum Abend, dann wurde er ein Lüstling auf seine Art. Er drehte sich aus der Zeitung die Zigaretten für die besinnlichen Stunden des Feierabends neben seinen Särgen. Das Foto reichte für drei Zigaretten – eine rollte er mit den Brüsten, die zweite mit dem Nabel, die dritte mit dem Unterleib. «Ich werde das Körperchen inhalieren, Söhnchen», sagte er breit grinsend zu Bodmar und rieb sich die Hände. «Sie wird ganz in mir verschwinden. Gönn einem alten Mann dieses Vergnügen.»

Am Abend gab es bei der Familie Volkow einen großen Krach. Es gelang der Volkowa zwar, Arkadijs Zeitung zu erobern und zu verbrennen, aber an Großvaters Zeitung kam sie nicht heran.

«Du Teufelin!» kreischte der Alte und rannte durch die Wohnung. «Du Satan! Mißgönnst mir ein Bildchen! Hättest du nur ein Zehntel von ihr ...» Er schwenkte die Zeitung und schoß dann in sein Zimmer, bevor seine Schwiegertochter das Blatt erhaschen konnte. Er kam erst wieder heraus, als das Essen auf dem Tisch stand und sich die Familie gesittet benehmen mußte, weil Njuscha und Bodmar bei ihnen saßen und für die Rubel, die sie ablieferten, das Recht auf ein trautes Familienleben gekauft hatten.

Großväterchen Iwan Feodorowitsch aber konnte nicht an sich halten. Er blinzelte Bodmar zu, stieß ihm unter dem Tisch gegen das Schienbein, rülpste und mummelte und benahm sich wie ein alter Bock unter jungen Ziegen.

«Liest du die Zeitung, Sascha?» fragte er endlich.

Die Volkows starrten den Alten an, als wollten sie ihn ermorden.

«Ja», sagte Bodmar. Er ahnte, worum es ging.

«Immer aktuell, immer der Zeit voraus.» Der Alte rollte mit den Augen. «Und Fotos bringen sie ...»

«Heute war die Zeitung besonders schön.»
«Du sagst es. Söhnchen, mit dir kann man reden.» Der Alte warf seiner Familie einen vernichtenden Blick zu und schob seinen Stuhl an Bodmar heran. «Man muß die Sache politisch sehen. Wir reifen heran. Wir schießen Astronauten in den Weltraum und ziehen die Frauen aus. Eine große Zeit beginnt ...»
Es wurde ein zerrissener Abend. Der Alte ging früh ins Bett und legte die Zeitung neben sich unter die Decke. Vorher aber hatte er etwas Alarmierendes losgelassen. Mit schelmischem Zwinkern meinte er:
«So ein Körperchen könnte Njuscha haben. In der Tat. Nur ahnen kann man's allerdings, nur ahnen ...» Dabei wackelte er mit der Nase, schnalzte mit den Fingern und dachte an Njuschas morgendliche Waschungen.
«Wenn sie den Fotografen Brutjew ausfindig machen, kann es gefährlich werden», sagte Bodmar später, als sie in dem engen Badezimmer auf ihrer Matratze lagen. Njuscha schmiegte sich an ihn, und es war herrlich, ihren nackten, glatten, warmen Körper unter den Händen zu spüren.
«Ich habe keinen Namen genannt.»
«Aber er kann dich beschreiben.»
«So wie ich sehen viele Mädchen aus.»
«Das ist nicht wahr» Er küßte sie und versank in ihrer Umarmung. «Es gibt nur eine Njuscha ...»
«Und einen Sascha ...»
Wie weise ist es eingerichtet, daß die Liebe selbst die Gefahr verzaubert ...

Die Bildaktion Rossoskijs verfehlte ihre Wirkung, wenn man davon absieht, daß in Wolgograd an diesem Tag in einigen hundert Familien der häusliche Friede einen Riß bekam. Es meldete sich kein Fotograf, die Haussuchungen verliefen ergebnislos, auch trafen keine Hinweise von Kennern ein, die anhand dieses Körpers das Mädchen hätten genauer bezeichnen können. Das war Rossoskijs stille Hoffnung gewesen, denn wer sich so fotografieren ließ und derartige Bilder verschenkte, zählte häufig zu einem

Personenkreis, für den weitverzweigte Bekanntschaften zum Geschäft gehören.
«Tumow war ein Mann, der nicht gerade wählerisch war», sagte Rossoskij zu den Wolgograder KGB-Offizieren, die zur Besprechung angetreten waren. «In Moskau schlief er mit Kollegenfrauen und Huren, mit Marktweibern und Mannequins. Man sollte alle in Wolgograd bekannten Huren verhören.» Er betrachtete wieder das Foto und schüttelte den Kopf. «Nein. Aus diesen Kreisen stammt sie nicht. Ich kann meine Ansicht nicht begründen ... ich spüre es einfach.» Er legte das Foto auf den Tisch und stützte den Kopf auf die gefalteten Hände. «Neue Ergebnisse in Richtung Tumow?»
«Nichts, Genosse Oberstleutnant.»
«Da kann mitten in einer großen Stadt ein Offizier verschwinden, und keiner merkt etwas. Da reist eine Genossin unserer Dienststelle mit einem deutschen Journalisten an den Don und löst sich plötzlich in Luft auf. Und da ist ein Bauernmädchen — und ausgerechnet die Tochter des Mannes, bei dem Jelena Antonowna wohnte —, das geht angeblich nach Wolgograd, um mehr zu werden als ein kindergebärendes Kosakenweib ... und weg ist es.» Er schlug mit der flachen Hand auf den Tisch und sprang auf. «Und wir stehen hier herum wie Kühe im Regen und blöken die Wolken an! Genossen, sehen Sie denn nicht irgendwelche Zusammenhänge?»
«Wir brauchen eine Spur ...», sagte einer der Offiziere stockend. «Ich schlage vor, den ganzen Fall noch einmal von Perjekopsskaja aus aufzurollen. Dort weiß man mehr. Es sollte möglich sein, aus dieser Mauer des Schweigens einen Stein herauszubrechen.»
«Denken Sie an Kolzow.» Rossoskij zog die Unterlippe zwischen die Zähne. «Die Köpfe am Don sind so hart wie die Kiesel im Fluß ...»
Trotzdem beschloß man, in Perjekopsskaja noch einmal die Macht zu demonstrieren. Ein Gedanke Rossoskijs hatte gezündet. «Ich werde die Witwe Evtimia verhören», sagte er. «Die besondere Situation duldet keine Pietät ...»

28. Kapitel

Am Sonntag — es war ein schöner, sonniger, warmer Maitag mit einem lichtblauen Himmel ohne Wolken — erschien Borja Ferapontowitsch bei den Volkows. Großvater Iwan umarmte ihn wie einen alten Freund und schrie durch die Wohnung: «Aufstehen! Alles aufstehen! Der Totengräber ist gekommen. Er will mich holen! Grabnummer 1019 habe ich, haha!»

Die Familie sprang aus den Betten, denn alle dachten, jetzt sei der Alte wirklich übergeschnappt und man müsse ihn abtransportieren lassen. Auch Njuscha und Bodmar kamen aus ihrer Kammer. Borja hier in der Wohnung? Was war draußen auf dem Friedhof geschehen? Seit dreißig Jahren hatte Borja nicht die Umgrenzung der Mauern verlassen ohne einen zwingenden Grund. Dazu gehörte der Kauf von Tabak und Wodka und jedes Jahr der Besuch der Gedenkfeier des Sieges von Stalingrad. Dann marschierte er über den Roten Platz, hatte seine Orden an die Brust gesteckt und war sogar rasiert.

«Ich hole Njuscha und Sascha ab», sagte Borja, ließ sich von Großvater Iwan eine Tasse Tee bringen und schlürfte sie wie eine Katze warme Milch. «Wir machen einen Ausflug. Drei Räder habe ich geliehen. Wir fahren über das Land, sehen uns den Flugplatz an und sprechen mit den Genossen in der Steppe. Verdammt, ich habe eine unbändige Lust dazu. Ist's der Frühling, Iwan Feodorowitsch?»

Großvater Volkow strich sich über die Haare und kicherte. «Vielleicht steckt dir ein Bild aus der Zeitung in den Knochen, was, Brüderchen?»

«Vorbei.» Borja winkte ab. «Ich habe das Weib geraucht.»

«Ein Barbar!» Der alte Volkow schlug die Hände zusammen. «Rollt ein nacktes Körperchen zu Zigaretten! Nur ein Totengräber hat so einen Charakter.»

Die Straßen waren noch leer, und die Stadt träumte im sonntäglichen Frieden, als Borja, Njuscha und Bodmar auf ihren geliehenen Fahrrädern durch die Häuserreihen fuhren und die Straße nach Pitomnik erreichten. Borja

hatte die Jacke ausgezogen und die Mütze in den Nacken geschoben, sein schmutziges Hemd glänzte in der Sonne, und wenn er an anderen Menschen vorbeikam, rief er ihnen zu: «Welch ein Tag, Freunde!»
Ab und zu hielten sie an, machten eine kurze Rast, und Borja holte aus seinen Taschen Äpfel hervor, brach sie auseinander und verteilte sie.
Nach drei Stunden Fahrt hatten sie die Vorstädte Wolgograds verlassen und erreichten das flache Land, überquerten den Tatarengraben und standen dann an der Straße zum Flugplatz Pitomnik. Hier hielt Borja wieder an und zeigte über die Steppe.
«Das ist sie», sagte er.
Bodmar fragte nicht, was er damit meinte ... in der letzten halben Stunde war er immer ernster und schweigsamer geworden, und je weiter sie sich von Wolgograd entfernten, um so schwerer wurde es ihm, die Pedale seines Rades zu treten. Nun standen sie an der Straße nach Pitomnik, es war ein warmer, sonnenüberglänzter Tag, die Luft flimmerte über die Steppe, und doch war es Bodmar, als wehe der Wind Schnee über ihn.
Pitomnik. Der vorletzte Brief seines Vaters. Ein Verwundeter hatte ihn aus dem Kessel von Stalingrad hinausgebracht, zusammengeknüllt im Stiefel. Er hatte Glück gehabt, man schob ihn noch in eines der wenigen Flugzeuge, die vom vereisten Flugplatz aufstiegen, durch eine schreiende Menge von Verwundeten rollten, die nicht mehr mitkamen, sich an die Tragflächen klammerten, um sich schlugen, um Erbarmen schrien und dann weggefegt wurden in die Schneehaufen, wo sie liegenblieben und verreckten. Auch der unbekannte Soldat, der den Brief des Leutnants Bodmar in seinem Stiefel mitnahm, starb ... außerhalb des Kessels, auf einem Hauptverbandsplatz, und wurde in russischer Erde verscharrt ... aber den Brief schickte der Stabsarzt weiter, und so kam er nach Deutschland, dieser Aufschrei eines Mannes, der seinen Tod schildert.
«Mein Sohn,
ich bin verwundet worden. Nicht schwer, nur ein Fleisch-

schuß, der linke Oberschenkel, und wenn es ein normaler Krieg wäre, liefe ich in vier Wochen wieder herum. Aber wir sind in Stalingrad. Wir liegen in einem Keller, in dem siebenhundert Verwundete schreien und wimmern, verfaulen und wahnsinnig werden. Draußen tobt der Schneesturm, zweiunddreißig Grad Frost, es gibt nichts zu essen, und um heißes Wasser zu trinken, schmelzen wir den Schnee. Jeden Tag verhungern Hunderte Kameraden, andere sterben, weil es keine Verbandsmittel mehr gibt, keine Medikamente, nicht einmal eine Spritze gegen die Schmerzen. Wenn sie zu grauenhaft schreien, schlagen wir ihnen über den Kopf, damit etwas Ruhe ist ... Ruhe, um darüber nachzudenken, daß wir alle hier in diesem Keller heute oder morgen oder übermorgen nicht mehr sind. — In den beiden Bunkern neben unserem Lazarettkeller haben sie heute eine köstliche Suppe gekocht ... sie haben Pferdehufe ausgebrüht, das Holz von Eisenbahnschwellen geraspelt und gekocht, was einen wundervollen Brei ergibt, und zwei Mann gelang es, eine Ratte zu schießen, eine Delikatesse, mein Junge ... nun schwimmt sie, in kleine Stückchen zerschnitten, in der Suppe und rettet uns für einen Tag das Leben.
Unsere Sanitäter kamen von Pitomnik zurück. Die Straße zum Flugplatz ist ein einziges Grab. Rechts und links liegen die erfrorenen Verwundeten, kilometerlang, Kameraden, die versuchten, sich zu Fuß zum Flugplatz durchzuschlagen und die der Eiswind zuwehte. Es sollen Tausende sein, die da an der Straße liegen ... Eisklötze aus Menschenleibern, ein Straßenpflaster aus Toten. Ich bleibe hier in meinem Keller, mein Junge. Ich bin nur leicht verletzt und kümmere mich um die anderen Kameraden, damit ihnen das Sterben nicht zu schwerfällt. Wie lange ich das noch kann? Ich weiß es nicht. Ob sich jemand um mich kümmern wird ...?
Mein Sohn, Gott hat nicht Himmel und Hölle geschaffen ... er schuf nur den Himmel. Die Hölle ist Menschenwerk und heißt Stalingrad ...»
Bodmar senkte den Kopf. Er blickte das Band der Straße

entlang und stellte sich vor, wie im heulenden Schneesturm die Kolonnen der Verwundeten zum Flugplatz wankten, getrieben von der Hoffnung, herauszukommen aus diesem Kessel, das Leben zu retten... und dann wehte der Sturm sie um, sie fielen auf die Knie und krochen weiter... auf allen vieren, Tieren gleich, immer die Straße entlang... Meter um Meter, keuchend, schreiend, wimmernd, betend, fluchend... krochen über die Toten, über die eisigen Menschenklötze, über die Hügel der zugewehten Tausenden... und sie schrien sich zu: Du nicht! Du kommst durch! Du überlebst! Du erreichst den Flugplatz! Dich heben sie in ein Flugzeug, nehmen dich mit in die Heimat... Du bist stärker als sie... du hast die Hölle hinter dir... Pitomnik! Paradies! Beide fangen sie mit P an! Durchhalten! Durchhalten! Du schaffst es...
Und dann fielen sie mit dem Gesicht in den Schnee, und der Wind wehte sie zu, und sie wurden Eisklötze wie die anderen.
Pitomnik.
Die Todesstraße.
«Hier war es», sagte Borja und zeigte auf ein Stück der Steppe. «Nein, dort... jawohl, dort... man sieht noch die Stelle. Eingesunken ist sie... ich weiß es jetzt genau.» Er schwang sich auf das Rad, fuhr zu einem Platz, der aufgeschüttet schien und wo das Gras blühte und die Bienen summten. Starke, kräftige Disteln schwankten im Wind, ein Geruch wie Honig stieg aus der blumenbunten Steppe. Bodmar und Njuscha waren Borja gefolgt und hatten sich an die Räder gelehnt. Langsam legte Njuscha den Arm um Bodmars Schulter. Es war eine rührende Geste, wie ein mütterlicher Schutz: Ich bin bei dir, Sascha. Du bist nicht allein in diesem Land... mit deinen Erinnerungen... in der Einsamkeit der Vergangenheit...
«Hier war es», sagte Borja wieder und ging um das Stück Erde herum. «Hier hatten wir die große Grube ausgeworfen... mit Baggern, Söhnchen... ein paar Meter tief und vielleicht zwanzig Meter lang. Und immer war sie noch zu klein... 18 000 deutsche Tote brachten sie auf den Last-

wagen heran, nur von hier, dieser verdammten Straße. Wir haben sie dann wie Brennholz geschichtet, mit Benzin und Öl übergossen und verbrannt. Ein Gestank war das. Der Himmel war tagelang schwarz vom Qualm, und der Geruch klebte an uns wie Rotz. Aber wir waren stolz, Söhnchen. Wir hatten Stalingrad befreit. Die Wolga gehörte wieder uns. Welch ein Triumph! Als die toten Deutschen brannten, kamen sie uns vor wie Siegesfackeln. Überall hier in der Steppe loderten die Feuer ... aber hier, an dieser Stelle, war das größte. Hier stand ich. Später verteilten wir mit Schneepflügen die Asche und stapelten neue Leiber auf. Fast hätte das Benzin nicht mehr gereicht ... man soll nicht glauben, wie langsam ein Mensch brennt.»

«Auch sie waren Söhne von Müttern ...», sagte Bodmar heiser. «Und es waren Väter, die Söhne hatten ...»

«Haben wir sie gerufen, he? Überfallen haben sie uns, das Land zerstört und verwüstet, die Stadt zertrümmert ... sollten wir sie nun auch noch beweinen?»

«Die wenigsten wollten hierher, wo sie starben.»

«Aber sie waren da und töteten. Erklär mir mal, Söhnchen, warum sie das taten. Ich weiß, ich weiß, bist ein moderner Mensch, denkst anders als wir, hast keinen Krieg erlebt, weißt nicht, was es heißt, in einem Erdloch zu liegen und darauf zu warten, daß man dich umbringt, und man bringt dich um, weil du dein Vaterland verteidigst, was dein gutes Recht ist ... aber damals, Sascha, da stand das Blut auf dem Land wie Regenpfützen, und wir fragten uns: Was haben wir den Deutschen getan? Warum fallen sie über uns her? Wir haben unsere Felder bestellt, haben in unseren Fabriken gearbeitet, im Winter haben wir die Fenster verklebt und im Frühjahr das Eis auf dem Fluß gesprengt, auf dem Ofen haben wir geschlafen wie seit Jahrhunderten ... und da kommen die Deutschen und brennen unsere Dörfer nieder und erschießen die jungen Burschen, und keiner weiß warum.»

«Du hast recht, Borja ... keiner weiß warum.» Bodmar blickte die Straße nach Pitomnik hinunter. Hier wollte ich stehen, um dich begreifen zu lernen, Vater, dachte er. Darum bin

ich nach Rußland gekommen, um hier, an der Stelle des Untergangs, zu erfassen, was damals in euren Hirnen vorging.
Es ist unmöglich, Vater, verzeih mir. Man wird euch nie begreifen. Du bist dort drüben in der Stadt gestorben und zu Asche verbrannt worden, die man dann über die Steppe streute; du hast in den Kellern gestöhnt und geblutet, du hast deine Kameraden sterben sehen für einen Wahnsinn ohne Beispiel, du hast diese Straße nach Pitomnik gekannt, die Straße, auf der mehr als 20 000 Leichen lagen ... und was habt ihr getan? Habt ihr die Waffen hingeworfen, eure Offiziere, die vom Durchhalten redeten, an die Wand gestellt, habt ihr Schluß gemacht mit diesem Sterben, seid ihr aus den Kellern, Löchern und Gräben gekrochen, die Hände hoch, und habt gesagt: Brüder dort drüben, laßt uns aufhören mit dem Zerfleischen!
Habt ihr das getan?
Nein. Ihr habt weitergeschossen und seid weiter gestorben. Bis zur letzten Patrone! Bis zum letzten Zucken der Hand. Bis zum letzten Seufzer. Ihr seid das geworden, was in Deutschland von jeher als Höchstes galt und doch am billigsten war: Helden! Ihr habt dafür gesorgt, daß eure Witwen und Mütter in «stolzer Trauer» um euch weinten. Ihr habt den Wahnsinn zu einem Gott gemacht. Ihr seid in dieser Stadt abgeschlachtet worden ... 230 000 Mann.
Vater, deine Briefe haben Brandflecken in meiner Seele hinterlassen ... aber jetzt, wo ich auf dem gleichen Land stehe, auf dem du gestorben bist, Vater, jetzt verstehe ich dich nicht mehr ... Was muß das für eine Zeit gewesen sein, in der ein Mensch wie du aufhörte, klar zu denken? Welches Gift hattet ihr alle eingesogen? Wart ihr noch Deutschland?
Vater, verzeih mir ... uns trennt mehr als ein Vierteljahrhundert ...
«Sascha ...»
Bodmar zuckte zusammen. Die Vergangenheit versank ... die Steppe war wieder voll von blühenden Gräsern, über die der warme Wind strich. Das Land war schön und ewig

und weit und stärker als alle Kriege. Da war der Himmel, so unendlich und unbegreiflich, wie er sich nur über einer russischen Steppe wölben kann... und da war Njuscha, das Leben selbst in seiner Fülle von Verschwendung, und da hockte Borja auf seinem Rad, der alte, verwahrloste Philosoph, der Totengräber von Wolgograd, und auch er war wunderbar und ewig wie dieses Land.
«Hast du Durst, Söhnchen?» fragte Borja und holte vom Gepäckträger seines Rades eine Tasche.
«Ja, Borjuschka...», sagte Bodmar. Er atmete tief auf und saugte diesen Duft von Unsterblichkeit in sich hinein.
«Tee ist's, mit Wodka.» Borja blinzelte wie ein alter Säufer, der ein tropfendes Faß entdeckt. «Welch ein Tag, ihr Lieben! War es eine gute Idee, hinauszufahren?»
«Es war eine gute Idee.» Bodmar nahm die Flasche und trank einen tiefen Schluck. Dann gab er sie an Njuscha weiter, und sie trank ebenfalls, als sei sie ein Fuhrknecht.
«Ich danke dir, Borja...»
«Wofür, Söhnchen?»
«Ich sehe die Sonne heller...»
«Er ist verliebt!» Borja lachte und schlug sich auf die Schenkel. «Njuscha, gib ihm einen Kuß... schnell, gib ihm einen Schmatz... Der Frühling rumort in ihm. Wenn's euch stört, ich dreh mich um, Kinderchen, oder fahre ein Stückchen übers Land. Er sieht die Sonne heller...»
Er schwang sich auf sein Rad und fuhr los, ohne sich umzublicken.
«Willst du nach Deutschland zurück?» fragte Njuscha leise und tastete nach Bodmars Hand.
«Nein» sagte er laut. «Nein. Ich würde ersticken...»

29. Kapitel

Zwei Werst vor Perjekopsskaja, mitten in der Steppe, hielt die Militärkolonne aus Wolgograd an. Es blieb ihr gar nichts anderes übrig, denn vor ihnen waren Straße und Steppe durch tief gestaffelte Reihen von Pferdeleibern versperrt. Im Sattel saßen hochaufgerichtet die Kosaken, wie in alten Zeiten die Lanzen neben sich in die ledernen Köcher gestemmt. Sie waren in Schwadronen eingeteilt, man sah es ganz deutlich ... vor jeder Abteilung stand ein Reiter mit dem Wimpel, und neben ihm wartete der Hornist auf das Zeichen zum Angriff. Die Atamanen, die Schwadronskommandeure, bildeten die Spitze. Mit gezogenem Säbel blickten sie finster auf die lange Autoschlange, die sich in einer Staubwolke durch die Steppe bewegte.

«Das ist doch nicht möglich!» sagte der Hauptmann, der die Militärmacht aus Wolgograd befehligte. «Die wollen doch nicht angreifen? Das wäre ja eine regelrechte Schlacht, und so was mitten im Frieden!» Er stieg aus, vertrat sich vor dem Auto etwas die Füße und starrte auf die Mauer aus Pferdeleibern. Der Leutnant, der den I. Zug kommandierte, nahm seine Mütze ab und wischte sich den Schweiß vom Kopf. Der Abend war warm und drückend, die Luft stand unbeweglich wie in einem Backhaus.

Schon Stunden vorher hätte man gewarnt sein können, wenn man die Augen richtig aufgehalten hätte. Da waren plötzlich Reiter aufgetaucht, hatten in einiger Entfernung die Kolonne umkreist und jagten dann auf ihren kleinen, schnellen Pferden wieder davon. Das wiederholte sich mehrmals ... ein paar Punkte am Horizont, donnernde Hufe von wieselgleichen Gäulchen, junge Burschen, die über den Pferdehälsen hingen ... ein paar Umkreisungen, manchmal auch ein kurzes Anhalten und Beobachten ... und dann entfernte sich die Kavalkade wieder und wurde aufgesaugt von der Steppe.

Man beachtete diese Reiter nicht sonderlich. Neugierige, dachte man. Pferdehirten, für die es eine Sensation ist, daß eine Militärkolonne durch die Steppe zieht. In den Dörfern, die man durchfuhr, war es nicht anders ... hinter den Flechtzäunen stand alles, was laufen konnte, vom rotznasigen Kind bis zum speichelnden Urgroßvater. Aber es hätte den Offizieren auffallen müssen, daß die Bewohner schweigend und mit bösen Blicken dastanden, daß kein richtiger Mann ihnen auf der Dorfstraße begegnete oder in

den Gärten arbeitete ... nur Kinder, Weiber und Greise drängten sich vor den Häusern. Als die Soldaten winkten, benahmen sie sich wie Schaufensterpuppen und rührten sich nicht.
Es war, als fahre man durch ein leeres Land. Die Stille war bedrückend, das Spalier der Alten und Kinder wirkte fast wie eine Provokation.
Nun wußten die Soldaten, warum es keine Männer in den Dörfern gab ... sie saßen dort drüben auf ihren Pferden und versperrten den Weg nach Perjekopsskaja.
«Wir wollen alles vermeiden, was Unruhe heraufbeschwört», sagte der Hauptmann und lehnte sich an den Kühler seines Wagens. «Lassen Sie den Funkwagen zu mir kommen, Mihail Alexandrowitsch ... hier kann ich jetzt nicht mehr allein entscheiden.»
Der junge Leutnant lief die Kolonne entlang nach hinten. Minuten später fuhr der Funkwagen an die Spitze und richtete seine Antennen auf.
«Aha!» sagte Babukin und knirschte schauerlich mit seinen Zahnstümpfen. «Jetzt geht's los, Brüder! Sie fahren die Raketen auf.»
«Ein Funkwagen ist's», knurrte Klitschuk, der sich in technischen Dingen am besten auskannte. «Aber immerhin ... sie wollen etwas unternehmen.»
Von der II. Schwadron kam Ifan Matwejewitsch herübergeritten. Auch er trug seine alte Kosakenuniform, aber unter dem langen weißen Bart leuchtete das große Halskreuz aus vergoldetem Messing, das er sonst immer zur Ostermesse herumreichte und das jeder Gläubige andächtig küßte.
«Greifen wir an?» rief er. «Wir sollten es tun, bevor die anderen in Stellung gehen.»
«Es ist besser zu verhandeln.» Kalinew stützte sich auf seinen Sattelknauf und machte ein nachdenkliches Gesicht. «Auch sie wissen nicht, was sie tun sollen. Jetzt rufen sie Wolgograd zu Hilfe. Warten wir ab, was man ihnen befiehlt.»
«Die Lanzen gefällt und auf sie! Urää!» schrie Babukin.

«Sollen wir warten, bis sie sich eingerichtet haben und uns abschießen wie die lahmen Hasen? Ich sage euch ... sie werden weiterfahren. Sie werden Perjekopsskaja besetzen, und wir stehen herum wie verrostete Eisentöpfe. Denkt daran, was Tumow gesagt hat! ‚Ich vernichte das Dorf', hat er gedroht. Brüder, warum zögern wir?»

«Sie schicken einen Parlamentär.» Kalinew drückte dem Alten die Hand auf den Mund. Babukin schwieg beleidigt und stieß die Hand weg. Richtig, aus der Wagenkolonne lösten sich zwei Soldaten, schwenkten ein Taschentuch und kamen zu Fuß auf die Kosaken zu. Gleichzeitig aber sprangen aus allen Lastwagen die Soldaten heraus, schwärmten aus, warfen sich in das Steppengras und brachten ihre Waffen in Stellung. Klitschuk zählte neun Maschinengewehre und zwei Granatwerfer. Er seufzte laut und kratzte sich den Kopf.

«Es wird viel Blut fließen», sagte er dumpf. «Bevor wir Attacke reiten, soll Vater Ifan uns noch einmal segnen ...»

Kalinew, Kotzobjew und Babukin ritten den beiden Parlamentären entgegen und blieben drei Meter vor ihnen stehen. Es waren der Hauptmann und ein junger Feldwebel. Stolz hob Babukin seinen Säbel und grüßte damit. Er wußte, was sich gehörte.

«Was soll dieser Aufmarsch?» fragte der Hauptmann ohne lange Einleitung. «Bedeutet das, daß man uns hindern will, nach Perjekopsskaja zu fahren?»

«Genau das bedeutet es, Genosse», antwortete Kalinew. «Wer nach Perjekopsskaja will, muß erst durch uns hindurch.»

«Das ist Widerstand gegen den Staat!» schrie der Hauptmann. Er lief rot an, blickte zu dem riesigen Reiterhaufen und konnte sich vorstellen, was hier auf der Steppe geschah, wenn diese Woge von Pferdeleibern sich in Bewegung setzte und ihnen entgegendonnerte.

«Das wissen wir», sagte Kotzobjew stolz.

«Das ist Rebellion!»

«Darüber könnte man diskutieren. Wir betrachten es als Notwehr.»

«Ich habe einen Befehl aus Moskau!»
«Und wir haben das jahrhundertealte Gesetz der Freiheit! Ich glaube, Genossen, das gilt mehr.»
«Zum Lachen ist es! Haha!» Der Hauptmann warf beide Arme hoch. «Eine Kompanie der Roten Armee will man aufhalten? Warum verschwende ich eigentlich meine Zeit?» Er stemmte die Arme in die Seiten und warf den Kopf in den Nacken. «Ich befehle, daß die Straße freigegeben wird! Sofort!»
«Man sollte ihm den hohlen Schädel spalten», sagte Babukin laut. «Brüder, laßt uns zur Attacke blasen . . .»
«Ich lasse rücksichtlos schießen!» schrie der Hauptmann. «Ich habe neun Maschinengewehre bei mir!»
Kalinew lächelte mitleidig. «Wir sind über neunhundert Kosaken», sagte er ganz langsam. Jedes Wort floß über den Hauptmann wie heißes Pech. «Sie können zweihundert oder dreihundert von uns erschießen . . . aber dann sind wir bei Ihnen . . . und was siebenhundert Kosaken aus Ihrer Kompanie machen können, muß ich Ihnen das erklären, Genosse?»
«Nach uns wird ein Regiment kommen und Sie vernichten!» schrie der Hauptmann.
«Das mag sein.» Kotzobjew wendete sein Pferd, für ihn war die Unterredung beendet. «Aber Sie, tapferes Brüderchen, leben dann bestimmt nicht mehr. Sie sollten sich das ganz genau überlegen . . .»
Wütend, die Fäuste geballt, stapften der Hauptmann und der Feldwebel zu der Wagenkolonne zurück. «Laden und sichern!» brüllte er schon von weitem. «Die Züge versammeln sich bei ihren Wagen und gehen dort in Dekkung.»
In die Soldaten kam Bewegung. Wie auf dem Exerzierplatz sprangen sie in Gruppen zu den Lastautos und fielen dort in das hohe Gras.
Babukin stieß einen lauten, höhnischen Schrei aus.
«Sie bilden eine Wagenburg!» schrie er. «Immer zu, Freundchen . . . je enger zusammen, desto besser können wir mähen!»

Im Funkwagen hatte man unterdessen Verbindung mit der Kommandozentrale in Wolgograd bekommen. Dort waren die Offiziere ziemlich ratlos. So etwas hatte es bisher noch nicht gegeben ... das war überhaupt bis zum heutigen Tag nicht denkbar gewesen. Eine Kolonne der Roten Armee wird im eigenen Land bedroht. Fast tausend berittene und bewaffnete Kosaken versperrten die Straße. Ein Bruderkrieg am Don! Noch waren es nur die Männer um Perjekopsskaja ... aber wenn sich das herumsprach, wurde es wie ein Steppenbrand, den der Wind über das Land treibt. Von Woronesch bis Rostow würden die Kosaken zu ihren Pferden rennen und alles, was sich ihnen in den Weg stellte, kurz und klein schlagen. Man wußte, was für unsichere Kommunisten diese Kerle waren, wie tief in ihnen noch die Sehnsucht nach einem eigenen großen Kosakenstaat saß.
Oberstleutnant Rossoskij, ausgestattet mit allen Vollmachten, wurde in diesen Stunden zur allein entscheidenden Person. Der Kommandeur der Truppen von Wolgograd, General Wassilenkow, fuhr selbst ins Hauptquartier des KGB und legte die Verantwortung nieder.
«Ich habe eine Kompanie zur Verfügung gestellt», sagte er. «Halten wir das gleich fest: Es geschah auf Ihre Veranlassung, Genosse Oberstleutnant. Wenn es zu einer blutigen Auseinandersetzung kommt, haben Sie das in Moskau zu verantworten. Wir kennen die Leute am Don ... mit ihnen können Sie den Teufel aus der Hölle holen. Aber sie können auch eine Hölle aufreißen, wenn man ihnen Unrecht tut.» General Wassilenkow sah Oberstleutnant Rossoskij herausfordernd an. «Warum will das KGB dieses harmlose Dorf besetzen lassen? Warum tragen Sie Unruhe in die ganze Gegend?»
Rossoskij faltete die Hände auf der Tischplatte. Er wirkte so kalt, daß jeder in seiner Nähe eine Gänsehaut bekam.
«Es ist eine politische Angelegenheit, Genosse General», sagte er knapp.
«Von so großer Wichtigkeit, daß man einen Bruderkrieg riskiert?»

«Warum übertreiben die Truppenkommandeure immer so? Ein Bruderkrieg. Wenn ein paar Kosaken husten, hat noch nicht die gesamte Sowjetunion die Schwindsucht.»
«In der Steppe stehen tausend Reiter bereit, Genosse! Zugegeben, es ist keine Schwierigkeit, sie alle zu vernichten, auch einen Aufstand der gesamten Kosaken bekommen wir schnell unter Kontrolle, ich kann sofort mit drei Divisionen das gesamte Don-Gebiet besetzen lassen ... aber ist das nötig? Ist Ihre politische Angelegenheit das wirklich wert?»
Rossoskij zog die Augenbrauen hoch und schwieg. Es widerstrebte ihm, nachzugeben; er war ein Mensch, der sich für nicht besiegt erklärte, solange er noch mit den Zähnen um sich beißen konnte. Ein Lehrsatz von ihm war bei den Schülern der KGB-Schule berühmt: «Man kann euch Beine und Arme abhacken und die Brust aufschlitzen ... ihr seid nicht besiegt, solange euer Gehirn denkt: Ich will nicht!»
General Wassilenkow winkte. Zwei Funker brachten ein tragbares Funkgerät ins Zimmer und stellten es vor Rossoskij auf den Schreibtisch. Ein paar Sekunden lang kreischte und rauschte es im Empfänger, dann tönte aufgeregt eine Stimme aus dem Apparat.
«Die Kosakenschwadronen stellen sich in einem Halbkreis auf ... Ein Reiter, verdammt, es ist ein Priester in Uniform, reitet die Formation ab und segnet alle mit einem großen Kreuz ... Sie wollen tatsächlich angreifen. Wir haben uns hinter den Wagen verschanzt. Wir brauchen dringend Verstärkung. Schickt Flugzeuge. Sofort! Wir erwarten weitere Befehle ...»
General Wassilenkow trommelte mit den Fingern auf den Tisch. In seinem Gesicht zuckten die Wangenmuskeln.
«Sollen wir mit anhören, wie man eine ganze Kompanie abschlachtet? Und weswegen?»
«Wegen eines Denkmals ...», sagte Rossoskij leichthin.
«Das kann doch nicht wahr sein, Genosse ...», stotterte Wassilenkow.
«Sie werden das nie verstehen, Genosse General. Was machen Sie, wenn Sie ein Geschwür haben? Sie behandeln

es mit Zugsalbe oder schneiden es heraus. Nichts anderes ist dieses Denkmal. Ein winziges Geschwür am Körper unseres Volkes, eine Millimeterwarze. Sie stört, sie muß weg. Aber seien wir klüger als diese Kosaken, Befehlen Sie, daß sich die Kompanie am jetzigen Ort einrichtet. Sie soll ein Lager bauen. Warten wir ein paar Tage. Ich kenne meine Steppenreiter ... heute sind sie vor Heldentum blind wie die Bullen vorm Bespringen ... aber dann bröckeln sie ab, die persönlichen Streitigkeiten kommen wieder, und sie haben genug mit sich selbst zu tun.»

General Wassilenkow atmete sichtbar auf. Noch vom Zimmer Rossoskijs aus flog der Befehl über Funk an den Don. Vater Ifan hatte unterdessen seine Segnungsrunde beendet, und nichts hinderte die Kosaken mehr daran, mit Geschrei, gefällten Lanzen und schwingenden Säbeln auf die Soldaten aus Wolgograd loszureiten. Die einzelnen Schwadronen ballten sich zusammen, die Hornisten schielten zu Kalinew, der einsam vor den tausend Pferden stand und nur die Hand zu heben brauchte.

«Das wird mein Tod sein», sagte der alte Babukin zu Kotzobjew, der neben ihm stand. «Mein ganzes Leben lang habe ich mir gewünscht, im Sattel zu sterben. Im Bett, pah, das kann jeder. Gehört ein Kosak ins Bett, wenn's in die Ewigkeit geht? Es war schon ein schwerer Schlag für mich ... da wird man älter und älter, weiß schon gar nicht mehr, wie viele Jahre man auf dem Buckel hat, und einmal muß man ja weg aus der Welt, und weit und breit ist keine Gelegenheit zu sehen, daß man im Sattel stirbt. Im letzten Krieg haben sie mich nicht genommen, weil ich schon zu alt war, gegen die Chinesen lassen sie einen nicht reiten, und da wäre es doch tatsächlich so geworden, daß ich im Bett liege und die Seele aushauche wie ein Weib.» Er schneuzte sich und klemmte dabei den Säbel unter die Achsel. «Nun beschert mir Gott den heutigen Tag. Warum läßt Kalinew nicht zur Attacke blasen?»

Vor ihnen tönten einige unverständliche Befehle. Die Soldaten kamen aus ihrer Deckung, stellten die Waffen zusammen, holten aus den Lastwagen Stoffballen und be-

gannen Zelte aufzuschlagen. Die Autos fuhren zu einer Reihe zusammen, ausgerichtet wie auf dem Kasernenhof. Kein Zweifel ... die Kompanie richtete sich ein, länger auf diesem Fleck der Steppe zu bleiben.
Verwirrt ritt Kalinew zurück und winkte den Schwadronskommandeuren zu. Sie versammelten sich in einem Halbkreis um ihn und waren ebenso verblüfft wie Kalinew.
«Sie greifen nicht an», sagte er. «Und wenn sie nicht angreifen, können wir es auch nicht. Niemand soll sagen, daß wir die Unruhe zuerst ins Land getragen haben. Wir wollten uns nur wehren. Das verhindern sie jetzt. Niemand kann ihnen verbieten, daß sie in der Steppe ein Lager aufschlagen.»
«Sie betrügen uns!» kreischte Babukin und spuckte durch die Gegend. «Sie wollen nur, daß wir uns auflösen, und dann marschieren sie weiter. Mit ihren Autos sind sie in fünf Minuten in Perjekopsskaja, wir aber brauchen fünf Stunden, bis alle wieder zusammen sind. Laßt euch nicht in die Taschen scheißen, Brüder!»
Vater Ifan erkannte die Lage ebenfalls und ritt von der II. Schwadron herbei. «Man hat sie von Wolgograd aus gestoppt», sagte er weise. «Ihren Plan erkennt ein Kind. Aber wir werden nicht so dumm sein, wie sie uns einschätzen. Eine Schwadron wird immer in Bereitschaft stehen, und wenn die Soldaten losfahren, schlagen wir sie aufs Haupt. Dazu brauchen wir keine tausend Mann. Seht sie euch doch an, die Jüngelchen ... vor Angst schleichen sie herum wie die Mondsüchtigen!»
«Ich werde es ihnen sagen!» schrie der alte Babukin. «Sie sollen wissen, mit wem sie es zu tun haben!»
Er gab seinem alten Gaul die Sporen, und Kalinew brüllte: «Haltet ihn auf! Festhalten!»
Aber dazu war es bereits zu spät. Babukin galoppierte davon, ehe ihn jemand ergreifen konnte, jagte hochaufgerichtet auf die zeltebauenden Soldaten zu und durchritt ein paarmal das sich schon in den Grundrissen abzeichnende Lager.
«Hurensöhne!» brüllte er und spuckte den Soldaten ins

Gesicht. «Kalmückenhengste! Schielende Teufel! Rotläufige Schweine! Schwanzlose Kater!» Sein Reichtum an Schimpfworten war unerschöpflich. Krakeelend und säbelschwingend durchraste er die Zeltreihen, ritt ein paar Zelte um und wunderte sich, daß ihn niemand aufhielt, daß keiner schoß oder ihn vom Pferd holte. Als er sah, daß die Soldaten sogar lachten, als sei er ein harmloser Idiot, der seine Späßchen treibt und seine Hose herunterzieht, galoppierte er mit weißem Gesicht zurück zu Kalinew und hielt sich nur noch mit Mühe auf dem Gaul.
«Sie lachen mich aus!» stammelte er. «Brüderchen, sie lachen einen alten Kosaken aus! Ist das nicht wert, daß man sie tötet?»
«Vielleicht morgen, Anton Christoforowitsch», sagte Kalinew und gab das Zeichen zum Abrücken. «Für heute haben wir genug getan . . .»
In mustergültiger Ordnung, so wie sie einst bei den Paraden ritten, zogen die Kosaken ab. Schwadron hinter Schwadron, bis auf die III. Abteilung, die absaß und ebenfalls ein Lager aufschlug. Zunächst war es nur ein Feuerchen, das man anzündete . . . aber im Laufe der nächsten zwei Stunden wurden Zelte und Decken aus dem Dorf gebracht, die Frauen kamen mit Leiterwagen und brachten das Essen. Als die Abteilungen weggeritten waren, blieb nur noch der alte Babukin zurück. Einsam stand er mit seinem alten Pferd auf dem von den Hufen zerwühlten Boden, starrte in die beginnende Nacht und auf das Lager der Wolgograder Soldaten. Dann ritt auch er davon, mit gesenktem Kopf und hängenden Armen, und er brauchte sein Gäulchen nicht zu lenken, es fand den Weg zum Stall allein.
Ein Don Quichote der Steppe, das war Anton Christoforowitsch.
In der Nacht aber flog ein heller, triumphierender Ton über Perjekopsskaja, die Steppe und den Don. Die Menschen liefen an die Fenster oder hinaus an die Flechtzäune, sogar bis zum Lager der Soldaten klang der Ton und ließ sie aufhorchen.
Am Ufer, auf der kleinen Plattform der Kolzow-Pyramide,

stand ein Hornist und blies das Signal zum Sammeln. Es war Luschkow, der Sattler, und er blies sich wahrhaftig die Seele aus dem Leib.
Vater Ifan Matwejewitsch stand vor seinem Kirchlein und hatte die Hände unter dem langen Bart gefaltet. Die Tränen rannen ihm durch die Runzeln in den Mund.
Es war ein Sieg, dachte er, während Luschkow so herrlich blies. Ein unblutiger Sieg für dich, Dimitri Grigorjewitsch Kolzow, mein Sohn.
Solange der Don an uns vorbeifließt, wirst du in unserer Mitte leben.
Dann ging er zu Luschkow, der von der Pyramide kletterte, und schenkte ihm ein Heiligenbildchen. Luschkow bedankte sich, betrachtete das Bild des heiligen Polykarp mit düsterer Miene und zerriß es.
Er war der gottloseste Kommunist im Dorf ... aber er konnte wunderbar das Horn blasen.

30. Kapitel

Auf dem Friedhof Nr. II riß die Arbeit nicht ab. Wenn auch die Ärzte immer besser wurden, die Medizin immer fortschrittlicher, die Forschung sich bemühte, Hundertjährige zu rüstigen Hengsten zu päppeln, und einmal, das ist gewiß, die Zeit kommen würde, wo der russische Mensch am längsten von allen Menschen lebt und neunzigjährige junge Väter zum Alltag gehören und Großmütterchen noch kichern wie vor achtzig Jahren ... gestorben wird immer, die Krankheiten sind eben stärker und klüger, und von den Unfällen wollen wir gar nicht erst reden.
Im Augenblick war wieder so eine Sterbewelle ... sie kommen, diese Todeshaufen, wie ein Schnupfen, keiner weiß das zu erklären, plötzlich haben die Ärzte alle Hände voll zu tun, die Sarggeschäfte werden belagert und die Blumenläden geplündert. Die Leichenhallen der Friedhöfe quellen über, die Totengräber fluchen ... wie riesige Krähenschwärme ziehen die Hinterbliebenen über die Wege zu

den Gräben, ihr Schluchzen, Weinen und Jammern liegt wie ein Wolke über dem Friedhof.
«Das werden Tage!» klagte Borja und drehte sich eine Zigarette. Er war gerade von der Verwaltung gekommen, wohin ihn der Inspektor gerufen hatte. Bodmar stand in einem halb ausgeschaufelten Grab und lockerte mit der Hacke den Boden. Sein Hemd war durchgeschwitzt, das Gesicht glänzte von Schweiß. «Nicht genug, daß sie in solchen Haufen sterben, als habe sich herumgesprochen, im Paradies sei kein Platz mehr ... jetzt verunglücken sie auch noch. Sascha, wirf die Hacke weg ... wir müssen an die Wolga. Dort ist vor einer halben Stunde ein Ausflugsboot umgekippt. Neunundvierzig Tote sollen es sein, sagt man. Der Inspektor rauft sich die Haare. ‚Wohin mit ihnen?' schreit er mich an. ‚Man bringt sie alle zu uns. Soll ich einen Sarg auf meinen Schreibtisch stellen?'. ‚Nein', sage ich, ‚wir bahren sie draußen auf. Vor der Säulenhalle. Schönes Wetter haben wir ja, und wenn es wirklich regnen sollte — sie spüren's nicht mehr und kriegen keinen Husten. Sind ja sowieso naß, die Genossen, weil sie ersoffen sind. Aber gut sieht es aus, wenn man sie an den Säulen aufbahrt ... Lorbeerbäume und Palmen und die vielen Blumen, in Kübel stecken wir sie und in alte Benzintonnen, man kann sie ja mit Papier und Zweigen umwickeln, und eine Militärkapelle kann blasen. Das wird ein feierlicher Tag ...' Umarmt hat er mich, der Inspektor, und auf die Wangen geküßt. ‚So machen wir es', hat er gerufen. ‚Und begraben werden wir sie auf dem südlichen Teil!' — Da haben wir's Sascha! Wir werden arbeiten müssen, bis wir dampfen wie ein durchlöcherter Kessel. Los, leg das Werkzeug hin. Wir müssen die Toten abholen. Auf drei Werst ist das Wolga-Ufer gesperrt, überall schwimmen die Ertrunkenen herum ... und gerade heute, wo eine deutsche Touristengruppe auf den Treppen steht und der Fremdenführer sagt: ‚Meine Damen und Herren, das ist die Wolga. Der Stolz Rußlands!' Und bums, fällt ein Boot um. Statt Fische gibt es Tote am Ufer. Der Mann von ‚Intourist soll einen Schüttelkrampf bekommen haben ...»

Bodmar kletterte aus dem Grab und warf die Hacke weg. Mit dem Unterarm wischte er sich den Schweiß aus dem Gesicht und drehte sich dabei um, damit ihm Borja nicht ins Gesicht sehen konnte.
«Eine deutsche Reisegruppe?» fragte er.
«Sechsundzwanzig sollen es sein, sagt der Inspektor.» Borja riß einen Streifen Papier von der Zeitung und drehte für Bodmar ebenfalls eine Zigarette. «Mit einem Omnibus werden sie durch die Stadt gefahren, besichtigen das Ehrenmal auf dem Mamajew-Hügel, das Kriegsmuseum, das Kaufhaus, wo dieser deutsche General Paulus im Keller saß, die Wolga sehen sie sich an und den Aufbau der Stadt. Übermorgen fahren sie weiter ans Schwarze Meer, nach Sotschi.» Er gab Bodmar die dicke Zigarette und steckte sie ihm an. Hastig rauchte Bodmar die ersten Züge, wie ein süchtiger Mensch, der nach langer Zeit ein Quentchen Gift erbeutet hat. Dann hustete er, und keiner konnte es ihm übelnehmen, daß er dabei zitterte.
«Wo wohnen sie?» fragte er.
«Natürlich im besten Hotel, wo sonst? Im ‚Intourist'. Die zweite Gruppe ist's in diesem Jahr.»
«Die zweite ...»
«Du solltest sie sehen, Sascha, wie sie herumlaufen. Kaum ist der erste Sonnenstrahl am Himmel, da werfen sich die Weiber in kurze Hosen, ich sag dir, fast alles kann man sehen, und mit dem Hintern schwenken sie herum wie eine Kalmückenstute ... so gehen sie, so ...» Borja machte ein paar Schritte, wippte mit dem Hintern und lief mit verklärtem Gesicht um das halb fertige Grab herum wie ein Zirkusgaul. «Und die Kerle tragen bunte Krawatten wie die Clowns, und wenn sie vor dem Ehrenmal stehen, machen sie Gesichter, als wollten sie gleich losheulen. Völlig sprachlos sind sie, meint der Inspektor, wenn sie die neue Stadt sehen. Denken wohl: Na ja, fahren wir mal in die Steppe, da laufen die Männer in Säcken 'rum, und die Weiber haben die Brüste heraushängen. Es lohnt sich, sie anzusehen, diese Deutschen. Auf die Schenkel könnte man sich schlagen, Sascha. Da stehen sie 'rum und wundern sich, daß

wir nicht rohe Kartoffeln fressen und an den Straßenecken sitzen und scheißen.»
Bodmar nickte, was konnte er anderes tun? Mit zwölf anderen Totengräbern, dem Inspektor der Friedhofsverwaltung und einem Mädchen in einem roten Kleid, das die Sekretärin des Inspektors war — und nach Dienstschluß noch anderes, wie man sich erzählte —, wurde er in einem Lastwagen zum Wolga-Ufer gefahren. Durch drei Polizeiketten schleuste man die Totengräber, bis sie aussteigen mußten und bis zu den Treppen marschierten, auf die man die bisher aus dem Fluß gezogenen Toten hingelegt hatte, in einer Reihe nebeneinander wie riesige Fische.
«Sieh dir das an!» klagte Borja. «Es werden mehr als neunundvierzig. Sie holen immer noch mehr aus der Wolga.»
Auf dem Strom fuhren flache Kähne hin und her und zogen Netze durch das Wasser. Taucher suchten den Flußgrund ab. Zehn Polizeiboote lenkten den Schiffsverkehr zum anderen Ufer. Ärzte untersuchten die herausgefischten Menschen, legten ihnen Sauerstoffmasken an und unternahmen Wiederbelebungsversuche. Bei einigen hatten sie Erfolg ... im Laufschritt brachte man diese Glücklichen auf Tragen zu den wartenden Sanitätsautos.
«Wieder zwei weniger», stellte Borja fest. «Sascha ... ich rechne gerade die Überstunden aus. Kein Rubelchen werden wir extra bekommen. Das ist Menschenpflicht, werden sie uns sagen. Ein nationaler Trauertag ist's, und ihr wollt Geld daran verdienen?»
Die amtlich festgestellten Toten wurden jetzt weggetragen. Sascha, Borja und die anderen Friedhofsarbeiter liefen mit den triefenden Körpern hin und her, der Inspektor brüllte und wollte neue Protokolle aufnehmen, verlangte eine Identifizierung der Leichen, denn wenn sie in den Verwaltungsbereich des Friedhofs überführt werden, mußten sie einen Namen haben. Ordnung muß sein, Genossen. Anonyme Tote machen Schwierigkeiten, vor allem dann, wenn sich später doch noch Verwandte melden.
So ordnete man also die Ertrunkenen in zwei Gruppen ... diejenigen, die ihren Personalausweis bei sich trugen, wur-

den sofort weggefahren ... die anderen, die im Augenblick noch namenlos waren, schaffte man zum Krematorium, wo sie in der großen Wandelhalle aufgebahrt wurden, damit man sie dort besichtigen und identifizieren konnte.
Bis zum Abend holte die Flußpolizei mit Netzen und Tauchern sechsundfünfzig Tote aus der Wolga. Borja brachte die neuesten Nachrichten mit ... als kleine Gruppe saßen die Totengräber auf den Treppen des Ufers, rauchten und ruhten sich aus. «Den Kapitän haben sie verhaftet», sagte Borja. «Besoffen war er, der stinkende Hund. Macht einen Luftsprung, als sein Boot umkippt, und rettet sich als erster. Als er an Land kommt, setzt er sich hin und weint. Freunde, hat er gerufen, ein Konstruktionsfehler war's. Macht die Genossen vom Schiffbau verantwortlich. Immer hat das Schiffchen geschwankt wie ein Invalide mit einem Holzbein. Keine scharfe Wendung durfte man fahren. Aber heute kommt mir ein Schlepper entgegen, ich muß ausweichen, reiße das Steuer herum, denke nicht an das plattfüßige Luder ... und da ... es kippt um! — Aber sie haben ihn trotzdem verhaftet. Er stank nach Wodka.»
Als keine Toten mehr aus der Wolga gefischt wurden, Polizei und Sanitätsautos abrückten und nur noch ein paar Wachen am Ufer zurückblieben, fuhren auch die Totengräber nach Hause. Bodmar verabschiedete sich schon am Fluß von Borja, aber er ging nicht die wenigen hundert Meter bis zu dem Wohnblock, in dem die Familie Volkow mit Njuscha bereits am Tisch saß und über das Ereignis des Schiffsunglücks diskutierte, sondern er fuhr mit dem Omnibus in die Stadt und ließ sich vor dem Hotel ‚Intourist' absetzen. Vorher machte er noch einen Umweg, erstand im Staatlichen Kaufhaus ein neues Hemd und eine Krawatte, eine billige Hose und leichte Sommerschuhe, zog sich auf der Toilette um, packte seine alten Kleider in die Tüte und war nun gepflegt genug, das Hotel betreten zu können. Trotzdem hielt ihn der Genosse Portier an.
«Wohin?»
«Ins Restaurant, Genosse. Ich will ein Süppchen verzehren. Oder kocht man hier nur für die deutschen Revanchisten?»

«Du hast keine Jacke an.»
«Soll ich mir einen Frack kaufen, um bei euch meinen Borschtsch zu essen?» schrie Bodmar. «Ich bin ein ehrlicher Mensch, genügt das nicht? Genosse, soll ich ein großes Geschrei anfangen?»
Der Portier seufzte tief und gab die Tür frei. Bodmar betrat die große, prunkvolle Halle des Hotels, stellte die Tüte mit der Totengräberkleidung an einen Palmenkübel und setzte sich in einen der Sessel. Neben ihm las ein Mann die ostdeutsche Zeitung «Neues Deutschland». Ein Glas Tee stand vor ihm auf dem runden Glastisch.
Bodmar überlegte. Dann wagte er es.
«Wie gefällt Ihnen Wolgograd?» fragte er auf deutsch. Der Mann zuckte zusammen, ließ die Zeitung sinken und starrte Bodmar erschrocken an.
«Wieso?» fragte er. «Schön, sehr schön. Kolossaler Aufbau. Diese Hochhäuser, die breiten Straßen, die Parks ... hätte ich nicht gedacht. Eine tolle Leistung, muß man sagen.» Er musterte Bodmar. In seinen Augen lag die Angst der Unsicherheit. Überall in Rußland waren Agenten, das hatte man immer gehört. Jedes Wort wird hier abgewogen. Was wollte dieser fremde Mann? Und deutsch sprach er auch noch.
«Sie gehören zu der deutschen Reisegruppe, die morgen weiterfährt nach Sotschi?» fragte Bodmar.
«Ja. Ja natürlich. Ich ... ich bewundere Rußland. Haben ein ganz falsches Bild im Westen davon ... Viel mehr Deutsche sollten Rußland besuchen — viel mehr ...» Dem Mann stand der Schweiß auf der Stirn. Hilfesuchend irrte sein Blick durch die weite Hotelhalle.
«Warum haben Sie Angst?» fragte Bodmar. Der Mann tat ihm leid. Wie unausrottbar doch ein falsches Bild von Generation zu Generation vererbt wird, dachte er. Da sitzt nun dieser Mann in einem Hotel in Wolgograd, heißt vielleicht Peter Meier, besitzt eine Wohnung in Wanne-Eickel und hat für diese Reise das ganze Jahr gespart. Wollen mal sehen, wie's da drüben aussieht, hat er vor dem Abflug gesagt, und der Kegelklub hat ihm weise Ratschläge

gegeben. Wir gucken dem Iwan auf die Finger, das sag ich euch. Von wegen Propaganda ... das läuft bei mir nicht! Vaters Auge ist wach! — Und nun sitzt er hier und schwitzt vor Angst und weiß nicht, ob ihn schon ein Agent angesprochen hat und ob er etwas Falsches gesagt hat ...
«Ich habe keine Angst», stotterte der Mann. «Warum? Wer sind Sie überhaupt?» Ein Aufflackern von Mut. 1450 Mark hat man bezahlt. Dafür kann man verlangen, in Ruhe gelassen zu werden. «Was fragen Sie mich aus? Wenn Sie etwas wissen wollen, wenden Sie sich an unseren Reiseleiter.»
«Genau das wollte ich. Wo finde ich ihn?»
«Er steht dort hinten am Fenster. Ja, der mit dem braunen Haar. Heppenrath heißt er.»
«Danke.» Bodmar stand auf und ging davon. Es war ihm, als höre er das erlösende Aufatmen des Mannes wie das Pfeifen eines Blasebalgs.
Der Reiseleiter Heppenrath blickte Bodmar forschend an, als dieser auf ihn zuging und ansprach. Hier ist alles auf der Hut, dachte Bodmar voll Bitterkeit. Jeder wittert eine Falle.
«Ich bin Deutscher», sagte er. «Ein deutscher Journalist. Eberhard Bodmar aus Köln.
«Ihren Namen habe ich doch schon mal gehört oder gelesen. Heppenrath.» Sie gaben einander die Hand und sahen sich eine Weile schweigend an. «Wollen Sie ein Interview?» fragte Heppenrath dann. «Unsere Eindrücke von der bisherigen Rußlandreise? Wir sind sehr zufrieden und überrascht von dem, was wir gesehen haben. Die Menschen sind freundlich und gastlich, es gibt keinerlei Ressentiments. Erstaunlich, mit welcher Objektivität die Russen uns gerade in Stalingrad gegenübertreten ...»
«Lassen wir das bitte.» Bodmar verzog das Gesicht. «Ich bin kein Bonner Korrespondent. Wo kann ich Sie allein sprechen?»
«Gehen wir ins Lesezimmer.»
Eine Stunde blieben Bodmar und Reiseleiter Heppenrath

in der Bibliothek. Sie saßen in einer Ecke, ließen sich grusinischen Kognak bringen und sprachen leise miteinander.
«Das ist ja toll», sagte Heppenrath und trank den fünften Kognak aus. «Jetzt erinnere ich mich auch an Ihren Namen. Stimmt ... er stand in den Zeitungen ... Sie sollten eine Dolmetscherin ermordet haben und seitdem flüchtig sein. Mann, ist das eine Geschichte! Und nun wollen Sie natürlich 'raus aus Rußland?»
«Nein, ich möchte nur, daß Sie Grüße nach Deutschland mitnehmen. Grüße an meine Freunde. Ich habe ein paar Zeilen geschrieben ... würden Sie die nach Köln schicken?»
«Natürlich! Und die Leute in Bonn werde ich mobil machen. Die sollen sich mal Gedanken machen, wie man Sie herausholt! Ich werde ihnen genau wiedergeben, was Sie mir erzählt haben. Wozu haben wir eine Deutsche Botschaft?»
«Bitte tun Sie das nicht.» Bodmar überreichte Heppenrath einen kleinen Brief. Er hatte ihn im Kaufhaus geschrieben, auf dem billigen Einheitspapier, das er in der Schreibwarenabteilung gekauft hatte. Heppenrath steckte das Kuvert sofort in seine Brieftasche.
«Sie wollen doch nicht etwa für immer in Rußland bleiben?» sagte er dabei.
«Doch. Ich habe dieses Land lieben gelernt.»
«Und müssen sich verkriechen wie eine Maus.»
«Ich habe Njuscha, vergessen Sie das nicht.»
«Sie muß ein Wunder an Frau sein.»
«Ich weiß nicht, ob Sie das verstehen.» Bodmar stand auf, und auch Heppenrath sprang hoch. «Ich riskiere zu jeder Stunde meinen Kopf, und ich weiß, daß man mich rücksichtlos bis zu meinem Lebensende in ein sibirisches Bergwerk stecken wird und meine Liebe zu diesem Land nicht honoriert ... aber ich bleibe, weil mir die andere Welt zu eng geworden ist. Njuscha und die Steppe und der Don und der weite Himmel und die Felder, die am Horizont in den Wolken ertrinken, und die rauschenden Wälder und diese Menschen, in denen noch die Natur lebt, so wie Gott sie geschaffen hat ... das kann man nicht mehr ver-

lassen, da muß man bleiben. Es ist ein Leben mit der Zukunft.»
«Sie reden, als habe dieses Land Sie betrunken gemacht.»
«So ist es. Genau so.» Bodmar gab Heppenrath die Hand. «Grüßen Sie Deutschland, und schicken Sie bitte den Brief nach Köln. Und wenn jemand Sie fragt, sagen Sie: Der verrückte Kerl ist glücklich.»
«Und wovon leben Sie?» fragte Heppenrath. «Wie verdienen Sie ihr Geld?»
«Ich bin Totengräber.» Bodmar lächelte verträumt. Dann wandte er sich ab und verließ schnell das Lesezimmer. Entgeistert blickte ihm Heppenrath nach und bestellte sich später noch einen doppelten Kognak.
Bei den Volkows war bekanntgeworden, daß Sascha die Toten an der Wolga aufgesammelt hatte. Großvater Iwan, der alles wußte, wartete wie ein Schnelläufer in seinem Startloch auf das Erscheinen Bodmars.
«Da ist er!» rief er, als es an der Tür klingelte. Die Volkows sprangen auf und rannten in den Flur. Sie empfingen Bodmar wie einen Helden, der aus der Schlacht zurückkommt. «Hunderte Tote sind es, stimmt es?» schrie Großväterchen. «Und der Kapitän war besoffen! Komm ins Zimmer, Söhnchen, komm ins Zimmer und erzähle . . .»
Bodmar schüttelte den Kopf. Er sah müde und verfallen aus. Njuscha umarmte ihn, und sie gingen in ihre kleine Kammer und schlossen sich ein.
«Leg dich hin», sagte sie und streichelte sein Gesicht. «Ich bringe dir deine Suppe. Lieg ganz ruhig, Sascha . . . es war ein böser Tag . . .»
Er nickte, streckte sich auf der Matratze aus und schloß die Augen.
Ich werde dich nie verlassen, nie! dachte er. Und wenn wir uns in ein Loch unter der Erde verkriechen müssen . . . ein Leben ohne Njuscha ist wie ein Himmel ohne Gott.
Sie kam mit der Suppe, und er löffelte sie, während sie ihm immer wieder über die Haare strich. Im Wohnzimmer hörte man den alten Volkow tönen. Er stellte Mutmaßungen über das Schiffsunglück an.

«Du hast ein neues Hemd und eine neue Hose?» sagte Njuscha.
«Ja. Was ich anhatte, war naß.»
«Du siehst gut aus in dem blauen Hemd.»
«Ich kaufe dir morgen ein Kleid.»
«Eines mit großen Blumen?»
«Mit ganz großen, Njuscha . . .»
Er warf den Kopf in ihre Halsbeuge, umfaßte sie und weinte plötzlich. Njuscha fragte ihn nicht . . . sie streichelte seinen zuckenden Nacken, und als er nicht aufhörte zu weinen, bettete sie seinen Kopf zwischen ihre Brüste. Da wurde er ruhig, atmete seufzend und schlief wie ein Kind in der mütterlichen Wärme.
Vier Tage später flog die Reisegesellschaft nach Deutschland zurück. Reiseleiter Heppenrath fuhr sofort nach Bonn und ließ sich im Außenministerium melden. Er glaubte, das sei die richtige Stelle.
Warum eigentlich, Genossen, hält man Politiker immer für die richtigen Leute?

31. Kapitel

Ganz unverhofft brach das Unglück über die braven Volkows herein. Es geschah am frühen Morgen, als die Familie noch schlief und nur die Volkowa durch die enge Wohnung schlurfte, um die Brote für ihren Arkadij Iwanowitsch zu schmieren. Er nahm jeden Tag einen Berg von Butterbroten mit, denn Gartenarbeit macht hungrig, und die frische Luft an der Wolga verstärkt den Hunger noch. «Von unserer Familie allein kann ein Bäcker leben», raunzte ab und zu Großväterchen Iwan Feodorowitsch. «Ein wahres Wunder ist's, was wir an Laiben verschlingen. Selbst Fedja fängt an, wie ein Kulakenhengst zu fressen.»
Fedja, der älteste Enkel, nahm die Beleidigung ruhig hin. Man muß den Alten gewähren lassen, dachte er gelassen. Wenn er nicht mehr brüllt, ist er krank, und ein kranker Großvater ist schlimmer als ein keifender. Man hatte das

schon erlebt, als Iwan Feodorowitsch einmal mit Halsschmerzen im Bett lag. Die ganze Familie litt darunter, war ständig auf Trab, den Alten zu besänftigen, aber hundertmal gellte die Stimme des Kranken durch die Wohnung: «Keiner kümmert sich um mich! Verrecken kann man wie eine blutleere Wanze! O ihr Teufelsauswurf! Wartet wohl darauf, daß ich in die Grube fahre, he? Bin euch im Wege, was? Aber ich lebe weiter! Und wenn ich auf dem Bauch vorwärtskriechen muß wie eine Natter! Hallo ! Arkadij! Fedja! Schwiegertöchterchen, du Aas! Durst habe ich! Satansbrut, keiner kümmert sich um mich!»
Fürchterlich war's, die ganze Familie stopfte sich Watteknäuel in die Ohren, und die Volkowa war nahe daran, den Alten umzubringen. «Ich presse ihm das Kissen aufs Maul», stöhnte sie am vierten Tag von Großvaters Halsentzündung. «Es ist Notwehr, reine Notwehr ...»
An diesem frühen Morgen aber fehlte der Alte. Sonst war er immer der erste aus dem Bett, sauste in Unterhosen herum, kochte sich seinen Tee und beobachtete seine Schwiegertochter beim Broteschmieren. Er zählte die Schnitten und stöhnte, verdrehte die Augen und philosophierte, wie es möglich sei, daß ein einziger Sohn solche Mengen fressen könne. «Von mir hat er es nicht», sagte er immer. «Ich war stets ein bescheidener Mensch. Ich konnte am Tag auskommen mit zwei Zwiebeln und einem Maisfladen ...»
«Dann hast du auch nie richtig gearbeitet», zischte ihn die Volkowa an. «Nur Zwiebeln und Mais ... jetzt weiß man auch, warum du heute noch stinkst wie ein Bock ...»
Der Alte holte dann tief Atem, brüllte etwas Unverständliches, zog seine Unterhose hoch und entfernte sich in sein Zimmer. So war das jeden Morgen ... nur heute nicht. Im Zimmer von Iwan Feodorowitsch blieb alles still. Kein Raunzen, kein Hüsteln, kein Schlurfen der Füße, kein Geklapper mit dem Tonbecher, in dem er sich seinen Tee aufgoß. Die Volkowa lauschte an der Tür, auch das Schnarchen des Alten war verstummt. Wenn man gewöhnt ist, jeden Morgen die gellende Stimme des Großvaters zu hören, ist so eine Stille unheimlich.

«Wach auf, Arkadij», rief deshalb die Volkowa und schüttelte ihren Mann, bis er aufzuckte und mit irren Augen um sich starrte. «Bei Großväterchen ist alles still.»

Arkadij Iwanowitsch Volkow sah auf den runden Wecker und sprang dann aus dem Bett. «Er wird doch nicht an seiner Galle erstickt sein?» rief er. «Oder hat er gestern wieder getrunken?»

«Nicht mehr als sonst. Vielleicht hundert Gramm Wodka ...»

«Davon fällt er nicht um.» Volkow rannte zum Zimmer des Alten und drückte die Klinke herunter. Die Tür war abgeschlossen. Auch das war eine Neuerung von Iwan Feodorowitsch ... seit er das Bild des nackten Mädchens in der Zeitung für sich gerettet hatte, schloß er sich ein. «Ein weißhaariger, geiler Kater ist er!» hatte die Volkowa sofort geschimpft. «Legt sich wohl ins Bett, der Greis, und beschäftigt sich mit sich selbst, he!» Und Großvater hatte zurückgeschrien: «Lieber hundert Hände als eine Sekunde auf dir, du Kalmückenstute!» Es war schon ein erfreuliches Familienleben bei den Volkows.

«Väterchen!» rief Volkow durch die geschlossene Tür. «Was ist mit dir? Väterchen! Fühlst du dich nicht wohl?»

Der Alte schwieg. Njuscha und Bodmar kamen aus ihrem engen Badezimmer. Der Lärm hatte sie aufgescheucht. Mittlerweile war die ganze Familie wach ... die Kinder standen in ihren Nachthemden herum wie die Weihnachtsengel.

«Laßt mich», sagte Fedja, der älteste. «Wenn der Alte wieder beleidigt ist, kann nur ich mit ihm sprechen.» Er trat gegen die Tür, trommelte mit beiden Fäusten und brüllte mit seiner hellen Kinderstimme: «Großväterchen! Mach auf! Du mußt mir helfen! Ich verstehe eine Rechenaufgabe nicht und muß in einer Stunde in die Schule ...»

Das war ein übler Trick, den Alten sanft zu stimmen. Fedja wandte ihn immer an, wenn die Luft zum Schneiden dick über den Volkows lag und man sich gegenseitig vorwarf, daß man überhaupt noch lebte. Wenn dann Fedja mit seinen Schulaufgaben kam, wurde Iwan Feodorowitsch friedlich und half seinem Enkel. Das Gefühl, gebraucht zu werden,

besänftigte ihn sofort. Meistens waren die Aufgaben, die der Alte dann für Fedja machte, falsch, und Fedja gab sie auch nicht in der Schule ab ... aber wer wußte das?
Im Zimmer blieb es weiterhin still. Großvater rührte sich nicht. Betroffen sahen sich alle an. In Arkadijs Augen schossen plötzlich Tränen.
«Er ist dahin ...», sagte er leise mit schwankender Stimme. «Liebe Familie ... Großväterchen wird nie wieder auf den Boden spucken ...»
«Auch diesmal wird er uns zum Narren halten», sagte die Volkowa und faltete die Hände über der Schürze. «Glaubt bloß nicht, daß er so still und ohne Erdbeben abgeht. Er liegt im Bett und grinst vor sich hin und weidet sich an unserer Not. He! Aufwachen, Alter! Los! Aus dem Bett!»
Sie hieb gegen die Tür, und wenn Iwan Feodorowitsch wirklich ein Späßchen gemacht hatte, spätestens jetzt mußte er wie eine Rakete aus dem Bett fahren und sich auf seine Schwiegertochter stürzen. Aber nichts geschah. Die Tür blieb verschlossen.
«Laßt uns beten», sagte Volkow erschüttert. «Leute, ich bin Kommunist, ich gehe nie in eine Kirche, seit vierzig Jahren nicht mehr, ich könnte den Popen ihre Bärte stutzen ... aber Iwan Feodorowitsch war ein gläubiger Mensch, auch wenn man es ihm nie glauben wollte.»
Sie standen vor der Tür, die Volkows, Njuscha und Bodmar, und verharrten eine Minute still mit gefalteten Händen. Dann unterbrach die Volkowa das Schweigen.
«Auch das ist wieder so ein Streich von ihm», klagte sie. «Stirbt dahin zu einer Zeit, wo's genau nicht hinpaßt. Der Sommer kommt, wir brauchen neue Kleidung, an das Meer wollten wir fahren ... alles vorbei. Für die Kosten eines Sarges hätten Fedja und Lisawetha (das war die zweitälteste Tochter) zwei Wochen Erholung gehabt. Immer haut der Alte alles in Scherben!»
Mit trauriger Miene, unterbrochen von Schluchzen, denn Arkadij liebte seinen Vater wirklich, brach er die Tür auf. Wie eine Woge spülte die Familie Volkow in das Zimmer und riß Njuscha und Bodmar mit sich fort.

Der alte Iwan Feodorowitsch lag in seinem Bett auf dem Rücken, als schliefe er. Vor ihm, auf der Decke, lag die aufgeschlagene Zeitung mit dem Bild des nackten Mädchens. Das Foto war schon etwas blaß, die Druckerschwärze wirkte wie abgeschabt, so wie die gemalten Ikonen im Laufe der Jahre dort ihre Farbe verlieren, wo die Gläubigen sie küssen. Die Volkowa erkannte das sofort ... Frauen haben einen scharfen Blick für solche Dinge.
«Da haben wir's!» schrie sie und riß dem toten Alten die Zeitung vom Sterbebett. «Tag und Nacht hat er das Weib abgeleckt wie ein Rüde. Konnte das gutgehen, he? Diesmal versagte sein Herz vor lauter Wonne ... und nun liegt er da, lächelt sogar und stielt uns den Sommerurlaub.»
«Gönnen wir ihm diesen glücklichen Tod.» Arkadij legte sein Ohr auf die Brust des Alten, hielt den Atem an, zog ihm dann die Lider hoch, sah die verdrehten Augen und streifte die Decke über den Kopf seines Vaters.
Die Volkowa begann in großer Wut die Zeitung zu zerreißen. War das nötig?» schrie sie. «Ein so alter Mann stirbt an einer Hure? Die Zeitung sollte man verklagen! Wie kann sie solche Bilder abdrucken? Gehören Huren in eine anständige Familie, auch wenn sie nur als Foto kommen?»
Sie warf die Zeitung auf den Boden und trampelte darauf herum. Njuscha und Bodmar blickten sich schnell an. Dann halfen sie, den gebrochenen Arkadij, der als einziger um sein Väterchen trauerte, in das Wohnzimmer zu führen. Sie sorgten dafür, daß er seinen Morgentee erhielt, schmierten ihm die Butterbrote und brachten ihn bis vor die Tür.
«Sucht ihm einen schönen Sarg aus», sagte Arkadij mit nassen Augen. «Ich täte es selbst, aber ich habe mich verpflichtet, das hundertfünfzigfache Soll zu erfüllen und muß mich 'ranhalten ...»
Die Volkowa räumte unterdessen das Zimmer des Alten auf und fuhr später mit Bodmar hinaus zum Friedhof Nr. II, um das Nötige mit Borja zu besprechen. Njuscha rief von einer Telefonzelle aus im Krankenhaus an und bat um einen Tag Urlaub. Dann blieb sie in der Wohnung und küm-

merte sich um die Kinder, brachte die Kleinen in den Kindergarten und Fedja bis zur Schule. Sie kaufte ein und kochte ein Totenmahl, wie es üblich war am Don ... einen großen, dicken Fisch, den sie salzte und panierte und in einer großen Pfanne knusprig backte.

Borja empfing Bodmar mit finsterer Miene. Er stand einen Meter tief in einem neuen Grab und rauchte aus seiner Pfeife wie eine Dampflok.

«Nicht schlafen konnte ich», sagte er, als Bodmar sich über diesen Arbeitseifer wunderte. «Der Ärger frißt mich auf, Söhnchen. Kommt da gestern abend der Inspektor zu mir in die Box 17, wo ein junges Mädchen liegt, ein Engelchen, sag ich dir, starb an der Schwindsucht, so zart wie Porzellan ... und ja, ich lege mich gerade hinter den Sarg, will mich ausstrecken und zufrieden einschlafen, da kommt der Kerl herein, ohne Ehrfurcht vor Toten, tritt mir in die Weichen und sagt: ‚Schnapsloch, hör einmal zu! Schick morgen früh den Sascha zu mir!' — Ich ahne nichts Gutes und antworte: ‚Warum, Genosse Bürokrat? Hat er etwas verbrochen? Hat er etwa einen Scheintoten begraben?' — ‚Halt den Mund', sagt der Inspektor zu mir. ‚Ich will ihn sprechen. Er soll befördert werden.' — ‚Was soll er? schreie ich sofort. ‚Befördert? Wohin? Was auch vorgefallen sein mag, er ist unschuldig wie ein Lamm, bevor es zum erstenmal an der Zitze saugt!' Und der Inspektor grinst mich an, dieser Satansschwengel, und sagt: ‚Ein fleißiger, guter Mensch ist der Sascha. Das muß man belohnen. Ich will ihn im Dienst befördern. Er ist zu schade, um die Erde aufzuwühlen. Schick ihn zu mir!' — Wie kann man da schlafen, sag es selbst, Sascha. Die ganze Nacht habe ich neben der Schwindsüchtigen gehockt und gegrübelt. Aber es hilft nichts ... du mußt zum Inspektor.»

Mit Angst im Herzen ging Bodmar zur Friedhofsverwaltung. Vorher aber erklärte Borja der Volkowa, was alles zu tun sei, wenn ein Mensch gestorben ist.

Bescheinigung des Arztes, Bescheinigung der Behörden, der Antrag auf ein Grab, der Sarg, der Blumenschmuck, die Festrede — es sind viele Dinge, die man beachten

muß, ehe ein Mensch endlich voll Frieden in die Erde gesenkt wird.
«Das war sein letzter Streich!» klagte die Volkowa. «Ein Teufel war er, Borja Ferapontowitsch. Ein wahres Unglück! Aus einem Schwanzhaar des Satans muß er entsprossen sein, anders ist's nicht zu erklären! Wo wird man ihn begraben?»
«Da gibt es zwei Möglichkeiten.» Der alltägliche Vortrag Borjas begann, bei dem die Hinterbliebenen weich wurden wie Ziegenbutter im Sommer und ihm hinterher weinend um den Hals fielen, ihn küßten und liebes Brüderchen nannten, auch wenn sie zehn oder fünfzehn Rubel mehr bezahlen mußten. «Man kann ihn in der Reihe verscharren wie die gewöhnlichen Genossen. Ein Meter Zwischenraum der nächste. Reihe hinter Reihe wie die Soldaten. Stramme Haltung im Grab. War Großväterchen Soldat?»
«Weiß ich das?» Die Volkowa spürte eine ungewohnte Wärme für den verblichenen Alten in sich aufsteigen. «Sicherlich war er Soldat. Vielleicht Kosak beim Zaren? Er war ja so alt wie eine Schildkröte.»
«Ein Kosak?» sagte Borja, legte die Schaufel wie ein Gewehr beim Präsentieren an und stand stramm. Das wirkte immer — die Hinterbliebenen taten dann einen Seufzer und begriffen erst jetzt, welch einen Schatz sie verloren hatten. «Ein Kriegsheld? Und dann in der Reihe! Genossin, das ist unwürdig! Aber da gibt es eine zweite Möglichkeit, Mütterchen: Man kann ihm ein schönes Einzelgrab geben, unter einem Baum, wo im Frühling sich die Vögel paaren, im Sommer die Jungen zwitschern, im Herbst die Winde rauschen und im Winter der Schnee wie ein Dach in den Zweigen hängt. Das wird ihm gefallen, dem alten Iwan Feodorowitsch. Nur kostet es fünfundzwanzig Rubel extra. Verwaltungsgebühren, Mütterchen.»
«Fünfundzwanzig Rubel?» Die Volkowa hieb sich mit der Faust an die Stirn. «Dieser alte Bock! Noch starr und steif heizt er uns die Hölle ein. Aber was sein muß, muß sein. Nehmen wir das Einzelgrab, Borja ...»
Sie sprachen noch einmal alles durch, was nötig war, um

den Alten in das Grab zu legen, während Bodmar hinüber zur Verwaltung ging. Sie war in dem langgestreckten, säulengeschmückten Gebäude untergebracht, diesem Tempel der Toten, einem Prachtbau von klassischer Schönheit, in dem die Toten komfortabler lagen, als sie jemals im Leben gewohnt hatten.

Der Inspektor empfing Bodmar wie einen alten guten Freund. Auch in einem Arbeiter- und Bauernstaat wie der Sowjetunion ist der Beruf eines Totengräbers nicht gerade das Lebensziel für einen strebsamen Genossen. Es gibt andere Möglichkeiten, seine Fähigkeiten zu beweisen, als immer nur Gräber auszuheben und wieder zuzuschaufeln. Maschinell war dieses Problem noch nicht gelöst ... das war nur möglich wie bei einem Massenandrang nach dem Schiffsunglück auf der Wolga. Da schob ein schwerer Bulldozzer ein riesiges Grab aus der Erde, eine Wanne von zwei Metern Tiefe und so lang, daß man siebenundfünfzig Särge nebeneinander hineinstellen konnte, aber für ein Einzelgrab lohnte sich ein solcher Einsatz nicht. Da war die Handarbeit noch immer das billigste.

«Genosse ...», sagte der Inspektor feierlich, nachdem er Bodmar eine Papyrossa gegeben und ihm sogar einen Stuhl angeboten hatte wie einem angenehmen Besucher. «Ich habe Sie beobachtet. Sie sind ein fleißiger, gewissenhafter, höflicher, beliebter Mensch. So etwas ist selten. Sie sind zu schade als Totengräber. Man sollte Sie dort einsetzen, wo Ihre großen Fähigkeiten ausgenützt werden. Wenn ein Schmied in der Backstube steht ... haha, die Brötchen möchte ich sehen!»

Der Inspektor lachte, und Bodmar lachte mit, auch wenn ihm die Angst die Kehle zusammenschnürte.

«Ich werde Sie, lieber Sascha, wie gesagt, dort einsetzen, wo Sie der richtige Mann sind: als Leichenhallenwärter. Sie bekommen eine schöne dunkelgrüne Uniform mit einer Schirmmütze, werden die Trauernden begrüßen, zu den Toten führen, die Witwen und Waisen mit gesetzten Worten trösten, die Toten loben, auch wenn Sie sie gar nicht kennen, aber jeder Mensch hat einige gute Minuten

gehabt, auch wenn er sich fünfzig Jahre lang benommen hat wie ein stinkender Hund ... kurzum, Genosse, Sie werden unseren Friedhof repräsentieren und den Hinterbliebenen einen Eindruck vom Frieden dieses Ortes vermitteln. Was halten Sie davon?»
«Die Idee ist gut ...», sagte Bodmar zögernd. Vorsicht, dachte er dabei. Als Totengräber bleibst du im Hintergrund ... aber als Wärter in grüner Uniform kommst du mit Hunderten in Berührung, und einer könnte darunter sein, der dich erkennt. Die Welt ist klein, mein Lieber, wenn's darauf ankommt, kann man vom einen Ende zum anderen spucken ... Die Leute vom Don werden dich nie verraten, aber wie leicht ist es möglich, daß jemand aus Moskau nach Wolgograd kommt, irgendeiner vom Ministerium, und dann mußt du untertauchen in die grenzenlose Weite von Steppe und Taiga, mußt dich aufsaugen lassen von der Unendlichkeit Sibiriens ...
«Die Idee ist sehr gut!» rief der Inspektor.
«Und Borja? Er weint schon jetzt, daß er wieder allein graben muß. Ein alter Mann ist er ... man sollte das nicht vergessen. Er braucht einen Assistenten.»
«Ich werde einen finden.» Der Inspektor wedelte mit der Hand durch die Luft. «Löcher in die Erde graben, dazu braucht man keine Intelligenz. Aber einer Witwe erklären, daß ihr toter Mann etwas Besonderes gewesen war, auch wenn er nur ein Schreiber war und an der Syphilis starb ... das ist Kunst, Genosse! Und diese Kunst traue ich Ihnen zu. Kommen Sie, Sascha ... wir probieren die Uniform gleich an ...»
Nach einer Stunde ging Bodmar wieder über den Friedhof zurück zu Borjas südlichem Teil. Der Alte wühlte sich in das neue Grab, die Volkowa war schon gegangen, und als Borja von unten herauf nur die grünen Hosen am Grab stehen sah, spuckte er aus und brüllte: «Geh aus der Sonne, Kerl! Immer diese grünen Frösche! Nichtstuer, Faulenzer, Tagestehler! Stehen da herum, machen Dienerchen und belügen die Trauernden. Was willst du hier?» Er blickte wütend hoch, erkannte Sascha, und der Mund blieb ihm

offen. «Du . . .», sagte er gedehnt. «Das haben sie aus dir gemacht? Ich schlage dem Inspektor den Schädel ein!»
«Damit hat er gerechnet.» Bodmar setzte sich auf die große Kiste, die Borja überallhin mitschleppte, wo er ein Grab schaufelte. «Er läßt dir sagen, daß er einen neuen Gehilfen einstellen wird.»
«Woher denn?» Borja sprang aus dem Grab und warf seinen Spaten wie einen Speer weg. «Lüge ist das, Söhnchen, eine infame Lüge. Wie eine Henne sucht er gackernd herum und findet keinen. Aber denken wird er noch an mich!» Er umging Bodmar wie ein Roßkäufer den Gaul und betastete die neue grüne Uniform. Dann kam ihm ein Gedanke, und dieser stimmte ihn sanfter. «Ein feines Kerlchen bist du jetzt, Sascha», sagte er, grunzte wie ein Eber am Trog, setzte sich neben Bodmar auf die Kiste und drehte zwei dicke Zigaretten aus Zeitungspapier. «Ich will dir einen Trick verraten, wie man in deiner gehobenen Stellung Geld verdienen kann, von dem niemand etwas weiß. In jedem Beruf gibt's solche Tricks. Söhnchen, teilen wir uns den Gewinn? Bin ich dein Ziehväterchen, he?»
«Das bist du, Borjuschka», sagte Bodmar ehrlich. Was wäre er ohne Borja Aljexin geworden, das war wahr.
Borja brannte die dicken Zigaretten an, stieß den beißenden Qualm von sich, hustete heiser und setzte dann zu einer Lektion über gefahrloses Geldverdienen an.
«Du bist jetzt ein wichtiger Mann, Sascha», sagte er. «Zu dir kommen die Hinterbliebenen, fragen dich, wie es dem Toten geht, und du sagst: ‚Genossen, es geht ihm den Verhältnissen entsprechend gut. Er liegt warm und sauber im Raum VI.' Dann führst du sie hin, und während sie klagen und weinen, stehst du neben ihnen und beobachtest sie. ‚Legen wir dem Lieben einen großen Strauß auf die Brust', sagst du dann. ‚Er hat's verdient.' — Niemand wird dir im Angesicht des Toten widersprechen. Und du gehst hin, kaufst für fünf Rubel einen herrlichen Strauß, und die Hinterbliebenen werden dich einen wahren Freund nennen. Nun kommt der Trick, Söhnchen . . . am Grab stehe ich und schraube den Deckel zu, bevor wir den Teu-

ren in die Erde senken. Vorher aber werfe ich den Strauß aus dem Sarg, ganz schnell, vor lauter herumliegenden Blumen merkt es keiner ... und hinunter ist er, der Sarg ... Wenn man es geschickt macht und die Sonne nicht zu heiß brennt, kann man solch einen Strauß viermal oder sechsmal verkaufen. Das sind zusätzlich für jeden von uns runde vierzehn Rubel. Bei einem Strauß nur, Söhnchen!»

Man muß es neidlos gestehen: Borja war ein Genie. Es kostete ihn keine Überredung, Bodmar von diesem Geschäft zu begeistern. Als Sascha in Borjas erdverkrustete Hand einschlug, wußte er, daß – was immer auch kommen mochte – der Friedhof Nr. II von Wolgograd sein bestes und einziges Versteck bleiben würde.

Borja umarmte ihn, küßte ihn auf beide Wangen und trabte dann zur Verwaltung zum Inspektor. «Ein guter Gedanke war's, Genosse», sagte er, was den Inspektor verwunderte, denn beim Eintritt Borjas hatte er sofort an eine zertrümmerte Einrichtung gedacht. «Sascha ist der richtige Mann auf dem richtigen Posten.»

«Sie tragen mir nichts nach, Genosse?» fragte der Inspektor lauernd.

«Aber nein, Inspektor.» Borja blies seinen stinkenden Zigarettenrauch über die Glatze des Beamten. «Wie ist es aber mit der neuen Aushilfe?»

«Wir bekommen sie!» Der Inspektor brach fast in Jubel aus. «Ich habe mit dem Genossen Einsatzleiter der Arbeitsbrigaden von ‚Nowo duch' gesprochen. Sie schicken uns drei Männer herüber.»

Borja nickte schwermütig. «Nowo duch», zu deutsch «Neuer Geist», war das Irrenhaus in der Nähe von Wolgograd. Die harmlosen Fälle arbeiteten auf Feldern und in Gärtnereien, in Fabriken und beim Straßenbau. Warum nicht auch auf dem Friedhof? Nur muß man da mit der Auswahl der Irren vorsichtig sein ... für einen Schwermütigen ist der Daueranblick von Grabsteinen nicht heilungsfördernd. «Zwei starke Idioten wären mir sehr lieb», sagte Borja. «Ist so etwas zu haben?»

«Ich werde mit dem Genossen Einsatzleiter sprechen. Ich freue mich, Borja Ferapontowitsch, daß wir uns so gut verstehen . . .»
An diesem Tag bereits lief das Geschäft mit den Blumensträußen an. Auf dem Friedhof südlicher Teil gab es neun Beerdigungen . . . neunmal verkaufte Bodmar den gleichen Strauß an die zu Tränen zerfließende Verwandtschaft.
«Was für ein Tag!» sagte Borja zufrieden, als es dämmerte. Er zählte das Geld . . . es waren dreißig Rubel, und wenn es so weiterging, war man in Kürze sogar ein verkappter Kapitalist. «Söhnchen, ich habe noch keinen gesehen, der die grüne Uniform so würdig trägt wie du . . .»

Bei den Volkows herrschte tiefe Trauer, als Bodmar nach Hause kam. Ein Beerdigungsinstitut hatte Großväterchen abgeholt, in einem Sarg, der genau hundert Rubel kostete und die Reisekasse für den Sommer leerte. Hinzu kamen die Anzeige in der Zeitung, die Blumen und Kränze, das Begräbnisessen, der Grabkauf bei Borja — es war ein teurer Tod, den Iwan Feodorowitsch seiner Familie beschert hatte.
«Wir müssen darüber reden», sagte die Volkowa nach dem Abendessen und trank ein großes Glas Sprudel auf Njuschas gebratenen Fisch. «Das Zimmer von Großväterchen ist nun leer. Melden wir das dem Einwohneramt, setzen sie uns eine ganze Familie hinein. Sagen wir aber, meine Schwester sei gekommen mit ihrem Mann, dann drückt man ein Auge zu. Meine Lieben, ihr könnt das Zimmer des Alten haben, und wir teilen uns die Miete.»
«Das ist wunderbar, Schwesterchen», rief Njuscha und umarmte die Volkowa. «Nun haben wir wieder eine Heimat.»
«Laß dich auch umarmen, Bruder!» rief Volkow und zog Bodmar an sich. «Wenn wir so bleiben, wie wir sind, können wir miteinander alt werden . . .»
Das ist ein wahres Wort, dachte Bodmar und erwiderte die Küsse Arkadijs. Wenn wir so bleiben . . . Was aber geschieht, wenn du erfährst, wer ich wirklich bin?
In der Nacht schliefen Njuscha und Sascha zum letzten-

mal im Badezimmer. Die Matratze von Großväterchen stand draußen auf dem kleinen Balkon und lüftete aus. Am nächsten Morgen holte Njuscha sie herein, ehe sie zum Krankenhaus fuhr, trug sie ins Zimmer und legte sie in den Bettrahmen.

«Es sieht aus, als wenn du dir ein Nest baust», sagte Bodmar vom Waschbecken her.

«Es ist ein Nest, Sascha! Sie warf sich auf die Matratze und breitete Arme und Beine aus. «Hier können wir bleiben, ohne um unser Leben zu zittern ...»

So ist der Mensch, Genossen ... begeisterungsfähig und dumm. Denn überall, wie zum Beispiel hier in Wolgograd, gibt es einen Rossoskij ... und die Rossoskijs sind es, die uns ständig am Zittern halten ...

32. Kapitel

In München-Pullach gibt es einen großen Häuserkomplex mit weiten Gartenanlagen, der durch eine hohe Mauer und modernste Alarmanlagen gesichert ist. Durch das große Einfahrtstor kann man nur mit Sonderausweisen diese kleine Stadt betreten, und auch innerhalb der Absperrungen wird jeder kontrolliert, wenn er eines der Gebäude betritt.

Das ist das einzig Auffällige innerhalb der hohen Mauern. Sonst sieht alles aus wie die Verwaltung eines großen Werkes, Büroraum reiht sich an Büroraum, man hört aus den geöffneten Fenstern das Klappern der Schreibmaschinen, im Sommer sonnen sich in der Mittagspause die Stenotypistinnen in den Gartenanlagen, die Männer laufen mit der gleichgültigen Miene von Beamten herum, die nichts erschüttern kann außer die Überschreitung der Arbeitszeit, und doch ist hier eine der geheimnisvollsten Behörden der deutschen Bundesrepublik zu Hause, ein kleines Heer von feinen Ohren und scharfen Augen, eine Dienststelle mit einem im Haushaltsplan der Regierung nie aufgeführten Etat, eine große Familie von Männern und Frauen, aufeinander eingeschworen wie die Freunde auf dem Rütli, mit den modernsten Mitteln und Möglichkeiten ausgerüstet: der Bundesnachrichtendienst. Die sagenumwobene ehemalige Dienststelle Gehlen. Die Spionagezentrale Westdeutschland. Das Ohr, das alles hört ... das Auge, das alles sieht ... über Tausende versteckter Ohren und Augen in allen Ländern der Erde.

Die wichtigste Abteilung in diesem großen Komplex der schmucken Häuser ist die Hauptabteilung «Abwehr Ost». Hier sitzen die Spezialisten, die großen Könner, die Dirigenten der Gespenster draußen in Rußland. Was in diesem Riesenreich auch geschieht — die Männer in Pullach wissen oder ahnen es durch die Berichte ihrer Kontaktmänner. Hier wird die Politik auf Generalstabskarten fixiert, hier werden die Worte und Taten der Politiker zerlegt und mit bunten Fähnchen markiert ... hier entsteht das Bild einer erschreckenden Wahrheit: Die Welt wird nie zur Ruhe kommen!

Warum das so ist ... die Männer in Pullach könnten darauf eine Antwort geben. Aber sie schweigen. Stille ist ihr Geschäft. Sie reden nur, wenn die Welt beginnt, verrückt zu werden ... wie damals am 20. August 1968, als die sowjetischen Panzerarmeen die Tschechoslowakei überfielen und die Welt am Rande einer Panik stand. Damals wußten die Männer in Pullach genau, was geschehen würde ... sie sagten nicht nur den Tag, sondern sogar die Uhrzeit des Überfalls voraus.

Gespenster, die alles wissen, alles hören, überall gegenwärtig sind. Ein ewiger Krieg im Zwielicht. Lautlos, ab und zu blutig, meistens von allen Seiten stillschweigend zugedeckt. Es gibt keine Berufsgruppe, die so viel Achtung voreinander hat wie die Spione.

In der Hauptabteilung «Abwehr Ost» saßen an diesem Tag der Chef der Abteilung, Generalmajor Richard Bollweiß, und sein Stellvertreter, Oberst Alf von Braun, zusammen. Sie rauchten, tranken Orangensaft, denn der Mai war warm wie selten, und studierten die Berichte, die aus Bonn eingetroffen waren.

«Was halten Sie davon, von Braun?» fragte Generalmajor Bollweiß und warf den Bericht aus dem Außenministerium auf die Tischplatte. «Was dieser Reiseleiter Heppenrath da erzählt, kann wahr sein, aber auch eine raffinierte Falle, in die man uns hineinlocken will. Ich habe ein ungutes Gefühl.»

Oberst von Braun schüttelte den Kopf. Er war der Taktiker der Abteilung, ein feingeistiger Mensch mit dem Schädel eines Künstlers. Seine zartgliedrigen Hände holten aus einer roten Mappe einige Schriftstücke und breiteten sie auf dem Tisch aus.

«Wir haben das Material fast lückenlos zusammen, Herr General», sagte er. «Eberhard Bodmar, Journalist aus Köln, geboren am 4. Juli 1936. Reiste mit einer Sondererlaubnis des sowjetischen Informationsministeriums nach Rußland, um auf den Spuren seines bei Stalingrad gefallenen Vaters das heutige Rußland zu erleben und darüber zu berichten. Verschwand plötzlich mit seiner ihm vom KGB beigegebenen Dolmetscherin Jelena Antonowna Dobronina bei dem Dorf Perjekopsskaja spurlos in der Donsteppe. Die sowjetische Propaganda beschuldigt seither Bodmar, die Dobronina getötet zu haben und flüchtig zu sein, um für uns in Rußland zu spionieren. Bisher war alles Suchen erfolglos. Es könnte also wirklich Bodmar gewesen sein, der in Wolgograd im Hotel ‚Intourist' mit dem Reiseleiter Heppenrath gesprochen und Grüße an seine Freunde in der Redaktion bestellt hat.»

«Könnte. Das ist es.» General Bollweiß überlas die Blätter, die von Braun vor ihm ausgebreitet hatte. «Die Sache kann aber auch anders herum laufen.»

«Der Brief, den Heppenrath mitgenommen und bei der Kölner Redaktion abgeliefert hat, ist wirklich von Bodmars Hand geschrieben. Hier ist er.»

Bollweiß starrte die wenigen Zeilen auf dem billigen Schreibpapier an.

«Ihnen brauche ich nicht zu sagen, wie täuschend ähnlich man Schriften nachahmen kann . . .»

«Aber der Bericht, den Heppenrath von Bodmar mitgebracht hat. Der Zweikampf dieser verrückten Weiber, den Jelena Antonowna verlor, die Flucht nach Wolgograd, als unser Freund Tumow auftauchte, diese verrückt-tragische Verstrickung in Liebe und Politik, die Bodmar völlig unschuldig zu einem Gehetzten werden ließ, und das auch nur, weil er diese Njuscha liebt ... das alles ist logisch. Für mich gibt es keinen Zweifel, daß der Briefschreiber und Heppenraths Gesprächspartner wirklich Bodmar ist. Er hat sogar seinen Paß gezeigt.»

«Trotzdem habe ich Magendrücken, lieber Braun.» General Bollweiß sah seinen Stellvertreter nachdenklich an. «Wie ich Sie kenne, haben Sie schon alles soweit vorbereitet, daß ich nur meine Unterschrift zu geben brauche, und Ihre Aktion läuft ab wie ein geschmierter Stapellauf.»

Oberst von Braun lächelte still. Sein Gelehrtengesicht zerfiel dabei in lauter kleine Fältchen. Er griff nach einer anderen Mappe und schloß sie auf. Bollweiß nickte mehrmals ... er kannte diese schwarzlederne Tasche — sie enthielt immer Sprengstoff im nachrichtendienstlichen Sinne, immer etwas Außergewöhnliches, immer etwas Erfolgreiches.

«Es bieten sich da einige interessante Dinge an ...», begann von Braun. General Bollweiß faltete die Hände über dem Bauch.

«Los, referieren Sie, Braun. Sie zittern wie ein Rennpferd, bevor es aus der Box schießt ...»

«Ich habe mir gedacht, daß wir Bodmar wirklich in der Weite Rußlands untergehen lassen. Wie sich das später technisch auswirkt, das muß man abwarten. Ob offizielle Vermißtenerklärung und Einstellung Bodmars in unsere Dienststelle, darüber müßte noch entschieden werden. Zunächst bietet sich an, Bodmar gegen einen unserer besten Leute auszutauschen. Einfacher und schneller geht es nicht. Mit der nächsten Touristengruppe fährt unser Mann nach Wolgograd. Er nimmt zwei Pässe auf den gleichen Namen mit ... einen Paß mit seinem Bild, einen Paß mit Bodmars Bild. Er wird unter seinem richtigen Namen einreisen: Peter Kallberg.»

«Ach der? Vorzüglicher Mann, was?»

«Ein Juwel, Herr General. Er ist frei geworden und soll in Rußland unter dem Namen Fjodor Alexejewitsch Prikow bestimmte Aufgaben erfüllen. Spricht Russisch wie ein Kulak.» Oberst von Braun blätterte in seinen Plänen. «Kallberg wird also Bodmar in Wolgograd treffen, ihm den Paß mit seinem Bild geben, und Bodmar kann ungehindert als Kallberg ausreisen. Wir aber haben unbemerkt unseren besten Mann in Rußland eingeschleust. Ein einfaches und zudem sicheres Verfahren. Wir tauschen die beiden nur aus. Das bedeutet aber, daß Bodmar offiziell als vermißt gelten muß, wenigstens so lange, wie Kallberg in der Sowjetunion operiert. Das wäre alles.»
«Idiotensicher.» Bollweiß lachte. «Es fragt sich bloß, ob Bodmar diesem Plan zustimmt. Zu Heppenrath hat er gesagt, daß er in der Sowjetunion bleiben will.»
«Das ist doch eine Utopie.»
«Für einen Verliebten sind Utopien immer Realitäten.»
«Kallberg wird Bodmar davon überzeugen müssen, daß seine Rückkehr nach Deutschland und damit die Möglichkeit, unseren Mann in Wolgograd zu lassen, eine Notwendigkeit ist. Eine Dienstleistung an Deutschland.»
«Wie ich Bodmar einschätze — ich habe einige seiner Artikel aus dem Archiv seiner Zeitschrift kommen lassen —, spielt er darauf mit der großen Pfeife. Dem können Sie nicht mit nationalen Tönen kommen, Braun. Im Gegenteil, je lauter die Trommel wirbelt, um so schwerhöriger wird er.» Bollweiß steckte sich eine neue Zigarette an. Oberst von Braun trank ein halbes Glas Orangensaft. «Das wird Ihr Hauptproblem werden. Der Kerl will nicht aus Rußland heraus. Diese Njuscha muß ja ein Teufelsding sein ...»
Bollweiß lachte dunkel und sah Oberst von Braun forschend an. Der zarte Künstler der Spionage lächelte dünn zurück.
«Kallberg wird es schaffen. Soll an einem Mädchen die einmalige Möglichkeit scheitern, lautlos und sicher unseren besten Mann einzuschleusen? Das darf nicht sein! Wir werden Bodmar auf den richtigen Weg bringen.»
«Viel Glück.» Bollweiß erhob sich. Es war heiß im Zim-

mer, denn die Fenster blieben bei solchen Besprechungen grundsätzlich geschlossen. «Es ist allein Ihr Bier, Braun.»
«Sie stimmen also meinem Plan zu, Herr General?»
«Ich zeichne ihn ab, Braun.» Bollweiß beugte sich über einen vorbereiteten Befehl und unterschrieb ihn mit einem Federhalter, aus dem grüne Tinte floß. «Haben Sie die Sache auch schon unserem großen Boß vorgetragen?»
«Ja.» Oberst von Braun steckte die Papiere zurück in die schwarze Tasche und ließ das Schloß zuschnappen.
«Und was sagt er?»
«Wenn Bollweiß unterschreibt . . . von mir aus.»
«Der berühmte Schwarze Peter. Braun, ich gebe ihn an Sie weiter. Sie müssen sich den Hintern schwärzen, wenn die Sache in die Hosen geht.»
«Es wird alles nach Plan ablaufen, Herr General.» Oberst von Braun deutete stramme Haltung an, als Bollweiß zur Tür ging. «Kallberg steht schon mit gepackten Koffern abfahrbereit. Die nächste Reisegruppe fliegt am Mittwoch und ist kommende Woche ab Freitag in Wolgograd. Am Montag fliegt sie auf direktem Wege zurück in die Bundesrepublik. Bodmar bleiben also vier Tage Zeit, sich alles zu überlegen.»
«Und wenn er konstant nein sagt?»
«Das gibt es nicht.» Der feine Künstlerkopf von Brauns wurde etwas rötlich. «Auf keinen Fall kommt Kallberg wieder zurück nach Deutschland. Folglich wird Bodmar *müssen!*»
«Prost Mahlzeit!» sagte Bollweiß sarkastisch. «Braun, ersticken Sie nicht an diesem Bissen.»
«Keine Sorge, Herr General.» Braun lächelte dünn wie immer. «Ich habe einen bedeutend größeren Schlund, als man allgemein annimmt . . .»
Die Entscheidung war gefallen. Es flog ein Mann nach Wolgograd, der sich Fjodor Alexejewitsch Prikow nannte und hoffte, sich gegen Bodmar austauschen zu können.

Oberst Rossoskij war zwar ein völlig anderer Mensch als Major Tumow, aber eins hatte er mit ihm gemeinsam: er ließ sich nicht besiegen. Waren es bei Tumow Stolz und Karrieresucht, die ihn zu einem wahren Satan gemacht hatten, so lagen die Motive bei Rossoskij anders. Für ihn war es einfach undenkbar, daß der Chef einer KGB-Abteilung einen Fall aus der Hand legte und ehrlich sagte: «Genossen, ich bin am Ende. Es geht nicht mehr weiter.» Unmöglich war das, und Rossoskij konnte sich auch nicht besinnen, jemals in eine solch verflixte Lage gekommen zu sein. Er gab andererseits aber zu, niemals einen so komplizierten Fall wie Jelena Antonownas Verschwinden und alle sich daraus ergebenden Folgen gehabt zu haben. In Rossoskij, dem sonst so kühlen, nüchternen, knapp sprechenden Offizier mit der unpersönlichsten Lebensart, die man bisher im KGB kannte, rührte sich so etwas wie englischer Sportgeist.

«Irgendwo ist das Fadenende, das ich nur aufzunehmen und dann aufzuwickeln brauche», sagte er zu sich selbst, wenn er Jelena Antonownas Akten studierte und nach eben diesem Faden suchte. «Er liegt herum, verdammt, ich spüre es, ich stolpere darüber ... aber noch sehe ich ihn nicht.»

Die Aktion «Nacktes Mädchenbild» war — wie gesagt — ein Reinfall gewesen. Daß sie sogar Großväterchen Volkow das Leben gekostet hatte, erfuhr Rossoskij nie. Aber dieses Aktfoto, das ahnte Rossoskij, war das große Schloß, hinter dem, wenn man es öffnen konnte, das ganze Problem offenlag wie ein aufgeschlagenes Buch. Durch dieses Foto war Major Tumow zu einem Geist geworden.

«Fangen wir wieder von vorn an», sagte Rossoskij zu seinen Mitarbeitern vom Wolgograder KGB-Büro. «Kümmern wir uns noch einmal um die Fotografen.»

Man muß den guten Timor Antonowitsch Brutjew, diesen Künstler unter den Fotografen, verstehen, daß er blaß wurde und seinen Mund zu einem Zittern verzog, als er statt eines Hochzeitspaares aus dem nahen Heiratspalast einen Oberstleutnant mit zwei anderen Offizieren im Wartezimmer stehen sah, so als stelle er sich an, ganz hinten in der Schlange, um ein gutes Foto von sich machen zu lassen. Allerdings war der Vorraum jetzt leer ... die Offiziere hatten die Hochzeitspaare auf den Flur gedrängt, wo sie herumstanden, schimpften und sich beklagten.

«Genosse Brutjew ...», sagte Rossoskij, nachdem er in aller Ruhe die Musterfotos an den Wänden betrachtet hatte. Es waren schöne Aufnahmen ... Hochzeitspaare, Landschaften von Wolga und Don, Industriewerke, Häuser in verrückten Perspektiven, Gärten, Mädchen beim Ringelreihenspiel, eine Hundertjährige, die noch Ball spielte, ein Reiter, der sich an den Schwanz seines Pferdes klammerte und ihm nachrannte. Fotos, die das Herz erfrischen. Genossen, man muß den fleißigen Brutjew loben!

«Sie sind ein Meister Ihres Fachs», sagte Rossoskij. «Diese Technik, diese Beleuchtung ... Sie waren in Urlaub, Genosse?»

«Ja. Am Asowschen Meer.» Brutjew spürte, wie ihm der Schweiß über die Nase tropfte. Jetzt kommt es, dachte er. Jetzt rettet mich nichts mehr. Wie konnte ich auch so dumm sein und glauben, die Genossen vom KGB ließen sich betrügen? Wenn das Auge Moskaus auf einen fällt, dann ist es, als wenn das Schicksal einen selbst beim Kragen hochnimmt. «Einmal muß der Mensch ausspannen, Genosse Oberstleutnant. Ich habe faul am Strand gelegen, habe geangelt und Wellen fotografiert. Sie glauben nicht, wie fotografisch interessant eine Welle ist ...»

«Mehr als ein Mädchenkörper?»

«Das möchte ich nicht beschwören. Eine Welle ist immer schön ... bei Mädchenkörpern gibt es himmelweite Unterschiede.»

«Und dieses hier?» Rossoskij hielt Brutjew das Bild Njuschas hin. Brutjew warf gar keinen Blick darauf ... er wußte auch so, daß ihn nur noch die Wahrheit retten konnte.

«Ein Engel, nicht wahr?» sagte Brutjew heiser.

«Sie haben das Foto gemacht, Genosse?»

«Ja. Eine unvergeßliche halbe Stunde war's. Als sie aus den Kleidern stieg ...» Brutjew seufzte in der Erinnerung. «Fast wäre ich samt Kamera und Scheinwerfern umgefallen ...»

«Warum haben Sie sich nicht gemeldet?»
Brutjew sah Rossoskij treuherzig an. «Gemeldet? Warum?»
«Als wir den Aufruf in der Zeitung erließen.»
«Welchen Aufruf? Bedenken Sie, Genossen ... Ich war am Asowschen Meer, angelte, fotografierte Wellen und las keine Zeitung.»
Rossoskij verschwendete keine weitere Zeit mehr an diesen Komplex. Brutjew war verreist – das war eine Entschuldigung, die man gelten lassen mußte. Wichtig war nur, daß man den Fotografen endlich ermittelt hatte.
«Wie heißt sie?» fragte Rossoskij in seiner knappen Art.
«Ich weiß nicht. Sie nannte keinen Namen.»
«Und Sie haben nicht gefragt?»
«Natürlich, natürlich. Aber sie hat geantwortet: ‚Genosse, Sie sollen mich fotografieren und nicht fragen'. Dann ließ sie die Kleider fallen und stellte sich nackt vor die weiße Aufnahmewand. Seien Sie ehrlich ... hätten Sie da weiter nach dem Namen gefragt?»
Rossoskij verzichtete darauf, Brutjew über seine völlig andere Lebensauffassung aufzuklären. Er ging in das Atelier, setzte sich zwischen die ausgeschalteten Scheinwerfer, betrachtete die weiße Wand, an der Njuscha gestanden hatte, und winkte Brutjew zu sich.
«Erzählen Sie alles, Genosse. Vergessen Sie nichts! Ihr Bericht ist von größter Wichtigkeit.»
Und Timor Antonowitsch erzählte. Er erzählte alles, wie er's gesehen hatte, und die Offiziere machten sich Notizen. Er sah wie durchs Wasser gezogen aus, sein Kopf summte vor Furcht. Als er mit seinem Bericht fertig war, sank er auf einen Stuhl und schluchzte. Rossoskij blickte ihn nachdenklich an, stand dann auf und klopfte Brutjew auf die Schulter.
«Es war eine wertvolle Auskunft, Genosse», sagte er. «Ihre Beschreibung war präzis. Ich glaube zu wissen, wen Sie fotografiert haben. Was würden Sie tun, wenn das Mädchen noch einmal zu Ihnen kommt?»
«Sie sofort anrufen!» schrie Brutjew, als ertrinke er und rufe um Hilfe.

«Vergessen Sie das nicht, Genosse.» Rossoskij verließ das Atelier und schickte die sich unterdessen bis zur Haustür angesammelten Brautpaare hinein zum Meister der Fotografie. Obgleich er sehr höflich gewesen war, höflicher als mancher Bauer, der zu Brutjew kam, um sich fotografieren zu lassen ... das Grauen blieb unsichtbar zurück. Brutjew spürte es und spülte es notdürftig mit drei Gläsern Wodka weg.
Rossoskij aber flog mit einem Hubschrauber nach Perjekopsskaja.
Schon seine Landung sah gefährlich aus. Noch standen sich in der Steppe die Kompanie Soldaten aus Wolgograd und die Kosaken-Abteilung gegenüber, hatten ihre Lager ausgebaut und belauerten sich wie zwei japanische Ringer. Das Denkmal für Kolzow war fertig ... Evtimia hatte es zusammen mit Väterchen Ifan, dem Popen, eingeweiht. Eine ergreifende Feier war's, bei der die Weiber heulten wie hungrige Wölfe und die Männer mit den Zähnen knirschten wie geprügelte Hofhunde. Und da man nun ganz genau wußte, daß in Wolgograd ein Mann saß, der zwar kein Teufel wie Tumow, aber ein eleganter Beelzebub war und deshalb doppelt gefährlich, standen immer Wachen im Dorf herum und saß ständig ein Junge in der Kirche, um die Sturmglocke zu läuten, wenn's notwendig werden würde. Im Parteihaus residierte Kalinew, der keine Zeit mehr hatte, seinem ehrlichen Handwerk nachzugehen ... ihm oblag es, bei der geringsten feindlichen Bewegung außerhalb Perjekopsskajas die Sirene heulen zu lassen und die Kolchose und die Sowchose telefonisch zu benachrichtigen.
Rossoskij landete unter Glockengeläut und Sirenengeheul. Der alte Babukin war der erste, der ihm auf seinem klapprigen Gaul entgegenritt und ihm großmäulig entgegenbrüllte: «Rühren Sie sich nicht vom Flugzeug, Genosse! Haben Sie schon in einer brodelnden Bratpfanne gelegen?» Rossoskij verneinte das höflich und blieb neben dem Hubschrauber stehen. Was man ihm in Wolgograd von dem kriegerischen Kosakenvolk am Don erzählte, hatte er bis-

her als Übertreibung angesehen. Alle südlichen Menschen übertreiben, dachte er damals. Ihr Temperament läßt die einfachsten Dinge zu himmelhohen Problemen werden. Nun war er selbst am Don, und bereits, als er niedrig über die Steppe flog und die beiden Heerlager sich gegenüberliegen sah, als er die Glocke hörte und kurz darauf den durchdringenden Sirenenton, berichtigte er sich selbst in seinem Urteil. Er war ein ehrlicher Mensch, der eigene Fehler einsah.

Diese Leute sind ein Wunder an Kraft und Erdverbundenheit, dachte er, als neben Babukin nun von allen Seiten die Reiter auftauchten und zunächst schweigend in einem höllischen Tempo um den Hubschrauber herumgaloppierten. Sie haben ihren neuen Heiligen gefunden. Dimitri Grigorjewitsch Kolzow heißt er. Warum soll man ihnen dieses Vergnügen nicht lassen? Sie werden sanft und friedlich sein, wenn man ihre heiße Seele nicht antastet. Ihre Welt ist eine runde Sache ... warum sollen wir sie verformen? Niemandem tut es weh, wenn ein Denkmal für Kolzow am Don-Ufer steht ... nicht den Genossen in Wolgograd, nicht in Woronesch und schon gar nicht im weiten Moskau.

Die Glocke schwieg, die Sirene starb mit einem Jammern, vom Parteihaus ritt Kalinew herbei. Hinter ihm die Schar der jungen Kosaken ... ein Stoßtrupp, dem Angst völlig fremd war. Rossoskij, begabt mit dem Gespür für Situationen, trat Kalinew entgegen und grüßte ihn wie einen Offizier.

«Ich bin zu Ihnen gekommen, Genossen, um Ihnen persönlich mitzuteilen, daß in zwei Stunden die Kompanie Infanterie nach Wolgograd zurückgezogen wird. Es war ein Fehler, sie hier einzusetzen», sagte er laut.

Kalinew starrte Rossoskij von seinem Pferd herunter entgeistert an, als wachse aus der Steppe plötzlich ein Weihnachtsbaum mit allen Lichtern. Nur Babukin stieß einen rülpsenden Laut aus und schrie dann: «Haltet die Augen auf, Freunde! Da ist einer gekommen, der scheißt euch in die Stiefel, ohne daß ihr's merkt ...»

Rossoskij betrachtete den tobenden Alten wie ein Jäger ein Wildschwein und lächelte dann. Wirklich, er lächelte, in jener feinsinnigen Art, die einen Choleriker zum Mord treiben kann. Es ist das Lächeln, mit dem man einem Idioten alles verzeiht. Der alte Babukin schwankte im Sattel vor Wut, rollte die Augen und galoppierte mit seinem stolpernden Pferd davon.
Manchmal — wir wissen es ja — hatte Babukin gute Gedanken. Auch heute erfaßte er die Lage, ritt zu Evtimia, die gerade vom Stall kam und keuchend den Mist herausfuhr, sprang vom Pferd wie vor fünfzig Jahren und rannte krummbeinig durch die Pforte im Flechtzaun.
«Töchterchen!» brüllte er. «Da ist einer aus Wolgograd gekommen, ein Teufel, sag ich dir, und verwirrt mit schönen Reden die hirnlosen Kerle. Auf den Leim kriechen sie ihm wie die Obstwürmer!» Er schubste Evtimia vor sich her ins Haus. Sie wehrte sich und schlug ihm auf die Finger. Erst im Zimmer ließ Babukin von ihr ab, ging zum Herd, trank heiße Milch mit einer hölzernen Kelle aus einem Kessel und setzte sich dann in die «schöne Ecke» unter die Ikone. Evtimia stand wütend herum und stank nach Kuhmist.
«Was ist nun los, du schielende Eule?» schrie sie Babukin an. «Alarm wegen eines Mannes und eines Flugzeugs! Was kann uns noch passieren? Kolzow haben sie umgebracht, Njuscha ist verschwunden ... mich interessiert nicht mehr, was da draußen geschieht.»
«Sag das nicht, Töchterchen.» Babukin putzte sich den Schnauzbart, in dem einige Tropfen der süßen Milch hingen. «Der Offizier kommt aus Wolgograd. Das hat etwas zu bedeuten. Glaubt bloß nicht, daß sie Ruhe geben, ehe sie genau wissen, was mit Jelena Antonowna geschehen ist.»
Der alte Babukin schien eine prophetische Stunde zu haben. Draußen vernahm man Pferdegetrappel, dann stürzte ein Reiter ins Haus und winkte mit beiden Armen, als er das Zimmer betrat.
«Er sucht Bilder!» rief er. «Bilder von Njuscha! Evtimia Wladimirowna, hast du Bilder von Njuscha?»

«Bei Gott — ja!» Evtimia stand starr, aber Babukin sprang hoch wie ein Gummiball.
«Her mit ihnen und in den Ofen!» brüllte er. «Steh nicht herum, Töchterchen, und glotze Löcher in die Luft! Wo sind die Bilder, he? In den Ofen müssen sie. Sag ich es nicht ... der Offizier ist ein gefährlicher Stier!»
Es war nicht schwer, die Bilder Njuschas zu finden. Evtimia, ein gutes Mütterchen, verwahrte sie in einem hölzernen Kasten im Kleiderschrank. Nur wenige Fotos waren es ... das letzte aufgenommen vor drei Jahren, als ein reisender Fotograf auch in Perjekopsskaja Station machte und das halbe Dorf vor die Linse seines alten Kastenapparates holte. Unter einem schwarzen Tuch versteckte er seinen runden Kopf, und dann machte es laut «klick», und man war für alle Zeiten aufgehoben auf einem Stück Papier. Beim Metzger Kotzobjew richtete er sich im Keller sein «Labor» ein — wie er vornehm sagte —, denn Kotzobjews Keller war der einzige völlig dunkle Raum im Dorf.
Man erinnerte sich in Perjekopsskaja noch gut an diese Tage. Als gäbe es eine Sonderzuteilung Saatweizen, so stellten sich die Leute in langer Schlange an, unten am Don, vor der Hauswand von Babukins schilfgedeckter Hütte, die der Fotograf — Michail Lukanowitsch Dubjow hieß der gottverfluchte Gauner — als Hintergrund besonders romantisch fand. Er konnte gar nicht so schnell fotografieren, wie die Leute sich in Positur stellten ... Mütter mit ihren Kindern, Kosaken mit ihren Pferden, Ehepaare, die seit langem zum ersten Mal wieder gemeinsam lächelten, denn so ein Bild soll ja ein Dokument werden, und es geht nicht an, sich auch noch vor der Kamera anzuspucken. Schließlich fuhr man die ganz Alten heran, auf kleinen Handwagen oder in einem Schubkarren, und ließ sie vor der Linse posieren, damit man später immer vorweisen konnte, daß Urgroßväterchen noch mit neunzig Jahren ein rüstiger Bursche gewesen war.
Schwierigkeiten gab es nur mit Babukin. Er kam als letzter dran, ohne eine Kopeke zahlen zu müssen, denn er hatte ja sein Haus als Kulisse zur Verfügung gestellt.

Er zog seinen besten Anzug an, verzichtete auf die Hosenträger, sondern schnallte sich sportlich einen Lederriemen um den mageren Leib, und so stand er vor der Kamera und vollführte die eckigsten Bewegungen, wenn der Fotograf unter seinem schwarzen Tuch ihm zuschrie: «Zurück, Genosse ... mehr nach links, den Arm ruhighalten, lächeln, den Fuß etwas vor, nicht so schief stehen. Zum Teufel, sind Sie krumm gewachsen? Nicht die Schulter hochziehen, stehen Sie ganz entspannt. Mein Gott, warum blinzeln Sie? Machen Sie die Augen auf.»
«Die Sonne scheint mir ins Gesicht!» brüllte Babukin.
«Bei einer guten Aufnahme muß ich die Sonne im Rücken haben!» schrie der Fotograf zurück. «Es geht nicht anders. Stehen Sie still, Genosse!»
Babukin bemühte sich redlich, aber die Sonne kitzelte ihm in der Nase. Es juckte und zuckte und kribbelte in seinen Nasenlöchern, er hielt den Atem an, dachte an das letzte Hochwasser des Don, verfluchte seine Feinde, stand da wie eine Säule ... aber es nutzte gar nichts, er spürte, wie in seiner Nase sich ein Vulkan bildete, wie eine Explosion sich anzeigte ... «Halt!» wollte er schreien. «Fotografieren Sie nicht!» aber dazu war es schon zu spät ... er warf den Kopf in den Nacken, verzweifelt und hin und her geschüttelt, und nieste mit einer Gewalt, die seinen schmächtigen Körper einen Viertelmeter vom Boden hob. Gleichzeitig rutschte ihm die Hose herunter, denn der Lederriemen fand keinen Halt mehr an den dürren Hüften, und genau in diesem Augenblick drückte der Fotograf auf den Auslöser.
Babukin zeigte das Foto niemandem. Er versteckte es unter der Matratze. Ab und zu holte er es hervor und betrachtete es stirnrunzelnd. Im Hintergrund der Don, auf der Steppe aber ein Wesen, das aussah wie eine riesige Fledermaus mit weißen Beinen. Das war die Unterhose.
«Wie kann ein Mensch nur so häßlich sein», meditierte Babukin dann. «Und warum trifft es gerade mich?»
Das war vor drei Jahren, und an diesem Tage machte man auch das letzte Bild von Njuscha.

Evtimia stieß die Ofenklappe auf und stopfte alles hinein, was an Bildern in dem hölzernen Kasten lag. Nur zwei Kinderfotos hob sie auf ... Njuscha als zweijähriges Mädchen, ein Kopf wie ein Engelchen. Alles andere verbrannte sie. Sie hockte vor den flammenden Bildern und starrte in das Feuer. So verbrennt nun alles, dachte sie. Die Gegenwart hat mich einsam gemacht, die Zukunft geht mich nichts mehr an ... was geblieben war, waren die Erinnerungen. Nun zerfallen auch sie in den Flammen.
Eine halbe Stunde später kam Oberstleutnant Rossoskij ins Haus der Kolzows. Kalinew und Bulganin, der Posthalter von Perjekopsskaja, begleiteten ihn. Sie hatten finstere Gesichter, atmeten aber auf, als sie den alten Babukin in der «schönen Ecke» sitzen und eine selbst gedrehte Papyrossa rauchen sahen.
Bedächtig blickte sich Rossoskij um. Ein schönes Haus für die Verhältnisse am Don, dachte er. Muß ein fleißiger Mann gewesen sein, der Kolzow, und eine gute Frau mag Evtimia sein. Nun sind sie zermahlen worden zwischen den Mühlsteinen der Politik. Er seufzte leise und sah Evtimia an.
«Sind Sie die Witwe Kolzowa?» fragte er.
«Ja», antwortete Evtimia feindlich.
«Wo ist Ihre Tochter?»
«Fortgelaufen wie eine heiße Hündin. Gott verfluche sie!»
«Sie haben nichts mehr von ihr gehört?»
«Nein.»
Rossoskij holte das Aktfoto aus der Tasche und hielt es Evtimia hin. Sofort erkannte sie Njuschas Körper, wurde rot vor Angst, und wenn auch der Kopf dieses Körpers fehlte, welche Mutter weiß nicht, wie ihr einziges Kind aussieht?
«Welch ein schweinisches Foto», sagte Evtimia heiser. Der alte Babukin, der nur von weitem hinter der Eckbank das blanke Körperchen leuchten sah, schob sich herum und wollte näher kommen. Kalinew trat ihn vor das Schienbein. Stumm, aber mit schmerzverzerrtem Gesicht sank Babukin auf die Bank zurück und massierte sein Bein.

«Ist sie das?» fragte Rossoskij. «Ist das Njuscha?»
«Das da?» Evtimia beugte sich schnell vor und spuckte auf das Foto. «Mein Kind ist ein anständiges Mädchen! Nie hätte es sich so fotografieren lassen. So schamlos ist nur eine Hure . . .»
Rossoskij steckte das Bild wieder ein. «Haben Sie Fotos von Njuscha?» fragte er knapp.
«Zwei.»
«Ich möchte sie sehen.»
Evtimia holte ihren alten hölzernen Kasten und hielt ihn Rossoskij hin. Babukin grinste genüßlich und saugte an seiner Zigarette.
«Das ist alles?» fragte Rossoskij enttäuscht. Er gab den Kasten zurück.
«Alles, Genosse. Die Menschen am Don haben Wichtigeres zu tun, als sich fotografieren zu lassen. Soll ich wegen eines Bildes nach Wolgograd fahren? Sagen Sie mir, wo der nächste Fotograf ist. Wir alle sehen uns täglich hundertmal . . . was brauchen wir da ein Foto?»
Rossoskij kapitulierte. Er gestand sich ein, daß er hier eine Niederlage erlitten hatte. Aus einem Stein kann man kein Wasser pressen, nicht mit der bloßen Faust. «Ich danke Ihnen, Witwe Kolzowa», sagte er höflich und deutete sogar eine kleine Verbeugung an. «Sie erinnern mich an die Tigerin Pjeta. Als die Jäger sie umstellt hatten, fraß sie ihre eigenen Jungen, um sie nicht den Fremden zu überlassen. Leben Sie wohl . . .»
Er verließ schnell das Haus der Kolzows, ging hinunter zum Don und war nach zehn Minuten wieder in der Luft und auf dem Heimflug nach Wolgograd.

Am Freitag wurde Großvater Volkow begraben.
Es war ein großartiges Begräbnis. Die Volkowa weinte sich als brave Schwiegertochter die Augen aus und schrie dreimal kurz auf, als der Sarg in die Grube gelassen wurde, die drei Kinder standen als Junge Pioniere stramm um das Grab, eine rote Fahne wehte, denn Iwan Feodorowitsch war ein Veteran der Revolution gewesen, wie sich erst

jetzt herausstellte, Arkadij nagte an seiner Unterlippe, als sei er ein Meerschweinchen, und benahm sich tapfer, selbst Njuscha weinte, denn sie hatte den Alten gern gemocht, und daß er einen Herzschlag erlitten hatte beim Betrachten ihres nackten Körpers, erfüllte sie mit einem gewissen Schuldgefühl. Bodmar stand neben Borja am Grab und trug seine neue grüne Uniform mit Würde. Er regelte gewandt den Kondolationsverkehr am Grab, denn es war eine ganze Menge Leute gekommen, die den alten Volkow gekannt hatten und nun an seinem Grab vorbeimarschierten, Arkadij und seiner Frau die Hand drückten und den Kindern Küsse auf die Backen schmatzten.
Dann zog man mit neunzehn guten Bekannten und Freunden, meistens Nachbarn des Wohnblocks, in das Speiselokal «Majak» und aß und trank auf Volkows Kosten. Hierbei verlor die Volkowa ihre tiefe Trauer. Mit verschleiertem Blick und giftig zusammengepreßtem Mund zählte sie jeden Bissen, der verschlungen wurde, und jedes Gläschen, das die Trauergemeinde mit «Heio!» in die Kehle kippte. «Sie fressen und saufen uns arm!» zischte sie Arkadij zu. «Wie kann man nur einen solchen Satan als Vater haben?»
Man muß zum bessern Verständnis wissen, daß die Gäste nicht eingeladen worden waren, sondern allesamt mit einem Zettelchen zu den Volkows an das Grab getreten waren. Der alte Iwan Feodorowitsch hatte sie voller Gemeinheit frühzeitig in der Nachbarschaft verteilt, und auf allen Blättchen stand das gleiche:
«Ihr seid alle nach meinem Tode zum Totenschmaus eingeladen im Lokal ‚Majak'. Trinkt auf meine Seele ein Gläschen, Freunde. Euer Iwan Feodorowitsch.»
Was blieb Arkadij anderes übrig, als diesen letzten Wunsch seines Vaters zu erfüllen? Man hätte ihn sonst gesteinigt und auf der Straße angespuckt als einen Geizkragen. So saß man also herum, feierte fröhlich auf Kosten der Volkows und lobte den toten Alten als einen großen Menschenfreund.
Aber auch dieses Fest ging vorüber, Volkow zahlte mit

knirschenden Zähnen zweihundertzehn Rubel für den Totenschmaus, die Volkowa verfluchte noch einmal den Toten und weinte zu Hause stundenlang über das Unglück, Schwiegertochter eines höllischen Gottseibeiuns gewesen zu sein. Auch Bodmar und Njuscha erhielten ihren Anteil am Tode des Alten: als neue Mitglieder der Familie mußten sie von nun an ein Drittel aller Kosten übernehmen. Sie zahlten sie gern, ohne zu murren ... das Zimmer des Toten und das Untertauchen in der Familie Volkow waren runde hundert Rubel wert.

Am Sonntag fand dann das große Begräbnis der Opfer des Schiffsunglücks auf der Wolga statt. Bis auf zwei Männer, die dem Aussehen nach Kalmücken waren, hatte man die Toten identifiziert, vor der säulengeschmückten Leichenhalle aufgebahrt und mit Blumen geschmückt. Eine Ehrenkompanie Infanterie präsentierte, eine Kapelle spielte Trauermärsche, vier Vertreter der Partei, der Gewerkschaft Schiffahrt, des Stadtrates und des Bezirkskomitees sprachen ergreifende Worte, und Bodmar hatte alle Hände voll zu tun, schwankende Witwen mit einer großen Flasche Riechwasser in den Alltag zurückzuholen. Er kassierte dabei reichlich Trinkgeld, obgleich in der Sowjetunion das Trinkgeldgeben verpönt ist und als eine Einrichtung versklavenden Kapitalismus angesehen wird ... aber im Schmerz vergißt man leicht die Ideologie und hat eine offene Hand.

Die Grablegung war grandios. In das riesige Gemeinschaftsgrab seilte man die lange Reihe der Särge ab, nachdem noch einmal alle Trauernden am offenen Sarg Abschied genommen hatten. Die Militärkapelle blies den «Großen Abschied», und dann kam der Bulldozer, brüllend und schnaufend, und schob die Erde über die Toten.

Für den Nachmittag hatten sich Bodmar und Njuscha eine kleine Vergnügungsfahrt auf der Wolga vorgenommen. Es gibt eine ganze Flotte weißer, schöner, moderner Ausflugsschiffe auf dem großen Strom. Schwimmende Restaurants mit Musik und Tanz, gebratenem Fisch und anderen Leckerbissen, vom gegrillten Maiskolben bis zur knusprigen Frikadelle. Süße Limonade, Kwaß und Wein kann man in Mengen trinken, nur mit dem Wodka hat man seine Mühe, er wird eingeteilt, hundert Gramm pro Kopf, denn es hinterläßt keinen guten Eindruck, wenn nach einer Rundfahrt das Schiff anlegt und man die Genossen wie Säcke ans Ufer werfen muß.

Bodmar und Njuscha erwischten mit viel Glück das Schiff Nr. 7, die «Lebedj», was auf deutsch «Der Schwan» heißt. Zu Hunderten standen die Sonntagsausflügler an den Landebrücken, und vier Männer in Matrosenuniform zählten die Herandrängenden. Ein Unglück auf der Wolga wollte man nicht noch einmal erleben. Oben, am Ufer, stand genau zu dieser Zeit der Fotograf Brutjew und fotografierte. Stimmungsbilder, nannte er solche Aufnahmen. Das wirkliche Leben einfangen. Sonntag an der Wolga. Ein Volk, so sonnig gestimmt wie die Sonne selbst.

Brutjew verknipste drei Filme. Dann bestieg er das Schiff Nr. 8 und machte noch ein paar herrliche Aufnahmen, als Nr. 7 und Nr. 8 sich mitten auf der Wolga begegneten, aneinander vorbeifuhren und die Menschen lachend und singend sich von Schiff zu Schiff zuwinkten.

Am Abend — Njuscha und Bodmar lagen müde von diesem vielfältigen Tag im Bett und lasen in der Illustrierten «Die Sowjetunion» — entwickelte Brutjew seine Filme, vergrößerte die Bilder und hängte sie zum Trocknen an eine lange Leine. Mit der Lupe betrachtete er dann seine Aufnahmen, denn manchmal lohnte es sich, Ausschnittvergrößerungen anzufertigen. Da war der Kopf eines Mannes, der aussah wie ein Adler, oder eine dicke Frau stak japsend in der Menschenmenge wie ein eingerammtes Faß. Solche Bilder liebte Brutjew besonders ... sie zeigten den Menschen ohne Maske. Das war Natur. Das war Leben.

An diesem Abend erhielt Brutjew bei Betrachtung des Bildes Nr. 47 durch sein Vergrößerungsglas einen Schlag in den Magen. Das ist nur bildlich gemeint ... ihm aber kam es so vor, als habe man eine geballte Faust voll in seinen Magen gerammt. Er riß das Bild von der Trockenleine, rannte zu seinem Arbeitstisch, knipste die starke Tischlampe an und beugte sich tief über das noch nasse Foto.

Die Wolga. Zwei Schiffe begegnen sich. Von Reling zu Reling winken die sonntäglich fröhlichen Menschen. Und zwischen ihnen weht eine Fahne aus blonden Haaren, und ein lachendes Mädchengesicht glänzt in der Sonne.
«Das ist sie . . .», stammelte Brutjew. «Der Himmel steh mir bei . . . das ist sie! Welch ein Zufall, der Teufel hole ihn.»
Er dachte an das Versprechen, das er Oberstleutnant Rossoskij gegeben hatte, er dachte aber auch daran, daß Sibirien nicht der richtige Ort für einen Fotografen ist, schon gar nicht für einen so zartbesaiteten Künstler wie Timor Antonowitsch, und als er ein paarmal laut geschnauft und zwei Gläser Wodka getrunken hatte, ließ er das Foto im Trockenofen schnelltrocknen, vergrößerte aus dem Negativ Nr. 47 den Kopf des Mädchens samt dem ihres links stehenden Begleiters heraus, packte alles in seine Mappe und rief ein Taxi.
Rossoskij wohnte im Haus des Wolgograder KGB, so unangenehm es den anderen Genossen auch war. Er hatte sich in einem Zimmer ein Feldbett aufschlagen lassen, obgleich man ihm ein großes, schönes Appartement im Hotel «Wolgograd» angeboten hatte, wusch sich auf der Toilette und hielt die anderen Offiziere dauernd in Atem, weil er plötzlich überall auftauchte und schweigend herumschnüffelte. Das Auge Moskaus ruhte auf dem KGB von Wolgograd. Es war ein Gefühl, als läge man nackt unter einem Brennglas.
So war Rossoskij auch jetzt zu Hause, als der Posten unten an der Pforte den aufgeregten Fotografen Brutjew meldete. Rossoskij, schon im Bett, streifte schnell seine Hose über. Verdrossen saß er hinter seinem Schreibtisch, mit nackten Füßen, einer Offiziershose und seiner gestreiften Schlafanzugjacke, als Brutjew hereingeführt wurde.
«Ich habe sie, Genosse Oberst!» rief Brutjew schon an der Tür. «Ein Zufall! Heute auf der Wolga! Ich habe sie endlich!» Er riß seine Mappe auf und legte Rossoskij mit zitternden Händen die Vergrößerungen auf den Tisch.
Rossoskij lächelte schwach. Der Zufall, das große Wunder der Wartenden. Der geheime, eigene Gott der Russen. Die Dinge lösen sich von selbst, wenn man nur Zeit hat. Ir-

gendwo und irgendwann treffen sich alle Probleme, nur Geduld muß man haben, die Tugend des Ausharrens.
Mit hochgezogenen Brauen betrachtete Rossoskij zuerst das Bild von der Reling. Dann hob er die Ausschnittvergrößerung ans Licht. Ein lachendes Mädchen in der ganzen Unbekümmertheit eines sonnigen Sonntags. Ihr blondes Haar wehte im Wind, die Augen strahlten ... es war das Bild einer jungen Schönheit, fast ergreifend in seiner Lebensfülle. Der Mann neben ihr brauchte nicht erraten zu werden ... ihn kannte Rossoskij aus den Akten.
«Sie ist es wirklich», sagte Rossoskij langsam. «Eberhard Bodmar und Njuscha Dimitrowna ...»
«Sie kennen das Mädchen, Genosse Oberst?» stotterte Brutjew. Er fühlte sich überrumpelt.
«Mit Kopf natürlich. Ihr nackter Torso sagte mir gar nichts. Sie haben eine gute Arbeit geleistet, Genosse Brutjew. Das Vaterland dankt Ihnen.» Rossoskij drückte auf ein paar Knöpfe neben seinem Telefon. Irgendwo in dem großen Haus schrillten jetzt Klingeln, fuhr die Nachtbesetzung des KGB aus den Betten.
Alarm bei Rossoskij. Verflucht ... die Genossen aus Moskau haben einen Schlaf wie wilde Hunde. Immer sind sie wach, wenn es irgendwo raschelt.
Brutjew setzte sich zaghaft neben die Tür auf einen Stuhl, klemmte die Hände zwischen die Knie und wartete. Zum erstenmal erlebte er, wie ein Geheimdienst arbeitete, und er hatte Angst, in diese Mühle hineingezogen zu werden.
Rossoskij streifte seine Schlafanzugjacke ab, fuhr in sein Hemd und knöpfte dann die Uniform zu. Als es an der Tür klopfte, stand er würdig und in voller Pracht im Zimmer. Brutjew sprang auf, nachdem die anderen Offiziere eingetreten waren und Rossoskij auf ihn zeigte.
«Dieser treue Genosse hat uns soeben die Möglichkeit verschafft, die Rätsel um Jelena Antonowna und Major Tumow zu lösen.» Die Köpfe der Offiziere fuhren herum und starrten Timor Antonowitsch an. Brutjew empfand das ausgesprochen unbehaglich, er sehnte sich nach seinem Bett, nach gutem Schlaf und gründlichem Vergessen. «Hier ha-

ben wir die neuesten Fotos von Njuscha Kolzowa und dem Deutschen Bodmar. Aufgenommen heute nachmittag auf der Wolga.» Rossoskij ließ die Bilder von Mann zu Mann weiterreichen. «Das beweist mir: Bodmar und Njuscha leben versteckt in Wolgograd. Jelena Antonowna ist tot, denn sie hätte sich freiwillig nie von Bodmar getrennt. Major Tumow lebt ebenfalls nicht mehr, denn er hatte die Spur gefunden und mußte für dieses Wissen sterben. Genossen, ich befehle den Einsatz aller Abteilungen. Wie spät ist es?» Einer der Offiziere antwortete.
«Genau 22.39 Uhr, Genosse Oberstleutnant.»
«Tschukow, rufen Sie die Redaktion der Wolgograd-Prawda an. Sie soll alle Maschinen anhalten. Beljanew ... Sie bringen sofort die Bilder in die Redaktion. Auf der ersten Seite werden sie gedruckt ... sagen Sie, das sei ein Befehl der Zentrale in Moskau.» Er stemmte die Fäuste auf den Tisch und beugte sich etwas vor. Sein Gesicht war gerötet ... Jagdleidenschaft eines Jägers, der das Wild vor sich hertreibt. «Morgen abend gibt es keine Rätsel mehr ...»
Njuscha und Bodmar schliefen schon längst, aneinandergeschmiegt und weggetragen von der glücklichen Schwäche des Glücks, als die Rotationsmaschinen der Wolgograd-Prawda zu donnern und zu stampfen begannen und ihre Fotos in Hunderttausenden Exemplaren aus den Walzen stießen. Fünfhundert Rubel Belohnung, stand in dicken Buchstaben darüber.
Es war die Nacht, in der für Njuscha und Sascha die Welt enger wurde als ein Grab.

33. Kapitel

Jeden Morgen brachte Pawel Lukanowitsch Scharikow die Zeitung. Das hatte Großväterchen Volkow noch eingeführt, man kannte es gar nicht anders: Wenn man am frühen Morgen die Tür der Wohnung öffnete, lag draußen die zusammengefaltete Wolgograd-Prawda. Iwan Feodorowitsch bückte sich dann hustend und keuchend, nahm

sie vom Boden, warf einen ersten Blick auf die Titelseite, kratzte sich die Haare oder rieb sich die Hinternfalte, schlurfte dann zurück in die Wohnung, beaufsichtigte den brummenden Samowar und las dabei den ersten Artikel, der meistens von den großen Leistungen der Partei auf irgendeinem Gebiet der Kultur oder Arbeit berichtete.
«Ein guter Mensch», sagte Großväterchen jeden Morgen, wenn er die Zeitung vor der Tür holte. Er meinte damit Scharikow, denn dieser war kein Zeitungsausträger, sondern ein Maschinenschlosser im Werk «Roter Oktober», ein fleißiger Mann, der mit der Regelmäßigkeit eines Uhrwerks sein hundertfünfzigprozentiges Soll erfüllte, so daß schon gar keiner mehr darüber sprach. Außerdem arbeitete Scharikow seit vier Jahren in der Nachtschicht ohne Unterbrechung. «Ich bin ein Nachtmensch», sagte er immer. «Und es ist ein erhebendes Gefühl, nachmittags, wenn die anderen an den Maschinen stehen, an der Wolga spazierenzugehen. Die Nacht ist sowieso ein verlorener Lebensteil.»
«Wie macht er das bloß?» sinnierte Großväterchen ein paarmal im Familienkreis. «Nachts arbeitet er, bis zum Nachmittag schläft er, dann geht er spazieren oder bestellt sein Gärtchen ... aber sechs Kinder hat er auch noch. Wie macht er das bloß?»
Dieser Scharikow also brachte die Zeitung mit, wenn er von der Nachtschicht nach Hause kam, legte sie vor die Tür der Volkows und rollte sich dann zwei Stockwerke höher in sein Bett. Das war um halb sieben ... bis sieben Uhr blieb auch die Scharikowa im Bett, ein Zeitplan, mit dem man Großväterchens Verwunderung eigentlich hätte befriedigen können.
Seit dem Tode des alten Volkow holte Bodmar die Zeitung in die Wohnung. Er war jetzt von der Familie der zweite, der aufstand. Arkadij Iwanowitsch zog schon um sechs Uhr morgens los, um als erster am Arbeitsplatz zu sein und seiner Gärtnerbrigade als Vorbild zu dienen. Er war dafür schon dreimal öffentlich belobigt worden und mit glänzenden Augen nach Hause gekommen, als habe ihn Bresch-

new persönlich an die Brust gedrückt. Die Kinder und die Volkowa krochen erst gegen sieben aus den Betten, wie junge Katzen, denen die Augen aufgehen und die zum erstenmal das Licht des Tages erkennen.
Das alles ist wichtig zu wissen, denn als Bodmar die Zeitung in die Wohnung holte, war er tatsächlich der einzige Mensch im Haus, der über das Neueste informiert war. Scharikow las die Zeitung nie am Morgen ... er lieh sie sich am Nachmittag von den Volkows, wenn er hinunter zur Wolga bummelte, sich auf eine Bank setzte und dort in aller Ruhe wie ein Pensionär Blatt nach Blatt umwendete.
Bodmar entfaltete die Zeitung und senkte dann den Kopf. Auf der ersten Seite sahen ihn groß, schwarz umrandet, die Fotos von Njuscha und ihm an. Undeutliche Aufnahmen zwar, in der extremen Vergößerung verschwommen und verzerrt, aber dennoch deutlich für alle, die sie kannten.
Nun werden wir wirklich Wölfe sein, dachte Bodmar. Nun werden wir herumziehen in der Weite des Landes, gejagt von Tausenden, denn fünfhundert Rubel sind ein ganz schöner Fleck auf der leeren Hand. Wir werden lernen, was Einsamkeit ist, und wir werden mit der Angst leben wie andere mit dem Ticken der Uhr.
Er ging in das neue Schlafzimmer und betrachtete Njuscha. Wie immer lag sie nackt da, die Decke zurückgeschlagen, fast eingewickelt in ihr langes blondes Haar, die Arme ausgestreckt, einen Hohlraum umfassend, in dem er vor wenigen Minuten noch gelegen hatte.
Ein paar Minuten blieb er schweigend an der Tür stehen. Die Zeitung knisterte in seiner Hand, und er wußte, daß er dieses Bild des Friedens zum letztenmal sah.
«Njuscha ...», rief er leise.
Sie rührte sich nicht, aber an dem Flattern ihrer Lider erkannte er, daß sie wach war, daß sie die Schlafende nur spielte. Sie erwartete von ihm, daß er sich niederbeugte und sie küßte, ihre Brüste streichelte und ihren Schoß liebkoste ... das morgendliche Spiel des Glücks, das sich jeden Tag wiederholte, seit sie bei den Volkows eine Heimat gefun-

den hatten. «Sascha . . .», sagte sie dann. «Ich könnte auf die Sonne verzichten, wenn ich deine Augen über mir habe . . .» Jeden Morgen. Ein Tagesbeginn voll Seligkeit.

«Njuscha . . .», sagte Bodmar lauter. Er setzte sich auf die Bettkante, faltete die Zeitung auf und hielt die beiden Fotos vor ihre geschlossenen Augen. «Wach auf, Wölfin . . . der große Zug beginnt!»

Njuschas Kopf zuckte hoch. «Sascha!» schrie sie. Sie riß die Zeitung aus seiner Hand, starrte auf die Bilder und zerriß sie mit zu Krallen gebogenen Fingern. «Woher haben sie die Fotos?»

«Ich weiß es nicht. Es sind schlechte Aufnahmen, aber man erkennt uns gut. Nur wenige Minuten bleiben uns noch . . . gleich wachen die Volkows auf.»

Njuscha sprang aus dem Bett und begann, nackt wie sie war, eine große Tasche zu packen. «Wohin?» rief sie dabei. «Wandern wir nach Sibirien oder an das Meer?»

«Ich weiß es nicht.» Bodmar knüllte das unter der Matratze versteckte Geld in die Rocktasche. Das war das Wichtigste . . . alles andere konnte zurückbleiben, war nur Ballast, behinderte die Flucht. «Zuerst gehen wir zu Borja . . .»

Njuscha fuhr herum. «Er wird uns ausliefern!»

«Borja nie.»

«Für fünfhundert Rubel? Kann er sie leichter verdienen?»

«Borja ist mein Freund.»

«Aber er haßt die Deutschen. Du weißt es. Auch er liest jetzt die Zeitung . . . jeden Morgen holt er sie sich im Laden, wo er sein Brot kauft. Er wird schon angerufen haben bei der Partei.»

«Ich glaube es nicht.» Bodmar packte sein Rasierzeug, zwei bunte Hemden, ein Paar Socken und einen alten Anzug in eine Aktentasche, die er dann nur noch mit Mühe und einigen Faustschlägen schließen konnte. Es war ja alles so unwichtig . . . das nackte Leben blieb das einzige, was er jetzt aus Wolgograd hinausbringen mußte. Njuscha zog sich an, band das Haar zu einem Knoten zusammen und ergriff die Reisetasche. Sie sahen sich stumm an, mit großen, traurigen Augen, zwei Menschen, denen nichts mehr

blieb als die Hoffnung, in einer Stunde, am Nachmittag oder morgen früh auch noch atmen zu können.
«Komm . . .», sagte Bodmar mit heiserem Ton. Er setzte eine Sonnenbrille auf, Njuscha band ein Tuch um ihren Kopf. Das veränderte beide ein wenig, aber es war eine traurige Tarnung. Bis zu Borja würden sie damit kommen . . . aber nicht aus Wolgograd hinaus.
Sie faßten sich an der Hand wie ängstliche Kinder, gingen leise durch die Wohnung, lauschten an dem Schlafzimmer der Volkows, wo das Schnarchen der Volkowa das Bett erzittern ließ, schlichen dann aus dem Haus und gingen wie immer, ganz ruhig, aber mit hämmerndem Herzen, die paar Straßen hinunter bis zu der Haltestelle des Busses, wo sie sich in die Schlange der Wartenden stellten. Ein paar Männer vor ihnen lasen die Zeitung . . . die großen Fotos schienen sie anzuspringen, und als sie sich umblickten, denn die Schlange vergrößerte sich von Minute zu Minute, sahen sie auch dort ihre Bilder. Ein merkwürdiges Gefühl war das, von den eigenen Fotos eingekreist zu sein, und alle sahen sie an, blätterten weiter, standen herum und warteten auf den Bus. Aber niemand musterte Njuscha oder Bodmar, sie waren Teil einer Gemeinschaft, zwei Punkte in der grauen Masse.
Njuscha und Bodmar faßten sich wieder an der Hand. Keiner erkennt uns, hieß der Druck. Niemand kommt auf den Gedanken, daß wir mitten unter ihnen stehen könnten, auf den Bus Nr. 12 warten, der bis zum Friedhof fährt. So wird es überall sein . . . am Bahnhof, wenn sie die Karten zum Meer kaufen würden, am Meer, wenn man weiterzog nach Osten, nach Sibirien, wo der Mensch wie ein Samenkorn der Taiga ist und die unendlichen Wälder und die breiten Ströme nicht fragen: Wer bist du? sondern nur: Wie kräftig ist deine Faust, Genosse? Kannst du anpacken, kannst du dieses wilde, schöne Land mit uns erobern?
«Wir werden durchkommen», flüsterte Bodmar Njuscha ins Ohr. Er küßte dabei ihre Ohrmuschel und spürte, wie ein Zittern durch ihren Körper lief. «Hast du Angst?»
«Nein, Sascha.»

Von fern sahen sie den Bus kommen. Der Arbeiter, der neben Bodmar stand, faltete die Zeitung zusammen und grinste ihn an.
«Wollen Sie lesen, Genosse?»
«Gern. Ich bezahle sie Ihnen.»
Bodmar gab ihm zehn Kopeken und nahm die Zeitung. Er faltete sie auf und tippte auf die beiden Bilder. «Man wird sie einfangen, diese Lumpen», sagte er dumpf.
«Mag sein, was geht's mich an?» Der Arbeiter schob die Mütze in den Nacken. Der Maitag wurde heiß, man spürte es bereits am Wind, der aus der Steppe über die Wolga in die Stadt wehte. Der Bus hielt mit knirschenden Bremsen, die Menschenschlange wand sich durch die Tür in den langen Blechkasten. «Sie werden längst verschwunden sein.»
«Glauben Sie das, Genosse?»
«Sicherlich.» Der Arbeiter spuckte auf die Straße, ehe er in den Bus kletterte. «Wären Sie noch in der Stadt, wenn man nach Ihnen suchen würde?»
«Nein.»
«Warum sollen sie also dümmer sein als wir, he?»
«Da haben Sie recht, Genosse.»
Eingekeilt zwischen den anderen fuhren sie durch die morgendliche, erwachende Stadt. Die weiße Sonne glänzte über den Prunkbauten und funkelte auf der Schwertspitze des Ehrenmals auf dem Mamajew-Hügel. Die Kuppel des neuen Planetariums blendete wie Gold. In den Tausenden Fenstern der neuen Häuser spiegelte das Morgenlicht, als seien sie mit Goldbronze bestrichen.
Am Friedhof saßen Njuscha und Bodmar fast allein im Bus, erzählten dem Schaffner noch einen Witz und stiegen dann aus. Durch einen Seiteneingang betraten sie das Gräberfeld wie Grabsteindiebe und schlichen sich hinter Hecken und von Baum zu Baum in den südlichen Teil.
Schon von weitem sahen sie Borja. Er stand, den Hintern gegen den in die Erde gestoßenen Spaten gelehnt, vor einem gerade angefangenen Grab, rauchte seine Pfeife und starrte in die Gegend.

«Er wartet», sagte Bodmar und legte den Arm um Njuschas Schultern. Sie hockten hinter einem Weidenbusch und atmeten hastig. Die nächsten Minuten, das war ihnen bewußt, entschieden über ihr weiteres Leben. «Er wartet auf uns.»

«Er wird uns verraten», flüsterte Njuscha.

«Ich glaube es einfach nicht.» Bodmar drückte beide Fäuste gegen die Schläfen. Er hatte das Gefühl, als zerplatze sein Kopf. «Warum soll es nicht einmal einen wirklichen Freund geben?»

Sie erhoben sich und gingen um den Busch herum. Borja sah ihnen entgegen, nahm die Pfeife aus dem Mund und winkte ihnen damit zu.

Für Borja war dieser Morgen zu einem heißen inneren Ringen geworden. Als er die Zeitung gekauft hatte und die Fotos von Sascha und Njuscha sah, begann in ihm der Konflikt zu toben wie ein Wasserfall, der über zackige Felsen springen muß. Zunächst zog er sich in die Kammer Nr. 8 zurück, die für die vergangene Nacht als sein Quartier gedient hatte. In Nr. 8 lag die junge Studentin Ludmilla Versanskija aufgebahrt, ein hübsches Mädchen, das plötzlich einen Herzschlag erlitten hatte. Die Eltern hatten laut geklagt und Borja berichtet, daß Ludmilla nie krank gewesen sei. Und nun dieses! Sitzt am Tisch, liest in einem Buch, schwankt plötzlich, fällt auf den Boden und atmet nicht mehr. Wer kann das begreifen? Die Versanskijs begriffen es nicht, saßen stundenlang um den Sarg und weinten. Berge von Blumen schleppten sie heran und deckten die Tote im Sarg damit zu ... es lag ein herrlicher Duft im Raum Nr. 8, und Borja schlief zufrieden hinter dem Sarg. Hier saß er nun am frühen Morgen, las die Zeitung, kaute an einem Stück Brot, trank aus der Thermosflasche heißen Tee, den er sich jeden Abend im Gerätekeller auf einem Propangaskocher aufbrühte, und focht einen einsamen Kampf mit seinem Gewissen aus.

Ein Deutscher! Sascha ein Deutscher. Ein Mörder! Ein Spion! Und Njuscha seine Geliebte. Das war allerdings

nichts Neues, aber nun schien ein ganz anderes Licht auf dieses verborgene Glück. Borja erinnerte sich daran, wie er Sascha auf der Todesstraße nach Pitomnik die Stellen gezeigt hatte, wo man die riesigen Haufen toter deutscher Soldaten verbrannt hatte, nachdem Eis und Schnee sie freigegeben hatten. Menschenberge, die man nur noch mit Planierraupen hin und her schieben konnte. Und er erinnerte sich, wie er in den langen Tagen ihrer Zusammenarbeit vom Krieg erzählt hatte, vom Kampf und Untergang Stalingrads, vom Bluten, Schreien, Wimmern und Sterben in den Trümmerwüsten, Gräben, Löchern, Kellern, Ruinen und Granattrichtern dieser Stadt, in der es kein zerrissenes Haus mehr gab, und Sascha hatte ihm zugehört mit ernsten Augen und dann geantwortet: «Sie haben eine große Schuld auf sich geladen, die Deutschen. Aber die heranwachsende neue Generation sollte man damit nicht belasten.»
«Glaubst du, die Deutschen ändern sich jemals?» hatte Borja gefragt. «Wie die Lamas sind sie ... alles und jeden spucken sie an und behaupten, sie könnten nicht anders.» Genossen, es war ein schlimmer Morgen für Borja, man kann das glauben. Da niemand bei ihm war, mit dem er sich darüber unterhalten konnte, aber es notwendig war, zu sprechen, denn Borja fühlte sich wie ein Dampfkessel, der unweigerlich platzt, wenn er keinen Druck abläßt, setzte er sich neben die tote Ludmilla, legte ihr die Zeitung auf die gefalteten, bleichen Hände und klagte ihr seine Gewissensnot.
«Ein Freund ist er, ein wahrer Freund», sagte er. «Mehr noch ... ich empfinde für ihn wie ein Vater für sein Söhnchen. Und nun stellt sich heraus: Er ist ein Deutscher! Und ein Mörder soll er auch noch sein. Das Herz zerbricht mir, Töchterchen. Ich müßte ihn anzeigen als ein braver Kommunist, oder ich müßte ihn einfach totschlagen als Patriot und bekäme dafür noch fünfhundert Rubel obendrein, oder ich müßte ihn wegscheuchen wie eine Ratte, was allerdings nur ein fauler Kompromiß wäre. Den Mund kann man natürlich auch halten, aber da ist der Inspektor,

der ihn ja auch kennt, ihm sogar eine grüne Uniform verliehen hat, und für fünfhundert Rubel zeigt dieser gierige Mensch sogar seinen Bruder an und würde behaupten, dieser habe im Stall eine Ziege besprungen. Alles ist ihm zuzutrauen. O Gott, was soll man nun tun?»

Da Tote keine Antwort geben, blieb Borja mit seinem Konflikt allein, aber der innere Druck war gemildert. Er ging hinaus auf seinen Friedhof, steckte ein neues Grab ab und begann zu schaufeln. Das war weit vor der normalen Arbeitszeit, aber er brauchte jetzt die frische Luft, um sein tobendes Gehirn abzukühlen.

«Da bist du ja», sagte Borja nun, als Bodmar vor ihm stand. «Hat dich jemand gesehen, Sascha?»

Bodmar atmete auf. Er nennt mich weiterhin Sascha, dachte er. In einer Aufwallung von Glück breitete er die Arme aus und warf sich Borja an die Brust. Der Alte umarmte ihn, küßte ihn auf die Wange und starrte dabei in den blauen, warmen Maihimmel.

«Hilf uns, Borja», stammelte Bodmar. Seine Stimme schwankte vor Ergriffenheit. «Wir haben auf der Welt nichts mehr als dich und die Weite des Landes.»

«Ist das nicht genug, he?» Borja stieß Bodmar von sich und rieb sich die Nase. «Bist du wirklich ein Deutscher?»

«Ja, Borja.»

«Ich müßte dir mit dem Spaten den Schädel spalten!»

«Tu es. Ich wehre mich nicht . . .»

«Und vergiß anschließend mich nicht, Väterchen», sagte Njuscha. «Alles, was mit Sascha geschieht, soll auch mit mir geschehen.»

«Warum hast du Jelena Antonowna ermordet?» schrie Borja und umklammerte den Spatenstiel.

«Ich habe mit ihrem Tod nichts zu tun», sagte Bodmar.

«*Ich* habe sie getötet!» Njuscha trat einen Schritt vor und schob sich vor Bodmar wie eine Glucke vor ihre Küken. «Unter Wasser habe ich sie gedrückt, im Don ersäuft. Aber Notwehr war's, Väterchen, ich schwöre es bei der Mutter Gottes. Sie griff mich zuerst beim Baden an und warf sich auf mich. Aber ich war stärker.»

«Und ihr habt euch zerfleischt wegen Sascha, was?»
«Ja, so war es.»
«Diese verfluchten Weiber!» schrie Borja und hieb mit dem scharfen Spaten in die Grasnarbe. «Immer verteufeln sie einem das Leben! Immer sind sie des Satans Pferdefuß! Ein Unglück, sag ich immer. Man braucht sie nur einmal anzufassen, und sie kleben an einem wie Honig. Nun? Wie soll's weitergehen? Warum lauft ihr nicht zum Untersuchungsrichter und sagt ihm die Wahrheit?»
«Wer würde uns glauben? Haben wir Zeugen?»
«Es ist eine total verfahrene Sache, das stimmt.» Borja warf den Spaten weg. Mit zuckendem Mund sah er Bodmar an. «Warum bist du bloß ein Deutscher, Sascha?» sagte er mit plötzlich zitternder Greisenstimme. «Ich könnte darüber weinen. Da habe ich nun endlich ein Söhnchen, das ich liebe, das mir ans Herz gewachsen ist wie mein eigen Fleisch und Blut, und was entdeckt man: Er ist ein Deutscher! Wie soll ich das jemals verdauen?»
«Bin ich plötzlich ein anderer Mensch, nur weil ich kein Russe bin? Habe ich die Nase jetzt auf dem Rücken und den Hintern unterm Kinn? Was ist anders an mir, Borja?» Bodmar breitete die Arme aus und stellte sich auf wie ein Ochse, den man verkaufen will. Borja betrachtete ihn mit zusammengekniffenen Augen.
«Ein Deutscher . . .», sagte er langsam. «Wenn man mir 1942 gesagt hätte, ich würde jemals einen Deutschen umarmen und ihm einen Kuß geben, dem hätte ich das Fell über die Ohren gezogen wie einem Karnickel. Und jetzt hat mein altes Herz eine letzte große Freude, ich habe ein Söhnchen gefunden und freue mich jeden Morgen, wenn er zu mir kommt und sagt: ‚Guten Morgen, Väterchen. Da bin ich wieder.' Jeden Abend denke ich an diesen kommenden Morgen, und ich leg mich hin und sage leise: ‚Lieber Gott, du weißt, ich glaube nicht an dich, aber ich bitte dich, beschütze mir meinen Sascha . . .!' Und was kommt dabei heraus? Er ist ein Deutscher! Hast du schon mal gesehen, daß der Wind nach rechts weht, aber der Hut fliegt dir nach links?»

«Nein, Väterchen.»
«Genauso ist mir.» Borja verzog das Gesicht. Die Anrede Väterchen fegte sein leidendes Gehirn frei. Plötzlich wußte er, wie er zu handeln hatte. «Kommt mit! Die nächsten Tage werden dunkel sein. Zum Glück vergessen die Menschen schneller, als ein Pferd einen Hafersack leerfrißt . . .»
Hinter Borja her gingen sie über den Friedhof und gelangten in den alten Teil, den der Krieg damals umgepflügt hatte und wo die Gerippe durch die Luft gewirbelt waren wie am Jüngsten Tag. Hier war jetzt alles neu angelegt worden, sauber und übersichtlich, Gräber wie aufmarschierte Soldaten. Borja ging bis zur Mauer und blieb dort vor einer großen steinernen Bodenplatte stehen. Scharniere verrieten, daß man sie umklappen konnte. In den Stein war eine Schrift gemeißelt, die Eis und Sonne, Steppenwind und Regen ausradiert hatten und die keiner mehr entziffern konnte.
«Hier war einmal die Gruft der Familie Shukendskij. Ich kenne noch das Grabmal . . . wie ein Tempelchen war's. Millionäre waren die Shukendskijs, stolz und dumm. Ihr Tempelchen bliesen die deutschen Granaten weg, aber die Grabkammer gibt es noch. Sogar drei Särge aus Marmor stehen noch darin.» Borja bückte sich, zog einen Ring aus Eisen aus der Platte und hob sie hoch. Es war ein so raffinierter Mechanismus, der die schwere Steindecke mühelos bewegen ließ, daß Borja keinerlei Kraft brauchte, die Gruft zu öffnen. Muffige Luft schlug ihnen entgegen, eine Eisenleiter führte auf den Grund des ausgemauerten Grabes. Im schräg einfallenden Licht schimmerte der erste der schweren Marmorsärge. «Ein Luftschacht führt an der Mauer hoch», sagte Borja und begann in die Gruft hinunterzusteigen. «Ein gemütliches Plätzchen, sage ich euch. Früher, in den heißen Sommernächten, habe ich oft hier geschlafen. Nicht auszuhalten war's in der alten Leichenhalle. Aber jetzt haben sie Klimaanlagen und eine ständig gute Temperatur. Die Wohnung ist frei, Söhnchen . . .» Er winkte hinauf. «Los. Kommt 'runter! In einer halben Stunde wird die Polizei hier sein.»

Langsam stiegen Njuscha und Bodmar in das Grab. Zuerst Bodmar, dem Njuscha die Tasche nachwarf, dann sie selbst, und sie zuckten zusammen, als Borja den Deckel schloß und sie in völliger Dunkelheit gefangen waren.
«Was soll das, Borjuschka?» schrie Bodmar. Er schob Njuscha hinter sich und ballte die Fäuste. Waren sie in eine Falle geraten? Brachte Borja sie jetzt um? «Mach Licht, oder stoße den Deckel wieder hoch, verdammt noch mal!»
Zwischen den Marmorsärgen blitzte Borjas Feuerzeug auf. Er tappte zur hinteren Mauer und leuchtete die Wand hoch. Bodmar wandte den Kopf zu Njuscha. Ihr Gesicht war ganz nah, und es war verzerrt vor Todesangst.
«Er ist mein Freund», flüsterte er Njuscha zu. «Er würde mich niemals töten.»
«Der Luftschacht ist sauber», rief Borja. «Er zieht gut. Vielleicht werdet ihr frieren ... aber ersticken werdet ihr bestimmt nicht.» Er tappte zurück und schob die Hand unter Njuschas gesenkten Kopf. «Und frieren braucht mein Söhnchen nicht, denn er hat ja dich ...» Er setzte sich auf den ersten Sarg und steckte sich seine erloschene Pfeife wieder an. Die modrige Luft vermengte sich mit dem beizenden Rauch aus Borjas Pfeifenkopf. «Jetzt werden sie auch wieder nach diesem Major Tumow suchen», sagte er. «Und dem habe ich den Schädel gespalten. Sascha, wir sind miteinander verbunden, als hätten wir nur ein Herz. Wir müssen überlegen, wie unser Leben weitergehen soll ...»
Zunächst aber versorgte Borja die beiden lebenden Toten mit Decken, Kissen und zwei alten, zerrissenen, aber dikken Matratzen. «Es liegt alles im Keller der Halle herum», erklärte Borja. «Nichts wegwerfen, habe ich immer gesagt. Gepredigt wie ein Bischof habe ich's. Und sie haben mich ausgelacht, die Laffen. Früher, als noch nicht so viele starben, nicht weil die Ärzte dümmer geworden sind, sondern wir hatten hier weniger Menschen als heute, da legte man die Toten auf Seidenkissen und begrub sie mit ihnen. Welch ein Luxus! Was nutzt einem Toten Seide aus Taschkent? Borja, habe ich zu mir gesagt, das ist Verschwendung von Volkseigentum. Das ist gegen die kommunistische Lehre.

Und so habe ich die besten und schönsten Kissen aus den Särgen genommen und aufgehoben.» Er klopfte vier Kissen zurecht und legte sie auf die Matratzen und Decken zwischen die Marmorsärge. «Seht euch das an! Diese Pracht! Ihr werdet schlafen wie die Bojaren.»
Bevor der eigentliche Betrieb auf dem Friedhof begann, hatte Borja die Gruft wohnlich ausgestattet. Er brachte noch zwei kleine Öllampen, einen Karton mit Brot, Butter, Marmelade und Dauerwurst, erklärte Bodmar den Mechanismus, der die schwere Grabplatte bewegte, und küßte dann Njuscha auf beide Wangen.
«Nur vorübergehend ist es», sagte er. «Selbst das Gras wartet unter dem Schnee, bis der Frühling kommt. Ein paar Tage nur, bis sie sich beim KGB die Absätze krummgelaufen haben ...» Dann wandte er sich an Bodmar und gab ihm eine schallende Ohrfeige. Sie war so stark, daß Bodmar gegen den Sarg taumelte und den Kopf schüttelte wie ein nasser Hund. «Das war für den Kummer, daß du ein verfluchter Deutscher bist!» schrie Borja. «O verdammt, ich habe geweint, als ich die Bilder sah. Jawohl, geflennt wie ein Weib habe ich, die Augen brannten mir, und die Tränen liefen mir zwischen den Zähnen in den Mund. Aber ich liebe dich wie einen Sohn ... wer auch immer dafür zuständig ist, er wird mir das verzeihen ...»
Er kletterte aus der Gruft, ließ die schwere Steinplatte zuklappen, verteilte Laub und Zweige darauf und rannte zu seinem Arbeitsplatz.

An diesem Morgen war Oberstleutnant Rossoskij pausenlos im Einsatz. Zuerst rief das Krankenhaus Nr. 1 an. Die Schwester Melanie Polowna, die Leichenwäscherin Glawira und die Genossin Leiterin des Fraueneinsatzes wollten eine Aussage machen. Sie erwarteten den hohen Offizier aus Moskau im Erholungsraum Nr. 3 der Männerstation. Er war geräumt worden, die zwei Billardtische und die zehn Schachbretter standen verwaist herum, es war heiß in dem großen Zimmer, aber nicht deshalb schwitzten alle Anwesenden.

Oberstleutnant Rossoskij machte es gnädig ... der Jagdhund hatte die Spur gewittert, nahm sie auf, verbellte nicht die, die ihn hinführten, er wartete mit seinen Zähnen, bis er das Wild selbst gestellt hatte.
«Sie hat bei uns gearbeitet», sagte die Genossin Leiterin, heiser vor Enttäuschung, daß ihr so etwas passieren konnte. «Njuscha Kolzowa, einen guten Eindruck hat sie gemacht.»
«Bei mir in der Leichenwäscherei war sie ... ein kräftiges, tapferes, fleißiges Mädchen», sagte Glawira unter Aufbietung allen Mutes.
«Mir hat man sie empfohlen», dröhnte Melanie Polowna. Ihr Riesenbusen bebte gefährlich in der Halterung. «Der alte Volkow brachte sie an.»
Rossoskij nickte. Die Spur verlief geradlinig. Aus dem Neubauviertel an der Wolga hatte er bereits einen Anruf notiert. «Die beiden Abgebildeten wohnen im Hause 4. Bei Arkadij Iwanowitsch Volkow.»
«Ich danke Ihnen, Genossinnen», sagte Rossoskij milde und höflich wie ein Kavalier. «Ihre Aussagen waren sehr wichtig.»
«Und die fünfhundert Rubel?» rief Melanie Polowna.
«Dazu reicht es nicht.» Rossoskij lächelte säuerlich. «Oder wissen Sie, wo die beiden sich jetzt verbergen?»
«Bei den Volkows.»
«Das wäre zu naiv. Das Vaterland dankt Ihnen.»
Er verließ das Krankenhaus unter den tötenden Blicken der drei Weiber. «Betrogen hat man uns!» schrie Glawira. «So machen sie es mit uns Werktätigen! Dazu reicht es nicht!» Sie grunzte, spuckte aus und ahmte den Gang Rossoskijs nach. «Wie ein Hahn, haha! Wie ein Pfau! Ich gönne ihm, daß er Njuscha nie findet ...»
Von allen Seiten liefen jetzt die Meldungen im Büro Rossoskijs zusammen. Während er noch auf der Fahrt zur Wohnung der Volkows war, erfuhr er durch das im Auto eingebaute Funkgerät, daß Eberhard Bodmar auf dem Friedhof Nr. 2 gearbeitet hatte ... zuerst als Totengräber, dann, in den letzten Tagen, als Wärter und Hinterbliebenenbetreuer, in einer neuen, schönen, grünen Uniform.

«Man soll es nicht für möglich halten!» schrie Rossoskij, als diese Nachricht des Friedhofsinspektors an sein Ohr klang. «Die beste Bürokratie der Welt haben wir ... und so etwas kann noch passieren! Verhaftet den Inspektor ...»
Bei den Volkows herrschte großes Durcheinander. Die Volkowa war nach der Feststellung, daß ihre Untermieter verschwunden waren, nicht zur Arbeit gefahren, sondern saß in der Küche und heulte laut. Auch die Kinder waren weder zur Schule noch in den Kindergarten gegangen, sondern umringten die Mutter und weinten im Chor. Arkadij Volkow befand sich schon auf dem Wege nach Hause ... zwei Milizsoldaten empfingen ihn unten im Hausflur und brachten ihn hinauf in seine Wohnung. Dort hatte Rossoskij alles, was Bodmar und Njuscha zurückgelassen hatten, auf einen Haufen mitten ins Zimmer zusammentragen lassen.
«Sie haben einen Deutschen versteckt!» schrie Rossoskij den zitternden Volkow an. «Einen Mörder! Einen Spion! Aus Geldgier haben Sie ihn aufgenommen! Einen Mann ohne Papiere! Ohne Namen.»
«Sascha hieß er ...», stammelte Volkow. Er stierte seine Frau an, die auf dem Küchenstuhl hockte, die Kinder an sich drückte und leise vor sich hin klagte.
«Sascha!» brüllte Rossoskij. «Ist das ein Name? Besaß er einen gültigen russischen Paß?»
«Wir haben uns nie darüber unterhalten.» Volkow rang die Hände. In seinem Darm rumorte die Angst. «Großväterchen war so vertrauensselig, er machte alles allein, er war das Oberhaupt der Familie. Sie wissen ja, Genosse, wie Großväter sein können.»
«Her mit dem Alten!» befahl Rossoskij.
«Er liegt in einem schönen Grab. Ganz plötzlich starb er, lag morgens einfach im Bett und atmete nicht mehr. Wir konnten es gar nicht begreifen, Genosse ...»
«Mitnehmen!» Rossoskij gab dem kleinen Berg aus Njuschas und Bodmars Sachen einen Tritt und verließ die Wohnung. Hinter ihm schrie die Volkowa auf, klammerte sich an ihren Mann und brüllte: «Er hat nichts getan! Er

ist ein guter Mensch! Arkadij, sag ihnen doch, daß du ein Aktivist bist, dreimal ausgezeichnet, Vorsitzender der Gärtnergenossenschaft. Arkadij ...»

Die Milizsoldaten nahmen Volkow in ihre Mitte und schleiften ihn aus dem Zimmer. Die brüllenden Kinder begleiteten sie. Im Hausflur und auf den Treppen stauten sich die Bewohner des Hauses. Stumm starrten sie auf den gebrochenen Volkow, den man die Treppe hinunterstieß wie einen störrischen Ziegenbock. Vor dem Haus drängte man ihn in einen Wagen und fuhr mit ihm davon. Die Volkowa beobachtete es oben vom Balkon aus, hängte sich über die Brüstung und schrie ihm gellend nach. Zwei Nachbarn hielten sie fest, damit sie nicht auf die Straße sprang; wie von Sinnen war sie, rannte durch die Wohnung, zerriß und zerstörte alles, was an den alten Iwan Feodorowitsch erinnerte, und sank dann erschöpft auf das Sofa.

«Er war es», stammelte sie. «Der alte stinkende Teufel. Rubel, Rubel, Rubel ... nur daran dachte er. Und an die Weiber, in seinem Alter. Verflucht sei er! Freunde, was kann ich tun, um Arkadijs Unschuld zu beweisen?»

Das war schwer zu beantworten, denn Rossoskij befand sich in einer schwungvollen Laune des Aufräumens. Er verhaftete sogar den Direktor des Friedhofs, obwohl dieser von gar nichts wußte, aber gerade das war es, was Rossoskij ihm vorwarf. Verblüfft ließ sich der Direktor abführen. Die Neuerung, für etwas verhaftet zu werden, von dem man keine Ahnung hatte, lähmte ihn.

Rossoskijs Räumungslauf wurde bei Borja jäh gebremst. Der Totengräber stand in einem flachen Grab, hackte die Erde los und warf die Schaufel mit Erde in hohem Bogen über seine Schulter. Das war zwar eine falsche Arbeitsweise, denn so etwas kostet Kraft, und zur Seite schaufeln ist wesentlich einfacher, aber es sah schön aus und hatte außerdem den großen Effekt, daß Rossoskij von einem Hagel bröckeliger Erde überschüttet wurde, als er herantrat.

«Sind Sie blind?» schrie Rossoskij, sprang zurück und klopfte seine gepflegte Uniform ab. Die ihn begleitenden

Offiziere bekamen starre Gesichter. Es war bekannt, welch großen Wert Rossoskij auf sein Äußeres legte ... er hatte sich in Wolgograd von der Kommandantur extra einen jungen Burschen zuweisen lassen, der nichts anderes zu tun hatte, als die Uniformen und Stiefel des Genossen Oberstleutnant zu putzen.
Borja stellte das Schaufeln ein, drehte sich um und spuckte.
«Aha! Da steht einer», sagte er, kratzte sich den Kopf und griff nach hinten an die Arschbacken. «Wirklich, da ist nichts.»
«Was soll da sein?» fragte Rossoskij voreilig.
«Erstaunlich, erstaunlich!» Borjas Gesicht verzog sich wie in großem Schmerz. «Da habe ich doch meine Augen am Hintern verloren ...» Er machte eine kleine Verbeugung und sagte sanft: «Entschuldigen Sie, Genosse. Ich muß sie vor dem Badezimmer vergessen haben. Sie vertragen nämlich kein Wasser.»
Rossoskij drückte das Kinn an. Instinktiv spürte er: Hier ist die Jagd zu Ende. Dieser Trottel war die Endstation ... von jetzt ab verliefen sich die Spuren wie im Wüstenboden versickerndes Wasser.
«Du hast den Hilfstotengräber Sascha eingestellt?» fragte er mit Schärfe. Borja nickte mehrmals wie ein Tanzbär, der Zucker bekommt.
«Ja, das habe ich. Kennst du ihn?»
Rossoskij wurde rot. Die Offiziere lächelten verlegen.
«Auch wenn Sie ein Idiot sind», brüllte Rossoskij, «verlange ich Respekt vor der Uniform!»
«Auch wenn ich nur ein Totengräber bin, verlange ich Respekt vor meinem Spaten!» brüllte Borja zurück. «Wenn Sie mich duzen, Genosse, nehme ich an, daß wir Freunde sind.»
«Wo ist Sascha?» fragte Rossoskij. Seine Beherrschung war bewundernswert. Er senkte sogar die Stimme zum Ton einer normalen Unterhaltung. Das schien auch Borja friedlich zu stimmen; er kletterte aus dem Grab, hieb den Spaten drei Zentimeter vor Rossoskijs Stiefelspitzen in den Boden und wischte sich die Hände an den Hosen ab.

Darauf griff er in die Tasche seines dreckigen Rockes, holte zerkrümelten Tabak und einen Fetzen Zeitung heraus und begann, eine dicke Zigarette zu drehen. Rossoskij sah ihm zu, ein wenig fasziniert, wie Borja den Zeitungsrand mit den Zähnen ausfranste, anfeuchtete, die dicke Tabakwurst schnell zwischen den Fingerkuppen drehte und dann das Papier beleckte. Die ganze Zeit schwieg er. Erst als die Zigarette brannte und Borja den ersten, tiefen, seufzenden Zug getan hatte, fragte Rossoskij weiter.

«Wo ist Sascha?» wiederholte er.

«Auf und davon. Ein Hundesohn, sage ich Ihnen. Ein Holzklotz, den man aufspalten sollte! Ein Mehlsack, gegen den die Katzen pissen! Kommt er doch heute daher, fein wie ein Herrchen, hat ein blondes Täubchen bei sich und sagt zu mir: ‚Borja, ich gehe weg.' So einfach macht er sich das ... ich gehe weg! Ich sage: ‚Söhnchen, das geht nicht. Du hast eine Arbeit übernommen. Man wirft sie nicht hin, nicht solch einen Ehrenposten. Mit einer grünen Uniform auch noch. Die Witwen an die Särge führen, sie stützen und Beileid aussprechen, nur gute Worte über den lieben Verblichenen sagen und dann die Blumen um den Toten ordnen — das ist eine schöne Aufgabe, das ist praktizierte Nächstenliebe, das ist ein Beruf fürs Herz. Und da sagst du so einfach: Ich gehe weg! Wohin denn, wenn man überhaupt fragen darf?' Und was antwortet dieser krumme Affe? ‚Väterchen, das geht dich und deinen Darm einen Dreck an. Ans Meer will ich, mich mit Njuscha sonnen, und statt Tote zu tragen, will ich warmes Fleisch streicheln.' Und das Weibchen kichert dabei und verdreht die Augen und wackelt mit dem Steiß wie eine Ziege.» Borja sog an seiner stinkenden Zigarette, ein Geruch, der den ästhetischen Sinn Rossoskijs beleidigte. «So war es, Genosse ... er ging mit dem Täubchen davon, winkte mir aus der Ferne noch zu, und weg war er. Ich frage Sie: Ist das eine Arbeitsmoral? Benimmt sich so ein Werktätiger? Aber so ist diese neue Jugend, ich sag es Ihnen ... keine Pflichten im Kopf, aber immer neben der Hose stehen. Wo soll das hinführen, he?»

«Und sonst wissen Sie nichts von Sascha?»
«Nein. Er war ein schweigsamer Mensch.»
«Und Sie haben ihn nicht sofort auf dem Bild in der Zeitung erkannt?»
«Auf welchem Bild? Ich hole mir die Zeitung erst zum Mittagessen.»
Rossoskij hielt Borja die beiden Fotos entgegen. Borja nickte und tippte auf Bodmars Bild.
«Das ist Sascha. Ganz gewiß. Und das Weibchen ist Njuscha.» Er beugte sich vor und rieb sich die Hände. «Da steht's ja, da steht's ja . . . Njuscha. Und Sascha . . .» Er fuhr zurück und starrte Rossoskij entsetzt an. Eine große Leistung war das . . . ein Charakterschauspieler war an Borja verlorengegangen. «Ein Deutscher?» stammelte er. «Ein deutscher Spion? Sascha? Aber was soll das denn? Was will er denn hier auf dem Friedhof? Seit wann interessieren sich die Kapitalisten dafür, wie viele Menschen in Wolgograd täglich sterben?»
Rossoskij faltete die Zeitung zusammen und wandte sich grußlos ab. Mit weit ausgreifenden Schritten ging er zur Verwaltung. Eine Viertelstunde später fuhr die Kolonne des KGB zurück zum Hauptquartier. Den Friedhofsinspektor und den Direktor nahm Rossoskij gleich mit. Einen Schuldigen zu haben, ist immer gut.
Borja wartete eine halbe Stunde, dann bummelte er in den alten Teil des Friedhofs, kehrte die Blätter von der schweren Grabplatte der Familie Shukendskij und hob sie ein paar Zentimeter hoch.
«Es ist vorbei . . .», sagte er. Unten an der Eisentreppe lehnten Bodmar und Njuscha. Wie auferstandene Leichen sahen sie aus. «Sie werden nicht wiederkommen. Wir können in großer Ruhe über alles nachdenken.»
«Sie suchen nicht weiter?» rief Bodmar aus der Gruft. Seine Stimme klang hohl und wie angefault.
«Nein. Ich habe sie verjagt.»
«Du? Womit denn?»
«Man muß nur ein Idiot sein.» Borja lächelte breit und wissend. «Nur einem Idioten glaubt die Welt alles . . .»

34. Kapitel

Fünf Tage hatte Bodmar Zeit — dann würde die neue deutsche Reisegruppe in Wolgograd eintreffen.
Fünf Tage, in denen er sich einen Bart wachsen ließ und sein Gesicht damit völlig veränderte. Fünf Nächte, in denen er mit Njuscha zwischen den Marmorsärgen lag, auf den morschen Matratzen, den Kopf auf den Seidenkissen, die man einmal einem reichen Toten untergeschoben hatte, damit er auch noch im Grabe das Angenehme des Reichtums genieße. Es waren einsame, ängstliche, unendlich lange Tage und Nächte. Oft saßen sie im Schein einer der schwachen Öllämpchen unter dem Luftschacht und lauschten mit angehaltenem Atem, was draußen vorging. Sie hörten Stimmen, Schritte, knirschenden Kies, Klappern, Zurufe, das Poltern eines Wagens, das schabende Geräusch eines Besens, und sie wußten: Wir leben! Wir sind noch nicht in einer anderen Welt. Wir leben in einem Grab für die Zukunft.
Dreimal täglich lüftete Borja die Grabplatte, warf Brot und Wurst hinunter und schon am ersten Tag einen Eimer. «Es geht nicht anders», sagte er. «Wenn euch ein Bedürfnis überfällt ... ihr könnt nicht an die Oberfläche kommen. Ein Eimer muß genügen. Es ist jetzt keine Zeit, sich zu schämen.» Am Abend wenn der Friedhof geschlossen war, stiegen Njuscha und Bodmar aus der Gruft, breiteten die Arme weit aus und atmeten die köstliche, saubere Luft, stellten sich in den Wind, der von der Steppe über die Wolga wehte, und waren minutenlang damit beschäftigt, den Moder, der auf ihren Lungen lag, wegzukeuchen. Dann aßen sie, was Borja gekocht hatte, oder Bodmar gab ihm drei Rubel, und der Alte rannte fort und brachte mild gesalzenes Fleisch und ein Fläschchen Wodka, für Njuscha einen süßen Orangenlikör und im schwimmenden Fett gebackene Kringel.
«Ich würde euch raten, nach Sibirien zu gehen», sagte Borja am vierten Tag. Er zupfte Bodmar an den dicken Bartstoppeln, kaute ein Stück mageren Specks und trank seine

abendlichen hundert Gramm Schnaps. «In Sibirien fragt niemand, woher ihr kommt. Da fühlen sie nur deine Muskeln und drücken dir eine Säge in die Hand. ‚Geh in den Wald —' sagen sie zu dir. ‚Fäll Bäume, soviel du kannst. Jeder Baum ist Fortschritt, wenn er zu Brettern verarbeitet ist.' Natürlich darfst du nicht in die Städte, Sascha. Nicht nach Irkutsk, Schigansk oder Magnetogorsk. Dort hocken wieder die Beamten, wollen Papiere sehen, ohne Papierchen bist du für sie kein Mensch. Aber in den Wäldern, da braucht man dich. Ach ja, es wird ein schweres Leben werden.» Er sah Njuscha an und klopfte ihr auf die Schenkel. «Sie kann arbeiten, das blonde Schwänchen. Eine vom Don ist sie. Der Taigawind wird sie nicht umblasen.»
«Bestimmt nicht, Väterchen.» Njuscha legte den Arm um Bodmar. «Wann fahren wir, Sascha?»
Die Taiga ...
Bodmar senkte den Kopf und blickte auf seine Hände. Der Entschluß war schwer. Zogen sie nach Osten in die unendlichen Wälder, dann gab es keine Rückkehr mehr in eine zivilisierte Welt. Dann würden sie sich eine Hütte bauen, irgendwo an einem rauschenden Fluß, einen Ofen aus Flußsteinen mauern und bis an ihr Ende leben wie die Tiere des Waldes. Vielleicht war das ein herrliches Leben ... ein Teil der Natur sein, den Fluß und die Bäume und den weiten Himmel Bruder nennen und das Leben dahinströmen lassen wie die brausenden Wasser der Schneeschmelze. Arbeit gab es überall, da hatte Borja recht, und man verdiente auch in der Taiga so viel, daß man sich jedes Jahr neue Kleidung kaufen konnte, später vielleicht zwei Pferdchen und einen Wagen. Verstreut über das ganze Land standen die staatlichen Magazine ... hier konnte man einkaufen, was das Herz begehrte, wenn man nur hinterher auch die Rubelchen auf die Theke legen konnte. Was will man mehr? Ein Haus, zwei Pferde, einen Wagen, eine fleißige, liebe Frau, ein Garten, in dem das tägliche Essen wächst, im Stall ein Schweinchen, eine Milchziege und einen Haufen Hühner mit zwei Hähnen ... da hat man genug zu tun, das Leben ist ausgefüllt, und man kann am

Abend seine Pfeife rauchen und sich ausruhen und weiß, was man getan hat. Macht das nicht stolz, Sascha?
Bodmar atmete tief ein und aus. So denkt ein Russe, fühlte er, und ist ein glücklicher Mensch dabei. Und plötzlich erkannte er, daß er in einer anderen Welt verwurzelt war, daß er das Produkt anderer Generationen und Denkweisen war.
Wo gibt es in den Wäldern einen Arzt, wenn eine akute Krankheit einen überfällt? Eine Blinddarmentzündung etwa oder eine Lungenentzündung, ein Beinbruch oder ein Unfall, einfache, dumme Masern ... Wo war der nächste Arzt, wo die nächste Apotheke? «Dreihundert Werst, Genosse ...», würde man ihm sagen. «Da ist das Dorf Nowo Selkanskij. Da haben sie auch einen Arzt.»
Dreihundert Kilometer ... fast so weit wie von Köln bis Karlsruhe ... um einen Arzt zu holen, ein Mittel gegen das Fieber, eine Tablette für den Kreislauf ... Köln — Karlsruhe, wenn ein Blinddarm durchgebrochen ist ... Köln — Karlsruhe, wenn Njuscha einmal ein Kind gebärt und einen Arzt dazu braucht.
«Der Bart muß dichter sein», sagte Bodmar ausweichend. «Je länger wir uns verstecken, um so weniger wachsam wird die Miliz.»
«Da hat er recht», sagte Borja und schmatzte an seinem Stück Speck. «Sibirien läuft euch nicht weg. Und — gebt es zu, Freunde — in der Gruft der Shukendskijs läßt sich wohnen. Warten wir also ab. Die Zeit ist eine große Kupplerin, man muß sie nur gewähren lassen ...»
Am Freitag landete die deutsche Reisegesellschaft in Wolgograd. Sie stand wieder unter der Leitung des Reiseführers Heppenrath, der sich auf dieser Fahrt gar nicht wohl fühlte. In seiner Gruppe reiste ein Mann mit, der drei Pässe bei sich trug ... einen auf den Namen Peter Kallberg, einen auf Fjodor Alexejewitsch Prikow und einen auf Afanasij Konstantinowitsch Agagurian. Er war ein stiller Mann, höflich und unauffällig, knipste wie alle Reisenden Denkmäler und Kirchen, beschwerte sich nie und beteiligte sich auch nicht an den Erinnerungen mancher Rußlandreisen-

der, die Kriegserlebnisse auffrischten und sie so fröhlich erzählten, als sei der Tod von fünfundzwanzig Millionen Menschen eine Art Volksfest gewesen. Da wimmelte es von Erinnerungen an Stabsgefreiten, die im strengen Winter im Freien pinkelten und nachher eine Stange Urin abbrechen mußten, von Unteroffizieren, die sich in der Dorfbanja von Madkas abschrubben und massieren ließen, und da tauchte der forsche Hauptmann wieder auf, der stolz mit seinem furzenden Pferd vor der Kompanie herritt und «Es zittern die morschen Knochen» singen ließ.

«Wo treffen wir uns?» fragte Peter Kallberg so ganz nebenbei den Reiseleiter Heppenrath, als sie im Hotel «Wolgograd» angekommen waren und ihre Zimmer bezogen hatten. Sie standen auf dem langen Hotelflur, kritisch beobachtet von der Etagenhüterin Ljuba Boschowara.

«Heute nachmittag am Ehrenmal auf dem Mamajew-Hügel», antwortete Heppenrath leise.

«Und Sie sind sich völlig sicher, daß er kommt?»

«Er hat es versprochen.»

«Man hat Sie eingeweiht, was von dieser Begegnung abhängt?»

«Ja.» Heppenrath zündete sich eine Zigarette an. Seine Finger zitterten. «Besteht wirklich keine Gefahr? Bedenken Sie ... ich trage die Verantwortung für neunundvierzig Reisende. Neunundvierzig Ahnungslose, die fast zweitausend Mark bezahlt haben, um eine Rundreise durch Rußland zu machen.

«Wenn Bodmar keine Schwierigkeiten macht ...» Kallberg nahm aus der Schachtel Heppenraths eine Zigarette und blickte dabei hinüber zu der Etagenhüterin.

«Warum sollte er?» fragte Heppenrath zurück. Er hatte sich noch nie so unwohl gefühlt. Ihm kam es vor, als beobachteten ihn hundert Augen aus hundert Ecken. «Müssen wir das alles auf dem Flur besprechen?»

«Hier ist der sicherste Ort. Einem Hotelzimmer traue ich nie ... alte Erfahrung.» Kallberg warf spielerisch das Feuerzeug in die Luft und fing es wieder auf. Dabei lächelte er der Boschowara so penetrant zu, daß sie mit zurückgewor-

fenem Kopf in ihrem Zimmer verschwand. «Wann fahren wir los?»
«In einer Stunde. Der Bus wartet schon vor dem Hotel. Ich habe mit Herrn Bodmar vereinbart, daß wir uns am Sockel der Siegesgöttin treffen, in der Säulenhalle. Ich habe auch noch einige Briefe aus Köln bei mir.»
«Und das betrachten Sie nicht als gefährlich?»
Heppenrath blies den Rauch seiner Zigarette pfeifend von sich. «Es sind nur Papiere ... aber Sie sind ein Mensch.»
«Was gibt es Einfacheres, als einen Menschen auszutauschen?» Kallberg klopfte Heppenrath freundschaftlich auf die Schulter und lachte laut, damit die an der Tür lauschende Boschowara glaubte, sie erzählten sich einen kräftigen Männerwitz. «Ihnen kann gar nichts passieren, Heppenrath», sagte er dann leise. «Sie sind mit neunundvierzig Personen eingereist, und Sie kehren mit neunundvierzig zurück. Die Auswechslung der Bilder in den Pässen besorge ich allein ... spätestens übermorgen wird Bodmar sich bei Ihnen als Herr Kallberg melden.»
«Und die anderen Reisenden? Halten Sie die für Idioten?»
«Auch für sie gebe ich Ihnen eine Erklärung.» Kallberg lachte wieder schallend, was Heppenrath maßlos irritierte. Erst als er die Boschowara mit einem Stapel Wäsche im Hintergrund des Flures herumwatscheln sah, erkannte er den Sinn des grundlosen Humors. «Es gibt bei einem Deutschen einen neuralgischen Punkt, wo er zu allem bereit ist, wo er innerlich strammsteht und das Unmöglichste toleriert: sein national-völkisches Herz. Das sprechen wir bei unseren Reisenden an ...»
«Und werden dadurch alle mitschuldig.»
«Es geht um Deutschland, Herr Heppenrath.»
Der Reiseleiter verzog das Gesicht, als habe er an Salmiak gerochen. «Bei mir können Sie sich solche schrägen Fanfaren sparen», sagte er.
«Ich weiß. Aber Ihre Reisegruppe wird strammstehen. Ehrliche Sorge habe ich nur mit Bodmar. Am allerwenigsten gefällt mir dieses Weibsstück, dieses Betthäschen Njuscha. Kennen Sie die Madka?»

«Nie gesehen.»
«Es wird ein schweres Stück Arbeit kosten, ihn von ihr loszukoppeln.»
«Und Bodmar können Sie nicht mit Nationaltrompeten überzeugen.»
«Ich weiß.» Kallberg, der sich vorgenommen hatte, ab Sonntag Fjodor Alexejewitsch Prikow zu heißen und von Beruf Bergbauingenieur zu sein, schnippte die Asche seiner Zigarette in die hohle Hand und zerrieb sie zu Staub. «Ich habe mit seinen Redaktionskollegen in Köln gesprochen. Ein merkwürdiger Mensch soll er sein . . . modern und doch verträumt, knallhart in seinen Reportagen und dann wieder voller Romantak. Eine fast schizoide Natur.»
«So würde ich ihn nicht sehen. Er weiß genau, was er will.»
«Sich in ein Don-Kosakenmädchen verlieben und in Rußland bleiben. Irrsinn! Das nennen Sie Realitäten?» Kallberg gab Heppenrath die Hand und nickte zu seinem Zimmer. «Es wird wirklich schwer werden, ihn ins Flugzeug zu bringen. Bereiten Sie sich darauf vor, einem leicht verstörten Kranken Unterstützung zu gewähren.»
«Keine Tricks, bitte.» Heppenrath hob beide Hände zur Abwehr. «Es wäre besser gewesen, das alles vorher mit Bodmar abzusprechen.»
«Dazu haben wir keine Zeit mehr. Ich bin hier . . . und werde hier bleiben.» Kallberg winkte Heppenrath beruhigend zu. «Keine Sorge, mein Lieber. Überlassen Sie alles mir . . . es ist wirklich besser, wenn Sie sich nur darum kümmern, daß Ihre Touristen pünktlich ihr Essen bekommen und ein weiches Bett haben . . .»
Heppenrath blieb auf dem Flur stehen, nachdem Kallberg in seinem Zimmer verschwunden war.
Mein Gott, in was haben wir uns da eingelassen, dachte er. Aus einer harmlosen Reise ist eine hochexplosive politische Bombe geworden. Wie ein angeschlagener Boxer tappte er über den Flur, warf sich in seinem Zimmer aufs Bett und legte die Hände flach über die Augen.
Wenn das schiefgeht, dachte er. Wenn nur ein Hauch von Verdacht entsteht . . . wer kann es den Sowjets übelneh-

men, wenn sie uns alle verhaften und so lange in den Zellen festhalten, bis die Wahrheit eingestanden wird. Und wenn es Monate dauert ... für diesen Triumph einer neuen deutschen Niederlage werden die Russen uns verpflegen wie die Fürsten.
An diesem Freitag gerieten fünfzig unschuldige und ahnungslose Menschen in die Mühle der Geheimdienste.
An einem sonnigen Maitag, in Wolgograd an der Wolga.

Am Nachmittag stieg Bodmar aus der Gruft.
Da man unten keinen Begriff hatte, wann Tag oder Nacht war, wenn nicht Borja den Deckel öffnete und sagte: «Hinauf, ihr Lieben! Ein Tag ist wieder um. Lüftet euch aus!» hatte sich Njuscha auf die Matratze zwischen dem Sarkophag der Großmutter Shukendskija und des Vaters Piotr Shukendskij gelegt und war eingeschlafen. Bodmar wartete bis gegen vier Uhr, dann hob er den Deckel der Gruft einen Spalt breit hoch und spähte hinaus.
Auf dem Friedhof waren vier Beerdigungen kurz vor der Grablegung. Im neuen Teil zwei, im alten eine und im nördlichen, wo die Soldaten begraben wurden, die vierte. Die Trauernden ballten sich zu dicken Trauben um die Särge, wo die Verwandten letzten Abschied von den Toten nahmen. Das Weinen und Schluchzen der vier Trauergesellschaften vermischte sich zu einer Wolke, die schwer über den Gräbern hing.
Bodmar kroch aus der Gruft und ließ den Deckel vorsichtig wieder zugleiten. Dann ging er aufrecht, die Hände in den Taschen, den breiten Hauptgang zurück zum Ausgang, ein schmutziger Arbeiter, unrasiert, eine Schande für die Werktätigen, aber es gibt ja überall solche Typen, nicht wahr? Und er stank. Nach Moder roch er, nach Fäulnis und Schimmel.
Wer ihm begegnete, schielte ihn an und machte, daß er aus seiner Nähe kam. In der Straßenbahn hatte er Mühe, nicht geprügelt zu werden.
«He, wo ist hier eine Bockausstellung?» schrie einer hinter ihm. «Man sollte es an die Zeitung schreiben: Eine Stra-

ßenbahn ist ein normales Verkehrsmittel für einen Menschen. Ich habe gelernt, daß man einen Bock mit der Peitsche vor sich hertreibt . . .»

Es gab noch mehr unfreundliche Menschen. Der unangenehmste war der Schaffner. Nach vier Haltestellen drängte er sich zu Bodmar und schubste ihn aus dem Wagen.

«Die Mehrheit siegt», erklärte er. «Hier hast du deine zwanzig Kopeken wieder. Lauf zu Fuß! Es ist unmöglich, die ganze Bahn zu desinfizieren. Genosse, wie können Sie nur so herumlaufen?»

«Ich bin ein freier Mensch!» schrie Bodmar zurück. «Ich kann aussehen und riechen, wie ich will. Sie gefallen mir auch nicht, Großmaul. Ihre Nase ist eine schiefe, zerhackte Knolle, haha!»

Die Bahn fuhr weiter, zufrieden winkte Bodmar ihr nach. Die große Probe war bestanden: niemand erkannte ihn. Den Deutschen Eberhard Bodmar, wie ihn das Foto der Wolgograd-Prawda gezeigt hatte, gab es nicht mehr.

Nach einer Stunde erreichte er den Mamajew-Hügel und die himmelstürmende, riesige Statue der Siegesgöttin. Hunderte Menschen besichtigten diesen Blutberg, geführt von ehemaligen Stalingrad-Kämpfern, die anschaulich ihre Erlebnisse mit den deutschen Eroberern schilderten. Auch die Reisegruppe Heppenrath war unter den Besuchern . . . Bodmar erkannte den Reiseleiter sofort an der weißen Mütze, die er trug. Die deutschen Touristen blickten gerade durch Fernrohre über die nahe Steppe. Sicherlich erklärte ihnen der sowjetische Fremdenführer die Todesstraße nach Pitomnik. Die Straße, die einmal gepflastert war mit 20 000 erfrorenen deutschen Soldaten. Und bei klarem Wetter konnte man bis Gumrak sehen, wo 1942 auf dem zerstörten Bahnhof 30 000 deutsche Verwundete in Eisenbahnwagen hausten und sich aus den steifgefrorenen Körpern ihrer Kameraden Treppen in die Waggons bauten.

Wer konnte das jetzt noch begreifen, wenn er über dieses blühende Land blickte?

Auch du, Vater, warst darunter, dachte Bodmar und lehnte sich an eine der Säulen des Rundgangs unterhalb der

Siegesgöttin. Dort draußen hast du gelegen und bist verblutet. Vielleicht dort drüben in einem der Keller, über denen jetzt die weißglänzenden Neubauten stehen? Oder auch auf der Straße nach Pitomnik? Bist du auch meterweise vorwärtsgekrochen, Vater, und hast in den Eissturm hineingebrüllt: Nehmt mich doch mit! Nehmt mich mit! Kameraden ... vergeßt mich nicht ... Und dann bist du umgefallen, hast dich ausgestreckt und wurdest zum Eisklotz. War es so, Vater? Wir haben nie erfahren, wie du gefallen bist. Ja doch, ein Hauptmann schrieb später an Mutter einen Brief. Der Leutnant Bodmar starb den Heldentod mit Mut und großer innerer Kraft. Leere Worte. Tönende Phrasen. Glockenklang, der das Gewissen übertönen soll. Heldentod ... verreckt bist du, Vater! Elend verreckt! Deine innere Kraft reichte nicht mehr aus, die zu verfluchen, die dich hier zwischen Steppe und Wolga verraten und verheizt haben. Mit Mut, schrieb der Hauptmann. Hattest du wirklich soviel Mut, Vater, in dieser Hölle aus Schneesturm und Granaten noch an ein Weiterleben, an einen Sieg zu glauben? Was wart ihr bloß für Menschen, Vater? Ihr seid verblutet und habt dabei noch die Hand zum Sieg-Heil gehoben. Was ging in euren Hirnen vor? Hattet ihr ein Gas geschluckt, das euch mit Blindheit schlug? Ich stehe jetzt hier, Vater, wo auch du vielleicht gestanden hast ... auf dem Mamajew-Hügel, auf dem Berg, an dem das Blut hinuntergeflossen ist ... und ich versuche dich zu verstehen, Vater, nur einen Teil zu verstehen, eine Winzigkeit, ein Molekül deiner Gedanken und deiner Taten. Darum bin ich ja nach Rußland gekommen und habe mich aufsaugen lassen von diesem unendlich schönen, herrlichen, beglückenden Land, das ein Mann lieben muß wie seine einzige glühende Geliebte ... aber es ist leer in mir, Vater, verzeih mir ... ich verstehe dich nicht mehr ... «Gehorsam», hast du einmal geschrieben, «ist das Korsett der Moral.» Das war, als du Polen erobert hattest und in einem Siegesrausch lebtest. Aber später, aus Stalingrad, hast du geschrieben: «Gehorsam ist in unserer Lage der sicherste Selbstmord ...» Und dann, im letzten Brief, den

Mutter von dir erhielt: «Gehorsam ist neues Wort für nichts.»
Und trotzdem, Vater, bist du irgendwo da unten gestorben. In den Trümmern von Stalingrad, bis zur letzten Patrone, bis zum letzten Seufzer. Ein Held . . .
Bodmar zuckte zusammen, als sich eine Hand auf seine Schulter legte. Ein fremder Mann stand hinter ihm, seiner Kleidung nach einer der Touristen.
«Brüderchen», sagte er auf russisch, «an alles haben die Architekten gedacht. Eine wundervolle Aussicht, eine riesige Figur . . . nur die Toiletten haben sie versteckt. Sag, wo kann man sich hier gemütlich in eine Ecke stellen?»
«Im Innern des Siegestempels, Genosse. Wenn Sie lesen können — es steht groß an der Tür. Beleidigen Sie nicht den Architekten dieses Wunderwerks.»
Bodmar wollte sich abwenden, aber der Druck der Hand auf seiner Schulter verstärkte sich. «Eberhard Bodmar?» fragte der Mann jetzt gedämpft auf deutsch.
«Ich verstehe Sie nicht, Towaritsch», antwortete Bodmar schnell auf russisch.
«Reiseleiter Heppenrath hat mich auf Sie hingewiesen. Er war sich nicht ganz sicher — früher trugen Sie keinen Bart. Und gepflegter sahen Sie auch aus. Versuchen wir es trotzdem, sagte ich mir. Sie sind es, nicht wahr?»
Bodmar schielte zu Heppenrath. Der Reiseleiter zog wie unbeteiligt mit seiner Gruppe auf der Aussichtsplattform umher. «Ich verstehe kein Wort», sagte Bodmar auf russisch.
«Aber ich.» Kallberg lächelte zustimmend. «Sie sprechen übrigens ein viel zu gepflegtes Russisch. Ist das noch nie jemandem aufgefallen? So wie Sie hat man früher in Petersburg gesprochen.» Kallberg sah sich um. «Wo können wir unauffällig miteinander reden?»
«Verzeihen Sie, Genosse, aber ich muß weg», sagte Bodmar mit unbeweglichem Gesicht.
«Lassen wir doch dieses Kasperlespiel. Ich bin Peter Kallberg und komme aus Pullach vom Bundesnachrichtendienst. Ist das deutlich genug?»

«Allerdings.» Bodmar sah sich nach allen Seiten um. Sein Herz hämmerte plötzlich wie ein Preßlufthammer. Der Bundesnachrichtendienst. Sie holen dich hier heraus, Junge. Du kommst zurück in die Heimat. Kein Sibirien. Ich werde mich nicht durch die Taiga schlagen, nicht in den Wurzeln vom Sturm aus der Erde gerissener Bäume schlafen, nicht eine Hütte aus rohen Stämmen bauen und mit Njuscha leben wie Bär und Bärin ... sie holen uns in eine Welt zurück, die zwar verlogen und verweichlicht ist, die ihre Heuchelei perfektioniert hat, vor der man nur noch kotzen kann, ein schwammiger Teig übersäuerter Moral ... aber man braucht nur den Telefonhörer abzuheben, und ein Arzt ist da, und die nächste Apotheke ist drei Straßen weiter um die Ecke. Unsere Kinder, Njuscha, werden nicht auf festgestampfter Lehmerde oder auf einer Schütte Stroh geboren werden, sondern in einem weißbezogenen Bett. Unsere Kinder, Njuscha ...
«Kommen Sie ...», sagte Bodmar auf russisch zu Peter Kallberg. «Gehen wir spazieren. Draußen in der Sonne. Und sprechen Sie russisch mit mir ... es ist sicherer.»
Über eine Stunde gingen sie auf dem Blutberg Mamajew spazieren. Die Gruppe Heppenrath stand jetzt vor einer großen Tafel, auf die man das alte Stalingrad und die Schlachtfelder gemalt hatte. Ein sowjetischer Veteran berichtete über den Verlauf der Schlacht und den Untergang der deutschen 6. Armee.
«Sie stimmen also zu?» fragte Peter Kallberg, nachdem er Bodmar alles erklärt hatte. Er rauchte die dreißigste Zigarette. Selbst eine Spezialausbildung kann nicht verhindern, daß man nervös wird. «Ich habe Ihnen alle Karten auf den Tisch gelegt, Sie wissen, worauf es ankommt. Ihr Fall ist die einmalige Gelegenheit, mich unbemerkt und mit einer geradezu perfiden Eleganz in die Sowjetunion einzuschleusen. Ich gebe Ihnen Ihren neuen Paß, und Sie fliegen am Dienstag als Peter Kallberg zurück in die Heimat. Einfacher geht's nicht. Was aus mir wird? Darüber brauchen Sie keine Glatze zu bekommen. Ich finde mich hier gut zurecht.» Kallberg lächelte und legte seine Hand

auf die Rechte Bodmars. Sie standen an einer Mauer und blickten hinunter zu der im Abendlicht golden schimmernden Wolga. «Geben Sie mir Ihren Paß, damit ich im Hotel die Bilder auswechseln kann. Woher stinken Sie eigentlich so penetrant?»

«Ich lebe seit fünf Tagen in einem Grab.»

«Wo leben Sie?»

«Auf dem Friedhof Wolgograd II. In der Gruft der Familie Shukendskij. Ich schlafe neben dem Sarg der Großmutter.»

«Das ist doch ein Witz, Bodmar.»

«Besuchen Sie uns doch einmal.» Bodmar grinste breit. «Allerdings können wir Ihnen nur eine Party mit Gerippen bieten.» Er wurde plötzlich wieder ernst und entzog seine Hand dem Druck Kallbergs. «Sie sprechen immer nur von *einem* Paß. Was ist mit Njuscha.»

«Bodmar. Nun hören Sie mir mal gut zu ...» Kallberg setzte zu einem neuen Vortrag an, aber Bodmar wischte seine Worte mit einer weiten Handbewegung fort.

«Sparen Sie sich alle Worte! Ich fahre nur mit Njuscha.»

«Das ist unmöglich!»

«Bei mir nicht.»

«Auch bei Ihnen, Bodmar. Sie können nicht ewig in einer Gruft hausen.»

«Nein. Unser Plan ist, nach Sibirien zu fliehen.»

«Zwei Menschen suchen das Paradies! Bodmar, merken Sie denn nicht, wie verlogen, wie pathetisch, wie kitschig das ist? Sie und in Sibirien leben! Ich weiß, ich weiß, was Sie sagen wollen. Die liebe, gute, süße Njuscha. Dieses Täubchen mit den zarten Gliedern, dieses Engelchen, zwischen deren Brüsten man schläft wie auf Schaumgummi, dieses Wunderweib, das selbst dann noch ‚allez-hopp' ruft, wenn man schielend vor Entkräftung aus dem Bett rollt ... dieses Phänomen russischer Wollust ... Bodmar, seien Sie still. In Sibirien wird Ihr Täubchen Falten bekommen, die Federchen fallen ihm aus, und dann sitzen Sie in der verfluchten Taiga, werden acht Monate im Jahr vom Schnee zugeweht und starren Ihr krummes Mütterchen an. Da wird Ihre Liebe schnell vergehen!»

«Haben Sie zwei Pässe bei sich?» fragte Bodmar steif.
«Nein.»
«Sie haben gewußt, daß Njuscha bei mir ist. Wenn man in Pullach die Idee hat, mich hier im Austausch gegen einen Agenten herauszuholen, dann hätte man auch an Njuscha denken müssen.»
«Mein Gott, uns geht es um mehr als um zwei pralle Brüste!»
«Kallberg!» Bodmar sah den Mann aus Deutschland drohend an. «Noch ein Wort dieser Art über Njuscha, und ich haue Ihnen eine runter und schreie laut: Genossen, hier ist ein Deutscher, der die Toten von Stalingrad beleidigt! Was glauben Sie, was dann mit Ihnen geschieht und wohin Sie kommen?»
«Und Sie kämen mit, Bodmar.»
«Ehe sich die Aufregung gelegt hätte, wäre ich längst verschwunden. Aber Sie, Kallberg? Man wird die falschen Pässe bei Ihnen finden, man wird Sie beim KGB in Einzelteile zerlegen ... es ist gerade der richtige Mann hier. Oberstleutnant Rossoskij aus Moskau ...»
«Ach der?» Kallbergs Lippen waren schmal. «Er ist auf Ihrer Spur?»
«Ja. Ich werde Sie ihm vor die Füße werfen ...»
«Wegen einer Frau ...»
«Wegen Njuscha. Jawohl. Sie ist mir mehr wert als euer ganzes hochgezüchtetes Europa.» Er wandte sich ab und ging davon. Kallberg lief ihm nach und überholte ihn vor der Säulenhalle.
«Bodmar! Bleiben Sie stehen! Sie überblicken die Lage nicht. Ich bin jetzt hier in Rußland, und ich muß hierbleiben. Es ist vollkommen unmöglich, daß ich wieder mit der Reisegesellschaft zurückfliege. Unser Austausch ist einfach lebensnotwendig.»
«Und warum können Sie nicht nach Deutschland zurück?»
«Unsere Kontaktmänner sind bereits informiert. Ich werde hier abgesetzt, um ein zerrissenes Netz wieder zu flicken. Begreifen Sie, was das bedeutet, wenn ich wieder zurückfliege? Ein kleiner Verständigungsfehler, nur eine winzige Unsicherheit, — und wer kann es unseren Kontaktleuten

verübeln, wenn sie keine Nachricht von mir bekommen? — nur eine kleine Unvorsichtigkeit, und die ganze Organisation fliegt in die Luft. Sie wissen so gut wie ich, was für eine Katastrophe dann entsteht. Todesurteile und lebenslängliche Zwangsarbeit ... für zwanzig, dreißig Männer ... Wollen Sie das auf Ihr Gewissen laden?»

«Njuscha wiegt für mich mehr als Tausende Ihrer Männer. Sie appellieren an mein Gewissen ... mein Gewissen heißt Njuscha. Deutlicher kann ich es nicht mehr sagen.»

«Und ich auch nicht, Bodmar. Soll ich Ihnen den Schädel einschlagen?»

«Das können Sie nicht, denn Sie brauchen mich. Heppenrath hat neunundvierzig Schäfchen ins Land gebracht, — er muß neunundvierzig auch wieder herausführen. Er kann nicht sagen, eins hat der Wolf gefressen. Dann bleiben die anderen achtundvierzig auch hier, bis man den bösen Wolf gefangen hat. Kallberg ... *Sie* sitzen im falschen Boot. Oder vielmehr — Sie können auslöffeln, was Ihnen die klugen Generale in Pullach eingebrockt haben. Warum hat man neben Ihnen nicht noch eine Agentin mitgeschickt, die man gegen Njuscha hätte austauschen können?»

«Das war nicht vorgesehen.»

«Ganz richtig. Und soll ich Ihnen sagen, warum das nicht vorgesehen war? Wollen Sie es wissen? Die verfluchte Arroganz der Deutschen duldete es nicht, diese verdammte, versaute deutsche Hochmütigkeit gegenüber anderen Völkern, vor allem, wenn sie aus dem Osten kommen. Diese Abstempelung von Menschen zu erster, zweiter, dritter, vierter Klasse, und ganz hinten, nur mit dem Fernrohr zu entdecken, da steht der Russe. Der Mensch Nummer null! Ich weiß, was man in Pullach gedacht hat: O je, er hat eine Russin im Bett! Kein Problem, meine Herren. Eine kleine Russin vergißt man schnell. Eine Bauernmadka vom Don. Ein Stallhürchen. Meine Herren, ich erinnere mich da an das Dorf Pomennekoi. Wir hatten es überrollt, 1942, tolle Leistung unserer Panzer, kamen aus dem Wald geprescht wie eine Schwadron Kavallerie und trieben den Iwan vor sich her wie die Hasen ... also, Pomennekoi fiel in unsere Hand, und ich war damals ein schmucker Leutnant und wurde bei dem Bauern, na ja, wie er hieß, spielt keine Rolle — einquartiert. Haben das Dorf glatt überrollt, hatten keine Zeit mehr auszureißen, die Iwans. Alle Weiber waren noch da, Kinder und ein paar Greise. Muscha war neunzehn Jahre alt, meine Herren, hatte Brüste wie Fußbälle ... vier Tage blieb ich im Quartier, kam aus der Umklammerung von Muscha gar nicht mehr heraus ... Tolles Weib, meine Herren. Na ja, so etwas genießt man, aber man schleppt es nicht mit sich rum.» Bodmar schwieg und starrte Kallberg ermunternd an. «Nun sagen Sie schon, Kallberg ... war es so? So oder ähnlich?»

«Man merkt, daß Sie Journalist sind», antwortete Kallberg verschlossen. «Ein verdammt linker Journalist. Bei Ihnen galoppiert die weltanschauliche Phantasie durch das Hirn. Aber das ist Ihre Sache. Meine Sache ist es, mich gegen Sie auszutauschen. Und das *wird* geschehen!»

«Ich fliege nur mit Njuscha.»

«Es ist kein Platz für sie frei.»

«Nicht in Ihrer Maschine nach Deutschland. In Rußland ist immer Platz für Njuscha.»

«Das ist doch Idiotie!» schrie Kallberg. «Wenn Sie jetzt nicht mitmachen, können Sie vielleicht nie wieder zurück nach Deutschland!»

«Es ist gut, daß Sie mir das so deutlich sagen.» Bodmar schüttelte die Hand Kallbergs ab, die ihn am Rockärmel gepackt hatte. «Ich will nicht mehr nach Deutschland zurück. Ich verzichte auf Deutschland! Ich kann auch durch diese Welt gehen ohne schwarz-rot-goldene Strümpfe!» Er wandte sich zum Gehen, und wieder lief ihm Kallberg nach.

«Bodmar, Sie Narr! Sie werden Ihr Leben lang ein Verfolgter sein.»

«Das weiß ich. Ich fühle mich bereits als Wolf.»

«Wo wollen Sie jetzt hin?»

«Nach Hause.» Bodmar zeigte mit einer weiten Handbewegung über die vor ihnen liegende Stadt. Abendrot hüllte Wolgograd ein wie in einen blutigen Nebel. Die Wolga war ein Strom aus Blut. «Besuchen Sie mich, Kallberg, aber nur, wenn Sie für Njuscha auch einen deutschen Paß haben. Friedhof Nr. II, alter Teil, die Gruft der Shukendskijs. Klopfen Sie dreimal auf die Steinplatte . . . Sie sollen im Grab willkommen sein . . .»

Er ließ Kallberg stehen und ging schnell davon. Es war sinnlos, ihm noch einmal zu folgen . . . zwei Gruppen Touristen mit ihren sowjetischen Fremdenführern umringten Kallberg plötzlich und drängten ihn weiter. Er boxte sich durch bis zu Heppenrath, dessen weiße Schirmmütze ein gutes Orientierungszeichen war.

«Na, wie war's?» fragte der Reiseleiter. «Es hat lange gedauert. In fünf Minuten ist unser Programm zu Ende. Alles glatt gegangen?»

«Scheiße war es.» Kallberg steckte seine vierzigste Zigarette an. «Dieses russische Weibsstück! Aber das letzte Wort ist noch nicht gesprochen. Wann fliegen wir zurück?»

«Dienstag. Genau 11.24 Uhr mittags. Die Russen sind pünktlich.»

«Bis Dienstag haben Sie Ihren Eberhard Bodmar. Das verspreche ich Ihnen. Wir haben Mittel, ihn zur Vernunft zu zwingen . . .»

Am Horizont hinter der Steppe versank glutrot die Sonne, als falle sie in eine Erdspalte.

35. Kapitel

Am Donnerstag dieser Woche starb Evtimia Kolzowa. Es war kein dramatischer Tod, kein heftiges Ringen mit der Dunkelheit, keine von Schmerzen zerrissene Erlösung. Evtimia dämmerte einfach dahin, erlosch lautlos wie eine Kerze, die man unter eine Glasglocke gestellt hat. Dimitri Grigorjewitsch war tot, Njuscha, das Töchterchen, würde nie mehr zurückkehren an den Don . . . das Leben hatte keinen Sinn mehr für die Kolzowa. Auf wen sollte sie warten, wer dankte es ihr, wenn sie das Haus und den Garten pflegte? Ihre Welt war zusammengeschrumpft bis

auf ihr eigenes Ich ... und das schien ihr das Weiterleben nicht wert.
Jeden Tag dreimal blickte Vater Ifan, der Pope, bei Evtimia ins Haus und fand sie meistens in der «schönen Ecke», den Kopf gesenkt, das Witwentuch weit übers Gesicht gezogen, mit gefalteten Händen. Und von Stunde zu Stunde wurde sie weniger, glitt alles Irdische von ihr ab.
«Auch das ist eine Sünde, Tochter!» donnerte Vater Ifan Matwejewitsch, als er am Mittwoch morgen wieder die regungslose Evtimia besuchte. Er hob sein Messingkreuz, segnete sie und hieb dann damit auf den Holztisch. «Jawohl, eine Sünde ist's! Wissen wir alle nicht, wieviel wert das Leben ist? Und du läßt es hinfaulen wie eine pilzige Kartoffel!»
Evtimia hatte keine Lust, sich mit dem streitbaren Väterchen zu balgen. Sie zeigte schweigend auf eine eingerahmte Fotografie Kolzows. Ein schwarzer Schleier war darum geschlungen, und auf einem Brett, das sie an die Wand genagelt hatte, brannte ein Ewiges Licht.
Ifan verstand. «Und Njuscha?» schrie er sie an.
«Sie kommt nicht wieder», sagte Evtimia mit hohler Stimme.
«Kannst du hellsehen? Weißt du mehr als Gott, he? Sie lebt, und das ist ein Glück, für das du danken solltest jeden Tag, jede Stunde, mit jedem Atemzug. Und was tust du? Du hockst dich hin und wartest darauf, daß dein Herz einfach stillsteht.»
«Ich bin müde, Vater», sagte Evtimia und zog den Witwenschleier tief über ihr Gesicht. «Jede Kuh, jede Ziege legt sich hin, wenn sie müde ist ... warum darf ich das nicht?»
«Aber sie stehen am nächsten Morgen wieder auf!» brüllte Ifan Matwejewitsch. «Wem nützt es, wenn du hier herumsitzt und trauerst?»
«Mir ...» Evtimia faltete die Hände. «Jeder Tag ist sinnlos. Ich lebe schon zu lange ... Ich weiß, daß Dimitri Grigorjewitsch auf mich wartet.»
«Einen Teufel wird er!» Vater Ifan holte tief Luft und spuckte sehr unheilig auf den Dielenboden. «Ruhe hat er! Ruhe! Selige Ruhe! Kein keifendes Weib, keine schreien-

den Bauerntölpel, die das Saatgetreide selber fressen und nachher mit leeren Händen vor den Feldern stehen; kein Hengst, der ihm die Knochen zertrümmert, und keine Akten für den Bezirkssowjet ... Gott hat ihm endlich Frieden geschenkt. Und du schamloses Frauenzimmer willst ihm diesen Frieden stehlen, indem du jetzt auch noch im Himmel erscheinst? Hast du denn kein mitfühlendes Herz?»

Es war alles umsonst ... Evtimia zeigte keine Regungen mehr. Früher hätte sie den nächsten greifbaren Gegenstand gegen Ifan Matwejewitsch geworfen, um anschließend auf die Knie zu fallen und um Verzeihung zu bitten. Oder sie hätte gelacht, schallend und mit in die Hüften gestemmten Armen, so wie die Bauersfrauen am Don lachen, und Vater Ifan hätte dann eine Schüssel voll Kascha bekommen und einen Krug Kwaß. Das alles war jetzt vorbei und kehrte auch nicht mehr wieder ... Ifan sah es ein und verließ sehr nachdenklich und besorgt das Haus Kolzows.

Am Nachmittag erschien der alte Babukin, um Evtimia Witze zu erzählen. Nach einer langen Beratung im Parteihaus hatte die Dorfgemeinschaft ihn auserwählt, Evtimia aufzuheitern. Das stille Leid der Witwe Kolzowa fraß sich in alle hinein, und Kotzobjew, der Metzger, drückte es mit gesetzten Worten für ganz Perjekopsskaja aus: «Ich kann nicht mehr schlafen, wenn ich daran denke, daß Dimitris Frau so mir nichts, dir nichts aus dieser Welt verschwinden will.»

Und Kalinew, der neue Dorfvorsitzende, sagte: «Wenn sie nur einmal lachen würde. Ein einzigesmal nur. Wer lacht, stirbt nicht freiwillig. Jemand muß sie dazu bewegen, daß sie lacht. Das kann nur ein Narr.»

Babukin fand es ungehörig, daß nach diesem weisen Satz alle Köpfe sich ihm zuwandten. Er machte einen Luftsprung und begann sofort zu keifen.

«Wer hat hier die besten Ideen, he?» schrie er hell. «Wer hat Tumow und Rossoskij Widerstand geleistet? Wer hat auf seinem Platz standgehalten, während ihr alle unterwegs wart, die beschissenen Hosen auszuwaschen?»

«Ein Narr ist ein Kind Gottes», sagte Luschkow und drückte Babukin auf den Stuhl zurück. «Anton Christoforowitsch, wir wissen, was wir an dir haben. Darum sollst du auch zu Evtimia gehen und sie zum Lachen bringen.»
Babukin wehrte sich mit Händen und Füßen. Aber als man ihm erklärte, das sei er seinem Ziehsöhnchen Kolzow schuldig, rannte er aus dem Parteihaus, warf sich auf seinen zitternden, altersblinden Gaul, an dessen herausragenden Knochen man herumklettern konnte wie an einem Felsen, und ritt zu seiner windschiefen, strohgedeckten Hütte am Don. Dort zog er sich um, holte aus einer Kiste seine muffig stinkenden, uralten Kosakenkleider, schnallte seine Sporen an und trabte zu Evtimia. Klirrend, wie in alten Tagen (und sie lagen so weit zurück, daß selbst Babukin Mühe hatte, sich daran zu erinnern), stampfte er durchs Haus und fand Evtimia im Schlafraum. Sie saß auf Kolzows Bett, die Hände im Schoß gefaltet, und starrte auf die aufgeschüttelten Kissen mit den selbstgerupften Daunen. Tief in Gedanken ließ sie die Jahre an sich vorüberziehen, in denen sie mit Kolzow zusammengelebt hatte. Es hatte viel Streit im Hause gegeben. Dimitri Grigorjewitsch war wie ein Hahn gewesen, der sofort mit gesträubten Federn auf alles losstürzte, was ihn reizte, und dumme Kleinigkeiten waren es immer, die ihn brüllen ließen, daß man sich wunderte, warum das Dach nicht davonflog ... kamen aber die großen, schweren, wirklich bedrückenden Probleme, wurde er still und schien nach innen zu weinen. So war es, als Njuscha geboren wurde, als sie fast verhungerten im Großen Krieg, als Njuscha mit hohem Fieber phantasierte und der Arzt keine Hoffnung mehr hatte, als Evtimia noch drei Fehlgeburten über sich ergehen lassen mußte und jedesmal fast verblutet wäre, denn — der Teufel war mal wieder fleißig! — immer auf dem Feld passierte so etwas, während der Ernte, beim Säen, beim Rübenhakken, beim Heuen, und Kolzow jagte jedesmal mit seinem klappernden Leiterwagen wie ein Irrer über die Steppe, hinter sich die wimmernde Frau in ihrem Blut ... o Gott, welch ein Leben war vergangen, dreißig Jahre an der Seite

Kolzows, dreißig Jahre ein Kosakenleben ... es fehlt einfach etwas, wenn der andere nicht mehr da ist, es ist wie ein Eimer, der außen noch immer wie ein Eimer aussieht, aber der Boden fehlt, und man kann hineinschütten, was man will ... es läuft davon ins Sinnlose ...

In diese Stimmung hinein platzte Babukin. Er blieb an der Tür stehen, schüttelte seine Stiefel, daß die Sporen klingelten und tönte dann:

«Ich kannte mal eine Witwe, die saß auch immer im Bett und wartete, daß jemand kam, um sie von ihrer Trauer zu befreien. Aber die Tage gingen dahin, und keiner erbarmte sich ihrer. Eines Nachts aber wachte sie auf, und juchhei, man glaubt es nicht, spürte sie ein Kitzeln zwischen den Beinen. Stockdunkel war's, und sie wollte nicht das Licht anstecken, um den Eindringling zu verjagen, aber sie griff zart nach unten und erwischte einen starken Bart. Hoho, war das ein Fest. ‚Bist du's, Wassja?' fragte die Witwe. Keine Antwort. ‚Dann bist du's, Dikita?' — Tiefes Schweigen. Aber der Bart schabte und schabte, und es jubelte in ihr wie ein Sphärengesang. ‚Ha!' schrie sie darauf. ‚Nun erkenn' ich dich. Du bist's, Dementi! Nein, du, Gawrilow. Oder sollte es gar Jurotschka sein? Juchhu, du Wilder! Es ist nicht zum Aushalten!' Sie machte das Licht an, und was sah sie? Nicht Jurotschka oder Dementi ... es war Iwan, ihr Ziegenbock ...»

Evtimia hob kurz den Kopf. Sie lachte nicht, sondern blickte Babukin mit bereits toten Augen an.

«Verschwinde, du altes Schwein ...», sagte sie klar und deutlich.

«Das hat auch die Witwe Marianka gerufen und am nächsten Tag den Bock kastriert.» Babukin setzte sich neben Evtimia auf das Bett. Jeden anderen hätte sie mit den Fäusten weggejagt, denn es war Kolzows Bett ... Anton Christoforowitsch durfte bleiben. Er war die Vergangenheit Perjekopsskajas, ein Abbild der schönen, fernen Zeit, ein Stück aus dem Museum des Lebens.

«Was willst du?» fragte Evtimia.

Babukin saugte an seinem rechten Daumen wie ein Kind.

Die Uniform schlotterte um seinen zusammengeschrumpften Körper. «Ich habe das Bedürfnis, mich mit dir zu unterhalten. Mit wem kann man das sonst noch, Evtimia Wladimirowna? Mit dir kann man reden.»
«Schicken dich die anderen?»
Babukin biß sich in den Daumen. Ein Luder ist sie trotzdem, dachte er. Man kann ihr nichts vorspielen. Das hatte schon Dimitri gesagt: Evtimia hat Röntgenaugen. Sie blickt einen an, und im Innern ist es plötzlich hell wie ein Sportplatz unter Tiefstrahlern.
«Welche anderen?» fragte Babukin unschuldig.
«Du lügst wie ein Schwein, das aus der Suhle kriecht. Man sieht sofort, woher du kommst. Was willst du wirklich?»
«Eigentlich nichts.»
«Dann geh!»
«Evtimia . . .»
«Laß mich in Ruhe, Alter!» Sie erhob sich vom Bett und strich zärtlich über das Kissen, auf dem einmal Kolzows Kopf gelegen hatte. Babukin schluckte und hüstelte. Er dachte an seine drei Frauen, die er in aufrechter Haltung überlebt hatte, und fragte sich, ob eine von ihnen so ehrlich um ihn getrauert hätte. Er bezweifelte das sehr.
«Du hast recht, Evtimia Wladimirowna», sagte er, stand vom Bett auf, gab der verblüfften Witwe einen schmatzenden Kuß auf den Mund und polterte in die Küche. «Ein Mann wie Dimitri ist Trauer wert. Wer das anders sieht, ist ein Idiot. Was kochst du heute?»
«Nur einen Haferbrei.»
«Besser als Luft im Bauch.» Babukin setzte sich an den Ofen, löffelte zwei Tonschüsseln mit Brei in sich hinein, trank noch einen Becher Tee und bedankte sich mit einem Rülpsen. «Hätte ich jemals eine Frau wie dich gehabt», sagte er dann. «Mein Leben wäre anders verlaufen, glaube es mir. Die meisten Männer brauchen eine Frau, die sie auf den richtigen Weg stellt. Gehen können sie dann von allein. Mir hat das immer gefehlt. Ein glücklicher Mensch, der Dimitri Grigorjewitsch.»
Im Parteihaus wunderte man sich, daß Babukin so schnell

wieder zurückkam. «Was ist los?» schrie ihn Kotzobjew an. «Warum lacht sie nicht? Sonst ist der Alte nicht zu bremsen mit Witzen und Blödheiten, aber jetzt, wo man ihn braucht, tröpfelt es aus ihm heraus wie bei einem Blasenkranken.»

«Sie liebt Dimitri», sagte Babukin verklärt. «Freunde, was für eine Frau . . .»

Ein paar Stunden später starb Evtimia. Sie war allein, nicht einmal die Katze und Balwan, der Hund, waren bei ihr.

Ganz still starb sie . . . das Herz, zerbrochen in der Sehnsucht nach Ruhe, setzte einfach aus. Vater Ifan fand sie am Abend — sie saß wieder in der «schönen Ecke», den Kopf weit zurückgelehnt, und ihre erloschenen Augen blickten auf die Ikone, das Ewige Licht und die Fotografie ihres Mannes, die sie unter die Ikone gehängt hatte, als sei sie eine zweite heilige Tafel.

Ifan Matwejewitsch drückte ihr die Augen zu, ließ sie in der Ecke sitzen, rannte zurück zur Kirche und läutete die Totenglocke. Niemand fragte mehr, wem das Läuten galt, aber jeder ging zu Kolzows Haus, zog an Evtimia vorbei, warf eine Blume auf den Tisch vor ihr und zerdrückte eine Träne. Nur der Sargmacher Tutscharin wurde dienstlich. Er streichelte der Leiche über die eiskalten Wangen, drängte dann die anderen Leute aus dem Zimmer und schloß die Tür. Nur Kotzobjew, der Metzger, blieb zurück.

«Was nun?» fragte er ahnungsvoll.

«Ich muß sie ausmessen.»

«Zum Teufel, gibt es keine einheitliche Größe?»

«Wollt ihr sie in einer Kiste begraben wie einen Hund?» rief Tutscharin und holte einen Zollstock aus der Hosentasche. Er klappte ihn auf und begann die sitzende Tote abzumessen. «Am besten, wir legen sie auf den Tisch», sagte er und klapperte mit dem Zollstock. «Dieses Winkelmessen ist nie genau. Und sie soll doch einen schönen Sarg haben, den schönsten, den ich je zusammengebaut habe. Ein silbernes Palmenblatt wird auf dem Deckel kleben, jawohl. Ich habe es noch von Awdeij Michejewitsch Kruschenkow . . . zu Lebzeiten hat er's bei mir bestellt, aber hinterher wollte die Witwe es nicht bezahlen. Da hab ich's wieder abmontiert. Nun schenke ich es Evtimia.»

Sie legten die Tote auf den langen Tisch, Tutscharin maß die Länge und notierte sich die Zahl.

«Die Breite nicht?» fragte Kotzobjew. Er wandte sich von Evtimia ab ... er konnte sie nicht mehr ansehen, wie sie da auf dem Tisch lag. Auch ein Metzger hat ein Herz.

«In die Breite kommen sie immer hinein.» Tutscharin häufelte mit beiden Händen die Blumen der Nachbarinnen über den Leib der Toten. «Nur einmal hatten wir Schwierigkeiten. In der Lehre war ich, in Kalatsch, da starb eine Frau an einem Schlaganfall. Der Genosse Meister ruft an, läßt sich vom Witwer die Länge geben, wir erscheinen mit dem Sarg, und was soll ich dir sagen: Die Tote war so dick, daß der Sarg unter ihr verschwand. Gab das ein Theater! Der Witwer brüllte: ‚Ich habe keinen Sarg für einen Zwerg bestellt!' und der Meister schrie zurück: ‚Man hätte mich unterrichten müssen, daß ein Nilpferd begraben wird!' Da ging es hoch her, sie prügelten sich vor dem Sarg, aber später wurden sie sich einig und tranken noch einen Wodka zusammen. Jeder Witwer ist ein bißchen nervös, man muß das in Rechnung stellen. Plötzlich ist so ein Mensch allein, die Frau ist weg, man kann alles tun, was früher verboten war ... so etwas verwirrt. Nein, nein ...» er beugte sich über Evtimia und tätschelte ihr wieder die Wange. «Sie hat keine Schwierigkeiten. Sie hängt nicht über ...»

«Zurück!» Kotzobjew riß Tutscharin vom Tisch. Sein Gesicht lief hellrot an, und er schüttelte den Sargmacher. «Kein Gefühl hat der lausige Kerl, kein Gefühl!»

Tutscharin befreite sich aus dem harten Griff und wischte sich die Schweißperlen von der Stirn. «Wenn sie so daliegen, sind sie nur Kunden!» schrie er. «Sie haben das Recht, korrekt behandelt zu werden. Erzählst du deinen Ochsen Märchen, bevor du ihnen die Knochen zerhackst? Jeder Beruf hat seine äußere Form.» Er rannte zur Tür, riß sie auf und winkte den draußen Wartenden zu. Es waren mittlerweile über vierzig Nachbarn, die in den Wohnraum

drängten. «Unsere arme gute Evtimia!» rief Tutscharin und warf beide Arme hoch. «Wir alle hatten sie gern. Wir begraben sie am Sonnabend. Kommt alle, meine Freunde ... ihr werdet den schönsten Sarg des Jahrhunderts sehen.»
«Selbst die Toten spannst du propagandistisch ein», knurrte Kotzobjew und stieß Tutscharin aus Kolzows Haus.
«Was bleibt mir anderes übrig? Zu dir kommen sie täglich, denn Hunger hat jeder Mensch. Wann aber stirbt schon einer am Don? Ich habe einen Mistberuf, Genosse. Wenn das so weitergeht, muß ich Gott anflehen, eine Epidemie zu schicken.»
Drei Stunden lang zogen die Bauern von Perjekopsskaja durch das Totenhaus und deckten Evtimias Körper mit Feldblumen zu ... dann wandelte Vater Ifan mit seinem großen Kreuz heran und vertrieb alle aus dem Zimmer. Nur er und der Vorsänger Nummer zwei der Gemeinde, der tiefe Baß Russlan Jefimowitsch, blieben bei der Toten. Ihre Gesänge tönten bis zum Abend durch die Fenster und über den Flechtzaun hinaus auf die Straße.
O Herr, segne ihre Seele.
Auf der Schwelle des Hauses saß der alte Babukin und weinte. Er hatte den dicken Kopf von Balwan, dem Hund, umklammert, und schluchzte in das dicke, zottelige Fell hinein.
«Er wird der nächste sein», flüsterte Rebikow und rang die Hände. «Warum gibt ihm keiner ein Schnäpschen? Er weint sich ja die Seele aus dem Leib.»
Aus der Tür des Hauses zog der Geruch von Weihrauch und brennenden Wachskerzen.
Ein großes Problem wurde in Kollektivarbeit im Parteihaus schnell gelöst: Wie benachrichtigt man Njuscha?
Da niemand wußte, wo sie sich befand, jedoch die meisten vermuteten, sie halte sich noch in Wolgograd versteckt, schlug Kotzobjew vor: «Wir setzen eine Anzeige in die Zeitung.»
«Und haben Rossoskij zum Begräbnis hier», rief Rebikow.
«Das leuchtet ein», sagte Luschkow. «Er wird sich sagen: Wenn das Mütterchen stirbt, wird das Töchterchen kom-

men. Und dann gibt es hier einen Krieg, Genossen. Ich lasse Njuscha nicht verhaften.»
«Wieso sprichst du nur von dir?» brüllte Kotzobjew. «Wir alle lassen das nicht zu. Die Steppe wird brennen, sage ich! Nahe davor waren wir schon ... nur der Rückzug Rossoskijs hat's verhindert.»
«Und ich!» Babukin blickte um sich. «Keiner erwähnt es! Ganz allein bin ich Rossoskij gegenübergetreten! Man sollte so etwas nicht vergessen, Genossen!»
«Was also soll werden?» Kalinew spielte mit seinem Bleistift und klopfte dann auf die Tischplatte. «Njuscha muß es doch wissen. Was bleibt uns anderes übrig als die Zeitung? Aber der Text muß unverfänglich sein, neutral, vielleicht sogar verschlüsselt.»
«Damit ihn auch Njuscha nicht versteht, was?» sagte Rebikow.
«Nicht jeder ist ein Schwachkopf und wird Magazinverwalter», schrie Klitschuk, der Motorradfahrer. «Ich schlage vor, Genossen, wir formulieren die Anzeige so: ‚Am Don haben wir einen großen toten Fisch gefunden.'»
«Ist so etwas möglich?» Kotzobjew umklammerte mit beiden Händen seinen dicken runden Kopf «Nicht Njuscha wird kommen, sondern der Konservator des Heimatmuseums. Nein, Freunde, wir setzen in die Zeitung: ‚Es starb plötzlich unser gutes Mütterchen. Um sie trauern ...'» er blickte auf Kalinew, den neuen Dorfsowjet. «Wieviel sind wir eigentlich in Perjekopsskaja?»
«Im Dorf vierhundertsechzehn. Mit Kolchose und Sowchose dreitausendneunhundertundvier.»
«Dann schreiben wir: ‚Über viertausend Menschen, die sie kannten.'» Kotzobjew nickte, zufrieden mit sich und seiner Idee. «Das wird sie verstehen.»
«Und Rossoskij auch», sagte Rebikow, dem die Angst vor neuen Verhören in den Mundwinkeln zitterte.
«Dieses Risiko müssen wir auf uns nehmen.» Kalinew nickte und notierte den Anzeigentext. «So schreiben wir es, Freunde. Es ist eine gute Anzeige. Anton Christoforowitsch?» Der alte Babukin zuckte hoch. «Genosse?»

«Du fährst nach Logowskij und wartest auf der Bahnstation, ob Njuscha kommt.» Kalinew schob sinnend die Unterlippe vor. «Sie wird verkleidet kommen ... möglich ist das. Wirst du sie trotzdem erkennen?»
«Was für eine dumme Frage!» Babukin war tief beleidigt. «Schon als sie ein Säugling war, habe ich ihr meinen kleinen Finger mit Honig in den Mund gesteckt. Ich werde sie erkennen, und wenn sie als Zicklein verkleidet daherhüpft.»
Dem Posthalter Bulganin war es vorbehalten, die Anzeige telegrafisch an die Zeitung nach Wolgograd zu schicken. Eine Abordnung der Partei von Perjekopsskaja erschien bei ihm im Postgebäude und überreichte ihm den Zettel mit dem Text. Bulganin las ihn gewissenhaft durch und legte ihn dann zur Seite. Mit umwölkter Miene beobachteten die Genossen diese Geste.
«So einfach ist das nicht», sagte Bulganin. «Da entstehen einige Schwierigkeiten.»
«Diese Beamten!» donnerte Kotzobjew. «Wir füttern sie mit unserem Geld, und kommt man zu ihnen und will den kleinsten Wunsch erfüllt haben, dann heißt es gleich: Es gibt Schwierigkeiten.» Er beugte sich über den Schaltertisch und hauchte Bulganin an, als sei dieser eine vereiste Scheibe. «Wo sind sie, ha?» fragte er gefährlich leise. «Wo, Genosse Bulganin, sehen Sie hier Schwierigkeiten? Ein Telegramm ist's, mit einem vernünftigen Text, den der Dorfsowjet einstimmig gebilligt hat. Wieso fliegt das jetzt nicht wie der Wind ... hui ... nach Wolgograd?»
«Ihr mißversteht mich, Genossen.» Bulganin griff zum Telefon. Außer dem Parteibüro und Rebikow im Magazin verfügte er als Dritter im Dorf über ein Telefon. «Soll ein Absender genannt werden?»
«Nein!» schrie Babukin. «Sind wir Arschlöcher?»
«Dann nimmt keine Zeitung diese Anzeige auf. An wen soll sie denn die Rechnung schicken? Oder glaubt ihr, die machen es umsonst, weil vom lieben Mütterchen die Rede ist? Verkaufst du einen Knochen um null Kopeken, Kotzobjew?»

«Da hat er recht.» Kotzobjew nahm die Mütze vom Schädel ... sie drückte plötzlich. «Wie aber soll's gemacht werden?»
«Die Anzeige muß gleichzeitig mit einer telegrafischen Geldanweisung bei der Zeitung eintreffen.»
«So etwas ist möglich?»
«Natürlich.» Bulganin lehnte sich stolz zurück. «Bei der Post eines fortschrittlichen Staates kann man sein Geld telegrafisch aufgeben.»
«Du schickst also das Geld durch die Luft?» fragte Babukin fast atemlos.
«Ja.»
«Wir zahlen es bei dir ein, legen dir die Rubelchen auf den Tisch, und du läßt sie durch die Luft absausen?»
«Ja.»
«Ohne Rohr? Sssst ... durch die Luft?»
«Ja.»
«Genossen!» Babukin spuckte in die Hände. «Er macht sich lustig über uns Kosaken! Packt ihn, holt ihn über die Theke und gerbt ihm den fetten Hintern! Rubelchen durch die Luft nach Wolgograd! Und wenn sie sich verirren und in Kasan landen, ha? Genossen, den blanken Hintern gerben wir ihm!»
Er wollte über die Theke klettern, hüpfte mit seinen krummen Beinen bereits hoch, aber die anderen hielten ihn fest und rissen ihn zurück. Bulganin sprang auf und fuchtelte mit den Armen durch die Luft.
«Ihr mißversteht mich schon wieder!» schrie er. «Und haltet den streitsüchtigen Alten fest! Überall, wo es Händel gibt, ist das Urväterchen dabei. Telegrafisch heißt: Ihr zahlt hier ein, ich melde dem Hauptpostamt in Wolgograd die Einzahlung, und das benachrichtigt die Zeitung und bringt ihr die Rubel. Dann kann die Anzeige sofort bearbeitet werden. So ist der Weg, Freunde.»
Babukin war zufrieden. Die anderen ließen ihn los und lachten. «Warum erklärt er das nicht sofort?» rief der Alte. «Wie soll man's wissen? Haben wir Postwissenschaft studiert? Was kostet so eine Anzeige?»

«Das haben wir gleich.»
Bulganin telefonierte mit der Wolgograd-Prawda, kündete die Anzeige und die telegrafische Überweisung an und bedankte sich höflich bei dem Genossen am Annoncenschalter. Dann sah er die wartenden Genossen aus Perjekopsskaja an. «Zehn Rubel kostet die Anzeige.»
«In einem Blatt der Partei?» fragte Babukin entgeistert.
«Sie haben auch Unkosten. Papier, Farbe, Druck, die Redakteure, Sekretärinnen, Boten, Arbeiter . . .»
«Aber zehn Rubel für so wenig Text?»
«Sie rechnen nach Millimetern.»
«Wir wollen keine Millimeter veröffentlichen, sondern eine Todesanzeige. Bulganin, was ist das wieder für ein Trick?»
Es blieb dabei . . . die Anzeige kostete zehn Rubel. Kotzobjew und Rebikow legten das Geld vor, und dann sahen und hörten sie zu, wie Bulganin diese zehn Rubel über das Telefon auf die Reise nach Wolgograd schickte.
«Wir leben schon in einer fortschrittlichen Welt», sagte Babukin später beeindruckt auf der Straße. «Wenn man sich das überlegt. Man wirft zehn Rubel bei Bulganin auf die Theke, er zählt sie, ruft an, und Minuten später ist das Geld an Ort und Stelle . . . das ist schon eine große Leistung. So etwas gibt es nur bei uns in der Sowjetunion . . .»
In der Nacht wachten zwölf Frauen neben der toten Evtimia. Sie lag jetzt in ihrem Bett, umkränzt mit Blumengirlanden, und wirkte jünger, als sie je ausgesehen hatte. Ihr Gesicht war glatt . . . alle Runzeln hatte der ewige Friede ausgelöscht . . .

Mit Bodmars Rückkehr vom Mamajew-Hügel zerplatzte die verzweifelte Angst, die Njuscha und selbst Borja erfaßt hatte.
Als Borja beim Einbruch der Dämmerung an der Gruft der Familie Shukendskij seinen Einkaufskorb abstellte, wie immer die Grabplatte lüftete und in die modrige Dunkelheit hinunterrief: «He, aufgepaßt! Heute gibt es Bratfisch mit Kartoffelsalat!» blieb es erst eine Weile still im Grab.

Dann bemerkte er ein huschendes Licht zwischen den Marmorsärgen und zuckte zusammen, als Njuscha aufschrie.
«Sascha ist fort!» hallte es aus dem Grab. «O mein Gott ... Sascha ist nicht mehr hier!»
Borja stemmte den Deckel höher und legte sich auf die Erde. Bis zur Brust hing er über dem Einstieg und starrte in die Gruft. Njuscha stand mit einer brennenden Kerze an der verrosteten Leiter, und ihre entsetzten Augen flehten hilfesuchend zu Borja.
«Er ... er ist weggegangen ...»
«Unmöglich.» Borja umklammerte die Leiter. «Er darf doch bei Tag nicht aus dem Grab kommen.»
«Aber er ist fort. Borja, er ist nicht mehr hier.»
«Der einsame Wolf. Ja, er ist wie der einsame Wolf.» Borja streckte die Arme aus und half Njuscha, aus der Gruft zu klettern. Als sie oben auf der Erde war, warf sie die Arme um seinen Hals und weinte. Ihr langes, seidiges Haar roch nach Schimmel und war glitschig wie nasse Seife. «Sei still, Töchterchen», sagte Borja und streichelte sie. «Sei still. Er kommt wieder. Er *mußte* hinaus, wer kann das nicht verstehen? Wie kann ein Mann wie Sascha in einem Grab leben?»
«Sie werden ihn erkennen und erschlagen. Borja ... sie werden ihn einfach erschlagen wie eine Ratte ...»
«Das weiß man nicht, Töchterchen.» Er drückte Njuscha an sich und blickte über ihren Kopf und das nach Verwesung riechende Haar hinweg zu den langen Gräberreihen rechts und links vom Hauptweg.
Was soll man ihr sagen, dachte Borja. Wie kann man sie trösten, ohne zu dick in den Lügen zu stampfen?
Er tat es auf die einfachste Art. Er sagte: «Warten wir ab, Njuscha. Wenn Sascha zurückkommt, wird er uns alles erzählen.»
«Er kommt nicht mehr zurück, Borja ...»
«Wie kannst du das sagen? Nicht zehn Teufel hielten ihn fest, so liebt er dich.»
«Ein Teufel genügt ... Rossoskij.»

Das Abendrot hatte den Friedhof erreicht. Wie Blut floß das Licht über die Gräber und schien in ihnen zu versickern. So ernähren sich die toten Seelen, hatte Borja manchmal gedacht, wenn er dieses Gluten über den Gräbern betrachtete und sich auf seinen Spaten stützte. Wenn es Unsterblichkeit gibt — hier trinkt sie sich satt. Jetzt kam ihm diese blutende Sonne wie ein Zeichen vor, und er schauderte zusammen. Njuscha spürte das Zucken seines Körpers.

«Du hast auch Angst ... stammelte sie und klammerte sich an Borja fest. «Auch du hast Angst. Gib es zu, Borja ... du zitterst vor Angst um Sascha ...»

«Ach was, ach was!» brummte Borja. Er bemühte sich, seine heftige innere Erregung zu unterdrücken, und das gelang ihm nur, wenn er grob sein konnte. «Warum sollen wir uns fürchten?» schrie er. «Vor wem denn, he? Wer weiß, warum es Sascha nicht mehr ausgehalten hat und wohin er gelaufen ist? In Teufels Namen, wir sollten uns nicht benehmen wie Fischweiber, denen ein warmer Wind den Fisch verdirbt. Warten wir es ab.»

Zwei Stunden saßen sie hinter der offenen Gruft der Shukendskijs im Schatten der Büsche und starrten auf den Eingang des Friedhofs. Die Beamten der Verwaltung verließen das prunkvolle Hauptgebäude, der Nachfolger des verhafteten Inspektors, ein widerlicher Mensch, der Borja verbot, hinter den Särgen zu schlafen, und der auch nicht bestechlich war, was Borja überhaupt nicht verstand, kontrollierte die Werkzeuge der Totengräberbrigade und mekkerte herum. Bis zur Gruft hörte man seine schrille, unangenehme Stimme. Er hatte gleich bei seinem Amtsantritt angeordnet, daß alle Werkzeuge am Abend sauber geputzt und militärisch ausgerichtet an der Wand der Leichenhalle aufgestellt werden müßten, «denn», so brüllte er die Totengräber an, «die Mißhandlung der Werkzeuge ist Sabotage am Volksvermögen!» Borja hatte daraufhin seine Werkzeuge mit ausgegrabenen uralten Totenschädeln und Knochen verziert ... vor jedem Spatenblatt ein Schädel, vor jeder Hacke zwei gekreuzte Knochen. Der neue Inspektor hatte durch die Nase geschnauft wie ein erreg-

ter Bulle und war davon gerannt. Aber die Kontrolle behielt er bei ... jeden Abend vor Dienstschluß schritt er die Front der Werkzeuge ab. Erst dann war die Totengräberbrigade entlassen.
«Jetzt ist es dunkel ...», sagte Njuscha leise. Sie kroch an Borja heran wie ein ängstliches Hündchen.
«Und jetzt wird er auch bald zurückkommen.»
Borja war kein Prophet. Er sagte es nur, um sich selbst zu beruhigen ... aber dann sahen sie plötzlich einen Schatten vom neuen Teil herangleiten, über die Mauer mußte er sich geschwungen haben, und ehe Borja sie festhalten konnte, rannte Njuscha ohne jede Vorsicht diesem Schatten entgegen und breitete die Arme aus.
«Wo warst du?» fragte Borja, als Bodmar am Rande der Gruft saß und die Beine in die modrige Tiefe baumeln ließ. Sie aßen die Bratheringe, die Borja besorgt hatte, und tranken aus seiner Thermosflasche Tee.
«Ich weiß jetzt, daß man aus Angst wahnsinnig werden kann ...», sagte Njuscha. Noch immer zitterte ihre Stimme.
«Ich war beim Ehrenmal.» Bodmar wischte die fettigen Finger an seiner Hose ab. Dabei blickte er über die langen Gräberreihen und fühlte sich mit den Tausenden unbekannter Toter merkwürdig verwandt. «Ich habe Deutsche getroffen. Eine deutsche Touristengruppe.»
«Ach!» Borjas Kopf mit dem wilden, struppigen Bart fuhr herum. Seine Bärenaugen musterten Bodmar kritisch. «Und für so einen Blödsinn bringst du dich und Njuscha in Gefahr? Man hätte dich erkennen können.»
«Niemand hat mich erkannt. Ich bin mit dem Omnibus und der Straßenbahn durch die Stadt gefahren. Mitten unter der Masse der anderen. Es ist völlig gefahrlos.»
«Und was wolltest du von den Deutschen?»
Bodmar schwieg lange auf diese Frage. Ja, was wollte ich eigentlich, dachte er. Ich wollte Heppenrath wiedertreffen, wollte hören, was die Kollegen in Köln sagen. Vielleicht hatte er auch Briefe bei sich ... Was wollte ich wirklich bei diesem Wiedersehen? Njuscha sprach aus, was er vor sich selbst nicht zugab. «Du willst zurück nach Deutschland?»

«Jetzt nicht mehr.»
«Aber du wolltest es.»
«Ja, mit dir, Njuscha . . . nur mit dir . . .»
«Ich wäre nie mitgegangen, Sascha.»
«Du kennst Deutschland nicht.»
«Man kann nicht den Don verlassen, um in einem anderen Land zu leben.»
«Und wenn wir weiter nach Sibirien müssen?»
«Auch Sibirien ist Rußland, Sascha. Es ist derselbe Himmel . . .»
«Er ist es auch in Deutschland.»
«Nein. Unser Himmel ist anders. Man kann es nicht erklären, Sascha, man muß es spüren. Habt ihr einen Himmel, in dem die Sonnenblumenfelder ertrinken? Einen Himmel, der die Steppe aufsaugt? Einen Himmel, aus dem die Ströme sich ergießen und der sich über die Wälder wölbt wie eine blaue gläserne Glocke? Kein Land der Erde hat diesen Himmel.»
«In Deutschland ist alles anders als hier, das stimmt.» Bodmar faltete die Hände. Er preßte die Finger so hart ineinander, daß seine Knöchel weiß wurden. «Soll ich es dir erklären, Njuscha?»
«Ich will es nicht hören, Sascha. Ich liebe Deutschland nicht, ich werde es nie lieben, — aber ich liebe dich. Mein Gott, was soll nur aus uns werden?» Sie lehnte den Kopf an seine Schulter und legte ihre Hand über seine kalten Finger. «Was haben deine Deutschen erzählt?»
«Sie können uns herausholen.»
«Wieso herausholen? Was heißt herausholen?» Borja mischte sich ein . . . er knurrte wie ein hungriger Hofhund. Hätte er ein Fell gehabt, es wäre jetzt gesträubt gewesen. «Njuscha und dich braucht niemand herauszuholen. Eure Heimat ist hier.»
«Der Friedhof? Die Gruft der Shukendskijs?»
«Es kommen auch noch andere Zeiten. Ihr habt alle nicht warten gelernt. Laß den Sommer verstreichen, dann kümmert sich niemand mehr um euch. Es wird doch möglich sein, in unserem Riesenland zwei Menschen zu ernähren.»

«Drei Menschen.» Bodmar legte dem Alten die Hand aufs Knie. «Du kommst mit, Borja.»
«Nein. Ich bleibe bei den Toten. Ich habe mich an sie gewöhnt.» Borja schüttelte heftig den Kopf. «Was soll ich sonst tun? Bäume fällen, Felder pflügen, Gras in der Steppe schneiden, die Pferdeherden hüten, vielleicht sogar einen Hühnerstall beaufsichtigen? Ich würde kotzen vor Langeweile. Nein, ich gehöre auf den Friedhof. Jeden Tag andere Tote, und über alle lasse ich mir ihr Schicksal erzählen. Sag mir einen zweiten Beruf, der so abwechslungsreich ist wie der eines Totengräbers.»
«Und was wird jetzt?» fragte Njuscha, als Bodmar keine Antwort mehr gab. Minutenlang saßen sie nun stumm an der offenen Gruft. «Müssen wir uns trennen, Sascha?»
Ihre Stimme war von einem merkwürdigen kindlichen Klang. Bodmar fuhr herum und riß Njuscha in seine Arme. «Um Gottes willen, nein — nein! Wir wollen nie mehr darüber sprechen! Wir wollen vergessen, daß es ein Deutschland gibt ...»
«Das wird dir nicht gelingen.» Borjas tiefe Stimme zerriß die Verzauberung, die über Bodmar und Njuscha gefallen war, als sie sich in die Augen blickten. Sie fuhren erschrokken herum. «Du kannst weglaufen, Sascha, bis in den äußersten Winkel Sibiriens ... Deutschland wird dir nachkommen, wie Rußland einem Russen nachkommt, wo immer er auch lebt. Du vergißt deine Seele, mein Freund.»
«Ich habe Njuscha ... mehr brauche ich nicht auf dieser Welt.»
«Welche Bescheidenheit.» Borja trank mit lautem Schmatzen seinen Tee. Dann rülpste er so laut, daß es über den ganzen stillen Friedhof zu hören war. «Du müßtest ein Russe sein.»
«Ich will einer werden.»
«Wenn man einen Hengst beschneidet, wird daraus ein Wallach, aber er bleibt immer noch ein Pferd.»
«Ich werde es euch beweisen.» Bodmar küßte Njuscha auf den Mund, und es war kein liebender, sondern ein verzweifelter Kuß. «Ich werde ein Russe werden wie ihr!»

«Warten wir es ab.» Borja blickte nachdenklich über die Gräber. «Ich glaube es erst, wenn die Wolga nach Norden fließt.»
Wie sagen die Kirgisen in der Steppe?
Nur wer mit Stutenmilch getränkt wurde, spricht mit den Pferden eine Sprache.
Am Sonnabend brachte Borja die Morgenzeitung zur Gruft der Shukendskijs. Er hatte sie vom Tisch des Vorarbeiters der II. Brigade — Mittelteil — geklaut und warf sie hinunter in das Grab. Bodmar und Njuscha saßen nebeneinander auf zusammengefalteten Decken und lehnten gegen den Sarkophag der Großmutter Shukendskija. Zwei Kerzen flackerten neben ihnen.
Eine Viertelstunde später standen Bodmar und Njuscha vor Borja, der gerade den Boden eines Grabes feststampfte.
«Seid ihr wahnsinnig?!» keuchte Borja und ließ sich aus dem Grab ziehen. «Vermodert euer Gehirn? Am hellichten Tag! In einer halben Stunde wird der Parteisekretär Bludinskij begraben. Dreitausend Menschen werden hier zwischen den Gräbern herummarschieren und trauern. Zurück mit euch in die Gruft!»
«Wir fahren nach Perjekopsskaja», sagte Njuscha. Ihre blauen Augen waren blank von Tränen. «Lies, Borja.»
Sie hielt ihm die Zeitung hin. Eine kleine Todesanzeige berichtete von dem «Mütterchen», das gestorben war. Borja fand sie erst, als Bodmar seinen Finger darauflegte. Eine unauffällige, sich im Wald der anderen Anzeigen verirrte Mitteilung.
«Deine Mutter?» fragte er, riß ein Stück vom Rand ab und begann daraus eine Zigarette zu drehen.
«Ja.»
«Es steht aber kein Name dabei.»
«Das können sie nicht.»
«Nicht einmal ein Ort.»
«Das ist ein Zeichen, daß die Nachricht aus Perjekopsskaja kommt. Wir fahren sofort. Sie rufen mich damit, Borja . . .»
«Und du kommst wieder, Töchterchen?»
«Ja, natürlich.»

«Bei der Mutter Gottes, paß auf dich auf ...» Borja schob die stinkende Zigarette in den Mundwinkel und legte seine erdverklebte Hand auf Njuschas Kopf. Sein Bart zuckte plötzlich, und sein Gesicht verzerrte sich. Er sah gräßlich aus, und man behauptet nicht zuviel, wenn man ihn jetzt als den häßlichsten Menschen dieser Erde bezeichnet. «Sei nicht unvorsichtig», sagte er mit heiserer Stimme. «Denk daran: Überall sind mißgünstige Menschen, und für fünfhundert Rubel verkaufen sie ihre Mutter. Und du», er sah Bodmar an, und sein Gesicht verlor alle menschliche Form, «komm nicht zurück ohne sie. Ich sag es dir, Sascha ... kommst du allein zurück, ich schlage dir den Spaten ins Gehirn!»

Sie umarmten sich noch einmal, und dann verließen Njuscha und Bodmar schnell den Friedhof. Sie nahmen den kleineren Seitenausgang, denn vom Haupttor erscholl jetzt Musik. Ein Gewoge von roten Fahnen marschierte den Mittelweg herab.

Das Begräbnis des Parteisekretärs Bludinskij begann.

36. Kapitel

Die Fahrt von Wolgograd nach Logowskij, diesem elenden Nest in der Steppe, das nur von seinem Bahnhof lebte und von den Viehtransporten, die hier zusammengestellt wurden, verlief ohne Zwischenfall. Niemand kümmerte sich um den stoppelbärtigen Genossen, der am Schalter zwei Fahrkarten kaufte, niemand beachtete die junge Frau, die ein Tuch fest um den Kopf gebunden hatte ... jeden Tag gingen Tausende solcher Menschen an den Schaltern vorbei und warteten auf den Bahnsteigen, saßen oft stundenlang herum und richteten sich in den Ecken und Winkeln des Bahnhofsgebäudes ein. Jeden Tag kamen aus der Steppe die Bauern in die Stadt, eine Flut aus Körben und Kisten, Taschen und Jutesäcken, und brandete nach dem Markt wieder zurück, schwatzend, schimpfend, lachend, umweht vom Dunst aus Wodka, Zwiebeln und gebratenem Speck.

Während der ganzen Fahrt saßen Njuscha und Bodmar nebeneinander und hielten sich an den Händen. Sie blickten hinaus auf die Steppe, über die Felder, auf denen das Getreide sich schon gelblich färbte, auf die Wiesen, die bereit waren zur ersten Mahd, auf die Rinder- und Pferdeherden, die neben dem Bahndamm träge weideten. In der Ferne, gegen den Himmel wie Maulwurfshügel, zeichneten sich die Dörfer ab. Strohhauben, ein paar Dächer aus Blech, grün oder blau gestrichen. Schmale Wege, in die Steppe hineingeritten, wie Scheitel, die ein wogendes Haar zerteilen. Die Sonne brannte mit weißlichem Licht über dem Land. Es war noch früher Tag, und aus den Niederungen stieg die Feuchtigkeit der Nacht in dünnen Nebelschwaden empor, bis die Wärme der Sonne sie auffraß. Drei Pferdehirten galoppierten ein Stück neben dem Zug her und winkten fröhlich. Aus den Fenstern schallten die Zurufe der Bauern, Frauen kicherten und kreischten, als sich einer der Reiter in den Sattel stellte und ihm dabei die Hose über den Hintern rutschte. Sein blankes Gesäß glänzte in der Sonne.
«Kosaken!» sagte Njuscha und drückte Bodmars Hand. Sie beugte sich aus dem Fenster, als die Reiter zurückblieben und der Zug wie toll zu rütteln begann. Der alte Zweikampf zwischen dem Lokomotivführer und den Hirten ... er lebte, seit die erste Eisenbahn durch die Steppe fauchte. Mit beiden Armen winkte Njuscha den Reitern zu, und ihr langes blondes Haar wehte wie eine seidene Fahne.
Wo gibt es etwas Schöneres als sie, dachte Bodmar und zog Njuscha auf die Sitzbank zurück. Ich werde vergessen, daß es ein Deutschland gibt. Ich will sein wie diese Menschen hier: Ein Teil von Himmel und Erde.

Gegen Mittag tauchte der Bahnhof Logowskij auf. Der Bahnsteig war überfüllt mit Bauern und ihrem gestapelten Gepäck. Ein wahres Wunder würde es werden, wenn sie alle noch mitkamen. Der Bahnhofsvorsteher rannte umher und beschwor die düsteren Mienen der Wartenden.
«Seid vernünftig!» schrie er, als der Zug aus der Ferne

pfiff und alle nach ihrem Gepäck griffen. «Einigt euch untereinander. Zeigt Solidarität! Nehmt den nächsten Zug! Die Waggons werden zusammenbrechen, wenn ihr nicht vernünftig seid. Und was dann? Dann könnt ihr zu Fuß gehen, und jeder bezahlt anteilig den zertrümmerten Zug. Genossen, Freunde, Brüder ... übt euch in Nächstenliebe! Ich beschwöre euch!»

Dann war der Zug da, lief prustend über die Gleise von Logowskij, hielt mit einem jähen Ruck, und die Wand der Wartenden setzte sich in Bewegung wie eine Lawine.

«Erst aussteigen lassen!» brüllte der Stationsvorsteher. «Wenn keiner herauskommt, kann auch keiner hinein, das ist doch logisch, Genossen! Denkt doch nach! Macht Platz, zum Teufel! Aussteigen lassen!»

Durch die Wand der Herandrängenden zwängten sich Njuscha und Bodmar aus der Tür, wurden die Stufen des Waggongs hinabgezerrt und dann auf einer Woge von Händen nach hinten getragen. Dort ließ man sie einfach fallen wie zwei heiße Kartoffeln.

«Da sind sie!» schrie plötzlich jemand hinter ihnen. «Mutter Gottes, sie ist da!»

Njuscha und Bodmar fuhren herum. Aus dem Zimmer des Stationsvorstehers schoß auf seinen dürren, krummen Beinen der alte Babukin hervor. Er fiel ihnen um den Hals, küßte sie dreimal und war völlig aus dem Häuschen.

«Endlich!» rief er. «Endlich! Seit gestern sitze ich hier herum und starre mir die Augen aus nach jedem Zug. ‚Sie hat's nicht gelesen', sagte Jefim Michejewitsch, dieser Schwachkopf von einem Bahnbeamten. Und ich habe geantwortet: ‚Sie hat's doch gelesen. Aber wer weiß, wie schwer sie es hat, wegzukommen?' Und so ging das hin und her, neunmal, immer wenn ein Zug weggefahren war. Ich hätte ihn erschlagen können, diesen Seifensieder! Aber nun seid ihr endlich da.»

«Es ging nicht früher, Anton Christoforowitsch.» Njuscha lachte und weinte zugleich, und der Steppenwind fegte die Tränen von ihren Wangen. «Die Anzeige stand ja erst heute morgen in der Zeitung.»

«Erst heute?» Babukin ballte die Fäuste und schüttelte sie. «Lumpen sind sie alle, Halsabschneider, Markaussauger! Am Donnerstag haben wir die Anzeige bestellt, sogar telegrafisch hat Bulganin das Geld dafür überwiesen. Zehn Rubelchen ... hui, durch die Luft! Und sie drucken sie erst heute. Das werden wir im Sowjet behandeln, eine Untersuchung wird das geben, ich werde sie beantragen. Glauben denn die Genossen in der Stadt, sie könnten uns Kosaken Pfeffer in den Hintern blasen, und wir singen dazu noch fromme Lieder?» Babukin blickte auf die Bahnhofsuhr, eine Errungenschaft, auf die ganz Logowskij so stolz war wie die Moskauer auf ihren Kreml, und hüpfte dann zwei Schritte vor. «Wir müssen uns beeilen. Das Begräbnis beginnt um fünf, wenn wir nicht rechtzeitig eintreffen. Nur so lange kann Ifan Matwejewitsch warten. Diese Hitze, meine Lieben, diese mörderische Hitze. Den Toten setzt sie besonders zu. Kotzobjew hat Evtimia deshalb auch in sein Kühlhaus gesteckt und gibt sie erst kurz vor der Feier heraus. Los, ihr Lieben, vier Stunden haben wir noch vor uns. Ich bin mit einem Wägelchen da ... um die Ecke steht's. Laßt uns laufen ...»

Bodmar erlebte nicht mehr, ob die Masse der Bauern wirklich von dem schon überfüllten Zug aufgenommen wurde. Babukin hetzte wie ein Wahnsinniger über die Steppe, trieb die beiden Pferdchen an, als jage der Teufel hinter ihnen her, und dabei redete er ohne Unterbrechung über alles, was sich in Perjekopsskaja zugetragen hatte. Besonders seine Heldentaten strich er heraus, und die Schilderung seiner Begegnung mit Rossoskij hörte sich an, als habe ein bewaffneter Zweikampf mit dem Oberstleutnant aus Moskau stattgefunden. Bodmar und Njuscha klammerten sich an den Seitenteilen des schwankenden und hüpfenden Wagens fest, die Gäule schwitzten und dampften, und es war abzusehen, daß Babukin sie zu Tode trieb und sie umfallen würden, wenn sie Perjekopsskaja erreicht hatten.

«Noch eine Stunde!» brüllte er auf dem Kutschbock und drehte sich um. «Jetzt holt Kotzobjew Evtimia aus dem

Kühlhaus. Daß ich so etwas nicht erlebe ... hoj ... hoj ... wollt ihr wohl laufen, ihr Kalmückenstuten!»
Dann sahen sie in der Ferne den Don, die flachen, sandigen Ufer, die Schilfdickichte, sahen die Dächer von Perjekopsskaja und eine kleine Reiterschar, die ihnen entgegengaloppierte.
«Das ist Klitschuk mit einer Abteilung», erklärte Babukin. «Wir haben vier Abteilungen in der Steppe stehen, um allen Überraschungen zuvorzukommen. Hoj! Hoj! Mein Gott, sie stolpern über ihre eigenen Beine! Früher gab es bessere Pferde. Da ritten Atamanen eine Woche lang, ohne daß ihnen die Gäulchen unter dem Hintern wegsanken.»
Klitschuks Abteilung umringte den Wagen, die Männer winkten Njuscha zu und ritten dann neben ihr zurück. Vom Don wehte ihnen der Klang der Glocke entgegen, ein dünner, ergreifender Ton.
«Sie fangen schon an!» brüllte Babukin. «Anhalten das Ganze. Wir kommen ja! Fedjuschka, sag ihnen Bescheid.»
Klitschuk nickte, beugte sich über den Pferdehals und raste davon wie ein Geist. Njuscha stand hinter Babukin im Wagen, umklammerte den Kutschbock und blickte auf das näherkommende Perjekopsskaja.
Die rosa bemalte Kirche, die Strohdächer, das hohe Parteihaus, das Magazin, die Kirschgärten und Ställe, die Flechtzäune, die Pappeln am Don, die Pferdekoppeln ... sie warf sich herum, stürzte auf Bodmar und hing an seinem Hals.
«Wir sind zu Hause!» schrie sie. «Komm, steh auf, steh auf, Sascha ... sieh doch hin ... wir sind in der Heimat! Der Don! Der Don! Siehst du unser Haus? Dort ... das mit dem roten Dach! Da ist der hohe Kirschbaum. Mit Väterchen hast du unter ihm gesessen, auf der Bank. Ich bin wieder zu Hause ... ich wohne in keinem Grab mehr ... in keinem Grab ...»
Schluchzen schüttelte sie, das Gesicht vergrub sie an Bodmars Brust, und als Babukin vor dem Flechtzaun auf der Straße hielt – die Nachbarn umringten den Wagen und hoben Njuscha auf die Erde, und Balwan, der Hund, sprang

aus dem Stall und wälzte sich vor Freude im Staub und jaulte und winselte — da fiel sie auf die Knie, drückte den dreckigen, stinkenden Hund an sich und schrie vor Freude in sein struppiges Fell.

Kalinew, der neue Dorfsowjet, nutzte die Gelegenheit und stieß Bodmar mit der Faust vor die Brust. Es war ein kameradschaftlicher Stoß. «Wie lebt ihr?» fragte er.

«Schlimmer als die Ratten.»

«Aber ihr lebt. Nun ist das Haus leer. Wir alle werden es pflegen und sauberhalten, bis ihr wiederkommt. Und wenn es zwei oder drei Jahre dauert. Ihr könnt immer zurück nach Perjekopsskaja . . . hier ist eure Heimat.»

«Ich weiß es, Kalinew. Ich habe es noch nie so tief empfunden wie jetzt.»

Von der Kirche kam Klitschuk geritten. Er hatte Vater Ifan benachrichtigt. Um das offene Grab standen bereits die Bewohner von Perjekopsskaja . . . mit sieben Lastwagen waren außerdem Abordnungen aus der Sowchose und Kolchose gekommen. Der Chef der I. Brigade, Sadowjew, hatte sogar eine Rede vorbereitet. An der Steinpyramide am Don, dem Ehrenmal für Kolzow, warteten drei Hornisten und würden blasen, wenn man Evtimia in die Grube senkte. Es sollte das feierlichste Begräbnis werden, das je in Perjekopsskaja stattgefunden hatte.

«Alles wartet!» schrie Klitschuk und wendete sein Pferd. «Man kann sich hinterher begrüßen . . .»

Zu Fuß gingen Njuscha und die anderen zur Kirche und zum Friedhof. Babukin überließ die zuschanden getriebenen Pferde einem Jungen, der sie ausschirrte, in Kolzows Stall führte und Decken über ihre zitternden Flanken warf. Aber das war sinnlos, denn die Pferde ließen sich einfach fallen, streckten sich aus und keuchten wie zwei zerrissene Blasebälge.

Am Grab öffnete sich eine Gasse in der Menschenmauer, als Njuscha und Bodmar erschienen. Der Sarg stand offen auf der Erde, und Tutscharin hockte stolz neben dem Sargdeckel und bewunderte sein Werk. Das silberne Palmblatt schimmerte in der Sonne. Würdevoll kam Vater Ifan mit

seinem großen Kreuz Njuscha entgegen, umarmte, küßte und segnete sie. Dann gab er den Weg frei zu Evtimia Wladimirowna.
Sie lag auf einem roten Kissen und war zugedeckt mit einem blauen seidenen Tuch. Ihr schmales Gesicht war rosig und von einer unheimlichen Lebensnähe.
Langsam ließ sich Njuscha vor dem offenen Sarg auf die Knie nieder. Behutsam streichelte sie das Gesicht der Mutter, legte einen Strauß Blumen, den die Nachbarin Amalja im Garten der Kolzows gepflückt hatte, unter die gefalteten Hände der Toten und betete dann stumm, die Stirn auf den Sargrand gelegt. Als die Frauen, die sie umringten, pflichtschuldig zu weinen und laut zu klagen begannen, schrak Njuscha hoch und schüttelte den Kopf.
«Mütterchen ...», sagte sie und beugte sich weit über Evtimia. «Sag Väterchen, daß ich glücklich bin. Sag ihm, daß mein Leben schön ist. Ich bin zurückgekommen zu euch allen, und ich werde immer wieder zurückkommen, so groß die Welt auch ist. Gib Väterchen diesen Kuß ...»
Sie küßte die Mutter auf die kalten, noch gefrorenen Lippen und zog schaudernd die Schultern zusammen. Dann erhob sie sich, stellte sich neben Bodmar und schob ihren Arm unter seinen Arm.
Tutscharin und Babukin schraubten den Deckel zu. Vater Ifan begann mit seiner tiefen Stimme zu singen, die Glocke im Turm der rosa Kirche läutete, sechs Männer, unter ihnen auch Kotzobjew und Rebikow, ließen den Sarg an dicken Seilen in das Grab hinab. In diesem Augenblick stemmte Klitschuk sich in den Sattel hoch und schoß mit seiner Reiterpistole in die Luft.
An Kolzows Ehrenmal begannen die Hornisten zu blasen. Sie bliesen das Signal «Zum Angriff», immer hintereinander. Etwas anderes konnten sie nicht. Ein Kosak trauert nicht ... er greift an.
Über den Don schob sich träge eine Wolke und verdunkelte den Himmel. In Streifen durchbrach die Sonne das Hindernis und bestrahlte das offene Grab mit hundert goldenen Fingern.

«Gott holt sie zu sich ...», stammelte der alte Babukin ergriffen.
Dann weinte er, denn plötzlich kam ihm der Gedanke, daß er weniger feierlich begraben werden würde.

Am gleichen Nachmittag, diesem Sonnabend, betrat Oberst von Braun das Zimmer seines Vorgesetzten Generalmajor Bollweiß. Er wußte, warum man ihn gerufen hatte, und war gut vorbereitet.
General Bollweiß verzichtete auf alle freundlichen Einleitungen und empfing von Braun in einer so knappen, unpersönlichen Art, wie sie eigentlich in den Diensträumen des Bundesnachrichtendienstes nicht üblich war. Oberst von Braun deutete deshalb auch so etwas wie eine stramme Haltung an, als er vor dem Schreibtisch des Generals stand.
«Ich habe es Ihnen prophezeit», sagte Bollweiß grämlich, «das geht in die Hosen. Ich nehme an, Sie haben den Funkspruch unseres Kontaktmannes VII auch in den Händen?»
«Natürlich, Herr General.» Oberst von Brauns Gesicht blieb verschlossen. Vor dir, dachte er. Ich kannte den verdammten Funkspruch schon, als du noch keine Ahnung hattest, was sich da in Wolgograd abgespielt hat. Und während wir hier herumreden und ich die Schuld elegant auf mich nehmen werde, sind ganz präzise Befehle bereits unterwegs an die Wolga. Kallberg, oder — wie er jetzt heißt — Fjodor Alexejewitsch Prikow hat seine Marschrichtung erhalten, und von ihr wird nicht abgewichen. Auch die Leute in Moskau sind verständigt. Ein Funkzeichen genügt, und im KGB-Hauptquartier läutet ein Telefon. Es wird eine besondere Freude sein, ihnen als Adresse für Eberhard Bodmar die Gruft der Shukendskijs auf dem Friedhof Nr. II in Wolgograd anzugeben.
General Bollweiß blickte in das aufgeschlagene Aktenstück und rieb sich mit dem rechten Zeigefinger den Nasenrücken. «Und was sagen Sie dazu?»
«Bodmars Austausch gegen Kallberg bleibt bestehen.»
«Braun! Wir sind hier keine Zauberbude!»

«Kallberg wird nicht zurückgenommen. Er wird bereits nächste Woche auf der Fahrt zum Atomforschungsinstitut Lanogorsk sein.»
«Und Bodmar?»
«Landet Dienstag abend in München via Budapest-Prag.»
«Sie sagen das, als ob sie einen normalen Fahrplan ablesen.»
«Mehr ist es auch nicht, Herr General.»
«Noch haben Sie Bodmar nicht in der Maschine sitzen. Ich hatte Sie gewarnt, von Braun! Bodmar ist nicht zu überzeugen mit vaterländischen Notwendigkeiten. Der Kerl ist links, eigentlich müßte er eine rote Haut haben wie ein Indianer. Dabei fiel sein Vater als Leutnant bei Stalingrad. Aber das kümmert die heutige Jugend ja nicht. Charakter ist ein Fremdwort geworden. Es war eine Fehlplanung, Kallberg gerade gegen ihn austauschen zu wollen.»
General Bollweiß überflog noch einmal den Zettel mit der Funkmeldung. «Der Anker, der Bodmar in Rußland hält, ist dieses Mädchen Njuscha. Damit mußten wir rechnen. Sie wissen doch, Braun ... ein Unterleib zieht stärker als zehn Pferde.»
«Es ist an alles gedacht worden, Herr General.» Oberst von Braun entnahm seiner dünnen Ledermappe ein Blatt Papier. «Wenn ich vortragen darf?»
«Ich warte darauf.»
Das war unhöflich, eine versteckte Ohrfeige. Braun nahm sie gelassen hin. Er kannte Bollweiß. Ihn plagte nur die Angst, vor dem Chef des BND, dem «Mann ohne Gesicht», dem General Gehlen, einen Fehler, eine Schlappe einzugestehen. Im nächsten Jahr ging Gehlen in Pension, und Bollweiß rechnete sich eine gute Chance aus, neuer Chef des Nachrichtendienstes zu werden. Da dürfen keine Fehler unterlaufen, da sind Niederlagen im Dunkel der Spionage wie Blutflecken auf einer weißen Weste.
«Der Aktionsplan sieht vier Gruppen vor.» Oberst von Braun blickte auf seine Notizen, «Gruppe eins: Kallberg gelingt es, Bodmar durch Argumente oder auch Drohungen zu überzeugen.»

«Gestorben.» Bollweiß schüttelte den Kopf. «So gute Argumente, daß Bodmar sie wie einen Honigbonbon lutscht, gibt es gar nicht.»
«Gruppe zwei. Njuscha Kolzowa wird überredet, sich von Bodmar zu lösen. Kallberg ist berechtigt, bis zu zehntausend Rubel zu bieten.»
«O Himmel, Braun, sind wir im Wilden Westen? Sie können Bodmar nicht für alles Gold der Bundesbank von Njuscha abkaufen.»
«Gruppe drei.» Braun sprach ungerührt weiter. «Ausschaltung von Njuscha Kolzowa. Dadurch Befreiung Bodmars von seiner ihn bedrückenden moralischen Verpflichtung.»
General Bollweiß blickte Oberst von Braun an wie die Schlange das Kaninchen. «Was heißt ‚Ausschaltung'?» fragte er gedehnt.
«Das ist eine Umschreibung von Aktionen, die eine Durchführung unseres Planes ermöglichen.»
«Sie sind ein Wortartist, Braun. Sagen Sie es klar: Sie machen Njuscha unschädlich.»
«Wir trennen Bodmar und Njuscha voneinander. Die Mittel muß Kallberg selbst bestimmen ... er allein kann die Lage überblicken.»
«Und Gruppe vier?»
«Zurücknahme von Kallberg nach Ergebnislosigkeit der drei vorhergenannten Aktionen. Übergabe Bodmars an das KGB.»
Bollweiß starrte seinen Oberst erschrocken an. «Sie wollen Bodmar ausliefern?»
«Ja, Herr General.»
«Und warum?»
«Kallbergs Zurücknahme bedeutet einen schweren Schlag gegen den Aufbau eines neuen Agentenringes nach Plan ‚Pilz'. Ich bin es nicht gewohnt, Herr General, Schläge einzustecken, ohne zurückzuschlagen. Ich war noch nie der Sandsack, den die Faust schlägt, sondern immer nur die Faust.»
«Für Bodmar bedeutet das lebenslang sibirisches Bergwerk.»
«Wir erfüllen damit nur seine Sehnsucht.» Oberst von

Braun lächelte mokant. Sein Zynismus überzog das Gesicht wie mit einer schiefen Maske. «Es ist doch der Wunsch dieses Herrn, für immer in Rußland zu bleiben . . .»
Bollweiß klappte die Mappe zu. Ich habe noch Nerven, dachte er. Ich bin noch keine pläne- und aktionenausspukkende Maschine.
«Und wann soll das losgehen?»
«Morgen früh, Herr General.» Oberst von Braun legte seinen Plan auf den Tisch. «Ich habe keine Zweifel, daß Bodmar bis Dienstag früh einsichtig geworden ist . . .»

37. Kapitel

Sie kamen am Sonntag zurück aus Perjekopsskaja und warteten, bis die Dunkelheit den Friedhof wie mit einem Mantel bedeckte. Schwer bepackt waren sie vom Don abgefahren, man hatte ihnen für Wochen zu essen mitgegeben. Dauerwürste und eingekochtes Fleisch. Zwiebeln und Trockenfisch, Marmelade und gesalzene Butter. Babukin hatte sie wieder nach Logowskij kutschiert, und eine Kosakenabteilung mit allen Parteigenossen des Dorfes, an der Spitze Kalinew und Väterchen Ifan mit wallendem Bart, ritt neben ihnen her, bis sie Logowskij in der Ferne sahen. Dann blieben sie zurück, denn so viel Aufwand für ein abreisendes Paar ist verdächtig.
«Es bleibt bei unserem Versprechen», sagte Kalinew zum Abschied. «Wir alle sorgen für Haus, Garten und Vieh. Wenn ihr zurückkommt, wird es sein, als sei Dimitri nie gestorben.»
«Ich danke euch», sagte Njuscha und umarmte jeden von ihnen. «Seid sicher . . . wir kommen zurück.»
Auf dem Bahnhof gab es dann noch einen Krach zwischen Babukin und dem Stationsvorsteher. Die Pferde Babukins apfelten auf dem Bahnsteig, und der Beamte hieb vor Wut gegen die Gebäudewand.
«Du kehrst sie weg, du krummbeiniger Mondgucker!» schrie er und hieb mit einem Stiefeltritt einen dicken Pferde-

apfel Babukin vor die Füße. «Das ist Verunreinigung öffentlichen Eigentums! Deine Kalmückenziegen bescheißen kollektiven Besitz!»
Babukin holte tief Luft und blieb die Antwort nicht schuldig. «Wie er schielt, ha, wie er schielt!» brüllte er. «Nachher trägt er die Äpfel in seinen Garten und düngt damit die Erdbeeren. Auch die Äpfel gehören dem Kollektiv. In schlechten Zeiten wurden sie sogar verlost.»
Es war wie immer. Babukin und der Stationsvorsteher stritten sich noch und schüttelten vor ihren Augen die Fäuste, als der Zug schon längst wieder durch die Steppe rollte, Wolgograd entgegen.
«Ich liebe dich, Sascha . . .», sagte Njuscha plötzlich.
Bodmar blickte sie erstaunt an. «Warum sagst du das jetzt?»
«Weil wir zurück ins Grab fahren. Sascha . . .» Sie starrte hinaus auf die Steppe, die golden in der Abendsonne glänzte. «Ich werde immer bei dir bleiben . . .»
Jetzt standen sie vor dem Friedhof und kletterten im Schutz der Dunkelheit über die Mauer. Schon von weitem sahen sie Borja am Grab der Shukendskijs stehen, aber er war nicht allein. Ein Mann wartete neben ihm. Njuscha hielt Bodmar fest.
«Da ist jemand, Sascha . . .»
Sie blieben hinter einem Baum stehen und beobachteten den Fremden. Dann flammte ein Streichholz auf, Borja gab dem Mann Feuer für eine Zigarette. Im flackernden Licht erkannte Bodmar die dunkle Gestalt.
«Bleib hier stehen, Njuscha», sagte er heiser. «Nein! Du gehst nicht mit. Ich bitte dich, hörst du, ich *bitte* dich . . . bleib hier stehen. In zehn Minuten sind wir die freiesten Menschen dieser Welt. Bitte . . .»
Er löste sich aus Njuschas Griff und ging mit weitausgreifenden Schritten zur Gruft hinüber. Seine Tritte knirschten im Kies des Weges. Borja und der Fremde fuhren herum.
«Er kommt», sagte Borja laut. Und dann noch lauter: «Sascha, du hast Besuch. Du selbst hast ihm die Adresse gegeben.»

«Laß uns allein, Borja.» Bodmar hatte die Gruft erreicht und legte Borja die Hand bittend auf die Schulter. «Geh zu Njuscha. Dort, in der Baumgruppe ... beruhige sie. Es dauert nicht lange ...»
Borja blickte Bodmar aus fragenden Augen an. Aber dann schluckte er eine Antwort hinunter, wandte sich ab und tappte zu den Bäumen. Bodmar wartete, bis er außer Hörweite war.
«Was wollen Sie noch, Kallberg?» fragte er dann hart.
«Ich habe Ihnen gesagt, daß das letzte Wort noch nicht gesprochen ist, Bodmar.» Kallberg sog nervös an seiner Zigarette. «Übermorgen um 11.24 Uhr fliegt die Maschine nach Deutschland zurück.»
«Gute Reise.»
«Das wünsche ich Ihnen.»
«Ist es nicht Verschwendung von Worten und Zeit, darüber noch zu reden? Sie haben gehört, ich habe zu Borja gesagt, es dauert nicht lange. Also machen wir es kurz. Klipp und klar, Kallberg: Ich bleibe in Rußland.»
Zwischen den Bäumen fand in diesen Minuten ein stummer, verbissener Ringkampf statt. Borja hielt Njuscha umklammert, und sie hieb mit ihren kleinen Fäusten auf ihn ein, auf den Kopf, gegen die Brust, auf die Arme, sie trat nach ihm und ließ sich fallen, um seinem Griff zu entkommen.
«Laß mich!» keuchte sie dumpf, so daß Bodmar es nicht hörte. «Ich will zu ihm! Ich muß hören, was er sagt.»
«Du bleibst!» zischte Borja. «Verdammte Katze, du bleibst hier. Was willst du hören, he? Verkriechen solltest du dich, dir die Ohren zuhalten und die Augen dazu. Hier bleibst du!»
Er umfaßte sie mit Bärenkräften, aber Njuscha wehrte sich ebenfalls wie eine Bärin. «Der Fremde ist ein Deutscher —» keuchte sie. «Ich fühle es, ich rieche es, es juckt mir auf der Haut. Ein Deutscher! Was will er von Sascha? Was besprechen sie? Laß mich los, du Grützekocher! Oh, ich schreie, ich schreie Sascha — Sascha ...»
Mit einem Ruck gelang es ihr sich loszureißen und unter

seinen Armen wegzutauchen. Wie eine Katze schnellte sie in die Dunkelheit und war verschwunden, ehe Borja sie erneut packen konnte.
«Es muß wohl so sein», sagte er philosophisch und fingerte seine Pfeife aus dem Rock. «Man kann dem Schicksal nicht weglaufen. Ein Tölpel, wer das glaubt.»
An der Gruft blickten sich Bodmar und Kallberg an, als wollten sie sich jeden Augenblick aufeinanderstürzen. Sie bemerkten nicht den gleitenden Schatten, der in der Hecke hinter ihnen verschwand, lautlos, selbst die Äste bewegten sich kaum.
«Wir erwarten, daß Sie abfliegen», sagte Kallberg. Er sprach russisch, nachdem ihm Bodmar gesagt hatte, er verstehe ab sofort kein Deutsch mehr.
«Ich weigere mich, ohne Njuscha zu fliegen. Und selbst wenn Sie jetzt einen Platz für Njuscha in Ihrer verfluchten Maschine haben ... es ist vergeblich. Njuscha wird nie ihr Land verlassen ... und ich gehöre dorthin, wo Njuscha ist. Ist das klar? Gute Reise, Kallberg.»
Bodmar wandte sich ab, aber wie damals auf dem Mamajew-Hügel hielt Kallberg ihn fest.
«Noch eine Information, Bodmar. Ja, machen wir es kurz. Lassen wir alle Schnörkel weg. Auf ein Zeichen von mir — und ich werde es am Dienstag genau um elf Uhr geben, vom Flugplatz aus wird einer meiner Männer das KGB über Ihren Aufenthalt unterrichten. Ich habe vorgestern von Ihnen auf dem Hügel einige Fotos geschossen — Sie haben es gar nicht bemerkt —, so daß das KGB genau wissen wird, wie Sie heute aussehen. Mit Bart. Sie können sich ausrechnen, wie man Sie hetzen wird und wie groß dann noch Ihre Chancen sind. Gut, ich fliege zurück ... aber Sie werden Ihren Rußland-Traum in den Bergwerken von Karaganda austräumen ...»
«Sie Schwein!» sagte Bodmar gepreßt. «Sie elendes Schwein!» Er bückte sich und schwang plötzlich Borjas Spaten hoch, der auf dem Boden lag. Kallberg machte keine Bewegung der Abwehr.
«Bringen Sie mich um, Bodmar ... auch das ist einkalku-

liert. Wenn ich um Mitternacht nicht im Hotel bin, gibt es heute schon Alarm bei Oberstleutnant Rossoskij.»
Bodmar ließ den Spaten fallen. Laut klirrte er auf die Marmorplatte der Gruft.
«Gehen Sie . . .», knirschte er. «Bei Gott, gehen Sie schnell! Ich weiß sonst wirklich nicht mehr, was ich tue.»
Kallberg nickte fast fröhlich. «Überlegen Sie es sich noch einmal, Bodmar. Ich erwarte sie morgens um acht Uhr im Hotel. Wir haben dann Zeit genug, die Pässe zu präparieren.» Er wandte sich ab, drehte sich aber nach zwei Schritten noch einmal um. «Ich weiß, daß Sie kommen. Denn überlegen Sie eins: Durch Ihre Halsstarrigkeit bringen Sie nicht nur sich selbst in das Bergwerk, sondern auch Njuscha in das Frauenstraflager. Wenn Ihre Liebe so himmelhochjauchzend ist, dann sollten Sie vor allem Sorge tragen, daß Njuschas Leben nicht gefährdet wird.»
Er wartete auf eine Antwort, aber Bodmar schwieg. Mordgedanken durchrasten ihn. Er war bereit, Kallberg anzuspringen und mit seinen Händen zu erwürgen. Haben wir denn noch Zeit zu fliehen? dachte er. Bis Mitternacht sind es nur noch zwei Stunden. Was sind zwei Stunden Vorsprung? So aber bleiben uns noch zwei Tage. Morgen früh werden wir rennen wie die Steppenwölfe. Hinein nach Kasakstan, hinüber in die sibirische Taiga . . . Aber wir werden zusammen sein, Njuscha.
Kallberg hob die Schultern und ging. Auch er mußte über die Mauer klettern und verschwand dann in der Dunkelheit. Fast gleichzeitig waren Borja und Njuscha bei Bodmar.
«Was wollte er?» fragte Borja dumpf.
«Wenig, fast nichts.» Bodmar sah an Njuschas bettelnden Augen vorbei. «Er brachte Grüße aus Deutschland. Nur Grüße. Wir wollen ihn vergessen. Was macht unsere Wohnung, Borja?»
«Ich habe heute am Sarg von Vater Shukendskij eine Lampe mit Batterie montiert. Es ist hell wie in einem Salon.»
Er öffnete die Grabplatte und stieg hinab. Als Bodmar ihm folgen wollte, hielt ihn Njuscha fest.

«Ich liebe dich, Sascha», sagte sie. «Vergiß es nie ... ich liebe dich.»
Dann stieg sie in die Gruft, und Bodmar folgte ihr, den Kopf voller rasender Gedanken.
Am nächsten Morgen erwachte Bodmar allein unter den Decken. Wo Njuscha geschlafen hatte, war nur noch das Kissen mit dem Eindruck ihres Kopfes. Mit einem Satz sprang Bodmar auf, kletterte die Leiter hinauf und hob die schwere Steinplatte an. Borja arbeitete zufällig neben der Gruft und kehrte den Weg, oder war das kein Zufall? Er schielte auf die sich bewegende Grabplatte und stellte den Fächerbesen an einen Baum.
«Wo ist Njuscha?» fragte Bodmar, als er auf der Erde stand. «Wo ist sie?»
«Ist sie fort?» fragte Borja gedehnt.
Mit einem Sprung war Bodmar bei ihm und umfaßte Borjas Hals. Er drückte die Finger gegen seine Kehle, als wolle er ihn erwürgen. Vor seinen Augen verschwamm die Umwelt in einem sich drehenden rostroten Nebel.
«Wo ist Njuscha?» schrie er. «Du weißt, daß sie fort ist. Du hast sie gehen sehen. Du siehst alles. Wo ist sie hin? Borja, Borjuschka — ich bringe dich um ... sag ein Wort!»
«Und wenn du mich erdrückst wie eine Taube ... ich weiß es nicht ...», keuchte Borja. Die Augen fielen ihm fast aus den Höhlen. «An mir vorbei ist sie gelaufen, vor einer Stunde, und gab keine Antwort.»
«Und du hast mich nicht geweckt, du Hund?»
«Nein. Njuscha hat gestern alles mitgehört ...»
«Borja!» Die roten Nebel vor Bodmars Augen teilten sich, und dahinter erschien die Welt, grauweiß wie ein Heer von aufrechtstehenden Leichen. «Sag nicht, daß sie für immer fort ist. Sag es nicht ... ich drücke zu ... ich ... ich drücke zu ... Sie ist nicht fort für immer ...»
Er starrte Borja in die vorquellenden Augen, gab seine Kehle frei und wartete auf die Antwort. Und Borja sagte, mit dem Pfeifen des ersten tiefen Atemzuges:
«Ja, sie ist fort ... fort für immer. Du wirst Njuscha nie wiedersehen ...»

38. Kapitel

Man darf einem Menschen, dem die Verzweiflung das Gehirn wegbrennt, verzeihen, wenn er Sinnloses tut, was mit der Elle der Vernunft nicht mehr zu messen ist. Auch Bodmar war darin keine Ausnahme. Borja entwischte seinen groben Händen und flüchtete vor dem Rasenden hinter eine Baumgruppe, von wo er ihn beobachtete, wie man ein Raubtier mustert, das in blinder Wut gegen die Gitter seines Käfigs springt, sich in die Eisenstäbe verbeißt und mit den Krallen den Boden aufreißt.

Bei Bodmar dauerte die Zerstörungswut nur Sekunden, aber Borja kamen sie unendlich vor. Bodmar hatte den Spaten ergriffen und köpfte mit ihm die Blumen der Nebengräber, dann hackte er das Stahlblatt in den nächsten Baum und blickte mit so wilden, fast wahnsinnigen Augen um sich, daß Borja sich völlig hinter einem Baum verkroch. Schließlich kletterte Bodmar zurück in die Gruft. Nach wenigen Augenblicken aber tauchte er wieder auf, schleuderte seinen Rucksack aus dem Grab und warf ihn über die Schulter.

Vorsichtig schob sich Borja aus seinem Versteck.

«Wohin, Söhnchen?» fragte er. Bodmar zog den Kopf zwischen die Schultern. Sein Gesicht war zerfurcht, als sei es aus Narben zusammengesetzt.

«Ich werde Njuscha suchen», sagte er tonlos.

«Du willst einen Hosenknopf in der Wolga suchen? Sascha . . . fang wieder an zu denken . . .»

Borja kam langsam näher. Der große, innere Sturm war über Bodmar hinweggebraust . . . nun war er ein hilfloser Mensch, ein ziellos Umherirrender, ein Ausgesetzter in der Wüste. Borja spürte in sich den Kummer eines Vaters, dem sein Sohn davonläuft.

«Komm, setz dich zu mir, Sascha», sagte er und drehte für Bodmar eine schöne, dicke Zigarette. «Laß uns über alles sprechen . . .»

«Ich fahre nach Perjekopsskaja!» rief Bodmar. «Dort werde ich sie treffen.»

«Sie wird nicht in Perjekopsskaja sein.»
«Dann weißt du, wo sie ist?» Bodmar stürzte sich erneut auf den Alten. Er drückte ihn gegen einen Baum und riß ihm die Arme nach hinten, als er sich verzweifelt wehren wollte. Die halbgedrehte Zigarette fiel zur Erde. «Warum sagst du nicht die Wahrheit? Was weißt du wirklich?» Plötzlich verließen Bodmar die Kräfte, seine Arme fielen herab, und Borja bückte sich, um den Tabak von der Erde zu sammeln und die Zigarette noch einmal zu drehen.
«Setz dich, Söhnchen», sagte Borja und zeigte auf eine Bank neben der Gruft der Shukendskijs. Bodmar schüttelte den Kopf. Seine Hände zitterten wie im Eiswind.
«Ich kann jetzt nicht sitzen. Sag mir, wohin sie gegangen ist. Das ist alles, was ich noch von dir wissen will.»
«Sie ist weggeweht wie ein Halm im Wind. Irgendwohin ... keiner weiß es genau.»
«Du lügst.»
«Ich will blind sein wie ein Regenwurm, wenn das nicht wahr ist.» Borja beleckte das Zeitungspapier und drehte die Zigarette fertig. Dann brannte er sie an, tat den ersten Zug und schob sie danach Bodmar zwischen die Lippen. Zweimal, als hinge sein Leben davon ab, sog Bodmar an ihr, dann spuckte er sie aus.
«Was hat Njuscha gesagt? Borja ... sie kann doch nicht ohne ein Wort gegangen sein ...»
«Wenig war's, Söhnchen. Geweint hat sie immer nur, und ich konnte sie nicht trösten. Womit sollte ich das auch? Recht hatte sie ... das Leben mit dir war vorbei.»
«Aber das ist doch Wahnsinn! Ich werde in Rußland bleiben und ein Russe sein ...»
«Das ist auch so ein Problem, Sascha ... man kann es nicht so dahersagen wie ‚Gib mir ein Gläschen Wodka'.» Borja setzte sich auf die Bank und klemmte die Hände zwischen die Knie. Dabei schielte er zum Haupteingang. In einer halben Stunde begann die Arbeit der Beamten und der anderen Totengräber ... eine kurze Zeit blieb nur noch, um einen Menschen zu überzeugen, daß er in eine falsche Richtung gelaufen war, auf einem Weg, der im Nichts

endete. «Du bist mir wie ein Sohn», sagte Borja. «Du weißt es. Ich liebe die Deutschen nicht, sie haben in meinem Leben genug Unheil angerichtet ... aber bei dir habe ich es überwunden, daß du ein Deutscher bist. Schwer war das, Sascha, schwer ... du kannst es nicht ermessen.»
«Erzähle mir nicht von dir!» schrie Bodmar. Er umklammerte den Stiel des in den Baum gehauenen Spatens. «Wo ist Njuscha?»
Borja schielte zu ihm hoch und blinzelte gegen die weißliche Morgensonne.
«Sie liebt dich», sagte er langsam. «O Gott, wie sie dich liebt ... und deshalb ist sie fortgelaufen. ‚Er soll mich nicht suchen' hat sie mir noch zugerufen. ‚Er wird mich nie finden.' Und ich bin ihr nachgelaufen wie ein Hund und habe ihr nachgebrüllt: ‚Njuscha! Täubchen! Ein Wort nur! Du mußt mit Sascha über alles sprechen! Du brichst ihm das Herz!' Aber sie lief weiter, und ich konnte sie nicht mehr einholen, so wieselschnell war sie davon.»
«Und vorher. Bevor sie weglief — was hat sie da gesagt?»
«Daß sie dich liebt ...»
«Und weiter?»
«Daß sie alles mit angehört hat, was der Deutsche mit dir gesprochen hat. Daß sie dich zwingen wollen, nach Deutschland zurückzukehren und dich dem KGB verraten, wenn du dich weigerst. Die ganze Nacht hat sie geweint ... du hast es nicht gehört, du hast neben ihr geschlafen und geschnarcht. In der Morgendämmerung schlich sie dann zu mir — ich schlafe jetzt in Box 12, bei dem toten Mukinian, einem Möbelhändler —, setzte sich neben mich an den Sarg und sagte: ‚Väterchen Borjuschka, ich habe es mir überlegt ... er muß zurück in seine Heimat. Hier vernichten sie ihn gemeinsam ... die Russen und die Deutschen ... und wir können nicht vor allen davonlaufen, einmal ergreifen sie uns, und dieses Ende wäre schlimmer. Heute werden wir es beide überleben ... später nicht mehr.' — Ein klugel Weibchen, Sascha, bei Gott! Kaum sprechen konnte sie vor Schluchzen, aber was sie sagte, hatte Sinn. Du mußt das zugeben, Söhnchen. Sei ehrlich ...»

«Wir wollten nach Sibirien. Wir wollten dort leben wie in einem Paradies.» Bodmar riß den Spaten aus dem Baum und hieb ihn in den weichen Boden. «Warum können zwei Menschen auf dieser großen Welt nicht glücklich sein? Ohne Politik, ohne Grenzen, ohne Völkerhaß, ohne die Schatten der Vergangenheit, ohne einen Paß ... nur glücklich sein, weil sie Menschen sind und einander lieben? Warum ist das nicht möglich? Da schießt man Raketen zum Mond und erobert das Weltall ... aber auf der Erde selbst ist nicht Platz für zwei Menschen, die zusammengehören. Borja ...»

«Söhnchen?»

«Ich bleibe bei dir. Ich warte auf Njuscha ...»

«Es nützt nichts. Du wirst sie nie wiedersehen.»

«Sie wird zurückkehren nach Perjekopsskaja. Wenn nicht heute, dann in drei Wochen, drei Monaten, drei Jahren. Darauf werde ich warten. Und wenn ich mir aus Treibholz und Schilf am Don eine Hütte baue ... ich werde da sein, wenn Njuscha zurückkommt.»

«Sie werden dir keine Zeit dazu lassen, Sascha. Am Dienstag holt das KGB dich ab.» Borja stopfte seine Pfeife, aber er wollte jetzt nicht rauchen. Er tat es nur, um seine Hände zu beschäftigen — sie zitterten. «Deine Deutschen haben es dir klar genug gesagt ...»

«Am Dienstag werde ich in der Steppe verschwunden sein.»

«Das stimmt. Und es wird die Genossen vom KGB nicht sehr verwundern.» Borja umklammerte seine dicke Pfeife mit beiden Händen. «Sie werden mich dafür mitnehmen — das ist wenigstens ein kleiner Erfolg. Und ich werde nicht vor ihnen weglaufen, Söhnchen, meine Beine sind zu alt dazu. ‚Du hattest ihn versteckt gehalten!' werden mich die Genossen anbrüllen. Und ich werde antworten: ‚Ja. Das habe ich.' — ‚Warum, du Schwein?' — Und ich werde sagen: ‚Genossen, ein alter Mann wie ich, beginnt zu verblöden. So ist's nun mal. Ich habe Sascha in mein Herz geschlossen, er war ein guter Mensch. Ein Deutscher war er, ja ... und seht, Genossen, hier beginnt meine Altersblödheit: Ich habe nie daran gedacht, daß er ein Deut-

scher war. Er war immer nur mein Sascha, mein Söhnchen. Er war das Licht meines alten Herzens. Was kann man dagegen tun, Genossen?' – Und die Genossen vom KGB werden mir in die Fresse schlagen, und sie werden mich in einen Steinbruch stecken, wo ich bald verrecke. Aber ich werde immer an dich denken, Söhnchen, immer.»
Bodmar blickte den alten Borja lange und schweigend an. Dann nickte er wortlos, ergriff seinen Rucksack und klemmte ihn unter den Arm. Der Alte sog verzweifelt an seiner kalten Pfeife, er schmatzte und gluckste und scharrte mit den Stiefeln über die Erde. Als Bodmar sich abwandte, sprang er auf und drehte ihn mit wildem Ruck herum.
«Wohin?» schrie Borja.
«Ins Hotel. Ich bringe diesen Kallberg um.»
«Und damit Njuscha, mich und dich selber ... immer nur Tod, immer nur Blut, immer nur Vernichtung, wo ihr Deutschen auftretet! Könnt ihr nichts anderes als zerstören ...?»
Bodmar blickte den Alten entsetzt an. Er begriff ihn nicht, und als er die Hand ausstreckte, schlug Borja sie ihm weg.
«Borjuschka ...», keuchte Bodmar. «Was ist los mit dir? Wie kannst du so etwas sagen? Ich bin in euer Land gekommen, um es wie meine neue Heimat zu lieben. Was soll ich denn noch tun?»
«Du sollst abfliegen!» schrie Borja. Er bückte sich, riß den Spaten aus der Erde und hob ihn hoch. Sein von dem wilden Bart umwuchertes Gesicht verzerrte sich zu einem Gebilde, das nicht mehr menschlich war. «Gehen sollst du! Weggehen!» brüllte er heiser. «Zurück nach Deutschland. Ich will dich nicht mehr sehen, hörst du? Und den Schädel spalte ich dir, wenn du nicht wegläufst ... in die Erde dresche ich dich wie einen Holzpfahl ... ich spucke dich an ... du ... du Deutscher!»
«Borja!» Bodmar streckte beide Arme aus. «Ich kann nicht ...»
«Gott verzeih mir!» schrie der Alte. «Jetzt töte ich ihn.»
Er schwang den Spaten über seinen Kopf und bettelte im Innern darum, daß Bodmar weglaufen möge. Ich schlage sonst zu, dachte er. Ich schlage wirklich zu ... das ist bes-

ser als die lange Qual, die ihn in den Straflagern erwartet. Ein Liebesdienst ist es, Söhnchen ... ich weiß, was es heißt, eine tote Seele zu sein ...
Bodmar zögerte einen Augenblick — dann wandte er sich ab, bevor Borja mit einem lauten Seufzer den Spaten aus der Höhe herunterfallen ließ. Er traf ins Leere .. mit einem leisen Zischen sauste er hinter Saschas Rücken zur Erde. Bodmar spürte den Luftzug des Schlages und drehte sich langsam um. Das Gesicht Borjas hatte jede Form verloren, nur die Augen wiesen auf eine Stelle hin, wo es menschlich war.
«Du hättest es wirklich getan ...?» stammelte Bodmar.
«Ja!» Borjas Keuchen war wie das Jammern eines Tieres.
«Wirst du Njuscha wiedersehen?»
«Ich weiß es nicht.»
«Sag ihr, daß ich heute gestorben bin. Was weiterlebt, ist ohne Bedeutung.»
Bodmar wandte sich ab und ging.
«Nicht dorthin ...», rief Borja mit einer Stimme, die schwankte wie eine Blechplatte im Sturm, als er ihn in den Hauptweg einbiegen sah. «Nicht durch das Tor. In zehn Minuten beginnt das Begräbnis des Iwan Antonowitsch Delnikow. Spring über die Mauer ...»
«Danke.» Bodmar wechselte die Richtung und lief zur Friedhofsmauer. Borja folgte ihm, schwankend wie ein Betrunkener.
«Hast du mir nichts mehr zu sagen?» schrie er ihm nach. «Sascha ... nichts mehr?»
Bodmar blieb an der Mauer stehen und drehte sich um.
«Ich verstehe dich nicht mehr», sagte er heiser. «Du bleibst mir ein Rätsel, Borjuschka ...»
Er warf erst den Rucksack über die Mauer, dann sprang er hoch, umklammerte die Mauerkante, zog sich an der Wand empor und verschwand mit einem Schwung auf der anderen Seite.
Es war der Augenblick, in dem Borja den Kopf zurückwarf und die Arme ausbreitete. «Söhnchen ...», schrie er. «Söhnchen ... mein Liebling!» Er rannte zur Mauer, zog

sich ächzend empor und blickte, an seinen zittrigen Armen hängend, Bodmar nach, wie er schnell über die noch unbelebte, im Frühling glänzende Straße lief und um die Ecke bog. Dann ließ sich Borja fallen, drückte das Gesicht an die Mauer und weinte mit lauten, hohlen Tönen. Die Tränen durchweichten seinen Bart, als halte er sein Gesicht in den Regen.

Eine halbe Stunde später verhandelte er mit der trauernden Familie Demichow.

«Ein so gutes Großväterchen war er», sagte er. «Ein so edler Mensch. Ein Charakter wie Glas. Man sollte ihm ein besonders schönes Plätzchen für den ewigen Frieden gönnen. Dort unter der Ulme, liebe Genossen im Schmerz. Was für eine tiefe Freude, dort zu liegen. Wenn Sie mir dreißig Rubel überlassen, werde ich mit dem Inspektor darüber sprechen . . .»

Ein neuer Tag hatte in Wolgograd begonnen . . .

«Ich wußte, daß Sie kommen, Bodmar. Vernunft und Liebe sind zwei feindliche Schwestern. Ich habe von Beginn unserer Bekanntschaft an das Vertrauen in Sie gesetzt, daß Sie ein vernünftig denkender Mensch sind. Trotz Ihres Ausflugs in die Romantik einer Kosakenliebe. Bitte nehmen Sie doch Platz. Ihr Paß ist bereits fertig. Sie sehen daran, wie sicher ich meiner Sache war.»

Peter Kallberg holte den grünen deutschen Paß aus seiner Rocktasche und warf ihn vor Bodmar auf den kleinen runden Rauchtisch.

Die Fahrkarte in die Freiheit.

Rückkehr in die Heimat.

Was heißt das jetzt noch? dachte Bodmar. Was ist Heimat? Gibt es so etwas überhaupt ohne Njuscha? Ist die Leere, in die ich hineingeflogen werde, noch ein Leben? Was ist denn noch ein Leben ohne Njuscha?

Heimat —, das ist doch ein abstrakter Begriff. Ein Monster, das einen auffrißt, wie die Spinne ihr Männchen. Heimat! Wer sagt hier Heimat! Wer ist der Narr, der etwas Unnützes aus sechs Buchstaben ausspricht?

Er warf einen Blick auf den Paß und fegte ihn dann mit einer Handbewegung auf den rotblau gemusterten Teppich. Kallberg hob interessiert die Brauen.

«Ich bin nur gekommen, um Ihnen endgültig zu sagen, daß ich in Rußland bleibe.» Bodmar stellte seinen Rucksack auf den Tisch und nahm die Zigarette, die ihm Kallberg aus einer Schachtel entgegenhielt. Dabei blickte er sich um. Ein modern eingerichtetes Hotelzimmer, die Tür zum Flur, eine kleinere Tür in das nebenan liegende Badezimmer, ein Fenster mit zwei Flügeln. Bodmar rauchte ein paar Züge, legte dann die Zigarette in den großen gläsernen Aschenbecher und öffnete mit ruhigen Bewegungen seinen Rucksack, als wolle er ein Geschenk auspacken oder als sei er ein Hausierer, der etwas Außergewöhnliches, eine Neuheit vielleicht, anzubieten hat. Kallberg beobachtete ihn mit leicht geneigtem Kopf ... sein Lächeln war süffisant, von einer schleimigen Vertrautheit. Es gefror auf seinem Gesicht, als Bodmar eine Pistole aus dem Rucksack zog. Es war die Waffe, die ihm Kalinew beim Abschied aus Perjekopsskaja in die Hand gedrückt hatte.

«Das ist das Dümmste, was Sie tun können», sagte Kallberg ohne jegliche Regung. «Was ändern Sie damit?»

«Wissen Sie, daß Njuscha davongelaufen ist?»

«Nein. Aber da Sie mir das jetzt sagen, habe ich alle Hochachtung vor dem Mädchen. Es ist klüger als Sie, Bodmar.»

«Sie hat unser Gespräch an der Gruft mit angehört.»

«Und überblickte die Lage besser als Sie.»

«Sie ist fortgelaufen, um mir den Weg in die Freiheit leichter zu machen.»

«Das beweist, wie groß ihre Liebe zu Ihnen ist. Der Verzicht auf Egoismus bedeutet die größte Überwindung überhaupt.»

«Aber ich werde Rußland nicht verlassen. Und wir werden das in den nächsten fünf Minuten klären.»

«Bitte.» Kallberg setzte sich und schlug die Beine übereinander. Unbefangen blickte er in die Mündung der Pistole, die sich gegen seinen Kopf richtete. «Glauben Sie nicht, Bodmar, ich sei ein eiskalter Hund. Außerhalb meines Dienstauftrags, von Mann zu Mann, kann ich Sie gut verstehen. Ich habe Njuschas Foto in der Zeitung gesehen ... so unscharf es auch ist, es strahlt immer noch diese rätselhafte Schönheit aus, der wir Männer erliegen. Das Geheimnis der russischen Seele, Kosaken am Don, die Steppe ... das sind Drogen, die wir Deutschen seit Jahrhunderten einschnupfen wie Rauschgift. Irgendwie verlieren wir den Verstand, wenn wir über die Weichsel kommen ... spätestens am Dnjepr trägt uns die Verzauberung davon. Aber die Realitäten bleiben, und die sind brutal, mein Bester, die lassen keinen Raum für Träumereien.»

«Weil Menschen Ihrer Sorte den Frieden nur als eine Atempause der Zerstörung ansehen. Man wäscht sich das Blut von den Händen und tötet dann weiter. Wird man denn nie aus der Vergangenheit lernen?»

«Bodmar, wie kann ein Journalist, ein Mann jenes Berufsstandes, der von sich behauptet, er habe immer die Finger am Puls der Zeit, so primitiv und kindisch denken? Ich nehme an, Sie sind auch ein Befürworter der Abrüstung?»

«Ja, natürlich.»

«Natürlich ist das gar nicht.» Kallberg steckte sich eine Zigarette an, beugte sich vor, warf das Streichholz in den Aschenbecher und kam dabei der Pistolenmündung so nahe, daß er sie fast mit seiner Stirn berührte. «Wir rüsten ab, und die anderen fallen über uns her. Bodmar, vergessen Sie nicht: Auch wir Menschen sind nichts anderes als hochentwickelte Tiere. Nennen Sie mir im Tierreich eine einzige Gattung, die nicht für ihre Begriffe bewaffnet oder geschützt ist. Vom kleinsten Einsiedlerkrebs, der ein Schneckenhaus als Schutz mit sich herumschleppt, bis zum Elefanten mit seinen mächtigen Stoßzähnen, von der Seeanemone mit ihren giftigen Nesselfäden bis zum Panzernashorn ... überall in der Natur trägt man Waffen. Überall verteidigt man sich, überall wird angegriffen. Ausgerechnet der Mensch, dieses Spaltprodukt des Affen, soll aus der Art fallen? Sagen Sie jetzt bitte nicht: Er kann es, weil sich in ihm die Intelligenz entwickelt hat. Bodmar ... gerade diese Intelligenz ist es, die ihn zur Virtuosität des Vernichtens prädestiniert. Ein Löwe schlägt die Gazelle nur, wenn er Hunger hat ... der Mensch aber ist immer und überall bereit zu töten, denn für ihn gibt es Gründe genug: Volk ohne Raum, Volk mit zuviel Raum, verschobenes Gleichgewicht, Neid auf den Erfolg der anderen, politische Ideologien, Massenwahn, Herrschaftsansprüche, Selbstüberschätzung ... das ist eine Liste, die aus jeder Hirnkammer einen Vernichtungsanspruch herausholen kann. Unterbrechen Sie mich nicht, Bodmar, bitte. Sie können gleich antworten, wenn ich zu Ende bin. Was hat das alles mit Njuscha und mir zu tun, wollen Sie fragen, nicht wahr? Ich lese es Ihnen am Gesicht ab. Nichts — und alles. Nichts, weil Sie ein freies Individuum sind ... alles, weil Sie Angehöriger eines Volkes sind, auf dessen Rücken zweimal und in Zukunft immer wieder die Querelen der Politiker mit Blut und Tränen ausgefochten werden. Wir sind die Pfanne, in die man alles haut, und unter unseren Hintern heizt man die Hölle an. Wir sind die Prügelknaben der Geschichte und sind es selbst schuld ... schon die Germanen waren berühmt für ihren lauten Ton, wenn sie in die Kuhhörner bliesen. Verstehen Sie das?»

«Nein. Ich blase in kein Kuhhorn.»

«Aber tausend andere tun es, und sie übertönen Ihr dünnes Stimmchen, das ‚Halt! Halt!' schreit. Der Krieg ist vor fünfundzwanzig Jahren zu Ende gegangen — aber leben wir in Frieden? Noch nie war eine Welt so bis an den Scheitel gerüstet wie heute. Noch nie wußte man so klar, daß ein neuer Krieg keine fünfundfünfzig Millionen Tote kostet wie der letzte, sondern die halbe Menschheit in die Luft jagt. Und trotzdem baut man weiter ... Atomraketen, Atom-U-Boote, Atomzerstörer, Atombomber. In unterirdischen Gewölben lagern chemische Kampfmittel, die ganze Landstriche auslöschen können. Ein Heer von Agenten ist unterwegs, dem Gegner diese Geheimnisse abzujagen, um schneller, besser, perfekter im Töten zu werden. Und einer von diesen Jägern bin ich. Ab morgen werde ich Fjodor Alexejewitsch Prikow heißen und nach Moskau fahren. Und Sie haben das ermöglicht, Bodmar.»

«Irrtum, Kallberg. Ich brauche nur den Zeigefinger zu krümmen, und alle Probleme sind gelöst.»
«Welche Probleme? Ihre? Die fangen dann erst an. Es sei denn, Sie sind Anhänger eines langsamen Selbstmordes und berauschen sich an Ihrem eigenen Untergang. Ich bin ersetzbar ... wenn ich ausfalle, sickern andere Kollegen ins Land. Bei Ihnen aber ist endgültig der Vorhang gefallen. Ob Sie morgen als Peter Kallberg zurück nach Deutschland fliegen oder als gehetzter Mörder durch Rußland trampen ... Njuscha sehen Sie nicht wieder. Das wissen Sie so gut wie ich ... nur sich eingestehen wollen Sie es nicht.»
Kallberg erhob sich, drückte Bodmars Pistole zur Seite, ging zu einer Kommode und holte eine Flasche Rotwein aus der Schublade. Sie war schon angebrochen, und Kallberg goß zwei Gläser voll. Mit dem Wein in der Hand kam er zu Bodmar zurück. «Warum wollen Sie blind sein, wo Sie doch alles überklar sehen? Bodmar, Sie stehen auf einem Bahnsteig, und der Zug ist abgefahren. Sie sehen nur noch in der Ferne die Rauchwolke, und vielleicht pfeift er auch noch. Wollen Sie ihm nachlaufen?»
«Nein, aber ich nehme den nächsten Zug.»
«Das soll ein Wort sein.» Kallberg trank einen Schluck Wein und hielt das andere Glas immer noch Bodmar hin. «Ich werde Oberst von Braun unterrichten, ich verspreche es Ihnen. Braun ist der Mann, der Ihnen helfen kann. Er wird die Möglichkeit schaffen, daß man Ihnen einen anderen Paß ausstellt. Als Peter Schmitz und dann als Hans Mayer und später als Willi Lehmann werden Sie nach Rußland reisen können, als biederer Tourist, so wie Sie jetzt unter meinem Namen ausreisen, und vielleicht wird es Ihnen gelingen, Njuscha wiederzusehen. Die Strecke Wolgograd—Perjekopsskaja kennen Sie ja jetzt genau. Ich verspreche es Ihnen, Bodmar ... und nun trinken Sie und spülen endlich die Galle hinunter, die Ihnen im Mund liegt ...»
Bodmar schüttelte den Kopf. Aber er steckte die Pistole ein und verließ wortlos das Zimmer. Er kapitulierte. Er streckte die Waffen vor dem Heer aus Sinnlosigkeiten und

Irrtümern, dem er gegenüberstand. Die Russen jagten ihn, und es wäre vergebliche Mühe gewesen, ihnen die Zusammenhänge zu erklären . . . ein so schönes Opfer wurde ihnen nicht so schnell wieder serviert. Die eigenen Deutschen benutzten ihn als Austauschobjekt, im zwielichtigen Krieg der Geheimdienste war er so viel wert geworden wie eine gewonnene Schlacht. Man zerrieb ihn, rücksichtslos, ohne Erbarmen.
Stundenlang irrte Bodmar durch die Stadt. Zu Fuß, mit dem Bus, mit der Straßenbahn durchstreifte er Wolgograd, mit leeren Augen und dem taumelnden Schritt eines Fieberkranken. Er saß an der Wolga auf den weißen Bänken, wo er mit Njuscha über den Fluß geblickt hatte, hinüber zu den weiten, flachen Ufern, an denen schon die Steppen Kasakstans begannen; er wanderte an der Wolga entlang und verstand die russischen Emigranten, die bei dem Wort Rußland die Hände vor die Augen schlugen und weinten; er stand oben auf dem Mamajew-Hügel, unter der turmhohen Siegesgöttin mit dem hochgereckten Schwert, und blickte über die Steppe zu den neuen Dörfern und wieder zurück über die Stadt, und zwischen Pitomnik und Wolga war einmal sein Vater über diese Erde gekrochen, bis Granaten ihn zerfetzten oder der Eiswind ihn erstarren ließ. Auch ihn hatten «höhere Ziele» vernichtet, auch er war geopfert worden, und mit ihm noch 230 000 andere Blinde. Bis heute nennt man sie «Helden». Warum schreit man nicht die Wahrheit hinaus?
Er lief durch die Stadt wie ein Geblendeter. Am Abend torkelte er, stützte sich an den Hauswänden, lehnte sich an Lampensäulen und stierte ins Leere. Spaziergänger lachten ihn aus oder gaben ihm gute Ratschläge.
«Mehr Zwiebeln mußt du vor dem Wodka essen, Brüderchen», schrie ein alter Mann unter dem Gelächter der Herumstehenden. Und ein anderer meinte: «Wenn du die Brust 'rausdrückst und den Kopf nach hinten wirfst, gehst du immer gerade, Genosse.»
Bodmar lächelte schwach, wie ein harmloser Idiot, und man ließ ihn in Frieden weitertaumeln, denn Idioten blei-

ben in Rußland von jeher unbehelligt. Am Abend erschien er wieder im Hotel, und es gab einen Auflauf in der Halle, weil drei Pagen und der Portier die stinkende Wanze entfernen wollten. Reiseleiter Heppenrath bereitete es große Mühe, allen zu erklären, hier handle es sich um seinen Reisegast Peter Kallberg, der sich offensichtlich bei einem Alleingang durch Wolgograd betrunken habe. Dann brachte er Bodmar auf Kallbergs Zimmer und stieß ihn in einen der Sessel.

«Sind Sie verrückt?» schnaubte Heppenrath. «Wollen Sie uns alle hochgehen lassen? Aufsehen ist genau das, was wir nicht gebrauchen können. Was ist bloß mit Ihnen los?»

«Das ist die Freude . . .», sagte Bodmar wie betrunken. Dann ergriff er den Aschenbecher und warf ihn gegen die Wand. «Die Freude, nach Hause zu kommen!» schrie er heiser. «Ich platze vor Heimweh! Ich verzehre mich nach meinem geliebten, schönen, vaterländischen Deutschland . . .»

Heppenrath schwieg und stand hilflos herum. Aus dem Badezimmer kam Kallberg und winkte ab. Er sah völlig verändert aus. Die Haare waren schwarz gefärbt und gelockt, über der Lippe wippte ein schmales Bärtchen, das die Kaukasier mit dem gleichen fast weltanschaulichen Ernst pflegen wie die Südfranzosen. «Lassen Sie ihn», sagte er. «Er hat sich freigeschwommen . . . das strengt natürlich an.»

Bodmar hob den Kopf. Vor seinen müden Augen tanzten Zimmer und Menschen. «Wie sehen Sie denn aus, Kallberg?» fragte er lallend.

«Nicht Kallberg. Ich heiße Prikow. Ingenieur Prikow aus Grusinien. Kallberg sind doch Sie, mein Lieber . . .»

«Ach ja. Ich bin Kallberg. *Ich — bin — Kallberg . . .*» Bodmar lachte laut, dann bog er sich vor Lachen, seine Stimme überschlug sich, er trommelte auf die Sessellehne, und das Lachen wurde zu einem hysterischen Schrei. Dann sank er mit dem Kopf auf den Tisch, die Arme fielen seitlich herab, er schloß die Augen und schlief vor Erschöpfung ein.

Kallberg und Heppenrath trugen ihn ins Bett.

39. Kapitel

Pünktlich um 11.00 Uhr stand die Turbopropmaschine auf dem Flugplatz von Wolgograd bereit.
Die Abfertigung von Paß und Papieren vollzog sich schnell ... der Beamte warf nur einen flüchtigen Blick auf Bodmars Ausweis, verglich das Bild mit dem tatsächlichen Aussehen, nickte und sagte das berühmte «Dawai!» Reiseleiter Heppenrath regelte alles andere mit einem dumpfen Gefühl im Magen. Erst im Flugzeug ist alles vorbei. Erst wenn wir in der Luft sind, können wir tief durchatmen.
Er schob sich neben Bodmar, der Kallbergs Koffer abgegeben hatte. Eine kleine, hübsche, pausbäckige Dolmetscherin fragte ihn gerade:
«Haben Sie verbottene Warre eingekauft, Gospodin?»
«Nein.» Bodmar lächelte schwach. «Ich habe mich völlig sozialistisch verhalten ...»
«Lassen Sie den Blödsinn», zischte Heppenrath hinter ihm. «Gehen Sie weiter. Wir haben vier Frauen in der Gruppe, denen zittern die Nerven bereits an den Haarspitzen. Ich flehe Sie an ... machen Sie keine Dummheit. Es trifft uns alle ...»
Bodmar nickte. Er schritt durch die Sperre und stand draußen auf dem Vorplatz der Flughalle. Seine Eleganz empfand er wie ein lächerliches Kostüm im Karneval. Kallberg hatte alles aus Deutschland mitgebracht ... einen hellgrauen, leichten Sommeranzug, ein modisch gestreiftes Perlonhemd, eine geblümte Krawatte, flache Schuhe in Mokassinform und einen Hut aus fein geflochtenem Stroh.
«Unsere Maschine ...», sagte Heppenrath und zeigte auf den silberglänzenden Riesenvogel auf dem Rollfeld. Die Gangway war herangeschoben, der Flug aufgerufen worden ... in der Tür standen zwei Stewardessen und warteten auf die Gäste. «Ich wünschte, wir wären schon in der Luft ...»
«Angst?» Bodmar verzog schmerzlich das Gesicht.
«Ich gebe es zu ... ja. Verdammte Angst. Ich mache so etwas nicht noch einmal. Gehen wir ...»

Die Reisegruppe Heppenrath marschierte los, über die Betonstraße, merkwürdig still und mit eingezogenen Köpfen. Während sie über die Straße gingen, schielten sie zu Bodmar und machten Gesichter, als habe jeder von ihnen in Wolgograd einen Mord begangen. Heppenrath hatte ihnen alles erklärt, nun dröhnte ihnen bei jedem Schritt die Angst in den Ohren.

Bodmar erreichte als erster die Gangway. Er stürmte hinauf, als jage man ihn mit Peitschen die Treppe hoch, stürzte in den Leib des Flugzeuges und warf sich in den nächsten Polstersitz. Er blickte nicht mehr zurück und zog mit einem Ruck die Gardine vor das ovale Fenster neben sich.

Heppenrath setzte sich neben ihn ... er atmete hörbar auf. «Noch ein paar Minuten», flüsterte er. «Dann ist es überstanden. Spätestens in München, wenn Sie wieder auf deutschem Boden stehen, werden Sie einsehen, daß es so am besten war. Glauben Sie mir.»

«Ich glaube Ihnen alles», sagte Bodmar heiser und lehnte den Kopf zurück an das Nackenpolster. «Es wäre nicht das erstemal, daß man nur glauben und nicht denken soll.»

Die luftdichten Türen schmatzten zu, die Sicherungsknebel rasteten ein. Über den Bordlautsprecher begrüßte der Flugkapitän die Gäste ... zuerst auf russisch, dann auf deutsch.

Er sagte: «Ich hoffe, meine Dammen und Herren, daß Sie ein guttes Bild von der Sowjetunion mit nach Deutschland nähmenn. Ich wünschte Ihnen einen gutten Flugg ...»

Die Leuchtschrift über der Tür zur Bordküche flammte auf. Englisch, die internationale Fliegersprache.

«Bitte anschnallen. Nicht rauchen.»

Draußen donnerten die Motoren auf, ein Zittern lief durch den schimmernden Leib der Maschine. Dann rollte sie weg, hinüber zur Startbahn.

«Gott sei Dank!» sagte Heppenrath erlöst. «Gott sei Dank!»

Bodmar schloß die Augen. Seine Finger verkrampften sich in den Lehnen seines Sitzes. Er spürte, wie die Maschine schneller und schneller wurde, wie sie vom Boden abhob, wie sie stieg und hinauf in den Sommerhimmel schoß.

«Wir fliegen», sagte Heppenrath und stieß ihn an.
«Ich merke es ... und nun seien Sie endlich still ...»
Die Stewardessen gingen herum und verteilten Illustrierte.
Die Sowjetunion — heute.
Bunte Bilder aus einem glücklichen Land.

Auf der Terrasse des Flughafenrestaurants standen, etwas abseits von den vielen Neugierigen, die das Landen und Aufsteigen der Flugzeuge beobachteten, Njuscha und Borja Ferapontowitsch. Sie drückten sich in eine schattige Ecke, und während Borja die linke Hand über die Augen gelegt hatte, denn die Sonne blendete stark, hielt er mit der rechten Njuscha fest, als sei sie ein Kind, das weglaufen könnte. Sie hatte das blonde Haar hochgesteckt und ein geblümtes Kopftuch darüber gebunden ... ein Bauernmädchen wie Tausende andere, die jeden Tag hier auf dem Flugplatz standen und die silbernen Riesenvögel bewunderten, wie sie brüllend in den Himmel stießen und eine Fahne aus Rauch sie begleitete.
«Flug 7, Wolgograd—München, startet ...», sagte eine nüchterne weibliche Stimme aus den Lautsprechern.
«Das ist er ...», stammelte Njuscha. Sie drückte sich an Borja, und er spürte, wie heftig sie zitterte. Er schielte zu ihr hin, aber ihre Augen weinten nicht mehr ... groß, als schauten sie ein Wunder, sahen sie hinüber zu dem Flugzeug, dessen blitzender Leib sich der Sonne entgegenhob, träge und so langsam, als halte eine unsichtbare Kraft es auf der Erde zurück.
«Ja, das ist er», sagte Borja. Man kannte ihn nicht wieder ... er hatte sich rasiert, denn mit einem so wilden Bart wagte selbst er es nicht, sich unter die gutgekleideten Menschen auf dem Flugplatz zu mischen. Jetzt sah er aus wie ein gütiges Väterchen, mit einer roten Knollennase, einem breiten Mund und einer faltendurchpflügten, gelblichen Haut. Seine Augen blinzelten, die Lider zuckten, und es war nicht allein die Sonne, die ihn so zucken ließ.
«Er fliegt ...», sagte Njuscha leise. «Borjuschka ... dort fliegt er ...»

«Ja, dort fliegt er . . .»
Sie hoben die Köpfe und blickten dem schillernden Leib nach, und als das Flugzeug eine Schleife zog und noch einmal zurückkam, Wolgograd überflog, als könne es sich nicht mehr von ihm und der Wolga trennen, da hoben sie die Hand und winkten hinauf, und Njuscha riß ihr Kopftuch vom Haar und schwenkte es, und als das Donnern der Motoren genau über ihr war, schrie sie mit aller Kraft: «Sascha! Sascha! Ich liebe dich! Ich liebe dich! Du bist immer bei mir . . . immer . . . immer . . .»
Dann war er über sie hinweggeflogen, und die Maschine wurde kleiner und kleiner, wie ein Vögelchen mit silbernen Federn, und dann war sie nur noch ein Punkt, den der unendlich blaue Himmel aufsaugte.
Borja wartete, bis Njuscha wieder den Kopf senkte. Sie band sich das Tuch wieder um und lächelte müde, als Borja ihre Hände ergriff und sie küßte, schweigend, so wie früher die Kulaken die Hände ihrer Herrin küßten.
«Wohin gehst du jetzt, Töchterchen?» fragte er.
«Zurück nach Perjekopsskaja, Väterchen. Babukin wird mich abholen. Kommst du mit?»
«Nein, Täubchen. Ich gehöre auf meinen Friedhof.»
«Auch wir haben einen, hinter der Kirche . . .»
«Und wann stirbt bei euch jemand? Vielleicht zehn im Jahr . . . das wird mir langweilig werden, Töchterchen.» Borja legte den Arm um ihre Schultern, und so verließen sie die Terrasse, kauften an einem Obststand eine Tüte Äpfel, setzten sich auf eine Bank und aßen sie auf. Der Lärm der Autos, Omnibusse und Menschen um sie herum störte sie nicht . . . wie am Rande des Feldes saßen sie da, wenn die Ernte im vollen Gange ist und man eine Pause einlegt, um zu verschnaufen. Dann lehnte sich Njuscha zurück, blickte in den wolkenlosen blauen Himmel, und die Erinnerung trug sie weg in das kleine Birkenwäldchen, auf dessen weichem Boden sie Sascha zum erstenmal geliebt hatte. Damals hatten sie einen Ring gefunden, den Trauring eines toten deutschen Soldaten, und sie hatte ihn behalten und versteckt. Später dachte er nicht mehr daran.

Jetzt griff sie in ihr Kleid, holte zwischen ihren Brüsten einen kleinen Beutel hervor und öffnete ihn.
«Ein goldener Ring», sagte Borja verwundert. «Wem gehört er, Täubchen?»
«Mir. Ich habe ihn von Sascha.» Sie hielt ihm den Ring hin und streckte die rechte Hand aus. «Streif ihn mir über, Borjuschka.»
«Ich? Über den Finger? Wieso ich?»
«Wer sollte es sonst tun? War Sascha dir nicht wie ein Söhnchen?»
«Das war er.» Borja nahm den schmalen goldenen Ring, küßte ihn schmatzend und streifte ihn dann Njuscha über den Finger. Es war so feierlich um sie herum und in ihren Herzen, als knieten sie in der Kirche vor dem Priester. Das Donnern der Flugzeugmotoren waren ihre Glocken.
«Ich bin seine Frau . . .», sagte Njuscha und hielt die Hand mit dem Ring in die Sonne. «Ich bin wirklich seine Frau. — Habe ich etwas falsch gemacht, Borja?»
«Nein, es war alles richtig, Töchterchen. Wie sagen die Fischer von Jeissk? Wer gegen das Meer anschwimmt, kommt als Treibholz zurück.» Borja erhob sich und zog Njuscha von der Bank. «Laß uns gehen, mein Schwänchen . . . wir haben noch viel zu tun in diesem Leben . . .»

Die Maschine zog ihren Kreis über den Flughafen und überflog noch einmal die Stadt. Die Wolga schimmerte in der Sonne wie ein gleißendes Platinband . . . an ihm war wie ein Kollier aus Perlen und Brillanten langgestreckt die neue, von Leben überquellende Stadt befestigt. Ein Filigran aus Häusern und Plätzen, Parks und Straßen. Ein Wunder, aus der Asche entstanden.
Reiseleiter Heppenrath blickte aus dem Fenster und holte dann aus der Brusttasche einen kleinen, etwas zerknitterten Brief.
«Herr Bodmar . . .», sagte er vorsichtig.
«Was wollen Sie noch?» Bodmar drehte den Kopf weg. «Merken Sie nicht, daß ich langsam sterbe?»
«Ich hoffe, ich kann das aufhalten.» Heppenrath wedelte

mit dem Brief hin und her. «Ich habe Ihnen etwas abzugeben.»
«Das Bundesverdienstkreuz Erster Klasse?»
«Ich glaube, das hier bedeutet Ihnen mehr ...»
Bodmar fuhr herum. Die Bewegung war so heftig, daß er Heppenrath gegen die Brust stieß. Der Reiseleiter hustete und rang nach Luft. «Sie brauchen mir nicht gleich die Magengrube zu demolieren», keuchte er. «Sie können auch anders dankbar sein.»
Bodmar riß ihm den Brief aus der Hand, und schon die Anschrift, ein Wort nur — Sascha — warf ihn in den Sitz zurück.
«Woher ... woher haben Sie den Brief?»
«In der Flughafenhalle hat ihn mir ein Mädchen gegeben. Sie waren gerade bei der Paßkontrolle.»
«Njuscha!»
«Ich weiß es nicht, aber ich denke es mir. Sie war blond ...»
«Njuscha.» Bodmar starrte Heppenrath an, als wolle er ihn in Stücke reißen. «Und Sie haben mich nicht gerufen. Sie elender Feigling?»
«Ich bin verantwortlich für vierzig Menschen, das wissen Sie.»
«Njuscha! Sie war auf dem Flugplatz! Sie hat am Rollfeld gestanden, als ich abflog! Und Sie geben mir den Brief erst jetzt.»
«Ich mußte ihr versprechen, Ihnen das Schreiben erst zu geben, wenn wir in der Luft sind ...»
«Und was hat sie sonst noch gesagt?»
«Nichts. Sie lief fort, nachdem sie mir den Brief gegeben hatte, ein alter Mann umarmte sie und zog sie mit sich weg.»
«Borja ...» Bodmar betrachtete den zerknitterten Brief. Er fühlte sich an, als sei er in Tränen eingeweicht.
«Ich lasse Sie jetzt allein.» Heppenrath erhob sich. «Ich sorge dafür, daß Sie nicht gestört werden.»
«Danke.»
Dann war Bodmar allein, und er schlitzte mit dem kleinen Finger das Kuvert auf, nahm das Papier heraus und entfaltete es. Doch er zögerte, Njuschas letzte Worte zu le-

sen. Er starrte hinaus auf die weißschimmernde Stadt Wolgograd und das Silberband der Wolga.

Ich habe nicht mehr die Kraft, es ruhig zu lesen, dachte er und drückte die Stirn gegen das kalte, dicke Glas des Fensters. Ich schreie, ich werde mich wie ein Hysteriker benehmen, ich spüre, wie es sich in mir sammelt, wie der Druck wächst, wie ich zu einem Kessel werde, der gleich platzen muß.

Er atmete mit weit aufgerissenem Mund, bis er innerlich die Ruhe gefunden hatte, den Brief zu lesen.

Njuschas zierliche Schrift. Ein paar Buchstaben waren verwischt, verschwommen von der Nässe der Tränen.

«Sascha — mein Liebster.

Ich weine um Dich ... aber ich weine aus Freude, daß Du leben kannst wie ein Mensch und nicht wie ein Wolf. Nun fliegst Du fort in dieses Deutschland, aber wir sind nicht getrennt, wir werden ein ganzes Leben lang zusammenbleiben, denn Du bist in mir geblieben für alle Zeiten.

Im Februar wird das Kind kommen ... und wenn es ein Mädchen ist, soll es Katjenka heißen ... wird es ein Junge, will ich ihn Fedja nennen. Ein Kind von Dir ... es wird Deine blauen Augen haben, Dein Lachen, Deine Stärke, Deine Seele. Ich bin so glücklich. O Sascha ... ich liebe Dich wie die Erde die Sonne. Vergiß mich nicht — Njuscha.»

Bodmar faltete den Brief zusammen und steckte ihn in seinen Rock, als sei er zerbrechlich wie dünnstes Glas. Eine wundervolle Ruhe war über ihn gekommen. Ich bin in Rußland geblieben, dachte er. Ich werde als Kind im sandigen Ufer des Don spielen, und ich werde baden in der schilfigen Bucht, auf kleinen, schnellen Pferden über die Steppe reiten und vom Baum im Garten die Kirschen schlagen. Ich werde neben Njuscha in der Sonne liegen und mit ihr die Felder pflügen, ich werde immer bei ihr sein, im Schlaf nach ihrer Hand tasten und das Glück kennen, sie atmen zu hören ... ich werde neben ihr die Kühe auf die Weide treiben und in einem flachen Boot über den Don rudern und von den Fischern lernen, wie man in Reusen Fische fängt. Und ich werde Fedja heißen oder Katjenka, aber ich werde ich sein, denn in ihnen lebt meine ganze Seele. Ist das nicht ein Wunder? Sagt ... es *ist* ein Wunder.

Unter ihm glitt die Steppe dahin, goldbraun, durchsetzt mit den Tupfen der Dörfer. Über die Wege krochen die Fuhrwerke, eine Schafherde wirbelte Staubwolken auf. Es war heiß. Sommer am Don. Das Gras war hart wie Pfeilspitzen.

Er schrak auf, als er neben sich eine Stimme hörte. Erst bei der Wiederholung verstand er die Frage der freundlichen Stewardeß.

«Möchten Sie etwas trinken?»

«Nein, danke.» Bodmar wischte sich über die Augen. «Wie fliegen wir eigentlich?»

«Direkt nach München, mit Zwischenlandungen in Budapest und Prag.»

«Budapest. Das ist gut.»

Die sowjetische Stewardeß lächelte charmant. «Es ist westdeutschen Reisenden nicht erlaubt, die Maschine zu verlassen. Haben Sie noch einen Wunsch, Gospodin?»

«Danke. Nein. Ich habe keinen Wunsch mehr.» Bodmar faltete die Hände und wandte sich ab zum Fenster.

Heute abend landen wir in München, dachte er. Ich werde ein Fremder in Deutschland sein ...

Der alte Babukin holte Njuscha vom Bahnhof Logowskij mit dem Wagen ab. Er wartete schon drei Stunden und vertrieb sich die Zeit damit, den Stationsvorsteher zu beleidigen. Sie standen wie Kampfhähne voreinander, mit gesträubten Haaren, und waren drauf und dran, sich zu zerfleischen, als der Zug aus der Ferne pfiff und der Dienst sie trennte.

Babukin fragte nicht lange, als er Njuscha umarmte ... er küßte sie auf die Wangen, führte sie vom Bahnsteig, hob sie in den Leiterwagen und schwang sich auf den Bock. Als sie durch die Steppe fuhren, begann er plötzlich zu singen ... er riß den Mund auf und warf den Kopf in den Nacken und grölte mit seiner brüchigen Greisenstimme die alten Kosakenlieder. Njuscha lächelte dankbar. Guter Alter, dachte sie. Die Seele schreist du dir aus dem Leib, um mich aufzuheitern. Auch Väterchen sang diese Lieder immer, wenn er zwei Gläser Wodka zuviel getrunken hatte und aus Angst vor Evtimia, seinem Weibchen, in der Küche hocken blieb. Dann brüllte er die Lieder und war glücklich. Wer bringt es schon übers Herz, einem so fröhlich singenden Mann ein Holzscheit übers Haupt zu schlagen?

Am Don zog ein Gewitter auf. Schwarze Wolkenballen trieben über die Steppe, es roch nach Brand, und dann öffnete sich der Himmel und goß wie mit Eimern das Wasser auf die Erde.

Babukin und Njuscha hockten im Wagen und hatten eine Plane über sich gezogen. Aber der Regen verschonte sie nicht, der Wind trieb die schweren Tropfen schräg zu ihnen hinein und peitschte ihnen das Gesicht. Und das war gut so, denn so sah man nicht, wie Njuscha weinte, die Hände gegen ihren Leib drückte und an das Flugzeug dachte, das silberglänzend im blauen Himmel verschwunden war.

Eine Stunde später schien wieder die Sonne. Die Steppe dampfte, und es roch nach neuem Leben. Der Wagen rasselte durch das naßglänzende Gras, die beiden Pferdchen schnaubten und warfen die Köpfe hoch ... «Sie riechen den Stall», sagte Babukin. «Haha, jetzt werden die Zicklein munter!» Und dann schob sich der rosa bemalte Kirchturm über den Horizont, die Säule des stählernen Silos blinkte in der Sonne, das rote Dach des Parteihauses leuchtete gegen das Blau des Himmels, und Babukin richtete sich auf, stemmte die Beine gegen das Fußbrett des Kutschbocks, riß seine alte, verrostete Pistole aus dem Gürtel und schoß in die Luft.

Von Perjekopsskaja näherte sich eine weit auseinandergezogene Kette von Reitern. Sie standen in den Bügeln und schwenkten ihre Säbel. Ihre Stimmen flogen wie Gesang über die Steppe.

Die Kosaken holten Njuscha heim an den Don.